全新譯校 經典新版世界名著 4

Война и Мир

戰爭與和平

〈上〉

〔俄〕L·托爾斯泰 著
蕭亮 譯

經典新版　世界名著

閱讀經典名著確實是不一樣的宴饗。人們對於經典名著，不會只說「我讀過」，而是說「我又讀了」。事實上，我每次去讀它，都會讀出新的東西，新的精神。

——當代義大利名作家、後設小說大師卡爾維諾（Italo Calvino）

真正的光明，絕不是永遠沒有黑暗的時候，只是永不被黑暗掩沒罷了。真正的英雄，絕不是永遠沒有卑下的情欲，只是永不被卑下的情欲所征服罷了。閱讀經典名著，永遠可以使人自我昇華，不陷於猥瑣。

——法國名作家、諾貝爾文學獎得主羅曼羅蘭（Romain Rolland）

閱讀文學經典、世界名著，能夠滋潤現代人的心靈，使人對世事、愛情與人性重新有一番體悟。

——美國現代名作家、諾貝爾文學獎得主海明威（Ernest Hemingway）

台灣曾出版的世界名著與文學經典可謂汗牛充棟，然而，細察譯文品質與內容，大多是三十至五十年代大陸譯者的手筆，其行文用語的方式與風格，早已與當代讀者的閱讀習慣、閱讀趣味脫節，以致不再能喚起讀者的關注。這一套「經典新版　世界名著」是全新譯本，行文清晰、流暢、優雅，用語力求充分符合當代人的品味。故而，是「後真相時代」中尋求心靈滋養者最適切的選擇。

譯者序

蕭亮

《戰爭與和平》是俄國現實主義文學大師L．托爾斯泰的長篇巨著，寫於一八六三至一八六九年。這是一部以一八一二年衛國戰爭爲中心的長篇小說。爲了寫好這部作品，托爾斯泰研究和引用了大量資料，並拜訪了衛國戰爭的參與者，以及考察了波羅金諾戰場。

這是一部結構龐大、人物眾多（有五五九人）、富有歷史意義和現實性的長篇巨著。俄國作家屠格涅夫說：「這樣的作品，全歐洲除了托爾斯泰外沒人寫得出來。」英國作家高爾斯華綏則說：「這是自古以來所有作品中最最偉大的一部。」

作品有兩條互相交錯的情節線索，即一八一二年的衛國戰爭和貴族家庭紀事；並分別說明兩個中心──「戰爭」與「和平」：

一八〇五年，拿破崙率兵征服歐洲，法國與俄國之間也發生戰爭。青年公爵安德烈．博爾孔斯基把懷孕的妻子，交給退隱於領地「童山」的父親及妹妹瑪麗亞後，就擔任庫圖佐夫將軍的副官，向前線出發了。他期望這次戰爭能爲自己帶來輝煌與榮耀。

安德烈的好友皮埃爾，是別祖霍夫伯爵的私生子，他繼承了伯爵的遺產，搖身一變成爲莫斯科數一數二的資本家，也成爲社交界的寵兒。居心叵測的監護人瓦西里公爵，便計畫將雖然貌美但品行不端的女兒嫁給他，公爵的計謀順利達成。

同年十一月，安德烈所屬的俄軍在奧斯特里茨之役戰敗，他帶著軍旗獨自衝入敵陣，受了重傷。就在這時，他抬頭看見那永恆的藍天，不禁爲那份莊嚴之美而感動，霎時，覺得過去那些野心、名譽及心目中視為偉大的拿破崙，都變得微不足道了。

另一方面，婚後不久，皮埃爾的妻子海倫與好友多洛霍夫傳出曖昧關係，皮埃爾為了保護自己的名譽，便與多洛霍夫決鬥。把對方打倒後，立即與妻子分居。從此，他陷入善惡與生死問題的困擾中，直至認識了共濟會的領導人，才開始新的信仰生活。

一直被認為已戰死沙場的安德烈突然回到童山。那一晚，其妻麗莎產下一名男嬰後不幸離開人世，這使安德烈覺得自己的人生已經宣告結束，他決心終老於領地。

一八〇七年六月，俄國與法國言和，和平生活開始了。

一八〇九年春天，安德烈因貴族會之事，前去拜訪羅斯托夫伯爵。在伯爵家，他被年輕小姐娜塔莎吸引。但因為父親強烈反對，只好相約以一年為緩衝期。之後，安德烈出國去了。而年輕的娜塔莎因無法忍受寂寞，且經不住皮埃爾之妻兄阿納托利的誘惑，決定私奔，因此，她與安德烈的婚約即告無效。

一八一二年，俄、法兩國再度交戰，安德烈再次受重傷，俄軍節節敗退，莫斯科即將陷落。羅斯托夫家將原本用來搬運家產的馬車改派去運送傷兵，娜塔莎因此在傷兵中發現了將死的安德烈。她向他謝罪並熱誠地看護他，但一切都是徒勞，安德烈基仍然逃不過死神的眷顧，死了。

皮埃爾化裝成農夫，伺機刺殺拿破崙，卻被法軍逮捕而成為俘虜。其妻海倫於戰火中仍繼續其放蕩行為，最後，因誤服墮胎藥而亡。

幾番奮戰後，俄國終於贏得勝利，皮埃爾在莫斯科巧遇娜塔莎，兩人結為夫婦，而安德烈的妹妹瑪麗亞，也與娜塔莎之兄尼古拉結婚，組成了幸福的家庭。

這本書集中反映了一八〇五至一八一二年間，俄國與法國之間的幾次戰爭以及和平時期的生活。

全書重點在於歌頌俄國人民保家衛國的愛國主義精神。托爾斯泰肯定了人民群眾是歷史發展的動力，也宣揚了「一切歷史事件都是命中注定」的宿命論觀點。主人公安德烈和皮埃爾是精神探索型的人物。前者意志剛強、性格果斷、富有理智，後者淳樸善良但易感情衝動，缺乏意志力，另一主人公娜塔莎則是俄羅斯文學中最具藝術魅力的婦女形象之一。

關於《戰爭與和平》，托爾斯泰說：「它不是傳奇，不是長詩，尤其不是歷史紀事。《戰爭與和平》只是作者想藉以表達和能夠在其中表達他所要表達的內容的一本小說。」

目錄
Contents

chapter 1

一 拿破崙風暴

「親愛的公爵，盧加和熱那亞現在是拿破崙．波拿巴家族的領地了。可我要事先提醒您，如果您不告訴我，這裡處於戰爭狀態，如果您還繼續爲這個基督徒的敵人所犯下的暴行和罪惡辯護，我就和您絕交，您就不再是我的朋友，如您所說的，我的忠實的僕人。哦！您看我說的話把您嚇著了吧！請坐，我們再聊聊。」

以上的這段話，是皇后的宮廷女官和心腹——安娜．帕夫羅芙娜．舍雷爾，在一八〇五年七月接待首位前來參加晚宴的達官顯要瓦西里公爵時所說的。

公爵答道：「上帝啊，這是一次多麼嚴厲的責怪啊！」他並沒有因受到這樣的接待而感到困惑。他穿著繡花的禮服、短筒皮鞋、長筒襪，佩戴著幾枚勳章，扁平的臉上流露出愉快的表情。

他的法語說得如此優雅，他的語調是那麼寬厚溫和。那種法語不但是我們祖先用來說話的，而且是用來思考的，而那種腔調又是在宮廷和社交界中閱歷深厚的要人所特有的。

他走到安娜面前，俯下那顆噴灑過香水的、閃閃發亮的禿頭，吻了吻她的手，隨後悠閒地坐到沙發上，和她攀談了起來。

瓦西里說話總是慢吞吞的，像是在說古老戲劇中的臺詞。而安娜雖然快四十歲了，卻依然充滿活力和激情。她的滿腔熱情，讓她得到了卓越的社會地位。有的時候她並不喜歡這樣做，可是爲了不辜負熟人的期望，她還是要做一個熱心人。即使常常流露在她臉上的冷淡笑容，似乎和她憔悴的面容並不相襯，可就像嬌生慣養的孩子那樣，雖然知道自己有一些小缺點，可是她既不想、也不能，甚至覺得沒有必要去矯正。

「我認爲，如果不讓這個可愛的沃斯格羅德去，而是派您去，您會一舉成名的。」公爵微笑著說道，「您是那樣能言善辯。對了，給我些茶水，好嗎？」

「好的。順便說一下，」她又心平氣和地補充道，「今天將會有兩位很有意思的人物，一位是莫特瑪律子爵，現在他藉著洛賀家族，與法國最優秀的家族之一馬拉希家族結成了親家，他可是名副其實的好僑民。另一位是莫里約神父。這位思想深邃的人您認識嗎？沙皇接見過他的，您知道嗎？」

「啊！我將會感到很高興。」公爵說，「請告訴我。」他補充時故意裝出漫不經心的樣子，好像才想起某件事似的。而他想要問的事情，正是他來拜訪的主要目的。

「據說太后好像有意任命弗科男爵爲駐維也納的一等秘書，是真的嗎？這個男爵似乎是無能的泛泛之輩。」瓦西里公爵想把兒子安插到這個職位上，但有人卻千方百計地通過瑪麗亞·費奧多，爲弗科男爵謀得了這個職位。

安娜的眼睛微微閉上了，暗示不管是誰，都不能斷定太后打算或者喜歡做什麼事。

「推薦弗科男爵的是太后的妹妹。」她冷冰冰地說道，臉上帶著悲哀的表情。當安娜說到太后時，臉上頓時流露出無限的尊敬和忠誠，而且摻雜有每當談話中談到她那至高無上的庇護者時，就會表現出來的哀愁情緒。她說，「太后很尊敬弗科男爵」。

公爵不開腔了，表現出了冷漠的神態。安娜以其特有的宮廷女官的機智和靈敏，想要適時地抨擊一下公爵——這樣或許可以給他一些安慰吧！因爲他膽敢放肆地批評推薦給太后的人。

「現在談談您的家庭，好嗎？」她說道，「您知道嗎？自從您的女兒在社交圈露面以後，便成了整個社交界的寵兒，大家都認爲她美麗迷人。」

公爵深深地鞠躬，表示謝意和尊敬。

「我常有這種想法，」稍稍沉默之後，安娜把身子湊近公爵，露出溫柔的笑臉，好像在表示政治、社交方面的話題結束了，現在可以開始推心置腹地聊天了。

「生活中幸福有時安排得並不公平。您看看吧，命運爲何將兩個出色的孩子賜予您。」她揚了揚眉，補了一句，「她們是如此迷人，可是您卻不珍惜她們，因而您不配當她們的爸爸。」說完，她的臉上露出了笑容。

「有什麼辦法呢，拉瓦特[1]說我沒有父愛的天賦。」公爵說道。

「現在請不要開玩笑了。我想和您認真談一談，您知道嗎？我並不滿意您的小兒子。我只是想告訴您，當我們在太后那裡提起他的時候，都對您表示惋惜……」

公爵皺了一下眉頭，沒有回應，可安娜卻意味深長地看著他。

「我還能怎麼做呢？」他終於說道，「您知道，他們兩個都成了笨蛋，可我爲了他們的教育做了身爲父親應做的一切。伊波利特起碼還是個安分守己的笨蛋，而阿納托利卻總是惹是生非。他們兩個僅僅這點不一樣。」他笑得比平時更不自然、更亢奮，同時嘴角邊形成明顯且令人感到不快的、粗魯的褶皺。

1. 拉瓦特：疑指瑞士作家Johann Caspar（一七四一至一八〇一）。

「像您這種人爲何要有孩子呢？如果您不當父親，我就沒理由責怪您了。」安娜邊說邊若有所思地抬起眼睛。

「我是您的忠實奴僕，因而我只能對您說，那些孩子是我的負擔，我必須揹負起這副十字架。我只能這樣對自己解釋。可那又有什麼辦法呢？……」他用手勢表示著自己對殘酷命運的服從。

安娜沉思了起來。「您從來沒有考慮過給自己那放蕩的兒子阿納托利娶親的事嗎？」她問道，「人們都說老處女熱衷於給人作媒。可是我還沒覺著自己有這個弱點。我認識一個女孩，她很不幸地和她的父親一起生活。她是我的一個親戚，瑪麗亞．博爾孔斯基公爵小姐。」

瓦西里公爵沒有作答，可他以上流社會人士所具有的敏捷思考力和靈活頭腦，在記憶中賣力地搜索著，明顯說明他已注意到了這個情況。「您知道嗎？阿納托利每年都要花掉我四萬盧布。」他說道。因爲難以抑制的抑鬱心情，他竟沉默了起來。

「像這樣下去的話，五年後會怎樣呢？這就是做父親的好處。您那位公爵小姐富有嗎？」

「她父親很有錢，不過很吝嗇。他在鄉下居住。您知道嗎？這位大名鼎鼎的博爾孔斯基公爵，在先帝在位時就已經退職了，外號叫普魯士國王。這個人很聰明，性格孤僻，不容易相處。這個可憐的姑娘很不幸。她的哥哥不久前剛和麗莎結婚，現在是庫圖佐夫的副官，今天正好也要到我這兒來。」

「聽我說，親愛的安娜，」公爵突然握住交談者的手，而且不知何故地把它往下壓，「請幫我辦成這件事，我將永遠是您最忠實的僕人。她出身名門，而且富有，這些正是我所需要的。」

他以自己獨有的優雅、親暱且靈活的動作抓過女官的手，親吻了一下，隨後又握住搖了搖，然後鬆開，坐到扶手椅裡，眼睛向別處望著。

「等一等，」安娜認真地思索著說道，「我今天就可以和麗莎談談。或許這件事可以辦成。您瞧瞧，我已經在您的家庭裡開始學做那些老處女的營生了。」

二

安娜家的客廳漸漸擠滿了賓客，聖彼德堡有名望的顯貴都來赴會了。就其年齡和性情而言，這些人各不相同；但是就其生活的社會而言，卻是相同的。瓦西里公爵的女兒，美人海倫也來了，不過她是來接自己父親的，以便一起去參加大使的招待會。她的胸前佩戴著花字獎章[2]，穿著漂亮的晚禮服。還有那位聖彼德堡最迷人、年輕、嬌小、知名的小博爾孔斯基公爵夫人也來了。她是去年冬天結婚的，現在有孕在身，所以不常在社交場合露面，只是偶爾參加一些小型晚會。瓦西里公爵的兒子伊波利特和他推薦的莫特瑪律也來了，此外來參加晚會的，還有莫里約神父以及其他很多人。

「你們還沒見過我的姨母吧？」安娜對來賓們說，隨後一本正經地把他們領到小老太太跟前。老太太頭上紮著高高的蝴蝶結，剛從另一個房間從容平穩地走出來。安娜向姨母介紹每個人的名字，同時慢慢把目光從客人身上移向姨母，隨後走開了。

客人們都向這個沒有人感興趣、沒有人認識的姨媽問好。安娜用莊重、憂鬱的表情注視著他們，對他們沉默地贊許。安娜的姨母用同樣的語言對每個人談論他們的健康、她自己的健康以及太后的健康，「感謝上帝，現在太后的身體痊癒了。」那些來到她面前的人，出於禮貌，都不表露出倉忙的神色，但都懷著完成了艱巨任務之後的輕鬆心情，遠離了這個噁心的老太太，並且整個晚上再也不到她的身旁去了。

2. 沙俄時期，俄國皇后頒發給畢業成績優秀的中學女生的花字獎章。

年輕的小博爾孔斯基公爵夫人出現了，她隨身帶著金線繡成的絲絨手袋，裡面裝著針線活。她那長著隱約可見的細小絨毛的上唇稍顯短了一些，可是當它翹起或和下唇閉合時卻顯得那麼嬌美。她的缺點——翹嘴唇、微微張開的口——成了她獨特的美。在場的人都懷著愉悅的心情，看著這個健康、漂亮而又充滿活力的準母親，她輕鬆地承受著懷孕的重擔。老年人或憂鬱的青年坐在她身邊聊聊天，就好像變得和她一樣心情舒暢了。和她聊過天的人，因為看見她每說一句話都會露出的爽朗微笑，以及那雪白的、閃閃發亮的牙齒，就會感到今天受寵若驚，飄飄然。而且每個人都是這麼想的。

這個提著針線包的、嬌小的公爵夫人，邁著細碎的步子快速繞過桌子，坐在靠近茶几的沙發上，愉快地弄平衣裙，彷彿她做任何事對她旁邊的人來說都是一種樂趣。

「你們看看我帶來的針線活。」她一邊說一邊打開手提包。

「您看，安娜，以後別再跟我開這種可惡的玩笑了，」她對女主人說，「我收到您的來信，說要舉辦一個小型晚會。您瞧我這身打扮，真是羞死了。」

她攤開手以便讓人看見那身淡灰色帶花邊的別致連身裙，前胸下紮著一條寬邊的絲帶。

「放心吧，麗莎，您比誰都漂亮。」安娜回答道。

「您知道，我的丈夫要把我拋棄了，他要去拚死賣命。」她以相同的語調對一位將軍說，「您能告訴我，為何要有這場可惡的戰爭嗎？」她面向瓦西里公爵，好像等不及對方回答，又轉向瓦西里公爵美麗的女兒海倫。

「這位嬌小的公爵夫人是多麼可愛的女士啊！」瓦西里公爵小聲地對安娜說。

緊隨嬌小的公爵夫人後面，走進了一個身材彪悍、有些發胖的年輕人，他梳著平頭，戴著眼鏡，穿著時髦的淺色褲子、有高高硬領的襯衫和褐色的燕尾服。走進來的這個年輕人是鼎鼎有名的葉卡捷琳娜時代的達官、現在住在莫斯科卻奄奄一息的別祖霍夫伯爵的私生子。他可是頭一次參加莫斯科的社交活動，因爲他剛從國外受教育回來，還沒開始工作。

安娜對他點頭表示歡迎，這是她對進入她的社交生活裡最低一級人物的一種禮貌性的招呼。儘管禮遇不高，可安娜一看到皮埃爾進來，臉上就顯現出驚恐不安的神情，好像看見了一個不該出現的龐然大物一樣。事實上，皮埃爾僅比屋裡其他的男人稍微高大一些。安娜的這種恐懼只不過是因爲看到了他和大家不一樣的那種敏銳、靦腆、聰慧而又自然的目光。

「皮埃爾先生，您能來看望我這個使人生憐的病人真是太好了。」安娜說完，領他來到姨母面前，驚恐地和她交換了一個眼色。

皮埃爾嘟囔了一句模糊不清的話，繼續用目光尋找著什麼。他像對待親友那樣，露出微笑，向嬌小的公爵夫人行禮，隨後走近安娜的姨母。安娜的驚慌失措不是沒道理的，因爲皮埃爾還沒聽完姨母講太后的健康狀況，就從她身邊離開了。安娜感到有點不知所措，趕忙用話來攔阻他：

「莫里約神父是個很風趣的人，您不認識他嗎？」安娜說道。

「是的，我已經聽說過他的關於永久和平的計畫，很有意思，但未必可能……」

「您有這樣的想法？」安娜問道，她本想再聊些什麼，隨後再去盡自己作爲主人的責任，可是，皮埃爾又做了一件不禮貌、一反常態的事。先前只是沒聽完對話者的話就走開，這次，他用自己的話把想要離開他的交談者給攔了下來。

他俯下頭，將雙腳叉開，用行動向安娜證明，莫里約神父的計畫是不切實際的空想。

「我們過會兒再談。」安娜微笑著說道。

擺脫開這個不善於交際的年輕人後，安娜又回頭去盡女主人的職責，繼續留心聽著、仔細看著，一旦哪兒出現冷場，立刻到哪兒去幫忙。她就像紡紗廠的主人，把員工分派到各個崗位上後，就在工廠裡走來走去。一旦發現哪兒的梭子停止工作，或者出現異響，就立刻趕過去，讓它繼續工作或恢復正常運轉。

安娜就是這樣不停地在客廳裡來回走動，不時走近那些寂寞無聲或者講話人太多的人群中間，開口說句話，或者把人調換一下，以便讓這台談話機器再次平穩體面地運作起來。但依然看得出，她在爲這些事操心的同時，也對皮埃爾分外擔心。

皮埃爾湊到圍在莫特瑪律身旁談話的人那兒聽他們談話，隨後又轉向那些聽神父高談闊論的人，安娜總是懷著關切的心態注視著他。對於在國外受過教育的皮埃爾來講，安娜的這個晚會是他在俄國目睹並參加的第一個晚會。他知道聖彼德堡的知識份子都聚集在這裡，他就像置身於玩具店裡的孩子，眼花撩亂，看不勝看。他一直擔心漏掉能聽到深奧議論的機會。

他默默地望著聚在這裡表情自信又文雅的人們的面孔，等待能夠聽到高深、明智的言論。最後，他走到莫里約那裡。可能是他覺得這裡的談話很有趣，因而他停了下來，就像所有的年輕人喜歡做的那樣，等待著時機說出自己的看法。

三

安娜的晚會像紡車一般動起來了，梭子從四面匀速地轉動。只有姨媽是個例外，她的身旁只坐了一個上了年紀的老人，她瘦弱的臉像哭過一樣，與這個光彩照人的圈子格格不入。這個圈子分成三個小組：在男人占多數的一個組裡，神父是中心人物；另一組都很年輕，以美麗的海倫公爵小姐和漂亮嬌小的小博爾孔斯基公爵夫人爲中心；莫特瑪律和安娜在第三組。

莫特瑪律子爵是個舉止斯文、面容清秀的年輕人。顯然，他認爲自己是個名人。但爲了顯得有教養，他在社交圈裡表現得謙遜而隨和。很明顯，安娜借助他來招待客人——如果你在骯髒的廚房裡看見一塊牛肉，一定不會想吃，可一個好管家卻會把它端上餐桌，做爲一道可口的美味。安娜今晚先是把子爵，隨後又把神父當作精緻的餐點端上來，款待那些遠道而來的客人。莫特瑪律那組討論的是昂吉安公爵[3]被殺的事。子爵說，昂吉安公爵是因太過寬容而被殺的，而拿破崙生氣是有特殊原因的。

「啊！子爵！快點講給我們聽吧。」安娜說道，她感到這句話能使人想起可憐的路易十五。子爵微笑了一下，淺淺地鞠了一躬表示聽從。安娜讓客人圍著子爵，請大家聽他講故事。

「子爵是個講故事的高手。」安娜對一位客人輕聲說道。「子爵是個講故事的高手。」她又對另一個人輕聲說。「你立刻就會看出他是個上流社會的人。」她又對第三個人說。子爵就這樣以最優雅、對他最有利的方式，如一盤配有青菜的熱氣騰騰的牛排被端上餐桌獻給這群人。

子爵含蓄地笑了一下，想開始講自己的故事。

「快到這兒來，親愛的海倫。」安娜對美麗的公爵小姐說。

海倫微笑著站起來。這個漂亮的女人從她走進客廳時就掛著那天使般的微笑。她那點綴著毛絨飾品的白色禮服，因爲摩擦發出了沙沙的細響。她那雪白的雙肩、有光澤的頭髮，以及鑽石項鍊都在閃閃發光，她一直往前走去，兩眼不看任何人，但對所有人都露出微笑，好像大方地賜予每個人欣賞她豐滿的雙肩、曼妙的身材、袒露的背和胸脯的權利，這給晚會增添了不少光彩。海倫太美，在她身上

3. 昂吉安公爵（一七七二至一八〇四）波旁王朝的代表人物，十九世紀末法國大革命期間曾參加孔德領導的流亡國外的反革命軍隊。一八〇四年被拿破崙逮捕並判以死刑。

看不到半點嫵媚的表情，相反，好像她為自己堅信不疑、令人神魂顛倒的美貌而感到羞愧，好像她希望減少自己美貌的誘惑力，可是無能為力。

「她多漂亮啊！」每個見到她的人都這麼說。當她在子爵前面坐下，露出自己那種不變的微笑的時候，子爵好像被什麼非凡的力量驚呆了一般，聳了聳肩，垂下了眼瞼。

「女士，我真擔心我不能在這樣的聽眾面前講話。」他低下了頭，微笑著對海倫說。

可是公爵小姐覺得沒必要說什麼，她將裸露的豐腴手臂支在了小桌上，微笑地等待著。整個談話期間，她都筆直地坐著，時而看看自己靠在桌上的豐滿手臂，時而瞧瞧自己迷人的胸脯，還不時地擺弄一下鑽石項鍊，扯平衣服的褶皺。每當故事講到引人入勝之處，她就會瞧一眼安娜，並現出和女官臉上相似的表情，隨後又安靜下來，依然笑容燦爛。嬌小的公爵夫人在海倫之後也從茶几那邊走了過來。

「等等，我來拿我的針線活，」她小聲說，「你這是怎麼啦？你在想什麼？」她把臉轉向伊波利特公爵說：「請把我的手提包拿來好嗎？」

公爵夫人微笑著和大家交談，她突然換了個座位，坐好後，愉快地整理了一下衣服。

「現在我覺得很好。」她一邊說一邊幹著手中的活，並請求子爵繼續往下講。

伊波利特公爵把手提包拿來後，也跟了過來，他把扶手椅搬到離她近些的位置，在她身邊坐了下來。

伊波利特和他妹妹長得那麼相似，可奇怪的是，二人雖像，但他卻顯得很醜陋。妹妹自信滿滿，充滿青春活力，朝夕不變的微笑和那種古典式的優美體態使她美豔動人。哥哥卻相反，他總是表現出自滿自足而又怨天尤人的樣子。他的身子瘦弱，眼睛、嘴、鼻子擠在一塊兒，很不勻稱，像在做著莫名其妙的鬼臉，而且他手腳笨拙，總是做出生硬的姿勢。

「你們講的是不是幽靈的故事？」他邊說邊在公爵夫人身旁坐下，隨後拿起他的長柄眼鏡，好像沒這個東西就不能開口說話似的。

「根本不是。」講故事的人驚奇地聳聳肩膀。

「可是我討厭幽靈的故事。」伊波利特公爵用這種語調說，從中明顯地看出，他說完這些話之後才明白這句話的含義。

他講話時過於自信，誰也弄不清楚，他說的話到底是明智，還是愚昧。他上身穿著一件墨綠色的燕尾服，下身穿了一條用他的話來說，是受驚女神身體的顏色的褲子，腳上穿著長筒襪和淺色的皮鞋。

莫特瑪律子爵講述了一則廣為流傳的趣聞，是說昂吉安公爵偷偷到巴黎和女演員喬治幽會[4]，在那兒遇到了同樣受女演員青睞的拿破崙。和公爵相遇後，拿破崙出人意料地暈倒了，他就處於公爵的掌控之中了，可公爵沒有把握好時機。後來拿破崙卻把公爵處死了，以此來回報公爵的寬厚。

故事講得很動聽有趣，特別是講到情敵突然認出了對方時，女士們都聽得激動不已。

「太妙了！」安娜說道，並以問詢的表情回頭瞅瞅嬌小的公爵夫人。

「的確不錯。」那個嬌小的公爵夫人小聲地說道，她把針扎進毛線，好像想以此來表明這有趣的故事使她連活兒都做不下去了。

講故事的子爵很珍惜這無聲的誇讚，感激地笑了一下，隨後繼續講下去。而安娜卻不時地盯著那個隨時都會使她害怕的年輕人，此刻他正激烈地和神父討論著什麼，她連忙趕去支援那個告急的地方。

確實，皮埃爾和神父談起了政治平衡的問題。而神父也對這個年輕人樸實的激情產生了興趣，和他講述起自以為是的主張。二人興致勃勃地、旁若無人地討論著，而安娜不喜歡的正是他們的這個

4. 喬治小姐是當時法國著名的悲劇演員，做過拿破崙的情婦。一八〇八年，她去聖彼得堡，獲得很大的成功，就在那時，娜塔莎在海倫的客廳中聽到她的朗誦。

狀態。「只有通過手段才能實現歐洲民權和均勢，」神父說，「只要有像俄羅斯這種以野蠻而聞名的強國，無私地領導以歐洲均勢爲宗旨的聯盟，那麼這個國家就是世界的救星。」

「您是怎樣找到那個義大利人的，他對這裡的氣候是不是適應……」這時義大利人的表情突然變了，臉上露出受了委屈般、很做作的表情，這是他和女人談話時慣有的表情。

「我很有幸被這個團體接納，我爲它，特別是女士們的智慧和教養所傾倒，因而還顧不上考慮氣候如何。」他淡淡地回答道。

安娜爲了便於觀察，不再放任神父和皮埃爾單獨在一起，而是讓他們也加入大夥的這個大圈子中來。此時，一位新客人走進客廳。這就是年輕的安德烈．博爾孔斯基公爵——那個小巧的公爵夫人的丈夫。安德烈公爵個頭不高，面容清秀，是個魅力非凡的年輕人。他的一切，從倦怠而煩悶的目光到緩慢從容的步履，都和他那小巧活潑的妻子形成鮮明對比。顯然，他認識客廳裡所有的人，而且他們都使他覺得厭煩，以致看他們甚至聽他們講話，都讓他感到索然無味。而在所有這些都令他厭惡的面孔中，他俏麗的妻子的面孔最令他厭倦。他裝出一臉苦相，把臉轉過去不看她，並親了一下安娜的手背，隨後眯起眼睛掃視這群人。

「您要去打仗嗎，公爵？」安娜問道。

「庫圖佐夫將軍想讓我去給他當副官。」

「那您的妻子麗莎怎麼辦？」

「她去鄉下。」

「難道您忍心把這麼漂亮的妻子從我們這兒奪走？」

「安德烈，子爵給我們講了一個關於喬治小姐和拿破崙的故事，多麼有意思啊！」他妻子用和旁人說話時慣用的那種腔調對丈夫說。

安德烈公爵瞇縫起眼睛，轉過身去。

安德烈公爵走進客廳之後，皮埃爾便很愉悅友善地望著他，隨後他走到了公爵面前，拉住他的手。安德烈公爵沒有回頭看，臉上露出苦相，好像對有人碰他的手表示不滿，可一看見皮埃爾含笑的面孔，他就出乎意料地顯現出友善愉快的微笑。

「噢！現在連你也有社交生活了！」他對皮埃爾說。

「我就知道您會來。」皮埃爾回答道。「我能到您那裡去吃晚飯嗎？爲了不打擾子爵繼續講故事……」他又輕聲地補充道。

「不，不行。」安德烈公爵笑著握住皮埃爾的手，讓他知道，這根本不需要問。他還要說什麼，可此時瓦西里公爵和他的女兒一起站了起來，男人們也都立時站起給他們讓路。

「我最最親愛的子爵，請您原諒。」瓦西里公爵對那個法國人講，並把他的衣袖向下扯了扯，讓他起立。「大使這個倒楣的招待會剝奪了我的快樂，也打斷了你的話。離開這個晚會真的讓我感到很難過。」他對安娜說道。

公爵小姐海倫輕輕提起衣裙，從椅子中間走了過去，笑容使她的面龐更加光彩照人。當她經過皮埃爾身邊時，他幾乎是用興奮、驚喜的目光看著她。

「她真漂亮。」安德烈公爵說。

「是的。」皮埃爾隨後說道。

當瓦西里公爵走過皮埃爾身邊時，抓起了他的手，轉過身對安娜說：「您一定要幫我教導一下這頭熊，」他說，「他已在我那兒住了一個月，可在社交場合我第一次見到他。對於一個年輕人來說，什麼能比和聰慧的女人交往更重要呢？」

四

安娜知道皮埃爾的父親和瓦西里是親戚，她笑了一下，答應照顧皮埃爾。這時姨母身邊那位老夫人急忙站起來，追上瓦西里公爵。此刻她那張臉上裝出的興致已消失，只剩下了恐懼和不安。

「公爵，我的伯里斯的事您說要怎麼辦才好呀？」當她在前廳追上他時說，「我到底能給我那可憐的孩子帶去什麼消息呢？我現在幾乎無法再在聖彼德堡待下去了。」

儘管瓦西里公爵很不情願，甚至很不耐煩地聽著老夫人說話，可她仍然很溫柔地微笑著，緊緊地握住他的手，不讓他走掉。

「我知道對您來說，在君主面前說上一句話根本算不了什麼，可對伯里斯來說，就不一樣了，他就可以直接調到近衛軍去了。」她苦苦地哀求道。

「我一定會盡力的，公爵夫人，請相信我。」瓦西里公爵回答道，「可是我很難向君主提出請求；我倒是建議您借助格里契公爵的關係找一下盧米茨弗，這樣會更明智些。」

老夫人是德魯別茨卡婭公爵夫人，她出身名門望族，可是因爲貧窮，早已脫離了上流社會。她這次來就是要把她唯一的兒子安排到近衛軍裡去。瓦西里公爵的話讓她大爲震驚，那張昔日俏麗的臉上流露出憤恨的表情。可只一瞬間，她就恢復了微笑，更緊地抓住了瓦西里公爵的手。

「請您聽我說，公爵，」她說，「我從沒求過您，今後也不會來求您，我從沒向您提過我父親對您的情誼。可是現在，請您看在上帝的面上幫幫我兒子吧，我一定會把您當成我的恩人。」她補充道，

「請您答應我不要生氣，我求過格里契，可他拒絕了，請您發發善心吧。」說著，老夫人眼裡已充滿了淚水，可她還是盡力地微笑著。

「爸爸，我們要遲到了。」等在門口的公爵小姐海倫轉頭說道。權勢是上流社會生存的重要資本，因而必須要珍惜。瓦西里公爵深知這一點。他堅信，如果他替每個向他提出請求的人去求情，那麼，過不了多久，他就不能再為自己請求什麼了。可是德魯別茨卡婭公爵夫人這件事，他的良心有些不安了。因為她提到的一點是實情：他仕途剛剛起步時，多虧她父親的幫助。此外，他知道像她這樣的女人，特別是做了母親的女人，一旦打定了什麼主意，在願望實現之前是絕對不會甘休的。

「親愛的德魯別茨卡婭公爵夫人，」他用自己慣有的、親暱卻冷淡的語氣說，「對於我來說，要讓我做到您想要我做的事幾乎是不可能的；可是為了讓您知道我多麼懷念您已去世的父親，我想我要盡力辦到這件事，我向您保證，把您的兒子調到近衛軍去。這樣您覺得滿意了嗎？」

「親愛的，您真是一個好心人！」

他正想著去參加下一個宴會。

「請您等一下，我還有兩句話想說。那要到什麼時候呢……」她猶豫了一下，「您和庫圖佐夫[5]將軍的關係不錯，那麼就請把伯里斯推薦給他做副官吧，那樣我就……」

瓦西里公爵微微一笑，「這我可不能保證。您知道，庫圖佐夫擔任總司令之後，有很多人都纏著他想讓自己的孩子給他做副官呢，這可是他親口對我說的。」

5. 庫圖佐夫（一七四五至一八一三）一八〇五年，俄奧英同盟對拿破崙作戰時，任駐奧地利俄軍總司令。一八一二年，拿破崙發動對俄戰爭時，任俄軍總司令，指揮著名的波羅底諾戰役和塔魯丁諾戰役。一八一三年率領俄軍參加歐洲國家反對拿破崙的戰爭，不久病死。

「不，請您答應我的請求吧，要不然我不讓您走，我親愛的恩人。」

「爸爸，我們要遲到了。」美人兒用剛才的腔調又重複了一遍。

「好的，再見吧，我該離開了，您看……」

「那麼，明天您會稟報陛下嗎？」

「是的，可庫圖佐夫那裡我可不敢保證。」

「不，瓦西里，請您一定要答應我的請求。」德魯別茨卡婭公爵夫人追著他說，露出青年婦女賣弄風情時的那種微笑。這大概是她從前慣用的，可現在掛在她那憔悴的面龐上，竟顯得那樣不協調。

看來她已忘了自己的年齡，甚至習以爲常地把所有傳統女性慣用的手段全都用了出來。可當瓦西里公爵一走出去，她的臉上又恢復了昔日的冷漠和做作。她又回到那些聽子爵講故事的人的圈子裡，裝出在聽的樣子，等待離開的時機，因爲她的事已辦完了。

「對最近在米蘭舉行加冕禮的那齣鬧劇，您是怎樣看的？」安娜說道，「這裡還有新鬧劇呢：熱那亞和盧加的人民向拿破崙先生表達了他們的希望，而拿破崙先生在位時就已實現了各族人民的願望。唉！這真是令人驚訝的事！不，這會讓人發瘋的。想想看，現在全世界都昏了頭。」

安德烈公爵冷笑了一下，可他一直盯著安娜的臉。

「『既然上帝賜予了我王位，那麼誰敢來動它，我就要誰遭殃』（拿破崙在加冕時說的話）。」他說，「據說他講這話時很有氣勢。」他又用義大利語重複了一遍。

「我希望這已經到了大家忍讓的極限。各國君主不能再容忍這個給一切造成威脅的人存在了。」

安娜繼續說道。

「各國君主？希望你不是在說俄國，」子爵謙恭而又失望地說道，「君主們？他們爲大家都做了些什麼呢?他們什麼也沒做。」他越說越興奮,「請你們一定要相信我,他們絕對會因為不忠於波旁王朝而受懲罰的。這些昏庸的君主!他們甚至還派出使節向這個篡位者表示祝賀呢。」

他換了一個姿勢,輕蔑地歎了一口氣。一直透過長柄眼鏡凝視子爵的伊波利特公爵聽到這些話後,突然轉向小巧的公爵夫人,向她要了根針在桌上畫著孔德的族徽。他向公爵夫人詮釋這一族徽,像她向他請教時一樣。「孔德宅邸的族徽是一個張開的獸嘴,裡面有一根權杖,周圍繞著天藍色的獸嘴。」他介紹著說。

他說話的時候公爵夫人一直微笑地聽著。

「若拿破崙在法國的王位再持續一年,」子爵繼續著剛才的話題,而且還擺出一副比誰都瞭解這件事的架勢,不理會其他人的想法,按照自己的思路說著,「那麼,就會發生更多的事情了。整個法國上層社會就會因為陰謀、暴力、死刑、驅逐而徹底毀滅,到那時……」他攤開雙手聳了聳肩。

皮埃爾對談話產生了興趣,他本來想說些什麼,但一直照看著他的安娜打斷了他。

「耶利斯坦沙皇已經宣稱,」她帶著每逢談到皇族時都會顯現的憂鬱表情說道,「他將會讓法國人自己選擇他們想要的管理方式。因而我認為,一旦擺脫了篡位者,全國人民將會投入合法沙皇的懷抱,這是毋庸置疑的。」安娜盡力對流亡者及保皇黨表示出她的殷勤。

「可我認為這點很值得懷疑,」安德烈公爵說,「子爵先生認為事情做得太過火。可我覺得恢復到從前的狀態是很困難的。」

「可是據聽說,幾乎整個貴族階層都轉向支持拿破崙了。」皮埃爾紅著臉也插進來說。

「這是拿破崙的追隨者說的,」子爵並沒有看向皮埃爾,「現在想知曉法國的社會輿論應該是很困難的事了。」

「這是拿破崙說的。」安德烈公爵冷笑著說。

「『……我給他們指出了一條光明的道路，』沉默片刻之後，安德烈公爵又複述拿破崙的話，「『他們不想走，因而我爲他們打開前廳的門，隨後他們就成群地衝了進來……』我不知道，他到底有多大的權力可以這麼說。」

「他們毫無權力，」子爵駁斥道，「公爵被殺後，就算是最有成見的人也不再會將拿破崙看成英雄了。即便他曾經的確是個英雄，但公爵被殺後，大家都認爲世上少了個英雄，天上多了個殉難者。」子爵對安娜說。

安娜及其他人還沒來得及表示贊許，皮埃爾又插起話來了。安娜預感到他會說出些不應該說的話，可已經來不及阻止了。

「處死昂吉安公爵是依據國家的需要，」皮埃爾說，「拿破崙一個人來承擔後果，在這點上我看到了他的偉大之處。」

「我的天哪，你怎麼可以說出這些話！」安娜用嚇人的聲音小聲地說道。

「難道您從殺人上看出一種偉大的精神嗎，皮埃爾先生？」小巧的公爵夫人微笑著說，隨後把手中的活兒往面前拉了拉。

「啊！噢！」大家異口同聲地驚呼。

「太棒了！」伊波利特公爵激動地用英文說，可是子爵只是聳了聳肩。

皮埃爾用一種勝利的表情，從眼鏡上方看了看自己的聽眾。

「我之所以敢這樣說，」他繼續說道，「不過是因爲波旁王朝逃避革命，使人民陷入無政府狀態，只有拿破崙一個人理解革命，爲了大局，他沒有因一個人的生命而止步革命。」

「您想不想去那張桌上？」安娜說，可是皮埃爾沒理她，繼續說著他的看法。

「不，」他越來越激動，「拿破崙之所以偉大，是因爲他高於革命，他遏制了革命的不法活動，保留了公民平等、言論和出版自由的權利，因此他才取得了政權。」

「是的，但如果他取得政權後不害人，而是把權力交給一個合法的國王，他在我的眼中才會成爲偉人。」子爵說。

「人民把政權交給他，就是要他把百姓解救出來，只有這樣，人民才會承認他的偉大。因爲革命是偉大的事業。」皮埃爾先生繼續說道，他挑戰似地插進這些話，而且想盡快把全部的話都講出來，但這只能說明他還太年輕。

「難道說革命和殺人是偉大的嗎？……您現在不想到那張桌上去嗎？」安娜再次說道。

「這是民約論[6]！」子爵溫和地微笑著說。

「我指的不是殺死沙皇，而是在說這種主張。」

「是的，一種殺人、搶劫、殺死沙皇的主張。」突然一個略帶嘲諷意味的聲音打斷了他。

「當然，這雖然是極端的行爲，可其意義在於民權，在於公民的平等，在於擺脫偏見……拿破崙正堅持著這一切。」

「什麼叫平等和自由，」子爵輕蔑地說道，「你說的這些都是響亮的詞句，可它們早已經聲名狼藉了。難道有誰不喜歡平等和自由嗎？您知道嗎？我們的救世主早就宣傳過平等和自由。難道您認爲革命之後人們就變得更幸福了嗎？正相反。我們想要自由，可拿破崙把它毀了。」

6. 指盧梭的《民約論》。

安德烈公爵微笑著，先是看看皮埃爾，再又看看子爵，之後是看看女主人。

即使社交場合對安娜來說是輕車熟路，可一開始，皮埃爾出軌的舉動仍然把她嚇了一跳。可是，當她看到皮埃爾發表了那麼多褻瀆神聖的言論，子爵都沒有發火的時候，並且自己已無法轉變話題後，便主動參加到子爵一方，鼓足勇氣朝發言方發動進攻。

「可是，皮埃爾先生，」安娜說，「這個偉人沒經過法庭、沒任何罪證就輕易地處死公爵，你對此又作何解釋呢？」

「我倒是想知道，」子爵說，「對霧月十八日[7]的事情您作何解釋呢？難道這不是欺騙嗎？他這種騙人的做法根本不是偉人該有的行為方式。」

「還有他在非洲屠殺俘虜的行為，」小巧的公爵夫人說道，「這太駭人聽聞了！」她聳了聳肩。

「不管怎樣，」伊波利特公爵說，「他始終是個暴發戶。」

皮埃爾先生不知該回答誰，看了大夥一眼後笑了。他的笑容和別人不同，他們是似笑非笑，而他的笑能使他臉上嚴肅甚至有點陰沉的表情立刻消失，取而代之的是一種善良的、稚氣的，甚至是有點呆傻的，似乎在請人原諒的表情。

第一次見到子爵要出手了，因而大夥都沉默了。

「怎麼，難道你們想讓他一下子回答全部的問題嗎？」安德烈公爵說道，「而且，政治家的行為，應該要和統帥的行為及皇帝的行為區分開。」

「是的，是的，當然了。」皮埃爾趕忙接道，為有人替他講話而高興。

---

7. 霧月十八日（一七九九年十一月九日）拿破崙在大資產階級的支持下發動軍事政變，政變後的拿破崙自任第一執政，掌握軍政大權。

「我承認，」安德烈公爵繼續說，「從拿破崙在阿爾科拉橋上[8]，和他在雅法[9]的野戰醫院裡，向患瘟疫的人伸出援救之手的這些行為上看，他是個偉人，可是也有一些很難讓人為他辯解的行為。」

安德烈公爵站起身，並向妻子示意要離開，因為他想緩和剛剛造成的尷尬局面。

而伊波利特公爵卻在這時站了起來，請人們坐下，說道：「哈，今天有人給我講了個很有趣的笑話，我認為應該和你們一起分享。對不起，子爵，我將用俄語講這個笑話，否則笑話就沒意思了。」

伊波利特公爵熱情地堅持讓大夥聽他的笑話，於是所有人都停下了正在進行的動作或者正在講的話。隨後，伊波利特公爵開始講起笑話來，他說話的口音就像一個在俄羅斯住了一年多的法國人。

「在莫斯科有一位太太，她很吝嗇。她有兩個身材魁梧的跟車僕人，還有一個更為魁梧的女僕。一天，她對女僕說：『丫頭，你穿上奴僕制服和我出去拜訪，你跟在車後邊。』」

在聽眾還沒笑時，伊波利特公爵就笑了起來，這對講故事的人會造成不好的影響。可很多人，包括老夫人和安娜也都笑了起來。

「她動身不久便刮起了大風，那丫頭的帽子突然被風吹掉了，她的長頭髮被吹得披散開來……」

此時，他再也控制不住自己，上氣不接下氣地笑起來，並說道：「於是全社會都知道了……」

笑話就這樣結束了。儘管人們不知道他為何要說這段趣聞，而且還是用俄語說。可是，安娜和其他人都對伊波利特公爵的交際手腕表示讚賞，他愉快地結束了皮埃爾先生造成的不愉快場面。

8. 阿爾科拉是義大利北部維羅納省的一個村莊，一九七六年十一月十五日至十七日，拿破崙軍在阿爾科拉橋附近戰勝了奧地利軍，結束了所謂的維羅納戰役。
9. 雅法是巴勒斯坦的城市和港口，瀕臨地中海。

五

客人們在對安娜舉行了這樣開心的晚會表示過道謝之後，便相互告辭了。

皮埃爾不但不懂走出沙龍的禮節，而且不懂進入沙龍的規矩，他甚至不清楚在告別的時候應該說些讓人高興的話。他總是一副心不在焉的樣子，甚至起身時拿錯了帽子，他拿了一頂另一個將軍有著羽飾的三角帽，隨後扯著帽纓，直到那個將軍把帽子要回去才住手。可是，他的一切心不在焉：不會進出沙龍，以及在交際場中的不善言辭，都因爲他的單純和謙遜得到了彌補和原諒。

安娜轉過身來面對他，對他的言行表示原諒，並以基督的姿態溫和地向他點了點頭說：「我希望能夠和您再見，我親愛的皮埃爾先生。希望那時您能夠改變初衷。」

皮埃爾沒有回答，只是鞠了一躬，隨後又笑了笑，好像是在對大家說：「想法是想法，可我本身是一個善良、出色的人。」大家和安娜都感覺到了這一點。

安德烈公爵走進前廳，把肩膀靠近替他披斗篷的僕人，同時漫不經心地聽著他的妻子和伊波利特公爵的閒談。伊波利特公爵緊挨著漂亮的孕婦站著，眼睛直勾勾地盯著她。

「進去吧，安娜，會著涼的。」小巧的公爵夫人與安娜告別時說道。隨後她又小聲地加了一句：「那麼就這麼決定吧。」

因爲安娜事先已經把要替阿納托利和公爵夫人的小姑做媒的事告訴了她。

「那我就把希望寄託於您了，」安娜也小聲地說道，「請您寫信給她，隨後告訴我，她父親對這件事怎麼看。再會。」隨後她離開了前廳。

伊波利特公爵走近公爵夫人，隨後把臉湊到她旁邊，和她小聲地說著什麼。

兩個奴僕跟隨著他們，恭敬地站在那裡等待他們把話說完，聽著他們所不懂的法語露出若有所思的樣子。即使不太明白他們在討論些什麼，可是又不能流露出聽不懂的神色，於是大家都裝著聽懂的樣子。公爵夫人對伊波利特公爵說話時面帶笑容，聽他說話時也是笑容可掬。

「我很高興，幸好沒有去大使那兒，」伊波利特公爵說，「這是個令人愉快的晚會，不是嗎？」

「可有人說舞會很好，」公爵夫人噘著有茸毛的嘴唇答道，「社交界所有有姿色的女人都去了那裡。」

「怎麼可能是所有呢？美麗的公爵夫人，您就沒有去那兒。」伊波利特公爵愉快地笑道，隨後從僕人手裡抓過披肩，幫公爵夫人披上。誰也不知道是故意還是笨拙的緣故，把披肩披好後他的手仍久久停留，就像是在摟抱這位年輕的女子一樣。

她笑著而且優雅地閃開了，並轉過頭來，瞅了瞅自己的丈夫。安德烈公爵閉著眼，一副昏昏欲睡的樣子，顯得很疲倦。

「您準備好了嗎？」他問妻子，目光卻落在別的地方。

伊波利特公爵連忙披上他那件時髦的快拖到地上的外套，可外套絆著他的腳。他追著公爵夫人跑下臺階，此時僕人正扶她步上馬車。

「公爵夫人，再會。」他大聲喊道，他的舌頭和他的腳一樣不俐落。

公爵夫人提起衣裙，坐進了馬車。她的丈夫正在一旁整理佩劍。

「請您讓開，先生。」安德烈公爵用俄語不悅地對擋著路的伊波利特公爵說。

「我可在等您呢，皮埃爾。」剛才還冷冰冰的安德烈公爵，說這話的時候卻很親切。

車伕趕起馬車，輪子嘎嘎作響。伊波利特公爵仍站在臺階上等著子爵，不時地笑著，他已答應送子爵回家。

「喂，親愛的，那位嬌小的公爵夫人真的很美，」子爵坐進馬車時對伊波利特說道，「確實很美，」他輕輕地吻了吻自己的手指頭，「簡直像個法國女人。」

伊波利特噗哧一聲地笑出聲來。

「您不知道，您那副天真的樣子真夠可怕的。」子爵繼續說，「真可憐那個不幸的丈夫，還有那個想當攝政王的小軍官。」

伊波利特沒忍住又噗哧一聲笑出聲來，邊笑邊說：「我記得您還說過，俄國女人不如法國女人善於逢場作戲。」

皮埃爾到了安德烈公爵家。他就像進了自己家一樣，隨意地走進公爵的書房，隨意地躺在沙發上並順手從書架上拿起一本書（這是凱撒[10]的《筆記》），從書中間閱讀起來。

「安娜真的要病倒了，您到底對她做了什麼？」安德烈公爵搓著手走入書房。

皮埃爾翻過身來，沙發嘎嘎作響，他向安德烈公爵抬起愉悅的面孔，微笑了一下，揮了揮手。

「哦，那個神父真有意思，可不太明白事理，而且弄不清情況……我甚至覺得，永恆的和平即使有實現的可能性，我也解釋不清楚……」

安德烈公爵明顯對這種抽象的話題感到無味。「親愛的，現在您可以想說什麼，就說什麼。」

安德烈公爵在沉默片刻之後換了個問題問他，「您拿定主意了嗎？是做一名騎兵近衛軍軍官，還是當一名外交官？」

10. 凱撒，古代羅馬的政治家、戰略家、著作家和演說家。

皮埃爾盤著腿坐在沙發上。

「您應該能想到的。可我還是不知道該做什麼，兩個我都不喜歡。」

「可您總該做點什麼吧？您父親一直盼著您做決定呢。」

皮埃爾十歲時就由一個擔任家庭教師的神父陪著被送到國外去了，直至二十歲。當他回到莫斯科時，他父親對他說：「現在你到聖彼德堡去，盡快找個事做吧，不管做什麼我都同意。這些錢你可以隨便使用，這是給瓦西里公爵的信。不管發生什麼事，你都要寫信告訴我，我會幫助你的。」

皮埃爾選職業已經三個月了，可一直沒做出決定。安德烈公爵和他談的正是他的擇業問題。皮埃爾尷尬地摸了摸自己的額頭。

「可他一定是共濟會會員。」[11]皮埃爾說道，他指在晚會上遇見的神父。

「你說這話毫無意義，」安德烈公爵制止了他岔開的話題，「我們最好說點正經的吧。最近你到騎兵近衛軍去過嗎？……」

「沒有，我根本沒去過，可我想和您說說我的想法。現在的戰爭是反對拿破崙的。如果這是爭取自由的戰爭，我可以理解，而且我將會是第一個從軍的。」

聽了皮埃爾幼稚的話，安德烈公爵聳了聳肩，就像對這些荒謬的話不屑於做出回應的樣子。可關於這個單純的問題，只有安德烈公爵可以回答。

「如果人人都能爲自己的信念而戰鬥的話，那這個世界就不會有戰爭了。」他說。

「如果那樣的話就太美妙了。」皮埃爾說。

11. 共濟會是十八世紀在歐洲各國出現的一種神秘的宗教運動，以道德的自我修養為主旨，其成員多半是貴族和資產階級上層人物。

安德烈公爵苦笑了一下，「或許你是對的，可這種情況永遠不會出現……」

「那你是爲何而戰呢？」皮埃爾問。

「爲何？我不知道。我只知道我必須如此，而且……」他停了一下，「我去，是因爲我不喜歡這裡的生活！」

六

這時隔壁房間傳出了女人衣服摩擦的沙沙聲。安德烈公爵像醒過來似的抖動了一下，臉上又露出在安娜客廳裡時的那種表情。皮埃爾把腳從沙發上放下來。公爵夫人走了進來。安德烈公爵客氣地爲她搬來安樂椅。此時，她已經換上了居家服，當然這條裙子也一樣鮮豔別致。

「我一直在思考原因，」她像往常那樣坐進了安樂椅，用法語說道，「那些笨蛋男人，太愚蠢，都不娶她！正因爲這安娜不結婚。所以說你們根本不懂女人。皮埃爾先生，請您理解我爲什麼要這麼說，因爲您那麼善於辯論。」

「我也在和您丈夫辯論呢，我也很不理解他爲何選擇去打仗。」皮埃爾對公爵夫人說。在他的臉上絲毫看不出那種年輕男性和年輕女性談話時，常有的不自在的忸怩神態。

聽到這話，公爵夫人明顯地抖了一下，皮埃爾的話觸到了她的痛處。

「啊，我也這麼認爲！」她說道，「我真的一點也不明白，爲何男人就是爲戰爭而活？爲何我們女人什麼也不想，難道我們真的什麼都不需要嗎？您來給我們講一講這個道理吧。我對他說，他在這裡可以做叔父的副官，一個很出色的位置。他在這裡很受重視，很有名。最近在阿普拉克辛家，我聽見一位太太問道：『這就是那位赫赫有名的安德烈公爵嗎？』這是真話！」她笑起來，「因爲他到哪裡都是那麼受歡迎，只要他願意，他就能當上侍從武官。您知道，陛下也很青睞他，對他說話也很和藹。您覺得這事怎麼樣？」

皮埃爾瞅了眼安德烈公爵，看出來公爵對這個話題一點都不感興趣，就沒有再回答這個問題。

「您何時動身呢？」他問道。

「啊，請別說他要離開的事，千萬不要！我真的不願聽人談這事。」公爵夫人叫道。她用和伊波利特說話時那種嬌嗔、頑皮的語調說道。不過這種聲調在家庭圈子內明顯不那麼合乎情理，因爲皮埃爾似乎是這個家庭的一員了。

「今天我一想到我們的關係要斷絕的時候……還有之後，你知道嗎，安德烈？……」她意味深長地向丈夫擠了一下眼，「我怕，真的很怕！」她小聲說道，脊背抖了一下。

她丈夫驚訝地看了她一眼，好像發現除了皮埃爾和他自己之外，房裡還有別人一樣，可他仍保持著那種冷淡客氣的腔調向妻子問道：「我不明白你究竟怕什麼呢，麗莎？我真的沒法子理解。」他說道。

「天知道我在怕什麼，你就要把我拋下，把我獨自關在鄉下，爲了你自己突然冒出的古怪想法，天下的男人都只想自己，他們都是利己主義者！」

「還有我妹妹以及父親呢。」安德烈公爵輕聲地說道。

「不管怎樣說我還是一個人，我根本沒有朋友……他還指望我不會怕這些事，可以應付自如呢。」她噘起上唇，做出很不愉快的表情，她的聲調分明就是埋怨了。

埋怨過後的她沉默下來，好像覺得當著皮埃爾的面談她懷孕是不得體的，即使問題的實質就在於此。

「我還是不明白，你在害怕或擔心什麼？」安德烈公爵慢吞吞地道，但他的眼始終直視著妻子。

公爵夫人失望地揮動著雙手，她的臉突然紅了。

「不，安德烈，你變了，你怎麼會變得那樣厲害呢？……」

「醫生告訴過你要早一點睡的，」安德烈公爵說道，「你現在該去休息了。」

公爵夫人沒有說話，可嘴唇抖了一下，安德烈公爵沒有再理會她，站起來聳了聳肩，隨後在書房裡走來走去。

皮埃爾驚訝地透過眼鏡，一會兒瞅瞅公爵夫人，一會兒看看安德烈公爵，站也不是，坐也不是。

「皮埃爾先生在這裡有關係嗎？」小巧的公爵夫人突然又發話了，她那優雅精緻的小臉突然換上了一副要哭的苦相。「安德烈，你爲何要如此對待我？我到底是哪一點錯待了你？現在你竟然說要去從軍，一點也不可憐我，這到底是爲什麼？」

「麗莎！」看著她，公爵僅說了這兩個字。可這兩個字裡既有請求，也有威脅。

可是她還是不顧一切地說了下去：「你現在把我當成孩子或病人看待，我可以理解！可是半年前你也是這樣嗎？」

「麗莎，我求求你不要再說了。」安德烈公爵加重了語氣。

皮埃爾聽了這些話，變得激動起來，他站起身，走到公爵夫人面前。他幾乎忍不住要流淚了。

「請您冷靜冷靜，公爵夫人。那些都是您的錯覺，請您一定要相信，我也經歷過這些……爲何……因爲……不，請您原諒！原諒我這個外人的胡言亂語吧……不，請您趕忙冷靜一下……我告辭了，就這樣吧！……」

安德烈公爵抓住他的手，把他攔住了。

「不，請您留步，皮埃爾。我想公爵夫人很善良，她應該不會剝奪我和你共度一個快樂夜晚的權利。」

「不，他現在只是爲了他自己。」公爵夫人絕望地叫道，終於控制不住地流下了眼淚。

「麗莎。」安德烈公爵冷冷地說道。

突然，公爵夫人那憤怒、扭曲的表情，變成了迷人且能夠引起同情的恐懼。她用那漂亮的眼睛看了她丈夫一眼，露出了膽怯、認錯的神情。

「我的天哪，我的天哪！」她不停地嘟囔著，手提著衣裙靠近她的丈夫，輕輕地親了一下他的額頭。

「再見，麗莎。」安德烈公爵站起來，生疏而客氣地吻了吻她的手。

氣氛變得尷尬起來，兩個朋友誰也不願先開口，安德烈公爵搓著腦門，皮埃爾不停地看著他。

「我們去吃晚飯吧。」他歎了口氣，說道，然後率先站起來向門口走去。

他們走進新裝修過的豪華雅致的餐廳。那裡有嶄新的餐巾和瓷器，還有閃亮的銀器和剔透的水晶玻璃器皿，所有的東西都充滿了新婚夫妻家庭裡的新鮮感。

晚飯吃到一半的時候，安德烈公爵停下來，把手肘支在餐桌上，像突然有一件在心裡積壓了很久的事湧上心頭，最終決定說出來似的。

他的臉上洋溢著激動的表情，說道：「記得永遠不要結婚，我親愛的朋友，請聽我一句忠告。在你還沒有做完你想做的一切，在你還沒把她的本質看清時，千萬不要結婚，要不然你就會犯下很嚴重甚至不可挽回的錯誤。等你老了，覺得不會再有作爲的時候，再結婚吧……否則你所有美好的、高尚的東西就會消失在這些瑣碎的事情上。是的，確實是這樣的！不要用那樣詫異的眼神看我。如果你對自己的前途還心存希望的話，那麼，結婚會讓你覺得每走一步，你的一切都會完了，隨後只能在客廳裡與宮廷的白癡和僕人們爲伍了，因爲全部的路都給堵死了。……事實就是這樣的……」

他用力地揮了揮自己的手。

皮埃爾摘下了眼鏡，驚奇地看著他的朋友。

「我的妻子，」安德烈公爵繼續說道，「她真的是個不一般的女人，是那種能使男人對自己的名譽放心的少數女人中的一個。可是，上帝啊，如果我能成爲一個未婚的人，我情願爲此付出所有的一切！因爲我愛你，所以才會對你說這些話。」

安德烈公爵在說這番話的時候，就更沒有那種懶洋洋地靠在安樂椅上、眯縫著眼睛、說話時聲音從牙縫裡擠出的、博爾孔斯基的神韻了。此時他臉上的每一塊肌肉，都因爲興奮而僵硬地抖動著，還有他那雙眼睛，此時爆出精光，神采奕奕。他越是興奮就越顯得生氣勃勃，就越顯出平時的死氣沉沉。

「這些你可能還不能理解，」他繼續說道，「你要知道這是整個人生歷程。如果讓我討論拿破崙和他的事業的話，」他說道，即使皮埃爾沒有和他談拿破崙，「是的，拿破崙進行活動並逐步向他的目的前進，他是自由的，除了他的目的外，他一無所有，所以他理當達到那個目標。可是，如果你把自己跟一個女子捆綁在一起，就會如一個上了鐐銬的囚犯，喪失了全部的自由，失去了全部的力量和希望。這些累贅，使你懊惱而痛苦，使你追悔莫及。客廳、閒話、舞會，還有虛榮、渺小——所有這些都是我無法擺脫的怪圈。我立刻要去打仗了，這是一場前所未有的偉大戰爭，而我卻還是一個什麼都不知道的不中用的廢物。我是個空談家，」安德烈公爵繼續說道，「在安娜家，雖然他們喜歡聽我說話，可是這該死的交際圈，我的妻子沒它就不能生活，那些無聊的女人……希望你能明白什麼是正派女人，確切地說什麼是女人！我父親說得對，是虛榮、愚蠢、自私自利，當那些女人露出真面目時，就是所謂的女人！當你在交際場合中看見她們時，好像她們有些什麼似的，可是什麼也沒有，我最親愛的朋友，一定要記住，千萬別結婚！」安德烈公爵結束了他的話。

「我覺得很可笑，」皮埃爾說，「您認爲自己無能，過的是墮落的生活。可是我認爲您前途無量啊。而您會……」

他的語調表明他很看好這位朋友，而且對他的未來抱有厚望。皮埃爾把安德烈公爵看作完人，安德烈公爵所具有的一切品德，正是他所欠缺的。一直讓皮埃爾感到驚訝的是，安德烈公爵那麼善於和任何人打交道，沉著鎮定。他有超強的記憶力、見多識廣、博覽群書、無所不知甚至能洞悉一切，特別是他超強的研究能力和工作能力。即使安德烈公爵不善高談闊論，皮埃爾也沒把這看成是缺點，而是把它看作力量的表現。

「我現在一無是處，」安德烈公爵說道，「不談我了，我們現在還是說說你吧。」他沉默了一下說，並爲他那自嘲的想法微笑。這笑容也迅速地反映在皮埃爾臉上。

「我有什麼好說的？」皮埃爾露出笑容說道，「我算什麼東西？不過是個私生子！」他漲紅了臉，似乎是鼓足了勇氣才說出這句話的。「我現在無名望，無財產……不過是……」他沒說出是什麼。

「不過我覺得這也沒什麼不好，至少目前，我自由自在。可我不清楚我首先該做什麼，因而我來找您談談，我想認真地和您商量一下。」

安德烈公爵和善地看著他。可是，他溫柔、友善的目光裡還是表現出了一種優越感。

「你做什麼都很完美，你一定會成功的。我很愛你，就是因爲你是我們這個圈子裡唯一的活人。你到哪裡都能像金子一樣發光，可是，不要再去瓦西里公爵家，也不要再過那種生活，那些狂飲、胡鬧及其他的……」

「我也是迫不得已啊。」皮埃爾聳聳肩答道，「女人們，就像您所說的那些女人啊！」

「我真的不明白，那些正經的女人，」安德烈公爵回答說，「還是暫且不說了，不過瓦西里公爵家的女人和酒，我實在不能理解。」

皮埃爾住在瓦西里．庫拉金公爵家，和他的兒子阿納托利一樣過著頹廢放縱的生活。他們打算讓阿納托利娶安德烈公爵的妹妹，試圖用這個辦法讓他改邪歸正。

「您知道嗎？」皮埃爾說道，「我早就在想這個問題了：遠離那樣的生活。我不能做事、不能思考，什麼事都拿不定主意。我很苦惱，而且錢也用光了。他今天又邀請我去，但是我已經決定不去了。」

「你能向我保證，以後絕不會去了？」

「是的，我向您保證！」

皮埃爾離開他朋友家的時候，已過了半夜一點，那是聖彼德堡六月的一個黑夜。皮埃爾坐上馬車，本打算直接回家，可馬車離家越近，他卻越覺得沒法入睡，他覺得這不像是該睡覺的時間，更像是黃昏或清晨。走在空曠的街道上，他能看得很遠。皮埃爾想，今晚他的一幫賭友一定還在阿納托利那裡聚眾豪賭，散牌之後，他們照例要狂飲一番，最後以皮埃爾很喜歡的娛樂方式收場。

「我倒是很想去阿納托利家看一下情況，不知他們是否還在賭博。」他想。可是他立刻又記起自己曾對安德烈公爵保證不再去那裡。

正像所有優柔寡斷的人一樣，皮埃爾強烈地想回到那墮落放縱的生活，於是他突然就決定去了。他想道：對安德烈公爵許下的承諾是不能算數的，因爲在安德烈公爵之前，他已經答應阿納托利公爵去他家赴約了。皮埃爾時常陷入這種使他所有的打算和決心蕩然無存的思考中。所以他最終還是決定乘車去阿納托利家了。

他乘車來到阿納托利住的大房子前，登上設有燈光的臺階，上了樓梯，走進敞開的門。可除了隱約的說話聲和叫喊聲外，大廳空蕩蕩的，只剩下一地的酒瓶、套鞋和外套。顯然，那些客人還沒回家，但晚餐和牌局已經結束了。皮埃爾脫下斗篷，進入了第一個房間。那個屋裡只有剩餘的晚餐和一個僕人，而且他正自以為無人知曉地喝著杯子裡剩下的酒。那些熟人的叫喊聲和熊的咆哮聲以及喧囂聲和大笑聲，正清晰地從第三個房間裡傳出來。

他走進去以後，發現大約八個青年人正神情緊張地聚在一個敞開的窗口前，另有三個人正在耍一頭小熊。其中一個人牽著熊身上的鏈子，不時要拿牠來嚇唬另一個人。

「我押史蒂文斯一百盧布！」一個人大叫道。

「我押多洛霍夫！」另一個嚷道，「阿納托利，你快來把我們的手掰開[12]。」

「喂，不要管小熊，這裡正在打賭呢。」

「要是你現在不能一口氣喝乾，就算輸了！」第四個喊道。

「雅可夫！拿瓶酒來，雅可夫！」主人喊道。

主人是一個高大俊美的男子，他混在人群中，穿著一件敞到胸口的細布襯衫。「稍等，各位……給你們介紹一下，他來了，皮埃爾，這就是我親愛的朋友……」他轉身對皮埃爾說道。

一個聲音從窗口處傳來：「大家快過來，把打賭人的手給分開！」說話的是一個藍眼睛、身材適中的人。在這些醉漢混亂不清的叫聲中，他卻能保持清醒這點格外使人驚奇。他是與阿納托利合住的多洛霍夫，是謝苗諾夫團的軍官，大名鼎鼎的賭棍和決鬥家。皮埃爾開心極了，興奮地看著周邊的人。

「我怎麼搞不明白，到底是怎麼回事？」他問道。

「請等一下，給我拿瓶酒來，我可還沒有喝醉呢！」說完，阿納托利向皮埃爾走去，並從桌上拿起一只杯子：「你先喝！」

12. 俄國習慣，打賭時要握手，然後由證人把手分開。

皮埃爾一杯接一杯地喝了起來。他邊喝邊皺著眉掃視那些又聚在窗前喝得大醉的客人，聽他們在討論些什麼。

阿納托利一邊不斷地給他倒酒，一邊解釋說，多洛霍夫在和英國海軍軍官史蒂文斯打賭，多洛霍夫要坐在三樓窗口雙腿垂在外面，一口氣喝乾一瓶甜酒。

「快喝完它，你必須得喝完它，要不然我們不會放你走！」阿納托利說著把最後一杯遞給皮埃爾。

「不，我不想喝。」皮埃爾推開酒杯走向窗口。

多洛霍夫正握住那個英國人的手向他重複賭約。

多洛霍夫中等身材、卷髮、淺藍色的眼睛，約二十五歲。他沒留鬍子，因此，嘴部線條很突出。這是一個很完美的曲線，在他的上唇中部形成一個有力的楔形。他緊閉著的下唇上彎著，因此，嘴角兩邊常常露著兩個酒窩。另外他那放肆，還有果斷、聰慧的眼神，使人更加注意他的這張臉。多洛霍夫是一個不富裕、人際關係也不太好的人，而阿納托利揮金如土。但多洛霍夫竟也能和他合住，並使阿納托利和所有認識他們的人，尊重他勝過尊重阿納托利。無論什麼樣的賭博多洛霍夫都很拿手，而且總是贏。他還很會喝酒且總能保持清醒。他和阿納托利在聖彼德堡的浪子和酒徒中赫赫有名。

這時一瓶甜酒拿來了。兩個僕人正慌張地拆著窗框，因爲它無法使人坐到窗外的斜坡上。那些老爺的吆喝和指手畫腳幾乎把他倆嚇糊塗了。

阿納托利以勝利者的姿態走到窗前。他推開奴僕，想自己動手，可窗框紋絲不動，於是他把一塊玻璃砸碎了。

「還是你來吧，大力士。」他對皮埃爾說。

皮埃爾抓住橫樑一拉，喀嚓一聲，那個橡木框子就被扯斷了，有的地方甚至被拔了出來。

「把窗框全拿下來吧，要不然他們會認爲我需要扶呢。」多洛霍夫說道。

「難道英國人在吹牛嗎……啊？……現在可以了嗎？……」阿納托利問。

「好了。」皮埃爾瞧著多洛霍夫說道，他已經手拿甜酒走向窗口了。此時，從被破壞的窗框可以看到天空的亮光。

多洛霍夫手拿著那瓶甜酒「嗖」地跳上了窗臺。

「現在聽我說！」他站在窗臺上向屋裡大聲喊道。於是，大家安靜了下來。

「我打賭，」他用法語說，「我願意賭五十塊金幣，或者你想賭一百塊吧？」說後一句時，他轉向了那個英國人。

「不，我們也賭五十塊。」英國人回答。

「那就賭五十塊金幣好了。現在誰能坐在窗臺外面，不扶任何東西，一口氣喝完一瓶甜酒，他就立刻可以擁有五十塊金幣，是這樣嗎？」

「是的，很好。」英國人回答他。

阿納托利轉向那個英國人，一把抓住他外衣上的鈕釦，居高臨下地盯著他，用英語把賭注和條件又重複了一遍。

「稍等！」多洛霍夫喊道。他拿瓶子敲打著窗子，以便使大家的注意力集中到他說的話上，「稍等，阿納托利。你們聽著！不管誰做到那些事，我就會給他一百塊金幣。懂嗎？」

英國人點了點頭。可是阿納托利還是不肯放過英國人，即使他已點頭表示他全明白了，阿納托利還是堅持要把多洛霍夫的話給他翻譯成英語。一個瘦弱的小伙子，近衛驃騎軍官，今晚輸了錢，他抓住窗臺探頭向樓下望了望。

「哇……」他從窗口向下看著那個人行道上的石頭小聲喊道。

「安靜！」多洛霍夫喊道，並把這個瘦弱的近衛驃騎軍官從窗口拉下，因爲被自己的馬刺絆著，他只能笨拙地跳回屋裡站著。

多洛霍夫把酒瓶放在窗臺上以便拿到，然後他小心地爬出窗口，伸出自己的兩條腿，用雙手控制了一下身體平衡，他扶著窗沿試了試，坐穩後，鬆開兩隻手，左右挪了挪，之後拿起瓶子。

阿納托利拿來兩支蠟燭，放在窗邊，即使天已很亮了。多洛霍夫的後背和長著卷髮的頭，都被蠟燭照亮了。大家擠在窗口周圍。皮埃爾微笑著沒有說話。一位年紀較大的清醒的人，帶著虛驚和氣憤的表情突然擠到前面去，像是怕多洛霍夫落下窗臺似的立刻揪住他的襯衣。

「先生們，冷靜些吧！他會摔死的！」這個比較理智的人說道。

阿納托利攔住了他的手。

「不要碰他！你這樣嚇著他，他才會摔死。……他因爲你輸了打賭，怎麼辦啊？」

多洛霍夫轉過來調整了一下身體以便坐穩。

「如果再有人來打攪這個打賭，」他說道，這些話一字一句地從他那薄薄的嘴唇中擠出來，「我就會把他從這裡扔出去，讓他比我先摔死。喏！」

說完之後，他又轉過身去，鬆開兩手，把瓶子舉到嘴邊，仰起頭來，同時抬起那隻空手來維持平衡。一個彎下身子本想撿碎玻璃的奴僕直直地盯著多洛霍夫，嚇得再也不敢動了；阿納托利瞪大眼睛直挺挺地站在那裡；那個英國人噘著嘴從旁邊看著；還有那個試圖阻止這個瘋狂賭注的理智的人，現在已經跑到屋角去了，他對著牆躺在一張沙發上，不去看窗臺上的多洛霍夫和那些圍觀的人；皮埃爾蒙起臉來，露出恐怖、害怕的神情。

過了一會兒，皮埃爾移開蒙眼的手，只見多洛霍夫還以保持喝酒的姿勢坐著，只是隨著瓶子越來越空，他的頭更加向後仰了，一直仰到他的卷髮碰到襯衫領子上。他那隻拿著瓶子的手舉得越來越高，身體也因此抖動起來。「他為何喝了這麼久？」皮埃爾想道，他覺得已經過了半個多小時。

突然間，多洛霍夫的脊背向後動了一下，他的胳膊也抖動著，這個抖動擴展到他全身，他的頭和手臂抖得更厲害了。這麼大的動靜足以使他的整個身體滑下去。這時，他的一隻手舉起來要抓住窗臺，可到中途又放下去了。皮埃爾緊張又害怕地閉起眼睛。突然間，他覺出旁邊的人都動起來了，睜眼一看：多洛霍夫竟然站在了窗臺上，臉色很蒼白，但神情很愉快。

「我喝完了！」隨後他把瓶子丟給英國人，噴著強烈的甜酒味從窗臺上一躍而下。

「好樣的！這才叫打賭！真是見鬼了！」大夥從安靜中清醒過來，每個方向都發出喊叫聲。

英國人拿出錢袋，開始數錢。一旁的多洛霍夫皺起眉頭沉默不語。這時，皮埃爾突然跳上窗臺。

「這我也做得到，先生們，誰來和我打賭！」他叫道，「算了，還打什麼賭，我現在就要這麼做，立刻叫人給我拿一瓶酒來。我能做到……拿酒來！」

「讓他做，立刻讓他做。」多洛霍夫含笑說道。

「你怎麼了？誰會讓你做，瘋了嗎？你不記得你在樓梯上還頭暈嗎?!」人們七嘴八舌地說道。

「誰說我不能！我一定會證明！我一定要喝的！立刻給我一瓶甜酒！」皮埃爾喊道，像個醉漢一樣，一邊捶著桌子，一邊爬到窗臺上去。

人們試圖抓住他的兩臂，可是他的力氣很大，凡是靠近他的人都被推出去很遠。

「不，你們根本制服不了他，……等一下，我能騙走他，」阿納托利說道，「你聽著！皮埃爾，我情願和你打這個賭，不過一定要等到明天，因為現在我們都要動身到×××家去……」

「走，」皮埃爾叫道，「走吧！……我們把小熊也帶去……」

於是，他捉住了那頭熊，隨後把牠抓在懷裡，又把牠舉起來，最後摟著牠在房間裡轉了起來。

七

在安娜的晚會上，德魯別茨卡婭公爵夫人曾爲她的獨生子伯里斯向瓦西里公爵求情，瓦西里公爵履行了他的諾言。他已向陛下稟告了此事，伯里斯現已被調到近衛軍謝苗諾夫團擔任准尉了。儘管德魯別茨卡婭公爵夫人用盡了手段，但伯里斯還是沒能謀到庫圖佐夫副官或司令部的差事。這次晚會後不久，公爵夫人就回到了莫斯科，直接去了羅斯托夫家，這是她的一個富裕闊綽的親戚。

在莫斯科這麼多年來，他們一直住在那裡。伯里斯從童年起就在他們家受教育，直到成人。最近他剛被升爲陸軍准尉，沒多久又被調任爲近衛軍准尉。他現在留在莫斯科置辦軍裝，任務完成後要在去拉茲維洛夫[13]的行軍途中趕上隊伍。

這天，羅斯托夫家女兒娜塔莎和母親一起過命名日。從清早起，羅斯托夫伯爵夫人的大宅邸前就開始川流不息了，前來祝賀的人絡繹不絕。伯爵夫人和她美麗的大女兒正坐在客廳裡，接待前來祝賀的客人。

伯爵夫人是一個四十五歲左右的女人，一張東方女性的瘦削臉蛋，因爲生孩子而顯得有些疲憊。由於身體虛弱，她說話或做事都很緩慢，顯出令人肅然起敬的莊重神情。德魯別茨卡婭公爵夫人也坐

13. 拉茲維諾夫，俄國邊境都市，援奧俄軍經此進入加西利亞。

在客廳裡，她就像在自家一樣應酬著客人。伯爵迎送客人並邀請前來祝賀的人出席宴會一起用餐。

「很感謝您，親愛的，」她對所有的人，毫無例外地都這麼稱呼，「我替兩位過命名日的親人感激您的光臨。請您一定要留下用餐，千萬別見怪，親愛的！我代表全家衷心地邀請您來參加晚宴，最親愛的！」她對所有人都講著這千篇一律的話。

伯爵表情始終如一，他和每個人都用力地握手，並且不斷地鞠躬。送走離開的客人後，他就會回到客廳裡某位沒有退席的客人身邊，拉張椅子坐到他或她跟前。他的兩條腿隨意地叉開，兩手放在膝蓋上，隨後搖晃著身子找話題，或是預測一下天氣，或者是談談健康，他有時用俄語，而有時又會用自以爲不錯其實卻很差勁的法語。雖然疲憊不堪，但他仍然盡職盡責地送走來祝賀的客人。他一邊整理禿頂上稀疏發白的頭髮，一邊邀請客人留下來用餐。

有一次，他甚至在回客廳的途中，穿過花房和傭人休息室，進入供八十人用餐的大理石大廳。他看到僕人們忙進忙出，搬動銀器和瓷器，擺桌子、鋪花緞桌布。他把貴族出身的總管德米特里叫到跟前，對他說：「喂，德米特里，你可要注意把一切辦妥啊！」他帶著點自鳴得意的神情，掃視著那巨大且已經擺開的餐桌，「現在的主要任務是擺好餐具，像現在這樣就不錯……」他心滿意足地歎了口氣，又轉身回到客廳去了。

「瑪麗亞．卡拉金和小姐到了！」伯爵夫人那個魁梧結實的僕人走進客廳，小聲稟告伯爵夫人。伯爵夫人沉思了一下，聞了聞嵌著她丈夫畫像的金鼻煙壺。

「今天快要把我累死了。」她抱怨道，「這位夫人很拘禮，不過還好她是最後一個了，還是我來接待她吧。請她進來。」她用憂鬱的聲音對僕人命令著。

隨後，一個趾高氣揚，長得肥胖、高大的太太，領著她圓臉面帶微笑的女兒，大步地走進了客廳。

「親愛的伯爵夫人，我們很久沒見啦……可是她病倒了，真是個可憐的孩子……那個在拉祖莫夫斯基的舞會上……還有阿普拉克辛娜伯爵夫人……我現在高興極了……」女人們熱烈的談話聲不斷傳來。她們的談話一旦出現停頓，客人們就會站起來，隨後伴著沙沙作響的衣裙聲說道：「我很高興……為了母親的健康……阿普拉克辛娜伯爵夫人……」之後客人們帶著衣裙的沙沙聲走進前廳，穿上他們的斗篷和外套坐車走了。他們討論的話題集中在當時城裡的新聞上：關於葉卡捷琳娜時代的美男子——著名富豪別祖霍夫伯爵的病情，以及他的私生子皮埃爾。

「我真為伯爵感到痛惜，他真不值得，」一個客人說道，「他的健康狀況早已惡化，現在又要替兒子分擔痛苦，這真的會置他於死地的！」

「大家能告訴我到底發生什麼事了嗎？」伯爵夫人追問道，就像她從未聽說過此事一樣，實際上她至少已經聽過不下十五次了。

「這就是現代教育的後果，」那個客人繼續大聲地說，「這個青年人現在住在聖彼德堡，他在國外的時候就我行我素，天知道他都幹了些什麼，我聽說，因為他做了可怕而且出格的事，所以才會被員警押解驅逐出聖彼德堡。」

「那他們究竟做了什麼事才這樣？」伯爵夫人繼續追問道。

「因為他交了不該交的朋友，」德魯別茨卡婭公爵夫人插嘴道，「就是瓦西里公爵的兒子和多洛霍夫，天知道他們幹了些什麼勾當！他們兩個人都受到了嚴厲的懲罰。多洛霍夫被降為士兵，別祖霍夫伯爵的兒子被趕回了莫斯科。至於阿納托利，他父親不知用什麼手段把這些事情遮掩過去了，不過他仍被驅逐出聖彼德堡了。」

「可是，您還是沒講他們究竟做了些什麼？」伯爵夫人問道。

「他們是一群可惡的土匪，特別是多洛霍夫。」女客人代她回答道，「即使他母親是瑪麗亞・伊萬諾芙娜這樣受人尊敬的夫人，可那根本改變不了什麼。你絕對不敢想像：這三個人不知道從哪兒弄到一頭熊，把牠放在一輛馬車上，隨後帶著牠去看一些女戲子。員警分局長跑過來制止他們，他們竟然抓住那個員警分局長，然後把他跟那頭熊背對背地綁起來，最後把他們一起扔到莫伊卡河裡，於是那頭熊馱著員警分局長游起泳來。」

「那個員警分局長臥在熊背上的姿勢一定很不錯吧，親愛的！」伯爵喊道。聽了這件事，除了好笑，他並沒有覺得什麼。

「唉，你怎麼能笑得出來，伯爵？」可是女士們自己也不由得大聲笑了起來。

「我聽說別人費了好大勁，才把那個可憐的分局長給救上來，」女客人繼續說道，「別祖霍夫伯爵的兒子就是這樣挖空心思地折磨別人以使他自己快樂！」女客人補充說：「聽說，他曾受過很好的教育，可是在國外受教育之後竟變成這樣。儘管他是那麼富有，我希望大家都不要接待他。」

「您爲何說這個青年人很有錢呢？」伯爵夫人問道，不過少女卻裝作沒聽見夫人在問她。「要知道，他有很多私生子。看來……皮埃爾也是私生子。」

女客人不耐煩地揮了一下手。

「我猜他有二十來個私生子。」德魯別茨卡婭公爵夫人適時地插嘴道。

「就是這麼回事，」她有點意味深長地說，隨後壓低自己的聲音，「別祖霍夫伯爵的名聲是路人皆知的……他的私生子女數不勝數，不過要數皮埃爾最爲得寵。」

「如今他老了，可一年前他還很迷人呢，」伯爵夫人說道，「我還從沒見過比他更俊帥的男人呢。」

「不過現在情況已經變了。」德魯別茨卡婭公爵夫人繼續說道，「從妻子那方面來說，瓦西里公爵才是全部財產的直接繼承人。可是，好像伯爵更加看好皮埃爾，很注重對他的教育，而且又曾向陛下致函……因此沒人知道，若他死了，他的這一大筆財產將會落到誰的頭上，是皮埃爾呢，還是瓦西里公爵？那可有四萬農奴和幾百萬盧布呢！這都是瓦西里公爵親自告訴我的。此外，別祖霍夫伯爵是我母親的表弟，也是我的伯里斯的教父。」她又補充說道。

「瓦西里公爵昨天抵達莫斯科了。我聽說，他是來視察的。」一個女客人大聲地說。

「是的，不過，只是對您我才會這麼說，」公爵夫人說道，「那都是騙人的。其實他來是因爲別祖霍夫伯爵病重。」

「可是，親愛的，我認爲這沒準是個幌子，」伯爵說道。發現那個年紀大的女客人沒在聽，他就把身子轉向了那些年輕的小姐。「那個員警分局長的樣子多麼好笑，我敢肯定！」

他自言自語時想著員警分局長揮舞雙臂的樣子，所以哈哈大笑起來，深沉而響亮。他那肥胖的身軀隨著笑聲擺動著。「請一定要來舍下吃飯，就這樣吧！」他大聲地講道。

八

隨後大家都默不作聲。只見伯爵夫人面帶笑容看著那位客人。此時的她沒有掩飾自己的愉快心情，如果客人這時站起來告辭，她一點也不會感到不愉快。

客人的女兒已經開始整理衣裙了，正用詢問的眼神看著她母親，此時，隔壁房間突然傳來幾個男孩和女孩跑向門口的腳步聲，以及他們絆倒椅子的聲音，接著大家看到了一個十三歲的女孩出現在房間門口，她的短紗裙裡好像掩藏著什麼，隨後她停在了房中間。這時，門口又出現了一個穿著深紅色制服的大學生和一個近衛軍軍官，還有一個十五歲的女孩，另外還有一個穿著兒童短上衣，胖胖的、面色紅潤的小男孩。

突然伯爵跳起來，激動地張開雙臂，熱情地把跑進來的小女孩摟住了。

「啊，她終於來了！」他笑著叫道，「我最最親愛的小壽星！」

「親愛的，做事請注意場合，」伯爵夫人故作嚴厲地說道。「你總是溺愛她！」她轉向丈夫補了一句。

「您好嗎，我親愛的寶寶？祝賀您……」女客人說道，「多麼可愛的孩子啊！」她又對伯爵夫人補充道。

這個有著烏黑眼睛和大嘴巴的女孩，不漂亮，可是很活潑，因為跑得太快以至於她的肩頭露了出來，一頭黑卷髮披在身後，無袖的禮服露出纖細的手臂，她穿著鑲著花邊的褲子，腳上穿的是低口鞋。她正值妙齡。

她從父親的懷抱裡掙脫出來，跑到公爵夫人面前，根本不在乎母親嚴厲的斥責，將她那泛紅的臉擠在她母親大披肩的花邊中。她笑著若斷若續地嘀咕著從衣褶裡取出個小娃娃。

「你們看見了嗎？……布娃娃……咪咪……您看。」

娜塔莎再也說不下去了，因為她覺得這太可笑了。

突然，她趴倒在母親身上，大聲地笑了起來，聲音響亮。這一舉動逗得所有客人，包括那個古板的女客人在內，都情不自禁地大笑了起來。

「得了吧，快點去吧，帶上你的醜娃娃走吧！」她的母親假裝生氣地推著自己的女兒，把她推到邊上，然後轉向那些女客人介紹道：「她是我最小的女兒。」

娜塔莎抬起她那笑出眼淚的小臉，偷偷地眨眨眼，又偷偷地看了媽媽一眼，然後把臉藏了起來。

那些被迫欣賞完這個家庭場面的客人，都認爲自己應該有點表示。

「告訴我，親愛的，」她對娜塔莎說道，「咪咪是你的什麼人？我猜她大概是你的女兒吧？」

娜塔莎一言不發，反而板起臉來看著客人。因爲她根本不願客人用對孩子講話的那種口氣對她講話。

此時，年輕的一代：德魯別茨卡婭公爵夫人的兒子伯里斯軍官，羅斯托夫伯爵的長子大學生尼古拉，伯爵十五歲的外甥女索尼婭，還有伯爵最小的兒子彼佳，都已在客廳裡就座了。他們努力地控制著自己的笑容，以免太失禮。他們之前在房間裡的談話，比在客廳裡的話題更加令人開心。他們不時地互相打量著，並盡力忍住笑聲。

這中間的兩個青年人——那個大學生和軍官，他們從童年起就是朋友，年齡相仿而且都很漂亮，但也只有這兩個共同點，事實上他們一點也不一樣。伯里斯頭髮淺黃，五官端正，面龐沉靜、清秀。尼古拉身材不高，一頭卷髮，看起來很坦率。他的上唇已經長出黑茸茸的小鬍子，面龐不時地流露出激動的神情。尼古拉一走進客廳，臉就紅了。很明顯，他打算找個話題，可又不知該從何說起。伯里斯則相反，立刻就找到了對應之策：當布娃娃咪咪還是個小姑娘時，他就認識她了，那時她的鼻子還未碰壞。在他認識她的五年中她變老了，而且頭蓋上出現了裂縫。

說完之後，他朝娜塔莎望了一眼。娜塔莎轉過身瞪她的小弟弟時，她的小弟弟正閉著眼不出聲地笑得發顫。她再也按捺不住她的情緒，一下跳起來，撒腿就跑，飛奔出自己的房間。伯里斯沒有笑。

「媽媽，您大概也想走了吧，我需要爲您準備馬車嗎？」他笑著問母親。

「是的，我正有此意，走吧，吩咐他們備車吧。」她也微笑著答道。

伯里斯偷偷地跟在娜塔莎身後走出門。那個胖乎乎的小男孩憤憤地追著他們跑了出去。

九

那些留在客廳裡的青年人，除了那個青年女客人和伯爵夫人的大女兒之外，現在只剩下索尼婭和尼古拉了。索尼婭是一個黑髮女郎，身材纖細，看上去小巧玲瓏，睫毛修長、眼神柔和、濃密烏黑的辮子盤在頭上。她不慌不忙的動作、柔軟靈活的腰肢和有點頑皮的感覺，使人聯想到迷人但還沒發育完全的小貓。她覺得用微笑來表示參加了大家的談話一定是得體的，可是她的眼睛卻情不自禁地偷偷注視著她那要去參軍的表兄，她的眼裡充滿了少女火熱的真情，以至於她的笑容根本騙不了任何人。很明顯，這隻小貓蹲下去是爲了更有力地躍起，她想像娜塔莎和伯里斯那樣逃出客廳去，然後和她的表兄說笑。

「是的，親愛的，」老伯爵指著尼古拉告訴那個客人，「他的朋友伯里斯已經成了軍官，因而，他準備離開大學跟我這個老傢伙去服軍役，因爲他不願落在伯里斯後面。我原本在檔案館爲他準備了一個好職位。難道這就是友誼？」伯爵用一種極爲質疑的語氣說道。

「不過，我聽說早就已經打仗了。」女客人大聲地說道。

「是早就這樣講了，」伯爵說道，「我只是說說而已。親愛的，你們這就是交情呀。」他又大聲地重複了一次，「因而他想要去當驃騎兵。」

客人默默地搖了搖頭。

「我們根本不是爲了交情，」尼古拉漲紅了臉分辯道，像遭到誹謗一樣，「我們根本不是爲了交情，我只是認爲參軍是我的職責。」

隨後他瞟了一眼他的表妹和那位小姐，她們都用讚賞的眼光看著他。

「保羅格勒驃騎兵團的上校舒伯特，今天要在我們家吃飯，並要把尼古拉帶走。可是有什麼辦法呢？」伯爵聳了聳肩說道，用一種戲謔的口吻談著這件使他傷心的事。

「我已經告訴過您，爸爸，」兒子說道，「如果您不想讓我去，我就一定會留下的。可是，除非參軍，要不然的話我在什麼地方都一無是處。我既不是外交家，也不是官員，我永遠不會掩蓋我內心的熱情。」他講話時露出俊美青年輕浮的模樣，並且瞟著索尼婭和青年女士。

小貓緊緊地盯著他，好像隨時準備顯示出她貓的本性，和他一起嬉戲。

「好啦，好啦！」老伯爵說，「怎麼總是輕易地惱火！這個拿破崙讓大家都昏了頭。好吧，請上帝保佑您吧。」他加了一句，卻沒發現客人臉上露出的諷刺笑容。

年老的人們開始討論拿破崙了。這時卡拉金的千金朱莉對尼古拉說：「真是遺憾，星期六您沒去阿爾哈洛夫家。沒有您，我的生活變得很無聊。」她溫柔地對他笑著說。

那個受寵若驚的青年人，此時面帶微笑，感覺離她更近了。隨後他便和朱莉大聊起來，甚至完全沒有意識到他無心的微笑，竟會像一把利刃刺傷了索尼婭的心。談話的空隙，他回過頭看她。索尼婭狠狠地瞪了他一眼。之後突然站起身，離開了客廳。尼古拉所有的興趣都消失了。在交談剛停時他就忐忑不安地走出客廳找索尼婭去了。

「這些年輕人的心事全都寫在了臉上！」德魯別茨卡婭公爵夫人指著走出去的尼古拉說道，「表兄妹可是很容易出事的。」

「是呀。」伯爵夫人說道。這些青年人如射入客廳的陽光又不見了。她好像在回答一個從沒有人向她提過，卻始終在她腦子中縈繞的問題：「爲了得到一點快樂，你知道他們承受了多少憂慮和痛苦啊！事實上，即使現在，也是驚恐多於快樂。這些青年正處在充滿驚險的年紀。」

「教育可以決定一切。」女客人說道。

「是的，您說得很對。」伯爵夫人說道，「直到現在，這些孩子還把我當成他們的朋友，很信任我。」伯爵夫人大聲地說道。她在重複著許多長輩犯過的錯誤：總是認為子女沒有對他們隱藏秘密。「可是我知道，我始終是我兒女們的首席參謀。即使是性格容易衝動的尼古拉真淘了氣，他也絕對不會像聖彼德堡的那些先生那樣。」

「是的，他們真的是好孩子。」伯爵附和著說，他用一切正面想法來攻克他所碰到過的困難。「你們想想看，他居然要當驃騎兵！你有什麼辦法呢，親愛的！」

「你們的小女兒多美啊！」女客人說，「可是性子是那麼暴躁！」

「對啦，性子是那麼暴躁，」伯爵說道，「這點是很像我的！她的嗓音多好啊，即使她是我的女兒，我敢說，今後她會成為一個歌唱家，或許會成為另一個薩羅莫妮呢[14]，因而我們請了個義大利人教她。」

「會不會早了點？我聽說，在這樣的年齡受訓練，對嗓子無益。」

「噢，不，一點都不早！」伯爵答道，「我們的父輩不是在十二、三歲就結婚了嗎？」

「她現在喜歡上伯里斯了！你認為怎麼樣？」伯爵夫人笑著對伯里斯的母親說道，「喏，你們瞧著吧，我會好好看管她的，不允許她……天知道他們會背著我做什麼事呀，她晚上會跑回來告訴我一切的。我對大女兒管得是很嚴的。」

「是的，因為我受的是完全不同的教育。」漂亮的薇拉伯爵小姐含笑贊同道。

正常情況下，臉會因微笑而顯得更美麗，可薇拉的笑使她的面部表情很不自然，讓人看了很不舒

14. 薩羅莫妮是一八〇五年莫斯科一個德國戲班中的主要歌唱演員。

服。薇拉長得美麗，人也聰慧，學習成績優良，受過很好的教育，她的嗓音很悅耳。雖然她的話是恰當的、公正的，可是，說來奇怪，所有的人，都回過頭去看她，並感到驚訝她爲何要這麼說。

「對於第一個孩子，父母總是喜歡挖空心思去做些與眾不同的事情。」客人說道。

「這有什麼好隱瞞的，親愛的，伯爵夫人對薇拉可是費盡了心思。」伯爵說道，「瞧，是吧？她不是出落得很好嗎？」他補充道，同時向薇拉投去讚許的目光。

客人們都站起來離開了，但是他們答應回來吃飯。

「坐著不走，卻總是坐著，真不知趣！」伯爵夫人在送走她的客人後抱怨道。

十

娜塔莎從客廳跑到花房前，隨後停了下來，站在那兒聽客廳裡的談話。她在等伯里斯出來，卻總是不見他的身影。她等得不耐煩，急得直跺腳。就在要走的時候，她突然聽見了那個青年人悠然而文雅的腳步聲。娜塔莎趕忙躲到花盆中間。

伯里斯停在花房中央，先是環視了一下四周，隨後輕輕彈去制服袖子上的灰塵，走到鏡子前端詳起自己的容貌來。娜塔莎默不作聲，躲在那裡看著他，想看他究竟要做什麼。他對著鏡子默默地笑了一下，隨後走向門口。娜塔莎想要叫他，可是又改變了主意。

「就讓他去找吧！」她心裡默默地想。就在伯里斯走後不久，索尼婭從另一個門口走了進來。她熱淚盈眶，紅著臉，憤憤地嘟囔著。娜塔莎本想跑過去，但又停在了原地，她像戴了頂隱形帽子，默默地觀察著外界。此時，她體會到刺激的樂趣。索尼婭一邊嘟囔著，一邊不斷地回頭向客廳門口張望，這時尼古拉從門裡出來了。

「索尼婭，到底發生了什麼事？你怎麼能這樣呢？」他跑向她說道。

「沒事，沒什麼，請你不要管我！」索尼婭號啕大哭起來。

「不，我想我知道事情的經過！」

「你明白的話那最好了，你趕緊回她那兒去吧！」

「你聽我說，索尼婭！你不能僅憑著自己的想法就這樣折磨你跟我！」尼古拉握著她的手說道。

索尼婭沒能掙脫，隨後停止了哭聲。

娜塔莎紋絲不動，甚至連氣都不敢喘，她躲藏在暗處用發亮的眼睛看著。「到底會發生什麼事情呢？」她自問道。

「你就是我的全部！索尼婭，這個世界上我什麼都不需要！」尼古拉說，「我一定會讓你相信這一點的。」

「我不喜歡你這樣跟我說話。」

「好的、好的，我不說了，請原諒我吧，索尼婭！」隨後他把她拉過來吻了一下。

「啊，這可真好！」娜塔莎想道。當索尼婭和尼古拉走出花房後，她也跟著走了出去，同時叫來了伯里斯。

「伯里斯，到這裡來！」她帶著蘊含深意的神情說道，「我要跟你說件事。來呀！」她說著便將他領進了花房，領他到了她先前的藏身之處。伯里斯微笑著隨她走來。

「到底發生了什麼事呀？」伯里斯問。

她環顧四周，突然害羞起來。她撿起被扔在花盒中的洋娃娃，說道：「您親一下這個娃娃吧。」

伯里斯溫柔地看著她那張生氣勃勃的臉，默不作聲。

「您不願意嗎？那麼，好，你過來。」她說著，便向花木深處走去。突然，她丟掉了洋娃娃。「近一點，再近一點！」她小聲說，隨後她雙手抓住那個青年軍官的袖口。她那張害羞的臉上的神情顯得恐慌而莊重。

「你想吻我嗎？」她的聲音細若游絲。她仰望著他，微笑著，激動得要哭出來。

伯里斯臉紅了。

「您是那麼可笑！」這時他臉更紅了，他輕輕地俯向她，可是卻什麼也沒做。

她突然蹦到一個花盆上，用自己赤裸的細手臂摟住了他的脖子，接著把頭髮甩到後邊，隨後端端正正地吻在他的唇上。

然後她跑到花盆那面，像做錯事一般地低頭站在那裡。

「娜塔莎，」他說道，「我愛你，可是……」

「您覺得您愛我嗎？」娜塔莎打斷他，問道。

「是的，我已經愛上了你，不過我們現在這樣是不對的……再過四年，那時，我一定會要你嫁給我。」

娜塔莎思考了一下。

「十三、十四、十五、十六，」她掰著細小的手指計算，「好的！我們就這麼決定了！」

她那張生氣勃勃的臉因喜悅而顯得更加美麗動人。

「就這麼定了！」伯里斯回答道。

「永遠嗎？」小女孩問道，「會一直到死嗎？」

她挽著他，帶著一臉的幸福和他並肩向起居室走去。

十二

伯爵夫人此時疲累至極。她囑咐不再會客了，但吩咐門房一定要邀請前來祝賀的人用餐。伯爵夫人想和德魯別茨卡婭公爵夫人促膝長談，因爲她們從小就是好朋友。公爵夫人從聖彼德堡來了後，伯爵夫人都還沒有好好地拜訪過她呢。德魯別茨卡婭公爵夫人搬了一把椅子坐到伯爵夫人跟前。

「我將告訴你我所知道的一切，」德魯別茨卡婭公爵夫人說道，「現在我活在世上的老朋友所剩無幾了！因而我很珍惜和你的友誼。」

德魯別茨卡婭公爵夫人看了一眼薇拉，沒有繼續下去。伯爵夫人緊握著她的手。

「薇拉，」伯爵夫人對她不大寵愛的大女兒說道，「你怎麼可以那麼不懂事呢？難道你沒感覺你在這裡有點多餘嗎？去找你妹妹吧，或者是……」

薇拉不屑地笑了一下，絲毫沒有感到委屈。

「早知道你是這樣想的，媽媽，我早就走了。」說完，她站起身回自己的房間去了。

當她經過起居室的時候，看見窗口前對坐著兩對情侶。她停了下來，更加輕蔑地笑了笑。尼古拉正爲索尼婭抄寫他第一次寫給她的詩。娜塔莎和伯里斯則坐在另一個窗口前。薇拉一進來，他們立刻默不作聲了。娜塔莎和索尼婭帶著愧疚而幸福的眼神看著薇拉。

戀愛中的女孩永遠是美麗動人的，不過她們的樣子卻讓薇拉感到不快。

「我告訴過你們不要碰我的東西，你們有自己的房間。」她一邊說著，一邊從尼古拉那裡拿走了墨水瓶。

「我們馬上就好。」他蘸著筆大聲地說道。

「你們做事總是那麼不合時宜，」薇拉繼續說道，「剛才跑進客廳，讓每一個人都替你們難爲情。」

她說的都是事實，那四個人互相交換了一下眼神。她手拿墨水瓶停在了那裡。

「娜塔莎和伯里斯，你們到底有什麼秘密？還有你們兩個，在幹什麼？全是胡鬧！」

「喂，薇拉，這和你有什麼相干呢？」娜塔莎小聲反駁道。

她今天對每一個人都比平常更溫柔、更善良。

「真夠愚蠢的，」薇拉說道，「我真爲你們感到不好意思。這算是什麼秘密呀？」

「每個人都有自己的秘密，」娜塔莎答道，帶著惱怒，「我們也從沒干涉過你和貝格的事呀。」

「我想我沒什麼可讓你們干涉的，」薇拉說道，「因爲我的行爲從來沒有什麼不對勁。另外，我會告訴媽媽你是如何對待伯里斯的。」

「娜塔莎對我很好。」伯里斯說道。

「伯里斯，別插話，您現在也是一副外交家的嘴臉，真無聊，」娜塔莎用略帶顫抖的、滿腹委屈的聲音說道，「可她爲何老要跟我過不去呢？」

她對薇拉說道：「你永遠都不會理解這些，因爲你從未愛過任何人！充其量你也只是個讓莉夫人[15]。」這個侮辱性的外號是尼古拉給薇拉起的。「使別人不快樂是你最大的快樂！你去和貝格打情罵俏吧。」

「可不管怎樣，我也不會當著眾人的面去追一個青年男人的……」

「得了，我想這就是你想要的，」尼古拉插嘴說，「說一些讓人不愉快的話使大家不高興。走吧，

15. 讓莉夫人是當時法國的女作家，她的小說都取材於上流社會，羅斯托夫家的年輕人認為其小說寫得枯燥乏味，因此當薇拉批評他們的行為時，他們就叫她讓莉夫人。

我們馬上就離開，到兒童室去。」

四個人像一群受了驚的鳥一樣，離開那個房間。

「你們對我說了那麼多不堪入耳的話，」薇拉說道，「我可沒說任何中傷你們的話。」

「讓莉夫人！讓莉夫人！」門外傳來了大聲的嘲笑聲。

可薇拉淡淡一笑，別人的話並沒有影響她的情緒。她對著那面大鏡子，整理了一下頭髮和圍巾。看著鏡子裡那張迷人的臉蛋，薇拉越發平靜。

客廳裡的談話還在繼續著。

「啊，親愛的，」伯爵夫人大聲地說道，「我的生活也沒那麼風光啊！我清楚，如果按照現在的方式生活下去，我們的財產是支撐不了多久的！難道你認為我們住在鄉下就能過平靜的生活嗎？除了看戲、打獵，我們到底還能做什麼！噢，不要一直聽我說呀！跟我說說，你是怎樣把一切安排得那麼妥當的。你常常讓我詫異，安娜，以你這樣的年紀，我很好奇你是怎麼做到一個人坐馬車去莫斯科、聖彼德堡，而且那麼勇敢地去見那些大人物的。你那麼善於和人打交道，你到底是怎麼做到的呀？」

「啊，親愛的，」德魯別茨卡婭公爵夫人回答道，「希望你能體會到一個無依無靠、愛子如命的寡婦是多麼不容易！在特殊情況下，人是什麼都能學會的。」她自豪地大聲說道，「那場官司讓我學會許多東西。如果我想要見哪個大人物，我一定會預先寫一張字條：『某某公爵夫人求見某人。』隨後我會坐馬車去拜訪，不管是兩次也好，三次也好，甚至是四次也好——我會堅持不懈，直到得到我想要的東西，我根本不在乎別人的眼光。」

「那伯里斯的事，你是找誰幫忙的？」伯爵夫人問道，「你的兒子已經是近衛軍軍官了，可尼古拉卻還是士官生呢，因爲我根本沒人可求。這事你找的是誰？」

「瓦西里公爵。他很熱情。他全部都允諾了，而且奏明了陛下。」德魯別茨卡婭公爵夫人完全忘記了她曾爲此忍受的各種屈辱。

「瓦西里公爵變老了吧？」伯爵夫人問道，「自從在盧米茨弗家一起演戲以來，我就沒再見過他。他還曾追求過我呢！我想他現在一定不記得了。」伯爵夫人含笑回憶著。

「他還是老樣子，」德魯別茨卡婭公爵夫人回答道，「他殷勤備至，顯赫的地位並沒使他改變。他對我說：『我很抱歉，能爲您效勞的事太少了，最親愛的公爵夫人。』他對我說：『有事您儘管吩咐。』是的，他是個很親切、友好的人。你應該明白我對我兒子的愛。爲了他的幸福，我不在乎我還能做什麼。我的家境不好，而且我正處於相當可怕的狀況中。」德魯別茨卡婭公爵夫人小聲而悲哀地說道。「那場倒楣的官司還沒有結果，可我已傾家蕩產了。你能想像嗎？我真的是窮困潦倒了，我還不知道如何給伯里斯置裝呢。」隨後她拿出手帕掩面而泣，「我現在想要五百盧布，可是事實上我只有一張二十五盧布的紙票子……我現在唯一的希望只能寄託在別祖霍夫伯爵身上，如果他不願幫助他的教子——你知道他是伯里斯的教父——給他的教子一點幫助的話，我所有的努力就前功盡棄了……因爲我沒錢給他置辦衣服。」

伯爵夫人默默地流著淚，思考著什麼。

「我常想，這或許是上天的一種罪過，」公爵夫人說道，「別祖霍夫伯爵孤身一人……腰纏萬貫……可是他活著要這些錢有什麼用呢？生命對他而言是一種負擔，而伯里斯的生活才剛剛開始。」

「我想他一定會給伯里斯幫助的。」伯爵夫人說道。

「天知道，我的朋友！這些闊人和達官是那麼自私。不過，我仍要馬上帶伯里斯去見他，並說明到底是怎麼回事。我不在乎別人怎樣看，當關係到我兒子命運的時候，我什麼都不在乎。」公爵夫人站了起來，「現在已經兩點鐘了，你們吃飯的時間大概是四點鐘。我覺得我還來得及去一趟。」

德魯別茨卡婭公爵夫人和聖彼德堡精明的太太們一樣，最善於分配時間。她派人去叫她的兒子，隨後和他一起走到前廳。

「再見，親愛的。」她對送她到門口的伯爵夫人溫柔地說道。

「您這就要去見別祖霍夫伯爵嗎，親愛的？」從餐廳走進前廳的伯爵問道，「如果他身體有所好轉的話，請叫皮埃爾到這兒來吃飯吧。他曾經來過這裡，和孩子們跳過舞。您一定要請他過來。塔拉斯今年也要露一小手，讓我們看一下吧！」

十二

此刻，德魯別茨卡婭公爵夫人乘坐的馬車已經駛過了街道，駛進別祖霍夫伯爵家寬敞的大院子裡。「親愛的伯里斯，」母親從她那件破舊的斗篷下伸出手來，關切地撫摸著兒子的手說，「你要對他恭敬些，殷勤些。他畢竟是你的教父，你的前途可全指望他了。你千萬別忘了這一點，親愛的，你要盡可能溫順。我相信你可以做到的……」

「我明白，除了感受屈辱外，再也不會有別的結果……」她的兒子冷漠地回答道，「不過我已經向您保證過了，我這樣做可全是爲了您。」

門房看見有輛馬車停在大門前，不知道來者是誰，於是他打量著那對母子。他們沒有讓門房通報，而是徑直穿過兩行鑲嵌在壁龕中的雕像走進了玻璃門廊。門房用別樣的眼神看了看那位太太的舊斗篷，隨後問他們要見誰，當聽說是要見伯爵時答道：「老爺今天病情加重，不想見客。」

「那我們還是走吧。」兒子用法語大聲說道。

「我親愛的朋友！」母親用懇求的語氣說道，隨後又摸摸他的手，好像這樣就能讓他鼓起勇氣並安靜下來似的。

於是伯里斯沉默下來，只是用探詢的目光看了看母親。

「我親愛的朋友，」德魯別茨卡婭公爵夫人用柔和的聲調對那個門房說道，「我知道別祖霍夫伯爵身體不好……我就是爲這事來的……我是他的親戚，我只是想見見瓦西里公爵，他住在這兒對不對？請幫忙叫一聲吧。」

門房滿臉不高興地扯了一下通往樓上的鈴，就轉過身去了。

「德魯別茨卡婭公爵夫人說想見瓦西里公爵！」他對一個從上面跑下來的僕人喊道。

隨後，母親在大鏡子前仔細地整理了一下衣服，然後輕快地走上鋪著地毯的樓梯。

「我親愛的朋友，」她抓著兒子的手以示鼓勵地說道，「你記得你向我承諾過的！」

伯里斯緊跟在她後邊，不敢抬頭看她。

他們走進了大廳，那裡有一個門通向瓦西里公爵專用的房間。

當母子倆走到大廳中間，正想向一個老僕人問路的時候，聽到一扇門的青銅把手轉動的聲音，隨後他們看見身穿天鵝絨上衣的瓦西里公爵從門裡出來了，胸前掛著一枚勳章，這是他平時的穿著。此時他正送一個俊美的黑髮男子下樓，這位就是聖彼德堡有名的羅拉醫生。

「難道真是這樣嗎？」公爵說。

「我的公爵，錯誤是避免不了的，不過……」醫生用法語的聲調講著拉丁語答道。

「很好，很好……」

瓦西里公爵看見德魯別茨卡婭公爵夫人和她的兒子後，把醫生送走，隨後便沉默不語，帶著詢問的神情走向他們。這時候兒子注意到母親眼裡深深的痛苦，於是他向母親淺淺一笑。

「唉，公爵！我們的病人好嗎？」她說，對盯在她身上的那種侮辱性的、冷冷的目光視若無睹。

瓦西里公爵帶著一種莫名其妙的目光看了她一眼，隨後又轉向伯里斯。伯里斯對他畢恭畢敬地鞠了一躬。公爵沒有理會，又轉向了德魯別茨卡婭公爵夫人，公爵僅用搖頭和撇嘴的動作對她的問題進行答覆，表示病人的狀態不好。

「真的嗎？」德魯別茨卡婭公爵夫人驚呼道，「啊，想起來都害怕……這是我的兒子。」她指著伯里斯補充說：「我兒子想親自來向您致謝。」

伯里斯又恭恭敬敬地鞠了一躬。

「我們永遠不會忘記您曾經的幫助，公爵，請您相信我吧！」

「能為您做一些讓您感到快樂的事我很開心，親愛的德魯別茨卡婭公爵夫人。」瓦西里公爵整理了一下胸前的花邊說道。在莫斯科，他對她不管在態度上還是聲調上，都比在聖彼德堡安娜家的晚會上要傲慢許多。

「記住要好好做，做到無愧於心！」他對伯里斯說，「我感到很開心……你是來度假的嗎？」他依然用自己那冷淡的調子問道。

「我正打算去新的地方，閣下。」伯里斯畢恭畢敬地答道，他的冷靜，使公爵詫異地瞧了他一眼。

「你是和令堂一起住嗎？」

「我現在住在羅斯托夫伯爵夫人家。」伯里斯回答道。

「是和娜塔莉．申娜結婚的埃利．羅斯托夫。」德魯別茨卡婭公爵夫人補充道。

的評價。

「我知道，」瓦西里公爵冷漠地答道，「娜塔莉怎麼會嫁給那樣蠢的傢伙，我真不理解。」

「可是，他心地很善良，公爵。」德魯別茨卡婭公爵夫人好像早就料到羅斯托夫伯爵會得到這樣的評價。

「醫生們說了什麼？」公爵夫人的臉上又現出悲哀的神情。

「沒什麼希望了。」公爵回答道。

「我多想對舅父爲我和伯里斯所給予的幫助再次表示謝意。他可是他的教父啊！」她補充道，好像這是一個會使瓦西里公爵很興奮的消息。

瓦西里公爵皺著眉頭靜靜思考著。德魯別茨卡婭公爵夫人立刻就明白了，他是怕她會爭奪遺產，於是安慰他道：「這只是因爲我對舅父真摯的愛和忠誠，」她說道，「我熟悉他的爲人：直率，高尙……不過，您知道，他身邊盡是公爵小姐……她們還很年輕……」她低下頭，同時小聲補充說：「現在他是不是已經遵守了義務[16]，公爵？那麼最後的時刻是多麼珍貴呀！要知道，情形不會更壞了，既然他的情況不是那麼好，那就必須給他準備後事了。你看我們女人，公爵。」她溫柔地笑了笑：「我們天生就瞭解如何操辦這些事。不管這會兒我多麼痛苦，今天我一定要見他。」

公爵已經明白了她的意思，並且清楚德魯別茨卡婭公爵夫人是很難擺脫的人。

「可是見面會使他不快樂，親愛的德魯別茨卡婭公爵夫人，」他說道，「等到晚上再說吧。醫生們認爲那會很危險。」

「但是，這是等不得的啊，公爵，這可是關係到他靈魂的救贖呀！這是一個基督徒的義務……」

16. 指東正教的終敷禮。

內室的門打開了，一位公爵小姐——伯爵的侄女，神情冷漠、面色陰沉地走了出來。她過長的上身和短短的腿顯得很不相稱。

瓦西里公爵轉向她：「他的情況怎麼樣了？」

「還是老樣子。如此嘈雜的環境能有什麼改變呢……」公爵小姐說道，並看了一眼公爵夫人。

「啊，親愛的，我都不敢認你了。」德魯別茨卡婭公爵夫人愉快地說道，並悄悄靠近伯爵的侄女。「我是來幫您照顧我的舅父的。我知道您受了不少苦。」她補充道，帶著同情轉動著她的眼珠。

可是公爵小姐什麼話也沒說，就迅速地離開了那個房間。此時德魯別茨卡婭公爵夫人摘下手套，把它放在她攻下的陣地上，然後坐在了一張扶手椅上，並請瓦西里公爵坐在她旁邊。

「伯里斯，」她對兒子說道，「等我進去看一下我的舅父，你先到皮埃爾那兒去吧，記得告訴他羅斯托夫家的邀請，他們邀請他去吃飯。不過我認爲他不會去吧？」她轉頭對公爵說。

「您說錯了，」公爵惱火地說道，「如果您能使我擺脫那個青年人，我將會很高興……因爲他在這裡，伯爵一次也沒有提及他。」說完，他聳了聳肩。

一個僕人把伯里斯領到樓下，上了另一個通往皮埃爾房間的樓梯。

十三

皮埃爾因爲胡鬧被趕回了莫斯科，最終沒能在聖彼德堡找到工作。

眾人在羅斯托夫伯爵家說起的關於他的故事是真實的。皮埃爾的確摻和了把員警分局長綁在熊身上的事。他來莫斯科已有很長時間了，仍住在他父親家。即使他已知道，他的故事在莫斯科一定會成為公開的秘密，他父親周邊那些對他從來沒有過好感的太太、小姐，也一定會以此來激怒伯爵。不過，他回來時還是去了父親的房間。

他走進公爵小姐們打發時間的客廳，向女士們問候。她們一共三個人，朗讀的是德魯別茨卡婭公爵夫人見過的有潔癖、長腰身、面無表情的那個，她是最大的女兒。兩個小的在刺繡，她們長得都很漂亮，面色紅潤，唯一的不同是，其中一個嘴上有一顆使她顯得格外迷人的小黑痣。她們看見皮埃爾，就像看到了死人或患了傳染病的人一般。年長的公爵小姐立刻停止了朗讀，用恐懼的眼神看了他一眼；年幼而沒有痣的那一個同樣很不安；長黑痣的那一個，性格極其外向，她預料到會出現令人發笑的場面，因而把針線別在底布下，彎下腰好像在辨認圖案一樣，極力控制著不笑出聲來。

「您好，表姐！」皮埃爾說道，「您還記得我嗎？」

「我當然記得您，太記得您了。」

「伯爵身體好嗎？我能看望他嗎？」皮埃爾像往常那樣笨拙地問道。

「伯爵正遭受著精神和肉體的雙重痛苦，您可是在增加他精神方面的痛苦上下了功夫。」

「我可以見伯爵嗎？」皮埃爾再一次問道。

「哼！如果您想讓他立刻死掉，就去吧……奧莉佳，去看一看，叔叔的肉湯做得怎麼樣了，快到時候了呢。」她巧妙地轉開了話題。

這使皮埃爾清楚，她們一直在為照顧和安慰他的父親手忙腳亂地忙碌著，而他自己，只是個麻煩製造者。

奧莉佳出去了。皮埃爾停留了一會兒，隨後鞠了一躬，說道：「那我回屋了，什麼時候能夠看望他，請通知我一聲。」

走出客廳後，他聽見那個帶黑痣的妹妹清脆而細微的笑聲。

次日，瓦西里公爵就到了，住在伯爵家中。他把皮埃爾叫到身邊，對他說道：「親愛的，如果您還像在聖彼德堡時那樣胡作非爲，您的結果會變得很糟。伯爵病得很嚴重，您千萬不要去打擾他。」

從那之後，再沒有人來騷擾皮埃爾，他一個人每天在屋裡不出去。

當伯里斯走進他房間的時候，皮埃爾正在臥室裡來回踱步，偶爾在角落裡停下來，對著牆壁做出威脅的姿勢，好像是在用劍刺一個無形的敵人，目光極其嚴厲。隨後繼續走來走去，同時嘴裡嘀咕著，聳聳肩，攤開手。

「英國沒救了，」他說道，並皺起眉頭，用手指著一個無形的人，「皮特先生[17]身爲國家及人權的叛徒，處以……」他把自己當成了拿破崙：他正和他的英雄一起，剛剛跨過危險的加來海峽，侵佔了倫敦。只是，他還沒來得及宣判皮特，就看到一個面貌俊秀、體態勻稱的青年軍官走了進來。皮埃爾停了下來。他把伯里斯忘得一乾二淨了。儘管如此，他還是以他的熱情和敏捷，友好地、微笑著拉住伯里斯的手。

「您還認得我嗎？」伯里斯問道，「我和家母來看伯爵，可是他好像不是很健康。」

「是啊，他是身體不太好。總有人打攪他。」皮埃爾竭力想記起這個青年人是誰。

伯里斯意識到皮埃爾沒想起他來，他覺得應該自我介紹了，他直盯著皮埃爾，一點兒也不覺得尷尬。

「羅斯托夫伯爵請您去吃午飯。」在經過一陣使皮埃爾都感到難堪的沉默之後，伯里斯說道。

17. 威廉・皮特（一七五九至一八〇六）一七八三年至一八〇三年與一八〇四年至一八〇六年任英國首相，是反對法國革命，反對拿破崙法國的歐洲國家聯盟的主要組織者之一。

「啊，羅斯托夫伯爵！」皮埃爾興奮地叫道，「這麼說來，您是他的兒子埃利？我一開始沒認出您來。我們和雅可夫人去麻雀山的情形您還記得嗎……時間隔得這麼久了……」

「您搞混了，」伯里斯略帶嘲諷地微笑著，緩緩地說道，「我是伯里斯，德魯別茨卡婭公爵夫人的兒子。羅斯托夫家的父親是埃利，他的兒子是尼古拉。」

「哎呀，怎麼搞的？我怎麼把什麼都搞混了。您是伯里斯……當然。好了，我總算弄明白了。那您對拿破崙遠征有什麼看法？要知道，如果拿破崙渡過海峽的話，英國人一定會吃虧的。我認爲遠征是很有可能的。我希望維爾納夫[18]是對的！」

伯里斯對拿破崙遠征一點都不清楚，對維爾納夫更是頭一次聽說。

「我們這是在莫斯科，出席宴會和說閒話的機會比討論政治的機會多得多。」他用帶有諷刺意味的腔調說道，「我對這件事一點兒也不知情。莫斯科是最容易散播閒話的地方。」他繼續說道：「現在人們都在討論您和伯爵。」

皮埃爾溫和地微笑著，害怕自己會說出什麼將來會後悔的話。可伯里斯直視著皮埃爾的眼睛，把話講得乾淨俐落——而且無情。

「莫斯科除了挑事以外，再沒有別的事可做。」伯里斯繼續說道，「大家都很好奇，伯爵要把他的財產留給誰，可是，或許他比我們大家都活得更久……」

「是的，這一切很讓人悲傷，」皮埃爾接著說，「很讓人悲傷。」皮埃爾仍擔心這個青年軍官無意間會說出讓自己難爲情的話。

18. 維爾納夫是拿破崙的海軍大將，統帥一八〇五年入侵英國的艦隊，同年十月他與旗艦在特拉法爾加角被捕。

「您一定認爲，」伯里斯的臉略微有一點紅，不過他的姿態及聲調依然，「每個人都希望從這個富人手裡撈點好處。」

「是的。」皮埃爾想。

「爲了避免誤會，我想告訴您，如果您把家母和我當成那類人的話，您就完全錯了。即使我們生活貧困，我和媽媽也不會接受他的任何錢財。至少我認爲，正是因爲您父親的富有，我才不會把自己看成是他的親戚。」

皮埃爾很久沒反應過來。當他明白過來時，便從沙發上跳起來，以他特有的那種動作抓住伯里斯的手，臉比伯里斯還紅，滿懷懊悔又羞愧之情，開始說話了：「哈，這才怪呢！我難道……況且誰能知道？……我知道得很清楚……」

可伯里斯又打斷他說：「我很開心，我把話都說明白了。可能您不愛聽，請您原諒。」他說道，「我希望我所說的話沒有冒犯您。我一向心直口快……您要去羅斯托夫家吃飯嗎？」

伯里斯如釋重負般地擺脫了這種尷尬的境況。

「不，請聽我說，」皮埃爾恢復了平靜，說道，「您是個很有吸引力的人！您剛剛說的那些話，我很喜歡。您不瞭解我。我們那麼多年沒見過面了……那時您還是個孩子……您以爲我會……我明白，很明白。我絕對不會這樣做，因爲我沒有這種膽識，不過這很好。我很高興能認識您。奇怪的是，」他沉默了一下，「您居然會懷疑我！」他大笑起來，「其實這沒什麼！我們也算是彼此進一步認識了，」他用力握了握伯里斯的手，「您知道嗎？我根本沒見過伯爵。他根本沒叫過我……我是那麼同情他，同情他做爲一個人，有什麼辦法呢？」

「那麼，您認爲拿破崙會有機會把軍隊運過去嗎？」伯里斯含笑問道。

皮埃爾意識到伯里斯想轉移話題，當然，他也很樂意，於是他開始闡述布倫遠征的利弊。公爵夫人要離開了，奴僕叫伯里斯回去。爲了跟伯里斯加深交往，皮埃爾答應去吃飯。他緊緊地握著伯里斯的手，親切地透過眼鏡看他。

伯里斯走後，皮埃爾又在室內來回踱步了很久，只是這會兒他不再用劍刺向他假想中的敵人了，而是含笑回憶著剛剛那個聰慧、果斷的青年人。

這就像青春期常有的情形，特別是在一個人的狀況下。他覺得對那個青年人有難以言喻的柔情，因而他決定和他做朋友。

瓦西里公爵送公爵夫人出來。公爵夫人用一條小手帕捂著眼睛，她滿臉淚痕。

「這真可怕！很可怕！」她說道，「可是不管有多少困難都要克服。我必須來這裡日夜守護。我絕不會不管的。這時候分秒都是寶貴的。我很疑惑，到底公爵小姐們在耽誤什麼呢？或許上帝能指引我找出辦法爲他準備好後事的……再見，公爵！噢！願上帝保佑您……」

「再見，親愛的！」瓦西里公爵邊回答邊轉過身去。

「他的病情很危險，」當他們坐到馬車裡時，母親對兒子說道，「他幾乎認不出人來。」

「我不明白，媽媽爲什麼寄託於此，他對皮埃爾的態度如何呢？」兒子問道。

「我們的命運也要取決於它，我的朋友，遺囑會交付一切的。」

「可是，您憑什麼覺得他會給我們留下點什麼呢？」

「啊，我的朋友！因爲我們沒有錢，而他卻很有錢！」

「這個理由可沒有說服力，媽媽……」

「啊，天哪，天哪！他的病情到底有多嚴重啊！」這位母親歎息著。

十四

德魯別茨卡婭公爵夫人和兒子動身拜訪別祖霍夫伯爵之後，羅斯托夫伯爵夫人用小手帕捂著臉又坐了很久。最後，她不得不拉動了門鈴。

「您到底在磨蹭什麼呀？」她對那個讓她等了很久的侍女生氣地大聲說道，「您是不是幹得不舒服了？我可以立刻替您另外找個地方。」

伯爵夫人正爲她的女友傷心難過，因此心情不是很好。每當這時，她總是用「親愛的」和「您」來稱呼自己的侍女。

「真的很抱歉。」她的侍女緊張地答道。

「你請伯爵過來一下。」

伯爵像往常一樣，面帶愧疚一步三晃地走到妻子面前。

「您知道嗎？馬德拉酒和燒松子雞好吃極了，我最親愛的伯爵夫人！我覺得我爲塔拉斯卡付出的一千盧布總算沒有白費。」

他把胳膊支在膝蓋上，坐在妻子旁邊。

「您有什麼事嗎，伯爵夫人？」

「是這樣的，我的朋友……你這裡怎麼會髒了？」她手指著伯爵的背心問道，「一定是調味汁吧。」她微笑著自問自答。「是這樣的，伯爵，我需要一筆錢。」此時的她一臉憂愁。

「噢，親愛的伯爵夫人！……」伯爵趕忙拿出自己的錢包。

「伯爵，我想要的不是一筆小數目，大概要五百盧布。」隨後她掏出她的白麻紗手帕，體貼地爲丈夫擦拭背心。

「好的，現在就取。哎，誰在啊？」他喊道，這種聲調表明他確信他喊的人會聞聲而來，「讓德米特里到我這裡來一趟！」

德米特里步態輕盈地走進房間。他出身高貴，自小在伯爵家長大，伯爵家的事務都是他在打理。

「情況是這樣的，親愛的，」伯爵對那個青年人說道，「你幫我去取……」他稍作停頓地思考了一下，「嗯，立刻取七百盧布來，對！不過，切記，不要像上次那樣拿又髒又破的票子，一定要拿乾淨的、完好的，因爲這是給伯爵夫人的。」

「這錢您什麼時候要用呢，大人？」德米特里問道。「請給我時間向您彙報……不過，請別擔心。」他補充道。突然意識到伯爵開始喘粗氣，要發脾氣了，德米特里立刻說道：「我真是糊塗……您要現在拿來嗎？」

「是，是，快點兒，現在就去取來，交給伯爵夫人。」

「這個德米特里是個寶貝，」那個青年離開後，伯爵面帶微笑地補充道，「沒有什麼做不到的事。我絕不允許那樣的事情發生！因爲全部的事情在我看來都得做到。」

「啊，錢哪，伯爵，錢哪，這個世界上的人因爲它增添了多少痛苦和煩惱！」伯爵夫人說道，「可是，我現在真的急需這筆錢。」

「您——我親愛的伯爵夫人，您的慷慨大方是眾所周知的。」伯爵輕輕地吻了吻妻子的手，隨後回到自己的書房去了。

德魯別茨卡婭公爵夫人從別祖霍夫伯爵家回來的時候，伯爵夫人面前的桌子已擺好了錢，全是嶄新的票子，而且用手帕蓋著。德魯別茨卡婭公爵夫人發覺伯爵夫人有些心神不寧。

「現在的情況怎樣，我親愛的朋友？」伯爵夫人問道。

「唉，都認不得人了，他病得很厲害。都沒講上幾句話，我只待了一會兒。」

「看在上帝的分上，請你一定不要回絕。」伯爵夫人突然紅著臉說道，她把那筆錢從手帕底下拿了出來。

德魯別茨卡婭公爵夫人恍然大悟，於是俯下身，擁抱伯爵夫人表示感激。

「這是我給伯里斯置備衣服的……」

伯爵夫人和德魯別茨卡婭公爵夫人相擁著哭起來。她們哭是因爲她們是多年的摯友，因爲這兩個從青年時代就是朋友的人，不得不爲金錢而發愁，同時也因爲她們的青春不再……可兩人流的是幸福的淚水。

十五

一大群客人和羅斯托夫伯爵夫人，還有她的女兒們都坐在客廳裡。伯爵領著男客人走進他的書房，向他們展示他收藏的狩獵用的土耳其小號。他時不時地會出來詢問：「她來這兒了嗎？」他們等待的是阿赫羅西莫娃。在交際場上，人們都叫她恐龍。她出名不是因爲她豐厚的財產和地位，而是因爲她的正直、坦率和樸實。就連沙皇家族也知道她，她在莫斯科和聖彼德堡家喻戶曉，因而兩座城市都對她感到不可思議，人們偷笑她的粗魯，討論她的事情，可大家都尊敬她、懼怕她。

此時，伯爵的書房裡煙霧繚繞，所有人都在討論著戰爭宣言及徵兵。雖然他們誰也沒讀過，可大家都知道那個宣言已經發佈了。伯爵坐在土耳其式沙發上，他旁邊的客人邊講話邊吸菸。這時的伯爵什麼也沒做，只是一會兒看這邊，一會兒瞧那邊，看那兩個吸菸的人，聽由他挑起的兩個鄰座人的爭論。

其中一個是文官，瘦削的臉上爬滿了皺紋，火氣很旺盛，鬍鬚刮得乾乾淨淨的，雖已遲暮之年，可穿得很時髦。他很隨意地將腿盤在了沙發上，噙一支琥珀菸嘴，不時地深吸幾口，緊閉一下眼睛，很陶醉的樣子。這是伯爵夫人的堂兄──老鰥夫申申，被人們戲稱為「長舌婦」。他用屈就的態度來對待交談者。

後者是一個精神煥發、氣色很好的近衛軍軍官，他乾淨俐落，叼著菸斗，輕輕地把菸吸進嘴裡，再輕輕地吐出菸圈。這是貝格中尉，謝苗諾夫團的軍官，伯里斯就將和他一起走。他是伯爵小姐薇拉的未婚夫。伯爵坐在他們當中，全神貫注地聽他們辯論。

「那麼，我的老弟，我很尊敬的阿爾方斯．卡爾雷奇，」申申以諷刺的口吻笑著說，「您既想從連隊得到些好處，又想從政府那裡得到一筆收入，是嗎？」

「您說得不對，我只是想說明，在步兵裡的好處遠超過在騎兵那兒的。請您設身處地替我想想吧。」

貝格講話總是精確無誤、平淡又不失禮貌。他談話向來只關注自己，每當談到和他沒有直接關係的話題時，他就會一言不發；可是，一旦談話牽涉到他個人的話，他就會興致高昂地討論很多。

「現在請你們假想一下我的處境吧，申申先生。如果我在騎兵裡，每四個月最多能得到二百盧布，我是中尉軍銜呢，如今我的收入已經是二百三十盧布了。」他笑容滿面地看著申申和伯爵說道。

「此外，調到近衛軍之後，我就可以大展身手了。」貝格繼續說道，「步兵近衛連隊裡常有空缺。請您仔細考慮一下，二百三十盧布怎麼夠花呢！我還得想方設法存些錢呀，以便隨時寄給家父。」他吐出一個菸圈。

「是啊，俗話說，德國人可以從斧頭裡榨出油來。」申申說著，衝伯爵眨了眨眼。

伯爵爽朗的笑聲使其他客人也都圍過來聽申申講話。貝格既沒笑，也無視別人的冷淡，他繼續講述他是如何因調入近衛軍，而在軍銜上超過了老隊友的經歷；還說連長如果在戰爭時被打死，他就是連裡軍銜最高的人，將來會順其自然地當上連長。貝格極爲興奮地講述著這一切，壓根沒想過別人會不會對這些話感興趣。他說話幽默、慎重，帶著年輕人特有的天真，他還是讓他們服了。

「好，老弟，不管是在步兵還是在騎兵，我想你一定會順利的。」申申說道，示意性地拍了拍他的肩頭。

貝格開心地笑了。隨後客人們跟隨著伯爵走進客廳。

宴會即將開始，大家都在等候被邀請入席。他們盡量避免耗時太久的談話，可又認爲有必要談點什麼，以表示他們並不急於入座。這時男、女主人望著門口，不時地用眼神默默地交流一下，客人們竭力想從這眼色中猜出他們的真實意圖：是在等待一道沒準備好的菜肴，還是在等待一個重要卻遲到的客人呢？

皮埃爾在宴會即將開始時出現在大家面前，他笨手笨腳地坐在客廳中央靠他最近的椅子上，堵住了大家的路。伯爵夫人想和他聊聊，但他好像在尋找什麼人似的，草草地應付了伯爵夫人的問話。只有他自己沒意識到已經阻礙了別人。大部分來賓都聽說過那頭熊的故事，所以都懷著好奇心看向這肥胖、高大且安靜的人，大家都不懂看上去如此謙遜和笨拙的人，怎會跟員警分局長開那麼大的玩笑。

「您剛回來嗎？」伯爵夫人又問道。

「是的，夫人。」他邊環顧四周邊回答。

「我想您還沒有見過我丈夫吧？」

「還沒有呢，夫人。」他很失禮地笑了一下。

「前些日子，您去過巴黎嗎？我想那兒應該很有趣。」

「是的。」

伯爵夫人向德魯別茨卡婭公爵夫人使了個眼色，因此公爵夫人走過來坐到皮埃爾身邊，想和他討論有關他父親的事情。可是他態度依然單調。

「你們是拉祖莫夫斯基家的人……這真是太美妙了……阿普拉克辛娜伯爵夫人……」即使整間屋子裡都是談話聲。伯爵夫人站起來，向大廳走去。

「是阿赫羅西莫娃嗎？」她在大廳裡大聲地問道。

「是的。」一個女人粗聲粗氣地答道。隨後阿赫羅西莫娃進來了。

除掉上了年紀的人們，大廳裡所有的小姐、太太們都站了起來。阿赫羅西莫娃停在門口。這位五十來歲、身體臃腫高大的太太，昂著有縷縷灰白卷髮的頭，高傲地掃視了一下所有的客人，然後慢條斯理地整理了一下寬大的衣袖。阿赫羅西莫娃一直講著俄語。

「我衷心地恭賀過命名日[19]的夫人和她的孩子們。」她說道，那渾厚的嗓音幾乎將所有的聲音淹沒。「哈，你這個老夥計，」她轉向正在親她手的伯爵大人，「你在莫斯科感到無聊了吧？是不是沒地方趕獵犬了？可是又有什麼辦法呢，老爺子，看看吧，孩子們都在長大……」她指了指女孩們，「應該是時候給她們找未婚夫了，不管你是不是情願。」

「我的哥薩克怎樣？」她說著用一隻手溫柔地撫摸著娜塔莎，高興地親了親她。「我知道她是一個會勾引男人的女人，不過我就是喜歡她。」

---

19. 俄羅斯人用教曆上聖徒的名字做教名，將聖徒的節日作為命名日，像過生日一樣慶祝。

她從大手提包裡拿出一副梨形的紅寶石耳環，送給異常興奮的娜塔莎，隨後立即轉向了皮埃爾。

「喂！過來！快點兒到這兒來，我親愛的朋友……」她故意做出溫婉的樣子。

隨後她惡狠狠地把袖子挽得更高了。

皮埃爾走過來，透過眼鏡天真地望著她。

「靠近一點，請你再過來一點，朋友！當你父親位高權重的時候，我是唯一對他坦誠相見的人，我想對你，上帝也會叫我這樣做的。」

大家都覺得這只是個開始，因而都默不作聲，靜觀其變。

「真是個好孩子！沒得說！真的！……你的父親有病在身，臥床不起，而你卻把員警分局長綁到狗熊背上來取樂！可惡呀！老兄，你真的是可惡呀！你怎麼不去打仗啊！」

隨後，她轉身把手伸向極力克制自己笑意的伯爵。

「唉！我想我可以入席了吧？」阿赫羅西莫娃問道。

所有的僕人都忙碌起來，他們挪動椅子發出的聲響此起彼伏。樂隊奏起了音樂，客人們都已紛紛入座了。那些刀叉聲、客人們的談話聲、僕人們的腳步聲把奏樂聲吞沒了。此時的伯爵夫人坐在餐桌一端的首位上。她的兩邊分別是德魯別茨卡婭公爵夫人和阿赫羅西莫娃，還有其他女客。餐桌的另一邊坐著伯爵，他的左邊是驃騎兵上校，右邊是申申和其他的男客。年長的青年人坐在餐桌的一邊：薇拉和貝格並排坐著，皮埃爾和伯里斯並著坐，另一邊坐著小孩以及他們的男、女家庭教師。

伯爵不時地看他的夫人和她那帶著淺藍緞帶的高帽，殷勤地給周邊的客人倒酒，當然也沒忘記給自己斟。另一邊伯爵夫人一樣盡心盡力，同時也意味深長地看著丈夫。她覺得伯爵的禿頂以及紅潤面龐和蒼蒼白髮對照顯得更紅了。

女士們都小聲地談話，而男士們則傳來越來越高的聲音，其中驃騎兵上校的聲音顯得尤爲突出。他吃得多，喝得也多，伯爵把他視爲其他客人的榜樣。貝格溫柔地笑著對薇拉說，愛情不是膚淺的，而是很神聖的感情。伯里斯把坐在桌邊的客人一一介紹給他的新朋友皮埃爾，並和坐在對面的娜塔莎進行眼神的交流。皮埃爾沉默地看著那些陌生人，他吃得很少。他先喝湯，隨後吃大餡餅，再吃松子雞，每一道菜他都要品嘗，任何酒也不錯過。

這時候司酒的管家把包在餐巾裡的酒瓶慢慢遞過來，小聲地報著酒名。在每份餐具前都擺著四個刻著花體字伯爵名字的玻璃杯，他端起一個酒杯，心滿意足地喝著，露出很開心的表情，不停地打量著其他客人。坐在對面的娜塔莎注視著伯里斯，像某些十三歲少女那樣盯著她們熱戀的少年。這種專注的眼神也在皮埃爾身上稍作停留，當他沉浸在這樣的目光下的時候總想笑。

尼古拉坐在離索尼婭很遠的朱莉．卡拉金旁邊，他極不自然地和她聊著天。索尼婭故作開心，很明顯，她正爲嫉妒所折磨，她專注地聽著尼古拉和朱莉之間的談話。女家庭教師常常忐忑不安地向周邊看，好像隨時準備反擊那些膽敢欺負孩子的人。那個德國男教師用心記住所有的菜、酒和甜食，以便在寄往德國的家信中做一番仔細的敘述。司酒的管家斟酒時，沒有給他斟，他覺得很不舒服，於是皺起眉頭，竭力做出他不想喝酒的樣子。因爲誰也不明白他要那種酒既不是爲了解渴也不是因爲貪杯，而是出於一種真誠的求知欲。

十六

餐桌上，男人們那邊的談話越來越激烈了。上校告訴他們開戰的宣言已經從聖彼德堡發出，他目睹的那一份已經在當天由信使送交總司令了。

「真是見鬼，我們爲何要和拿破崙打仗呢？」申申問道，「他已經磨滅了奧國的氣焰，估計接下來就會輪到我們了。」

上校是一個魁梧、有血性的德國人，典型的愛國者和正直的老軍人。他聽了申申的話很不高興。「那只不過是爲了，」他用混著德語口音的俄語說道，「爲了一個陛下知道的理由。他在宣戰書中說，他對一切威脅著俄國的危險，威脅著帝國安全和尊嚴，以及各盟國神聖關係的危險，絕對不能袖手旁觀……」他特意加重強調了一下「各盟國」這三個字，好像這是全部問題的關鍵似的。

他憑著超強的記憶力，複述了一遍宣言的前言部分：「……現在沙皇的心願以及唯一堅定不移的目標，就是要在穩固的基礎上建立一個和平的歐洲，鑒於此，現決定調遣部分軍隊出國，同時他將做出巨大的努力以完成任務。」

「就是爲了這個緣故，親愛的先生。」他以一種咄咄逼人的語調結束講話，隨後喝下一大杯酒，並看了一下伯爵，期待得到認同。

「您聽過這句俗語嗎？『葉廖馬，葉廖馬，你還是坐在家裡搖你的紡錘好，根本不要到處跑！』」申申緊皺眉頭含笑說道，「這話對我們最合適。蘇沃洛夫[20]怎樣，他不是照樣也被打得一無所有嗎？現在哪裡還有蘇沃洛夫這樣的人物呢？我問您。」他說道。

「我覺得我們應該戰鬥到生命的最後一刻！」上校很激動地捶著桌子說道，「我們應當爲沙皇獻出生命，那樣就會所向披靡。因而我們應當盡——可能地少發議論，盡——可——能。」他大聲地拉長

20. 俄國元帥。一七九九年任義大利境內對法作戰的俄奧軍總司令，擊敗法軍之後率領部隊越阿爾卑斯山入瑞士援救在瑞士作戰的俄軍。因反對採用普魯士軍事制度，一八〇〇年被解職。

了這三個字結束道，又轉過去看伯爵。

「這些都是我們老驃騎兵的看法，我們說完了！而您，年輕的驃騎兵，對此有什麼想法？」他轉向尼古拉問道，後者聽見他們在討論戰事，就睜大眼睛，豎著耳朵，仔細地傾聽上校的講話。

「我很贊同您的說法。」尼古拉略顯羞澀地答道，同時手不自覺地轉動著盤子，不停地挪動著酒杯，表現出一種奮不顧身和很堅決的表情，就像此時正面臨著巨大的危險一樣。「俄國人應當在勝利和死亡之間做出選擇！」他結束道。說完那幾句話之後，他覺得自己的話好像有點太空了，有些過分了，因而覺得有些不太自在。

「您剛剛的話說得很好！」他的談話夥伴朱莉誇讚道。尼古拉講話的時候，索尼婭總是既緊張又興奮，臉紅到耳根。

「說得真好。」她重複道。

「年輕人，你是好樣的，我認爲你是一個真正的驃騎兵！」上校捶著桌子大聲喊道。

「你們在那邊喊什麼？」突然，阿赫羅西莫娃深沉的聲音從餐桌另一端傳來，「你捶桌子幹嘛？」她問那個驃騎兵，「你是不是覺得法國人就站在你面前了，所以才這樣怒火中燒？」

「我說的是實話。」那個驃騎兵面露笑意。

「又在討論關於戰爭的事，」伯爵從餐桌的另一端大聲地嚷道，「我的兒子離開了，阿赫羅西莫娃！我的兒子要從軍了。」

「我的四個兒子都在軍隊，可我並不難過。一切聽天由命吧。你可能躺在床上死去，也可能在戰場上得到上帝的庇護。」在餐桌另一端的阿赫羅西莫娃輕鬆地回應著。

「就是如此！」

於是話題又集中起來，而且男人們和女人們各在一端。

「咳，你不會問的，」娜塔莎的小弟弟說道，「我敢打賭你一定不會問的！」

「我必須問。」娜塔莎回答道。

她的臉唰的一下紅了，露出無比歡快的決心。她抬起身，用眼神暗示坐在對面的皮埃爾仔細聽著，隨後對著自己的母親說：「媽媽！」她那稚嫩的聲音全餐桌的人都聽見了。

「怎麼了？」伯爵夫人詫異地問，她看到的盡是淘氣，於是對她擺了一下手，搖頭做出威嚇和禁止的動作。

這時人們停止了談話。

「媽媽！我想問您今天的甜品是什麼？」娜塔莎的聲音變得更加堅定。

伯爵夫人想皺眉，可是卻做不到。阿赫羅西莫娃搖動著她那肥胖的指頭示意她停止。

「哥薩克！」她威脅地說。

餐桌上大部分的客人都注視著她們。

「你看我怎麼收拾你！」伯爵夫人威嚇著說道。

「媽媽！我們今天到底要吃什麼甜品？」娜塔莎調皮、大膽、歡快地嚷著，她早知道她這一手會引起人們的注意。

索尼婭和小胖彼佳都笑得直不起腰。

「看！我問了吧！」娜塔莎壓低嗓音衝著小弟弟和皮埃爾說道。

「霜淇淋，不過沒有你的份兒！」阿赫羅西莫娃說道。

娜塔莎沒有什麼膽怯的，她也不怕阿赫羅西莫娃。

「阿赫羅西莫娃，您知道是哪種霜淇淋嗎？我可不喜歡奶油的。」

「是胡蘿蔔口味的。」

「根本不是那種的！可以告訴我到底是哪一種嗎？」她大聲嚷嚷著，「我是真的想知道嘛！」

阿赫羅西莫娃和伯爵夫人都爽朗地笑起來，接著，餐桌上的所有人都笑了。大家笑的不是阿赫羅西莫娃的回答，而是笑小女孩那令人意想不到的一種聰慧和機智。

娜塔莎直到聽說是鳳梨霜淇淋才罷休。上霜淇淋前上的是香檳。此時樂聲再次響起，伯爵吻了吻伯爵夫人，所有的客人們站起身，向伯爵夫人祝賀，隨後隔著餐桌跟伯爵碰杯，跟孩子們碰杯，彼此間碰杯。

僕人們又忙碌起來，椅子的挪動聲又響起來，客人們按照進來時的次序，回到了客廳，或回到了伯爵的書房。

十七

這時，牌局已擺開，並且馬上就開始了，伯爵的客人們分別去了起居室和圖書室。

伯爵熟練地把牌排成扇子狀，極力地克制著飯後的睏意，周遭的一切都使他發笑。青年人在伯爵夫人的鼓舞下聚到豎琴和古鋼琴旁邊，朱莉答應眾人的請求，先用豎琴演奏了一首變奏曲。她和別的姑娘一起，請求著名的音樂天才娜塔莎和尼古拉唱歌。娜塔莎很以此爲榮，只是她被當成貴客看待，稍顯羞澀。

「那我們爲大家演唱什麼呢？」她問道。

「《泉水》。」尼古拉回答。

「那就開始吧。伯里斯，過來！」娜塔莎說道，「還有索尼婭！」

她環顧周邊，卻發現她的朋友沒在室內，便去找她。

娜塔莎去了索尼婭的臥室，並沒有見到她，隨後又跑到兒童室，那兒也沒發現索尼婭。娜塔莎暗想，她一定是在走廊裡的箱子上，因爲那裡是羅斯托夫家女孩子們發洩悲哀的地方。正像娜塔莎預料的那樣，索尼婭就在那裡，她伏在保姆用的污穢的褥子上，捂著臉哭泣，裸露的小肩膀在微微顫抖。

娜塔莎因過命名日而整天活潑的神情突然消失不見了，她先是神情呆滯、眼光木然，隨後她那寬闊的脖子抖了一下，兩個嘴角下垂著。

「索尼婭！你怎麼啦……到底發生了什麼？嗚……嗚……嗚……」娜塔莎咧開大嘴，哇哇大哭起來，臉上一副狼狽樣，可是她哭得毫無緣由，只因爲索尼婭在哭。

索尼婭竭力想抬起頭來回答，卻辦不到，她只好把頭埋得更深了。娜塔莎哭著坐到藍條紋羽毛褥子上，安慰似的擁抱她的朋友。索尼婭這才勉強坐起來，擦著臉上的淚水講述起來。

「就在七天之後，尼古拉就要離開了，他的……公文……已經到了……就是這樣的，其實我不想哭的，」說著她舉起手裡的一張紙——上面是尼古拉寫的詩，「我本來不想哭的，只不過你不明白……你們誰也不會明白……他有一顆仁慈的心啊！」說罷，她又大哭起來。

「你當然很好……我根本不嫉妒……我真的很愛你，也很愛伯里斯，」她故作振奮地說道，「他很可愛……這些對你們沒有威脅……可尼古拉是我的表兄……因而必須有……大教主本人的許可[21]……就

21. 俄國正教規定，近親通婚須經總主教許可。俄國正教一共有三名總主教，其中一名在莫斯科大教區。

是那樣，根本也不可以。還有，如果被媽媽知道，她會指責是我毀掉了尼古拉的前程，甚至還會說我不知道感恩圖報，可是事實上……上帝做證，」說著她就虔誠地畫了個十字，「我是那麼愛她，愛你們大家，只是薇拉……到底爲何呢？我到底是哪裡對不起她了？我是那麼感激你們，我是多麼情願爲你們奉獻出我的所有，可是我一無所有啊……」索尼婭又把臉藏起來，再也說不下去了。

娜塔莎慢慢安靜下來，她已經完全知道自己朋友的痛苦了。

「索尼婭，」她突然說道，像是知道了她朋友傷心的根源，「薇拉飯後對你說過什麼，是嗎？」

「是的，這些詩是尼古拉寫的，另外還有我抄的一些詩，放在我桌上被她發現了，她威脅我說要拿給媽媽看，還說我忘恩負義，她說，媽媽不會同意我和尼古拉結婚的，她還說，他結婚的對象應該是朱莉，你看他跟她整天在一起……娜塔莎，這到底是怎麼了？……」於是她更悲傷地哭了起來。

娜塔莎扶起她並擁抱了一下，淚眼婆娑地安慰她。

「索尼婭，千萬別聽她的！你不要相信她！你還記得我們和尼古拉，飯後在起居室裡談話的情形吧？我們把未來都安排好了。現在，事事順利，一切都會安排妥當的。申申舅父的弟弟不是娶了他的表妹嗎？我們只是堂表姐妹呀，伯里斯也說過，事實上是完全有可能的，你知道的，他清楚整件事情。而且他是那麼好，那麼睿智！」娜塔莎說道，「不可以哭，索尼婭，親愛的，我的心肝——索尼婭！」她笑著吻了她一下。

「可惡的薇拉，讓她見鬼去吧！一切都會好起來的，她根本不會向媽媽告狀的。尼古拉一定會親自告訴她的，他喜歡的根本不是朱莉。」娜塔莎吻了吻她的髮絲。

索尼婭坐了起來。此時這隻炯炯有神的小貓又神氣起來了，好像就要擺起尾巴跳起來玩絨線球了。

「真像你說的那樣嗎？」她一邊整理著她的外衣和頭髮一邊說道。

「當然，的確如此！」娜塔莎答道，並把她朋友辮子下掉出的一綹頭髮給塞了回去。

兩個人都開懷地笑了。

「快跟我來，現在我們去唱《泉水》吧，就等你了呢。」

「嗯，那我們趕快去，好嗎？」

「我告訴你，那個胖嘟嘟的、坐在我對面的皮埃爾真是滑稽！」娜塔莎突然停下腳步說道，「我好開心！」

隨後她們焦急地沿著走廊跑了下去。

索尼婭抖落身上的絨毛，邁著輕快的步子，懷揣著那些詩篇，漲紅著臉緊隨在娜塔莎後面跑下去，沒一會兒就到了起居室。在客人們的強烈要求下，她們唱了《泉水》四重唱，大家都很開心，都沉醉在優美的歌聲裡。

緊接著尼古拉唱了他新學的一支歌——

讓人為之沉醉的月夜，幸福的夢幻在飄蕩。
世間相愛的人，把你來思念！
她那靈巧纖弱的手，撥動豎琴弦。
美妙的琴聲呼喚著你，只需一、兩天，
天堂降臨人間……
可是你的朋友啊，卻等不到那一天！

在他唱完整首歌之前，大部分客人已經準備去跳舞了，走廊裡充斥著樂師們的腳步聲和咳嗽聲。申申這會兒正拉著皮埃爾坐在客廳裡討論那些枯燥無趣的政治話題，因爲他剛從國外回來，另外幾個人也加入他們的討論中。

娜塔莎在音樂響起時走了進來，她走向皮埃爾，不好意思地笑著說道：「我媽媽讓我請您跳舞。」

「我不是很會跳，」皮埃爾回答道，「不過如果您不介意給我當老師的話……」

隨後他垂下那肥厚的大手，遞向了那個苗條溫婉的小女孩。

樂師們調音時，皮埃爾和他的小女士坐了下來。娜塔莎沉浸在滿滿的幸福之中，因爲她在和一個從國外歸來的成年人共舞，而且她還坐在一個大家都能看得到的地方，如成熟女人一般跟他聊天。她拿著一把扇子，擺出很善於交際的樣子，和她的舞伴交談，並輕輕地搖動著扇子，其間偶爾用扇子掩面微笑。

「怎麼樣了？你們大家快看，你們快看啊！」伯爵夫人穿過舞廳時指著娜塔莎大聲說道。

娜塔莎紅著臉不好意思地笑了起來。

「媽媽，到底出什麼事了？這有什麼可驚訝的，您爲何這麼激動？」

就在第三場蘇格蘭舞跳到一半時，客廳裡傳出了椅子的挪動聲。那些玩牌的伯爵和阿赫羅西莫娃，以及許多很顯貴且年紀大的客人，因爲坐的時間長了，站起來活動、活動筋骨，大家收起錢袋和皮夾，隨後就走進了舞廳。

阿赫羅西莫娃和伯爵神情愉快地走在前頭。伯爵擺出一副恭敬的樣子，向阿赫羅西莫娃伸出滾圓的手臂。此時的他臉上掛著風流倜儻的笑容，挺直了腰。蘇格蘭舞最後一拍剛一結束，他就對著樂師們鼓掌，同時對首席提琴手喊道：「謝苗！你聽過《丹尼拉．庫波爾》嗎？」

這是伯爵年輕時最擅長跳的一種舞。

「你們快瞧爸爸！」娜塔莎對全場的人大聲喊道，她笑得簡直直不起腰來，整個舞廳都瀰漫著她清脆爽朗的笑聲。

於是大家都愉快地把目光放在了那個興致高昂的老頭身上。舞池中的他，和那個身形比他高大、威嚴的舞伴阿赫羅西莫娃站在一起，他彎著雙臂，隨著拍子輕輕地擺動，她的雙肩舒展，腳排成八字，輕輕地叩地，他那圓潤的臉上露出開心的笑容。

當那有著極為愉快、高亢的調子（近似一種歡快的特列派克舞[22]）的《丹尼拉．庫波爾》一響起，家僕們一下子都聚攏在舞廳的各個門口。男人和女人各在一邊，大家興高采烈地看著老爺作樂。

一個保姆站在門口大聲地說道：「瞧我們的老爺！就像一隻雄鷹！」

伯爵知道自己的舞跳得很棒。可他的舞伴也想同樣出色，於是她挺直了高大的身軀，垂下兩隻大手，現在只剩下她那莊重而俊俏的臉在跳舞。

伯爵用胖嘟嘟的身體展示出來的一切，阿赫羅西莫娃只用她那更加豐富的面目表情就可以表現出來。如果越來越得心應手的伯爵是以他那讓人意想不到的、靈巧輕盈的扭動和跳躍，來讓觀眾折服的話，那麼，阿赫羅西莫娃可以忽略笨重的身體和一貫嚴肅的態度，她只要微賣點力氣抖抖肩或是跺跺腳，彎曲雙臂轉一圈，就能產生同樣的效果。

他們的舞跳得越來越精彩，大家的目光都聚集在伯爵和阿赫羅西莫娃兩人身上。在跳舞休息的空隙裡，伯爵大口地喘著氣，仍向樂師們揮手叫嚷著，叫他們演奏得更加歡快一些。伯爵在阿赫羅西莫

22.特列帕克舞是俄羅斯的一種頓足跳的民間舞。

娃身邊飛一般地旋轉，一會兒腳跟著地，一會兒腳尖著地，他們的速度越來越快，動作越來越敏捷；最後他把她的舞伴旋轉到她的座位前，伯爵向後抬起靈活的一隻腳，低下他那滿是汗水的腦袋，臉上帶著微笑，右手畫出優美的曲線。

在眾人，特別是娜塔莎雷鳴般的喝彩聲和掌聲中，他們跳出了最後一個舞步。於是兩人停了下來，一邊用麻紗手帕擦拭著汗水，一邊艱難地喘著氣。

「我們當年也是這樣跳舞的，親愛的。」伯爵開心地說道。

「啊，就是這樣，就是這首《丹尼拉．庫波爾》！」阿赫羅西莫娃說道，困難地深呼吸著。

十八

就在羅斯托夫家的舞廳裡，人們在樂曲聲的伴奏下跳第六輪英格蘭舞的時候，也就是別祖霍夫伯爵第六次中風發作的時候，辛苦的廚師和僕役們正忙著準備晚餐。

當醫生們宣佈伯爵完全沒有恢復健康的希望後，宅內呈現出特殊時刻常有的那種忙亂和不安。他的牧師默默地給病人做懺悔，爲他進行了聖餐禮，這時臨終塗油禮也著手準備著了。

這時候在宅外等待著負責辦理喪禮的一群人，因爲可以賺很多錢，所以大家都希望能夠爲伯爵承辦喪事——當他們一聽到有馬車的動靜，就立刻藏了起來。而莫斯科城防司令也會常常派副官來詢問伯爵的病情。就在當晚，他親自來和別祖霍夫伯爵做最後的訣別。

所有人擠滿了接待室。城防司令和病人獨處了半小時，在他走出來的時候，所有人都畢恭畢敬地站起來。他微微鞠躬答禮，同時快速地從人群中穿過。日漸瘦弱的瓦西里公爵送他到門口，他幾次小聲囑咐著他們一些什麼。

送走城防司令之後，瓦西里公爵沉默地坐在大廳的椅子上。沒坐多久，突然忽地站起來，很不安地看了看周邊，隨後邁著匆忙的步子穿過走廊，到後宅大公爵小姐那裡去了。

就在黑暗的接待室裡，人們不時地低語著，當有人進出垂危病人的臥室時，他們就會安靜下來，用一種疑問和期待的眼神看著那扇門。

「我覺得生命的長度……是有限的，而且不可超越。」一個老教士對他身旁的太太大聲說道。

「現在舉行臨終塗油禮是不是太晚了？」那位太太補充道，好像她對此問題毫無意見一樣。

「啊，老媽媽，那可是小視不得的禮節呀。」那個老教士撫摸著他那禿腦袋上幾縷花白的頭髮回答道。

「那個人是誰啊？看上去很年輕，是總司令本人嗎？」客廳那頭有人問著。

「他快七十歲了。怎麼，我聽說伯爵已經意識不清了？他們是不是要行臨終塗油禮了？」

「我甚至知道曾經有一個行過七次臨終塗油禮的人。」

二公爵小姐睜著紅紅的眼睛從病房中走出來，不安地坐在羅拉醫生旁邊。這個醫生把胳膊支在桌子上，隨後以優雅的姿勢坐在葉卡捷琳娜女皇的畫像下。

「很好，」醫生說道，「這兒的天氣很好，公爵小姐，此外，在莫斯科使人有一種在鄉間的感覺。」

「是嗎？」公爵小姐幽幽地歎了一口氣，「那他能喝些什麼呢？」

羅拉考慮了一下。

「他吃藥了嗎？」

「吃了。」

醫生掏出精緻的法國懷錶看了看。

「端一杯開水來，加上一撮酒石英。」他說。

「一個人第三次中風之後還能活著，應該已經是奇蹟了。」那個德國醫生對一個副官說。

「可是他以前總是精神矍鑠的！」那個副官說道，「那他的遺產將怎麼處置呢？」他小聲地說了一句。

「會有很多想做繼承人的人。」德國人笑著答道。

這時候門鈴響了，大家紛紛回過頭去，二公爵小姐端起配好的飲料給病人送去。此時德國醫生走近羅拉。

「你說他能支撐到明天早上嗎？」德國人用不流利的法語問羅拉。

羅拉噘起了嘴，在鼻子前晃晃手指，表示不可能。「我覺得能撐到今夜就不錯了。」他小聲說道，說完後就走開了。

瓦西里公爵在此時推開大公爵小姐臥室的門。房間裡，只有兩盞小燈點在神像前，散發著香味。她的室內擺滿了小件的傢俱，小桌子、櫥櫃、衣櫃。帷幔後面還有隱約可見、高高隆起的羽毛床墊，上面鋪著一床潔白的床罩。突然間一隻小狗叫了起來。

「啊，原來是您呀，表兄？」

公爵小姐聞聲站了起來，順手理了理頭髮。

「事情怎麼樣了？」她略顯急切地問道，「我很害怕。」

「沒什麼，卡季什，我聽說沒什麼變化。我來只不過是想和你說些事情，」公爵說著便疲倦地坐到椅子上，「來，坐下，我們聊聊。」

「我還以為發生了什麼事呢。」公爵小姐陰冷而嚴肅地說道，隨後在公爵對面坐了下來，認真聽他說話。

「我多想能睡一會兒啊！我的表兄，可是怎麼也睡不著。」

「喂，情況到底是怎麼樣了，親愛的？」瓦西里公爵說道，他握起公爵小姐的手，並習慣性地向下按了一下。

明顯這聲「喂，怎麼樣了」就關係到很多大家心知肚明的事。

那個身形僵直、上身過長的公爵小姐，用自己銳利的眼睛冷漠地盯著瓦西里公爵，她歎了一口氣，搖了搖頭，看了一眼神像。

公爵小姐太累了。

「我呢？」他反問道，「你認爲我會輕鬆嗎？我也很疲憊，可是我還是要和你談談，卡季什，我認爲我們需要好好談一談。」

瓦西里公爵沉默著，臉上現出前所未有的不悅表情。他的眼神也和平時不太一樣：有時慌張地四處觀望，偶爾又蠻橫戲謔地盯著屋子裡的其他人。

公爵小姐把那隻小狗抱在膝蓋上，全神貫注地盯著瓦西里公爵的眼睛。她下定決心，即便要僵持到明天清晨，她也不會先開口發問。

「你看，我最親愛的公爵小姐，我的表妹，」瓦西里公爵經過了一番深思熟慮後再次開口道，「在這種特殊的時刻，我覺得我們應當考慮周全，我們應當考慮未來，還有考慮你們……我是那麼愛你們，就像愛我自己的孩子一樣，這點我想你是知道的……」

公爵小姐還是那樣目光無神而且目不轉睛地看著他。

「最後，還要考慮我的家庭，」瓦西里公爵繼續說道，「你知道，卡季什，你們三姐妹，還有所有我的愛人，都是伯爵的第一繼承人。我知道要求你現在考慮這件事情很殘忍。可是我也不輕鬆啊。親愛的，我現在已經老了，得對所有的事有準備呀。我已經派人去找皮埃爾了。伯爵手指著皮埃爾的畫，一定要叫他來。你現在明白嗎？」

瓦西里公爵疑惑地看了一眼依然沒什麼表情的公爵小姐，還是不明白她到底在想些什麼……

「我的表哥，我現在只是不停地向上帝祈禱。請上帝保佑伯爵，讓他那高尚的靈魂得以安息……」

「是的，是這樣，」瓦西里公爵煩躁地說道，他摸了摸自己的禿頭，又狠狠地把剛推開的小桌拉回到身旁，「可是，問題的關鍵你心知肚明，去年冬天伯爵寫了一份遺囑，如果依照這份遺囑，他將把全部的財產留給皮埃爾，根本沒有其他人的份兒。」

「就算立了遺囑又怎樣呢！」公爵小姐不動聲色地說道，「不管如何，他是不能把財產留給皮埃爾的，皮埃爾是私生子。」

「親愛的，」瓦西里公爵離那個小桌子更近了，突然他激動起來，語速也更快了，「如果伯爵把皮埃爾立為嫡子的請求奏請給陛下，那會怎麼樣？你可要知道，以伯爵的功勞，他的請求會得到充分尊重的……」

公爵小姐輕蔑地笑了，就像那些自認為最瞭解情況的人那樣，輕蔑地笑了。

「我還可以告訴你的是，」瓦西里公爵抓住她的手說道，「現在的問題是信已經寫好了。即使還沒有寄出，陛下一定也瞭解情況了。唯一的問題是有沒有可能把它毀掉，如果還沒銷毀，這一切如何結束?!」瓦西里公爵歎了一口氣，讓公爵小姐知道，他口中的「一切結束」是什麼意思，「他們立刻就會打開伯爵的文件，把信和遺囑都送給陛下做為他臨終前的請求，陛下一定會予以同意的。那麼，皮埃爾將成為合法的兒子繼承他所有的財產。」

「那我們的那一份遺產呢？」公爵小姐譏諷地笑著，像什麼事都可能發生，只有這件事不會發生一樣。

「親愛的卡季什，事實的確如此啊。到時候，他將是唯一的合法繼承人，而我們將一無所有。你應該知道，親愛的，信和遺囑有沒有寫，這兩樣東西是不是已被銷毀。如果這兩樣東西因爲什麼被忘記了，你要知道在什麼地方，而且必須找到它們……」

「真是豈有此理！」公爵小姐硬生生地打斷他的話，她面帶嘲諷，「您覺得在您看來我們都很蠢，是嗎？據我所知，私生子是不能繼承財產的……因爲他是私生子！」她用法語補充了一句，以便使瓦西里公爵知道他的說法站不住腳。

「卡季什，你還不懂嗎?!你那麼聰明，怎麼就不開竅呢？如果伯爵已經寫信給陛下，求他承認兒子是合法的話，那麼，皮埃爾就不是皮埃爾了，而是別祖霍夫伯爵了，那時按照遺囑的話，他就能得到所有的遺產。因此，如果信和遺囑還在，你除了因爲體貼照顧了伯爵，而得到一個高尚的美名以外，什麼也沒有了。」

「遺囑已經立下了是沒錯，不過我很清楚，那根本就是沒有用的。您，我的表兄，好像以爲我是個笨蛋一樣。」公爵小姐說這話時，自認爲說了一句刻薄、俏皮卻不失幽默的話。

「我親愛的公爵小姐，」瓦西里公爵煩躁地補充道，「我到你這兒來可不是來和你吵架的，我只是爲了和你，我的一個親戚，一個善良的、友好的至親，來討論關於你的利益問題的。我再一次告訴你，如果在伯爵給陛下的奏章裡，出現有利於皮埃爾身分確認的遺囑的話，那麼，親愛的小姐，你和你的妹妹們就會沒有繼承的資格了！如果你不相信我，總該信任德米特里吧！他是一個真正的行家，我剛才和他談過了，他很同意我的說法。」

現在公爵小姐的腦中發生了一些轉變，她單薄的嘴唇變白了（可眼神依然），因而當她重新開口說話的時候，連她自己都很詫異自己的嗓子發出了奇怪的轟隆聲。

「不過這也沒什麼不好的！」她說道，「我從來沒想要得到什麼，直到現在也一樣。」

她把那隻小狗拿開，撫平自己衣服的褶皺。

「這就是你所說的感恩報德！」她說道，「這真是太好了！我什麼都不要，公爵。」

「是的，可你不只是一個人啊，你的妹妹們該怎麼辦呢……」瓦西里公爵答道。

「是的，這一點我很清楚，可在這個家中，除了欺騙、卑鄙，還有爾虞我詐、你爭我奪之外，忘恩負義是最無恥的，我現在不希望看到別的……」

「你知不知道那個遺囑到底在哪裡？」瓦西里公爵急切地追問道，此時他的兩頰越發劇烈地抽搐著。

「之前我很愚蠢，因為我還相信別人，我會犧牲自己的利益，全心全意地去愛他們。可是，結果只有那些心懷叵測的人得逞。我想我知道這是誰的詭計。」

公爵小姐立刻要站起來，可公爵緊握著她的手把她按住了。因而公爵小姐惡狠狠地瞪了一眼公爵，眼神裡充滿了失望。

「時間還早，你應該記住，卡季什，這一切不是誰讓它故意發生的，是生氣和生病引發的。親愛的，我們現在要做的是，幫伯爵糾正錯誤，緩解他臨終之前的痛苦，防止他做出一些不公道的事，這樣他在臨死的時候才不會覺得有遺憾……」

「還有那些為他不顧一切的人，」公爵小姐接口說，她又想站起來，可公爵還是不放開她，「我認為他從沒重視過這樣的犧牲。不，親愛的表哥，」她歎著氣補充道，「我應該記住，在這個世界上我是不能求任何回報的，這個世界裡既不會有榮譽，也沒有所謂的公道。這裡到處充斥著凶惡和狡詐。」

「好啦，好啦！你那顆善良而又純潔的心我能理解。不過請別這樣好嗎？」

「不，我的心是很狠毒的。」

「我明白你的意思，」公爵重複道，「我很珍惜和你的友誼，希望你也有一樣的看法，趁著時間還充裕，讓我們好好聊聊吧，先冷靜一下，我們可以用一整夜或是用一小會兒的時間，快點告訴我關於遺囑的所有情況，最關鍵的問題是它放在什麼地方。我們立刻就把它拿給伯爵看。他一定把它忘了，同時也情願把它毀掉。你知道嗎？我現在唯一的願望就是滿足他的需要，這是我來的真正原因。我來到這裡是爲了幫助他和你們。」

「現在我完全知道這是誰的陰謀啊！」公爵小姐說道。

「根本不是這樣的，親愛的。」

「這個陰謀家就是你所庇護的那個女人，就是給我做女僕我都嫌噁心的那個女人。你那個可愛的德魯別茨卡婭公爵夫人。」

「時間很寶貴，我們不要再這樣下去了，好嗎？」

「啊，請您別說了！去年冬天她跑到這裡來，對伯爵說了我們所有人的壞話，特別是索蓓，她說的惡毒的話，我都難以啓齒，伯爵因此大病一場，一連兩個星期都不想見我們。我知道他就在那時寫下了那份可惡的遺囑，可我想這個文件是沒有法律效力的。」

「問題就在這裡。爲何我以前不知道呢？」

「我知道，遺囑就在他枕頭下的帶花皮包裡。」公爵小姐說道，又沉默了下來，「是的，如果我有罪過，那麼最大的罪過就是對那個壞女人的仇恨！」公爵小姐幾乎喊叫起來，她完全要失去控制了。

「你覺得她爲何要到這裡來？不過，我一定要把想說的全對她說出來！因爲到了該說的時候了！」

十九

就在這時，載著皮埃爾和德魯別茨卡婭公爵夫人的馬車駛進了別祖霍夫伯爵的院子。當車輪輕輕輾過窗子下的乾草時，公爵夫人正想安慰她的夥伴，卻發現他已經在角落裡睡著了，於是趕忙把他喚醒。皮埃爾坐了起來，跟著公爵夫人下了馬車，此時他才想起即將和他已經垂危的父親見面的事。而此時他發現他們走的是一個後門，有兩個商人模樣的人從門前跑開，躲進牆陰影中去了。接著皮埃爾看見住宅兩旁的陰影中，還有幾個幾乎一模一樣的人。可是，德魯別茨卡婭公爵夫人、車伕、僕人，卻沒有發現他們。

德魯別茨卡婭公爵夫人快步走上燈光暗淡的狹窄石梯，同時招呼皮埃爾走快一點。即使皮埃爾不清楚為何一定要去見伯爵，更不清楚為何一定要走後邊的樓梯，可是從公爵夫人匆忙的神情來看，他斷定這是絕對需要的。

就當樓梯上到一半時，有幾個提著桶的人，匆匆跑下來，差點把他們撞倒了。這些人趕忙讓路，讓皮埃爾和德魯別茨卡婭公爵夫人走過。

「請問去公爵小姐們的住處是從這兒走是嗎？」德魯別茨卡婭公爵夫人問其中一人。

「是的，」一個僕人畢恭畢敬地回答，「左手邊的那間就是，老媽媽。」

「或許伯爵不想見我呢，」皮埃爾走到樓梯轉彎處的時候說道，「要不我先回自己的房間吧。」

德魯別茨卡婭公爵夫人停下來，等著他一起走。

「啊，我的朋友！」她就像上午對自己兒子說話時那樣，「啊！請相信我吧，我的小朋友，我的痛苦並不比您少，可是您必須得像個男子漢！」

「那我走了？」皮埃爾問道。

「啊，請把那些傷心的事忘掉吧。我的朋友！您想想看，他可是您的父親……而且已危在旦夕。」於是她歎了口氣，「我一向就像愛我的兒子一樣愛您。相信我吧，皮埃爾。」

皮埃爾更加強烈地感到一切都應如此，可是他卻什麼也弄不明白，於是順從地跟著公爵夫人。

他們走的這道門通向後門的前廳。皮埃爾從沒來過這兒。一個侍女手裡端著擺有長頸玻璃水瓶的托盤匆匆走過。德魯別茨卡婭公爵夫人管她叫作「我的小麻雀」或「親愛的」，向她問到公爵小姐們的健康，隨後她帶著皮埃爾上了走廊。

走廊左邊的第一扇門通往公爵小姐們的臥室。那個端開水的侍女匆忙中忘記關那扇門，因而皮埃爾和德魯別茨卡婭公爵夫人經過時忍不住向房裡看了一眼，他們發現，大公爵小姐和瓦西里公爵正在裡面談話，兩人坐得很近。看他們走過，瓦西里公爵做了很不耐煩的動作，把身子往後一仰，公爵小姐則迅速地跳起來，擺出不屑的表情，用力關上了門。

這舉動跟公爵小姐平常的態度截然相反，瓦西里公爵臉上顯出的恐懼神情也跟他一貫的威嚴神氣不相稱，以至於皮埃爾停了下來，抬頭詢問似地看了一眼他的指導者。德魯別茨卡婭公爵夫人只是笑了一下，沒有絲毫的慌亂，隨後歎了口氣，好像說，這一切都在她意料之中。

「像男子漢那樣振作起來，我會幫您的。」她回答後更快地沿著走廊走下去。

皮埃爾不明白「幫他」是什麼意思，也不知道發生了什麼事，可他相信一切都會過去的。

他們走進了伯爵房間隔壁的一個昏暗大房間。在這個房間裡，擺著一個空浴盆，地毯上都灑上了水。一個提著香爐的教會執事和一個僕人輕手輕腳走過來，沒有注意到他們。他們走進了接待室。房間裡所有的人都還在，而且幾乎仍保持著原來的姿勢，並耳語著。突然，人們都靜下來，扭過頭看哭喪著臉、面色蒼白的德魯別茨卡婭公爵夫人，和低著頭默默地跟在她後面的皮埃爾。

德魯別茨卡婭公爵夫人清楚決定性的時刻已經到來。她用精明強悍的聖彼德堡女士特有的風格抓住皮埃爾不放，昂首走進來。她覺得很自豪，因爲她認爲自己帶來了垂死的伯爵想見的那個人，因而她是有理由被接見的。她用目光迅速地掃視了一下房裡所有的人，發現了角落裡的懺悔師，於是她邁著細碎的小步，跑到牧師跟前，畢恭畢敬地接受了他的祝福，又接受了另一個牧師的祝福。

「天哪，總算趕上了，」她對牧師說，「那些親人真是擔心啊！因爲他是伯爵的兒子。」她壓低了聲音說，「這是多可怕的時刻啊！」

之後她走近醫生，「親愛的醫生，這個青年是伯爵的兒子，伯爵還有什麼希望嗎？」

醫生默默地抬起眼睛，無奈地聳聳肩。德魯別茨卡婭公爵夫人同樣聳了一下肩頭，抬起快要閉起來的眼睛，歎了口氣就離開了醫生走向皮埃爾。

她對他說道：「請相信上帝的慈悲！」她讓皮埃爾坐了下來，自己則悄悄地走近人們都盯著的門口，門吱的一聲開了之後，她立刻消失了。

皮埃爾決定一切服從女指導者的指揮，於是他走向了她指給他的椅子。德魯別茨卡婭公爵夫人一走開，他突然發現房裡所有人都把目光投向了他，這目光裡更多的是同情，而不是好奇。他受到了從來不曾有過的尊敬。他發現，所有人都向他投來恐懼和奴顏卑膝的目光，甚至有人在竊竊私語。

一個陌生的太太站了起來，把座位讓給了他；一個副官撿起他遺落在地上的一只手套，還給他；那些醫生在他走過時都停止了談話，給他讓路。一開始，皮埃爾本不願煩勞那位太太坐另一個座位，想自己過去拾手套，也想繞過並沒有擋他路的醫生們；可他覺得那樣是不對的，因爲這一夜他是一個事事必須服從他人意願的人，因而他接受所有人的效勞。

於是他默默地從副官手裡接過手套，而後又坐在那位太太的位子上，擺出一副埃及雕像般的姿態，把大手整齊地放在膝蓋上，他感覺一切都應該是這個樣子，今晚他決定不按自己的意願辦事，全部聽別人的指揮。

很快地，瓦西里公爵走了進來，他外衣上的星章閃閃發光。當他掃視房間看見皮埃爾時，眼睛突然亮了一下。隨後他走到皮埃爾跟前，把他的手向下一拉，好像要試試這隻手長得牢不牢靠似的。

「振作起來，我的朋友！他叫人找你來，就很好了！」他轉身想走了。

可是皮埃爾覺得有必要詢問一下伯爵的情況，「現在他還好嗎？……」他突然遲疑起來，不知道稱呼病危的人爲「伯爵」是不是恰當，不過他還是羞於稱呼他爲「父親」。

「三十分鐘前他的中風又發作過一次，不過別氣餒，我的朋友……」

就在聽到「中風」這個詞的時候，皮埃爾大腦中一片空白，他茫然地看著瓦西里公爵，後來才想起「中風」到底是什麼。

瓦西里公爵對羅拉醫師說了句什麼，隨後輕手輕腳地走進門去了。可是踮起腳尖走路對他來說好像有點困難，所以他的整個身體都抖了起來。大公爵小姐跟在他後面，緊接著，教堂和牧師的下級服務人員、僕人們也都走進門去了。

德魯別茨卡婭公爵夫人終於出來了，面色依然像原來一樣蒼白，可神情很堅毅，她碰了碰皮埃爾的手說道：「你要知道上帝的仁慈是無限的！馬上要行臨終塗油禮了，快點來吧！」

皮埃爾走進門口，踏上華麗的地毯，他發現那些副官、太太，甚至還有些聽差全跟著他進來了。好像他已經成了這兒的主人似的。

二十

皮埃爾對這個由無數圓柱和一道拱門隔開的大房間一點也不熟悉。神龕閃光的金衣飾下面擺著一張伏爾泰式的長椅，椅子裡有幾個雪白而剛剛換過的靠枕。在圓柱後面，一邊擺著紅木大床，另一邊是一個無比巨大的神龕，被火紅的蠟燭照得通紅。皮埃爾的父親別祖霍夫伯爵此時就躺在長椅上，那張泛著紅黃色的英俊臉龐上，有幾條高亢粗獷的皺紋。他寬闊的額頭上面是如獅子毛般的白卷髮，兩隻又厚又大的手放在被子外面。右手手掌向下放著，一根小蠟燭夾在他的食指和拇指中間，一個老僕人扶著那支蠟燭。

一個牧師站在椅子旁，長髮披散在莊嚴的閃光法衣上，他手裡拿著點燃的蠟燭，緩慢而莊嚴地做著禱告。緊挨著他們的是那兩個年輕的公爵小姐，用小手帕捂著自己的眼角。她們的姐姐卡季什站在她們前面，惡毒地盯著神像。

德魯別茨卡婭公爵夫人帶著溫和、悲哀和饒恕一切的神情，與那個不認識的太太站在門口。瓦西里公爵站在另一邊靠近病人躺椅的地方，左手拿著蠟燭支在椅子背上，右手畫著十字，每當他把手指舉到額頭上時就會抬起眼睛，臉上顯現出平靜、服從上帝旨意而又虔誠的神情。

他的後面整齊地站著男僕、醫生和副官們，就像在教堂裡一樣，男、女分開來。大家全在默默地畫十字，此時只聽見低沉、厚重的誦讀禱文聲，還有間歇時大家挪動腳步的聲音和歎氣聲。

德魯別茨卡婭公爵夫人穿過人群，走到了皮埃爾站立的地方，給了他一支蠟燭。皮埃爾默默點上蠟燭，開始用拿著蠟燭的手畫起十字來。

這時候那個面色紅潤、臉上長著黑痣、愛笑的最小的公爵小姐索蓓遠遠地望著他。她瞧了一眼皮埃爾，忍不住笑起來。她一看到他總是禁不住笑出來，可是又忍不住不去看他。爲了擺脫這種誘惑，她悄悄地躲到圓柱後面。

就在儀式進行到一半時，他們小聲地說著什麼，此時牧師的聲音突然停止。那個扶著伯爵手的老僕人站起身子，走向女士們。

德魯別茨卡婭公爵夫人走上前去，低身向可憐的伯爵看了一下，從背後對羅拉招了招手。法國醫生沒有拿蠟燭，只是倚在一根柱子上，可他始終是一種恭敬的態度，他能理解現在舉行的儀式的重要性。因而他默默走過來，開始給病人把脈，他沉思了一下，給病人喝下了一些東西。

此時他周邊的人動了起來，大家都各就各位，隨後祈禱儀式又重新開始了。這期間，皮埃爾看見，瓦西里公爵離開他的椅子，從病人旁邊走過去，和大公爵小姐一起走向了臥室裡帶錦緞帷幕的大床那裡。隨後從床那邊，瓦西里公爵和那個公爵小姐一起閃入了後門。在儀式結束之前，他們又先後回到了各自的位置上。皮埃爾對這件事並沒在意，他覺得今晚在他面前所發生的一切一定都是需要的。

隨後唱詩停止了，接著傳來牧師恭賀病人接受過聖禮的聲音。病人還像剛才一樣躺著，一動不動，依然毫無生氣。這時，周圍逐漸熱鬧起來，德魯別茨卡婭公爵夫人的低語聲聽來很刺耳。

皮埃爾聽見她說：「現在要快點把他挪到床上去，因爲在這裡絕不能……」

於是所有人把病人圍得嚴嚴實實。皮埃爾再也看不見那紅中透黃的臉和披著白卷髮的頭了，儀式過程中，他沒有一刻離開過那張臉，直到他被人們抬走。

「快抓緊我的胳膊，不然他就要跌下去了！」他聽見一個僕人驚慌地小聲說道。「從下邊……快點再來一個！」不和的聲音叫道。人們大口的喘氣聲及腳步的移動聲顯得急躁不安，就像他們抬的東西有千斤之重似的。

病人被抬起經過皮埃爾時，他從人縫中瞥見病人那個壯實的雙肩、厚實裸露的胸膛和生著白色卷髮的頭。病人被人們抬了起來，隨後向上舉得高高的。這個頭，連同他那尤爲寬闊的前額和顴骨以及那漂亮的肉感的嘴，還有那冷峻的莊嚴目光，都沒因爲死亡的臨近而有所變化。因爲這個頭和三個月前伯爵派皮埃爾去聖彼德堡時完全一樣。可是此時這個頭因抬的人動作的不一致而無可奈何地搖擺著，那冷漠的目光不知會停留在什麼地方。

大家忙亂了一會兒後，都散開了。公爵夫人輕輕地碰了碰皮埃爾的手，對他說：「去吧。」皮埃爾和她一起走到了床前。此時病人被平放在床上，姿態莊重，也可能是舉行過聖禮的關係吧。他的頭靠在墊得高高的枕頭上，兩手手心朝下對稱地放在綠綢被上。當皮埃爾走過來時，伯爵愣愣地看著他，其他人是不會瞭解他此刻的心情的。

皮埃爾停了下來，不知道該做什麼，於是帶著詢問的眼光看看德魯別茨卡婭公爵夫人。公爵夫人用眼神對他做了一種匆忙的姿勢：指著病人的手，用嘴唇向那隻手做了飛吻的動作。皮埃爾竭力伸長脖子，以避免碰到那床被，按照德魯別茨卡婭公爵夫人的意思，他把嘴唇按在那隻肥大的手上。

可伯爵仍然一動不動。不知道下一步該做什麼，皮埃爾又詢問地看著德魯別茨卡婭公爵夫人，她示意他坐下來。皮埃爾順從地坐下來。公爵夫人贊許地點了點頭。皮埃爾又擺出那副埃及雕像般的姿勢。他看著伯爵，可是伯爵依然看著皮埃爾站立時臉所在的地方。

突然，伯爵臉上那粗獷的肌肉和皺紋痙攣起來，隨後痙攣得越來越厲害，他那原本漂亮的嘴變得扭曲，直到此時皮埃爾才意識到他父親距離死亡有多麼接近。

德魯別茨卡婭公爵夫人注視著病人的眼睛，像是竭力想猜出他要什麼；她一會兒指指皮埃爾，一會兒指指咖啡，一會兒又小聲地叫著瓦西里公爵的名字，一會兒再指指被子，可是病人露出很不耐煩的神情，他努力地看向那個一分鐘也不離地、站在他床頭的僕人。

「他想翻到另一邊去。」那個僕人小聲說道，並過來把伯爵那沉重的身體轉過去，使他面向牆壁。

皮埃爾站起身來幫助他。

在翻動的過程中，伯爵的一隻胳膊已經垂到了後面，他想把它拖到前邊來，可是卻毫無力氣。伯爵沒有注意到皮埃爾看見那僵硬的手時，所流露出來的恐懼表情，或許此時他那垂死的腦子掠過的是另外的思想。可是他看了看自己沒有知覺的手，又看了看皮埃爾，臉上現出淺淺又痛苦的微笑，似乎在嘲笑自己心有餘而力不足。

看見這笑容的時候，皮埃爾突然心裡一震，鼻子一酸，眼淚就流了下來。隨後病人被轉了過去，面對著牆壁。他歎了一口氣。

「讓他安靜地躺會兒吧，我們走吧。」德魯別茨卡婭公爵夫人對前來換班的公爵小姐說道。

皮埃爾靜靜地走了出去。

二十一

此時，接待室裡只剩下大公爵小姐和瓦西里公爵，他們坐在葉卡捷琳娜女皇的畫像下興奮地聊天。他們一看到皮埃爾就趕忙停了下來。皮埃爾好像看見公爵小姐手裡藏了什麼東西，同時她還小聲說：「我很厭惡這個女人。」

「卡季什已經叫人在小客廳裡把茶沏好了，」瓦西里公爵對德魯別茨卡婭公爵夫人說道，「我可憐的德魯別茨卡婭公爵夫人，請快去吃些東西吧！這樣您會撐不下去的。」他對皮埃爾什麼都沒說，只同情地捏了他一把。

隨後皮埃爾和德魯別茨卡婭公爵夫人走進了小客廳。

「昨夜一直未睡，現在喝一杯這麼好的俄國茶是最能提神的了。」羅拉說道。於是他仔細地品著杯裡的茶。

此時，所有昨天留在別祖霍夫伯爵家的人們，都聚在桌子邊吃點心。對皮埃爾來說，這個小客廳和其中的小桌子以及鏡子他全都清楚地記得。過去每當伯爵家舉行舞會的時候，因爲不會跳舞，皮埃爾總喜歡坐在這個掛滿鏡子的小房間裡，看那些穿著舞服、赤裸雙肩上戴著鑽石和珍珠的女士跳舞。而現在這個房間，卻只有桌上佈滿各色點心，兩支蠟燭勉強地搖曳著。一群人坐在那兒，表情陰鬱地竊竊私語，他們討論著臥室裡將要發生的事。皮埃爾覺得餓，可是卻吃不下任何東西。他回頭看了一眼自己的指導者，看見她又走向瓦西里公爵和大公爵小姐所在的客廳。皮埃爾斷言，這也是很需要的，於是在稍稍猶豫之後就跟了過去。德魯別茨卡婭公爵夫人正站在公爵小姐身旁，她倆在激動地小聲說著話。

「您能告訴我嗎，公爵夫人，哪些事情是不需要的？哪些是需要的？」公爵小姐喊道。

「可是，我最親愛的公爵小姐，」德魯別茨卡婭公爵夫人溫和卻不容置疑地說道，她堵住出臥室的路不讓公爵小姐走過去，「就在您可憐的舅父需要安息時……這會使他難過的。在他已經走向天堂的時候，你們卻在談塵世間的問題……」

瓦西里公爵以他一貫漫不經心的姿勢坐在一張安樂椅上，一條腿架在另一條腿上。他的雙頰在猛烈地抽動，可是他卻裝作沒有聽見那兩個女人的談話。

「算了，親愛的德魯別茨卡婭公爵夫人，她想怎樣就怎樣吧。您要知道伯爵是很寵愛她的。」

「這份文件的內容我可是一清二楚的。」公爵小姐說道。她轉向瓦西里公爵而且指著她攥在手裡的那個鑲花文件包說道，「我只知道，他的遺囑不是這個，而是寫字台抽屜裡的那個，這根本就是他忘記了的一個普通文件……」

她本想繞過德魯別茨卡婭公爵夫人的，可是公爵夫人猛地向前走去，擋住了她的去路。

「我知道，我最最親愛且仁慈的公爵小姐，」德魯別茨卡婭公爵夫人一邊說一邊死死地抓著文件包，「所以我請求您，親愛的公爵小姐，請您想想可憐的他吧！我求求您……」

一旁的公爵小姐卻一言不發，房間裡只有她們爭奪文件包的聲音，看起來如果公爵小姐開口的話，絕對不會中聽的。即使德魯別茨卡婭公爵夫人緊緊抓住文件包不放，可她的聲音卻還是軟綿綿、甜絲絲的。

「我親愛的皮埃爾，快過來。我認爲，家庭會議是不能沒有他的，難道不是嗎，公爵？」

「您爲何始終不說話呢，表兄？」公爵小姐突然尖聲叫道，客廳裡的人不由得看過來，也都大吃一驚。「您爲何一聲不吭？天知道是誰允許她來干涉的！在瀕臨死亡的人的臥室門前瞎鬧，真是陰謀家！」她狠狠地說道，並用盡力氣去拉扯那個文件包。德魯別茨卡婭公爵夫人緊跟上幾步，抓緊了手中的文件包。

「哎呀！」瓦西里公爵終於站了起來，用驚奇和責難的神情說了一句，「快點放開，你到底聽見沒有？這真是好笑極了。」

公爵小姐只好撒開了手。

「請您也放開！」

可是，德魯別茨卡婭公爵夫人仍然緊緊抓著文件包。

「現在把一切都交給我吧，我對您說，請您放開！要不我親自去問問他，我……這樣你們就滿意了吧？」

「不過，我的公爵，」德魯別茨卡婭公爵夫人說道，「您不覺得在莊嚴的儀式之後，應該讓他安靜地休息一會兒？來，皮埃爾，請說說你的想法！」她轉向那個青年人說道。

皮埃爾走到他們跟前，驚訝地看著公爵小姐那惡狠狠並有失體面的面孔，以及瓦西里公爵那抽搐的臉頰。

「您必須記住這一切由您來負責，我想您根本不知道您在幹什麼。」瓦西里公爵嚴厲地說。

「這個卑鄙的女人！」公爵小姐喊了一聲，隨後猛地撲向德魯別茨卡婭公爵夫人，一把奪過那個文件包。

瓦西里公爵低下了頭，無奈地攤開兩隻手。

就在此時，那扇皮埃爾久久注視的、一直是輕開輕關的門突然打開，「砰」地碰在牆上，二公爵小姐衝了進來。

「你們怎麼可以這樣！他快要死了，你們卻把他獨自留在那裡！」她絕望地叫著。

她的姐姐飛快地扔下文件包。德魯別茨卡婭公爵夫人馬上彎下腰，抓起那件東西就跑進了臥室。瓦西里公爵和大公爵小姐立刻清醒了過來，緊跟著她進去了。

就在幾分鐘後，大公爵小姐面色蒼白如土，咬著下嘴唇先出來了。一看見皮埃爾，她的臉上立刻顯現出不可抑制的仇恨。

「好啦，您總應該高興了！」她說道，「這不就是您想要的結果嗎？」她號啕大哭起來，隨後用手帕捂著臉，飛快地衝出了房間。

最後瓦西里公爵也出來了。他跌跌撞撞地走向皮埃爾所坐的沙發，倒在上面，同時用手蒙起了臉。皮埃爾看見他面色蒼白，下頷不停地抖動著。

「啊，我親愛的朋友！」他握著皮埃爾的臂肘痛苦地說道，用皮埃爾從沒聽過的語氣。「大家都是為了什麼呀？我們到底做了什麼錯事？我都快六十歲了，我的朋友……要知道我也……現在是一死萬事皆空！死是那麼可怕……」他竟哭了起來。

德魯別茨卡婭公爵夫人過了好久才走出來。

「皮埃爾！」她說道。

皮埃爾用眼睛問她發生了什麼。她吻了吻青年人的前額，眼淚弄濕了他的臉，她沉默了一會兒：「他不在了……」

皮埃爾呆呆地看著她。

「走，我陪你去吧。你盡情地哭，哭過後就會輕鬆許多。」

於是她把他領進那黑暗的客廳，皮埃爾喜歡在黑暗中隱藏他的臉。德魯別茨卡婭公爵夫人退出去了。當她回來的時候，他的頭已經枕在胳膊上睡著了。

第二天一大早，德魯別茨卡婭公爵夫人就對皮埃爾說：「我知道，我的朋友，我們都難過，更何況你呢。不過，上帝會保佑你的，你是那麼年輕，因而我希望你能擁有一大筆財產，可是遺囑還沒公佈。我很瞭解你，並相信，這一切不會沖昏你的頭腦，可是這卻賦予你責任，你必須成為一個真正的男子漢。」

皮埃爾默默無語。

「或許之後我會告訴你的。如果當時你不在那裡，會發生什麼誰也說不清楚。你要知道，舅父或許前天沒有忘記伯里斯，可他卻沒來得及。你會使你父親的願望得到滿足吧？」

皮埃爾紅著臉，默默地看著德魯別茨卡婭公爵夫人。

和皮埃爾談過之後，德魯別茨卡婭公爵夫人就回家休息去了。她起床後就把別祖霍夫伯爵逝世的情形對羅斯托夫家的人和所有的熟人敘述了。她說她也想像伯爵那樣死去，因爲他的結局不但感人，而且有教益，特別是父子最後一次見面的情形感人極了，說著說著她的淚水又流了下來——也不知道兩人中哪一個在那樣的時刻表現得更好一些，或許是父親，他到死了都還記得每一件事和每一個人，還對兒子皮埃爾說了那麼悲慟的話；或許是兒子吧，他是那麼可憐，那麼悲痛，儘管這樣，卻還盡力不讓自己痛苦，免得讓他那就要離開人世的父親難過。

「這是沉痛的，卻很有教益。當你看見老伯爵和他那高尙的兒子，靈魂會變得高尙。」她說道。同時她也談了大公爵小姐和瓦西里公爵的舉動，可是頗不以爲然。

二十二

在莊園裡的尼古拉．安德烈耶維奇．博爾孔斯基公爵，每天都期待著小安德烈公爵和夫人的到來，可是他仍然愉快地度過每一天。

被稱爲「普魯士國王」的大將博爾孔斯基老公爵在保羅沙皇時代就被放逐到鄉下去了，從那時起他就和女兒瑪麗亞公爵小姐及她的女伴布里安小姐一直住在這個莊園裡。他說，所有要拜訪他的人可以走一百五十俄里[23]路從莫斯科來，可他不需要任何東西和任何人。他說，人類的罪惡之源不外乎只有兩個——遊手好閒和迷信，善行也將只會有兩種——智慧和活動。他常教育女兒，爲了在她內心中樹立起這兩種善行，他教會她代數和幾何，把她的生活安排得很緊湊。而他自己更是永遠有做不完的事：要嘛寫「回憶錄」，要嘛探索數學的迷宮，要嘛從事園藝工作，要嘛在旋床上旋鼻煙壺，或者是盯著莊園裡永遠進行著的建築工程。

他總是在同樣的前提下，同一個時間段出來用餐，不僅是一小時，甚至一分鐘都不差。他對僕人和女兒也這樣嚴格要求。因此，即使不是個冷酷的人，他卻有那些人沒有的畏懼和尊敬。即使他已從崗位上退了下來，可每一個被派到公爵莊園所在省份任命的長官，都會畢恭畢敬地去拜見他。

每當高大的書房門打開時，就會出現一個頭戴敷粉假髮、個子不高的老頭，他眉毛灰白濃厚，兩手乾枯，臉皺起來甚至能遮住他那精明的、放射著青春光芒的眼睛，等待室的人會由此產生一種畏懼感而感到肅然起敬。

就在那對年輕的夫婦即將到來的早晨，瑪麗亞公爵小姐像往常一樣進入了接待室，她戰戰兢兢地畫著十字，默默地背誦詩文。她祈禱每天一次的會見可以順利地度過。

此時坐在接待室裡戴著敷粉假髮的老僕人恭敬地站了起來，小聲說：「請進吧。」門裡傳來旋轉床均勻的聲音，公爵小姐怯生生地推開那扇門，在門口停了下來。正在旋床旁工作的公爵回頭看了她一眼，繼續工作。

書房很整潔。一張擺著圖案和書籍的大桌子，門上插著鑰匙的高大玻璃書櫥，供站著寫字用的高

23. 一俄里合一點零六公里。

書桌，桌上擺著一本敞開的筆記本。當然還有一台旋床，上面放著工具，周邊全是木屑，一切井然有序。公爵仍有剛剛步入老年的人所擁有的持久耐力和頑強的精神。

他旋過幾圈後，把腳從踏板上放下來，拿過鑿子，放進掛在旋床上的皮袋裡。他走向桌子，輕輕地喚女兒過來。他一邊溫和地看著她，一邊嚴肅地說道：「你還好嗎？來，坐下吧。」

他拿起手寫的幾何課筆記本，把一把椅子拉到離他較近的地方。

「這是留給明天的！」他說道，隨後快速地翻著書頁，用自己的硬指甲從某段到某段做著記號。

公爵小姐在擺著練習本的桌子前坐下。

「等一下，我這裡有你一封信。」老先生突然說道。

一看見桌上那封信，公爵小姐臉上不由得泛起了紅暈。她趕忙拿了過來，低頭看起來。

「這是愛洛綺絲寄來的吧？」公爵冷笑著問道。

「是的，是從朱莉那兒寄來的。」公爵小姐膽怯地笑了一下，隨後又偷偷地瞅了父親一眼。

「我只能放過兩封信，到第三封的時候就不客氣了。」公爵嚴厲地說道，「我擔心你們會寫很糊塗的話，因而我要讀第三封！」

「您看吧，爸爸。」公爵小姐說著把信默默地遞過去，臉紅得更厲害了。

「我說的是第三封，我說的是第三封！」公爵粗暴地叫道，隨後推開那封信，把兩個臂肘支在桌子上，一下子扯過了那個畫有幾何圖解的講義。

「得了，孩子，」老先生一邊拿起那本講義，一邊把手放在女兒所坐的椅背上。公爵小姐覺得自己被濃濃的老年人氣味和菸草的辛辣氣味包圍著。

「喏，小姐，這些三角形是相等的；請看，還有ＡＢＣ角……」

公爵小姐驚慌地看著父親那閃爍的眼睛，臉上一陣紅一陣白的，她是那麼害怕，以至於父親講了什麼都不知道。

公爵小姐的眼睛逐漸地不清楚起來，她什麼都聽不見也看不見，她一心想離開這個書房回到她自己的房間，這樣才能心平氣和地解答那些問題。可是老先生卻被她激怒了，他把椅子震得直響，終於忍不住罵了起來，把講義扔在地上。

因爲公爵小姐答錯了。

「哈，你怎麼能這麼糊塗！」公爵叫道，他用力推開講義，很快地轉過身去；可是他又很快起身，走了過去，輕輕地摸了一下女兒的頭髮，隨後又坐下來。

他拉過一把椅子，坐下來繼續講解。

「這樣是不可以的，公爵小姐，不可以。」當瑪麗亞公爵小姐合上記有第二天功課的筆記本，準備要走出房間的時候，他說道：「小姐，數學是一個偉大的事業！要學好它需要很大的努力，我可不想讓你像那些很笨的小姐、太太一樣。」

她剛轉身要走，他將她攔住，從那張高書桌上拿來一本還未拆開的新書。

「這是那個愛洛綺絲寄給你的關於《奧秘解答》[24]一類的東西。不過我看過了，是關於宗教的書！可是我不會干涉任何人的信仰……你拿走吧。」

瑪麗亞公爵小姐面帶憂愁和驚恐地回到自己的房間，這種表情常常伴隨著她，使她那原本就不漂亮的病態的臉更加難看了。她回到屋裡坐下。桌上立著一座小肖像，散亂地放著幾本書籍和筆記本。

24. 指艾加茲候森（一七五二至一八〇三）著的《自然奧秘解答》，這是一部神秘著作，一八〇五年譯成俄文，在共濟會員之間廣為流傳。

公爵小姐的雜亂無章和她父親的有條不紊形成鮮明對比。她放下那本幾何書，急不可待地拆開信。這是參加羅斯托夫家命名日的那位朱莉．卡拉金寄來的。朱莉是她童年的朋友。

朱莉寫道：

我最親愛的朋友，離開你是多麼可怕、傷心的事呀！我一遍遍地對自己說，我的幸福和生活有一半是和你分不開的。即使我們遠在千里，可我們的心還是連在一起的，我的心向命運表示著我的憤怒，儘管我的周邊充滿了令我分心和快樂的事，但我仍無法壓制和你分離以來內心深處隱藏著的悲哀。為何我不能像三個月前那樣，從你那深邃、平靜、溫柔的眼神中汲取新的精神力量呢？為何我們不能像去年夏天那樣在一塊兒玩耍呢？我們坐在你大書房裡的沙發上互訴著衷腸。我是那麼喜愛你溫柔的眼神，就在此時，它還是不斷地浮現在我眼前。

讀到這裡，瑪麗亞公爵小姐無言地歎了口氣，她從旁邊的鏡子裡看了看自己的樣子。鏡中映出一個並不漂亮的瘦削的臉和一個孱弱的身影。在她那含著憂傷的雙眸裡，此時帶著絕望的神情。「她應該是奉承我呢。」公爵小姐想，隨後又繼續讀下去。可是朱莉說的全是真心話，確實，公爵小姐那又亮又深又大的眼睛是那樣美，雖然她的臉蛋不算漂亮，這雙眼睛卻時常賦予她一種多於美麗的吸引力。不過，公爵小姐卻從來沒意識到她眼睛的美麗。

現在整個莫斯科都在討論戰爭。我的兩個哥哥有一個已經在國外，另一個還在近衛軍，不過就要前往國境了。我們的陛下已經離開聖彼德堡。據他本人說這頗有御駕親征的意圖。

願那個破壞歐洲和平的科西嘉怪物被推下臺去。

最近的這場戰爭已經奪去了我一個親密的好友——年輕的尼古拉．羅斯托夫，他已經離開大學去參軍了。我要對你坦白，親愛的瑪麗，他的投筆從戎給我帶來很大的痛苦。去年夏天我向你提起過這個青年人，他的品性是那麼純正，而且他具有真正的青春氣概。他很真誠，心地很善良，也很勇敢。他天真純樸，富有詩意，我們相識雖然短暫，他卻已成為我可憐的心最甜美的慰藉了。有一天我會告訴你，我們分別時的情形和當時所說的話，對我來說那情景歷歷在目啊。

啊！我真的很羨慕你，我親愛的朋友，因為你不知道這些強烈的悲哀和歡樂。你是幸運的，因為在我看來悲哀總要比歡樂強烈啊！我明白，尼古拉伯爵實在太年輕了，所以我們僅是純潔的朋友關係。現在我所需要的正是這種甜美的、友情般的、詩意純潔的交往。現在談談其他的問題吧，現在整個莫斯科討論的焦點是別祖霍夫老伯爵的遺產分配和他的死亡。他的三個公爵小姐得到的少得可憐，而瓦西里公爵一無所得，皮埃爾繼承了他的全部財產，此外，現在的他已經被公爵認作嫡子，因而，他現在是俄國最大的財主，是新一任的別祖霍夫伯爵。聽說瓦西里公爵垂頭喪氣地回到了聖彼德堡。

我承認，關於遺囑的問題我一無所知，不過，我卻知道，自從這個被稱為皮埃爾的年輕人變成別祖霍夫伯爵之後，那些有待嫁女兒的媽媽和年輕小姐們，對他的態度變得和以前不同了。他是一個很怯懦的人。到現在已經有兩年了，大家熱衷於替我選丈夫，可是所選的人中大多數是我不認識的，莫斯科的婚姻大事記好像又把我當作未來的別祖霍夫伯爵夫人了。不過，我對此事根本就不以為然。

談到婚事，你知道嗎？不久前，德魯別茨卡婭公爵夫人把一個想要為你安排婚事的想法，當作一個大秘密般告訴了我。男的是瓦西里公爵的兒子阿納托利。他們想給他娶一個既有地位又有錢的姑娘，於是他父母就選定了你。我不知道這件事你知道多少，可是我認為有必要告訴你一聲，據說，他很英俊，可卻是一個浪蕩公子。關於他，我只知道這麼多。

之後再聊吧。因為媽媽派人通知我去阿普拉克辛家用餐呢。讀一讀我寄給你的那本神秘書吧，這部書在這裡很受歡迎。這是一本能讓心靈得到淨化的好書。下次有機會再聊吧！替我向令尊大人致敬，並問候布里安小姐好。我要衷心地擁抱你。

朱莉

再啟：請把您兄弟和他那可愛妻子的消息告訴我。

公爵小姐沉思了一會兒，笑了笑，她的臉因爲她閃光的眼睛而變得漂亮。她站了起來，移動著沉重的步子走到桌前，拿出一張紙，飛快地寫著。

回信是這樣寫的：

很高興收到您十三日的來信，我親愛的朋友。我能感受到您依然愛我，您把別離說得是那麼不好，我認為它在您身上大概還沒產生常見的那種影響。您說您離不開我。如果我敢訴苦的話，那麼，像我這樣被奪去所有親人的人該說什麼才好呢？當您充滿喜歡地談到那個青年是多麼優秀的時候，為何用我的目光來看是嚴峻的呢？我理解你的這種感情，不過因為我從來沒有感受過，因而不能給予任何讚揚或批評。不過，我覺得那種基督徒式的對親人的愛、對敵人的愛，比起一個青年人美麗的眼睛在你心中所能引起的感情來說，好像會更有價值、更好，而且我認為會更甜美。

別祖霍夫伯爵已去世的消息也早就在我們這兒傳開了，家父為此很難過。他說，伯爵是那個偉大時代所剩的倒數第二名代表人物，現在只剩他自己了，他要使這一天盡可能晚些到來。希望上帝保佑我們能不遭受這種不幸吧！

我對皮埃爾的看法和你有很大的不同，我們早就認識了。我覺得他的心腸是極好的，這是我最重視的人的品質。至於談到他繼承遺產和瓦西里公爵所扮演的角色，這對他們雙方來說都很可悲。我即使很憐憫瓦西里公爵，可是相比較之下我更同情皮埃爾。他那麼年輕，卻要擔負那麼大的財產重擔——他多不易啊！如果有人問我，我最喜歡人間的什麼的話，我一定會說，做一個比最窮的乞丐還要窮的人。

親愛的朋友，真的很感謝您寄給我那麼受歡迎的書。不過，在信中您對我說，書是那麼吸引人，可是書中還有些東西是我們知識貧乏的人類所理解不了的，那麼，既然理解不了為何還要去讀呢？我們還是讀讀《福音》和《使徒行傳》吧！我們的肉體在永生和我們中間樹起了一道無法越過的帷幕，我們這些可憐的罪人。因此，我不想再妄想明白其中的奧秘。因為我們還留在肉體的軀殼裡，因而我們還是遵循我們神聖的救世主，留給我們的做為塵世指南的偉大準則吧。現在的我們越少放縱思想，就越能得到上帝的寵愛，因為上帝是很排斥一切不是由他傳播的知識的。

關於婚事的問題，父親從來沒告訴過我。不過他告訴我他收到了一封信，近期瓦西里公爵會來拜見他。至於我的婚姻，我要告訴您我親愛的朋友，我把結婚看成是我們理應服從的一種神聖制度。即使這在我這兒可能是痛苦的，可是只要上帝在我身上賦予了做妻子和母親的責任，我就會盡可能忠實地去執行，而不會去多想我對上帝給我做丈夫的人的感情是怎麼樣的。

哥哥在他的來信上說，他很擔心他的妻子。這一快樂將是短暫的，因為他就要離開我們去參加戰爭了。誰也不知道到底為何或是怎樣把我們捲進這場戰爭。不僅您所在的地方，就連城裡人所想像的鄉村的寂靜中，也傳來戰爭的回聲，這真是悲哀啊。家父只和我討論我不懂的行軍作戰。我在村子裡也看到了讓人悲痛欲絕的場景。一批被徵去打仗的新兵正在和他們的親人告別。看一下那些告別的情景，聽聽人們的慟哭聲，好像人類已經把神聖的救世主教導給我們的寬恕和博愛法則忘記了，而把殘殺的本領看作是人們最主要的美德。

再會，我最親愛的、善良的朋友，我願聖母和救世主給予您神聖的、萬能的庇護！

瑪麗

「啊，你是要寄信嗎，公爵小姐？信已經發出了。我是寫給我可憐的母親的。」布里安小姐面帶微笑地急速說道，她說話的時候吞沒著「P」音。聽了她的話，瑪麗亞公爵小姐原本憂鬱陰沉的心情變得輕鬆愉快起來了。

「親愛的公爵小姐，我想提醒您一下，」她用自己那喉音濃重的聲音小聲地補充道，「公爵剛才把米哈伊爾．伊萬內奇罵了一頓。他的心情現在很糟糕，很陰沉，你可要小心哪……」

「啊，我親愛的朋友，」瑪麗亞公爵小姐回答道，「我已經請求過你，請永遠不要跟我說我父親的心情是怎樣的，我不允許自己評判他，更不願別人那樣做。」

公爵小姐看了一下錶，發現練琴的時間比平常晚了五分鐘，於是滿臉惶恐地走進了起居室。因為就在中午十二點到下午兩點之間，不管是何時，小姐一彈琴，公爵就該休息了。

二十三

這時候，在住宅的深處，杜塞克奏鳴曲的聲音從緊閉的門中傳出來，那些複雜的樂句一遍一遍地彈了有二十遍。

一輛轎式馬車和一輛帶篷的馬車在門廊前停了下來。安德烈公爵走下馬車，然後扶著他的夫人下來，他的夫人很嬌小。一個頭髮灰白、戴著假髮的老吉洪僕役，從休息室門內探出頭來，小聲報告說公爵正在睡覺，隨後趕忙關上門。吉洪知道，不管是兒子的到來還是其他任何事件，老爺都得遵守一天規定的秩序。安德烈公爵也清楚這一點。他看了一下錶，好像要檢驗在他離家的這段時間裡，他的父親是不是已經改變了習慣。

當他確信父親的習慣沒有改變後，他對妻子說道：「要再過兩刻鐘父親才會起床。我們去瑪麗亞公爵小姐那裡吧。」

嬌小的公爵夫人這段時間胖了一些，不過，當她抬起眼睛開口說話的時候，她那毛茸茸的翹著的短嘴唇，還是一樣討人喜愛，讓人感到愉悅。

「哇，這是一座多麼壯觀的宮殿啊！」她對丈夫說道，「喂，快點，快點！」她一邊對吉洪、她丈夫和送他們的奴僕們笑著，一邊打量著周邊的環境。

「是瑪麗亞在練琴吧？我們要輕輕地進去，免得被發現。」

安德烈公爵跟在她後面，表情陰鬱。

「您像老了許多，吉洪。」他邊走邊對剛才吻他手的老先生說道。

當安德烈公爵夫婦走到發出琴聲的房前時，漂亮的法國金髮女郎布里安小姐從小門衝了出來，她高興透了。

「啊！這對公爵小姐來說是件大喜事啊！你們終於來了！我立刻去通知她。」她興高采烈地說。

「不，不！請千萬不要……您就是布里安小姐吧？」嬌小的公爵夫人說道，「我早就對您有所耳聞了。她一定沒想到我們會來吧？我們會給她一個驚喜的。」

當他們走到發出琴聲的房間門口時，安德烈公爵停了下來，表情嚴肅。

嬌小的公爵夫人走進室內，樂曲中斷了，傳出了一聲叫喊聲。等到安德烈公爵走進去的時候，公爵小姐和公爵夫人已經親熱地抱在一起，布里安小姐則安靜地站在一旁，虔誠地微笑著。安德烈公爵聳了聳肩，皺了皺眉。那兩個女人放開手後，好像怕錯過時機一般，又趕快抓住彼此的手吻了起來，放開了手後，她們又互相吻臉，更加出乎安德烈公爵意料的是，兩個人都哭了起來。此時布里安小姐也哭了。兩個女人覺得這很自然，安德烈公爵卻覺得很尷尬。

「啊！親愛的！啊！瑪麗亞！」公爵夫人突然喊道，並笑了起來，「你沒料到我們會來吧？……啊！瑪麗亞，你瘦了！」

「可是你胖了……」

「所以我一下子就認出公爵夫人來。」布里安小姐笑著插嘴道。

「這真是太出乎意料了！」瑪麗亞公爵小姐驚呼道，「啊，安德烈，我還沒看見你呢。」

安德烈公爵和妹妹手拉著手，互相親吻著，他心想，她還是像從前一樣喜歡哭。瑪麗亞慢慢地向哥哥轉過臉來，透過眼淚，她的大眼睛顯得更加美麗動人，她目不轉睛地盯著哥哥。

嬌小的公爵夫人說個不停，現在只能看見她毛茸茸的上嘴唇抖個不停，臉上又笑靨如花。她聲情並茂地講述著在斯帕斯基山上時的情景，還說在她這種身體狀況下去那裡真的是很危險的。接著她又告訴他們，她所有的衣服都留在聖彼德堡了，她在這裡穿什麼只有天知道；隨後又說吉蒂．奧登佐娃和一個老先生結了婚；說安德烈完全變了；說現在還有一個向瑪麗亞求婚的人，一個真正的人，關於這事的情況之後再談。

瑪麗亞公爵小姐的眼睛裡飽含著憂愁和愛撫，她默默地看著她的哥哥。明顯嫂子的話題和她的思緒毫不相干。在她的嫂子講到關於聖彼德堡最後一次宴會的故事時，她急忙向哥哥轉過身去。

「你是下定決心要去打仗了是嗎，安德烈？」她歎著氣說道。

此時麗莎也歎了口氣。

「是的，明天就必須要走了。」她的哥哥堅定地說。

「天知道他爲何要把我扔在這裡，而且就在他可能會升職的時候……」

瑪麗亞公爵小姐沒等她說完，就露出一副若有所思的樣子，隨後她轉向嫂嫂，溫柔地望著她的肚子。「一定是有了嗎？」她問道。

嬌小的公爵夫人臉色突然變了。隨後她歎了一口氣。

「啊！是的，太可怕了。」她說著，嘴角立刻垂下，哭了起來，並把臉轉向小姑。

「她現在需要休息，」安德烈公爵皺了一下眉說道，「麗莎，你和妹妹一起去房間吧，我要去見一下父親。他怎樣？還是沒怎麼變嗎？」

「還是那樣，一點沒變。不過，我想知道你到底怎麼想的。」公爵小姐高興地說道。

「難道還是那個時間在林蔭路上散步？隨後在旋床上做活？」安德烈公爵帶著很牽強的笑容問道，那笑容表明，儘管他尊敬、愛慕他，可是他知道爸爸的弱點。

「還是同樣的時間在旋床上做活，隨後研究數學和給我上幾何課。」瑪麗亞興高采烈地答道。

兩刻鐘過後，老公爵起床了，吉洪來請年輕的公爵去見他的父親。爲了表示對兒子的歡迎，老先生稍改了一下常規：他允許兒子在他午飯前更衣時去他的住處。

當安德烈公爵進入他父親更衣室時，臉上不再是那種輕蔑的表情，而是呈現出生氣和興奮。老先生坐在一張寬大的、製作精良的山羊皮的安樂椅上，身上裹著一件化妝衣，正讓吉洪給他梳理頭髮。

「啊！我們的戰士來了！想要征服拿破崙嗎？」老先生笑著說道，「你至少應該給他點苦頭嘗嘗。你還好嗎？」

老先生還沉浸在飯前小睡後的良好心情中。安德烈公爵走了過去，吻了一下父親指給他的地方。他沒按父親的思路拿拿破崙來開玩笑。

「爸爸，我到您這來了，您看一下吧，我還帶來了我懷孕的妻子。」安德烈公爵用很恭敬的神情說道，「您身體還好嗎？」

「疾病只眷顧那些傻子和無所事事的人。你要知道，現在的我從早忙到晚，生活很有規律，我健康得很，是不會生病的。」

「感謝上帝。」兒子微笑著。

「這和上帝無關！好，說說你自己吧，」他繼續說道，隨後又回到讓他感到興奮的話題上，「告訴我，德國人是怎麼教你們用所謂的『戰略』新科學來攻打拿破崙的吧。」

安德烈公爵為難地笑了笑。

「讓我冷靜、冷靜吧，爸爸，要知道，這一切可都還沒安定下來呢！」

「胡說，胡說！」老先生搖著頭大聲叫道，「我已經將你妻子的住處安排好了。瑪麗亞公爵小姐會領她去的，我想女人之間的話題會很多的！我很高興她能來。請坐下來談談吧。我瞭解米切爾森的軍隊，也知道托爾斯泰的……他們是同時登陸的……那麼南方的軍隊做些什麼呢？普魯士當然是中立的……這我知道。那奧地利持什麼態度？」說著他從椅子上站起來，在屋內踱來踱去。

吉洪一直跟在他後面，不斷地遞給他各種衣飾。

「瑞典會怎麼辦呢？他們是怎樣通過波美拉尼亞的呢？」

安德烈公爵見他父親執意要談這個問題，於是耐心解釋著將來的作戰計畫。起初他不敢多講，可是後來越講越興奮。因為在談作戰計畫時他習慣用俄語，因而講著講著就由法語改成俄語了。他解釋道，國家將用一支九萬人的軍隊，去威脅普魯士，來使它放棄中立；二十二萬奧軍將會和十萬俄軍，在義大利和萊茵河上決鬥；這支軍隊的一部分，會在斯特拉爾松和瑞典軍隊會合；五萬俄軍和數量相同的英軍，應該會在那不勒斯登陸；還有總數五十萬的軍隊會從各個角度攻擊法軍。

在他慷慨激昂敘述的時候，老公爵沒表示出一點興趣，還不停地走來走去，有三次他突然打斷了他，其中一次他甚至止住他的話喊道：「那件白的，白的！」

還有一次，他突然停下腳步問道：「她要進產房了嗎？」隨後自言自語，「不好！繼續說下去。」

第三次是當安德烈公爵終於結束他的高談闊論的時候，老先生用老年人那種特有的假嗓唱起歌來了：「馬而布魯去出征，不知何時回家園。」

他的兒子微笑地附和，「我並不是很支持這個計畫，」兒子說道，「只是把作戰計畫呈現給您。」

「可是你沒給我講任何新的知識和消息。」老先生沉思著，又說道，「不知何時回家園。去吃飯吧。」

二十四

公爵在規定的時間內進入了餐廳，他的兒媳婦、布里安小姐、瑪麗亞公爵小姐和公爵的建築師都已等候多時了。公爵平時會很嚴格地遵守社會等級制度，可今天對建築師，他卻破例了，他突然要在米哈伊爾·伊萬內奇身上來體現人人平等的精神，他曾經不止一次地囑咐女兒說道，「米哈伊爾·伊萬內奇『和你我差距不大』」。

因而吃飯的時候，公爵更多地選擇和沉默寡言的米哈伊爾·伊萬內奇說話。家人和僕人都在那裡等候著公爵出來。管家注視著餐具，他的胳膊上搭著餐巾，不時地掃視著博爾孔斯基公爵隨時要進來的門。安德烈公爵在看一個金色的大鏡框，當中裝著的是博爾孔斯基家的家譜，而對面掛著另一個鏡框，當中裝著留里克的後裔和博爾孔斯基家始祖的畫像。

安德烈公爵專注地看一下家譜，搖了搖頭。

「我在這裡看到的完全是他呀！」瑪麗亞公爵小姐向他走來，她對他說道。她詫異地看了哥哥一眼，想知道他笑的是什麼。

「每個人都有他致命的缺點，都有他的軟肋，」安德烈公爵說道，「想想看，以他的本領，居然會著迷於這種無聊事！」

瑪麗亞公爵小姐很不理解哥哥大膽的評論，剛要反駁，書房裡卻傳來了人們期待的腳步聲。公爵像往常一樣迅速地走了進來。此時，那大鐘敲了兩下。於是公爵停了下來，炯炯有神地掃視著所有人，隨後他把目光駐足在了嬌小的公爵夫人身上。

年輕的公爵夫人此時體驗到的是一種無形的壓力，這和所有接觸過這個老先生的人感覺相同。隨後他笨拙地拍了一下她的後腦，又輕輕地撫摸了一下她的頭髮。「我特別高興，」他再次看了看她的眼睛，隨後在他的座位坐了下來，「請坐！米哈伊爾．伊萬內奇，你也請坐。」

他指了指兒媳婦，讓她在自己身邊坐下。僕人立刻爲她拉開椅子。

「哈，哈……」老先生瞟了一眼她大腹便便的腰身，說道，「你太性急了，這樣是很不好的！」

他像往常一樣冷淡、枯燥，同時讓人不愉快地笑起來。

「你應當走走路，這樣你的身體才會健康。」他說道。

可小巧的公爵夫人好像沒聽見他的話。她只是默默地坐著，一言不發，好像有些窘迫的樣子。當公爵問她父親的狀況的時候，她才微笑著開口說話。當談到他們都認識的人時，她活躍了起來，她向他轉達了自己父親的問候，還不停地講述城裡的新聞。

「阿普拉克辛娜伯爵夫人的丈夫去世了，那個可憐的人，她每天只能以淚洗面。」她說道。

可是在她活躍的時候，公爵卻用越來越嚴肅的目光看著她。突然間，像對她有了完全的瞭解並把她研究透了似的。隨後他轉過身去，開始和米哈伊爾．伊萬內奇說話了。

「喂，米哈伊爾．伊萬內奇，拿破崙的末日就要到了。安德烈公爵剛才對我說，對付他的軍隊召集了很多士兵！可是我和您從來不曾對他有足夠的信心。」

米哈伊爾．伊萬內奇有些茫然，他絲毫不知道什麼時候「您和我」談過關於拿破崙的事，不過，他明白，此時公爵需要借助別人的力量轉入他喜歡的話題。

「他可是我們偉大的戰術家！」公爵指著那個建築師對兒子說道。

於是，他們又開始討論一些關於戰爭的話題。老公爵確信現在所有的活動家對關於戰爭和國家的事務一無所知，而拿破崙卻是一個微不足道的法國佬，他們認爲他的成功只是僥倖，只不過是因爲沒有波將金[25]或蘇沃洛夫這樣的人來對抗他，他甚至確信歐洲並沒有發生戰爭，也沒有政治難題，只不過現在人們要全心全意地做事，要耍一齣皮影戲而已。

一旁的安德烈公爵愉快地容忍著父親引誘他說下去的願望，懷著樂趣聽著。

「我認爲您覺得過去的事永遠是合理的，」他說道，「不過，蘇沃洛夫不是也曾陷入莫羅[26]給他布下的圈套而表現出驚慌失措嗎？」

「這到底是誰對你說的？是誰說過的話？」公爵氣憤地喊道：「蘇沃洛夫！」於是他把碟子扔了，吉洪嚇得趕忙接住。「蘇沃洛夫！……請想想吧，安德烈公爵！只有蘇沃洛夫和腓特烈[27]……莫羅！如果蘇沃洛夫沒有束縛，莫羅早就做了俘虜；而他必須要應付皇家軍事香腸白酒參議院。那可是連魔鬼也退避三舍的呀！當你親自看過時，我想你就會理解皇家軍事白酒香腸參議院[28]到底是什麼東西了！米哈伊爾．考托羅怎麼可能應付得了他們，連蘇沃洛夫都不知道該怎麼做才好。朋友，您不能這樣。」

隨後他繼續發表言論，「你和你的將軍們和拿破崙打了敗仗，你們就得去找些法國人，讓他們互相殘殺，還要讓他們不分敵我。德國人帕倫[29]已經奉旨到紐約找法國人莫羅去了，」他說道，「真是奇怪！……那些蘇沃洛夫、波將金、奧爾洛夫都是德國人嗎？不是，老兄，如果不是你們大家都理解錯

25. 波將金（一七三九至一七九一）俄國政治家和外交家，陸軍元帥，葉卡捷琳娜的寵臣。
26. 莫羅（一七六三至一八一三）拿破崙手下的將軍，後因政見不一被拿破崙放逐國外。
27. 可能指腓特烈二世，一七四〇年至一七八六年的普魯士國王，著名統帥。
28. 這是老公爵給奧地利軍事參議院起的諢名。
29. 帕倫（一七四五至一八二六）聖彼得堡總督，刺殺保羅一世的組織者和參與者之一。

了，那就是我老糊塗了。讓我們拭目以待吧，願上帝保佑你們。哼！……」

「我可沒說全部的命令都是好的，我只不過是把命令講述給您罷了，」安德烈公爵說道，「我不知道您竟如此評論拿破崙。您可以隨意地嘲笑，不過我認爲拿破崙仍是一個偉大的戰略家！」

「米哈伊爾·伊萬內奇！」老公爵對建築師大聲地吼道，「難道我告訴過您拿破崙是一個偉大的戰術家嗎?您看，他也這麼說。」

「大人，當然啦！」建築師急忙附和道。

公爵繼續發出冷笑聲。「那不過是拿破崙運氣好。因爲他有出色的士兵。而且，他先打德國人，那個拿破崙不過就是靠打他們出名的。」

隨後，公爵仔細地分析拿破崙在戰爭中，甚至在政務方面所犯的錯誤。他的兒子沒有反駁，克制著不表示自己的異議，可是卻暗暗驚奇這個深居簡出的老人在鄉間住了這麼多年，竟然還能對近年來歐洲的軍事政治局勢研究得這樣細、這樣深，這使得他對自己父親的崇敬感倍增。

「你以爲我是個糟老頭，不懂目前的局勢嗎?」在結束的時候他語重心長地說道，「這些裝在我心裡！我夜裡睡不著的時候就會想這些。喏，你的這位偉大統帥到底能夠在什麼地方彰顯他的本事呢?」他最後說。

「這話題說起來一夜也講不完。」兒子答道。

「算了吧！去找你的拿破崙吧！咳，布里安小姐，你那個僕人沙皇又多了一個崇拜者！」他用法語很流利地叫道。

「公爵，我可不是什麼拿破崙的支持者！」

「不知道何時回家園……」公爵故意走調地哼唱著，隨後離開了餐桌。

時間一分一秒地過去了，嬌小的公爵夫人謹慎地坐在那裡，她面帶恐懼，時而把目光轉向公公，時而看看瑪麗亞公爵小姐。用餐完畢後，她挽起小姑的胳膊，走進了另一個房間。

「你爸爸是個多有智慧的人啊！」她說，「或許這就是我怕他的原因吧。」

「啊，是的，他特別善良、慈悲！」瑪麗亞公爵小姐答道。

二十五

第二天晚上，安德烈公爵就要離開這兒了。可是老公爵依然照從前的作息習慣，午飯後就回自己房間休息去了。

此時嬌小的公爵夫人在小姑的房間裡，而安德烈公爵穿著不帶肩章的旅行衣，和管家忙著收拾行李，他將馬車檢查了一下，隨後把馬套了起來，把衣箱裝了進去，只在臥室留下了一些曾經一直追隨他的東西：一只小匣子，一口旅行食品箱，還有一把佩刀——這是父親送給他的，另外還有兩支土耳其手槍。安德烈公爵全部的旅行物品都放置得井井有條。

就在即將啟程的時候，人們常常會反思自己，會認真地思考自己的行爲，檢查過去，同時計畫著將來。這時的安德烈公爵臉上現出溫柔、沉思的神情。他背著手很快地從一個屋角走到另一個屋角，同時若有所思地搖著頭。不知道是爲了離開妻子而難過，還是害怕去打仗？

不過很明顯地，他不情願讓人猜到他在想什麼，一聽見前廊裡傳來腳步聲，他就趕忙在桌子前停住，放下手，裝作在紮一只小箱子的套子，同時還擺出平時那種冷靜並難以猜透的表情。

這次是瑪麗亞公爵小姐的腳步聲。「我聽說你已經吩咐人套馬了，」她上氣不接下氣地說道，「可是我想再和你單獨聊聊！我來，你不會生氣吧？我覺得你好像變了很多，安德留沙。」她補充說道。

當她說出暱稱「安德留沙」的時候，不自覺地微笑了。面前這個嚴肅英俊的男人原來就是安德留沙——那個又小又瘦的調皮孩子，她童年的夥伴。

「麗莎在哪兒？」他用微笑回答她的問題。

「她已經在沙發上睡著了。安德烈！我是多麼羨慕你啊！有個那麼可愛的妻子，」她說道，同時坐在哥哥對面的沙發上，「她完全像一個孩子，一個可愛、快活的孩子。我是那麼喜歡她。」

安德烈公爵沉默不語，不過他臉上嘲諷和輕蔑的神情被公爵小姐盡收眼底。

「每個人都有弱點，我們應當寬容一些是不是，安德烈？當我們站在別人的立場考慮問題時，就會原諒他的所作所爲了。你想想看，她放棄了原來的生活環境，又要忍受和丈夫分離的痛苦，孤身一人待在鄉間，身體狀況又不好，你想想她會有什麼感覺呢？這個可憐的小傢伙！她的心情一定很糟糕。」

安德烈公爵微笑著看了看妹妹。

「可你住在鄉間，也並不覺得這種生活可怕呀。」他說道。

「可是我有什麼好講的！我和她不同，我不清楚別的生活是怎麼樣的。不過，安德烈，你想想看，一個年輕女人把她最後的時光，從社交場所轉移到鄉間，她的心理落差會很大的。我和爸爸也無法很好地照顧她，她會很孤單，爸爸總是很忙，我呢……你是知道我的……對於一個習慣於社交場所的女人來說，我是多麼乏味枯燥。只有布里安小姐一個人……」

「我一點也不喜歡布里安小姐。」安德烈公爵說道。

「噢，不！她很善良，很可愛，也很可憐，在這個世上她沒有一個親人。你知道我一向是一個孤僻的人，喜歡獨處。說實話，我並不是很需要她，甚至覺得她有些妨礙我。可父親喜歡她，在街頭收留了她。對她和米哈伊爾．伊萬內奇兩個人，父親一直是情有獨鍾的，他們兩個人都受過父親給予的照顧。她性格溫和，因而父親很喜歡她讀書的風度，她每晚給他讀書，動聽入耳。」

「說實話吧，瑪麗亞，我認為父親有時會讓你感到不知所措，對吧？」安德烈公爵突然問道。

瑪麗亞公爵小姐吃了一驚，隨後就感到緊張害怕起來。

「使我難堪？」她不由得問道。

「他從前很嚴厲，可是現在我認為他轉向使人難堪了。」安德烈公爵說道。

「你各方面都好，安德烈，不過卻有點驕傲。」公爵小姐說道，她按照自己的思維說話，「那是無法原諒的啊，我們怎麼能夠批評父親呢？即使我們能，像父親這樣的人，他所能引起的感情，除了崇敬以外，還會有別的嗎？和他在一起，我很滿足，也很幸福。我只希望你們大家都和我感到一樣的幸福。」

可是她的哥哥若有所思地搖搖頭。

「我實話對你說吧，安德烈，父親對宗教問題的看法讓我很難過，可僅限於此事。令我很難過的是，父親雖然具有非凡的智慧，卻執迷不悟於顯而易見的事。可是，父親最近在這方面有進步了。近來他的嘲諷不那麼刻薄了，他和一個修道士做了一次長談。」

「唉！我的妹妹，我擔心你和你的修道士都會在父親身上浪費時間。」安德烈公爵溫和卻帶著點諷刺地說道。

「啊！我只不過是在祈盼上帝會聽見我的話。安德烈……」她沉默片刻後怯生生地說道，「我有一個很大的請求。」

「發生了什麼事？」

「不，你必須答應，這件事對你不會有任何損害，如果你答應的話，這將是個巨大的安慰。請你答應我吧，安德留沙！」她說道，並把手伸進手提袋中，可並不著急把東西拿出來。

她誠懇卻又膽怯地看著哥哥。

「可這會使我為難的……」安德烈公爵好像已經知道。

「你想怎麼樣就怎樣吧！我知道你和父親是一樣的。隨你怎樣想吧，難道你就不能為了我做這件事嗎？我們的祖父，他在參加的全部戰爭中都佩戴著它。」她還是猶豫著沒有拿出那一直攥在手裡的東西。「這麼說你答應我啦？」

「當然了。什麼事情啊？」

「安德烈，我想用這個聖像來祝福你，保佑你，請你答應我永遠不要摘下來。你答應嗎？」

「只要它不超過兩普特重，不會壓斷我的脖子……而且為了使你滿意……」安德烈公爵笑著說道。可是，一看到這句玩笑話使妹妹失望了，他立刻就自責起來，忙補充道：「我很喜歡，真的。」

「上帝一定會憐恤你，拯救你，使你成為他忠實的信徒，因為只有祂那裡才會有寧靜和真理。」她激動得幾乎無法控制，她用雙手把一個救世主聖像捧在哥哥面前。這個聖像面孔黧黝黑、身披袈裟，繫著精美的金鍊子。

她親了親那個聖像，在胸前畫過十字，隨後把祂遞給安德烈。

「請你，安德烈，為了我……」她那雙善良、膽怯並閃著光輝的大眼睛，使她整個病態而瘦削的臉變得熠熠生輝。哥哥想把這個聖像接過去，可是她阻止了他，安德烈知道應該怎麼做了，他畫了個十字，親過聖像，臉上露出溫柔的、帶著譏諷意味的表情。

「我的朋友，謝謝你。」

她走上前親了親他的前額，然後坐回到沙發上。最後他們都不說話。

「我想我對你說過，安德烈，希望你對麗莎不要要求太高。」她打破了沉默，「她是那麼親切，那麼可愛，而且她現在的狀況又不容樂觀。」

「我從來沒對你抱怨過我的妻子吧？瑪麗亞，你爲何要這麼說我呢？」

瑪麗亞公爵小姐露出羞愧的神情，立刻不吱聲了。

「我想應該是有人對你說了些什麼吧。這使我感到悲哀。」

瑪麗亞公爵小姐的臉更紅了。她想說些什麼，可卻被什麼東西卡住了似的。她的哥哥猜對了：那個嬌小的公爵夫人在飯後哭過，向她講述了關於自己可能會難產的話題，還有自己悲慘的命運以及她的公公和丈夫。哭過之後，她就睡了。安德烈公爵對妹妹表示出同情。

「你要明白，瑪麗亞，我根本沒有什麼的，而且也永遠不會責備我的妻子，在我對她的態度上，我也是問心無愧的。不管什麼時候，不管處於何種境況，我將永遠會是這樣。不過，你非要真相大白的話……想知道，我到底是不是幸福？也許不幸福！她是不是幸福？不幸福！那爲何會是這樣呢，我也不知道……」安德烈公爵有些語無倫次。

他站了起來，走向妹妹，隨後俯下身輕輕地親了親她的前額。他那美麗的眼睛中閃出罕見的和藹、聰慧的光輝，他並沒看著妹妹，而是越過她的頭，從敞開的門向黑暗中望了過去。

「我們去她那裡吧，和她告別。要不然你先去，把她喚醒，我隨後就到。彼得盧什卡！」他喚著他的管家，「過來，把這些拿走。把這個放在座位上，還有把這個放在左邊。」

瑪麗亞公爵小姐站了起來，走向門口。最後她停下來，說道：「安德烈，如果你信仰上帝的話，我相信你會向上帝祈禱，求祂賜給你所感覺不到的愛情的。」

「你確定你說的是實情嗎?!」安德烈公爵說道，「去吧，瑪麗亞，我立刻就過來。」

當他來到妹妹臥室的時候，公爵夫人已經醒了，他還沒有進入臥室就聽見了她那快活的聲音。她一句緊接著一句地說著：「不，您可以想像得到，老伯爵夫人祖博娃頭上戴著假牙、假髮卷，像在嘲笑自己的年紀似的……哈哈哈！瑪麗亞！」

這已經是安德烈公爵第五次聽到妻子在別人面前說起這件事了。他輕輕地走進房裡，只見面色紅潤、豐滿嬌小的公爵夫人坐在一張安樂椅上，手上拿著手工活，正滔滔不絕地說著什麼。安德烈公爵走過來，輕撫了一下她的頭髮，問了她旅行之後是不是體力恢復了等問題。她回答了他的問話之後又繼續興奮地說了下去。

現在門廊前停了一輛六匹馬拉的馬車，那是一個秋夜，黑得車伕看不到轅杠，只見一些人拿著燈籠在階前不停地忙碌著。大窗子裡投射出的燈光將大宅子映襯得像白晝一樣。想和年輕公爵告別的人們此時都聚集在前廳。父親把安德烈公爵叫到書房去了，他想和兒子單獨告別。

安德烈公爵來到他父親的書房，此時的老公爵戴著老花眼鏡，穿著一件絲絨質地的寬大白睡衣，坐在桌旁寫著什麼東西。只見他回頭看了兒子一眼。

「要走啦？」他問道，並沒有停止自己正在幹的事情。

「我是來和您告別的。」

「請給我個吻吧。」他指了一下自己的腮幫子，「多謝！」

「您爲何謝我呢？」

「因爲你把公務放在第一，而且不因女人浪費自己寶貴的時間。多謝！」他又繼續寫下去，屋子裡安靜得只剩下筆尖沙沙的響聲。「如果你有話要說，就說吧。這兩件事我想我能同時進行。」他補充道。

「我想說一下我妻子的事，我把她留在您這裡，讓您費心了。」

「快別說這些無關緊要的了，說說你該說的吧。」

「在她產期臨近時，我想麻煩您派人去莫斯科找一位產科醫生，讓醫生來這裡。」

老公爵停下了筆，好像沒有明白兒子的意思一樣，嚴肅地盯著兒子。

「我知道，可是如果她不配合的話，那誰也無能爲力。」安德烈公爵說道，「人們給過她很多次忠告，不過她還是在胡思亂想。她在夢裡都夢見自己生產的樣子，她很害怕。」

「哼哼……」老公爵小聲地嘟囔道。隨後寫完他的東西，說道。「放心吧！我立刻會做的。」最後他簽了個字，轉向兒子，莫名其妙地大笑起來。「事情不好，對嗎？」

「什麼事不好，父親？」

「你的妻子呀！」老公爵言簡意賅卻意味深長地說道。

「可是我不知道您指的是什麼！」安德烈公爵說。

「是啊，可是我們還能怎麼樣呢，朋友，」老公爵說道，「她們都是那樣的。你們的婚姻一定會繼續下去的，親愛的，不要怕，我是不會對任何人講的，可是你自己是知道事實的。」

兒子歎了口氣，他明白父親對他的理解。隨後老先生冷靜地疊信，並封好信封口。

「我全部照辦，你放心吧，現在已別無他法。她很迷人。」就在他封信的時候斷斷續續地說道。

安德烈一句話也沒說。他父親知道他處於兩難的狀態中。

「聽著！」他說道，「請你不要牽掛你的妻子，我一定會盡我所能照顧她。聽清楚！把這封信交給米哈伊爾·伊拉里奧諾維奇。我在上面寫明，希望他把你用在可以發揮你聰慧才智的地方，不要讓你一直當副官！告訴他，我記得他，也愛他。記得寫信把你們見面的情景告訴我。尼古拉·安德烈耶維奇·博爾孔斯基的兒子，不會爲了一己之私爲任何人服務。吶，現在請到這兒來吧。」

他說話快得讓人聽不清楚，不過他的兒子已習慣了，能明白他的意思。他把兒子領到書桌前，拉出一個抽屜，拿出一本寫得滿滿的筆記簿。

「我覺得我可能會在你之前離開這個世界。那麼，記住，這些都是我的『回憶錄』，請在我死後把它呈交給陛下。這裡面有一封信和一張債券，是給撰寫蘇沃洛夫戰史的人的獎金，你一定要把它寄給科學院，還有這裡是我的一些注釋，等我死後，你自己留著仔細品味，我想你一定會發現它的價值。」

「我會按照您說的去做，父親。」他說道。

「那麼，再見吧！」他讓兒子親了親手，隨後緊緊地擁抱了兒子一下，「請記住一點，安德烈公爵，如果你被打死，我這個老頭兒會很悲傷的……」他突然沉默起來。

隨後，突然喊道：「可是，如果我聽說這件事，我會感到無地自容的，你是尼古拉·博爾孔斯基的兒子。」他大聲地尖叫著。

「這話您可以不用對我說，父親。」他的兒子含笑說道。

老先生又沉默了。

「我還有一個要求，」安德烈公爵繼續說道，「如果我不幸死於戰場，那我就把我的兒子託付給您，請您不要讓他離開您——就像我昨天說過的……讓他在您這裡成長……請您費心。」

「那他的終身大事呢？」老先生故作輕鬆地說道，隨後又大笑起來。

他們面對面地站著，可是卻沉默不語。老先生依然直視著兒子的眼睛。兒子突然發現老公爵臉的下方好像有什麼東西開始抖了。

「再見的話已經說過了……走吧！」他突然說道，「走吧！」他用響亮而憤怒的聲音竭力地喊道，同時用力推開了書房的門。

「怎麼回事？到底發生了什麼事情？」當公爵夫人和公爵小姐看見安德烈公爵，並發現戴著老花眼鏡卻忘戴假髮、身穿白睡衣的老頭兒探出頭來時，不約而同地問道。

安德烈公爵沒有回應，只是輕輕地歎了口氣。

「你給我住嘴！」他轉向妻子說道。

這一聲「住嘴！」滿是冷冷的嘲諷。

「安德烈，你就要起程了嗎？」嬌小的公爵夫人心情沮喪地問道，隨後帶著恐怖哀怨的眼神，面色蒼白地看著丈夫。

他緊緊地擁抱了她一下。隨後她尖叫了一聲，便失去知覺，倒在了他的肩上。

他又輕又慢地抽出她依靠著的那個肩膀，看了一眼她的臉，隨後輕輕地把她扶到安樂椅上。

「再見，瑪麗亞。」他小心地握起妹妹的手，親了親她，隨後快步離開了那個房間。

嬌小的公爵夫人躺在那張安樂椅上，布里安小姐揉擦著她的太陽穴，希望這樣可以使她盡快恢復過來。瑪麗亞公爵小姐扶著她的嫂子，目不轉睛地盯著安德烈公爵走出去的門，朝他走去的方向畫十字。

安德烈公爵剛走出去，書房的門就打開了，透出了老先生莊嚴的身影，他向外張望的目光中滿是期待。

「他已經走啦？這才是好的結果！」他說道，隨後憤憤地看了一眼昏昏睡去的公爵夫人，搖了搖頭，「砰」的一聲，關上了門。

chapter 2 混亂的戰場

一

一支俄國軍隊來到了奧地利大公領地的市鎮和村莊，一八○五年十月之後還有新的軍隊陸續從俄國開來。現在，他們駐紮在布勞瑙要塞附近，擾亂了當地居民的平靜生活。

一八○五年十月十一日，有一個步兵團剛剛到達布勞瑙，總司令在離市區半英里的地方對他們進行檢閱。果園、瓦屋頂、石圍牆、遠處的山巒都非俄羅斯風格，而且因好奇而前來觀看士兵的居民們，也都不是俄羅斯人的樣子。

全隊接到了總司令要檢閱行軍隊伍的命令，就在最後一次行軍後的傍晚。團指揮官對命令產生了很多疑問：要穿行軍服裝嗎？營長在會議上決定團隊穿禮服接受檢閱，臨時抱佛腳總比什麼也不做要強很多。於是士兵在經過三十公里的行軍之後，進行著修補和刷洗工作，那些連長和副官們則一遍一遍清點著人數，進行調配。

於是，到了早晨，團隊的面貌儼然不再散漫和邋遢了，一支軍容整齊的隊伍已經呈現在了所有人面前，每個人都站在自己的位置上而且明確了各自的任務。不僅外表井然有序，甚至每一個行軍袋裡面都裝著合乎規定的物品——肥皂、針線包，一應俱全。可是，還有一件讓人不放心的事，這就是鞋。在經過一千俄里的長途跋涉後，大家的靴子已經磨破，儘管一再請求，團隊還是沒能從奧國主管部門拿到所有的新靴子。

現任的團長是一個上了年紀、敦實、易衝動的將軍，他鬢眉花白，胸背厚實，留著絡腮鬍子。他穿著嶄新的軍裝，佩戴著金肩章。他在隊伍前走來走去，每走一步就抖動一下，然後微微地拱起自己的背來。團長在心滿意足地欣賞他的團隊，而且爲它而驕傲，的確，他傾其所有在自己的團隊上了。

「喂，米哈伊爾．米特利奇老兄，」他興奮地對一個營長說，「昨晚可夠我們受的了，不過，咱們團不算壞，是吧？」

那個營長對這打趣的話很能會意，有點苦中作樂的感覺，於是他也笑了起來。

「在察里津草原檢閱的時候，它也不會被趕走的。」他自信地說道。

那個指揮官問道：「你在說什麼？」

這時過來兩個騎馬的人，正好從城市通往這裡的大道上經過。一個是副官，一個是哥薩克兵。

那個副官是來向團指揮官講明昨天命令中存在的問題的，總司令想看到完全保持著一種行軍狀態的團隊：大家都穿軍大衣，揹背囊，其他的準備就可省略了。

前一天晚上庫圖佐夫會見了軍事參議院的一名議員，議員要求他盡快和馬克的軍隊及斐迪南大公會合，可是庫圖佐夫認爲會合沒有什麼可取之處。爲了證明他的觀點，庫圖佐夫有意將俄國軍隊的慘狀呈現在奧國將軍面前，以此來做爲他意見的佐證。因而，他才要讓其檢閱團隊，他認爲團隊越不盡如人意總司令就越高興。這些細節副官並不知道，他只是負責傳達到總司令的這個命令——就是要求士兵們揹上背囊，穿上軍大衣。

聽了這些話之後，那個指揮官一句話也不說，聳聳肩，無奈地攤開雙手。

「你看我們做的好事！」他說道，「喏！我不是早說過嗎，米哈伊爾．米特利奇，『行軍』就是要穿著軍大衣，」他責備那個可憐的營長。

「啊，我的天！」隨後他大步流星地走上前去。「親愛的連長先生們！司務長們！親愛的司令官閣下什麼時候到這裡？」他一臉謙卑地問那個傳令的副官。

「大概再過一個鐘頭。」

「我們還有足夠的時間換裝嗎？」

「我不知道，將軍……」

於是團長親自走到隊伍前，一聲令下，命令士兵們以最快的速度換上軍大衣。於是連長們跑回各自的連隊，司務長們也都忙碌起來，片刻之後，原先整齊肅立的方陣頓時變得人聲嘈雜，隊形散亂。士兵們東奔西跑，大家迅速取出軍大衣，痲利地把袖子從胳膊上套進去。

三分鐘後，整齊的方陣又恢復了原來的隊形，只是由灰色變成了黑色。團長遠遠地直視著它，一跛一拐地來到方隊前，站住了。

「立馬給我叫三連長過來！要快！」

「快叫三連長去見將軍……三連長去見將軍。」聲音順著隊伍一層層地傳播開來，隨後一個副官跑去找那個久未出現的軍官。

這些賣力的叫喊聲突然變得越來越面目全非了，漸漸地變成了「叫將軍去三連」，當這一聲叫喊幾經轉變而最終傳到目的地時，那個被傳喚的軍官終於從連隊中走了出來，即使他早已不再年富力強，早已不習慣跑步，卻依然吃力地一溜小跑到將軍那裡去了。可憐的上尉惴惴不安。他那因爲喝了酒而漲得通紅的臉現出星星點點的斑，他的嘴巴大張著。那個團長從頭到腳打量了他一番。

「您現在很快就要給人們穿長裙了！你看看這是什麼？」團長大聲地喊道，只見他的下巴向前伸了伸，指向三連中一個穿藍呢大衣的士兵。「您自己在哪裡呢？總司令就要來了，可是您怎麼能擅離崗位？嗯？你讓士兵穿女人的衣服來參加檢閱到底是什麼意思……嗯？」

那個連長目不轉睛地看著長官，把兩個手指頭緊緊貼在帽簷上，越來越緊。

「喂，您怎麼不回答我的問題？那個穿得像匈牙利人的是誰？」團長表情嚴肅地打趣道。

「可是大人……」

「閉嘴，到底是什麼大人？大人？你覺得這個大人是何方神聖？」

「大人，那是被降級的軍官多洛霍夫。」連長小心翼翼地說道。

「哦？怎麼了？他是被降爲士兵還是陸軍元帥？如果他是士兵，他就不應當搞特殊，應當和別的士兵一樣穿正規的軍裝。」

「大人，這可是您親自准許的呀。」

「准許了？難道你許了？」團長說道，稍微平息了一下怒火。「這就是准許了？只要對你們說句什麼，難道你們就……」團長沉默片刻，「對你們說句什麼，你們就那個……什麼？」團長又想發火，「我請你給士兵穿得體面一點。」

那個團長看了看副官，隨後一跛一拐地沿著隊伍走下去。他憋了一肚子火想找個地方發洩，於是他繼續挑著別人的毛病。他責怪一個軍官沒把徽章擦亮，接著又罵另一個軍官，說佇列不按他的要求做，最後他來到了三連面前。

「您站成什麼樣了？腳！」團長咆哮著，聲音有點吃力，此時，他離多洛霍夫還有整整五個人的距離。

多洛霍夫漫不經心地將他的腿伸直，眼睛直勾勾地看向將軍的臉。

「怎麼你還穿著藍大衣？脫掉！……司務長呢？麻煩給他換上……」可是他的話剛剛說了一半，就被打斷了。

「報告將軍，雖然服從命令是我的天職，可是我沒有忍受的義務……」多洛霍夫脫口而出。

「你不知道在隊伍裡是禁止講話的嗎？我命令你禁止講話！」將軍責罵道。

「我根本就沒有忍受侮辱的義務。」多洛霍夫洪亮地說道。

士兵和將軍的目光碰撞在一起。於是將軍憤憤地向下拉拉他紮得緊緊的肩帶，半晌都沒有出聲。

「請您把衣服換掉！」他說著，隨後轉頭離去。

二

就在此時，信號手喊道：「來了！」

團長紅著臉跑向自己的馬，抓住鞍鐙，縱身跨上了鞍子。坐正了之後，他拔出佩刀，神情滿意而堅定。他斜張著嘴，準備喊口令。

「立——正！」團長大聲地喊道。團隊為之一震，即刻恢復了平靜。這振聾發聵的聲音，不僅讓團隊感到威嚴的力量，讓團長自己感到快意，也讓長官感覺到了士兵對他的恭敬。

一輛維也納式馬車沿著鄉村大路飛駛而來，一隊侍從和一支克羅埃西亞護衛隊緊隨其後。庫圖佐夫旁邊坐著一個奧國將軍。馬車駐足在團隊的前面。庫圖佐夫面帶微笑地和那位奧國將軍小聲私語，當他把一隻笨拙的腳從車踏板上放下來時，全然沒有注意到面前凝神屏息注視著他和團長的那兩千人。

一聲令下，大家齊刷刷地舉槍敬禮。隨後，在死一樣的沉寂中，傳來了總司令遙遠而微弱的聲音。全團隊大聲喊道：「祝大人……健康！」隨後又恢復了死一般的寂靜。接著，庫圖佐夫在侍從們的簇擁下，和穿白制服的將軍在隊伍前並排檢閱。

團長挺直腰板，雙眼緊盯著總司令，向他行禮。他前傾著身子吃力地控制著一跛一拐的動作，尾隨著將軍們。因爲團長的勤奮和嚴格，該團的表現極佳。

庫圖佐夫沿著隊伍走下去，偶爾駐足和軍官們親切地交談一番，有時也會和士兵們聊上幾句。他不止一次看他們的靴子，隨後無奈地搖搖頭，而且指著那個奧國將軍。他的表情已經表現出他的想法，即使他不怪任何人，可必須承認這真的很可怕。每當這種時候團長就會很殷勤地跟上去，生怕漏過總司令的每一句金口玉言。

庫圖佐夫後面，跟著二十來個侍從。這些人都在興奮地交流著，有時甚至還笑起來。貼近總司令的儀表堂堂副官，就是安德烈公爵。同行的是涅斯維茨基，他是總司令部的參謀，身材健碩，面貌俊秀，眼睛如水般明亮。涅斯維茨基旁邊一個面孔黝黑的驃騎兵軍官讓他忍俊不禁。這個可愛的驃騎兵軍官盯著團長的背影，模仿他的每一個動作，可是卻面無表情。每當團長猛一抖身子俯向前方時，那個驃騎兵軍官就照著樣子模仿。涅斯維茨基一邊捂著嘴偷笑，一邊用手捅著別人，叫他們看那個滑稽的傢伙。

庫圖佐夫面無表情地從幾千雙眼睛前走過，那些人的眼睛像要從眼眶裡突出來一樣地注視著他們的長官。走到三連跟前的時候，他突然停住。侍從們一時沒跟上他的步伐，一下子擁到他身邊來。

「啊，季莫欣！」總司令說道，指著那個因穿著藍外套而受過責備的紅鼻子上尉。

季莫欣在團長批評他時已將身子挺到無法更直的程度了。在總司令對他說話的時候，他挺身的那種程度，就像再多待一會兒，便要垮掉了一樣。庫圖佐夫明顯注意到他的情形，很快地轉過身去，臉上掠過了一絲難以覺察的笑容。

「原來又是一個伊茲梅爾戰役[30]的戰友，」他說道，「您感到滿意嗎？這是一位勇敢的軍官！」他問了一下團長。

團長並未察覺自己的動作正在被那個驃騎兵軍官模仿著，他挺了一下腰板，向前邁了一步，大聲而響亮地答道：「相當滿意，閣下！」

「大家都有弱點，」庫圖佐夫說道，隨後微笑著走了出去，「這個人一向對巴克斯[31]寵愛有加。」

這讓團長有些不安，不知道是不是要對這件事負責，因而他默不作聲了。團長此時看見那個正在一板一眼地模仿著他的人，涅斯維茨基實在忍不住而笑了出來。那個軍官明顯能夠遊刃有餘地指揮他的面部表情，當庫圖佐夫轉身的那一刻，他連忙做了一個鬼臉，之後便裝出了一副最恭敬、最無辜、最嚴肅的表情。

三連是最後一隊，因而庫圖佐夫停了下來。安德烈公爵及時走過來，小聲說道：「我記得您囑咐過我要提醒您，關於多洛霍夫被降職到這個團的事。」

「他在哪兒？」庫圖佐夫問道。

已經換上灰色軍大衣的多洛霍夫不等傳喚，就從隊伍中跨出一步，走向總司令，敬禮。

「你又有什麼要求？」庫圖佐夫看著這個金髮碧眼、身材筆挺的士兵皺了皺眉問道。

「這是多洛霍夫。」安德烈公爵說道。

「啊！」庫圖佐夫說道，「我希望您能記住這個教訓。好好執行命令吧。陛下是仁慈的，表現得

30. 伊茲梅爾戰役指一七八七年至一七九一年俄土戰爭中的一次戰役。
31. 巴克斯是羅馬神話中的酒神，相當於希臘神話中的狄俄尼索斯。

好的話，我是不會忘記你的。」

多洛霍夫那雙炯炯有神的藍眼睛肆無忌憚地看著總司令，像要把總司令和士兵之間那張拒人於千里之外的帷幕撕破似的。

「閣下，我只有一個請求，」多洛霍夫從容不迫且很堅定地說道，「我想請求您給我一個贖罪的機會，我會利用它來說明我對沙皇陛下和俄國的赤膽忠心！」

庫圖佐夫皺了皺眉頭，隨後轉過身去，他早就預料到了，並且對此早已麻木。他又轉身向馬車走去。

此時團隊都散開了，一連一連地走向離布勞瑙越來越近的駐紮地，他們希望在那裡得到衣服和靴子，還有休息。

「請您不要過於苛求我，季莫欣！」此時團長追上三連，對季莫欣上尉說道。團長因檢閱的平安度過而頗有點神采奕奕。「這可是在陛下的軍隊裡服務呀……不能呀……在佇列前我常難以自控……對此，我表示道歉，我想您是最知道我的！……他好像很滿意！」說著，他向連長伸出手來。

「千萬別這麼說，親愛的將軍，我怎麼會有這個膽子！」上尉答道，咧嘴一笑露出被槍托打掉的門牙豁口。「也請轉告多洛霍夫先生，我是不會忘記他的。請告訴我一件事——他到底怎樣，他表現得到底怎樣？所有的一切……」

「他在本職工作方面是很嚴謹認真的，不過我覺得他的性格……」季莫欣說道。

「他的性格到底是怎樣的呢？」團長問。

「飄忽不定。有時文明，有時聰慧又和氣，可有的時候又會變成一頭毫無思想的猛獸。您知道，在波蘭時有位猶太人死於他的槍下。」

「是啊！」團長說，「不過，我想應當憐憫一下這個遭遇不幸的青年人。他會有許多手腕的……

因此，你最好是……」

「是，大人。」季莫欣說道，表示自己已經會意，而且贊同。

團長在隊伍裡找到了多洛霍夫，勒住馬對他說道：「請在打第一仗前發肩章。」

多洛霍夫只是回了一下頭，嘴角泛著一絲嘲諷和不屑，甚至怨恨。

「好吧，這很好，」團長繼續說道，「我請大家每人一小杯白酒，」他大聲補充道，「感謝所有在場的兄弟！」說完，騎馬追趕另一個連隊去了。

「喂，他真個是好人呀，我想我們能跟著他幹。」季莫欣對走在他身旁的副連感慨著。

「總而言之，現在是個紅心……」副連笑道（團長的綽號叫紅心王）。

愉快的氛圍迅速地在士兵們中間蔓延開來，連隊到處洋溢著快樂的氣息。

「人們怎麼說來著，庫圖佐夫是個獨眼龍，難道只有一隻眼睛？」

「不，老兄，我覺得他可比你眼尖呢。那些腳布、靴子……都逃不過他的眼睛……」

「和他一起的那個奧國人的臉，看上去像刷過白灰一樣！」

「我說，費傑紹！……他到底有沒有說過什麼時候開戰？據別人說，拿破崙也在布勞瑙呢。」

「拿破崙在這裡？……蠢貨，撒謊！現在普魯士人在暴動。我覺得奧國人正在制服他們呢。一旦成功的話，就要跟拿破崙決一死戰。還說拿破崙住在布勞瑙呢！你還是多聽點比較好！」

「這是我的麵包乾，你這個傢伙！」

「我們還要空著肚皮再走五俄里，要是能坐下歇會兒就好了。」

「從前坐德國人的軍車多好！只用坐著就行，那可是很威風的！」

「可是，老弟，人們就好像瘋子一樣。那裡好像全是波蘭人，可是在這裡，老弟，他們卻都是清一色的德國人。」

「歌手們請到前邊來！」上尉的喊聲傳來。

於是二十幾個人從佇列中跑到連隊前去。領唱的鼓手轉過身，揮舞著一隻胳膊唱起了激昂的士兵之歌，歌曲的開頭一句是「不是朝霞，是太陽出現在地平線上，」歌曲的結尾一句是「弟兄們，光榮屬於我們和卡緬斯基老爹」。這首歌是在土耳其戰役的時候產生的，這個時候拿到奧國來唱，唯一不同的地方是將「卡緬斯基老爹」換成了「庫圖佐夫老爹」。

打鼓的士兵神采奕奕，身材苗條，有四十來歲。他神情肅穆地看著那些歌手。當確信所有眼睛都在看向他時，他雙手向頭頂上方小心翼翼地抬起，並在空中停頓了片刻。突然，他開始唱道：「啊，家，我的家啊……」

「我的新家……」大約二十人的聲音齊聲迴盪著，響板手一時忽略了裝備的重量輕快地跑到隊伍前邊來，他一邊倒著走，一邊抖動雙肩，用力地揮舞著響板。

士兵們踏著節奏，一邊揮動著雙臂，一邊大步流星地向前行。隊伍後面漸次地傳來車輪聲，還有彈簧嘎嘎的響聲以及馬蹄聲。庫圖佐夫和他的僕人也返回了市區。總司令做了一個繼續的手勢，讓士兵們繼續前行。

就在馬車經過連隊右側的時候，第二排裡有一個藍眼睛的士兵格外醒目。多洛霍夫看著那些乘車從他身邊走過的人，臉上露出鬥志昂揚的表情。剛才模仿團長的那個驃騎兵上尉，落在馬車後面，不斷地駛近多洛霍夫。

驃騎兵上尉熱爾科夫在聖彼德堡時，曾加入一個惡作劇小集團，多洛霍夫是這個集團的首領。此時在國外遇到了作為士兵的多洛霍夫，他覺得跟他打招呼可能比較尷尬。可現在庫圖佐夫已經和那個受過處分的士兵談過話了，因而他就懷著遇見故交的欣喜心情對他說：「怎麼樣，親愛的朋友？」他對他說道。

「我能怎麼樣？」多洛霍夫冷冷地答道，「就是現在這樣，我想你都看到了。」快樂的歌聲使熱爾科夫輕快的語調和多洛霍夫故意冷淡的回答顯得尤其詭異。

「你跟長官們的關係如何？」熱爾科夫問。

「沒什麼。我認爲他們都是好人。這個參謀部你是怎麼弄到手的？」

「我是暫時派來的，我正在值班呢。」

接著是一陣沉默。

「她從右手袖筒中放出一隻鷹。」歌聲激起了士兵們熱血澎湃的激情。如果沒有歌曲影響的話，他們的談話將完全是另一個版本。

「難道奧國人真的被打敗了嗎？」多洛霍夫問。

「大家都那麼說。鬼知道！」

「真是不錯。」多洛霍夫的回答直截了當。

「好吧，那我們什麼時候可以一起打牌？」熱爾科夫說。

「難道你的錢花不完了？」

「一起來吧。」

「這可不行。我說過我已經金盆洗手了。不打算弄這些了，在我復職之前。」

「那又能怎麼樣？等到下次打仗的時候……」

「那等到那個時候再說吧。」

接著又是一陣沉默。

「如果你有需要的話儘管開口。我在總參謀部裡總可以幫上忙……」熱爾科夫說。

多洛霍夫冷笑了一下。「讓您費心了。我從來不會靠別人——我自己可以辦得到！」

「那麼好吧，我只是……」

「我也只不過是……」

「保重……」

「再見。」

「……又遠，又高，就是向著家鄉的方向……」

熱爾科夫用馬刺踢了馬一下，馬亢奮起來；他又踢了一下，馬就奮力奔跑起來，追上馬車，同時伴著那首歌的節奏。

三

檢閱回來之後，庫圖佐夫在奧國將軍的陪同下，走進辦公室，叫來副官，吩咐他找來先頭部隊總指揮斐迪南大公寄來的幾封信和一些關於部隊狀況的文件。安德烈公爵拿著那些文件走進總司令辦公室時，庫圖佐夫和奧國軍事參議院參議員正坐在桌旁，他的桌上放著作戰計畫。

「啊！」庫圖佐夫回頭看了一眼安德烈，讓他稍等一會兒，隨後繼續剛才的話。

「將軍，現在只有一點了，」庫圖佐夫故作輕鬆地說道，「那麼我就說說這一點吧。將軍，您應該知道我的意願並不能解決問題，要不然弗蘭茨皇陛下的旨意早就實現了，跟大公的會合早就發生了。

請您一定要相信我的誠實，我覺得現在可以把軍隊的最高統率權移交給比我更有經驗、更有威望的將軍，我覺得這是件值得慶幸的事。不過現在的局勢並不樂觀，將軍。」

庫圖佐夫微笑了。

那個奧國將軍露出詫異且憤憤的神情，可他不得不用一樣的聲調回答。

「正相反，」他憤憤不滿地說道，他的語調和庫圖佐夫甜蜜的言辭形成鮮明的對比，「正好相反，陛下很重視您的共和。不過現在我們倒是覺得，那些優秀的俄國軍隊和總司令在以往的戰鬥中贏得的光榮，將會因爲現在的拖延而失去。」很明顯，他早有準備。

庫圖佐夫鞠了一躬，面不改色，「我贊成，而且，最近剛收到斐迪南大公殿下的一封信。我認爲奧國軍隊在馬克將軍的指揮下，一定已經勝券在握了，而且也不需要我們的援助了。」庫圖佐夫說道。

此時的將軍雙眉緊鎖。即使沒收到奧國被打敗的確切消息，可太多的情況都證實著事情的真實性，因此庫圖佐夫關於奧國勝利的假設，聽起來極具諷刺意味。可庫圖佐夫一副理所當然的樣子，並一直微笑著。

「請把那封信給我。」庫圖佐夫對安德烈公爵說道。「請您看一下吧。」庫圖佐夫嘴角掛起一絲嘲弄的弧線，他用德語讀了斐迪南大公的信：

現在我們已經集中了七萬人，如果敵人橫渡萊赫河的話，我認為一定會被我們拿下，因為我們佔據了烏爾姆。多瑙河兩岸已經成了我們的囊中之物，如果敵人不渡過萊赫河，我們隨時都可以渡過多瑙河，然後長驅直入，我們的同盟者會好過些。這樣一來，待俄皇軍隊整裝待發後，我們就可以攜手一起輕而易舉地打敗敵人。

讀完這一段內容後，庫圖佐夫面色凝重，等待參議員的反應。

「可，您是知道的，閣下，明智的原則常常往最壞的方面想。」奧國將軍說道，很明顯，他希望這一切終止。

「將軍，對不起。」庫圖佐夫打斷了他的話，把頭轉向安德烈公爵，「喂，親愛的，這些是從科茲洛夫斯基那裡取來的情報。這兩封是諾斯基茨伯爵的來信，這一封是斐迪南大公殿下的，這裡還有一些，」他邊說邊把文件遞給他，「根據這些文件，寫一份備忘錄，字跡要工整，用法文！把已到手的關於奧國軍隊行動的所有消息整理好，送給這位大人。」

安德烈公爵低下頭，他對庫圖佐夫說的話一清二楚，也對他想要說的話心知肚明。他把文件整理好後，輕手輕腳地走過，對兩個人鞠了一躬，走入接待室。

安德烈公爵離開俄國的時間並不長，卻在這段時間發生了明顯的變化。從他的動作、面部表情和步態上，很難再找出他先前裝出的那種鬆散懈怠的狀態。他現在的樣子更像一個一心一意從事一項自己喜愛的工作的人。他的目光和笑容更有吸引力，更加歡快。

他在波蘭追上庫圖佐夫，並受到了熱情的接待，庫圖佐夫答應助他一臂之力，帶他到維也納，委以重任。庫圖佐夫從維也納給他的老同事——安德烈公爵的父親寄了一封信。

「貴公子見多識廣、堅定果敢、辦事能力強，將來一定能成爲傑出的軍官。身邊能有這樣一個助手，我倍感榮幸。」

在庫圖佐夫參謀部裡的同事口中，安德烈公爵有兩種完全相左的名聲。少數人承認安德烈公爵是不同於一般的人，他們看好他，追隨而且奉承他；和這些人在一起，安德烈公爵感到很自在。還有另一些人，多數人，對安德烈公爵持有反面的評價，他們認爲他冷漠、目中無人、不討人喜歡。而對待這些人，安德烈公爵深知如何壓服他們，甚至讓他們懼怕他。

安德烈公爵拿著那些文件來到接待室，走到正在閱讀雜誌的值班副官科茲洛夫斯基跟前。

「喂，什麼事，公爵？」科茲洛夫斯基問道。

「上面命令我寫一份備忘錄，來說明我們止步不前的原因。」

「爲何呢？」

安德烈公爵無奈地聳了一下肩，露出一臉茫然。

「還沒有馬克的消息嗎？」科茲洛夫斯基問道。

「還沒有。」

「如果他真的成了敗軍之將，早就該有消息了。」

「你說得沒錯。」安德烈公爵說著走向了門口。

這時，一個高個子的奧國將軍急匆匆地闖了進來，他「砰」的一聲關上門。他的頭上裹著黑色的布，脖子上掛著瑪麗亞．特蕾西亞[32]勳章，看得出是新來的。安德烈公爵停了下來。

「庫圖佐夫總司令呢？」新來的將軍急匆匆地問道，並向兩旁來回地觀望，急急朝辦公室走去。

「我想問一下您有何吩咐？」科茲洛夫斯基說著，連忙攔下了那個陌生將軍。「請問我應該如何通報呢？」

陌生的將軍連正眼都沒有瞧一下這個矮個子的科茲洛夫斯基。

「請問有什麼吩咐？」科茲洛夫斯基平靜地重複了一遍剛才的話。

---

32. 瑪麗亞・特蕾西亞（一七一七至一七八〇），一七四〇年起為奧地利女大公。

將軍的臉色立刻變了，他的嘴唇抽動了一下。隨即他拿出一個記事本，匆匆忙忙地寫了什麼東西，並撕下那張紙，遞了過去。做完這些，他快步走到窗前，跌坐在一張椅子裡，將房間裡的人從頭到腳地看了一遍，片刻之後，他抬起頭，欲言又止，發出讓人難以捉摸的聲音。

沒多久，辦公室的門開了，庫圖佐夫出現在門口。頭纏黑布的將軍立刻彈起來，甩開兩條細長的腿大步流星地走向庫圖佐夫。

「我就是那個被命運捉弄的馬克。」他嘶啞地說道。

庫圖佐夫愣了一會兒，站在門口，皺了皺眉頭，但立刻恢復了平靜，他畢恭畢敬地低下頭，隨後閉上眼睛，默默地讓馬克先行。馬克走後，庫圖佐夫立即轉身尾隨，親自爲馬克關上門。

獲悉奧軍被打垮之後，副官們就被派到各處去傳達這個命令，俄國軍隊立刻就要背水一戰了。司令部裡，安德烈公爵關心戰爭全域。他看到了馬克。在聽到他的軍隊慘敗的細節之後，公爵已經明白，這場戰役已經喪失了一半的勝算。

現在的俄國軍隊處於進退兩難的狀態中，他清楚軍隊即將面對的處境和他將要承擔的責任。當他想到驕傲的奧國正遭受戰敗的恥辱時，想到一個星期後他就可能親自指揮俄國人和法國人的對決時，感到前所未有的興奮。可他又害怕拿破崙的天才會勝過俄國軍隊的勇敢，而且他也不情願目睹他的戰鬥英雄蒙受戰敗的恥辱。

安德烈公爵被這些思緒攪得很煩躁，因而他回到房間去給父親寫信。現在他每天都給父親寫信。當他走在走廊裡的時候，迎面遇上了涅斯維茨基和熱爾科夫。

「什麼事讓你這樣沮喪，到底怎麼了？」涅斯維茨基問道，他一眼就發覺到安德烈公爵蒼白的臉和游離不定的眼睛。

「這個世界真是糟糕透了。」安德烈說道。

當三個人在走廊裡相遇的時候，負責俄軍糧秣的奧國將軍斯特勞斯從走廊的另一端走來，和他並行的還有軍事參議院的參議員等一行人。走廊是足夠讓這兩個將軍從這三個軍官旁邊通過的，但熱爾科夫卻一把推開涅斯維茨基，喘著氣說道：「他們來了！他們來了！快點讓路，讓路，請讓路！」

「閣下，」詼諧家熱爾科夫走上前去，用德語對奧國將軍說道，「我想我應該恭喜您，以我最大的真誠。」他就像個低年級小孩一樣，低下自己的頭，同時笨拙地用自己的一隻腳擦地。

軍事參議院的將軍嚴肅地看了他一眼，眯縫起眼睛表示他正在注意聽他講話。

「我萬分榮幸地祝賀您。馬克將軍只是有點不太舒服，其他地方都無大礙。」他指指自己的頭，臉笑成了一朵花。

將軍皺起眉頭，轉身離去了。

「天哪，多天真的一個人啊。」他走出幾步後憤憤地說道。

涅斯維茨基哈哈大笑著給了安德烈公爵一個熱情的擁抱，可公爵的臉卻變得沒有一點血色。他憤怒地一把把他推開，隨後轉向熱爾科夫。

馬克的狼狽樣、那些關於戰敗的消息，還有關於俄國軍隊未來命運的擔憂，無一不在敲打著他的神經，可熱爾科夫不識時務的玩笑卻使他心中的積憤一下子爆發了。

「不好意思，先生，如果您再這樣醜化自己的話，我是沒有任何意見的；我可以向您保證，如果您再當著我的面亂開這種玩笑的話，我一定會教訓您一頓，讓您知道做蠢事的後果。」

涅斯維茨基和熱爾科夫瞬間傻了，他們睜大眼睛一聲不吭地看著安德烈，不知道該說什麼。

「怎麼啦？我只是祝賀一下而已。」熱爾科夫好像並不在意。

「我沒和您開玩笑，請您不要誤會！」安德烈喊道，他挽起了涅斯維茨基的臂膀，轉身離開了待在一邊的熱爾科夫。

「呶，你還好吧，老弟？」涅斯維茨基試圖給他一點安慰。

「我很好！」激動的安德烈公爵說道，「你要清楚，我們是爲沙皇和祖國盡忠的軍官，我們要嘛爲成功而慶祝，要嘛爲共和爲戰爭的失敗而難過。我們的四萬人犧牲了，我們盟國的軍隊戰敗了，而你們卻還有心情開這種玩笑，」他說道，好像用法語講能增強語氣一樣，「對於您那個什麼所謂的朋友，我還能原諒他，可對您卻不能，因爲只有不懂事的孩子才會這樣尋開心。」他用俄語補充了一句——卻用法語語調說出「無知」這個詞，因爲他發現熱爾科夫還能聽見他說的話。

他停頓片刻，想看一下那個騎兵少尉將爲此做何解釋，可騎兵少尉卻轉過身，離開了這裡。

四

在離布勞瑙兩英里的地方，駐紮著保羅格勒驃騎兵團。見習軍官尼古拉服役的騎兵連，在德國的一個叫札爾策涅克的村莊駐紮。村莊中最舒適的房子分給了連長傑尼索夫騎兵上尉。見習軍官尼古拉自從在波蘭追上騎兵連，就開始和連長一起居住。

十月八日，也就是馬克戰鬥失敗的那一天，騎兵連部的行軍生活一如既往地進行著。當尼古拉清晨回來的時候，那個玩牌玩了一整夜、輸慘了的傑尼索夫還沒有回來。

身著見習軍官制服的尼古拉跳下馬，喊了一聲勤務兵：「哎，波特蘭科，親愛的朋友！」他對跑過來的勤務兵親切地說道。「請幫我遛一下馬吧。」

「是，大人，遵命。」烏克蘭人一邊甩著腦袋一邊回答道。

「多注意點，好好地遛一遛！」

這時又跑過來一個勤務兵，波特蘭科將馬轠繩握在了自己的手裡。這個見習軍官出手很闊綽，好好地伺候他可以撈到不少好處。於是尼古拉摸了摸那匹馬的脖子，又摸了摸馬後臀，停在了臺階上。

「牠太美了！牠會成爲一匹良駒的！」他自言自語地說著，並微笑著用手扶著那把佩刀，讓馬刺叮噹響著，跑上了臺階。

德國房東頭戴睡帽、身穿睡袍，手上還拿著除糞叉子，從牛棚裡面向外探出腦袋四處觀看了一下，一看見尼古拉，德國人喜上眉梢。「早安！早安！」他一遍又一遍地重複著。

「您已經開始辛勤地勞作了？」尼古拉同樣友好地笑著向他的房東問道。

「耶利斯坦沙皇萬歲！俄國人萬歲！奧國人萬歲！」他一遍又一遍地重複著。

德國人也被這幾句話逗樂了，他走出牛棚，摘下自己的便帽，揮舞著手臂喊道：「全世界萬歲！」

尼古拉也模仿著那個德國人的樣子，在頭頂上揮舞著自己的帽子，笑著喊道：「全世界萬歲！」

這兩個人都懷著一種美好和祝福的情誼，搖頭晃腦，彼此看著對方，隨後又微笑著分開了。德國人回到自己的牛棚，尼古拉也回到了居住的小屋。

「老爺去哪兒了？」他問傑尼索夫的勤務兵——聞名全團的滑頭勞弗盧西卡。

「從昨晚開始就沒有回來過。他一定是輸了，」勞弗盧西卡回答道，「我知道，如果贏了的話，他早早就回來四處炫耀了，可到這會兒還沒回來，那就說明他輸了，他回來時一定脾氣很壞。請問您要不要來點咖啡？」

「快點拿來吧，拿來吧。」

一刻鐘後，勞弗盧西卡拿來了咖啡。「他來了！」他說道，「倒楣的時刻來臨了！」

尼古拉看了看窗外，果然是傑尼索夫回來了。傑尼索夫是個小矮個子，有著紅紅的臉膛和烏黑明亮的眼睛，還有一臉蓬鬆的黑鬍子和黑頭髮。他穿著一件黑色斗篷，一條寬大下垂的馬褲，還有一頂揉得皺巴巴的驃騎兵帽子蓋在他的後腦勺上。

他垂頭喪氣地走上臺階。「勞弗盧西卡！」他沒好氣地大聲喊道，「快來，快點過來給我把外套脫下來，你這個傻瓜！」

「現在是在脫呀！」勞弗盧西卡回答道。

「啊，你早就已經起床了？」傑尼索夫說著走進屋。

「我早就起來了，」尼古拉答道，「我不僅見到了瑪姬爾小姐，還籌集了不少的乾草。」

「噢，知道了！可是我早就輸了，老弟。我昨天輸得很慘啊！」傑尼索夫喊著，「我太不走運了！你一走，我就開始倒楣了。喂！茶！」

他皺起眉頭，露出了一口堅固的短牙，還用短粗的指頭把他那又黑又厚的頭髮弄得亂七八糟。

「莫名其妙，我去耗子那裡幹什麼？」他搓著臉和前額說道，「您想想，他一張牌都不會讓我贏。」

傑尼索夫接過菸斗，握在手裡使勁地敲著地板，弄得火星四濺。

「只要我一加倍下注他就吃掉，下孤注他就讓。」

突然他的菸斗被敲碎了，於是他把它扔到一邊。隨後他沉默了一會兒，看了一下尼古拉。「要是有女人就好了，可這裡除了喝酒之外根本沒事可幹。哪怕我們能早點打起來也好……」

「喂！請問有人在那兒嗎？」他轉向門口問道，那裡有叮噹的馬刺聲，還有人穿著厚重靴子走路的聲音，同時還有小心的咳嗽聲。

「騎兵司務長到！」勞弗盧西卡大聲地說道。

傑尼索夫卻把自己的眉頭皺得更厲害了。

「不好！」他嘟囔道，扔出一個裡面只裝有幾枚金幣的錢袋。「親愛的尼古拉，幫忙數一下，看看還剩下多少，然後把這個錢袋塞在枕頭底下。」他說著就出去見那個司務長了。

尼古拉拿起了那個錢袋，把新舊幣分開各擺成一行，隨後數了起來。

「啊！親愛的捷利亞寧！你好嗎？昨天我可被他們害慘了。」傑尼索夫在另外一個房間裡說。

「你是在哪裡呀？是在耗子貝科夫那兒嗎？這個我知道。」矮小的捷利亞寧尖聲地說完這句話，就走進了房間。

捷利亞寧是從近衛軍調出來的。他表現相當好，可卻不討人喜歡，特別是不討尼古拉的喜歡。

「喂，你這個年輕的驃騎兵怎麼樣了，我想問問我的白嘴鴉給您服務得怎麼樣啊？」他問道。

中尉從來不看和他談話的人的眼睛。

「我見您今天早晨騎過這匹馬呢……」

「是的，的確是一匹好馬。」尼古拉答道，「可牠的左前腿有一點瘸。」他補充道。

「我來教您該給牠蓋什麼樣的掌吧，這樣就算蹄子裂了都不要緊。」

「好的，請您教給我吧。」尼古拉說道。

「一定告訴您，一定告訴您！這可不是什麼秘密。爲了這匹馬，您得好好謝謝我啊。」

「好的，我立馬派人把馬牽過來！」尼古拉說道，爲了擺脫捷利亞寧，他出去叫人把馬牽過來。

在門廊裡，叼著菸斗的傑尼索夫蹲在騎兵司務長對面的門檻上，司務長好像是在向他報告著什麼。他一看到尼古拉，就皺了皺眉頭，用拇指指著捷利亞寧坐的房間，厭惡地抖了一下身子。

「咳！我煩死那東西了。」他說道，也不管司務長在不在那裡。

尼古拉聳了聳肩，像在說：「我雖然也不喜歡，可是那又能怎樣呢？」他安排人去牽馬後，又回到捷利亞寧那裡。

捷利亞寧還像尼古拉離開時那樣坐在那兒，使勁地搓著他那雙小白手。

「世界上怎麼會有這麼令人厭惡的人呢？」尼古拉暗自想著。

「怎麼樣，您已經吩咐把馬牽過來了？」捷利亞寧說著站起來，漫不經心地向周邊望了一下。

「我已經吩咐過了。」

「傑尼索夫，您收到命令了嗎？昨天的命令您是不是已經收到了。要不我們親自過去吧。」

「我還沒收到呢。你們要去哪兒？」傑尼索夫問道。

「我教一下這個年輕人怎樣釘馬掌！」捷利亞寧說道。

於是他們穿過走廊，走進了馬房。當中尉說完了釘馬掌的方法後，就走了。

當尼古拉回來的時候，見到一根臘腸和一瓶白酒放在桌上。傑尼索夫正坐在桌前寫著什麼，他黑著臉看了看尼古拉，說：「我在給她寫信呢。」

他的一個臂肘撐在桌子上，另外一隻手拿著筆。他對尼古拉講了一下信的內容，很明顯，他很開心能把他要表達的感情在寫之前講出來。

「可是你知道嗎，朋友，」他說道，「沒戀愛之前，我們都只是凡夫俗子……可一旦你愛上了某人，你就會發現你成了上帝，就像創世第一天那樣純潔……這又是誰呀？你快去死吧，我正忙著呢！」他對勞弗盧西卡大聲地喊道，只見勞弗盧西卡平靜地走到他面前。

「還會有誰呢？騎兵司務長讓我來拿錢。」

傑尼索夫皺了皺眉，「太糟糕了。」他嘟囔道：「你的錢袋裡有多少錢？」他問尼古拉。

「七塊新幣，三塊舊幣。」

「啊，真是糟透了！喂，你爲何跟個木頭似的站在那裡啊？快點把司務長叫來。」他對勞弗盧西卡喊道。

「傑尼索夫，你先用我的錢吧，我還有很多呢。」尼古拉紅著臉說道。

「我不喜歡向人借錢。」傑尼索夫嘴裡嘟囔道。

「你太見外了。我有錢，真的。」尼古拉一遍又一遍地說著。

「不，這可不行。」

於是傑尼索夫走到床邊去拿放在枕頭下的錢袋。

「我想問問你把錢袋放在哪兒了，尼古拉？」

「就在枕頭底下啊。」

「沒有。」

傑尼索夫把兩個枕頭都扔到了地板上，依然沒有發現錢袋。

「好奇怪啊。」

「等一下，沒掉在被子裡吧？」尼古拉說著，把被子拉出來抖抖，又把枕頭一個一個地抖了抖，可還是沒找到錢袋。

「難道我記錯了？不可能呀，我記得，我把它像寶貝一樣放在了枕頭底下。」尼古拉說道。「我把錢袋就放在這兒的。它能去哪兒呢？」他問勞弗盧西卡。

「我從來沒進過房間。我想它應該就在您放的地方。」

「沒有啊！」

「您總是丟三落四的。又不記得放在哪兒了。要不您看一下衣袋吧。」

「根本就不可能，如果我沒想到有關寶貝的事，那還有可能。」尼古拉說道，「可我記得我就把它放在那兒了。」

於是勞弗盧西卡把床和桌子翻了個遍，甚至連鋪蓋都翻過來了。做完這一切，他一動也不動地站在屋子中間。傑尼索夫一言不發地看著勞弗盧西卡，當他攤開雙手說「又沒找到」時，傑尼索夫打量了一下尼古拉。

「尼古拉，請不要再做這種小學生的遊戲了……」

尼古拉察覺得到傑尼索夫的眼光一直盯在他身上，於是抬起眼，可又立刻低了下去。他全身的血液都沖到眼睛和臉上來了，這讓他感覺簡直喘不過氣來。

「之前除了你還有那個中尉，再沒有人來過這裡。錢袋一定是在這裡的某個地方。」勞弗盧西卡說道。

「行啦，你這個壞東西，快去給我找來！」傑尼索夫突然喊道，臉色變得漲紅，撲向那個僕人，「我警告你一定要找到錢袋！要不然我就用鞭子抽你。」

尼古拉瞧了傑尼索夫一眼，扣起外衣，戴上自己的制帽，掛上了佩刀。

「我再次警告你，一定要找到那個錢袋。」傑尼索夫一邊搖著勤務兵的雙肩，一邊叫喊道，並不斷地往牆上撞著他。

「傑尼索夫，請放開他，我想我已經知道誰拿走了。」尼古拉邊說邊往門口走去，眼也沒抬一下。

傑尼索夫想了一下，停了下來，明顯他已經知道了尼古拉指的是誰。

「你在胡說八道！」他突然叫道，隨後他青筋暴漲。「你不能說出來，除非你瘋了。我告訴你，錢袋就是在這裡。我要活剝這個壞蛋的皮，我一定可以找到。」

「我已經知道錢袋在誰那兒了。」尼古拉又重複了一遍，向門口走去。

「你不能那樣做，我對你說！」傑尼索夫一邊大喊著，一邊朝見習軍官追了過去。

可尼古拉掙脫了傑尼索夫的手，凶狠而又果斷地看著他的眼睛。

「你真的明白你在說什麼嗎？」他用發抖的聲音問道。「房間裡只有我一個人。因而，如果不是那樣的話，那麼……」

他從屋裡跑了出來，無法繼續說下去了。

「你，你們都去死吧，啊！」這是尼古拉能聽見的最後的話。

尼古拉來到了捷利亞寧的房間。

「老爺剛到司令部去了，」捷利亞寧的勤務兵說道。「難道發生什麼事了嗎？」見習軍官烏黑的臉色讓他感到很驚訝。

「不，沒有什麼。」

「您要是早來一會兒就會碰上他了。」勤務兵說道。

司令部就在離札爾策涅克大概三俄里的地方。

尼古拉牽來馬，騎上了馬就去了。司令部所在的村子裡，有一家軍官們常去的小酒館。尼古拉來到酒館前，看見臺階前拴著捷利亞寧的馬。

在酒館的第二個房間裡，中尉就在那兒坐著，他的面前擺著一瓶酒和一碟臘腸。

「啊，年輕人，您也來了！」他微笑著，眉頭高高地抬了起來。

「是的。」尼古拉說著，在旁邊的桌子坐了下來。

兩個人都默不作聲。房間裡還有一個俄國軍官和兩個德國人。大家都沉默著，只聽見刀叉碰撞碟子的聲音和中尉的咀嚼聲。

捷利亞寧吃完早餐後，從衣袋裡掏出了一個雙層的錢袋，從中拿出一塊金幣，揚著眉毛遞給堂倌。

「請您抓緊時間。」他說道。

那是一塊新的金幣。尼古拉站了起來，朝捷利亞寧走了過去。

「請問是否能給我看一看您的錢袋？」他用極低、極輕的聲音說道。

捷利亞寧眼睛滴溜溜地轉著，把眉毛高高地揚起，隨後把錢袋遞給了他。

「這的確是一個不錯的錢袋。是的……是的……」他說道，可面色驟然變白了，「看吧，年輕人。」

尼古拉接過錢袋，看了一眼，然後一會兒看看裡邊的錢，一會兒看看捷利亞寧。中尉習慣性地張望了一下，隨後變得快活了起來。

「如果我們在維也納，我想我一定會用光它的，可在這裡，在這些無聊的小城鎮裡，沒有可以用錢的地方。」他說道，「好了，把它給我吧，青年人，我要走了。」

尼古拉沒有說話。

「您不用吃飯嗎？這裡的東西挺好吃的。」捷利亞寧繼續說道，「請把錢袋還給我，好嗎？」他伸過手來準備接錢袋。可尼古拉卻把手鬆開了。捷利亞寧拿過錢袋，把它裝進了馬褲的口袋裡，他微微地張了張嘴，卻又不經意地抬高了眉毛。

「喂，怎麼啦，親愛的年輕人？」他輕輕地歎了口氣，從挑起的眉頭下看了一下尼古拉的眼睛。

目光像電火般在他們中間彼此射來射去。

「請到這裡來一下，」尼古拉猛然抓住了捷利亞寧的手，把他拖到窗口。「這是傑尼索夫的錢，你居然把它拿來了……」他在捷利亞寧的耳邊悄聲地說道。

「什麼？什麼？你怎麼敢這樣說？什麼？」捷利亞寧說道。

不過這些話不像是絕望的叫喊，更像是討饒。尼古拉一聽到這聲音，就更加證實了自己的猜疑。他高興起來。但在那一瞬間，他又開始可憐起這個倒楣蛋了，可他已經決定要把事情調查到底。

「天知道這裡的人們會怎樣想這件事，」捷利亞寧嘟囔道，他拿起帽子，走向一個無人的小房間，「我想我們應該解釋一下這件事……」

「我想我能證明這個錢袋我認識。」尼古拉說道。

「我……」

捷利亞寧那惶恐蒼白臉上的每一寸肌肉都開始抽搐起來，他開始不停地哭泣，眼珠依然到處亂轉，只不過不敢抬頭對上尼古拉的眼睛。

「伯爵！……請您不要輕易毀掉我……這是傑尼索夫那些該死的錢，把它們都拿走吧……」他把那些錢甩在桌子上，「可憐的我還有年邁的父母……」

尼古拉接過錢，他一眼都不看捷利亞寧，一言不發地走出那個房間。可，剛剛走到門口，他又退回房間裡去了。

「我真的想不到您竟然會做出這種事情來。」

「伯爵……」捷利亞寧害怕地向他走近了一點。

「請離我遠一點，」尼古拉躲開了他，說道，「若您真的需要的話，就把這些錢拿去吧！」他把錢袋丟給他，轉身跑出了酒館。

那天晚上，騎兵連的軍官們在傑尼索夫的住處展開了激烈的辯論。

「尼古拉，我認爲您最好是向團長道歉！」一個大個子、大鬍子、有一頭花白頭髮、性格豪放且長著滿臉皺紋的上尉參謀對尼古拉說道。

這個上尉參謀吉爾斯丁曾因兩次決鬥被貶爲士兵，可兩次都奇怪地官復原職了。

「可誰都不能說我撒謊！」尼古拉喊道。「我說他撒謊了，他卻說我在撒謊。我認爲他能派我每天去值班，也能把我逮捕起來，可他絕不能讓我對他道歉，不要以爲自己是團長就什麼都不管，就可以不賠償我的名譽損失，那麼……」

「慢著，老兄，請您聽我說，」上尉參謀平靜地捋著自己長長的鬍子，用深沉的低音打斷他的話，「您怎麼能當著其他軍官的面對團長說這樣的話，現在是一個軍官偷了……」

「當著其他軍官的面談這件事不能算是我的錯。是的，或許我是不應該當著他們的面說，我不是一個善於社交的外交家。我之所以參加驃騎軍，是因爲我認爲在這裡不需要這些繁文縟節，既然他說我撒謊了，那麼我認爲他就得賠償我的名譽……」

「這些都是對的。大家都知道您不是懦夫，可這不是問題的關鍵。您問一下傑尼索夫，一個見習軍官要求他的團長賠償自己的名譽，這有可能嗎？」

傑尼索夫咬著自己的鬍子，臉色很不好，面色陰沉地坐在那兒，明顯不想參加這個談話。他否定地搖了搖頭。

「您不應該在其他軍官面前，對團長談起這件讓他感到齷齪的事，」上尉參謀繼續說道，「幸虧潘戈登涅契制止了您。」

「可他那不叫制止，而是在誣陷我撒謊。」

「好，即便是那樣，您也應當道歉。」

「想都別想！」尼古拉喊道。

「沒想到您這樣倔強，」上尉參謀認真又嚴肅地說道，「如果您不想道歉，老弟，您不僅對不起他，還對不起大家，也對不起全團。難道要把那個軍官交給法庭並讓全團跟著一起受辱嗎？我們難道要因爲一個壞蛋，玷污全團嗎？我們可不想那樣。在這一點上潘戈登涅契是對的，他對您說的全部都是謊言。雖然這是不愉快的，可有何辦法呢？這根本就是您自己找的。這本來是可以壓下來的，但您是如此的高傲不肯道歉，而且又想把全部的事情都說出來。雖然您感到委屈，可向一個年老而誠實的軍官道歉又算得了什麼呢？現在不管潘戈登涅契如何讓您道歉，他總還是一個勇敢誠實的老團長啊！難道只因爲您覺得委屈，就不惜給全團抹黑嗎！」上尉參謀的聲音開始發抖了。「您才剛剛進連隊，老弟，今天在這裡任職，可明天或許就會被派到其他地方去當副官了，或許您不在乎別人說：帕夫洛格拉的軍官們當中有小偷！可我們不行啊！是不是，傑尼索夫？我們可不能裝作什麼都無所謂呀！」

傑尼索夫一直不聲不響地坐在那兒，偶爾瞥一眼尼古拉。

「這沒錯，您重視自己的尊嚴，因而不肯道歉。」上尉參謀繼續說道，「可我們這些在團裡成長，甚至情願死在團隊裡的人們，是那麼重視團隊的榮譽，潘戈登涅契也很清楚這一點。老兄，我們很珍視它的！」

上尉參謀站了起來，轉過身，背對著尼古拉不說話。

「說得正確極了！」傑尼索夫跳起來喊道，「您覺得怎麼樣，尼古拉！」

尼古拉臉上一陣紅一陣白的，他來回地看著那些軍官。

他含著眼淚說道：「不，先生們，不是這樣的……你們不要以爲……我當然完全理解。你們不能那樣看待我……我……對我而言……我很贊成維護團隊的榮譽……我會用事實來證明這一點的……好吧，反正現在都一樣了，真的，我錯了……我錯了，我的確是錯了。好吧，你們還想怎麼樣呢……」

「這就好了嘛，伯爵！」上尉參謀轉過身來大聲地喊道，同時用他的手拍了拍尼古拉。

「我可要對你說，」傑尼索夫喊道，「他的確是一個好青年。」

「這不就行了嘛，伯爵，」上尉參謀說道，他稱呼尼古拉的封號，「快去道歉吧，閣下。去吧！」

「我什麼都能做，先生們。但是我不會再道歉了，」尼古拉懇求道，「我怎麼可以像小孩子一般去道歉呢？我堅決不道歉，你們看著辦吧！」

傑尼索夫大笑了起來。

「這樣對您可沒有好處。潘戈登涅契相當記仇，您一定會爲您的固執付出代價的。」吉爾斯丁大聲地說道。

「真的，這根本不是固執！我不知道該怎樣和你們說。總之，我不能……」

上尉參謀說道，「得，隨您的便吧。」

「還有那個壞蛋到哪裡去了？」他向傑尼索夫問道。

「他說生病了，明天就把他開除吧。」傑尼索夫嘟囔道。

「他只會稱病。」上尉參謀說道。

「總之別再讓我看見他，不管他是不是真的病了。要不然我一定會打死他的！」傑尼索夫怒氣沖沖地喊著。

這時熱爾科夫走了進來。

「你怎麼來啦？」那些軍官都問道。

「親愛的先生們！我們立刻要出征了，因爲馬克的軍隊投降了。」

「胡說八道！」

「我親眼所見！」

「什麼？你見到活的馬克了？」

「我們要出征了！出征！爲了這個消息也應該喝一杯！你來這裡幹什麼？」

「我已經被分配回去了，就是因爲那個魔鬼，那個馬克。奧國將軍狀告我。我只是爲馬克的到來祝賀而已……你怎麼啦，尼古拉，跟剛洗完澡似的？」

「老兄，這兩天我們這裡簡直就像一團亂麻。」

此時團傳令官進來了，確認了熱爾科夫帶來的消息。他命令明天出征。

「先生們！我們要戰鬥了。」

「我真的要感謝上帝！因爲我們在這裡待得太久了！」

五

十月二十三日，那些跨過恩斯河的俄國軍隊的輜重車、炮兵和步兵都列隊穿過恩斯市，他們沿著橋兩側迤邐而行——當庫圖佐夫向維也納撤退時，把萊茵河和特勞恩河上的橋樑都破壞了。

這個秋天溫暖多雨。就在守護俄軍炮兵連的高地前面，有一片開闊的曠野，它時而變得廣袤遼闊，時而被輕紗般的雨幕遮住，而在陽光的照射下，遠處的景物顯得是那麼清晰可見。

在腳下，可以看到小城裡的那些紅頂白屋的房子以及橋樑和教堂，還有人頭攢動的俄國軍隊在橋兩側來來往往。

多瑙河的轉彎處，還可以看見一些船舶和三角洲，以及一個由恩斯河流入多瑙河水流環繞著的花園城堡，就在多瑙河的左岸，翠松覆蓋，岩石嶙峋。在一片人跡罕至的松林後面，還可以看見修道院的尖塔，就在恩斯河對岸的遠方，可以看得見敵人的偵察小隊在活動。

在高地上的大炮中間，那些後衛部隊中的一位將軍正用望遠鏡觀察地形。那個由總司令派到後衛部隊來當差的涅斯維茨基，正坐在炮架的尾部。一個叫做哥薩克的侍從遞給他一個軍用水壺和一個背囊，涅斯維茨基正在請軍官們品嘗茴香甜酒和油炸包子。那些軍官正欣喜地圍在他四周。

「是的，這個奧國公爵還真是挺有眼光的，他建了這座城堡，讓人感覺美不勝收呀！先生們，你們怎麼不吃呀？」涅斯維茨基說道。

「多謝您啦，公爵，」一個軍官回答道，他覺得能和這樣一個身居要職的參謀部軍官談話很開心，「那座房子真漂亮啊！這個地方太好了，我們沿著花園走過時，甚至還碰見了兩頭鹿呢！」

「你瞧啊，公爵，」另一個說道，其實這人想再拿一個包子，可難為情，就裝作在觀察地形似的，「我們的步兵已經到達了那裡。他們正在村後的草地上，有三個人好像在拖著什麼東西一樣。我覺得他們就要驚動這座宮殿了。」

「的確是這樣，」涅斯維茨基說道，「不過，我的想法是，」他補充道，他那濕潤漂亮的嘴裡塞滿了包子，「我真想鑽進去。」他一臉壞笑地指著山上一座女修道院，瞇著的眼睛裡發出貪婪的光芒。

「那可敢情好啊，先生們！」

於是大家都愉悅地大笑起來。

「就算只是去嚇唬、嚇唬那些修女也很好玩。據說，上面還有些義大利少女呢。我可以心甘情願地為這少活五年的時光！」

「你要知道，其實她們會覺得很寂寞的。」一個比較大膽的軍官笑著說道。

那個將軍朝侍從軍官所指的地方用望遠鏡望去。

「嗯，對，應該是這樣的，」將軍聳了聳肩，放下望遠鏡，生氣地說著，「是這樣的！他們會在渡過河的時候挨打。可他們到底在磨蹭什麼呢？」

用肉眼就能看得見在河對面的炮隊和敵人，那些炮隊中突然騰起一團煙雲。隨後就傳來炮聲，依稀可見匆忙渡河的軍隊。

涅斯維茨基站起身來，微笑著向將軍走去。

「閣下，吃點東西吧？」他說著。

將軍說道：「現在事情不妙。」卻沒回答他的問題，「我們軍隊的行動實在是太慢了。」

「要不然我們騎馬去一趟，閣下？」涅斯維茨基提議道。

「好，要不您去一趟吧，」將軍回答道，他再一次重申了自己的命令，「命令驃騎兵在最後渡河，隨後燒橋；現在再次確認一遍橋上的引火物。」

「是。」涅斯維茨基回答道。

他叫哥薩克牽來自己的馬，吩咐他收起行囊和水壺，隨後小心地讓自己那沉重的身體跨上了馬鞍。

他對那些含笑瞅著他的軍官們道：「我可要去慰問那些寂寞的修女了。」說完就騎上馬，沿著下山的小徑奔馳而去。

「喂，試一下炮能射多遠，上尉。放一炮試一下！」將軍對一個炮兵軍官說道。

「各就各位，預備！炮手們。」軍官發出了命令。

一分鐘後，炮兵們歡快地從篝火旁邊跑來，把炮彈裝上。

「一號炮，放！」

一號炮手趕忙跳開。隨即那尊炮發出了震耳欲聾的轟鳴聲，只見一些炮彈呼嘯著飛過山下我們軍隊的上方，散落在離敵人還很遠的地方，冒出一小股白煙，就爆炸了。

官兵們聽見炮聲後，臉上紛紛露出喜悅之色。大夥全站了起來，觀察著我軍的動向和敵軍的動向。此時，太陽從雲後把整個臉都露了出來，那一聲悅耳的炮響和燦爛的陽光合二為一，瞬間就形成了一派振奮人心的景象。

六

此時橋上飛過兩枚敵人的炮彈，士兵們在那座橋上擠成一團。這時涅斯維茨基公爵下了馬，站在了橋的中間，他把自己肥胖的身軀擠在欄杆上，微笑著回頭看牽著兩匹馬站在他後面的哥薩克。涅斯維茨基剛想往前走，士兵和車子卻退了回來，把他擠在了欄杆上，他一點辦法也沒有，只能苦笑。

哥薩克對一個趕著一輛車想擠向附近的輜重兵說道：「你這到底是怎麼了，老弟?!你到底是怎麼回事?!你等過一會兒再過橋不行嗎？你沒看見將軍要過橋嗎？」

「將軍」這兩個字並沒有引起那個輜重兵的注意，他繼續對那些擋住他路的士兵吆喝著。

「喂，鄉親們！請向左靠！請你們等一下。」

可士兵們摩肩接踵地走著，大家都在橋上推搡著前進。此時涅斯維茨基公爵正站在橋上從欄杆邊向下張望，他看見湍急的恩斯河河水形成一個個不高的浪頭，它們彼此追逐著流下去。

當他向橋上望去的時候，看見的也是士兵們形成的單調的浪潮：一律的肩章、飾帶、帶罩的軍帽、長槍、刺刀，還有軍帽下寬闊的顴骨、踏著爛泥艱難移動著的腳、深陷的面頰，以及永遠愚昧、疲倦的表情。有時，士兵單調的波浪中會出現一些插曲，猶如恩斯河浪中的一點白沫——一個神情不似士兵、身著外套的軍官，擠了過去；有時，也會像一段在河裡的漂木——一輛載著軍官或連隊的皮篷行李軍車，被什麼東西堆得高高的，周邊被圍著，就像從橋上漂過去一樣。

「看，他們就像是一道決了口的堤壩，」哥薩克無奈地說，「到底還有多少啊，你們？」

「還有一百萬左右吧！」有一個從他身邊走過、身穿破外套的士兵擠了一下眼回答道，隨後他就消失在了人群中，在他後面跟著的是一個年邁的士兵。

在他們過去之後，又走過來些一樣的士兵，他們談著相同的話題。後來大家全都不動了。

「你們怎麼不走了？真是毫無秩序！」士兵們說道。「你往哪裡擠呢？就不能等一下嗎？什麼？他要燒橋？那可完蛋了。看，把所有的軍官都給擠住了。」人們七嘴八舌地說著。

涅斯維茨基正在注視著橋下的恩斯河水發呆，突然聽見一種異樣的聲音，在飛速地靠近……

「我的天哪，你快看，它射到哪兒來了！」一個士兵回頭看著發出聲響的地方嚴肅地說道。

「他一定是來催我們快點過橋的。」另一個士兵忐忑不安地說道。

人群又開始向前挪動了。涅斯維茨基隨即反應過來，剛才的那個東西是一顆炮彈。

「嘿，哥薩克，快牽過馬來！」他說道，「咳，你們！讓開一點！請把路讓開！」

他竭盡全力才擠到了馬前。他一邊大聲呼喊，一邊向前移動。此時士兵們擠了擠，拚命地給他讓了點路，可重新又向他擠過來，那些離他最近的人並沒有過錯，因爲他們自己也被擠得更加厲害了。

「涅斯維茨基！你這個醜東西！」後面傳來一個沙啞的聲音。

涅斯維茨基轉過頭來，看見瓦西卡・傑尼索夫在離他大概十五步遠的地方，中間隔著一些步兵。他頭髮蓬亂，面孔黑紅，斗篷搭在肩上，軍帽戴在後腦勺上。

「你要快點命令這些小鬼，讓他們讓路！」傑尼索夫憤怒地喊道，他眼帶紅血絲，小手揮舞著一把未出鞘的佩刀，那雙墨黑的眼珠滴溜兒亂轉，顯得炯炯有神。

「哎，瓦西卡！」涅斯維茨基歡喜地說道，「到底怎麼回事？」

「騎兵團過不去。」瓦西卡・傑尼索夫喊道，他用馬刺踢著他那黑色的純種阿拉伯馬。那匹馬一邊噴著鼻子，一邊抖動著耳朵，響亮地踢著橋板。

「這是什麼？他們就像一群羊！滾開！讓路！你怎麼敢停在那裡，你這該死的破車！信不信我用佩刀砍你！」他大聲地喊道，隨後果真從鞘裡拔出佩刀。

士兵們滿臉驚慌地相互擠靠著，傑尼索夫跟涅斯維茨基會合了。

「你怎麼沒有喝醉呀！」涅斯維茨基在傑尼索夫騎馬來到他身邊的時候問道。

「我哪裡有時間喝酒啊！」瓦西卡・傑尼索夫回答道，「要打仗的話就趕快打，他們整天把整個團隊拖來拖去的。只有鬼知道是怎麼回事。」

「你今天打扮得真是別致啊！」涅斯維茨基看著傑尼索夫那嶄新的鞍墊和新斗篷說道。

傑尼索夫微微一笑，從挎包裡拿出香噴噴的手絹在涅斯維茨基的鼻子前晃了晃。

「就得像這個樣子。就要打仗了！我已經噴過香水，刷過牙，而且已經刮過臉了。」

因爲涅斯維茨基魁梧的身影，還有揮舞佩刀發瘋般狂叫的傑尼索夫，士兵們都擠到了橋的另一端，以便能把步兵攔住。

在橋的旁邊，涅斯維茨基找到了那個他要傳達命令的上校，完成任務之後，他就騎馬返回那裡去了。

道路暢通後，傑尼索夫就在橋頭停住了。他拚命地勒住那匹奮力向前想找自己同類的公馬，他看著騎兵的連隊迎面開過來。橋板上傳來幾匹馬交織在一起的響亮的馬蹄聲，騎兵連的軍官在前面，士兵們四人一排，從橋上向對岸行去。

七

剩餘的步兵過橋的時候，就像通過漏斗一樣，都擠在了一塊兒。行李車群終於都過去了，現在連最後一個營也上了橋。只有傑尼索夫驃騎兵連的一部分人仍然在狙擊敵人。山下是一片荒原，那裡有幾組哥薩克偵察兵在活動。

突然間，有些法國炮兵突兀地出現在對面山坡的大路上。哥薩克偵察小隊迅速地下山，此時傑尼索夫騎兵連的全體官兵，雖然看著別的方向，心裡想的卻是山岡上的情景。天氣放晴了，燦爛的陽光照射著多瑙河和它周邊灰暗的群山。周邊悄無聲息，可對面山上不時傳來敵人的號角聲和吶喊聲。一片約有三百俄丈寬的空地把雙方隔開了。那條界線是那麼嚴肅可畏、不可逾越、無法捕捉。在敵人和騎兵連中間，除了小股偵察兵之外，再無他人。此時敵人停止了射擊，這使人更清楚地感到：這是一條生死的界線，只要越過一步，等待他們的就是痛苦和死亡。而在界線的那邊到底有什麼？誰都不知道，可誰都想探個明白；你既害怕跨過那條線，可又想跨過去；你知道一旦跨過它的話，你立刻就會知道這條線的那邊會有什麼的，與此同時，就不可避免地會知道死後有什麼。

任何一個人看見敵人即便不這樣想，至少也是這樣感覺的，而現在這種感覺又賦予一種特殊的愉快和一種剎那芳華的強烈印象。

這時候敵人所在的山岡上，突然騰起一股煙，一發炮彈從驃騎兵連的頭上呼嘯而過。那些軍官立刻分散開奔向各自的崗位。只見全連悄無聲息地注視著前面的敵人，他們都在看著連長，等待著命令。第二顆和第三顆炮彈飛了過去。那些炮彈從驃騎兵們的頭頂上飛過，在他們後面的不知什麼地方落了下來。驃騎兵們並沒有回頭看，可每次聽到炮彈飛過的聲音，他們都像聽到了命令一樣，整個連隊都神情各異。

士兵們都沒有回頭，大家都斜著眼互相偷看對方。從號手到傑尼索夫，一道憤怒和不安相互衝突的線條出現在所有人臉上。每當有炮彈飛過的時候，見習軍官米羅諾夫就會躲閃一下。尼古拉站在左側，騎著他那一匹即使瘸了一條腿卻仍然出眾的馬「白嘴鴉」，露出一臉幸福的神情。他愉快地打量著所有人，好像很希望別人注意到他在炮火下顯得是那麼鎮靜。可正相反，在他的臉上，甚至嘴邊，也出現了前所未有的不安和恐懼的線條。

「是見習軍官米羅諾夫嗎？誰在那裡鞠躬呢？這樣可不好！大家看我這兒吧！」傑尼索夫喊道，他騎著馬一直在連隊前面打轉。這個翹鼻子黑頭髮的傑尼索夫，還是和往常一樣，特別是在傍晚時第二瓶酒下肚後，只是臉比平時紅一點而已。他像小鳥喝水時那樣，向後仰著腦袋，他那雙小腳無情地用馬刺踢著那匹阿拉伯純種馬的肋骨，此時的他向吉爾斯慢慢靠近。

只見騎兵上尉參謀騎著那匹安穩的母馬迎著傑尼索夫一步步地走過來。而那個長鬍子的騎兵除了眼睛比平時更有神外，還是像平常一樣古板嚴肅。

「喂，你感覺怎麼樣？」他對傑尼索夫說道，「一定打不起仗的。請你等著瞧吧，我們立刻就要撤退。」

「天知道他們在幹嘛！」傑尼索夫嘟囔道。

「啊，尼古拉，」他看見見習軍官興奮的臉就向他喊著，「喂，你總算是到了！」他微笑了一下，好像很中意見習軍官。

尼古拉覺得自己幸福極了。就在這時，團長出現在橋上。於是傑尼索夫騎馬向他走去。

「閣下！請允許我們進攻吧！我一定會把他們打回去的。」

司令官不耐煩地說道：「到底要進攻什麼啊！你們停在這裡想要幹什麼？難道沒看見兩翼都在撤退嗎？趕快把騎兵連帶回去。」

騎兵連過了橋，退出射程以外。做為散兵線的第二騎兵連跟在後面過去了，隨後最後一批哥薩克也離開了河對岸。

兩個保羅格勒騎兵連過橋之後，都退到了山上。潘戈壁涅契團長走近了傑尼索夫的連隊，在離尼古拉不遠的地方慢慢走著，這是他們自捷利亞寧的事發生衝突以來，頭一回相遇。尼古拉覺得他在前線是受這個人支配的。此時此刻他明白那件事是他的錯。尼古拉覺得，潘戈登涅契一定是假裝沒有注意到他，這是在考驗見習軍官的勇氣，因此他挺直了腰板，快活地左顧右盼。

熱爾科夫向團長走去。在被趕出司令部之後，熱爾科夫再也沒有留在連隊中。他說，既然他能在參謀部不做任何事就能獲得豐厚的報酬，那他又何必去前線做苦力呢！他並不是傻瓜，因而他弄到了給巴格拉季翁公爵當傳令官的差事。現在的他是帶著後衛司令官的命令，來見他前任上司的。

他盯著老同事們，沉重而又嚴肅地對尼古拉的仇人們說道：「上校，上級命令停止前進，同時要燒掉橋。」

「這到底是誰頒佈的命令？」上校陰著臉問他。

「閣下，我也不知道是誰的命令，」傳令官莊重地回答道，「我覺得只是公爵命令我：『去，立刻告訴上校，讓驃騎兵們趕快回去，隨後把橋燒掉。』」

一個侍從軍官帶著相同的命令到騎兵上校這裡來了，不久，肥胖的涅斯維茨基騎著一匹哥薩克馬飛奔而來。

「到底是怎麼回事，上校？」還沒下馬他就喊道，「我曾經告訴過您，一定要把橋燒掉，那邊的人都急瘋了，大家都搞不清這邊的狀況。」

上校冷靜地讓團隊停下來，轉身面對涅斯維茨基說道：「您對我提起過引火物的事，可您從未對我說起過燒橋的事啊。」

「怎麼可能呢，上帝啊，」涅斯維茨基停下來，摘下帽子，用肸嘟嘟的手梳理著被汗水弄濕了的頭髮，「我不是說過在你們裝好引爆物後，就把橋燒掉嗎？」

「我可不是您的上帝，參謀官先生，我確定您從來沒有對我說起過燒橋的事。您說現在要把橋燒掉，可由誰來把它燒掉，我真的不知道！」

「啊，總是這個樣子！」涅斯維茨基揮手說道。「你怎麼會在這兒呢？」他轉向熱爾科夫問道。

「我也是爲這件事來的。你都濕透了吧！讓我來給你擰一下吧！」

「參謀官先生，您說過的……」上校委屈地說道。

「上校，」侍從軍官打斷他的話，「現在採取行動吧，要不然敵人會把大炮挪過來發射霰彈了。」

只見上校默默無言地望著侍從軍官，皺起眉頭又望了望熱爾科夫，又望了望肥胖的參謀官。

「橋由我來燒吧！」他莊重地說。

一切都是他的馬的罪過一樣，上校踢著馬向前跑去，並下令由傑尼索夫指揮的第二騎兵連，也就是尼古拉服役的那個連，立刻返回橋上去。

「哈，原來真是這樣的，」尼古拉想道，「我覺得他只是想考驗我而已！」他的心抽緊了，血液直湧到臉上。「那麼就讓他瞧瞧，我到底是不是一個膽小鬼！」他暗暗想道。

騎兵連裡每個人的臉上都出現了他們站在炮火下時的那種嚴峻表情。尼古拉正目不轉睛地盯著他的仇人──團長，可上校卻連瞧都沒瞧尼古拉一眼，他的目光依然嚴厲而莊重，並嚴肅地發著指令。

驃騎兵們手忙腳亂地下了馬，有的被韁繩纏住了佩刀，馬刺叮噹作響。士兵們在畫著十字。尼古拉已經不管上校了。他怕極了，連心臟都要停止跳動一般，他還怕落在驃騎兵後邊。當他把馬韁遞給一個牽馬員時，他的手戰慄著。傑尼索夫騎著馬從他身邊馳過的時候，轉頭喊著什麼。尼古拉除了周圍亂糟糟的一切，什麼也看不見了。

「擔架！」後邊有人不停地喊著。

尼古拉都沒有反應過來要擔架是什麼意思，他只是不停地跑著；可一到橋邊，沒注意，就踏進了爛泥裡，跌了一跤。這個時候別人從他身邊超過了他。

他聽到團長的聲音。「上尉，靠邊。」只見上校揚揚自得地停下馬來。

尼古拉一邊在馬褲上擦著手上的爛泥，一邊瞪著自己的仇人，想繼續往前跑。可是，潘戈登涅契沒抬眼看甚至沒認出尼古拉，衝他喊道：「誰在橋中間跑呢？立刻靠右邊！快點回來，士官生！」他氣憤地叫喊著轉向傑尼索夫。

傑尼索夫騎馬走上橋板。

「你爲何要冒這個險，騎兵上尉？您最好還是下來吧。」上校說道。

「哎，子彈專門找有罪的人。」傑尼索夫從鞍子上轉過身來回答他。

此時，涅斯維茨基、熱爾科夫和那個侍從軍官一同站在射程以外的地方，他們時而看一下對面，時而觀看那些聚在橋邊的一小夥人。他們看見有一些套著藍色外罩的、好像是很知名的東西和一群人牽著馬從遠處漸漸地移近，很明顯，那些都是大炮。

「現在的問題是他們是在法國人先到達霰彈的射程之內將橋燒掉呢，還是法國人先到那裡把橋燒掉呢？誰能夠先到？」

在那個燦爛的夕陽中，他們都注視著那些驃騎和橋兵，遙望著對面那些正在向前緩緩移動的、套著藍色外罩的炮隊和大炮。

「噢！那些驃騎兵要吃苦頭了！」涅斯維茨基說道，「他們離霰彈射程已經很近了。」

「其實他根本沒必要帶這麼多人的。」侍從軍官說道。

「的確，」涅斯維茨基答道，「只要兩個有能力的人就能解決問題。」

「啊，大人，」熱爾科夫插嘴說，他仍然盯著那些驃騎兵。「啊，大人！您覺得呢？難道只要兩個人嗎？那你覺得還有誰肯給我們發弗拉基米爾的獎章和勳章呢？我們即使挨了打，至少應該給予騎兵連獎賞，這樣他自己也可得到一枚勳章。我認爲我們的潘戈登涅契應該是懂規矩的。」

侍從軍官叫道：「咳！那些就是霰彈。」

他指著從前面的車上卸下並正在快速轉移的法國大炮看。

就在法軍的大炮中間，升起了一縷煙，緊接著第二縷和第三縷煙幾乎同時升起，在第一聲炮響傳來的時候，又出現了第四縷煙。

「噭！」涅斯維茨基一把抓住了侍從軍官的手，自己就像是在忍受著劇痛一般低吼著。「一個人真的倒下去了，看！他倒下去了！」

「兩個，我想應該是兩個人倒下去了。」涅斯維茨基轉過身去說道。「如果我是沙皇，我絕對不會摻和到戰爭裡去的。」

法軍的大炮又迅速地裝上了彈藥。那些穿著藍外套的步兵跑步向橋推進。那些煙又持續不斷地冒出來了，還有一些霰彈在橋上劈哩啪啦地作響。這一次涅斯維茨基已經看不清楚橋面上的情況了。橋已經被驃騎兵點著了，於是那些法國炮兵射擊的目的，不再是阻止他們燒橋，而是打人了，炮兵已經瞄準完畢了。

法軍又發射了三發霰彈。其中兩次發射得太高沒有擊中，可最後一發落在驃騎兵的中間，於是有三個人被擊倒了。

尼古拉考慮著他和潘戈登涅契之間的關係，他們愣在橋上，不知如何是好。既不能和人廝殺，又對燒橋起不了作用，因爲他沒有帶引火的草。他就站在那裡左顧右盼的，突然他聽見橋上嘩啦響了一聲，離他最近的一個驃騎兵呻吟著倒在了欄杆上。

尼古拉和其他人向他跑去。有人喊：「擔架！」有四個人從底下托住了那個驃騎兵，開始不停地往上抬。那個傷兵叫道：「噢！請放下我吧！」可是他們仍舊把他抬放在了擔架上。

尼古拉轉過身去，向遠方眺望著。西下的太陽是那樣莊嚴明亮！遠處的多瑙河水閃出柔和的光亮。在多瑙河後邊，遙遠的群山、神秘的峽谷、恬靜的修道院、霧靄籠罩的松林……

「天空多麼蔚藍、美麗、深遠、平靜！這一切多麼美好……如果我生活在那裡的話，我這一生就別無所求了，」尼古拉想著，「在我心中最幸福的事只是沐浴在陽光中，可在這裡……卻只有恐怖、痛苦、呻吟，還有這種迷惘和忙亂……死亡籠罩在我的周邊和上方……再過一剎那，我將再也無緣見到這片水，這個太陽，還有這個峽谷了……」

太陽慢慢藏到雲層後面去了，擔架又映入了尼古拉的眼瞼。對擔架和死亡的恐懼，還有對生命和太陽的熱愛，在一瞬間都轉換成了他那焦躁不安的痛苦和絕望。

「啊，上帝！請您保護我，饒恕我，拯救我吧！」尼古拉低頭私語。

「怎麼樣，老弟？現在您聞到火藥味了吧！」尼古拉傑尼索夫的聲音出現在他的耳畔。

「我認為全部都結束了，我只是個膽小鬼。是的，我只是個膽小鬼！」尼古拉想著，深深地歎了口氣，隨後從牽馬人手中接過他那跛腳的「白嘴鴉」。

他問傑尼索夫道：「那是霰彈嗎？」

「是的，他們做得很漂亮，不過還挺管用的吧！」傑尼索夫叫道，「可這不是受歡迎的活！只有衝鋒才過癮呢！直接砍殺那些狗東西！可現在，鬼知道將會怎麼樣，只能由著他們把你當成靶子來打。」一邊說著，傑尼索夫一邊走向不遠處的人群，那其中有團長、涅斯維茨基、熱爾科夫以及侍從軍官們。

「應該沒人會注意到我的。」尼古拉暗暗想道。確實，現在沒有人關注他，因為大家都知道沒經歷過風雨的見習軍官上前線會是怎樣的感受。

熱爾科夫說道：「您可以報告戰績了，看著吧，我立刻就要升職當少尉了。」

「請報告公爵，我已經把橋燒掉了！」上校嚴肅而又歡快地說道。

「代價呢？」

「很小，只有一個陣亡，兩個驃騎兵受傷。」上校小聲地說著。更令人驚訝的是他居然還帶著難以抑制的喜悅，用響亮嗓音吐出「陣亡」這個駭人的字眼。

八

在拿破崙十萬大軍不斷追擊下，庫圖佐夫所率領的三萬五千俄國軍隊，正匆忙地向多瑙河下游撤退，他們還被懷有敵意的居民冷落，現在面臨著糧餉不足的困難。因而他們不再相信盟國了，現在他們被迫在不曾料到的戰爭條件下採取行動，在遇上敵人的地方才停止軍隊的前進。而他們為了在退卻中不損失重裝備而展開後衛戰爭。在阿姆施泰滕、蘭巴赫、梅爾克等地戰鬥的雙方都交過戰，俄國人作戰勇敢堅毅已經為敵軍所公認，可這些戰事都以俄軍的迅速撤退而告終。奧國軍隊因為是在烏爾姆，所以倖免被俘，他們在布勞瑙和庫圖佐夫會合，可卻和俄國大部隊分離，庫圖佐夫只剩下一支既筋疲力盡又弱小的軍隊了。

庫圖佐夫在維也納時，奧國軍事參議院曾經交給他一份根據新的戰爭科學規律擬訂的進攻計畫。但現在這個計畫已無法實施了。保衛維也納已經是無須考慮的事情了。目前庫圖佐夫唯一但又渺茫的希望是，和從俄國開來的軍隊會合，使他可以不重蹈馬克在烏爾姆的覆轍。

到了十月二十八日，庫圖佐夫率領著軍隊橫渡多瑙河到達了河右岸，那是頭一次駐紮下來和法軍主力隔河對峙。約三十日的時候，他進攻了駐守在多瑙河左岸的莫蒂埃，並把它擊潰。在這次戰役中，他們第一次贏得戰利品：軍旗、大炮和兩個敵軍的將軍。在近半個月的撤退中，俄軍第一次留駐下來。經過這次戰役，俄軍不僅守住了自己的陣地，而且他們擊退了法軍。儘管一些病號和傷患祈求得到人道的照顧而被留在了多瑙河對岸；儘管軍隊疲憊不堪、衣衫襤褸，那些受傷、陣亡、掉隊和患病的人員占三分之一，兵力被削弱；儘管連克雷姆斯的大醫院和寬敞的宅子都被改作了軍醫院，可依然人滿爲患；儘管情況如此之糟，但在克雷姆斯的駐留和在莫蒂埃的勝利，大大提高了軍隊的士氣。全軍上下以至於司令部裡，都流行著令人喜悅卻是虛假的傳言：俄國的大軍隊即將來臨了，奧國人打了勝仗，拿破崙嚇跑了。

安德烈公爵在作戰時是已經陣亡的奧國將軍的侍從。在將軍陣亡後，他的坐騎受了點傷，他的胳膊也被子彈擦傷。受總司令的特殊照顧，他被派遣去了奧國宮廷報告這次大捷。而奧國宮廷這時已經離開了維也納，去了布呂恩[33]。

即使安德烈公爵的身體還不夠結實，可是卻能耐得住體力上的疲勞。作戰的那夜，他曾帶著多赫圖羅夫託付給庫圖佐夫的緊急公文來到了克雷姆斯，他興奮不已，並不感到困倦。當天晚上，就做爲信使被派到布隆去了。在人們看來，被派做信使不僅是一種獎勵，還意味著他即將被升遷。

那天夜裡，星光閃爍。安德烈公爵坐在驛車裡，他一會兒重溫這次戰役，一會兒想像著他要傳達的勝利消息將會引起的效果，他還不斷地回憶著總司令和同僚們爲他餞行時的情景，不斷體驗著終於等到了他朝思暮想的幸福時刻的感受。

他現在只要一閉上眼睛，滾動的車輪聲、槍炮聲和戰爭的勝利感就混成一片。他甚至想像俄軍在潰敗之後，自己也戰死了。可他很快覺察過來，意識到事實並不是這樣，正相反，法國人逃跑了。他再次回想起勝利時的每個細節，和他自己在戰鬥中的鎮靜、英勇頑強的精神，於是他平靜下來，開始打起盹來……

那些黑暗的星夜已經過去了，而一個陽光燦爛、歡樂的早晨來臨了。雪在陽光的照耀下融化，馬

33. 即今捷克境內的布爾諾。

飛奔著，路旁的田野、樹木和村莊一一閃現在他的眼前。

在一個驛站上，他趕上了一個俄國傷兵的護送隊。其中一個負責押運傷兵的俄國軍官正慵懶地躺在車子上，他一邊叫喊著，一邊很粗野地罵著士兵。幾輛馬車在石頭鋪的路上顛簸著前進，每輛車上面，至少有六個面色蒼白、包紮著繃帶、身體佈滿污穢的傷兵。有的人在吃麵包，有的人在談話；一些傷勢嚴重的沉默不語，溫順而略顯痛苦地望著從他們身旁疾馳而去的信使。

安德烈公爵吩咐停車下來，向一個士兵詢問，問問他們是在哪一場戰鬥中受的傷。

「前天，在多瑙河上的那場戰爭。」那個士兵答道。於是安德烈公爵掏出錢袋，順手給了那個士兵三塊金幣。

「這是給你們大家的。」他對走過來的軍官大聲地說著。「弟兄們，快點康復吧！」他對那些士兵們說，「前方還有好多仗要打呢。」

那個軍官問道：「現在有什麼新的消息嗎？副官先生！」

他喊了一聲：「當然有好消息了……前進！」馬車朝前奔馳而去。

當安德烈公爵駛進布隆的時候，天已經完全黑了，他看見燈火通明的高樓大廈、住宅、商店，布隆果然是一派大城市的繁華景象。而這些對一個剛經歷過軍旅生活的軍人來說是那麼具有誘惑力。此時的安德烈公爵即使旅途勞累、徹夜未眠，可在駛近皇宮時覺得自己更加精神抖擻。他的眼睛閃爍著狂熱的光芒。此刻的他浮想聯翩，思路清晰敏捷。他的腦中又浮現出戰鬥的細節，雖然已不再清楚，但卻很明確。他在想怎麼對弗蘭茨皇作簡明扼要的陳述，甚至還想沙皇可能對他提出的問題和他對這些問題的回答。他以爲自己馬上就會被沙皇召見的。可是在皇宮的大門前，一個文官向他跑過來，就把他領到另一個門口。

「請從走廊向右走，閣下！在那裡您會見到一個値班的副官，他會帶您去見陸軍大臣的。」

迎接安德烈公爵的那個値班副官請他等了一會兒，馬上就向陸軍大臣通報了一聲。約莫五分鐘，値班副官走了回來，鞠躬請安德烈公爵走在他前面，他們穿過走廊，來到陸軍大臣的辦公室。

當他們走近大臣辦公室門的時候，安德烈公爵很愉快的心情被大大沖洗掉了。他覺得自己像遭受了侮辱一樣，他那機敏的頭腦立刻給他提供了一個藐視那個副官和大臣的理由。他這樣想道：「他們沒聞過火藥味，所以他們可能會以爲取得勝利不費吹灰之力！」他的眼睛輕蔑地瞇起了一條縫，他邁著緩慢的步子進入了陸軍大臣的辦公室。

就在他看見陸軍大臣坐在一張大椅子上，甚至兩分鐘沒有理睬走進來的人時，他心中那輕蔑之感越發強烈起來。陸軍大臣一邊讀著文件，一邊用鉛筆做著什麼記號。他明明聽見腳步聲和開門聲也未曾抬起頭來，直到他自己把文件看完。

「把這個拿去，隨後送走。」陸軍大臣對他的副官說道，同時遞給他一些文件，這時候他還沒有理睬這個信使。

或許他認爲需要讓這個俄國信使感覺到，在陸軍大臣所關心的全部事情中，關於庫圖佐夫軍隊的行動他是毫不在意的，最起碼安德烈公爵是這樣感覺的。「這對我來說可沒什麼差別。」他想道。陸軍大臣集攏起餘下的文件，擺放整齊，抬起頭來看著他。陸軍大臣的頭腦聰慧，個性倔強，可在他轉向安德烈公爵的瞬間，他臉上那一貫堅定而聰慧的表情有意識地改變了：他的臉上出現了愚蠢而且毫無掩飾的虛僞的笑容。

他問道：「請問您是陸軍元帥庫圖佐夫派來的嗎？您到這裡來，一定有好消息吧？你們跟莫捷打了一仗？勝利了嗎？來得正是時候啊！」

隨後他拿起給他送來的那份緊急報告，帶著悲傷的表情讀了起來。

「噢，上帝啊！斯密特！」他用德語說，「多麼不幸！」

他走馬觀花地流覽了一遍公文，隨後放在桌子上，望了望安德烈公爵。

他思考了一下說道：「啊，這是多麼不幸！您不是說過這是一場決定性的戰役嗎？可在這次戰爭中並沒有把莫捷俘虜啊。我很高興，您帶來了好消息，雖然斯密特的死是爲贏得這次勝利而付出的高昂代價。但是我想沙皇陛下肯定願意和您見面，但不是現在。謝謝您！您先休息一下吧。明天檢閱後請您來參加朝覲吧。我會事先通知您。」

陸軍大臣在說話時消失了的那種愚蠢的笑容，此時又從他的臉上流露出來。

「真的很感謝您！再見！或許陛下很想和您見面。」他低下頭又自言自語地重複了一遍。

當安德烈公爵走出皇宮時，他感覺，戰爭勝利帶來的幸福感和興致，都被留在那個畢恭畢敬的副官和令人厭惡的陸軍大臣手中了。他的思緒轉瞬間就改變了：他感覺那場戰鬥好像是很早以前的遙遠回憶了。

九

於是安德烈公爵在布隆的一位朋友——俄國外交官比利賓那裡住了下來。

比利賓在迎接安德烈公爵的時候說道：「親愛的公爵！見到您我真是太興奮了。」

「弗蘭茨，請把公爵的東西送到我的臥室裡去吧！」他面向那個帶領安德烈進來的僕人吩咐道。

「怎麼，您就是那個來報送勝利之音的使者嗎？好極了！而我正生著病呢，您看。」

在他沐浴更衣之後，安德烈公爵走進外交官豪華氣派的書房，坐下來吃爲他準備好的午餐。

在旅行之後，特別是在歷經戰爭生活之後，安德烈公爵再次體會到了，在奢侈生活環境中休息的快感，這種生活他不陌生，從童年開始他就習慣了。除此之外，在受過奧方的接待之後，和一個俄國人交談，即使不說俄語他也會覺得愉快。

比利賓大概有三十五歲，一直單身，和安德烈公爵一樣屬於上流社會階層。他們早在聖彼德堡時就相識了，更進一層的密切交往，是在安德烈公爵隨同庫圖佐夫最後一次抵達維也納的時候。比利賓在外交界前途無量。他即使年輕，可已是個資深的外交家了，因爲他十六歲就涉足外交界，曾經到過哥本哈根和巴黎，目前在維也納擔任要職。他不同於其他的外交官，他不去做某些不該做的事，操著一口流利的法語。他喜歡外交工作並善於工作；他雖然有時有點懶惰，但有時卻可以通宵在寫字台前工作。而且什麼工作都可以做得很出色。

比利賓的功績得到了很高的評價，他除了文筆好外，還善於和上層人士的交際、言談應對。比利賓愛講話，也愛工作，可和他的談話一定要風趣文雅。在交際場裡，他常常會伺機說些讓人感動的精美絕倫詞句。比利賓在談話中常會不經意地拋出些新穎幽默的、適合眾人胃口的漂亮話。事實上，比利賓的名言也在維也納的客廳中廣爲流傳，並且常對重大問題產生很重要的影響。

他那張消瘦、疲憊不堪的臉上佈滿了皺紋。而他主要的面部表情就是由這些皺紋的活動構成的。有時候他會皺起自己的額頭，形成很深的褶痕，有時他會將眉尖高挑，或者下垂眉眼，此時他的兩頰會呈現出寬大的皺紋。而他的小眼睛總是快活地盯著事物看。

他說道：「好吧，請講講你們勝利的功績吧。」

安德烈謙遜地講述了那次戰鬥和陸軍大臣接見的場面，但始終沒提到他自己。

在結束的時候他說：「他們像對待進入滾球場地的一條狗一樣對待我和我帶來的消息。」

比利賓苦笑著舒展開自己的皺紋。

「可，我親愛的，」他說道，「即使我尊敬俄國軍隊，可對你們來說這並不是最為輝煌的勝利。」

他一直說著法語，只有當他輕蔑地要強調某些字眼的時候，才會換成俄語說出來。

「可為何是這樣呢？你們不遺餘力地攻打僅有一個師的莫捷，到頭來卻讓莫捷從你們手裡溜掉了？你們到底勝在哪裡？」

「可，事實上，」安德烈公爵說道，「不管怎樣，我們都可以毫不誇張地說，這樣的勝利總是要比烏爾姆的情形好些吧……」

「可你們怎麼不為我們俘虜個元帥呢，哪怕僅僅一個也好啊？」

「因為事實非所料。我曾經告訴過你，我們原定是在早上七點之前就插到他們後方，可到了下午五點還未到達那裡。」

比利賓笑著說：「你們早上七點到達那裡應該是沒有什麼問題呀，可為何會這樣呢？」

「你們怎麼不通過外交途徑說服拿破崙放棄熱那亞呢？」安德烈公爵用相同的腔調說道。

「我知道，」比利賓打斷了他說道，「您自以為，坐在沙發上談俘獲一位元帥是如此簡單的事！這是正確的，可你們不是也沒有捉住一個元帥嗎？您可不要驚奇，你們的勝利，根本就不僅僅是陸軍大臣，恐怕甚至連弗蘭茨皇兼國王陛下也不會感到一點喜悅。現在就連我這個俄國大使館的秘書也沒覺得有什麼值得為你們高興的。」

他一動不動地盯著安德烈公爵看，突然就舒展開前額上的皺紋。

「現在輪到我來問您『為何』了，親愛的，」安德烈說道，「我承認或許我不太懂這些，可我確實不明白：馬克喪失了全軍人馬，斐迪南大公和卡爾大公卻毫無作為，而且多次犯錯，終於在庫圖佐夫取得了一次真正的勝利，粉碎了法軍戰無不勝的誓言，而奧國的陸軍大臣甚至沒興趣瞭解一下戰爭的詳細情況。」

「正是因為這樣，親愛的。你看看現在的俄國，為了沙皇，為了信仰！這一切都棒極了，可是和我們，我指的是奧宮，又有什麼關係呢？如果帶來斐迪南大公或卡爾大獲全勝的好消息，正像你們所知的一樣，這兩個大公有著同等的價值，哪怕他們打敗拿破崙的一個消防連也好。而這就是另外一碼事了。可卡爾大公一事無成，斐迪南大公也丟了臉。你們已經拋棄了維也納，不再保衛它了。你們好像對我們說過的：上帝和我們同在，上帝和你們，和你們的首都同在！而你們竟然讓我們大家愛戴的斯密特將軍中了槍彈，居然還跑來向我們祝賀勝利！……再沒有比你們帶來的消息更令人氣憤的了。就算你們取得一次所謂的勝利，甚至連卡爾大公也取得了勝利，難道可以改變整個戰局嗎？維也納已經被法軍佔領了，現在為時已晚！」

「什麼？難道連維也納也被佔領了嗎？」

「不僅僅是被佔領了，拿破崙已經坐在布隆的宮中了，我們親愛的弗爾布納伯爵，現在正在動身前往他那兒去聆聽指示呢。」

沿途的所見所聞、旅途的勞頓、不友好的接待，特別是在這樣的午飯之後，安德烈覺得，他有點弄不明白他所聽到的話的全部意義了。

「今天早上利希登菲爾斯伯爵來過這裡，」比利賓繼續說著，「他把一封信拿給我看了一下，信裡詳盡地描述了法軍在維也納檢閱，還有繆拉親王及其他的一些情況……您現在該明白，你們的勝利並不是讓人感覺高興，您也不可能像救世主那樣受到厚待……」

「說真的，這對我倒是無所謂，真的完全無所謂，」安德烈公爵說道，他開始明白，和奧國的首都陷落那樣重要的大事相比，自己所帶來的消息，已經缺乏了其本身重要意義了。「維也納到底是怎樣被攻陷的呢？那座橋，還有那個奧爾斯貝格公爵怎樣了？他不是正在捍衛維也納嗎？」他說道。

「奧爾斯貝格公爵現在駐守在我們這一邊，正在保衛著我們。可是維也納在那一邊。現在橋還沒被攻下，希望它不會被攻下，橋上佈滿了地雷，他們下令把它炸毀。您和您的軍隊們將會在火力的夾攻下度過那恐怖的一刻鐘，要不然現在我們早已在波希米亞山裡了。」

「可這並不意味著戰事已經結束了。」安德烈公爵急忙說道。

「我想戰役應該是結束了。這裡的大人物們也是這樣想的，只不過他們不敢說出這句話罷了，對戰事的勝負起決定作用的，並不是你們和敵軍的對射，而是取決於那些慫恿作戰的人。」比利賓重複著他自己的一句名言說道，舒展開他前額上的皺紋，稍稍停頓了一下。

「可是現在所有的問題在於普魯士國王和耶利斯坦沙皇在柏林會晤的結果會是怎樣的，如果普魯士加入了聯盟，就會對奧國施加壓力，那麼立刻就要打仗了。若不是如此，那麼現在就只剩下約定在什麼地方起草什麼新坎波福爾米奧[34]條約的初步條款問題。」

「那是多麼天才！」安德烈公爵突然喊道，他握緊自己的拳頭敲著桌子，「那麼這個人真的很幸運啊！」

「你是說拿破崙嗎？」比利賓問道，皺起他的額頭。「拿破崙？」他尤其加重字音說道：「不過，我認為，他在申布隆為奧國制定法律時，那應該讓他拋開『拿』這個音了。如果要堅決進行改革，那

34. 坎波福爾米奧為義大利一個村莊，一七九七年法奧曾在此簽訂條約。

就叫它拿破崙吧！」

「請你甭開玩笑了。」安德烈公爵說道，「您難道真的認爲戰爭已經結束了嗎？」

「我是這樣想的：奧國上了當，它一定不會甘於失敗，一定要報復。因爲它已經感覺被騙了，首先是各省都受到了破壞，現在軍隊被打垮了，他們的首都被佔領了，這些全部都是爲了欺騙撒丁陛下那美麗的眼睛，可我的直覺告訴我，奧國正在和法國往來，而且制定了和約草案。」

「這絕對不可能！」安德烈公爵說。「如果是這樣的話這簡直太可惡了。」

「走著瞧吧。」比利賓說，他舒展開皺起的皮膚，表示談話結束了。

安德烈公爵走入爲他佈置的臥房，穿上了漂亮的襯衫，枕著香噴噴的枕頭，躺在羽毛褥子上，他感覺那場由他來傳達消息的戰鬥好像很遙遠了。現在他關心的只剩下奧國的背叛、普魯士的聯盟、拿破崙的新勝利、明天的檢閱和朝覲、弗蘭茨皇的召見了。

他剛一閉上眼睛，耳邊立刻就響起了子彈聲、大炮聲、車輪聲，甚至依稀見到長槍兵們排成了一行走下山去，法國人在開槍射擊的場景，他感覺心在戰慄著，斯密特和他並排騎馬向前疾馳著，子彈在他周邊歡快地呼叫著。於是，他體會到了一種從童年起就從未曾體會過的喜悅。

他突然醒悟了……

他說道：「是的，這都已經成爲過去了！」就像孩子一樣幸福地微笑著，進入青春的酣夢中。

十

第二天早晨，他醒來時已經很晚了。他首先想到的是今天他就要拜見弗蘭茨皇，還記起那個彬彬有禮的奧國傳令官，回憶起了陸軍大臣、比利賓和昨晚的談話。現在他爲了上朝，穿上自己擱置已久的全套禮服，就這樣，他精神煥發、英俊瀟灑、朝氣蓬勃地，一隻手吊著繃帶，走進了比利賓的辦公室。

辦公室裡有四個外交使團的先生。其中有他認識的大使館的秘書伊波利特．庫拉金。隨後比利賓對其他人分別作了簡單的介紹。看得出能夠聚在比利賓這裡的無一不是上流社會中快活、年輕、富有的先生們。他們在這裡組成了一個獨立的小團體，比利賓管那些小團體的頭頭叫做自己人。

就是在這樣一個幾乎完全由外交官們組成的小團體中，有著它固有的偏好，與政治和戰爭無關，僅僅是和辦公室工作，還有對某些女人以及對上流社會有關。這些先生當然樂於把安德烈公爵當作自己人一樣加入他們的小團體。他們七嘴八舌地講著笑話，有趣地閒談。

「現在最有趣的是，」一個人大聲地講述著一個外交同事所遭受的不幸，「大臣坦白地說，他被派去倫敦是一種晉升，不過他根本不這麼看。他的表情你們能想像得出來嗎？……」

「可是，先生們，我要向你們揭發伊波利特。人家深陷挫折中，而這人居然火上澆油！」

伊波利特公爵躺在一張長椅上，把雙腳搭在扶手上，放聲大笑起來。

他說道：「好，那說來聽聽吧！」

「啊，你這個可惡的唐璜！不，你是一條蛇！」幾個人異口同聲地說。

「安德烈，您根本就不明白，法國軍隊即使做的壞事再多，和這個女人所做的事比起來，全都相形見絀了！」比利賓對安德烈公爵說道。

「男人是女人的情侶。」伊波利特公爵說著。

比利賓和所有的「自己人」都注視著伊波利特的眼睛大笑起來。安德烈公爵心裡最清楚不過了，伊波利特成了這夥人的笑料。

「不，我想我應該介紹您認識一下伊波利特，」比利賓對安德烈嘀咕著，「他討論政治時精彩極了，您真該瞧瞧那副尊容！」

他在伊波利特身邊坐下來，緊縮著額頭對他談起政治來。安德烈公爵和其他人都圍在了他倆身邊。

「柏林內閣是不能對同盟發表意見的，」伊波利特開始大談政治了，他意味深長地環視周邊的人，「沒有表示……不過，如果沙皇陛下不肯背叛我們同盟的話……」

「我還沒說完呢，請等一等……」他抓住安德烈公爵的手說，「我想，我們干涉會比不干涉更有力量一些。而且……你千萬不能以爲拒絕接受我們十一月二十八日的電報，那件事情就算過去了。」

他放開了安德烈的手，講完了話。

「德摩斯梯尼[35]，我從含在你那金口裡的石子便可以認得出你！」比利賓高興地說道。

於是大家都大笑起來，尤其是伊波利特笑得更是響亮。他覺得有點不舒服，氣喘吁吁的，可他抑制不住狂笑，使得他一向呆板的面孔都拉長了。

「這樣吧，先生們，」比利賓說道，「安德烈不管在哪兒，始終都是我的客人。做爲主人的我要盡力讓他享受一下此地生活的樂趣。如果我們在維也納的話就很好辦了，可在這裡，令人生厭的摩拉維亞洞裡想要找樂趣很困難，因此我向大家求援。我們應當盡力用布隆的一切款待他。我想我主要負責社交方面，您負責聯繫戲院方面的事，您——伊波利特，不言而喻，就負責有關女人的事吧。」

「真應當讓他見一見布里安，她是那麼令人心曠神怡！」一個人吻著自己的指尖柔美地說道。

「不管怎樣，我一定要讓這個在戰爭中衝鋒嗜血的大兵變得更加仁愛點。」比利賓說道。

35. 是公元前三八四年至三二二年雅典著名的演說家和政治家。

「先生們，我就要走了，恐怕我也沒有運氣來享受你們的款待了。」安德烈公爵緩緩地說道。

「你要去哪兒？」

「我要去拜見奧皇！」

「噢……」幾個人的聲音混在一起。「好吧，安德烈，請早點兒回來用餐，到時候再見！」

「在和奧皇交談時，你要多宣揚一下排定路線方面的秩序和供應給養方面的優勢。」比利賓陪他到前廳時說著。

「我倒情願誇獎，可始終做不到，我是最瞭解實情的。」安德烈微笑著回答。

「他喜歡接待人，可他自己不愛說話，也不太會說話，反正您一定會看到的，總之，你們盡量多聊聊吧。」

十二

上朝時，安德烈公爵按照事先安排好的地點站在奧國軍官們當中，弗蘭茨皇直勾勾地看著他的臉，向他點了點頭。可在朝覲之後，傳令官文質彬彬地向安德烈公爵傳達了奧皇想要召見他的旨意。

弗蘭茨皇在室中央接見了他。談話還沒開始，安德烈公爵很驚訝地發現陛下不知道怎麼開口，臉也漲得通紅，顯得局促不安。

「您能告訴我，戰鬥是什麼時候開始的嗎？」他倉促地問道。

安德烈公爵做出了簡短的回答。之後是一些簡單的問題：「庫圖佐夫身體如何？他是何時離開克雷姆斯的？」……奧皇說話的神情就好像表明他唯一的目的就是提出一定數量的問題一樣——至於這些問題的答案，顯然他不感興趣。

「你們幾點鐘開始戰鬥的啊？」奧皇問道。

「我說不出前線戰鬥開始的時間，可在杜倫斯坦，軍隊是在下午五點之後才開始發動進攻的。」安德烈答道，他開始興奮起來，認爲他有機會把已準備好、已經掌握的情況做一番敘述。

可奧皇笑了笑，打斷了他：「有多少英里呀？」

「約有三英里半，陛下。」

「是從哪兒到哪兒的呀？」

「從克雷姆斯到杜倫斯坦。」

「法軍放棄了河的左岸，是嗎？」

「我們瞭解到，最後一批法軍在昨天夜裡已經偷偷乘筏子渡過了河。」

「難道克雷姆斯備有充足的糧草？」

「難道糧草仍未如數運到目的地？……」

奧皇沒等他說完就打斷了他的話。

「斯密特將軍是幾點去世的？」

「約莫七點。」

「在七點？太不幸了！」

奧皇向他表示感謝的同時，還鞠了一躬。

安德烈公爵從奧皇那兒退出來後，立刻被來自四面八方的朝臣包圍了。大家都向他投來溫柔的目光，說著溫柔的話語。昨天那個傳令官居然還埋怨他爲何不在宮中留宿。陸軍大臣走過來，祝賀安德烈公爵得到的奧皇授予的瑪麗亞．特蕾西亞三級勳章。太后宮裡的高級侍從請他去面見太后。甚至連大公夫人也想瞧瞧他。搞得他不知道應該答應誰好。俄國大使一把抓住他的肩頭，把他帶到窗口交談起來。

他的消息在這兒受到了大家的熱烈歡迎。因而他決定做感恩祈禱，因為庫圖佐夫被授予瑪麗亞．特蕾西亞大十字勳章，使得全軍因此受到獎賞。

安德烈接到了許多人的邀請，一整天都在拜會奧國的重要官員。一直忙到下午四點多，在返回比利賓住所的路上，他想著如何給爸爸報告出使布隆和有關戰役的情況的信件。在到比利賓住所之前，安德烈公爵隨意地買了幾本書，以供行軍消遣之用。

比利賓住所前停著一輛已裝滿一半行李的馬車。

「這是怎麼了，難道有人要離開嗎？」安德烈問道。

「大人！」比利賓的僕人一邊說，一邊吃力地把一個皮包塞進車裡，「我們要去一個很遠的地方。那個壞傢伙又快追上我們了！」

「啊？到底發生了什麼事？」安德烈公爵又問道。

比利賓迎著安德烈走了出來。他一向鎮靜安詳的臉上露出不安的神情。

「不！您不得不承認，『維也納的塔博爾橋這件事做得真的叫絕』……他們居然沒受到任何阻撓就過來了！」

安德烈公爵露出一臉疑惑。

「您到底是從哪裡來的，您怎麼連城裡眾人皆知的事都不知道呢？」

「我是從大公夫人家來的，到底發生了什麼事呀？」

「您沒看見人們都在收拾行李嗎？」

「我沒注意……這究竟是怎麼回事？」安德烈公爵不耐煩地問道。

「法國人已經攻破了奧爾斯貝格防守的橋，那座橋還沒被炸毀，因而繆拉正沿著大路朝布隆進發，估計不出兩天就會到達這兒了，這到底是怎麼回事啊？」

「怎麼到了這裡？他們爲何不炸毀那座橋呢，橋上不是已佈雷了嗎？」

「這也正是我想從您那兒知道的事情。沒有人知道爲何，甚至就連拿破崙自己也不知道爲何。」

安德烈聳了聳肩，「可是，如果敵人一旦過了橋，那就意味著，我們的軍隊也完了！它被切斷了。」他說道。

「正是這個意思，」比利賓回答道。「我已經告訴過您，現在一切都很好。我想您已經聽說法國人進入了維也納。昨天，那些元帥大人——裴力亞、蘭、繆拉，騎上馬就過橋去了。有一點需要我們注意的是，那三個人都是加斯科涅人。『先生們，』一個侍從說道，『你們可曾聽說過，塔博爾橋佈滿了掃雷和地雷裝置，在橋頭除了有個令人生畏的堡壘外，還有一支由五萬士兵組成的軍隊奉命把橋炸毀，以便阻止我們過去。可如果拿下這座橋會讓我們的國君——拿破崙感到愉悅的話，我們三個一定會去拿下這座橋的！』『好，我們去吧！』其他人應道。於是他們就去了，並把橋拿下來了，現在他們已經過了橋，正率領整個法軍在多瑙河這一邊朝我們的交通線發動進攻了。」

「夠了，請您不要逗了。」安德烈公爵痛苦又嚴肅地說。

這消息讓安德烈公爵既痛心，又高興。聽說俄國軍隊正處於生死存亡的邊緣時，他就想到說不定這就是宿命，或許正是宿命要他將俄國軍隊從死亡邊緣拉回來；這就是當年的土倫[36]，在這裡他將開闢

36. 一七九三年二十三歲的拿破崙指揮土倫戰役，第一次獲得勝利，從此聲名大作。

一條通向榮譽的道路。

他邊聽比利賓說話，邊設想著，回到軍隊後，他將在軍事會議上提出唯一能救出那支軍隊的建議，而那個計畫將委託他獨自去完成。

「你不要再胡說八道了。」他說道。

「我沒有開玩笑。」比利賓繼續說著，「再沒有什麼會比這更悲慘，而且更真實的了。正是這幾位先生來到了橋上，隨後舉起了白手帕。正是他們告訴值班的軍官說已經休戰了，元帥們來找奧爾斯貝格談判的。他們對奧爾斯貝格說了一大堆加斯科涅的蠢話：說戰爭已經結束，弗蘭茨陛下已經安排了會見拿破崙，他們想見奧爾斯貝格公爵和其他人等。那個軍官立刻派人去請奧爾斯貝格，而這些軍官居然和那三個先生擁抱在一起，談笑風生，此時，一個法國步兵營偷偷溜上了橋，把裝著火種的口袋扔進了水裡，隨後走近了堡壘。正在這時，陸軍中將奧爾斯貝格．馮．毛特恩公爵出現了。『親愛的朋友！你們是土耳其戰爭的英雄，奧國軍隊的精英！對抗結束了，讓我們伸出友誼之手……拿破崙皇帝急切地想認識奧爾斯貝格公爵。』那些先生極盡花言巧語之能事，對他說了一通好話。而奧爾斯貝格也因為立刻就能與法國元帥建立起親密的關係而沾沾自喜，當人們被鴕鳥翎和繆拉迷人的外表迷住了眼睛時，你就只會看見火光而忘記了向敵人開火！」

他一定記得在這句俏皮話之後停頓一下，供人回味。「此時一個法國步兵跑進堡壘，鎖住了大炮，橋就被佔領了！然而更有意思的是，」他稍微平靜了一下激動的情緒繼續說道，「那個被派來掌管大炮的中士，眼看法國軍隊跑上橋來，他正想開炮，可是，他的手被推開了。中士明顯比將軍要機靈得多，他走近奧爾斯貝格對他說道：『公爵，您被騙了，看，法軍已經來了！』繆拉很清楚，如果繼續讓這個中士這麼說下去的話，那什麼都完了，於是他故作驚訝地對奧爾斯貝格說：『如果您允許一個下屬對您這樣說話，我就再也看不出享譽世界的奧國軍紀了！』真是太有意思了。奧爾斯貝格公爵真的生氣了，命令逮捕了中士。塔博爾的整個故事極其精彩！或許這不是卑鄙的，當然也不是愚蠢的……」

「這可能是背叛。」安德烈公爵說道，想像那些灰色的大衣、傷口、射擊、硝煙聲以及那些等待他的光榮。

「但也不算是。這讓朝廷很難堪。」比利賓說，「如果這不是背叛，不是愚蠢，也不是卑鄙，更不是烏爾姆的翻版……那這是……」——他試圖找出一個更合適的說法。「這是……馬克病。」他結束道，好像覺得自己說了一個將被廣爲傳誦的俏皮話。

比利賓一直皺著的前額終於舒展開來，滿意了。他笑著端詳起自己的指甲來了。

「您要去哪兒？」他突然對起身走向自己房間的安德烈公爵問道。

「我立刻要走了。」

「去哪兒？」

「去找我們的軍隊。」

「您不是還想再住兩天嗎？」

「可我現在想立刻就走了。」

安德烈公爵吩咐侍從們做好啓程準備後就回房去了。

「我親愛的公爵大人，您爲何要走，我已經替您考慮好了。」比利賓跟著走進他的房間說著。

安德烈公爵疑惑地看了看他，再沒有說什麼。

「我知道您爲何一定要走，我明白，您認爲，軍隊正處在危亡之際，趕回去拯救他們是您的職責。這些我都明白，可這是純粹的個人英雄主義！」

「根本不是這樣。」安德烈公爵說道。

「可，您是一個哲學家，那就讓您做一個徹頭徹尾的哲學家吧，不過，您就該知道，什麼才是您的責任，您的責任是保重您自己。把這種危險的事留給那些毫無用處的人去做吧……這兒沒人讓您離開，也沒人命令您返回，您完全可以留下來，和我們一道，我們可以去厄爾邁茲，那是一座令人嚮往的城市。我們甚至可以安安穩穩地坐著馬車到那裡去。」

「請您不要開玩笑了，比利賓。」安德烈說道。

「我是懷著真誠的、友好的態度和您說這些話的。當您完全有理由留下來時，您又要到哪裡呢，而又是爲何而去的呢？您面臨著兩種選擇，要嘛是您還沒到達部隊，兩國就已經締結了和約，又或者奧國戰敗，整個庫圖佐夫的軍隊都蒙受了恥辱。」

比利賓又抹平了自己太陽穴上的皺紋。

「我對你的話無法做出評價，」安德烈公爵冷冷地答道，可他想，「我是去拯救軍隊的呀。」

「親愛的，您真是一個英雄！」比利賓說道。

十二

那天晚上，安德烈與陸軍大臣道別之後，就出發去尋找軍隊了，但連他自己也不清楚到哪裡去找軍隊，同時他又擔心會在途中被法軍俘虜。

在布隆，大家都在收拾著行李，有些沉重的行李已經被送往厄爾邁茲了。在埃采爾斯多夫的周邊，安德烈公爵走上了一條大路，俄軍正沿著這條路忙亂地行進著，車子把路堵得水泄不通。安德烈公爵向一個哥薩克司令要了一個士兵和一匹馬，他感覺饑腸轆轆，打算騎馬越過行李車隊，去尋找總司令和自己的行李車。他聽到的關於俄國軍隊身處困境的傳聞，以及俄軍潰不成軍的消息，也全都被證實。

「俄國軍隊讓英國用黃金從天涯海角搬到這裡，現在我們卻要與它分享同樣的命運（烏爾姆軍隊的命運）。」他記起了戰役前拿破崙給他軍隊的命令中說過的一些話。這些話使他對這位英雄感到嘆服，同時也刺激了他那受辱的自尊心。「除了陣亡無路可走的時候呢？」他想道，「那好吧，如果真的需要那樣，我相信我絕對做得比其他人出色。」

安德烈公爵用鄙視的眼神看著這些混亂的車輛，它們互相追逐著，擠滿了整條泥濘的道路。四面八方都傳來了車輪聲，大車、棚車和炮車的馬蹄聲、轟隆聲，還有人們的吆喝聲、鞭子聲以及士兵們、軍官們的咒罵聲。

一個士兵坐在一輛損壞了的貨車旁，不知道他在等待著什麼。到處都有掉隊的士兵，他們成群結隊地闖進了附近的村莊，從那裡拖出雞、羊、乾草或一些能裝滿口袋的東西。上下坡的地方，人群更加密集，呻吟之聲不絕於耳。士兵們陷入齊膝的泥中，奮力地用手抬著炮和大車，鞭子劈啪地響著，馬蹄不斷地打滑，人們拚命地吼叫著。指揮官們騎著馬在車子中間，聲音顯得如此微弱，他們的臉上充滿了絕望。

「這難道就是我們可愛的正規軍嗎？」安德烈暗自思忖著，此時記起了比利賓的話。爲了打聽總司令在哪裡，他騎馬走向了一支護送隊。一輛稀奇古怪的單匹馬車迎面駛來，一個士兵趕著車，裡面有一個全身裹在圍巾裡的女子在皮車篷下的簾子後面。安德烈公爵正要向士兵詢問，車裡女人絕望的叫聲引起了他的注意。

一個負責運輸的軍官在打著那個趕車的士兵，因為他想超過別人，沒想到他的鞭子正好落在車簾上。那個女人刺耳地尖叫起來，她從簾子後面探出身，揮動著她那瘦骨嶙峋的手，大聲叫道：「親愛的副官！副官先生！……看在上帝的面上……請保護我們吧！這可如何是好？我是第七獵騎兵隊醫生的太太……他們根本就不放我們過去，我們和自己人走散了……」

「我現在就要把你軋成肉餅，你立刻給我滾回去！」發怒的軍官對士兵大聲叫道，「帶著你的臭女人滾回去！」

「副官先生！請您保護我們吧……這到底是怎麼回事呀？」醫生的妻子叫道。

「請您允許這輛車過去吧。您沒看出這是女人嗎？」安德烈公爵騎著馬走到軍官的面前說道。

軍官瞅了他一眼，沒理他的話，又轉向那個士兵說道：「是誰讓你往前擠的！快給我退回去！」

「讓他們過去，我命令你！」安德烈公爵癟起嘴又說了一遍。

「你算老幾？」那個軍官突然憤怒地對他吼道，「你以為你是什麼人？你是這裡的指揮官嗎？不要忘了我才是這裡的指揮官！快給我退回去，不然我要你好看。」他又說了一遍。

「他把小副官給頂回去了。」後面有人說道。

安德烈公爵看到這個軍官正處於一種醉酒後的狀態中——無理取鬧。他知道，如果他保護車裡那個醫生太太，就會因此而遭到嘲笑，而這是他最害怕的；可是，本能讓他放棄了之前的想法。沒等那個軍官把話說完，臉色鐵青的安德烈公爵就駛近了他，舉起了自己的馬鞭。

「現在請……讓——他們——過去！」

那個軍官恐懼地揮了一下手，騎著馬趕快逃開了。

他小聲說著：「都是參謀部的人造成了這無序的狀態，您說了算，隨您的便吧。」

安德烈公爵連看都不看，趕快離開了那個醫生妻子，帶著厭惡的心情回憶著這令人蒙羞的場面，朝著他打聽到的總司令的村莊駛去。

進了村子，他下了馬，朝著最近的那棟房子走去，他打算稍微休息一下，吃點東西，理清一下頭緒。「這是一群渾蛋，而不是一支軍隊。」他朝第一所房子的窗子走去時這樣想道，這時，一個熟悉的聲音傳來，叫著他的名字。

他回頭一看，正好看見露出窗子外的涅斯維茨基那漂亮的面孔。涅斯維茨基嚅動著他滋潤的嘴唇，向他招手，叫他進去。

「安德烈！安德烈！……聽到了沒？嗯？……快點進來呀……」他喊道。

涅斯維茨基正和另一個副官在那裡吃東西。他們問他有沒有打聽到什麼新消息。在他們那張熟悉的臉上，安德烈公爵觀察到了從未出現過的恐慌和不安。

「總司令在哪兒？」安德烈問道。

「他在這裡，就在那所房子裡面。」那個副官答道。

「喂，他們難道真的投降了？已經和解了嗎？」涅斯維茨基問道。

「我正想問你們呢。我除了盡最大努力到達你們這裡以外，對其他一無所知。」

「而你可以看看我們在這裡都做些什麼！可怕啊！老弟，過去我還嘲笑過馬克，可現在我們比他更糟糕，」涅斯維茨基說道，「你快點坐下來吃些東西吧。」

「公爵，我什麼也沒發現，就是因爲您找不到行李車。甚至連您的彼得，也不知道到底在哪兒。」另一個副官說道。

「可是總司令部在哪裡？」

「我們要在斯萊蒙住上一晚了。」

「嘿，我已經把我所需要的東西打成兩匹馬馱的包裹了，」涅斯維茨基說道。「就算是跨過波希米亞的大山都沒問題了——包裹打得完好。可是現在情況危急啊，老弟！你這是怎麼啦？怎麼抖成這樣，難道生病了嗎？」涅斯維茨基問道，因爲他發現安德烈公爵像觸電般抖了一下。

「沒什麼的，沒事。」安德烈公爵回答說。

不知爲何，此刻，他突然想起剛才爲了醫生太太和輜重兵軍官之間發生衝突的那一幕。

「總司令怎麼會在這裡呢？」他問道。

「我怎麼會知道。」涅斯維茨基回答道。

「我只知道一點，我厭惡這裡的一切！厭惡！」安德烈公爵說著就向總司令的那所房子走了過去。

安德烈公爵從累得筋疲力盡的侍從們的坐騎旁，從庫圖佐夫的馬車邊，從高聲說話的哥薩克們身邊走過，進入走廊。魏羅特爾是來接替陣亡的斯密特的奧國將軍。門廊裡面，科茲洛夫斯基蹲在一個書記員的面前。書記員急匆匆地在一個底朝上的桶子上寫著什麼。科茲洛夫斯基滿面倦容。他看了看安德烈公爵，連頭都沒有向他點一下。

「寫完了嗎？現在是第二行……還有波多利斯克的擲彈兵，基輔的……」他繼續向書記員口授著。

「唸得太快了。」書記員毫不客氣地回頭看一下科茲洛夫斯基答道。

此時，從門裡傳出了庫圖佐夫興奮不已的說話聲，而另一個不熟悉的聲音打斷了他。從談話聲音上，從疲憊不堪的書記員毫不客氣的態度上，從科茲洛夫斯基那對他視而不見的樣子上，也從那些牽馬的人在窗下大聲說笑著的聲音來看，安德烈公爵感覺到，馬上要有一件重大且不幸的事發生了。

安德烈公爵仍不肯放棄地向科茲洛夫斯基提出自己的問題。

「請耐心等一等，給巴格拉季翁的作戰命令馬上就要完成了，公爵。」科茲洛夫斯基說道。

「是投降嗎？」

「不可能的事。作戰的命令已經發出了。」

安德烈公爵向傳出說話聲的門口走了過去。剛要開門說話聲就停止了，有人已經開了門，庫圖佐夫從門內走了出來。此時安德烈公爵正好站在庫圖佐夫的對面，可從總司令的表情來看，他是那麼用心地解決所面臨的難題，他直直地盯著副官的臉，居然沒認出他來。

「喂，怎麼樣，好點了嗎？」他問科茲洛夫斯基。

「立刻就要好了，大人。」

巴格拉季翁有張堅毅而呆板的面孔、還算年輕的人，他很瘦弱，個子不高，此時他也隨著總司令走了出來。

「我榮幸地報到。」安德烈公爵又重複了一遍剛才說過的話，遞給庫圖佐夫一封信。

「啊，你是從維也納來嗎?好的。請您稍等一會兒!稍等！」

隨後庫圖佐夫和巴格拉季翁走到了房子的臺階上。

「就這樣吧，再見，親愛的公爵。」他對巴格拉季翁說道，「我真心地願上帝保佑你，祝你成功！」

庫圖佐夫的眼中滿含淚水，神情變得溫柔起來。他把巴格拉季翁拉了過來，用自己習慣的姿勢爲他畫著十字，並湊過那張肸嘟嘟的臉，可巴格拉季翁沒有吻他的臉，而是吻了吻他的脖子。

「願上帝保佑你！」庫圖佐夫又重複了一遍剛才的話，之後朝馬車走去。「要不你上我的車吧。」他對安德烈說道。

「大人，我想留在這裡幫忙。請您允許我留在巴格拉季翁公爵的部隊裡，好嗎？」

「上車，」庫圖佐夫說道，可當他發現安德烈還在踟躕不前的時候，就生氣地說，「我自己也是需要好軍官的！」

他們上了車走了幾分鐘，一直都一聲不吭。

安德烈公爵看了看庫圖佐夫，看到了他鬢角附近那個被洗得乾乾淨淨的傷疤，還有那只空洞的眼窩。「的確，他是有權利那麼鎮定地談那些人的生死啊！」安德烈默默地想。

「因而我才會請求您派我去那個部隊的。」他說道。

庫圖佐夫沒有回答他的話。坐在那裡陷入了沉思。五分鐘後，他的身子依然在馬車柔軟的彈簧座上平穩地搖晃著，此時庫圖佐夫轉過身來。他臉上看不出一絲激動的痕跡，隨後他詢問了一下安德烈公爵和奧皇會面的細節，而且打聽他在奧宮聽見的對克雷姆斯事件的反應，也問了問他們都認識的一些小姐、太太的近況。

十三

十一月一日，庫圖佐夫所率領的軍隊幾乎陷入了絕境，他從偵察兵那兒得知，無數的法軍在維也納過橋之後，正直奔庫圖佐夫和從俄國開來的援軍之間的大路。

如果庫圖佐夫決定留在克雷姆斯的話，拿破崙的十五萬大軍就會切斷他所有的交通線路，他那疲憊不堪的四萬軍隊就會被拿破崙的軍隊包圍起來，那他就要重蹈馬克在烏爾姆的覆轍。如果庫圖佐夫決定走俄國援軍會合的那條大路的話，他就得面對數量龐大的敵人，在進行自衛時，他只得進入毫不熟悉的波希米亞山區，與布克斯格夫登會師的希望就會徹底地破滅。如果庫圖佐夫沿大路由克雷姆斯撤退到厄爾邁茲的話，與從俄國開來的軍隊會合，那麼就極有可能讓已經過了維也納橋的法軍搶先佔領那條大路，那麼他就不得不帶著全部的輜重和輕重裝備，和敵人在行軍中作戰。

經過考慮之後，庫圖佐夫選定了第二條路來繼續戰鬥。

根據偵察兵報告，法軍已經跨過了維也納橋，現正加速向庫圖佐夫退卻路上的斯萊蒙繼續挺進，如果他比法軍先到，那麼軍隊就還有希望得救；可如果讓法軍先佔領了斯萊蒙，軍隊將一定會遭受烏爾姆那樣的恥辱，甚至會全軍覆沒的。但不可能所有軍隊都會超過法軍。法軍比俄軍到達斯萊蒙的路近而且好。

接到消息的當天晚上，庫圖佐夫就派遣了四千名前衛部隊翻越了右邊的山嶺，這支軍隊由兩路分別從克雷姆斯和維也納向斯萊蒙挺進。巴格拉季翁率前衛部隊必須馬不停蹄地完成這次行軍，隨後他們面對著維也納、背對斯萊蒙安營紮寨，如果他能趕在法軍前到達那兒，他就應該能拖延他們的時間。庫圖佐夫則帶著所有的輜重奔向斯萊蒙而來。

巴格拉季翁在一個風雨交加的夜晚，率領他的那些衣不蔽體、食不果腹的士兵穿山越嶺地走了四十五俄里，比由維也納向霍拉布倫推進的法軍提前了幾小時到達霍拉布倫，可一路上行軍中掉隊散失的人就有三分之一。庫圖佐夫帶著他的輜重大概還要走一天一夜才能到達。因此，巴格拉季翁和他那三千飽受饑餓之苦和疲憊不堪的軍隊，要拖住敵軍一晝夜，這明顯是要將不可能的任務變成可能。因爲繆拉想用拿下維也納橋一樣的辦法來欺騙庫圖佐夫。他把巴格拉季翁虛弱的分隊當成了庫圖佐夫的主力。爲了將這支軍隊消滅，他提議整個軍隊休戰三天，等待由維也納出發的其他落伍的軍隊前來會合，可是現在的條件是雙方軍隊保持態勢不變。

繆拉好像要讓人相信，媾和的談判已經進行了一樣，他不得不提議休戰。在前哨據守的奧國將軍諾斯基茨伯爵相信了繆拉軍使的話，撤退了，把巴格拉季翁部隊暴露了。導致了另一軍使來到了俄軍陣地的面前，向俄軍提議雙方休戰三天。

巴格拉季翁回答說，他沒有權力決定這件事，因而他派他的副官把他得到的建議向庫圖佐夫報告。

休戰是庫圖佐夫目前贏得時間的唯一辦法，這段時間讓巴格拉季翁部隊稍事休整，也可以讓輜重隊和運輸隊少走很多的路。

接到這個消息之後，庫圖佐夫立刻安排侍從副官長溫岑格羅德去敵營。溫岑格羅德不僅同意了休戰，還提出投降的條件，同時，庫圖佐夫派他的副官們都回去，督促全軍的輜重隊沿著克雷姆斯——斯萊蒙大路，以最快速度向前進攻。那就意味著疲憊饑餓的巴格拉季翁分隊，他們必須面對等於俄軍七倍的敵軍保持駐守不動，隻身孤軍掩護輜重隊和全軍的行動。

所有的事情都在庫圖佐夫的意料之中：那些毫無約束力的投降的建議，可以爲隊伍爭取到到達的時間，還能使部分輜重隊得以通過，不過繆拉的錯誤很快就被他發覺了。申布隆的拿破崙剛一接到休戰、投降書和繆拉的報告草案，就看出了這場騙局的實質，於是他立刻給繆拉寫信：

繆拉親王鑒：

我對您的不滿現在不能用言語來表達。您只是我的前衛部隊的指揮官而已，如果沒有我的命令，您沒有提出休戰的權力。因為你，我就要功虧一簣。我命令你撕毀停戰協定，立刻向敵人進攻。您向簽署這個投降書的將軍宣佈，他沒有權力這樣做，只有俄國沙皇才有這個權力。

不過，如果您提的那個條件俄國沙皇同意，我也一定會同意；可這只是個騙局。你現在前進，立刻就可以消滅俄軍……您必能奪取它的大炮和輜重。
俄國沙皇的侍從長官是個騙子……那些軍官在沒被授予全權的時候，協議是完全不起作用的……就是奧國人也在通過維也納橋的時候受了騙，而您卻被沙皇的副官們給欺騙了。

拿破崙

一八〇五年霧月二十五日晨八時於申布隆

拿破崙的副官帶著這封嚇人的信騎馬飛奔趕往繆拉。拿破崙好像不太相信他的將軍們，因而他立刻就率領他全體近衛部隊奔向戰場，他很害怕失去現成的戰利品。而巴格拉季翁的分隊正在高興地點起篝火，烤暖他們的身體，烘乾衣服，三天以來他們第一次煮上飯，沒有人知道，也沒有人想過將會有什麼在等著他們。

十四

下午三點多，安德烈公爵到達了葛蘭特，他向巴格拉季翁報到。拿破崙的副官還沒到達繆拉的部隊，因而戰鬥還沒有開始。巴格拉季翁的部隊中，沒有一個人清楚地瞭解這場戰爭的局勢，人們不相信會和平，可大家都在討論著和平，即使有人在討論戰爭，可誰也不瞭解戰事即將迫近的情況。

巴格拉季翁知道安德烈是個很受寵的副官，因而給予他特殊的禮遇，他向安德烈表示，如果當天或第二天有戰鬥的話，那麼在戰鬥期間他可以留在他那裡，甚至可以加入後衛，監督退卻的秩序。

巴格拉季翁說道：「不過，今天應該沒事。」

「如果他只是某個無名小卒，派他來只是為掙一枚十字勳章的話，他在後衛中一定也能得到獎賞，如果他真的願意和我在一起，那就如他所願吧……如果他是一個勇敢的軍官，就一定有存在的價值。」巴格拉季翁想道。

安德烈公爵什麼也沒回答，只是請求公爵允許他騎馬繞著陣地視察一圈，瞭解軍隊的部署情況。有個值班的軍官自告奮勇做安德烈公爵的嚮導。

他們隨處所見都是穿著濕衣服、神情憂鬱的軍官們，和不斷從村子裡拖來長凳、門板、籬笆的士兵們。

「您看，公爵！我們阻止不了這些人，」參謀官指著那些人說。「他們一定是被慣壞了。看那裡，」他指著一個隨軍商販的帳篷說，「他們總是聚在一塊兒坐著。今天早晨我剛把他們趕出來，您看，又滿了。公爵您應當去那裡，嚇唬他們一下。就算一分鐘也好啊。」

「好的，那我們去吧，我正好要買點乾酪和麵包呢。」安德烈公爵從早上一直忙到現在，一直沒來得及吃東西。

「您怎麼不早說呢，公爵？」

於是他們下了馬，進了商販的帳篷。桌子旁正坐著幾個喝得滿臉通紅、狼狽不堪的軍官。

參謀官責備道：「喂，先生們，這到底是怎麼回事？」他對一個瘦小的炮兵軍官吼道：「你們知道的，擅自離崗是不被允許的。喂，您，上尉先生。」這個軍官根本沒穿靴子，腳上只穿著襪子，只見他站在這兩個人面前，尷尬地笑著。

「喂，難道您不覺得害羞嗎，圖申上尉？」參謀官接著說道。「您做為炮兵軍官本應給你的士兵們做出表率，可您竟然不穿靴子！一旦警報響起來，公爵一定要你好看！先生們，請你們立刻回到自己的崗位上去吧，趕快回去，都回去！」他用長官的口吻補充道。

安德烈公爵一見到圖申上尉，就忍不住笑了起來。圖申只是笑眯眯地盯著安德烈公爵，不時挪動他那雙沒穿靴子的腳，用他那雙炯炯有神的大眼睛，不時望望安德烈公爵和參謀官。

「士兵們都對我說，不穿靴子會變得更靈活。」圖申上尉不自然地微笑著說。但還沒說完，他又覺得自己的笑話是不被大家認可的。因而更加難爲情。

「請你們都回到自己的崗位上去。」參謀官表情嚴肅地說道。

安德烈公爵又看了看那炮兵軍官的身影。他身上有著某種不尋常的、不像軍人的、有些滑稽但卻有巨大吸引力的東西。

參謀官和安德烈公爵又騎上了馬，繼續前行。他們騎著馬越過村莊，不斷地追上和趕過行進中的官兵，他們看見一些士兵正在構築防禦工事。大部分士兵，不顧寒風凜冽，只穿著襯衫，在這些構築的工事中有數不清的人，一鏟一鏟地從土牆後面鏟出紅土。他們走上前去，查看那個工事，隨後又繼續前進。就在工事後面，他們碰到幾十個從工事裡輪換出來的士兵。他們捏住鼻子，驅馬疾馳，好像希望快速遠離這惡臭的空氣。

「公爵，這就是兵營的樂趣了吧。」參謀官笑著說道。

他們騎馬登上對面的山。從這個山上可以清楚地觀察法軍的一舉一動。安德烈公爵開始仔細觀察。

「看，那是我們的炮隊，」參謀官指著那座山的最高點說道，「就是那個不穿靴子的軍官主管的炮隊。公爵，讓我們去那裡吧，您在那裡什麼都能望見。」

「我一個人去就可以，謝謝了。」安德烈公爵一心想避開這個參謀官，「不勞您費心了。」

參謀官留在後面，隨後安德烈公爵自己騎馬走了。

他越往前走，離敵人越近，部隊就越有秩序，軍隊就越自信。那天早上，在離法軍十俄里的地方，那些穿軍大衣的士兵列隊站著，連長和排長們在點人數，每點到班裡最後一個人的時候，就會在他胸前點一下，讓他高高地舉起一隻手來。

空地各處的士兵們正愉快地邊說著笑著，邊拖來些樹枝和木頭搭建棚子；篝火邊圍著些人，有的在烤裹腿、曬襯衫，有的在修補他們的外套和靴子，在伙夫和飯鍋周邊也聚著一夥人。有一個連，飯菜已經準備好了，士兵們像一隻隻饞貓盯著那熱氣騰騰的飯鍋，時刻準備著品嘗食物，司務長正用木碗盛了飯菜拿給坐在棚前木頭上的軍官品嘗。

在另一個更幸運的連隊裡，士兵們聚在一個寬肩膀、臉上長滿麻子的司務長周邊，等他從一個小桶裡，往軍用水壺蓋裡倒白酒。所有士兵都流露出渴望的神情把壺蓋舉到嘴邊，一仰而盡。他們的臉是那麼平靜，都在安靜地等待著，安營紮寨，這裡看起來並不像是有半數人要犧牲的戰場。

安德烈公爵走過一個獵騎兵團，在基輔擲彈兵的隊伍中人們都在忙於日常事務，在團長的棚子旁邊，他看到一個擲彈兵排的陣地。在陣地前躺著一個光身子的人。兩個人按住他，另外兩個人揮舞著手中軟韌的樹條，不斷地抽打在他那赤裸的脊背上。那個受處罰的人痛苦地喊叫著。一個肥胖的少校在隊伍前來回地走動，對那叫聲不予理會，還不停地重複道：「偷東西的士兵是最無恥的；一個連自己弟兄的東西都偷的人，說明他已經喪失了誠信，這就是一個壞蛋。再打！給我繼續打！」

於是又聽到軟樹條的抽打聲和絕望的號叫聲。

「打！打！」那個少校說道。

安德烈公爵來到前沿，沿著陣地往下走。他觀察到我軍和敵軍的左右兩翼的散兵線相距甚遠，但是，在中央，軍官們每天早晨都要經過的地方，兩軍的散兵線距離很近，人們能互相看清彼此的臉，而且能相互交談。

即使長官們曾下令禁止接近散兵線，可軍官們還是無法驅趕那些湊熱鬧的人。站在戰線上的士兵們，就像看稀有展覽一樣，不再觀察法軍，而是觀察那些來看熱鬧的人，百無聊賴地等待換班。安德烈公爵停下來，仔細觀察法軍。

「大家快瞧啊！」一個士兵指著一個俄國火槍兵對他的同伴說道，「唉，西多羅夫，你呀！瞧，他說得多麼流利！那邊的那個法國人幾乎跟不上他了。」

「等一下，你聽聽吧。我覺得他講得真不賴！」被公認爲最擅長講法語的西多羅夫回答道。

多洛霍夫被一群笑做一團的人指指點點。安德烈公爵認出他來，並聆聽他在說什麼。多洛霍夫和他的連長，從他們團所駐紮的左翼來到散兵線這裡。

「說呀，你快點多說幾句！再說快一點兒！他說什麼？」連長鼓動著，身體前傾，竭力不漏掉任何一句話，即使他聽不懂。

多洛霍夫根本沒在意連長的話，他正專心致志地和那個法國擲彈兵爭論著。他們討論的是那場戰役。那個法國人根本分不清奧軍和俄軍，他想證明，俄軍投降了，已經從烏爾姆逃跑了。多洛霍夫卻證明，俄軍擊退了法軍，並未投降。

「我們只是奉命把你們從這裡趕走，我們一定會的。」多洛霍夫說道。

「只是您要當心，別讓您和你的士兵全部被我們活捉吧！」法國擲彈兵反駁道。

「我們會像在蘇沃洛夫統率下那樣強迫你們跳舞……強迫你們跳舞。」多洛霍夫說道。

「他在喊些什麼呀？」一個法國人大聲地問道。

「古代歷史吧，」另一個說道，「陛下會像對待別人一樣給你們的蘇沃洛夫一點厲害瞧瞧……」

「拿破崙……」多洛霍夫開口道，那個法國人打斷了他，怒氣沖沖地喊了一聲，「不，不是拿破崙。他是皇帝！見鬼！……」

「就讓魔鬼剝去你們陛下的皮吧！」多洛霍夫用俄語狠狠地罵了一句，就起身走開了。

「我們撤吧，伊萬．魯基奇。」他對連長說道。

「看，法國話就應該像他這樣說才對吧。」哨兵們說，「你覺得怎麼樣，西多羅夫！」

西多羅夫對著那個法國人，輕輕地擠了擠眼，快速地嘟嚕出一些讓人聽不懂的話。

「啊！啊！哈！哈！哈！噢！」士兵們傳出一陣陣爽朗的笑聲，這笑聲越過散兵線，最後傳到法國人那裡，讓人感到，應卸下槍支彈藥，摧毀大炮，大夥兒四散回家。

可是槍裡依然裝著子彈，槍眼依然還瞄準著前方，卸去前車的大炮仍像先前一樣瞄準著對方。

十五

在安德烈公爵騎著馬視察完整個陣地之後，便去了那座可以縱觀整個戰場的炮臺。他下了馬，將馬拴在最靠外的一尊大炮旁。大炮前有一個哨兵正來回踱步，一看到軍官，立刻立正，但是當看到公爵對他做的手勢，立刻又沒精打采地來回踱步。

的確，從炮兵連可以看到幾乎所有的俄軍陣地和大部分敵軍陣地。位置正對著炮兵連，朝對面山岡的地平線上看去，甚至可以看見申格拉本村，在申格拉本村兩側有三處能看見聚集了眾多的法軍，其中大部分都駐紮在村子裡和小山後面。

村子左面，隱約看見有個類似炮隊的東西。我們的右翼位於頗為陡峭的高地上，能夠俯瞰整個法軍的陣地。我們的步兵部署就駐紮在那裡，我們的龍騎兵在靠近邊緣的地方。圖中的炮隊在中央，是通向小河最近的捷徑，小河將我們和申格拉木村分離。在左翼，我們的部隊靠近樹林，步兵常在那裡砍柴。法軍陣線比我們寬得多，他們很容易從兩邊包抄我們。而我們陣地的後面是一個陡峭的峽谷，戰鬥時一旦需要撤退，炮隊和馬隊很難從那裡退卻。

安德烈公爵拿出他的記事本，靠在那尊大炮上，草擬了一份部隊部署計畫。用鉛筆做了兩處記號，準備向巴格拉季翁彙報一番。

他的建議是，第一，必須把炮隊集中在中央；第二，把騎兵撤到峽谷對面去。因為可以常跟在總司令身邊，因而更加傾向於注意總司令的行動和執行一般的指令，他常研究戰史，安德烈公爵對未來軍事行動的進程只進行了總體設想。他想到兩種極有可能發生的事件，「若敵人攻擊我們右翼的話，」他自言自語道，「我們的基輔擲彈兵和波多爾斯克獵騎兵，應當在中央援軍到達前堅守他們的陣地。在這種情況下，龍騎兵可以從敵人的側翼加以攻擊，並一舉粉碎敵人的行動。若他們攻擊我們中央，那我們就在中間的高地上安排中央炮隊，就能在炮兵的掩護下撤退我們的左翼，還可以呈梯隊地退到峽谷裡去。」他自言自語地推論著……

在此期間，他不斷地聽見棚子裡軍官們的談話聲。突然，在棚子裡傳來一個動人心弦的聲音，讓他情不自禁地傾聽下去。

一個令安德烈公爵耳熟的、令人愉悅的聲音說道：「不對，親愛的，要我說，若有辦法知道人死後的情形，我們之中就沒有誰會怕死了。我認為就是這樣，老兄。」

隨後傳出了一個年輕的聲音打斷他說：「怕也好，不怕也好，反正你都躲不了。」

「你總是怕！唉，你們這些所謂滿腹經綸的人，」又有第三個雄厚的聲音打斷他們兩個。「是啊，你們炮兵想得還真周到，居然連小吃、白酒都隨身帶著。」那個嗓音雄厚的人大笑起來。

「可你總是怕，」第一個熟悉的聲音接著說道，「總是怕一些人類不能解釋的東西。說什麼靈魂最終會升入天堂……可是我們大家都知道，天堂是不存在的，有的只是大氣層。」

那個雄厚的聲音再一次打斷了炮兵的話：「得了，圖申，請我們喝點你的藥酒吧。」那聲音說道。

「啊，是那個上尉呀，光著腳站在隨軍商人棚子裡的那個人。」安德烈公爵想道，他很滿意自己能聽出那個讓人愉快而且富有哲理的聲音。

「藥酒？可以！」圖申說道，「不過，想要瞭解未來的生活的話，畢竟是……」他沒有把話說完。

就在此時，空中突然響起一聲呼嘯，越來越響，越來越快，越來越近，最後以驚人的威力「砰」的一聲在離棚子不遠的地方爆炸了。大地頓時好像在那可怕的打擊下發出了一聲歎息。

就在這一瞬間，身材矮小的圖申，叼著菸斗第一個從棚子裡跑出去，他的臉有些蒼白，隨後是那個嗓音雄厚、步伐矯健的步兵軍官，他向自己的連隊跑去，邊跑邊繫上了衣扣。

十六

安德烈公爵站在炮兵連裡，望著那些大炮噴出的硝煙，心情緊張地看了一下廣闊的陣地，只見一直按兵不動的法軍此刻都行動起來了，有一支炮隊就在他們左邊。剛發射炮上面的硝煙還在冒著。這時兩個騎馬的法國人，正在往山上飛奔。一支人數不多的敵軍縱隊向山下移動，或許是去加強警戒線。大炮開火的聲音此起彼落，響聲震天。戰鬥已經開始了！

安德烈公爵掉轉馬頭，迅速馳回葛蘭特去找巴格拉季翁公爵。他聽見身後的炮聲越來越響，我們的大炮已經開始還擊了。在軍使們走過的地方突然也傳來了陣陣槍聲。

而勒馬魯瓦帶著拿破崙的斥責信剛剛趕到，慚愧不已的繆拉為了彌補過失，請求調至中央陣地，包抄兩翼，希望在天黑前，也就是在皇帝來到前，徹底消滅出現在他們面前那支無足輕重的小分隊。

「戰鬥開始了！」安德烈公爵血液翻騰。「可是它在哪兒呢？怎樣讓我的士兵完美表現呢？」

十五分鐘前，當他穿過正在吃喝的幾個連隊時，看見士兵們正麻利地排著隊，檢查槍支，所有人的臉上都露出一種激情，和他所感受到的一樣。「開始了！雖然可怕，但卻讓人興奮，可是它就是這樣！」

在他還未到達構築工事的地方時，就看見幾個人正騎馬朝他走來。領頭人披著氈斗篷，戴著羊羔皮帽子，騎著白馬，一定是巴格拉季翁公爵。安德烈公爵停下來，等候他的到來。

巴格拉季翁公爵勒住馬，認出安德烈公爵，禮貌地向他點了點頭。當安德烈公爵把剛才目睹的情形告訴他時，他依然目不轉睛地注視著前方。

「戰鬥開始了！它就是這樣！」在巴格拉季翁公爵堅毅的面孔上也可以看到這種表情，他半閉著因缺乏睡眠而紅腫的眼睛。安德烈公爵懷著忐忑的心情凝視著巴格拉季翁公爵，希望能看出此刻這個人是不是在思考，而他又在思索著什麼？

巴格拉季翁點一下頭，表示在意安德烈公爵的話，並說了一聲「好」。安德烈公爵跑得上氣不接下氣，說得很快。帶東方口音的巴格拉季翁公爵卻說得很慢。可是，他居然策動他的馬，朝著圖中炮隊的方向疾馳而去。安德烈公爵和侍從們緊跟在他後面。這些人裡有侍從軍官、公爵的私人副官熱爾科夫、一個傳令官、一個值勤參謀，還有一個軍法官。軍法官身體肥胖，面孔溜圓，身著厚毛大衣，騎在一匹備有輜重兵鞍子的馬上顛來顛去。

熱爾科夫指著軍法官對安德烈說：「他想見見戰鬥場面，可是他的心口開始痛了。」

軍法官天真地帶有一絲狡猾地笑道：「喂，你夠了！」

「很有意思，我的公爵先生。」值勤參謀說道。

此時他們來到圖申的炮兵連前，一顆炮彈落在他們面前。

「到底是什麼東西落下來了呀？」軍法官幼稚地微笑著問道。

「就是一張法國餅。」熱爾科夫答道。

「他們用這東西同我們戰鬥嗎？」軍法官問，「這事多可怕呀！」

他更加活躍起來。話音剛落，一陣可怕的呼嘯聲再次傳來，這聲音戛然而止了，嘶嘶作響著，在軍法官後面，一個騎馬的哥薩克已經人仰馬翻。熱爾科夫和值勤參謀俯在鞍子上，掉轉馬頭跑開。軍法官停在那個哥薩克面前，仔細觀察他。哥薩克已經嚥氣了，但馬還在掙扎。

巴格拉季翁公爵回頭看了一眼，知道了引起慌亂的原因，於是漠不關心地轉過身去。他像一個優秀騎手那樣勒住馬，身體略向前傾，隨後扶正自己的佩刀。他們已經來到安德烈公爵查看陣地時到過的炮兵連。「這連隊的主管到底是誰？」巴格拉季翁公爵問道。

他問「到底誰的連隊」，可事實上他是在問「你們是否膽怯了？」炮兵士官懂得這個意思。

「圖申上尉的，大人！」一個紅頭髮、滿臉雀斑的炮兵士官邊立正邊爽快地喊道。

巴格拉季翁經過前車走向最靠邊的一尊炮。「好，好。」

正當他走近時，那尊炮突然呼嘯著射出一發炮彈，把他們的耳朵都震聾了。透過硝煙，他們看見炮手們竭盡全力地將炮回歸原位。一炮手拿著通條，叉開自己的兩腿，大力地跳到輪子邊；二炮手則往炮口裡裝填火藥。

矮小的圖申上尉被炮架尾部絆了一下，跌跌撞撞地跑向前方，居然沒注意到那位將軍，用他的小手遮著眼睛時不時地向外望。他用尖細的嗓門喊道:「再提高兩度,就正好了。二炮手!快點,梅德維傑夫,射擊!」他尖叫著大聲喊道。

巴格拉季翁喊了他一聲,圖申來到將軍面前,把三個指頭舉到帽簷邊,不像是一個軍人在敬禮,而像是個牧師在祝福。圖申的炮是朝山谷射擊的,可他的燃燒彈卻投向了申格拉本村,因爲那村子前有大量法軍在挪動。

沒有人命令圖申應該怎麼發射,或是射向何方,這些都是他和排長卓罕爾琴科商量後決定的,燒掉那個村子才是上策。

「很好!」巴格拉季翁聽了這位軍官的彙報後說道。他仔細觀察整個戰場,琢磨著什麼。在他們的右翼,法軍已經行進到離我們很近的地方。已到達基輔團所在的高地下方,還能聽到槍炮的射擊聲。侍從軍官指給巴格拉季翁看,在右面更遠的地方,兩個步兵營趕去增援右翼。侍從軍官大膽地向公爵指出,如果您調走這兩個營,這些炮立刻就會失去掩護。巴格拉季翁公爵轉向侍從軍官,用那無神的眼睛默默地瞥了侍從軍官一眼。軍官說得沒錯,他也確實無話可答了。

這時,一個由守衛谷地的團指揮官派來的副官及時趕到。他給大家帶來的消息稱,有一大批法軍正開向山下,團隊已經被打得潰不成軍了,正向基輔擲彈兵那裡撤退。巴格拉季翁公爵點了點頭,表示同意。他向右騎馬緩行,並將一個副官派到龍騎兵那裡去,隨後命令他們向法軍進攻。

半小時後,這個副官又回來了,並且傳來消息,龍騎兵團指揮官已經撤退到山谷後面了,法軍炮火過於猛烈,他們白白犧牲了好多人,因此他們讓狙擊手退到森林裡去了。

巴格拉季翁說道:「很好!」

就在他離開炮隊時,連左邊森林中也能聽見槍炮聲,因爲他們的左翼太遠,因而巴格拉季翁公爵派熱爾科夫去見那個老將軍，因爲右翼大概不能牽制敵軍太久，因此想讓他盡快撤退到谷地後面。

安德烈公爵仔細地傾聽巴格拉季翁和司令官們的談話和他所頒佈的命令。他驚奇地發現，巴格拉季翁居然沒頒佈過任何命令。就算各種事件的發生都帶有偶然性，而且是不以首長的意志爲轉移的，但是，巴格拉季翁所表現的策略和才能，以及他的在場對整支軍隊有很重要的意義，那些情緒沮喪的軍官一見到巴格拉季翁公爵，就會變得很鎭靜；官兵們都高高興興地向他致意，有他在場時，他們都會變得更活躍，想在他面前展現他們的勇敢。

十七

來到俄軍右翼最高點的巴格拉季翁公爵，騎馬向傳來隆隆槍炮聲的山下走去。這時的陣地硝煙瀰漫。他越接近盆地，發現能見度就越低，也就越感覺臨近真正的戰場。此時他們開始遇見傷兵。還有兩個士兵正攙扶著一個頭部鮮血淋漓的傷兵。他的喉嚨一邊發出奇怪的呼嚕聲，一邊口吐血水。另一個傷兵強打精神走著，身上沒有槍，只是一邊揮動著他那剛受傷的胳膊，一邊大聲呻吟著，鮮血不斷地流淌在他的軍大衣上。他的恐懼遠遠大於受傷的痛苦。

巴格拉季翁公爵穿過大路，沿著陡坡走下去，在下坡的地方又看見幾個躺在地上的士兵；在路上還遇見一群士兵，其中也有未受傷的。所有的士兵們正艱難地喘著粗氣往山上爬，即便看到了將軍，也依然高聲談話，隨後揮舞著雙手。就在前面，透過那些煙霧，大家望見一排排穿灰軍大衣的士兵。巴格拉季翁騎馬走近隊伍，射擊聲從未間斷地傳來，早就把談話聲和口令聲淹沒了。

空氣中充滿了硝煙的味道。士兵們的臉被火藥熏黑了，可看上去還那麼有活力。一些人不停地往槍裡塞火藥，還有一些人在不停地射擊。可是硝煙依然未被風吹散，根本看不見他們在朝誰射擊。時不時還從不遠處傳來一陣陣嗡嗡聲和呼嘯聲。

安德烈公爵走到這群士兵面前，心中想：「這到底是什麼？這不可能是散兵線，因爲他們都擠在一堆了；這也不可能是衝鋒，因爲他們根本沒動；這更不可能是一個方陣，因爲他們站的位置不對勁。」

只見一個瘦削的、面帶笑容的小老頭，騎馬朝公爵走過來，他那雙如鷹隼一般的眼睛，熱情洋溢而略微輕蔑地向前看著，他的目光沒有停留在任何東西上，只是他的動作遲緩又從容。

就在他騎馬走近巴格拉季翁時，公爵對待他就像主人招待貴賓一樣，因爲他是團指揮官。他向巴格拉季翁報告說，他的團現在已經遭到法國騎兵的攻擊，雖然進攻已被擊退，但是他還是損失了半數以上的人員。他現在想用進攻已被打退這個理由來表明他團裡發生的情況，可是，他本人的確不知道具體的情況，在那半小時裡，是進攻被打退了呢，還是團隊已被法軍的進攻粉碎。他只知道，戰鬥開始時，許多炮彈和榴彈在全團的上空飛舞，擊中很多人，後來，又有人喊道：「小心騎兵！」於是俄軍也開始大力地射擊。現在仍在還擊，只不過已經不是朝騎兵射擊了，因爲它已隱藏了，而是射擊出現在盆地中向俄軍掃射的法國步兵。

巴格拉季翁公爵點了點頭。他轉向傳令官，命令他把第六獵騎兵團的兩個營從山上調下來。安德烈公爵對巴格拉季翁公爵此時臉上的變化感到驚訝。

團長懇求巴格拉季翁公爵暫時退避，因爲這裡實在是太危險了。「公爵大人，請你看在上帝的分上！」他一邊說，一邊望著侍從軍官，懇求他證明自己的話是對的，那個人卻把身子轉了過去。

「那，您快點瞧！」他請公爵注意從他們身邊呼嘯而過的子彈。他用一種懇求和略帶責備的口吻，半閉的眼睛使他的話有更強的說服力一樣。

參謀官也開始附和團長來遊說公爵，可是巴格拉季翁卻不回答，只是命令士兵們停止射擊、整理隊伍，以便給立刻就要來到的兩個步兵營讓路。就在他說話的時候，遮蔽盆地的煙幕，被一陣狂風驅趕著，於是那些移動著的法軍，出現在他們面前。所有的眼睛不由自主地盯住那支沿著階地曲折行進的隊伍，那支向他們逼近的法國縱隊。

「他們走得不錯的。」巴格拉季翁的一個侍從說道。

縱隊的先頭部隊已經下到盆地裡了。戰鬥將在斜坡的這一邊發生……

我團的餘部急忙整理好隊伍後就投入戰鬥。只見第六獵騎兵團的兩個營陣容整齊地從他們身後開過來，衝散了先前那些掉隊的士兵。他們還沒走到巴格拉季翁跟前，遠遠就能夠聽到一大群人步調一致的腳步聲了。在最靠近巴格拉季翁的左翼，從棚子裡跑出來的那個連長，臉上現出愚蠢而又欣喜的表情。此時，他除了想要雄赳赳、氣昂昂地從長官身邊走過以外，根本就什麼也不想。

懷著即將置身前線而無比自豪的心情，他輕快地走著，輕快的步子與士兵們那沉重的步伐迥然不同。他在腿旁掛了一把又薄又窄的刀，他時而望望首長們，時而又向後張望，不僅步法不亂，而且還全身靈活地轉動著。他幾乎是把精力都集中在一件事上——以最完美的軍姿從長官們面前通過。

「向左……左……左……」他差不多每隔一步就在內心中默唸一遍事先準備好的拍子。他合著這個拍子，臉上流露嚴肅神態的士兵們邁著整齊的步伐行進著，這幾百名士兵每隔一步在內心說一遍，「向左……左……左……」一個肥胖的少校氣喘吁吁，總是合不上部隊的步伐，於是從樹叢繞過去了。

一顆炮彈從巴格拉季翁和他的侍從的頭頂劃過，最後合著「左……左！」的拍子落在縱隊中。

「立刻靠攏！」連長嚴肅地說。士兵們繞過了炮彈落下的地方，一些軍士和老騎兵，在陣亡的人們旁邊停駐了一下，隨後跑去追趕他的隊伍去了，於是從那令人恐懼的沉寂中，合著那整齊的腳步聲中，好像真的可以聽到「左……左……左」的節拍。

巴格拉季翁公爵喊道：「好樣的，弟兄們！」

「我們都願爲——大——人——效——勞！」他們的喊聲一排排地呼應著。

巴格拉季翁下達了停止前進和放下行囊的命令。

巴格拉季翁騎著馬圍著隊伍慢慢地走了一圈，隨後下了馬。他把韁繩遞給一個哥薩克兵，把氈斗篷也脫下來遞給他，隨後伸直雙腿，扶正自己的帽子。正在此時，法國軍官們率領的法國縱隊的先頭部隊在山下出現了。「願上帝保佑我們！」巴格拉季翁堅定地對所有人說道。說著又轉向了前線，兩臂輕輕舞動著，他很費力地邁著騎兵步伐在坎坷的田野上向前走去。安德烈公爵總覺得有一種不可抗拒的力量在引導著他向前，這讓他感到很幸運[37]。

法軍已經離他們相當近了。安德烈公爵和巴格拉季翁公爵並排走著，現在能清楚地辨別出他們的肩帶、紅肩章，甚至連面孔也看得很清楚了。巴格拉季翁公爵沒再發佈新命令，依然在隊伍前沉默地走著。突然，一陣射擊聲在法軍中響起，那潰散的敵軍隊伍中騰起一陣陣煙霧，敵方的槍炮嗒嗒地響著。我方又有幾個人倒了下來，還有剛才那個快活的軍官。可是，就在聽到第一聲槍響的時候，巴格拉季翁回過頭來，大聲喊道：「烏拉！」

「烏拉——拉——拉——拉！」這時候從隊伍中發出一片拉長而響亮的吶喊聲，人們越過了巴格拉季翁公爵，互相趕超著，他們不那麼整齊，但是快樂、興奮，成群地衝向了山下潰不成軍的法國人。

---

37. 史學家梯也爾在提到這次進攻的時候說，「俄國人表現得很英勇，這在戰爭中是少見的，兩對步兵互相頑強地厮殺，在決戰時誰也不肯讓步。」拿破崙在聖赫勒拿島時曾說：「有幾營俄國軍隊表現了大無畏的精神。」

十八

第六獵騎兵團的攻擊已經有力地保證了右翼的撤退。還有已被遺忘的圖申炮隊在中央把申格拉本村燒著了，法軍的前進暫時被阻止了。

法軍爲了撲滅烈火花了不少時間，這爲我們贏得了撤退的時間。中央部隊不慌不忙地順著峽谷向後撤退，退卻時分隊並沒有使他們亂作一團。可是由阿左夫和波多爾斯克步兵，還有保羅格勒驃騎兵所組成的左翼部隊，遭到蘭所統率的法軍優勢兵力的猛烈攻擊，正處於潰亂之中。巴格拉季翁派遣熱爾科夫去見左翼部隊的將軍，命令他們火速撤退。

熱爾科夫動作敏捷，立刻撥轉馬頭掉頭離去。可是他剛一離開巴格拉季翁，就感到有點力不從心了。他甚至都不敢到那個危險的地方去。來到左翼軍隊的前面，他沒敢往槍林彈雨的前方走過去，而是向那個不可能找到將軍和長官的地方去尋找他們，因而那道命令也沒能夠送到目的地。

按軍職來算的話，左翼是由團長指揮，而團長就是曾經接受過庫圖佐夫檢閱、多洛霍夫曾在那個團當兵的指揮官。可現在左翼部隊的指揮權卻已經交給保羅格勒團的團長了，所以誤會就產生了。兩個團長針鋒相對，當法軍開始進攻的時候，他們還在忙於互相侮辱。不管是騎兵團還是步兵團，都對將要迫近的戰鬥沒有任何準備。從士兵到將官，都沒想到要開始會戰，仍然從事平常的一些事務，騎兵在餵著馬，步兵們在拾著柴火。

「反正，論官階，他比我要高一些，」驃騎兵的德國籍上校紅著臉對騎馬前來的副官說道，「我不管他，他願意幹什麼就讓他幹什麼。反正我的驃騎兵是絕對不能犧牲的。號兵！立刻吹退兵號！」

可戰事急如星火。大炮和步槍的射擊聲相互交織，法國狙擊手們已過了磨坊的堤壩，在距這邊兩個射程遠的地方排好隊了。步兵上校邁著顫抖的步子走到馬前，騎上馬的他顯得既高大又端正，他去找保羅格勒的指揮官。現在兩個團的指揮官見了面，互相客氣地鞠躬，而彼此的心裡卻都藏著仇恨。

「又來這一套，上校，」將軍說，「可，我不能把一半的人留在樹林中的。我請求您，算我懇求您，」他重複地說了一遍，「現在就佔領陣地，立刻準備進攻。」

「我請求您能不能不要管別人的事！」上校急躁地回答著，「如果您是騎兵的話……」

「我不是騎兵，上校，不過我是一個俄國將軍啊，如果您不清楚的話……」

「我很清楚現在的情況，大人，」上校漲紅了臉，他突然揮動著他的馬喊道，「能邀請您光臨散兵線嗎？這塊陣地現在糟透了。我可不想失去我的兵團來博得您的歡心！」

「上校您也太忘乎所以了吧。我不容許您說這樣的話！」

將軍把上校的邀請看作是對自己勇氣的挑戰，他挺直了胸膛，緊鎖著眉頭，跟他騎馬並排著去前哨，好像他們的分歧在槍林彈雨下就會得到圓滿解決一樣。

他們來到前哨的時候悄悄地停了下來，這時幾顆槍彈從頭上飛過。將軍和上校像兩隻準備戰鬥的公雞一般，嚴肅而又意味深長地互相打量著，他們等待對方現出膽怯的樣子。兩個人都經受住了考驗。他們無話可說，同時又不願給對方口實，要不是他們當時聽見了嗒嗒的槍聲在他們身後響起的話，他們會久久地站在那裡，繼續考驗對方的勇氣了。

此時法軍已經在樹林裡攻擊那些拾柴的士兵。驃騎兵已經不能和步兵一道撤退了。此時法軍的散兵線切斷了他們向左退卻的路線。現在，除了進攻再沒別的辦法了，不管地形怎樣對他們不利，一定要開出一條路給自己。

尼古拉服役的騎兵連剛剛上陣，就被敵軍攔截下來。又像在恩斯橋上那樣，騎兵連和敵軍之間現在空空如也，橫在他們中間的又是那條令人生畏的、不可知的分界線——就像一條生和死的分界線。

上校騎馬來到陣線前，對軍官們提的問題憤怒地回答了一句，這個固執己見的人，發出了一道命令。大家支支吾吾地不敢作答，可要發起進攻的說法已經傳遍了全連。上校發出了站隊的命令，他的佩刀出鞘發出鏗鏘的響聲。可仍沒有進攻的意思。左翼部隊、步兵和驃騎兵一樣，都感覺到連長官自己也不知道該怎麼辦了，長官的猶豫不決立刻就感染了全軍。

「趕快吧，大家快一些吧！」尼古拉想道，好像體驗一下進攻樂趣的時候終於到了。

「上帝保佑，弟兄們！」傳來傑尼索夫嘹亮的聲音，「跑步，前進！」

尼古拉在右前方看見自己那些驃騎兵的前排，而在更遠的前方，他看見了一條黑帶子，他認定那些就是敵人。現在已經可以聽見槍聲了。

「立刻跑起來，快一點！」命令傳來了，尼古拉感覺「白嘴鴉」向後一撅屁股，立刻疾馳起來。

尼古拉已經越來越興奮了。他注意到有一棵孤零零的樹擋在了他前面。這棵樹在那條恐怖的線的中央。可當他跨過那道線後，不僅預料中可怕的事沒有發生，正相反的是，一切都變得快活起來。

「噢，看我怎麼砍殺！」尼古拉緊握著自己的佩刀柄想道。

「烏——拉——拉——拉！」遠方傳來了一片吶喊聲。

「吶，現在不管誰落在我的手裡。」尼古拉一邊想，一邊刺著「白嘴鴉」，在全速前進著。前邊已經可以看見敵人了。就在那一瞬間，一把像掃帚一般的東西在驃騎兵連的上面掃了一下。尼古拉舉起刀來正要砍下去，可，就在這一刹那，在他前面跑著的尼吉欽柯離他遠去了，尼古拉覺得像在夢裡一般，他繼續以超自然的速度向前奔馳著，可又總是留在原地不動。從他的後面，他熟悉的驃騎兵邦達爾丘克突然撞到他身上，而又瞪了他一眼，隨後從他身旁跑開了。

「這裡發生了什麼？我爲何動不了？難道我已經跌下來了，我被打死了嗎？……」尼古拉自問自答地說著。田野裡只剩他一個人。此刻他的周邊已不再是奔馳的馬和驃騎兵，而是一片死寂的大地和收割過的空曠的莊稼地。「一定不是這樣的，我受了傷，而馬也被打死了。」

他的「白嘴鴉」想立起前腿，可又倒下了，又壓住了他的腿。鮮血從牠頭上流了出來，牠用力掙扎著，可仍站不起來。尼古拉想站起來，卻也摔倒了，他的佩刀扣子掛在鞍子上。我們的人不知道去了哪裡，法軍也不知道去了哪裡，他不知道。周邊空蕩蕩的。

他把腿抽出後，站了起來。「可那道分界線到底在什麼地方？在哪一邊呢？」他問著自己。「是不是要有壞事降落到我頭上了呢？」他一邊站了起來，一邊問著自己；就在此時，他覺得他那條麻木的左臂上好像懸著什麼多餘的東西，手腕好像不是他的一樣。他仔細查看著他的手，想找出一點血跡。

「啊，來人了，」他高興地發現有幾個人向他跑來了，「他們一定會救我的！」跑在最前面的人，戴著一頂奇怪的圓筒帽子，穿著藍大衣，面貌黝黑，長著鷹鉤鼻子。此時又有兩個人從後面跑來了。其中的一個說了些稀奇古怪的話。後面的一個俄國驃騎兵站在戴了一樣圓筒帽的人群中間。他的兩臂被人們緊緊地扣住了，他的馬已經被人牽著跟在他的後面。

「這應該是我們的人被俘了……是啊，難道我也要被抓起來了嗎？這些到底是什麼人啊？」尼古拉一直在想這個問題，幾乎難以相信自己的眼睛，「難道他們是法軍嗎？」他看著那些向他走近的法國人，在一秒鐘前他還向前衝著，只是爲了追趕並屠殺他們，可現在他卻因他們的緊逼而感到恐慌。「他們是誰呢？他們爲何要跑呢？難道他們是奔向我而來的？他們是要打死我嗎？」他開始記起他的家人，還有他的朋友們對他的愛，他突然覺得不太可能，敵人竟想打死他。「可，或許會打死我呀！」隨後他一動不動地站了十多秒鐘，突然有點搞不清楚狀況。最前面的那個生著鷹鉤鼻子的法國人已經跑得很近了，他臉上的表情已經躍然紙上。那個人手上端著刺刀，屏著呼吸，輕快地向他跑來，而尼古拉卻因他那狂熱陌生的面孔而深感恐懼。

他抓起了手槍，可不是朝那個法國人射擊，而是將它拋向了他，並竭盡全力地跑向樹叢。他已經不抱著走在恩斯橋上時那種懷疑和矛盾的心情了，而是像兔子逃避獵狗的追趕一樣在跑著。他的全身都被一種恐懼感控制住了。他迅猛地跳過犁溝，在田野上狂奔著。此時有一股恐怖的寒慄穿過他的脊背，「不，最好不要看了。」他想道。

他跑到灌木叢前，又回了一次頭。法國人已經被遠遠甩在了後頭。正當他向後看的時候，第一個人由小跑改爲走步了，而且轉身對身後的夥伴喊了一句什麼。尼古拉停下來。「有點不對勁，」他想，「他們不可能是想把我打死的。」此時，他感覺左臂異常沉重。他感覺自己再也跑不動了。那個法國人也停了下來開始瞄準了他。尼古拉死死地閉著眼睛，隨後彎下身去。突然一顆槍彈，又一顆子彈飛過來了，子彈從他身邊飛過嗖地叫著。突然他集中了最後的力氣，用右手撐起左手，跑進樹叢裡去了。他知道樹叢裡有俄國的狙擊手。

十九

突然間各個連隊擠在一起，那些正在樹林中的步兵團突然被打了個措手不及，雜亂無章地從樹林裡跑了出來。有一個恐慌的士兵說了一句擾亂軍心的話：「線路已經被切斷了！」而這在戰爭中卻是最爲可怕的。這句話像瘟疫一樣感染了整個軍隊。

「我們已經被包圍了！已經被切斷了！我們一定完了！」人們邊逃邊喊。

團長聽到射擊聲和後方的叫喊聲，立刻反應出他的團隊已經遭遇到可怕的事了。想到他這個供職多年毫無差錯的模範軍官，可能會因為疏忽和指揮不力而被長官責備，他感到震驚。他將那個傲慢的騎兵上校和自己將軍的尊嚴統統拋擲在了腦後，他完全不顧危險和自我保護，抓住了馬鞍橋，鞭策著自己的馬跑向本團。他現在唯一的願望是，立刻弄清情況，而後盡可能地糾正錯誤，他供職二十二年，是個在各個方面都無可指責的模範軍官，這種低級的錯誤絕對不能發生在他身上。

突然他很幸運地從法軍中間穿了過去，來到樹林後邊的田野上，士兵們已經失去了控制，他們正經過那裡往山下跑去。士氣已經動搖了，而它又關乎戰役的成敗，這群潰不成軍的士兵不知道該聽從命令呢，還是繼續向前逃跑。因而他的喊叫顯得毫無意義，他憤怒地揮舞著佩劍，士兵們還是不聽他的命令，他向空中放了幾槍，沒有用，很明顯，恐懼已經擊潰了士氣。

將軍絕望地停了下來，在瀰漫的硝煙和大聲的叫喊聲中他咳嗽起來。一切都要完了。就在這個時候，正在進攻的法軍突然莫名其妙地往回跑去，消失在樹林中，隨後在樹林之間出現了俄國的狙擊手。這連隊是季莫欣的，只有這個連隊在樹林裡有條不紊地行進著，他們在林中的一道溝裡埋伏，又出其不意地攻擊了法軍。

此時季莫欣手裡拿著一把佩刀，拚命地叫喊著，帶著一種狂熱的決心撲向了敵人，法軍還沒有摸著頭腦，就丟下武器落荒而逃了。和季莫欣並肩跑著的那個多洛霍夫，用槍打死一個法國人，他第一個抓住了投降軍官的衣領。

現在逃散的人回來了，各營的人又集合了起來，就差點把法軍打退了。後備隊也開始會合了，逃跑者這時停了下來。團長和埃科諾莫夫少校站在一座橋邊，他們讓撤退的連一個個地從他們身邊通過，一個士兵走了過來，他抓住了團長的馬鐙，幾乎靠在他身上了。這個士兵穿了一件淺藍色的外套，頭上紮著繃帶，把法軍的一個子彈袋斜挎在肩上，雙手握一把軍官的佩刀。他的面色蒼白，藍眼睛卻放肆地盯著團長的臉，咧嘴微笑。即使團長正忙著對埃科諾莫夫少校發號施令，也不能不去關注這個士兵了。

「大人，這裡有兩件戰利品，」多洛霍夫指著自己的法國刀和法國子彈袋說道。「我已經俘虜了一個軍官。隨後我攔住了連隊。」多洛霍夫艱難地喘著氣，說話也變得斷斷續續。「全連都可以證明。我只求您記住這一點，大人！」

「好的，我一定會的。」團長說著就轉向了埃科諾莫夫少校。

可多洛霍夫並沒有走開，他解開裹頭繃帶，露出裡面的血絲。

「這是刺刀傷的。我仍留在前線上。請您別忘了，大人！」

現在，圖申的炮隊已經被遺忘了，直到戰鬥快要結束時，中央陣地上的炮聲仍能傳到他們的耳邊，巴格拉季翁公爵派了一個值勤參謀，隨後派遣了安德烈公爵到那兒去了，他命令炮兵連盡快撤退。在戰鬥過程中，不知道誰下令將圖申大炮旁邊的掩護部隊撤走了，可那個炮隊仍在不斷地轟擊，敵人沒料到這四尊沒任何人保護的大炮居然還敢發射炮彈，所以他們才沒被法軍俘獲去。而那個炮隊的堅決行動又使法軍誤以為俄軍主力集中在中央。他們兩次發起衝鋒想拿下這個火力點，可都被那四門孤零零留在高地上的大炮發射的霰彈給擊退了。

巴格拉季翁公爵離開後不久，申格拉本村就被圖申的炮火轟得起火了。

「瞧，他們已經亂套了！看那邊著火了！看那煙啊！」炮手們說著，興奮了起來。

這時大炮還沒有接到命令就都向著起火的方向射了過去。每發射一炮時，士兵們就叫道：「真有你的！好啊！就這樣幹！幹得漂亮！」於是火借著風很快地四處蔓延開來。他們把越過村子的法國縱隊逼回去了，可，就像要爲這次失敗報仇似的，敵人在村子的右邊架起十門炮，大家都開始攻擊著圖申的炮隊。

我們的炮手看到大火高興起來，因爲他們已經成功地擊中法軍，這使他們情緒更加激昂，直到一次出現了兩顆炮彈，隨後又有四顆，在我們的炮中間炸開的時候，他們才發現敵人還有個炮兵陣地，一顆炮彈打翻了兩匹馬，另一顆打掉了一個彈藥車車伕的腿。可是，這並沒有影響到部隊已有的活躍氣氛。後備炮車上的另外兩匹馬已經給替換上了，他們把受傷的人都抬走，那四門大炮掉轉過來對著那十門炮轟炸著。

圖申的同事，在戰鬥開始時就被打死了，在一小時內，將近二分之一的炮手們失去了戰鬥力，可炮兵們還是像先前一樣高興，一樣活躍。他們用霰彈連續兩次轟擊下面近地方的法軍。

那個身材矮小、動作軟弱無力拙笨的圖申，卻一直在要求他的勤務兵「繼續爲這門炮裝一斗菸！」他撒了撒菸斗裡的火星，跑上前去，用他的小手遮著自己的眼睛注視法軍。

他轉動著大炮的方向盤輪子說道：「立刻殲滅他們，弟兄們！」

連續的炮聲震耳欲聾，每一次發射炮彈圖申都會抖一下，在硝煙中，他嘴裡始終叼著菸斗，從一尊大炮跑向另一尊大炮，時而瞄準，時而數著炮彈的數目，時而又吩咐換上新馬，他用他那尖細的、微弱的、猶豫的聲音叫喊著。他越來越興奮。可每當有人被打死或受了傷，他總是心頭一緊，立刻轉過臉去，對著那些總是在拖延時間而沒有扶起傷患或拖走屍體的人憤怒地叫喊著。那些士兵大多是英俊高大的小伙子，他們就像一群受挫的孩子，看著他們的長官。

在可怕的轟鳴聲和嘈雜聲中，他們需要集中精神採取行動，因而圖申體會到一點帶著煩心的恐懼感，他從未想過自己可能被打成重傷。他開始變得越來越興奮了。他覺得，距離第一次看見敵人並發出第一發炮彈的時刻已經很遙遠了，那好像是昨天的事了，他覺得，他所站的那一小塊地方，他早已熟悉。即使他什麼都記得，能考慮一切事。

那四門大炮發出了震耳欲聾的聲音，敵人的炮彈聲和呼嘯聲混雜在一起；有些面孔通紅、大汗淋漓的士兵圍在大炮旁邊不停地忙碌著；在對面，敵人的那一邊煙霧騰騰，硝煙之後，總會有炮彈飛來，不停地打在地上、武器上、人身上、馬身上。他看到眼前的這一切，一個幻想的世界在他頭腦中形成了，而這個世界此刻正給他帶來無限的樂趣。而在他的幻想中，敵人的大炮變成了菸斗，那個隱蔽的吸菸者卻在時不時地噴出一口一口的煙霧來。

「看……又開始冒煙了。」圖申嘀咕著，此時此刻一朵煙雲從山上開始騰起，被風吹成了一條綢帶，向左邊飄去，「我們就等著球來吧……我們要把它拋回去。」

一個站在他身邊的炮手問道：「您有什麼吩咐嗎，大人？」他好像聽見圖申在嘟囔什麼。

「根本沒什麼……請給我一發榴彈……」他回答著。

「來吧，我的馬特維耶夫娜！」他自言自語道。「馬特維耶夫娜」在他的想像中，是一個緊靠邊的那個龐大的老式炮。他覺得圍在大炮周邊的法國人就像是一群螞蟻，而美男子和醉漢——就是第二尊炮的第一號炮手，是圖申最關注的，現在他的每一個動作都使他很開心。山下有時沉寂，有時響起激烈的長槍對射聲，像是什麼人在喘息一樣。

他把自己想成一個身強體壯的漢子，用雙手向法軍投擲著炮彈。

「喂，我的媽媽，馬特維耶夫娜啊，千萬不要出賣我們呀！」他在離開那尊炮時說。

此時一個陌生的聲音在他頭頂上飄了過來：「圖申上尉！」

圖申恐懼地回過頭。這正是曾把他從葛蘭斯的小吃棚裡趕走的那個參謀官。他不停地喘著粗氣喊道：「您是不是瘋了？已經兩次命令您撤退了，而您卻……」

「我現在……什麼也不……」他說著把兩個手指頭伸向了他的軍帽，「我……」

就在上校說話的時候，一顆貼近他飛過的炮彈使得他趕快低下了頭，趴在馬背上。他安靜了一下，還想說點什麼，另一顆炮彈又把他給打斷了。因而他只得掉轉馬頭跑掉了。

「撤退！大家全部撤退！」他在遠處喊道。

士兵們大笑起來。可不久後，一個帶著同樣命令的副官來到這裡。

這位是安德烈公爵。當他騎著馬來到圖申放置大炮的空地上的時候，他首先看到的是一匹斷了腿的被卸下來的馬，很多血從牠腿上流出來，數名陣亡者橫躺在前車之間。當他靠近的時候，他突然感到一股神經質的戰慄滑過他的脊背。可一意識到自己害怕了，就又開始重新振作起來。

「我現在可不能害怕呀。」他默默地想道，於是緩緩地下了馬。他開始下令，可並未離開炮隊。他決定親自看著大炮從陣地上撤退、消失。隨後他和圖申一道，輕輕跨過屍體，在法軍可怕的炮火下走著，隨時協助準備撤走大炮。

「剛才過來一個長官，可很快就溜掉了，」一個炮兵對安德烈公爵說道，「跟您不一樣！」

安德烈公爵什麼話也未跟圖申說。當把四尊炮中未損壞的兩尊套上前車以後，他們開始向山下進發，安德烈公爵駛近圖申。

「那麼，大家再見吧……」他說著，把手伸向圖申。

「親愛的，再見，」圖申說道。「再見，善良的人！」圖申說著，突然淚水模糊了視線。

二十

風停了，此時的戰場上空烏雲密佈，地平線上瀰漫的硝煙交織在一起。天色慢慢暗下來，而兩處大火的餘光更顯明亮。炮聲漸漸消隱了，可在後方和右方的槍聲更加密集了。

圖申帶著他的兩門炮不斷地繞過受傷的士兵。他剛一走出射程，就碰到了那些參謀部裡的長官和副官，那邊有那個參謀和兩次被派往圖申連的士兵，還有從沒來過的熱爾科夫。他們都爭先恐後地給他下命令，叫他該怎麼走。圖申沉默著，他害怕說話，因爲他覺得一說話就要大哭一場，他騎著馬走在後面。自從戰鬥開始從圖申的棚子裡跑出的那個健壯的步兵軍官，他的肚子中了一顆槍彈，他不得不托在馬特維耶夫娜的炮架上。在山腳下，有個面色蒼白的見習軍官來到圖申面前乞求把他帶上。

「上尉，我的胳膊受了重傷，請您看在上帝的分上！」他略顯膽怯地說。「請您看在上帝的分上……我走不下去了。請您看在上帝的分上！」

很明顯，這個見習軍官已經不止一次地請求搭腳了，但每次都遭到拒絕。他用一種很不確定的可憐聲音大聲地請求著：「請您讓我坐上去吧，請看在上帝的情面上！」

「請讓他上來吧，上來吧。」圖申說道，「隨後給他墊上一件大衣，老兄，那個受傷的軍官去哪兒了？」

「他已經斷氣了，已經抬下去了。」有人大聲地回答道。

「請你坐下吧，請他上車來吧。親愛的，坐下吧！請給他鋪上大衣，安東諾夫。」

見習軍官就是尼古拉。只見他用一隻手托著另一隻手，臉色蒼白，下頜微微顫抖著在發寒熱。於是他被安置在了炮車上。鋪在他身下的是一件有血漬的軍大衣，染髒了尼古拉的馬褲和胳膊。

「難道你負傷了嗎，親愛的？」圖申走近尼古拉坐的大炮問道。

「不，是被震傷的。」

「可是在這個炮架上爲何會有血漬？」圖申問道。

「這些都是那個軍官的血，大人。」炮兵邊回答邊用軍大衣的袖子擦拭血。

他們在步兵的幫助下，費了好大勁才把那兩尊炮拉上山來，在軍隊到達貢台斯多爾夫村之後，他們就停下來了。

天色已經很晚，十步以外就已經分辨不清士兵的制服了，射擊聲漸漸地消逝了下去。突然，在右方很近的地方，又傳來了大家的叫喊聲和射擊聲。炮彈在黑暗中發出了耀眼的光亮。這是法軍最後一次進攻，住在村中的士兵進行了回擊。他們又都傾巢而出，可圖申的炮不能移動，圖申炮兵們，還有見習軍官靜靜地等待著他們的命運。隨後射擊沉寂下來，士兵們從街上興奮地蜂擁而至。

一個人問道：「您安然無恙吧，彼得羅夫？」

「我們給了他們點顏色瞧瞧，老兄！我不敢再回來了。」另一個說道。

「天黑得伸手不見五指。他們現在打起自己人來了！現在有什麼喝的嗎？老兄！」

法軍最後一次進攻被打退了。在黑暗中，圖申的兩門炮被眾多步兵包圍著，又向前方的某處進發了。

那些低語聲、談話聲、馬蹄聲、車輪聲，交織在一起，在漆黑的夜色下嗡嗡作響。在這片嗡嗡聲中，暗夜中傷兵的呻吟聲和說話聲顯得格外清楚。只覺得他們的呻吟聲和這夜的黑暗融爲了一體。不久，那些移動的人群騷動起來，有一個騎白馬的人在侍從跟隨下走過，並悄悄說了些什麼。

「他說什麼了？他們去哪裡？他叫我們停下來，難道不是嗎？可是他謝過我們嗎？」四面八方傳來急切好奇的猜測。隨後人群擠成了一團，於是停下來的消息傳播開來。大家在泥濘的路中央駐留了下來。

於是篝火燃起來了，談話更清楚了。圖申上尉將連隊安排好後，吩咐一名士兵去爲見習軍官找包紮所的軍醫，隨後士兵們都坐在生起的篝火旁邊。

尼古拉也拖著身子來到火旁。因爲身體的疼痛、寒冷和潮濕引起的寒熱，使他全身顫抖不停。不可抗拒的睏倦令他昏昏欲睡，可胳膊鑽心的疼痛又使他輾轉難眠。他一會兒閉上眼睛，一會兒看一眼盤著腿坐在他旁邊的圖申那虛弱的背影，一會兒又瞧瞧紅得耀眼的火。圖申那雙善良的、聰慧的大眼睛憐憫地注視著尼古拉。他知道圖申一心想幫助他，可無能爲力。

這個時候不再黑暗了，只有一些看不見的河在流淌著。尼古拉面無表情地看著發生在他面前和周邊的一切。一個步兵來到篝火旁，他蹲下來烤火，隨後轉過自己的臉。

「您覺得不要緊，可是我掉了隊，我自己都不清楚我在哪裡！大人，我真的很倒楣！」他問圖申。隨後又有一個滿臉纏著繃帶的步兵軍官走到篝火旁，他請求圖申把炮移開一點，以便讓一輛運輸車開過去。後來，又跑來了兩個士兵，他們兩個拚命地對罵著和毆打著，只是爲了爭奪一隻靴子。

「怎麼，這是你撿的嗎？你可真機靈啊！」一個人沙啞地說道。

之後又有一名士兵走過來，他面色蒼白，脖子上還紮著血跡斑斑的裹腿，用一種發怒的聲音向炮兵們要水喝。他說：「怎麼，難道讓我像狗一樣死掉嗎？」

圖申吩咐給他一點水。

隨後有一個士兵跑上前來爲步兵討了一點火種。

「給步兵點熾熱的火炭吧！祝你們好運，同鄉們。很感謝你們的火炭——我們一定會加倍奉還的。」於是他拿著一塊通紅的火炭向黑暗中走去。

後來，有四個士兵用軍大衣抬著沉重的東西經過篝火旁。其中一個打了個踉蹌。「真見鬼，哪個厭惡鬼在路中央放了這麼多木頭？」他抱怨道。

「你看他都死了，還抬他幹什麼？」另一個說。

「你給我閉嘴！」隨後他們就抬著那個東西消失在黑暗中了。

「怎麼樣？你覺得很疼嗎？」圖申小聲問尼古拉。

「很疼。」

「大人，請你到將軍的小屋裡去一趟。」一個炮手跑到圖申面前說道。

「親愛的，立刻去。」圖申站起來，隨後就扣好軍大衣，整理了一下衣服，離開了篝火。

巴格拉季翁公爵在一所小房子裡，邊吃飯邊和幾個指揮官談話。在炮兵的篝火附近，那個半閉著眼睛的小老頭，正貪饞地啃一塊羊骨頭，還有一個已經有二十二歲軍齡的將軍，只要一杯白酒就可以讓他滿臉通紅，還有面色蒼白、噘著嘴唇、眼睛放光的安德烈公爵，那邊還有戴著一枚刻有自己名字戒指的參謀官，有惴惴不安地看著大家的熱爾科夫。

在小屋角上，斜放著一面從法軍手中奪來的軍旗，只見軍法官一邊摸那布料，一邊莫名地搖著自己的頭。在隔壁的小屋裡，還有一個被俘虜的法國上校，這時我們的軍官聚在他周圍，仔細地看他。

巴格拉季翁公爵向每個指揮官道謝後，仔細地瞭解了作戰的詳情和損失。還有那個在布勞瑙受過檢閱的團長，他向公爵報告說，戰鬥剛剛開始，他就撤出了樹林，隨後集合了砍柴的士兵們，先讓他們從他身旁撤走，隨後用兩個營的兵力進行白刃戰，合力打垮了法軍。

「大人，我看見，第一個營現在已經完全亂成了一團，我想：『我應該讓他們先撤下去，隨後用另一整個營的火力來打他們吧。』我現在就是那樣做的。」

那位團長很想這樣做，而且也很後悔他沒能這樣做，因而他現在竟在幻想著自己真的那麼做了。他往下說道：「而且必須明確，大人。」同時想起了多洛霍夫和庫圖佐夫的談話，「被降為士兵的多洛霍夫在我面前俘虜了一個法國軍官，而且他的表現很突出。」

熱爾科夫惴惴不安地張望著插嘴道：「大人，就在這兒，我看見保羅格勒驃騎兵的進攻。」那天前他根本沒見過驃騎兵，只是從一個軍官那裡聽到一些他們的情況。「他們衝破了兩個方陣，大人。」

大家都以為他還是一如既往地在講笑話，所以笑了笑；可是發現他想給我們軍隊增加一些光彩的時候，大家裝出嚴肅的表情來，即使很多人都明白，熱爾科夫說的是不著邊際的謊話。

巴格拉季翁公爵對那個老上校說：「各位，我很感謝大家，你們各部隊都表現得很勇猛，包括騎兵、步兵和炮兵。可是在中央陣地為何放棄了兩門炮呢？」他的嘴裡問著，眼睛裡卻在尋找著什麼人似的。「我記得請求您去過。」他轉而對值勤參謀官說。

「其中一門是被打壞的，」參謀官回答道，他謙遜地補充說，「可另一門我就不瞭解了。我始終在那裡，傳達了命令，他才離開……那裡戰鬥很激烈。」

可是有人說，圖申隊長就在這個村子裡，而且已經派人去找他了。「對呀，不過我認為您去過那裡呀！」巴格拉季翁公爵對安德烈公爵說道。「當然，我們差一點遇上。」值勤參謀官對安德烈愉悅地笑著說。「那是我沒有福氣看見您。」安德烈公爵冷淡地說。大家都沉默了。突然圖申出現在門口，他從將軍後面怯生生地擠了過來。圖申一如既往，一見到上司就覺得局促不安。

巴格拉季翁皺著眉問道：「那門炮究竟為何要放棄？」此時，面對一個威嚴的長官，圖申才感覺到失去兩尊炮而自己還活著的過失。他一直很緊張，在這之前，他甚至還沒來得及想過這一點，他下頜顫抖地站在巴格拉季翁面前，只能勉強地說：「大人……我不知道……應該沒有人了……大人。」

「可是您可以從掩護部隊裡調一些人呀！」

圖申沒說那裡沒有掩護部隊，不過這倒是個不容置疑的事實。他可能怕這會使別的軍官受牽連，因而他默默且一動不動地直盯著巴格拉季翁的臉。

其他人都不敢插嘴。沉默了很久，明顯巴格拉季翁不願苛求又找不到什麼話可說。安德烈公爵的手指頭神經質地抖著，他鎖眉看著圖申。

「大人！承蒙您派我去圖申隊長的炮隊。我去了那裡，看見三分之二的人和馬已經死掉，兩門炮被打毀，而且沒有任何掩護部隊。」安德烈公爵生硬的聲音打破了沉寂，此刻，巴格拉季翁公爵和圖申都逼視著正在說話的拘謹而激動的安德烈。

「如果大人允許我說兩句，」隨後他接著說道，「今天我們能成功，完全歸功於這個炮兵連的行動和圖申上尉及其連隊的英勇堅強。」不等回答，安德烈公爵就起身，離開了桌子。

巴格拉季翁公爵瞟了一眼圖申，明顯不願懷疑安德烈那尖銳的判斷，同時又覺得不能完全相信他，隨後對圖申說，他可以走了。安德烈公爵也跟在他後面走了出來。

「謝謝您，您救了我，親愛的！」圖申說道。

安德烈公爵看了他一眼，沒說一句話就走開了。

他覺得很沉重和痛心。所有這一切和他期望的竟然有如此大的反差。「他們到底是什麼人？他們來這裡做什麼？這一切什麼時候結束？」尼古拉看著面前變幻的影子想著。他感覺胳膊疼痛得厲害。他昏昏欲睡，隨後在他眼前跳動著一些紅色的圈子，和那些聲音與面孔的印象及孤獨感及肉體上的疼痛都融合在了一起。對的，是那些士兵們，他們在擠、燒、壓、扭著他那扭傷的肩膀還有那胳膊上的肉和筋。爲了逃避這個想像，他閉上了雙眼。可，就是那麼一眨眼的工夫，他又夢見了很多東西：母親和她那雙細嫩寬大的手，索尼婭那瘦削的肩膀，娜塔莎的笑聲和眼睛，傑尼索夫的鬍子和聲音。還夢見了捷利亞寧和潘戈登涅契之間發生的事，而且那件事就像是那個有刺耳雜訊的士兵，或許正是那件事和這個士兵這樣的痛苦，是那麼不依不饒地壓扯他的胳膊，他很想擺脫他，可他們一絲一毫都不放開。他無法擺脫他們，於是抬眼看去，只見黑色的夜幕懸在火光上方不到一俄尺高的地方，紛紛飄落的雪花在火光中飛舞。

圖申沒回來，醫生也沒有來。現在只有他一個人，而此時只有一個士兵，他們都全裸著坐在火對面烤他那黃瘦的身體。「我真是個廢物！」尼古拉想道，「沒人幫助我，憐憫我。可我曾經有過自己的家，曾經那麼幸福、強壯，我一直是被寵愛的。」他歎了一口氣，可又不由得呻吟起來。

「喂，現在還疼嗎？」那個士兵問道，還沒等回答，他就嘀咕了一句：「這戰爭毀了多少人啊——真令人害怕！」

尼古拉沒有聽那個士兵的話。他看著在火花上飛舞的雪花，回憶起在溫暖明亮的家中度過的那些冬天，他強壯的身體，還有他柔軟的皮襖，以及他家人的關愛。「可是我爲何要到這裡來呢？」他默默地想道。

次日，法軍沒有再進攻，巴格拉季翁的餘部跟庫圖佐夫的隊伍會師成功了。

chapter 3

伯爵私生子的命運轉折

一

經過深思熟慮的計畫瓦西里公爵從未有過，更不要提是有關損人利己的思想了。現在他只是上流社會中一個成功的，而且已經習慣了成功的人。他常常研究事物發展的情形，根據人際關係的親疏來制訂各種計畫和設想。甚至他自己都不完全明確的計畫和設想都已經成了他生活的全部。他的計畫和設想，有的剛剛才開始醞釀，有的早就實現，有的則已經破滅。他從未這麼想過：「這個人現在位高權重，我應當博取他的好感，讓他給自己弄一筆特殊的津貼，和他套關係。」或者，他也從沒這樣想過：「皮埃爾很富有，因而我應當引誘他娶我的女兒爲妻，隨後可以向他借我急需的四萬盧布。」可當他遇到有勢力的人時，就會本能地想道，「這個人可能會對自己有用」，於是，只要一有機會，瓦西里公爵無須準備，就會本能地去靠近他，說一些好話，討好他，親近他。

在莫斯科，他把皮埃爾拉攏在身邊，他替皮埃爾謀到一個宮中低級侍從的職位，並且他堅持要這個青年人和他一起去聖彼德堡，隨後住在他家裡。爲了讓皮埃爾娶自己的女兒爲妻，瓦西里幾乎不遺餘力。他深信不疑，事情必然會如他預想的那樣發展。如果他事前已經想好了計畫，交往上就不會那麼自然了。

總有一種東西吸引著他親近那些比他更有錢有勢的人，在需要利用某人的時候，他可以抓住良機。

就在不久以前還過著單身生活的皮埃爾，奇怪地成了富翁和別祖霍夫伯爵之後，被人們包圍得有點喘不上氣來，只有上床睡覺時才能稍微放鬆一些。他不得不簽署文件，與他不熟悉的政府機構打交道，去莫斯科附近的莊園接見很多的人，這些人甚至從前都不知道有他這麼一個人，而現在，如果他不想見他們，他們就會覺得受了冷落，感到難過，並且詢問總管一些事情，形形色色的人對這個年輕的繼承人都是那樣溫存；都相信皮埃爾的高尚品德。

他就聽見有人不停地這樣說：「您是那麼純潔，伯爵……」，或「用您那善良的心腸」，或者是「以您那非凡的仁慈」，或者是「如果他像您那麼聰慧」等。於是他真的開始相信他自己擁有非凡的智慧和仁慈了。

過去那些對他態度凶狠、懷有敵意的人，現在都對他和和氣氣了。

還有那個腰身細長、總是氣呼呼的大公爵小姐，在葬禮過後來過皮埃爾的房間。她面色紅潤、眼睛低垂地對他說，她很抱歉過去對他的誤解，她並不覺得能向他奢求什麼，只求在她受過打擊之後，允許她還可以在為它做過很多犧牲的家中多待幾個星期。

她說這幾句話的時候，不由得流下了眼淚。這位如泥塑雕一樣的公爵小姐，現在居然發生了翻天覆地的變化，皮埃爾深受感動，他握起她的手來，求她原諒。

自從那天起，大公爵小姐對皮埃爾的態度就發生了巨變，開始為他織帶條紋的圍巾。瓦西里公爵對他說道：「為她做這件事吧，我親愛的，畢竟，她為死者受過許多苦啊。」同時遞給他一張對公爵小姐有利的某個文件，請他簽字。瓦西里公爵認為，把這塊骨頭——一張三萬盧布的支票——拋給那個可憐的公爵小姐是有必要的，可以免得她到處說瓦西里公爵摻和搶奪鑲花公事包的事。

皮埃爾簽了那張支票之後，公爵小姐比從前更加和善了。那兩個小的公爵小姐也開始對他溫柔起來，特別是那個最小的、長著黑痣的，一遇到他就微笑，甚至還有些羞澀，這使皮埃爾感到有些不好意思。皮埃爾覺得，大家都喜歡他是再自然不過的，如果有誰不喜歡他的話，他反倒覺得不自然。因而，他確信他周邊的人都懷有真誠的心。他再也沒有時間問自己這些人到底是不是有誠意。因爲他總是忙，認爲自己總是處在一種柔和並且愉快的陶醉狀態中。

他還會覺得自己是某種重要活動的中心人物：大家總是期望他做什麼事，如果他不做，人們就會失望和傷心，於是他就不得不盡力做人們希望他做的事。

可好的東西總是望塵莫及。開始，瓦西里公爵對皮埃爾和對他事務的干涉比任何人都多。從別祖霍夫伯爵逝世起，皮埃爾被他緊緊地握在手心裡。他就像是個被繁重事務壓得筋疲力盡、負擔沉重的人，出於同情心，他覺得自己不可以把這個孤苦伶仃的青年交給那未知的命運，任憑騙子擺佈。因爲他畢竟是朋友的兒子，而且又擁有大筆財富。別祖霍夫伯爵死後的那些天，他要嘛叫皮埃爾來，要嘛親自去他那裡，用一種有倦意而自信的腔調告訴他應做的事，「你知道，我工作繁忙，可就這樣離開你又太冷酷無情了，你知道，我對你所說的是唯一的出路」

「我的朋友，我們明天終於要走了」。有一天瓦西里公爵一邊閉上眼睛，一邊用手指撫摸著皮埃爾的臂肘說：「明天我們動身，在我的馬車裡會給你留一個位子。我早就該走了，我們把這裡的重要事務都處理完了。我已收到大臣的信了。我爲你向他求情，你已被安排在外交使團裡了，做官內侍從。現在外交的大門爲你敞開了。」那腔調好像是在說一件他們早已決定而且是別無選擇的事情一樣。那種腔調是那麼不容置疑。

皮埃爾還是想要反對，可瓦西里公爵絮絮叨叨的話語阻止了他，使他無法打斷他的話。「可是我親愛的，我這樣做只是爲了我的良心，你根本用不著感激我。因爲從來沒有人因爲太被寵愛而抱怨的；還有，你是自由的，就算你明天不做了那也行。只要到了聖彼德堡，你就可以一清二楚了。」

瓦西里公爵歎了一口氣。「是的，是的，我親愛的。我的僕人可以坐你的馬車走。啊！差點忘了，親愛的，我和死者有一筆賬，因此我接到梁贊田莊的錢款，就留下了；我覺得你眼下並不缺錢。我們之後會算清的。」瓦西里公爵所說的「梁贊田莊的錢款」，指的是那筆田莊交的幾千盧布的代役租金，而現在這筆款項已被公爵占爲己有了。

在聖彼德堡，皮埃爾仍被包圍在溫柔寵愛的氣氛中。他不能拒絕瓦西里公爵爲他謀到的職位，更確切地說是一種頭銜，而他的社會活動、邀請、交際又很多，使他比在莫斯科時更加忙亂和迷茫，他隨時都在期待著某種就要實現，可卻總也實現不了的幸福。

過去單身漢圈的朋友已經離開了，現在近衛軍慢慢撤離了，多洛霍夫被降爲士兵，安德烈公爵去了國外，阿納托利則在外省軍隊裡；因而皮埃爾既不能像從前隨心所欲地度過夜晚，也不能和一個年長的、有威信的朋友談談心。

宴會和舞會佔用了他的全部時間，在瓦西里公爵家中，和公爵肥胖的妻子和美麗的海倫爲伴。安娜也和別人一樣，對皮埃爾的態度發生了變化，就像社會上對皮埃爾態度的轉變一樣。而以前在安娜在場的情形下，皮埃爾總覺得自己所說的話不是那麼得體，總是時機不對，而且沒分寸；可現在皮埃爾所說的一切，都是動聽的。即使安娜沒這麼說，他也看得出她就是想這樣說的。

一八〇六年初冬，皮埃爾接到安娜慣用的桃紅請柬，上面附加一句：「百看不厭的美人海倫將來參加晚會。」讀到這裡，皮埃爾第一次覺得，他和海倫之間形成了一種被別人認可的關係。可這念頭使他感到害怕，像要將責任硬加在他身上，可做爲一種有趣的假設，也讓他感到興奮。

安娜的晚會和第一次一樣，但這一次款待客人的是從柏林來的一位有名的外交家，他帶來了一些關於耶利斯坦沙皇訪問波茨坦的最新細節，還有關於兩位君主在那裡發誓結盟來捍衛正義事業、反對人類公敵的消息。

安娜接待皮埃爾時略帶幾分哀愁，這和別祖霍夫伯爵的死有關。所有的人都希望讓皮埃爾相信，他們爲他父親的死憂傷，對此，皮埃爾感到榮幸。與此同時，安娜用她嫻熟的技巧把她客廳中的人分成很多小組。將軍們和瓦西里公爵所在的那一大組佔有了那個外交家，另一組坐在茶几旁。皮埃爾本想參加第一組，可安娜一看見皮埃爾，就用手指捅了一下他的袖子，說道：「今晚我會對您另有安排，請等一下。」她看了一眼海倫，對她笑了笑。

「我親愛的海倫，請您對我的姨母示一下好吧。您可以去陪她一刻鐘。我爲了讓你不會太過無聊，這裡還安排了親愛的伯爵，我想他一定不會拒絕跟您去的。」隨後這個美人兒走向姨母那邊，而皮埃爾被安娜留在身邊，做出一副要做重要指示的樣子。

「您覺得很漂亮，不是嗎？」她指著飄然離去的美人兒對皮埃爾說。「她的風度如此非凡！可是對於一個年輕的姑娘來說，竟然可以這麼善於把握自己，她那麼有分寸，這可是很真實自然的，將來得到她的人將會多麼幸福！以後有了她，即使最不通世故的丈夫也能輕而易舉地在社交界佔有光輝的地位。我只是想瞭解您的看法，您覺得是這樣？」隨後安娜放他走了。

皮埃爾真誠地回答了安娜的問題，並且同意她說海倫善於把握自己的話。如果說，他有時會想到海倫，也正是想到她的美麗的緣故。那個姨母熱情地接待了這兩個青年人，可好像寧願隱藏起她對海倫的崇拜，而有意表現出她對安娜的恐懼。她不斷地看自己的侄女。

在安娜離開的時候，她又用手指拉拉皮埃爾的袖子，說道：「我很希望再也聽不到你說我這裡枯燥了。」並看了一眼海倫。海倫笑了笑，那神情像是想說，她不容許任何人見了她而不爲她著迷。

姨母咳嗽了一陣，隨後用法語說，她很高興能見到海倫，她轉向皮埃爾，一樣的神情、一樣的話又重複上演了一遍。海倫瞄了皮埃爾一眼，笑了笑，她對每個人都這麼楚楚動人地、開朗地微笑著。皮埃爾已經習慣了這種微笑，因而他覺得這笑對他已經沒任何意義了。姨母此時在談皮埃爾亡父別祖霍夫伯爵收藏的一些鼻煙壺，並要給他們看她的鼻煙壺。於是海倫公爵小姐要求看壺蓋上姨夫的畫像。

「這是維涅斯的作品。」皮埃爾說的是一個著名的小型肖像畫家，他一邊想傾聽別的桌子的談話，一邊向前探過身子去取鼻煙壺。隨後他起身想走過去，可姨母直接將那個鼻煙壺從海倫背後遞給他。海倫彎下身子騰出了一點空間，笑著回頭看了一眼。

此時的她和往常參加晚會時一樣，穿了一件時尚的袒胸露背的連衣裙。皮埃爾如此近距離的，連他那近視眼也看得清她的雙肩和脖子的魅力，還有她的嘴唇，離他那麼近，他只要稍稍一低頭就能碰得到。他甚至能聽見她呼吸時胸衣發出的摩擦聲，能聞到她身上的香水味，甚至還可以感覺出她的體溫。現在他感覺到的只是一種用衣服遮起的身體的神秘誘惑力。

「這麼說，您到現在還未發現我的美麗嗎？」海倫好像在說。「難道你沒注意到我是個女人嗎？是的，是可以成為任何男人的私有品的女人，甚至也能屬於您。」她的眼神向他說。此時，皮埃爾覺得，海倫不僅可以，而且一定要做他的妻子，而且必須這樣。此時此刻，他覺得是那麼堅信，就像他和她正在舉行婚禮一樣。他不知道這件事應該怎麼做和什麼時候做合適，甚至這樣好不好他都不知道，不過他知道這件事一定可以實現。

皮埃爾抬起垂下的眼睛，並且希望看見她還像往常看見的那樣，是那個對自己來說遙遠又陌生的美人，可他無法再那樣看了。他覺得他不能了。他們兩個關係太密切了，以至於她已經能夠駕馭他了，在他和她之間除了自身意志的屏障外，再沒有任何阻礙了。

突然傳來安娜的聲音，「那麼好吧，我要把你們留在你們的小角落裡」。於是皮埃爾懷著恐懼不安的心情回憶著他是不是有出格的行爲，一邊紅著臉看了一下周邊。

不久之後，當他走近那個大圈子時，安娜對他說：「我聽說您忙著裝修聖彼德堡的宅邸呢。」這倒是真的。因爲他的建築師對他說，他應該那樣做，於是皮埃爾也不知爲何，就開始裝修聖彼德堡的大宅邸來了。

「你有公爵這樣的好朋友，這很好，您可以繼續住在瓦西里公爵家。」隨後她微笑著對瓦西里公爵說道，「可是對此我知道一些，不是嗎？您還很年輕。因而需要忠告。」

她沉默了一會兒，期望著別人的反響，「如果你已婚的話，那麼要另當別論了。」她繼續說道，並且用目光把他們兩個連在一起。皮埃爾沒看海倫，海倫也沒看他。可是他們的距離那麼近。只見他臉紅了，同時嘀咕了一句。

皮埃爾回家之後，難以安眠，思索著發生的事。可究竟發生了什麼事呢？又好像什麼也沒有發生。他只知道，當有人說他從童年起就認識的那個美麗的女人就是海倫的時候，他是那麼漫不經心地說：「是的，很漂亮。」

他現在明白了這個女人可能是他的私有財產。「可她很蠢。我說過她很笨，」他想道，「我知道這根本不是愛情，而相反的是她在我內心，占著一個醜惡的、見不得人的位置。我聽說，她哥哥阿納托利愛上了她，她同樣愛上了他，也正是因爲這個緣故，阿納托利才會被趕走的。伊波利特是她的哥哥，瓦西里公爵是她的父親，這不好。」

可正在他如此推測之時，他發現自己在莫名其妙地笑，意識到在第一種推論後面浮現出了另一種推論。就是當他認爲她是個一文不值的女人的同時，又幻想她如何成爲他的妻子，而她又會怎樣地愛他，而且脫胎換骨。因為他又不把她看作瓦西里公爵的女兒了，而變成了那灰色衣服掩蔽下的她的身體。

「這樣不行！為何從前我沒這樣想呢？」他又對自己說，那根本不可能，因為在這樁婚姻中，有一種不自然的、醜惡的、很虛偽的東西。

此時他正在回憶她曾說過的話和眼神，安娜在談到他的宅邸時的談話和眼神，還回憶起瓦西里公爵和其他人的暗示，還有那些看見他們在一起的人的談話和眼神，他感到很恐懼，他覺得自己好像被什麼東西束縛起來了一樣，而他自己卻又不能做。可就在他向自己表示這種決定時，而他內心裡又浮現出她那種迷人的女性美的形象。

二

一八〇五年十一月，瓦西里公爵要去四個省視察。可他為自己弄到這份差事的目的，只是為了去看一下他荒廢的田莊，順便到他兒子阿納托利團隊的駐紮地觀察一下，而後帶著他去見尼古拉・安德烈耶維奇・博爾孔斯基公爵，以便他能跟那個富有的老先生的女兒結婚。可在動身前，瓦西里公爵必須先將皮埃爾的問題解決了。他最近確實居住在瓦西里公爵家，而且有海倫在場時表現得滑稽、激動和愚笨，可他還沒提出求婚。

「我覺得這一切都很順利，不過事情總該有個了結吧。」一天清晨，瓦西里公爵歎著氣對自己說。他覺得皮埃爾欠他太多，在這件事上表現得不大好。「輕浮、年輕……希望上帝保佑他吧！」瓦西里公爵想道，隨後懷著滿意的心情感受自己的寬容和善良，「我一定要瞭解這件事。後天是海倫的命名日。我請幾個人來，如果他不懂該怎麼做，那麼那就是我的事了。誰叫我是她父親哪？」

安娜的晚會後，皮埃爾激動得徹夜未眠，他認定了娶海倫將會是件不幸的事，因而他應當搬走避開她。然而就在一個半月後，他懷著恐懼的心情意識到，在人們眼中，他們被更緊密地聯繫在一起了，他甚至根本無法恢復先前對她的看法，而且更不能擺脫她，他不得不把自己的命運和她聯繫在一起。這件事他本是能拒絕的，可瓦西里公爵家裡幾乎天天都舉行晚會，皮埃爾必須出席，否則大家就會覺得很掃興，大家都會失望。

瓦西里公爵在家的時候，每次經過皮埃爾身旁時，總是不自覺地扯一下他的手，隨後把他那刮得光光滿是皺紋的臉伸給皮埃爾讓他親吻，而且說「明天見吧」或者「午飯時見，要不然就再也見不到我們了」或者「我是爲了你才留在家裡的」等。

即使瓦西里公爵留在家裡是因爲皮埃爾，可幾乎和他沒什麼交流，皮埃爾卻覺得不能使他失望。因而他天天都對自己說：「我需要弄清楚她是一個怎樣的人，到底是我先前錯了呢，還是我現在錯了？不，她並不是我想像中的那麼蠢，不，或許她是個不錯的姑娘。」他有時會對自己說：「可是她從沒做錯過任何事，她從沒說過一句蠢話。她是不怎麼說話，可她的話總是很清楚，她並不笨。而且她始終沒有露過窘態，因而我覺得她不是一個壞女人！」

從此他常常和她討論問題，她用深沉的眼神或微笑來回答他，這種做法最能向皮埃爾顯示出她的優勢，她每次都用得當而簡短的話回答他，並報以愉快、信賴的微笑，而且這種微笑是只給予他一個人的，這比平時她用來裝飾她面孔的笑包含著更多含義。

皮埃爾知道，人人都在等待他說一句話，捅破那層窗戶紙，他也知道這層紙他早晚會捅破的，可他一想到這可怕的一步，立刻感到一種恐懼。他曾經成千上萬次地對自己說：「這到底是怎麼了？我需要決心。難道我就不會有決心嗎？」他因而想要下決心，可他感覺到在這個問題上，他從前的那種決心消失得無影無蹤。

　　這個世界上有些人只有當他們覺得自己是兩袖清風的時候才會覺得有力量，皮埃爾就是其中之一。自從他在安娜家俯身取鼻煙壺時產生那種欲望之後，心裡就產生了一種不自覺的負疚感。在海倫命名日那天，瓦西里公爵家就餐的全是最至親的人，而且所有到場的人都看得出，那一天就要決定過命名日的人的命運了。大家就座完畢之後，那個位子上坐著肥胖的庫拉金娜公爵夫人。在她的兩邊坐著最尊貴的客人——老將軍和他的夫人，還有安娜。另一端坐著年輕的客人，海倫和皮埃爾做爲家裡人並肩坐在那裡。瓦西里公爵沒有入席，他繞著餐桌不停地徘徊，情緒特別好。除了海倫和皮埃爾，他對每個人都說上一句令人高興的話。

　　瓦西里公爵使氣氛活躍起來。屋裡燭光明亮，小姐、太太們的金飾和銀肩章閃閃發光，那些銀器和水晶器皿，刀子、碟子、杯子叮噹作響，僕人們在桌旁來回奔走。在餐桌的一端，一個老宮廷侍從對一個老男爵夫人說他激烈地愛著她，她聽了放聲大笑起來。另一端，有人正在講述著某位瑪麗亞·維克多洛芙娜不幸的故事。

　　就在餐桌中間，瓦西里公爵最引人注目。他嘴角上帶著調侃的笑容，對女士們講述上星期三在樞密院開會的情形。

　　在餐桌上端的貴賓們都很高興，大家都受到了各種令人興奮的事情的影響。只有海倫和皮埃爾並肩不聲不響地坐在桌子最末端的地方，此時兩個人臉上都有一種刻意抑制著的——一種爲他們自己的感情而感到羞澀的笑容。他們不管大家是插科打諢也好，有滋有味地吃著澆汁菜、霜淇淋，或者喝著萊茵酒也好，不管他們的目光怎樣避開那一對年輕的情侶也好，他們不管別人怎樣說笑，表現得漠不關心，從彼此偶然投去的目光中，他們能覺察到人們的目光其實都被海倫和皮埃爾這對情侶吸引。

瓦西里公爵用眼睛瞄他的女兒，在他大笑的時候，臉上的表情好像是明確地表明說：「一切順利，一切都要在今天定奪了。」與此同時，安娜的眼睛瞥了一下皮埃爾，而瓦西里公爵把這一瞥看作她對自己女兒和未來的女婿的祝賀。於是老公爵夫人悲哀地歎了一口氣，給坐在她旁邊的夫人敬酒，憤怒地看了女兒一眼，好像在說：「現在我們除了喝甜酒以外根本無事可做，親愛的，這是年輕人大膽地追求幸福的時刻。」

那位外交家看著那對戀人的幸福面孔默默地想道：「我所講的全都是蠢話，那一對才是真正的幸福呢！」這個小集體聯繫起來的那些僞裝、瑣細的興趣，加進了一對美麗的青年男女之間相互吸引的單純感情，而且壓倒了所有其他的東西。於是笑話變得無趣，新聞也變得失去了吸引力。甚至連僕人們也覺察出了這一點，以至於忘了服務的規矩，他們看著容光煥發的漂亮的海倫，和皮埃爾那幸福、寬闊、紅潤而又不安的面孔。

皮埃爾感覺到他是所有事的中心，這情形既令他感到不自然，可又使他高興。她只是偶爾在他腦子裡浮現很多關於現實的斷斷續續的思想和印象。

「要是照這麼說的話，一切都完了！」他想道，「這一切到底是怎麼回事呢？這樣快！我只想知道，現在不只是爲了她，也不只是爲了我，而是爲了大家，這件事是一定要發生的。他們希望這件事發生，那麼這事一定會發生，我不能讓他們失望。可這件事究竟該怎樣進行下去呢？我不知道，不過這件事是一定要發生的！」皮埃爾想道，瞧著那個在他眼皮底下閃光的、迷人的肩膀，他莫名地羞愧起來。

他覺得自己很難爲情：在別人眼裡自己是個幸運兒，面孔並不漂亮，現在卻成爲佔有海倫的帕里斯[38]。「不過，想必事情應該是這樣的！」他是這樣安慰自己的。「可我到底做了什麼？我和瓦西里公爵一起從莫斯科來到這裡。那時我們什麼都沒有。還有，我爲何不能住在他家呢？還有我們在一起玩牌，隨後跟她坐車出去玩。這到底是什麼時候開始的呢？」

就這樣，他儼然以未婚夫的身分坐在她身邊，甚至能感覺到她的動作、她的呼吸、她的貼近，還有她的美麗。他突然覺得，在他旁邊那個美麗動人的不是她，而是他自己，他甚至也因這一致的驚歎感到幸福，隨後抬起頭，挺起胸，爲自己的幸福而感到愉悅。

突然間，他聽見一個熟悉的聲音，那個聲音對他說著什麼。可皮埃爾根本不清楚人家對他說了什麼。「我再問你，安德烈的信是何時收到的，」瓦西里公爵第三次問道，「您怎麼這麼心不在焉啊，親愛的？」瓦西里公爵微微一笑，皮埃爾看見每個人都對海倫和他笑了。「那好吧，既然已經是眾所周知的事實了。」於是他表現出溫和如孩子般的笑容，海倫也在微笑。

「你是何時收到那封信的？那封信是從厄爾邁茲來的嗎？」瓦西里公爵又一次重複問道，他很需要清楚這一點。「怎麼能想到談這些瑣事呢？」皮埃爾想。「是從厄爾邁茲寄過來的。」他歎了一口氣回答道。

晚餐後，皮埃爾陪著他的女伴緩緩地步入客廳。客人們逐漸離去了，有些人不辭而別。還有另一些人，大家不願打斷她如此重要的事，只到她面前停留一會兒，就匆忙地離去了，根本不讓她出來送。

「看起來我只能向您祝賀了。」只見安娜認真地吻著老公爵夫人小聲地說道。老公爵夫人沒有答話，出於對女兒幸福的嫉妒，她感到微微有些失落。

38. 希臘神話中，宙斯化作天鵝與斯巴達王廷達瑞斯的妻子生了一女海倫，美豔無比，後嫁給斯巴達王墨涅拉俄斯。特洛伊王子帕里斯得到阿佛洛狄忒的幫助將她誘走，從而引起了持續十年之久的特洛伊戰爭。

就在客人們告辭的時候，皮埃爾和海倫長時間地待在他們一直待的小客廳裡。現在他覺得或許必須要做了，可他不管怎樣也下不了最後一搏的決心。他覺得很慚愧，覺得他在海倫身邊占了別人的位子。「這不是你應得的幸福。」一種內心的聲音向他大聲地傾訴。可總覺得應該談點什麼，於是他就開始說話了。他問她對這次晚餐是不是滿意。她和平常一樣用簡潔的語言回答說，這是她最愉快的一次命名日。

那些留下來的近親圍坐在大客廳裡。瓦西里公爵邁著懶散的腳步走到皮埃爾面前。皮埃爾站起來，說時候已經不早了。瓦西里公爵嚴肅地瞧他一眼，可隨後放下嚴厲的表情，他把皮埃爾的手向下一拉，讓他坐下來，溫柔地微笑了。「喂，海倫，現在怎麼樣？」他轉向女兒以父親慣用的、溫柔的腔調問道。接著他又轉向了皮埃爾。「希爾戈．庫茲米奇——據各方……」

他一邊說著，一邊將背心上面的紐扣慢慢地解開了。皮埃爾笑了，從他的笑容能看出，他清楚瓦西里公爵此時並不關心希爾戈．庫茲米奇那個故事；瓦西里公爵也明白皮埃爾清楚這一點，瓦西里公爵突然嘟囔了一句什麼就走了。

皮埃爾覺得瓦西里公爵流露出他不常見的窘態。皮埃爾被他流露出的窘態神情感動了，他回頭看了一眼海倫，她大概也覺得發窘。「我們必須，不可避免地要走到那一步一樣，可我不能，我不能！」皮埃爾想道，於是他又大聲地討論其他的事，談希爾戈．庫茲米奇，還問問這個故事是怎麼回事。海倫笑著回答說她也不清楚。

瓦西里公爵回客廳時，公爵夫人正小聲和一個上了年紀的太太談皮埃爾。「當然了，我覺得這是相當不錯的一對。」「可是婚姻是靠天定的。」那個老女人回答道。

瓦西里公爵幾乎沒聽女士們的談話，走到角落裡的一個沙發上坐了下來。他閉上眼睛，頭垂到胸前，但立刻就清醒過來了。「阿琳娜，」他對妻子說道，「去看一下他們在幹嘛呢。」公爵夫人走到門口，神情冷漠地走了過去，向小客廳望了望。海倫和皮埃爾仍然坐在那裡談話。「還是那個樣子。」她對她丈夫說。瓦西里公爵眉頭緊鎖，嘴歪向一邊，兩頰在跳動，臉上露出粗魯的表情；隨後他站了起來，抖了一下身體，仰著頭，邁著自己堅定的步子，走進了小客廳。

他大步流星地走到皮埃爾那裡。皮埃爾一看公爵那興高采烈的臉，驚訝地站了起來。他說道：「感謝上帝！妻子把一切都告訴我了！」他用一隻胳膊摟住了皮埃爾，用另一隻摟住他的女兒。「我的朋友……海倫……我很高興。」他的聲音顫抖起來了。「我愛你的父親……她一定會成爲你的好妻子……但願上帝祝福你們！」他擁抱皮埃爾，用自己的嘴吻他，隨後又擁抱了一下自己的女兒。他的眼淚真的把他的兩頰弄濕了。「請您到這裡來，公爵夫人！」他大聲地喊道。於是老公爵夫人走了進來，也流下了感動的眼淚。那個老女人也在用手巾擦拭眼淚。

皮埃爾被他們吻過，他也吻了幾次海倫的手。過了一會兒，又只剩下他們兩個了。「我覺得一切應當如此，而且不可能有另外的樣子了，這樣究竟好不好沒必要問。它終於被定了下來，不再有那種折磨人的疑問了。」皮埃爾默默地握住未婚妻的手，看著她那一起一伏的迷人胸膛。

「海倫！」他說到這裡隨即停住了。「我覺得在這時總得找一點什麼特別的話說。」可他怎麼也記不起人們在這種情況下到底都說什麼了。他注視著她的臉。這時她靠近了他一點，他的臉上泛起紅暈。「哎，請把這個摘去……這個……」她指著他的眼鏡說道。皮埃爾將眼鏡摘去，就在他正想俯下身去吻她的手的時候，她快速地甚至說是粗魯地迎上了他的嘴，讓他倆的嘴相吻。

她那改變，令皮埃爾大吃一驚。「一切都晚了，因爲所有的都結束了，而且我也愛她。」皮埃爾想道。「我愛你！」他說道，突然記起這時要說的話，可他的話說得那麼貧乏無味，讓他感到很慚愧。

一個半月之後他結了婚，隨後住進了新裝修過的聖彼德堡的大宅邸，就像人們所說的那樣，成爲了一個擁有美麗的妻子和百萬家產的幸運兒。

三

一八〇五年十二月，博爾孔斯基老公爵收到來自瓦西里公爵的一封信，在信中說：他將帶兒子來拜訪他。「我將要去視察，爲了看望您，我尊敬的恩人，就算多走一百俄里路我也不會放在心上。」瓦西里公爵寫道。「阿納托利將陪我一道前行，因爲他要應徵入伍，因而我希望您允許他親自向您表示他的深厚敬意。」

「看來，求婚的人已經自動到我們家來了，別帶瑪麗亞出門了。」嬌小的公爵夫人聽到這消息後大聲地說道。博爾孔斯基老公爵蹙了蹙眉頭，沉默不語。

收到信半個月後的一天晚上，瓦西里公爵的僕人先到了，第二天，兒子和他也到了。對於瓦西里公爵的品格，老博爾孔斯基總是給予很低評價，特別是在最近一個時期裡，當瓦西里公爵在保羅和耶利斯坦都飛黃騰達之後，就更加瞧不起他了。

根據來信和公爵夫人的暗示，他明白到底是怎麼樣的情況，於是博爾孔斯基老公爵內心對瓦西里由瞧不起變成了惡意的輕蔑。一提起他，老公爵就報以嗤之以鼻的態度。

在瓦西里公爵到達的當天，博爾孔斯基老公爵心情不佳，情緒很惡劣。他不知他是因爲情緒不好而對瓦西里公爵的到來感到不滿意，還是因爲瓦西里公爵才情緒不好，總之他情緒不好。早晨吉洪勸告建築師不要帶他的報告去見公爵。「您聽見他的腳步聲了嗎？」吉洪說道，「注意聽，他是在用整個腳跟走路，於是我們立刻就可以知道……」

可在九點，公爵穿著帶貂皮領的絲絨皮襖，戴著那頂常戴的貂皮帽，像往常一樣出去散步。博爾孔斯基老公爵走在已經打掃過的小路上。路邊掃開的雪裡還留有掃帚掃過的印記，鬆鬆的雪堤上還插著一把鐵鍬。隨後公爵陰著臉，一聲不吭地穿過了花房、下房和坯房。

「現在雪橇能通行嗎？」他向總管說道。

「現在雪很深，大人。我已經吩咐人去掃馬路了。」

公爵走向臺階，輕輕地點了點頭。

「謝天謝地，」管事想道，「烏雲已經過去了！」

「可是路很難走，大人，」總管補充說，「大人，我聽說有位大臣要來拜訪您，是嗎？」

公爵轉向管事，氣憤地直視他，「哪裡有大臣？到底是誰告訴你的？」他用尖厲的聲音說道。

「難道說路不是爲我女兒公爵小姐掃的，而是爲所謂的什麼大臣掃的？我這裡沒有什麼大臣！」

「可是大人，我以爲……」

「你以爲！」公爵喊道，他的話更加激烈，更加不連貫了。

「你以爲！你們這些強盜！壞蛋！我讓你以爲！」他向阿爾派特奇揮去他舉起的手杖，如果總管不閃身，他一定會被打中的。

「你幹嘛要認爲……壞蛋！」公爵氣急敗壞地大聲喊道。

雖然阿爾派特奇及時躲開了，他因爲自作主張還是感到很恐懼，又走近了公爵，隨後馴服地低下了頭，公爵繼續喊：「壞蛋們！趕忙把雪扔回路上去！」卻再也沒舉起自己的手杖，只是氣憤地跑進屋裡了。

在午飯前，他自覺地知道公爵不高興，布里安小姐和公爵小姐站在那裡等公爵。布里安小姐滿面春風，像在說：「我像平時一樣無知。」瑪麗亞公爵小姐則顯出一副驚慌失措的樣子，臉色蒼白，低垂著自己的眼睛。因爲她覺得：「如果我做出不瞭解的樣子的話，他會以爲我對他沒有愛心；如果我擺出自己也心情不好、很無聊的樣子，他會說我很消沉。」

公爵看著自己女兒那驚恐的面孔，不屑地「哼」了一聲。

「沒用的東西……」他嘟囔道。

「現在那一位沒來！看來也有人對她說了一些閒話。」他心裡想的卻是不在餐廳的公爵夫人。

「誰知道公爵夫人在哪裡呢？」他問道，「難道她躲起來了嗎？」

「她有些不舒服，」布里安小姐微笑著回答，「她根本不出來。在她那種狀態下是可以理解的。」

「哼！哼！」公爵嘟囔著坐下來。可是他認爲他的碟子不是那麼乾淨，他指著上面的一個污點把它拋開。吉洪一把接住，遞給了餐室的傭人。

小公爵夫人的身體並沒有不舒服，只是她對公爵總是懷有那麼一種難以言喻的恐懼，只要一聽說他不開心，就決定暫時不出來了。

「我是擔心我的孩子，」她對布里安小姐說，「誰知道到底會造成什麼影響啊。」

總的說來，那個嬌小的公爵夫人一直生活在對老公爵的反感與恐懼中。但是公爵也懷有一樣的反感，不過因爲他對她的輕視而慢慢地沖淡了。

就在嬌小的公爵夫人漸漸習慣了那裡的生活之後，她格外喜歡布里安小姐，因爲她會和她一起度過無聊的時光，並且請布里安陪她過夜，或者時常和她談起老公爵，隨後評論他。

「親愛的公爵，我們就要來客人啦。」布里安小姐說著，用那粉紅的小手打開了白餐巾。「聽說是瓦西里公爵大人和他的兒子？」她問道。

「哼！這個公爵根本是個乳臭小兒……從前還是我把他安排到委員會裡去的呢！」公爵像受了委屈似地說道。

「可我不明白，他兒子爲何會來這兒。或許伊莉莎白·卡爾洛芙娜公爵夫人和瑪麗亞公爵小姐知道吧。我根本不知道他帶他兒子到這兒來幹什麼。我現在不需要他。」隨後他瞪了一眼面紅耳赤的女兒，「你是哪裡不舒服嗎？還是因爲你害怕大臣嗎？」

「根本不是的，爸爸。」

儘管布里安小姐話題選得很不合時宜，她還是不停地說著，不停地談花房，討論著花朵；喝過湯之後，公爵漸漸溫和下來了。

在飯後，他去看了看他的兒媳婦。嬌小的公爵夫人正和侍女閒談。一見到公爵臉色立刻變得蒼白。她的模樣變化太大。兩頰深陷，嘴唇向上噘著，而眼睛卻向下垂著。

「是的，我覺得有點沉重。」她回答道。

「你還需要東西嗎？」

「不要了，謝謝您，爸爸。」

「那麼好吧，好吧。」

他出來以後，去了一趟傭人休息室，而阿爾派特奇站在那裡低垂著頭不說話。

「雪已經鏟回去了嗎？」

「已經鏟回去了，請您原諒我的無知吧。」

「好啦，好啦。」公爵攔住他，不自然地笑著。於是伸出手來，讓阿爾派特奇吻了一下自己的手，隨後返回書房。

直到傍晚，瓦西里公爵才到。

那些車伕和僕人在路上迎接他，大聲呼喊著，甚至故意把他的馬車和雪橇從撒了雪的路上拉到了廂房前。瓦西里公爵和阿納托利被安排到兩個房間裡。

阿納托利脫去外套，叉著腰坐在一張桌子前，漫不經心地微笑著，用那漂亮的大眼睛盯著桌角。他認爲自己的一生就是爲取樂而活著。他這次來拜訪這個凶狠的老先生和富有而醜陋的女繼承人也是這樣看待的。據他預測，這一切將會取得完美的結局。

「既然她有錢，那我幹嘛不娶她呢？又沒有什麼壞處。」阿納托利想道。

他噴了香水，仔細地刮了臉，這些早已成了他的習慣，隨後帶著揚揚得意的表情，昂著他英俊的頭走進他父親的房間。瓦西里公爵的兩個管家正忙著給他穿戴，他興奮地向周邊看。看見兒子進來，開心地對他點了點頭，就像在說：「嗯，我就是要你這個樣子，不錯。」

「父親，她相當醜嗎？」阿納托利繼續旅途中不止一次提過的話題。

「夠了！別胡說了！現在的關鍵在於，盡可能對老公爵表示尊敬，舉止大方。」

「他要是罵人的話，我就離開。」阿納托利說道，「這樣的老先生我可受不了。」

「記住，這將關係到你的一切。」

此時，女僕在房間裡不僅都知道了大臣和他的兒子來到的消息，而且仔細地描述了兩人的外表。瑪麗亞公爵小姐獨坐在臥室裡，不管怎樣都控制不住內心的興奮。

「他們爲何要寫信來，麗莎爲何要告訴我這個？這是不可能的！」她看著鏡子對自己說，「可我該怎樣步入客廳呢？就算我對他有好感，我也不能坦然地對待他啊。」一想到父親的眼神她就感到很恐慌。

布里安小姐和小公爵夫人已經從侍女那裡瞭解到了一切，她說大臣的兒子是個濃眉大眼、臉泛紅光的美男子，還說，他爸爸艱難地拖著兩腿上樓梯，而他卻像鷹一般一步跨三級地在後面跑。得到這些情報，布里安小姐和嬌小的公爵夫人走進瑪麗亞公爵小姐的房間。

「瑪麗亞，你聽說了嗎？他們要來了。」嬌小的公爵夫人說道，搖晃著大肚子走進來，隨後一屁股坐到安樂椅上。

她已不再穿她早晨常穿的短上衣了，而是換上了最好的衣服。她仔細梳理了頭髮，臉上很有生氣，不過仍然隱藏不了她憔悴的面孔。她已經和從前不一樣了。布里安小姐身上也是不顯眼的新裝束，令她那容光煥發的臉更加動人了。

「怎麼！親愛的公爵小姐，您還是老樣子？」她說道，「再過一會兒客人就來了，我們應該下樓了，難道您就不能打扮打扮！」

嬌小的公爵夫人從椅子上站起來，叫來了自己的女僕，開心地爲瑪麗亞公爵小姐出主意，隨即就行動起來。求婚人的到來讓瑪麗亞公爵小姐很激動，這一點讓她有點傷自尊，告訴她們說她爲自己也爲她們感到羞澀的話，自己的興奮之情立刻表露無遺了。如果要拒絕她們爲她打扮，她們就會沒完沒了地開玩笑的。她臉紅了，那雙美麗的眼睛漸漸失去了光澤，臉上出現了一些紅點子，於是她的臉上又出現了麻木的表情，由布里安和麗莎擺佈。

那兩個女人都真心地想把她打扮得漂亮起來。她們很真誠地替她穿戴，懷著女人天真堅定的信念，她們認爲漂亮的衣著能使人更美。

「不，真的，親愛的，我覺得這件衣服不好看。」麗莎遠遠地斜眼看著瑪麗亞公爵小姐說道，「你派人把你那深紫色的衣服找出來。這可能會決定你一生的命運呢。你的這件顏色太淺了，不好看！」

或許不是那件衣服不漂亮，而是瑪麗亞公爵小姐長得不行，可布里安小姐和公爵夫人都不這麼認爲。她們覺得，只要在頭髮上打一個藍結子，隨後梳起頭髮，從栗色的衣服上垂下一條天藍色的圍巾或別的東西就大功告成了。她們甚至忘記了，那張驚人的臉和體形是不可能改變的，不管她們怎樣改變外表，極力修飾這張臉，那張臉依然可憐、難看。

瑪麗亞公爵小姐被改裝了兩、三次，她的頭髮已經梳到頭頂上了，而且已經穿上那件淺藍領巾的栗色衣服了，嬌小的公爵夫人圍著她走了兩遭，一會兒整理了一下衣褶，一會兒又拉一拉那條圍巾，時而把頭歪向這一邊，時而又歪向另一邊來打量她。

「不，這可不行，」她拍打著雙手堅定地說道，「不，瑪麗亞，我覺得你不適合穿這件衣服。我想我更喜歡你平日穿的那件灰色的衣服。請把那件衣服拿來。卡佳，」她轉向侍女，「請你把公爵小姐的灰色衣服拿來。你就要看到，布里安小姐，我將要怎樣搭配它。」她像看到了結果般地微笑著。

可當卡佳把衣服拿來時，瑪麗亞公爵小姐依然一動不動地坐在鏡子前，自卑地看著自己的臉，鏡子裡的她滿眼淚花，嘴顫抖著。

「來呀，公爵小姐，」布里安小姐說，「咱們再試試。」

小巧的公爵夫人接過侍女手裡的衣服，走向瑪麗亞小姐。

「現在我們必須要打扮得落落大方又不失可愛。」她說道。

三個人的聲音，像鳥兒唱歌，歡快地嘰喳。

「算了吧，不要管我了。」瑪麗亞公爵小姐祈求她們。

她的聲音充滿了痛苦，那麼低沉，鳥兒的嘰喳聲一下子靜下來。只見她們看見她那雙美麗但飽含淚水和愁思的大眼睛祈求地看著她們，於是她們立刻懂了，不能再徒勞地堅持下去了。

「那至少改一下髮型吧。」嬌小的公爵夫人說道，「我從前不是對你說過嗎？」她帶著責備的意味對布里安小姐說道，「瑪麗亞的髮式和她的臉型一點也不相稱，真的！請改一改吧。」

「請不要管我，請你們不要管我吧！這些對我來說沒有任何的區別。」只聽見她強忍眼淚答道。

布里安小姐和小巧的公爵夫人不得不承認，這種打扮使瑪麗亞公爵小姐更醜，不過為時已晚。她帶著慣有的沉思而悲痛的神情看著她們。她們並不擔心瑪麗亞公爵小姐這種神情，不過她們知道，每當她臉上出現這種神情的時候，她就不會再作聲，而且也不會改變主意了。

「我相信根本不會改的。」麗莎說。她看瑪麗亞公爵小姐默不作聲，就離開了那個房間。

只剩下瑪麗亞公爵小姐一個人了。她沒有聽麗莎的勸，不僅髮式未做任何的改動，而且也不照鏡子了。她無力地垂下兩隻手，耷拉著眼睛默默地坐在那裡，思索著。她想自己會有個丈夫，一個有魅力的人突然把她帶到另外一個幸福的世界裡去。她想像著，在自己胸前有個自己的孩子，丈夫站在她的旁邊溫柔地看著她和孩子。

「不，不可能的，我長得太醜了。」她想道。

「快點來喝茶吧。公爵立刻就要出來了。」侍女在門外說道。於是她立刻清醒過來，並且為她方才所想的感到害怕，她走進供奉神像的房間，看著那個黑面孔的巨大的救世主肖像，雙手合十在神像前站了一會兒。

瑪麗亞公爵小姐的內心充滿了痛苦的疑慮。她能擁有愛情嗎？她能有對男人的那種愛嗎？瑪麗亞公爵小姐一想到結婚，就會想到家庭和孩子，可得到塵世的愛才是她最主要的、最深處、最強烈的夢想。她越想把這種感情掩藏，這感情就變得更加強烈。「可是上帝啊，我到底怎樣才能壓下心中這些魔鬼的誘惑呢？我怎樣才能將這些罪惡的幻想永遠地丟掉？」她剛對自己提出這個問題，上帝就給了她答案。

「你不要為你自己期望什麼，現在不要尋求什麼，不要嫉妒，更不要激動。你現在根本不必知道人類的未來和自己的命運，生活要隨遇而安。如果上帝想用結婚的義務來考驗你，那就按祂的指示做吧。」瑪麗亞公爵小姐滿懷這種念頭，歎了口氣，畫過十字，緩步走下樓，隨即不去擔心她的髮式和衣服了，也不去想她應該怎樣走進去，也不去想要說什麼。這一切和上天的定數比起來，根本不算什麼了。

四

瑪麗亞公爵小姐進屋的時候，瓦西里公爵和他兒子已經在客廳裡，跟嬌小的公爵夫人和布里安小姐談話了。於是她沉重地走進來，這時男人們和布里安小姐都站了起來，嬌小的公爵夫人指著她對男人們說：「瑪麗亞來了！」

瑪麗亞公爵小姐仔細地看了大家。她看見了瓦西里公爵在看她的那一瞬間，面部表情立刻停滯不動了，可立刻又露出了笑容，也看見了小巧的公爵夫人充滿好奇地注意客人們對她的印象。她也看見布里安小姐和她的緞子髮結，她的漂亮面孔和盯在他身上的熱烈眼神。可他不在她的視線內，因為她只看見有個巨大的、閃光的、漂亮的東西在她進來時就向她移動著。

首先走過來的是瓦西里公爵，公爵小姐在他俯身吻她手之際，輕輕地吻了一下他光禿的前額，隨後開始回答他的問話，她很清楚地記得他。隨後阿納托利走了過來。可是她卻看不見他了。她只覺得一隻柔軟的手緊握著她的手不放，而她用嘴唇輕輕地碰了一下那擦著髮蠟，很迷人的淡褐色頭髮下面的那個潔白的前額。

就在她抬起頭來看他的時候，她簡直要被他的紅顏給驚呆了。阿納托利右手拇指伸進了一顆制服鈕釦下，挺著胸，站在那裡輕輕地搖擺著一隻腳，略略低頭愉快地看著公爵小姐，很明顯，他的心中根本沒有她。

阿納托利不善言談也並不機靈，不過他能做到泰然自若、信心滿滿，這在社交界是很難得的。阿納托利沉默著，輕輕地搖著一隻腳，歡快地看著公爵小姐的髮式。他能像這樣平靜地沉默良久。他好像在說：「如果有人認爲這樣沉默著很尷尬，你就直接講話吧，可是我不想談任何事。」

在對待女人的態度上，阿納托利有一種最能引起她們好奇之心、敬畏之心，甚至愛慕之心的風度——一種輕飄的優越感。他的神情像在暗示她們：「我瞭解你們，和你們無話可談的。那樣你們倒是高興了！」他遇見女人很少思考，這或許是他的作風。

公爵小姐察覺到這一點，好像根本不願對他表示，甚至不敢期望他會注意到她，隨後她轉向老公爵。那是一場無聊的談話，不過也很熱鬧，這些都多虧了小巧的公爵夫人那美妙的嗓音以及她那噘起的毛茸茸的小嘴唇的幫忙。她用常用的戲謔腔調和瓦西里公爵交談著，說些小笑話和別人不知道的那些愉快的回憶。事實上這種回憶並不存在。

瓦西里公爵很願意接過她這種腔調，小巧的公爵夫人把阿納托利也拉進這有趣的往事回憶中。布里安小姐也加入這個行列中了，連瑪麗亞公爵小姐也高興地覺得自己融入了這快活的回憶中了。

「看吧，親愛的公爵，在這裡至少我們能夠獨處了。」小巧的公爵夫人對瓦西里公爵說道，「不像在安妮的招待會上，您總是跑開；您還記得親愛的安妮？」

「啊，不過您可沒有像安妮一樣和我談政治呀！」

「我們還有小茶几呢。」

「噢，當然是的！」

「您爲何不去安妮家呢？」嬌小的公爵夫人問阿納托利。「啊，我當然知道，」她向他擠擠眼說道，「關於您的事，令兄伊波利特跟我談過。」於是她用手指頭威脅他，「關於您在巴黎的惡作劇我可全知道！」

「可伊波利特沒告訴你嗎？」瓦西里公爵抓住嬌小的公爵夫人的手向他的兒子問道，「他難道沒告訴你，他怎樣爲了可愛的公爵夫人害了一種相思病，隨後他是怎樣被她趕出家嗎？」

「噢，公爵小姐，她真的是女人中的皇后啊。」他對瑪麗亞公爵小姐說道。

只要談到巴黎，布里安小姐就會迫不及待地加入這懷舊的談話中。她問阿納托利是什麼時候離開巴黎的，他是不是喜歡那兒。阿納托利很樂意回答這個法國女人的問題，笑瞇瞇地看著她，和她一起談她的祖國。一見到美麗的布里安，阿納托利就確定在童山他根本不會感到無聊了。

「很好！」他注視著她想道，「這個女伴很好！我真希望瑪麗亞出嫁時能夠把她也帶上，很不錯。」

而此時，老公爵在書房裡慢悠悠地穿戴著，沉著臉思考著。這兩位客人的來訪使他感到不愉快。

「瓦西里公爵和他的兒子算什麼？瓦西里公爵是個沒用的人，那麼他的兒子又能好到哪裡呢！」他暗自嘟囔著。

令他不悅的是，這兩個客人的到來將他內心一直擔心的問題變成了現實。那就是，他到底是不是捨得女兒嫁人，把她交給她的丈夫。而公爵一直沒有勇氣向自己提出這個問題。雖然看起來他好像對瑪麗亞公爵小姐不太珍重，可是沒有了她的生活對老公爵來說是無法想像的。

「難道她一定要結婚嗎？」他想道。「或許不會幸福。想想麗莎，和安德烈結了婚，可她對自己的命運滿意嗎？有誰會爲了愛情娶瑪麗亞呢？他娶她只不過是爲了財富和地位。難道老處女活得不快活嗎？」

博爾孔斯基老公爵穿衣服時這樣想道。瓦西里公爵帶了他兒子來，求婚之意已很明顯，今天或者明天就會要求一個確定的答覆了。他們是上流社會的人。

「那麼好吧，我同意，」公爵對自己說，「不過他得配得上我女兒。我得見了他以後才能下結論。」

「這我得見了他以後才能下結論！」他大聲地說道。

他邁著生氣勃勃的步子進入客廳，隨後瞥了一眼在座的人。他看出了布里安小姐的髮結、小巧的公爵夫人衣服的變化，還有瑪麗亞公爵小姐那難看的髮式、阿納托利和布里安小姐的笑容，以及他女兒在大家談話中的寂寞。

「大家都裝扮起來了，像個傻瓜！」他想道，隨後惡狠狠地瞅了女兒一眼，「她根本沒有一點自尊心，而他根本不在乎她！」

他走近瓦西里公爵：「啊！您好！能和您見面，我感到很榮幸！」

「千山萬水也隔不斷我們的友誼。」瓦西里公爵自信地、親暱地、急急地說道，「這是我的第二個兒子，請您多多愛護他，關照他。」

博爾孔斯基老公爵打量著阿納托利。

「這個小伙子不錯！」他說道，「好吧，請你來吻我吧。」隨後他伸出了他的手。

阿納托利懷著好奇心平靜地看著這個老頭，吻了吻他。

博爾孔斯基老公爵坐在他喜歡的那個沙發的角上，瓦西里公爵拉過一張扶手椅，一邊和他討論政局和新聞，一邊指著自己的椅子。他好像是在聚精會神地聽瓦西里公爵的談話，可時不時地看一下瑪麗亞公爵小姐。

「就是說，從波茨坦有信來了？」他重複著瓦西里公爵後一句話說道。突然起身，走向了他的女兒。

「難道你是爲了客人們才裝扮成這樣子，啊？」他說道，「真的是很好！你在客人面前把你的頭髮梳成這種新樣子，可是我要當著所有人的面對你說，之後沒有我的同意，禁止你隨便改變裝束。」

「爸爸，是我不對。」小巧的公爵夫人急忙爲她辯解道。

「您喜歡怎樣那就怎樣，」博爾孔斯基老公爵恭恭敬敬地說道，「可她不應該這樣醜化自己，長得這麼難看，再怎麼打扮也好不到哪兒去了。」

隨後他又坐了下來，不再去看那被他說得眼淚汪汪的女兒了。

「恰好，這種髮式用在公爵小姐身上很漂亮！」瓦西里公爵說道。

「啊，英俊的公爵，您叫什麼名字啊？我們談談吧。快點過來，大家好好認識一下。」博爾孔斯基老公爵對阿納托利說著。「我認爲一定會很有意思。」阿納托利想道，微笑著坐在老公爵旁邊。

「是這樣，我和令尊是由教會執事教我們讀書、寫字的，我聽說您是在國外上的學。那麼，您現在是在騎兵近衛軍任職嗎？」老先生湊近阿納托利專注地打量著他問道。

「是這樣的，我已經被調到陸軍去了。」阿納托利強忍著笑說。

「啊！這是多好的事啊。這麼說，我親愛的，您現在想爲國家和沙皇服務啦？這是戰時，小伙子應該服役的。那您打算上前線嗎？」

「不，公爵，可是我們的團隊已經開往前線了，可是我是……我是什麼呀，爸爸？」阿納托利笑著問自己父親。

「現在你這役服得很不錯，很不錯！『我現在是幹什麼的？』哈，哈，哈！」博爾孔斯基老公爵仰頭大笑起來。

「好了，你坐回去吧。」他對阿納托利說道。突然，博爾孔斯基老公爵不高興了。

阿納托利聳聳肩，帶著調皮的笑容回到了座位上。

「您是讓他去國外讀書，瓦西里公爵，不對嗎？」老公爵對瓦西里公爵說道。

「對，而且我覺得那裡的教育比我們這裡好多了，我已經爲他竭盡所能了。」

「對啊，而且都開始接受新的思想了，一切都變得不一樣了。這個小伙子不錯！那麼，請你到我那兒去吧。」他挽著瓦西里公爵的胳膊，隨後把他帶進書房。

就在其他人都離開了的時候，瓦西里公爵立刻向老公爵表明他的心願和來意。

「難道，你以爲我會不讓她出嫁嗎？你覺得我離不開她嗎？」老公爵唸唸叨叨地說道，「您想得太多了！哪怕她明天出嫁，我也不在乎！不過你一定要知道，我只是要更好地瞭解我未來的女婿一下。你我可是老朋友了，而且應該知道我的原則的——我做事正大光明！我明天就會讓她當著你的面回答，如果她願意，那麼他就可以住下來。我要再瞭解一下。」老公爵嗤之以鼻。「那就讓她自己決定，是否結婚吧，我無所謂！」他用跟他兒子分別時尖厲的聲音叫道。

「我坦白地對您說。」瓦西里公爵用勸對方別玩花樣的腔調說道，「要知道，您是一個可以洞察一切的人。阿納托利只是普通人，可他絕對是誠實、善良的孩子。」

「那麼，再看一下吧！」

就像長期過著單身生活的女人們常常會發生的那種情形，阿納托利的出現，令博爾孔斯基老公爵家的三個女性都強烈地感覺到，從前她們的生活毫無光彩。她們的感覺、思維、觀察能力一下子增強了十倍，她們毫無激情的生活，突然被一縷陽光照亮了。

這些問題瑪麗亞公爵小姐根本不去考慮的，她的所有注意力都被阿納托利英俊開朗的面龐吸引了。她相信他仁慈、英勇、豪爽、豁達。她斷定他是這樣的。而且她腦中浮現出很多幅關於未來家庭生活的美好畫面。她把它們趕跑，甚至竭力不要讓它們佔據自己的思想。

「可我對他是不是根本不夠熱情？」公爵小姐想道，「我即使努力控制自己，可是在心底我覺得離他很近，可是我的這種想法他並不知道，或許他認爲我不喜歡他呢。」

於是瑪麗亞公爵小姐盡力想對她的新客人示好，可又不知道該如何表達。

「真可憐，她太難看了！」阿納托利想道。

阿納托利的到來，也讓年輕漂亮的布里安小姐心潮澎湃，她當然也有自己的思想。因爲她是處在社會最底層，沒有親人、朋友，甚至沒有祖國的漂亮的年輕姑娘，不願爲博爾孔斯基老公爵服務而浪費一生，而她所能做的唯一事情，就是讀書給他聽和給瑪麗亞公爵小姐做女伴。布里安小姐一直在等待那樣一個俄國公爵：他能一眼看出她比那些舉止拙笨、長相難看、不會打扮的俄國公爵小姐的美麗之處，並且愛上她，隨後帶她過著幸福的生活。而現在，她覺得這個公爵出現了。

而這時嬌小的公爵夫人就如一匹老戰馬一樣，一聽見號角聲就情不自禁地忘記了自己那臃腫的身體，準備做她熟悉了的賣弄風情的本事，她沒有任何內心的掙扎，只有天真、輕浮的歡樂。

即使阿納托利早已習慣在女性社會中擺出不屑被女人們追逐的樣子，可看見自己對這三個女人產生如此大的影響，他感到驕傲。他內心開始對漂亮並吸引人的布里安小姐產生強烈的佔有欲，這種欲望的快速升級使得他打算去做更多最大膽、最粗暴的行爲。

在喝完茶之後，他們走進起居室，瑪麗亞公爵小姐應大家的要求演奏了一曲鋼琴。阿納托利笑眼瞇瞇地注視著瑪麗亞公爵小姐。她緊挨著布里安小姐。瑪麗亞公爵小姐驚喜地感覺到了他投在自己身上的目光，她又爲自己的難看而顯得無比痛苦。她被悅耳的奏鳴曲帶進了一個動人心弦並且充滿詩意的世界，在那個世界，因爲有了他那深情的注視，使得一切都變得更加美好。

阿納托利的眼睛雖然看著她，可是心思卻不在她身上，而在布里安小姐那隻小腳的可愛動作上，此刻他正在鋼琴下用腳去碰它。布里安小姐同樣也在看瑪麗亞公爵小姐，可是在她那雙美麗的眼睛中，公爵小姐感覺到的是希望和驚喜的神情。

「他是如此愛我呀！」瑪麗亞公爵小姐想道。「我現在這麼幸福！我可以有這樣一個丈夫和這樣一個朋友，我是那麼幸福啊！可是他真能成爲我丈夫嗎？」她默默地想道，低下了頭，可是依然感覺到那射向自己的目光。

晚餐之後，就在大家要離去的時候，阿納托利吻了一下瑪麗亞公爵小姐的手。可是她不知哪來的勇氣，就在他靠近自己的近視眼的時候，她仔細地注視著他的臉。之後，他又走向布里安小姐，深吻了她的手，布里安小姐的臉一下子紅了，並驚恐萬分地看了公爵小姐一眼。

「他真有禮貌！」公爵小姐想道。「難道布里安認爲我會嫉妒她，忽視她對我的忠心和純情嗎？」她走到布里安小姐跟前，親熱地吻她。

阿納托利走過去吻了一下小巧的公爵夫人的手。

「不！不！絕對不可以！你父親曾經寫信告訴我，說只有你表現得很出色，才可以吻我的手！」

她微笑著對他舉起一根手指頭，走出了那個房間。

五

後來大家各自回房了，除了阿納托利頭一挨著枕頭就進入夢鄉以外，這一夜，所有的人都久久不能入睡。

「難道這個陌生的、仁慈的、英俊的男人真的愛我嗎？他最吸引我的是他的仁慈。」瑪麗亞公爵小姐想道，她突然覺得害怕，這在她是從沒有過的情形。她不敢回頭看，因爲她覺得在身後的帷幔裡總是站著一個人。那個人就是他——魔鬼——一個長著白色的額頭、紅嘴唇，還有一對黑眼眉的男人。

隨後她拉鈴叫她的女僕，讓女僕和自己一起睡。

那一晚布里安小姐在冬季的花園裡停留了很久！好像一直在盼望著什麼人似的，一會兒又情不自禁地微笑，一會兒又被幻想中她那可憐的母親責備她墮落的話感動得淚流滿面了。

嬌小的公爵夫人責怪她的侍女床鋪得不好，使她不能趴著睡，甚至也無法側臥。因爲她怎麼躺都覺得身子很重、不舒服，甚至肚子不知道放在哪兒好，現在比任何時候都覺得不舒服。阿納托利的出現，把她帶回到年輕的時候，那時她身材好，而且總是輕鬆愉快，又無憂無慮的。她戴著睡帽穿著睡衣坐在一張扶手椅上，睡眼矇矓披散著髮辮的卡佳，不停地翻轉和拍打那張沉重的羽毛褥子。

小公爵夫人不斷重複地說：「我對你講過，一點兒也不柔軟！我自己倒是很睏，可沒法入睡，這根本不是我的錯！」她說話的聲音像要哭的孩子似的。

老公爵也沒有睡，吉洪在睡夢中還聽見他一邊嗤著鼻子，一邊生氣地來回走。可能老公爵覺得女兒爲他丟臉了。這份侮辱使他倍感沉重，因爲這針對的是他愛之勝過於愛自己的女兒。他想的是，他會把所有的問題都想清楚以後再找到合理的答案，而且還會考慮怎麼做，可他並沒這樣做，他只是讓自己更加氣憤。

「碰到第一個男人就忘了自己的父親，跑上樓去，梳新髮型，而且揚揚得意，什麼都不記得了！她雖然很樂意扔下自己的父親！而且她肯定知道我會猜出來的，哼！哼！哼！難道我瞧不出那個白癡眼睛裡只有布里安嗎？應該把她趕出門！瑪麗亞怎麼不知羞恥，連這一點也看不出來！既然她根本沒有自尊心，就算是不爲自己，至少也要爲我著想呀！應該跟她說，那個傻瓜一點也不想她，眼裡只有布里安。沒有，她根本沒有自尊心……不過我一定要告訴她事實的真相。」

老公爵知道，如果他對他女兒說，阿納托利並不喜歡她，而是想要追求布里安小姐，就會觸動瑪麗亞公爵小姐的自尊心，他的脾就勝利了，想到這裡他就平靜下來，叫來吉洪，開始脫衣服了。

當吉洪把睡衣穿在他那乾枯的老人身上時，他想道：「我從沒邀請過他們。明顯他們是來給我添亂的——可是我也活不了太久了。」他在頭還沒從睡衣裡鑽出來的時候嘟囔著：「真是該死！」

吉洪知道老公爵有自言自語的習慣，因此他看見從睡衣裡露出來的臉上，那憤怒的審問的表情，並不感到奇怪。

公爵憤憤地問道：「大家都睡了嗎？」

吉洪做爲一個稱職的僕人，知道他主人的想法，明白問的是瓦西里公爵和他的兒子。

「大人，現在燈都熄了，我想他們應該睡了。」

公爵快速地說著，接著把腳伸進拖鞋裡，繫上睡袍，往他睡覺的沙發走去。「不……」

即使阿納托利和布里安小姐什麼也沒聊過，可作爲他們戀愛史的第一篇章，在那可憐的母親出現以前，彼此就開始心照不宣；而且他們互相有很多悄悄話要說，因此從早上開始，他們就尋找一切可以單獨見面的機會。當瑪麗亞公爵小姐去她父親那裡時，在花園裡，阿納托利和布里安小姐相遇了。瑪麗亞公爵小姐這一天比以往更加忐忑不安地走近書房的門。她覺得不僅所有人都知道，就要決定她的命運了，而且也知道她對這樁婚事的真實想法。她從吉洪的臉上和瓦西里公爵管家的表情上，已經看出大家的想法了，還有那個管家提著熱水在走廊裡遇見自己時，還對她深深地鞠了一個躬。

而另外老公爵這天早上對公爵小姐格外殷勤和親切，那是當瑪麗亞公爵小姐弄不明白算術題，他煩躁地把枯乾的兩手攥成了拳頭，從她身邊離開，隨後從椅子上站起來，小聲地重複一句話時所出現的那種表情。

他很快地和她談起了正題，並且用「您」稱呼她。

「現在有人對我提出要向您求婚了，」他帶著一種很僵硬的笑容說道，「我想您已經知道了，瓦西里公爵帶了他的兒子到這兒來根本就是有目的——提出向您求婚的要求，按照原則的話，我應該來問您。」

「可是爸爸，我到底該如何理解您說的話呢？」公爵小姐說著，臉上一陣紅一陣白。

「你怎麼樣才能理解我！」於是她父親憤怒地叫道。「瓦西里公爵認爲你可以做他的兒媳婦，並且替他的兒子向你求婚。懂了嗎？就是這麼回事！」

「爸爸，我不知道您是怎樣想的。」公爵小姐小聲說道。

「我？你要搞清楚這是你的事。你不用管我。不是我結婚。你到底怎樣想？這是我最想知道的。」

公爵小姐看出，她父親對這件事不是很滿意，可一瞬間，她突然想道，她自己一生的命運或者就在現在決定了。隨後她低下了頭，不去看她的父親，就在她父親嚴厲目光的影響下，她覺得自己已經無法思考了，只能照往常一樣服從，終於說道：「我只想，能夠實現您的願望，不過如果要表示我自己的意願的話……」她還沒有說完，老公爵就打斷了她。

「很好！」他喊道，「他現在要的是你的嫁妝，而且，還要加上布里安小姐，她立刻成爲妻子了，可是你……」

於是公爵不再說了。因爲他已經看出這幾句話深深激怒了女兒的自尊心了。她低下頭，馬上就要哭出來了。

「好了，行啦，我開玩笑，真的是開玩笑呢！」他說道，「不過，親愛的公爵小姐，我始終堅持這個原則：女孩子能夠有足夠的選擇權。我讓你選擇。不過我想你千萬要記住：這輩子的幸福取決於你的選擇。至於我，我已經沒什麼好說的了。」

「可我不懂，爸爸！」

「很簡單！如果人家要求他的話，他是不可能娶你的，也能娶別人，但是我覺得你有選擇的權利……現在你可以回你自己的房間好好考慮一下，一小時後再來找我，並且當著他的面對我說：你是不情願還是情願。那就禱告吧，我知道你是要爲這個禱告，只不過是要認真考慮一下。」

「同意不同意呢？同意不同意呢？」公爵小姐猶如墜入雲端，跌跌撞撞地走著。

她的命運已經決定了，而且是幸福地決定了。可她父親的那些話是恐怖的。就算是開玩笑的，可仍然很可怕，她控制不住不去想這些。她什麼也聽不見，什麼也看不見，穿過冬天的花園毫無目的地一直往前走去。

突然，布里安小姐那熟悉的低語聲驚醒了她。她抬起頭來，恰好看見距她兩步遠的地方，阿納托利摟著那個法國女人，小聲對她說著什麼。一看到瑪麗亞公爵小姐，阿納托利英俊的臉上現出可怕的表情，可是想了一下後，才從布里安小姐腰上放開他的手，布里安小姐並沒有注意到發生了什麼事。

瑪麗亞公爵小姐默默地注視著他們。她的腦子沒法理解這件事。終於布里安小姐發現了她，隨後驚叫一聲，跑掉了。阿納托利帶著歡快的笑容對瑪麗亞公爵小姐鞠了一躬，隨後聳了聳肩就走出了她家冬天的花園。

一小時之後，吉洪來叫瑪麗亞公爵小姐去老公爵那兒；而且告訴她，瓦西里公爵也在那兒。吉洪來找她的時候，瑪麗亞公爵小姐正坐在她臥室裡，輕輕地撫摸著布里安的頭髮，抱著痛哭的布里安小姐。這時公爵小姐那雙漂亮的眼睛，恢復了之前的平靜，帶著一種失落和溫柔的愛，注視著布里安小姐那美麗的面孔。

「不，您不會再對我有任何的好感了，公爵小姐！」布里安小姐說道。

「可我比任何時候都更愛你了，爲何呢？」瑪麗亞公爵小姐說道，「我會爲你的幸福盡我的所能。」

「可，您已經瞧不起我了。不過您是應該瞧不起我的，您是那麼純潔，而且您永遠不會知道這種情欲衝動到底是怎麼回事。啊！我那可憐的母親……」

「我全都知道，」瑪麗亞公爵小姐帶著悲哀的笑容回答道。「好好想一下吧，我親愛的布里安。我要去我父親那裡了。」她說完就走了出去。

瓦西里公爵蹺著二郎腿，手裡拿著一個鼻煙壺，臉上帶著激動的笑容坐在沙發上。他在瑪麗亞公爵小姐進來時迅速捏了一撮鼻菸放在鼻前。

他起身握著她的兩隻手大聲地說道：「啊，我親愛的女兒！」接著，他又長長地歎了口氣，頗有感慨地說：「現在小兒的命運就由您決定了。快點決定吧，我尊貴的、親愛的、溫柔的瑪利亞，我是多麼愛您！」他真的感動得在流淚了。

博爾孔斯基老公爵哼道：「哼……哼……公爵代表他的兒子向你求婚。你現在是願意，還是不願意嫁給阿納托利・庫拉金公爵呢？回答：不願還是願。」他喊道：「在這之後我保留發表我的意見的權利。那是我的意見，真的只是我的意見。」

博爾孔斯基老公爵轉向瓦西里公爵，回答他那懇求的目光。「你現在願意，還是不願意，啊？」

「父親，我的心願是永遠陪伴著您的，永遠和您在一起。我很不願嫁給阿納托利。」她用那美麗的眼睛注視著瓦西里公爵和她父親，並且堅定地回答道。

「什麼！胡說！廢話！」博爾孔斯基老公爵皺著眉叫道，抓起女兒的手，把前額俯向她的前額，輕輕地碰了一碰，把她的手握得很緊，這個動作使她疼得叫了一聲。

瓦西里公爵站起來了。

「我應當告訴您，我親愛的，我永遠都會記得這一刻的，可是我最善良的人，請你給我們一點希望來感動您的這顆心吧，請您可以說『或許』吧……而且還有機會。」

「公爵，這一切都是我的肺腑之言。我很感謝您給我的榮幸，可我覺得自己永遠不能做您兒子的太太。」

「我親愛的，那麼就這樣吧！我見到您很高興！請你回到自己房裡去吧！」老公爵說道。

「我見到你真的很高興。」他擁抱著瓦西里公爵不斷重複地說。

「我的使命是另外的一種。」瑪麗亞公爵小姐想道。

「我的使命是以仁愛和自我犧牲爲幸福，隨後以別人的幸福爲幸福。可是不管多麼困難，我一定要讓可憐的布里安幸福，她是那麼狂熱地愛他，而且也那樣熱烈地懺悔。我一定要幫助她實現心願。我請求我父親和安德烈，如果她沒有錢的話，我立刻就會給她。當她和他結婚時，我會感到幸福。我覺得她是那麼可憐，而且人地生疏、隻身一人、無依無靠！上帝啊，既然她忘記了自己的身分，那麼她該多麼愛他呀！」瑪麗亞公爵小姐默默地想道。

六

此時的羅斯托夫家裡很長時間沒有尼古拉的消息了。現在正是仲冬，伯爵終於收到了一封信，他看出信上的字跡是兒子的筆跡。一收到信，他就急急忙忙跑進了書房，不讓別人發現，關上門，默默地讀信。

德魯別茨卡婭公爵夫人瞭解這個家中發生的所有事，一聽到來信了，她就默默地走進伯爵的房裡，突然發現伯爵又哭又笑，手裡緊緊地抓著那封信。

德魯別茨卡婭公爵夫人即使境況已經好轉，可仍然住在羅斯托夫家裡。「我仁慈的朋友？」她問道，準備不管發生了什麼事，自己應該全都表示同情。

這時伯爵哭得更傷心了。

「尼古拉……的一封信……他已經受傷了……傷……那是我的好兒子啊……伯爵夫人……不過他升作軍官了……感謝上帝……可到底該如何對伯爵夫人講這件事情呢？」

德魯別茨卡婭公爵夫人在他身邊坐下來，用她的小手巾擦去他的眼淚，也擦乾她自己的眼淚，看完了信之後，就安慰伯爵，決定從午飯後到晚茶之前由她去給伯爵夫人做心理準備，一切順利的話，喝茶後他們再宣佈一切。

吃飯的時候，德魯別茨卡婭公爵夫人大談關於戰爭的傳聞，討論尼古拉，問了兩次何時收到他上一封信，她心知肚明，但也接著說，或許今天就會接到一封信。每次聽到這些話，伯爵夫人就忐忑不安地看著伯爵，或者看看德魯別茨卡婭公爵夫人；公爵夫人及時把談話轉向其他事情上。

現在娜塔莎是家裡最機靈的人，從吃飯時起就感覺不對勁，她不確定她父親和德魯別茨卡婭公爵夫人之間發生了什麼事，那事肯定和她哥哥有關，公爵夫人在爲那件事做心理準備。娜塔莎雖然很大膽，但知道她母親對任何和尼古拉有關的消息都很敏感，所以在吃飯時她沒敢問。因爲心裡不安，她在座位上扭來扭去，一點也沒吃，甚至不顧家庭教師的批評。

飯後她迅速地跑去追德魯別茨卡婭公爵夫人，在起居室跑上前去，深情地摟住了她的脖子。

「您能告訴我，親愛的姨媽，發生了什麼事呀！」

「什麼也沒發生啊，親愛的。」

「不，我知道您一定知道這件事的。」

德魯別茨卡婭公爵夫人無奈地搖搖頭。她說道：「啊，你這個小機靈鬼，什麼都逃不出你的眼。」

「是尼古拉有信來了？一定是！」娜塔莎叫道，她在公爵夫人臉上看到了肯定的回答。

「可，你一定要保守秘密，爲了上帝，你可要知道這對你媽媽會有什麼樣的影響。」

「我一定會的，我一定，請你說吧！不說？好吧，那我現在就去告發。」

於是德魯別茨卡婭公爵夫人把信的內容簡略地告訴了她。

「我發誓，」娜塔莎畫著十字說道，「我一定不會對別人說的！」可她立刻就去了索尼婭那裡。

「尼古拉……他受傷了……而且來信了……」她興高采烈地宣布道。

「尼古拉！」索尼婭剛一說出這個名字，臉色立刻變得慘白。

娜塔莎目睹哥哥受傷的消息在索尼婭身上產生的影響，才知道那消息可悲的結果。

她跑向索尼婭，深情地抱住她，開始哭泣。

「可能只是一點皮肉傷吧，可是被提升爲軍官了；這封信是他親筆寫的，而且他已經完全康復了。」她含著淚說道。

「看吧！你們女人都喜歡哭，」彼佳嘲笑地說道。「是的，哥哥表現得這麼出色，我很自豪，真的很自豪。你們就是喜歡哭。」

娜塔莎含著淚開心地笑了。

「你還沒有看過信吧？」索尼婭問道。

「沒有，可她說，一切都過去了，而且他已經升爲軍官了。」

索尼婭畫著十字說道：「感謝上帝！不過，或許她說的是假話呢。我們去看一下媽媽吧。」

只見彼佳默默地在房裡來回踱著步。

「如果我處在尼古拉的位置的話，我一定會打死成千上萬的法國人，」他大聲地說道，「他們是那樣讓人憎恨！我一定會把他們殺得堆成山。」

「你給我住口，彼佳，你個大傻瓜！」

「我不是傻瓜，只有那種爲了一點小事哭的人才是傻瓜呢！」彼佳說道。

「你還記得他嗎？」娜塔莎沉默了一會兒後突然問道。

索尼婭笑了，「你是問我記不記得尼古拉？」

「不是，親愛的索尼婭，我說你是不是全部都記得很清楚？」娜塔莎努力用手勢表達著。「至於尼古拉，我也記得，」她說道，「而伯里斯我不記得，也想不起來了。」

「怎麼！你不記得伯里斯？」索尼婭驚訝地問道。

「我不是不記得——我當然知道他是什麼樣的，不過與我記得尼古拉不同，一閉眼就能想起和他在一起的每分鐘，可伯里斯……不行！」她閉起眼睛來。「就是這麼簡單，沒別的。」

「啊，娜塔莎，」索尼婭叫道，「現在既然我愛上了你哥哥，那麼不管他，或者我發生了任何事，我是不會停止愛他的，直到我離開這個世界的那一刻也不會停止。」

娜塔莎瞪大了眼睛驚訝地看著索尼婭，默默不語。

她覺得索尼婭所說的全是真話，索尼婭所說的那種愛情是有的，可自己還沒體驗過。她相信那種感覺是可能的，可卻無法瞭解它。

她調皮地問道：「你要寫信給他嗎？」

索尼婭沉思起來。現在他已經成了軍官，而且又是一個負傷的英雄，可是這只讓他想到自己，從她這方面說到底好不好呢。

「我不清楚。我想，如果他寫，我就寫。」她紅著臉說道。

「你給他寫信的話不覺得害羞嗎？」

索尼婭微笑了。「我一點也不覺得。」

「可，如果要我寫信給伯里斯我會害羞的，我是不會寫的。」

「可是你爲何要害羞呢？」

「我也不清楚。反正就是不好意思吧，他很害羞。」

「可是我知道爲何，」被娜塔莎剛才的話惹惱了的彼佳憤憤地說道，「那是因爲她已經瘋狂地愛上了那個歌唱家了，而她從前愛上的是那個戴眼鏡的胖子，因而她才會覺得害羞！」

「彼佳你真笨！」娜塔莎說道。

「可是沒有你笨，老太太。」九歲的彼佳說道。

在伯爵夫人吃飯的時候，經德魯別茨卡婭公爵夫人表示做好了心理準備。回到臥室以後，輕輕地坐在一張扶手椅上，只見她的眼睛一直盯著嵌在鼻煙壺上的她兒子的小照片，淚眼汪汪。

德魯別茨卡婭公爵夫人拿著信輕輕地來到伯爵夫人的門前，停了下來。

她對跟在她後面的老伯爵說道：「別進來，一會兒我給你開門時你再進。」她走了進去，關上門。

伯爵把耳朵貼在鑰匙孔上，仔細地聽著。

剛開始他聽到的只是平淡的說話聲，接著只有德魯別茨卡婭公爵夫人一個人的聲音，一會兒是一聲叫喊，一會兒是一片安靜，隨即又是兩個人歡快的說話聲，再隨後是腳步聲。德魯別茨卡婭公爵夫人打開門，她看起來得意揚揚。

她得意揚揚地指著伯爵夫人對伯爵說道，「成功了！」——伯爵夫人一手拿著信，一手拿著帶畫的鼻煙壺，輪流地把兩樣東西放在嘴上吻著。

她一看見伯爵，就張開兩臂，抱住了他的禿頭，又重看了一眼肖像和信這兩個比她生命還重要的寶貝，隨即輕輕地推開那個禿頭，又開始親吻這兩樣東西。

娜塔莎、薇拉、彼佳、索尼婭此時都進來了，於是大家開始讀信。這封信裡簡單地敘述了行軍和他參加過的兩次戰鬥以及他的升職等，還說他要吻他父母的手，並且求他們爲他祝福，他也吻娜塔莎、薇拉、彼佳。此外，他還向謝林格先生、什薩夫人，還有他的老保姆表達自己的謝意，此外，請他們替他吻「親愛的索尼婭，他還是像從前那樣愛她，想她」。

聽到這裡，索尼婭激動地流出了幸福的眼淚，她受不了大家的眼光，突然跑進大廳裡，大力地旋轉著，她的衣服鼓得像個氣球，隨後她眉開眼笑，幸福地跌坐在地板上。

突然間伯爵夫人哭起來了。

「您怎麼哭了呢，媽媽？」薇拉問道，「按照他信中所講，我們應當高興才是，你不應當哭啊。」

她說得很不錯，可伯爵、伯爵夫人、娜塔莎都責備地望著她。

「可是他像誰呢？」伯爵夫人想道。

尼古拉的信已被讀過幾百遍，被認爲有資格聽的人都得到伯爵夫人那裡去，她要讓所有人都知道，自己的兒子多優秀。

伯爵夫人每次都懷著不同的興趣重讀這封信，每次都能發現尼古拉的新善行。她覺得這是多麼不可思議，那個二十年前在她體內蠕動著纖小肢體的兒子，那個先學會說「梨」後學會說「爸爸」的兒子，那個因她常常和老伯爵吵架的兒子，正在異國土地上，慢慢成爲一個不用幫助的勇敢戰士了。她覺得兒子長大成人的每一階段，對她而言都是很神奇的，就像不敢相信二十年前孕育在她肚子裡的小傢伙，有一天會哭，會吃她的奶，突然會說話一般，即使她拿著這封信仍然難以相信，這個小傢伙居然會成爲一個勇敢強壯的男子漢，隨後成爲兒孫們和其他人的榜樣。

「他描寫得是多麼動人！這是多麼美妙的文字！」她讀著信中描述的部分說道，「他有著多麼高尚的靈魂！因爲沒有一個字談他自己……根本沒有一個字！卻談什麼傑尼索夫或別人，而他一定比他們任何一個人都更加勇敢！這就是他啊！這是一個多麼善良的人！他甚至想到了關心每一個人！在他只有這麼高的時候，我就一直說……」

連續做了一個多星期的準備，所有人給尼古拉的信都謄清了，在伯爵的關切下和伯爵夫人的監督下，在爲新提升的軍官準備了其他物品和必需的錢之後，注重實際的德魯別茨卡婭公爵夫人，爲她自己和她兒子在軍隊中找到一種適合的通信方法，甚至他們找到了靠山。她曾經把她的信寄給統率近衛軍的康斯坦丁・帕夫洛維奇大公[39]。羅斯托夫家的人認爲所謂的「國外俄國近衛軍」應該是一個很可靠的通信處，如果信能安全到達的話，就一定會送到在周邊的保羅格勒團隊。因而決定由大公的信使把錢和信送到伯里斯那裡，隨後由伯里斯轉交給尼古拉。寫信的有伯爵夫人、老伯爵、薇拉、彼佳、索尼婭和娜塔莎，老伯爵給他兒子送去了置辦裝備和其他各種東西要花的六千盧布。

七

在厄爾邁茲周邊駐紮的庫圖佐夫的戰鬥部隊，於十一月十二日的時候，準備接受奧、俄兩國君主的檢閱。剛從俄國開來的近衛軍就在距厄爾邁茲十五俄里的地方安營。第二天早上十點就可以到厄爾邁茲閱兵場參加檢閱。

這天尼古拉接到伯里斯的一封信，信中說道，伊斯梅洛夫團現在在距厄爾邁茲十五俄里的地方安營，伯里斯等著見他一面，以便轉給他信和錢。尼古拉現在很需要錢，可能是因爲作戰後的軍隊駐紮在厄爾邁茲附近，隨軍商販和奧地利猶太人的貨物一應俱全。保羅格勒團的人們接連舉行飲宴，大家都在慶祝，而且又去厄爾邁茲拜訪一個匈牙利女人卡洛琳娜，她在那裡開了一家有女招待的酒館。尼古拉剛慶祝過他的升職，又買了傑尼索夫那匹阿拉伯純種馬，因此到處是債。

一接到伯里斯的信，他就和一個同事騎馬去厄爾邁茲了，在那裡吃了飯，還喝了一瓶酒，隨後就一個人去近衛軍營地找他童年的夥伴。他穿著一件破舊的見習軍官短上衣佩一枚十字勳章，還掛有一

39. 康斯坦丁・帕夫維奇大公是俄皇亞歷山大一世的胞弟。

把帶穗的軍官佩刀，穿著破爛的磨破了皮的馬褲。有一頂揉皺的驃騎兵軍帽俏皮地歪戴在他的後腦上。

就在他騎馬去伊斯梅洛夫團營房的時候他默默地想，他這種飽經戰火的驃騎兵的外表，該怎樣讓近衛軍同事們和他的伯里斯驚訝。

近衛軍在行軍過程中都像遊園一樣，大家都在炫耀著他們嚴肅的軍紀和整潔的裝束。因爲每天的行程很慢，他們的背囊放在車上運送，奧國當局在每個宿營地都供給軍官們豐富的食物。根據大公的命令，各團隊奏著軍樂進出市鎮都要正步走，軍官們也在自己的位置上徒步前進。伯里斯在整個行軍期間都和貝格在一起。在行軍途中貝格因爲細心和勤勉獲得長官們的信任，甚至自己的經濟事務，他也做了一項周密的計畫。

伯里斯在行軍中結識了很多對他有幫助的人，靠皮埃爾的介紹信，他認識了安德烈公爵。伯里斯和貝格已經從行軍的疲勞中恢復過來，穿得乾乾淨淨，整整齊齊，坐在宿舍裡下棋。貝格用兩膝夾著一支冒煙的菸斗。伯里斯一邊把那些棋子堆成小金字塔，一邊等待貝格走棋。

「來吧，看你怎麼脫離困境？」他說。

「請你讓我好好琢磨一下吧。」貝格回答道，隨後拿起了小卒，可最終還是又放下了。這時門被推開了。

「哦，上帝，你看看他終於來了！」尼古拉喊道。「立刻上床睡去吧！孩子們，貝格也在這兒！[40]」他喊道，他重複著保姆的話，伯里斯和他從前曾拿這句話開玩笑。

「老兄，你現在變得好厲害呀！」

40. 這是乳母說不通的法語音譯：孩子們上床睡覺吧！

伯里斯站起來迎接尼古拉，同時，他並沒有忘記把那些倒下來的棋子擺好、扶正。在他想要擁抱他的時候，尼古拉避開了。尼古拉害怕老套子，不想模仿別人，想按自己的方式表達感情。他很希望在會見朋友時可以做點什麼特殊的動作：他想擰伯里斯一下，那是大家都做的事。可伯里斯正相反，他平靜、友好地擁抱了他，並且連吻了他三下。

他們兩個人大概有半年沒見面了。兩個年輕人正處在特殊階段，他們都發現對方發生了很大的變化。他們都急於向對方講述發生在他們自己身上的新鮮事。

「哎，我覺得你們這些無所事事的人像剛參加過園遊會似的，一個個漂漂亮亮，整整齊齊，不像我們這些粗魯的大兵。」尼古拉一副軍人的派頭，用伯里斯感到陌生的男低音，指著自己那濺了泥的破褲子說道。

女房東聽見尼古拉高聲講話，於是從門口探頭進來。

「她長得漂亮嗎？」他擠擠眼說道。

「別喊了，她們一定會被嚇壞的！」伯里斯說道。「我沒想到你今天會來。」他補充說。「我昨天剛托庫圖佐夫的副官帶信給你。沒想到這麼快你就收到了……你現在還好嗎？您是否已經去過前線了？」伯里斯問道。

尼古拉默不作聲，只是輕輕地搖了搖繫在軍服邊線上的士兵聖喬治十字勳章，含笑望了貝格一眼，指著用繃帶吊著的胳膊。

「正如你所見。」他說道。

「原來是這樣，是的！」伯里斯微笑著說道。「我們也完成了一次漂亮的行軍。你應該知道，太子現在隨團隊一道，因而我們將會有很多好處，享受所有的方便。在波蘭受過很棒的款待！」

兩個朋友互相傾訴著彼此的遭遇，一個講述他們驃騎兵的狂飲和戰鬥的戎馬生活，另一個敘說在皇室要員統率的軍隊下服務的好處和瘋狂的快樂。

「噢，那些近衛軍啊！」尼古拉說道，「我說，您給我買點酒好嗎？」伯里斯皺了一下眉頭。

「如果你一定要喝的話。」他說道。

於是他走到床邊，從乾淨的枕頭底下掏出了一個錢袋，派人去買了一點酒。

「天哪！我差點忘了，把你的信和錢給你。」他補充說。

尼古拉把錢放在沙發上，接過信，隨後開始讀信。讀了幾行之後，他就惡狠狠地瞧了貝格一眼，但卻遇見了他的目光，隨後就用信把自己的臉擋住。

「啊，你的家人給你寄來的錢可真多呀，」貝格看著那個陷進沙發裡的沉甸甸的錢袋說道。「而我們，伯爵，多麼可憐呀，我們可是靠薪俸度日呢。我就對您說說我自己……」

「貝格，是這樣的，我覺得，」尼古拉說道，「如果您接到一封家信，遇見一個您想要對他傾訴一切的朋友時，我一定立刻離開，免得妨礙您！請您走開吧，你隨便到哪去，……見鬼去吧！」他喊道，並立刻抓住他的肩頭，溫和地注視著那張臉，他又補充說：「我親愛的，請不要生氣，您肯定知道我誠心地像對一個老朋友那樣說話呀！」

貝格站起來：「啊，算了吧，伯爵！我完全理解。」

伯里斯說道：「到我們房東那裡去吧，他們在那裡請過您呢。」

貝格站在鏡子面前，穿上乾乾淨淨的長禮服，把鬢角梳上去，就一邊笑一邊走出去了。

尼古拉一邊讀信，一邊嘟囔道：「哎呀，我是個怎樣的壞蛋啊！」

「為何呢？」

「噢，我是從來不寫信的，可是一寫信就嚇了他們一大跳！我簡直是太壞了，啊，我就像是一頭豬！」他不斷重複地說，突然臉紅了。「對了，你派加斯夫里爾去買酒了嗎？好的，請你讓我們喝一點！」

他父母的信裡夾有一封給巴格拉季翁的推薦信，這是老伯爵夫人按照德魯別茨卡婭公爵夫人的建議通過一個相識搞到的，她寄給了兒子，讓他以資利用。

「可我要這個東西有什麼用呢！真是胡鬧！」尼古拉說著把那封信丟到桌子底下去。

「可是你爲何要扔掉它？」伯里斯問道。

「那只不過是一封介紹信……我根本用不著它！」

「怎麼會用不著？」伯里斯撿起信來，讀著上面的地址說道，「或許某個時候這封信對你會有很大幫助的。」

「我根本不要做副官，我什麼都不要。」

「爲何？」伯里斯問道。

「我覺得那是一種奴僕的職務！」

「我看，你還是個幻想家。」伯里斯搖著頭說道。

尼古拉問道：「而你也仍舊是個外交家！不過問題不在這裡……喂，你好嗎？」

「如你所見。到目前爲止一切順利，不過我很不願意留在前線，我倒是情願當副官。」

「爲何呢？」

「因爲我既然來參軍了，我想就應當盡可能謀取一個光彩的職位。」

「要不然這樣吧！」尼古拉說道，他用詢問的眼光望著他朋友的眼睛。

這時老加斯夫里爾買回酒來了。

「你派人去叫貝格吧？」伯里斯問，「我根本就不能喝，我覺得你們可以一起喝。」

「好，派人去叫他吧……你覺得這個傢伙怎麼樣？」尼古拉帶著輕蔑的笑容問。

「他是一個很好、令人愉快的、誠實的人。」伯里斯回答道。

尼古拉又瞅了一下伯里斯的眼睛，輕輕地歎了口氣。貝格回來了，三個軍官喝著那瓶酒，氣氛慢慢地熱烈起來。近衛軍官對尼古拉聊他們的行軍，聊他們在波蘭、俄國，在國外受到熱烈歡迎的情景，聊司令官大公的言行，還談了談他的易怒和仁慈的故事。

貝格和平時一樣，話題和他無關時就默默無語，一談到大公喜歡發怒的故事，他就滔滔不絕地說起來，在那時，在加里西亞，他曾經和大公談過一次話，大公巡視各團，因自己的動作錯誤而大發雷霆。貝格愉快地講述憤怒的大公怎樣來到他跟前，喊著：「阿爾瑙人[41]！立刻叫連長來。」

「他就開始訓我，罵得死去活來的，叫我『魔鬼』、『阿爾瑙人』，要『發配去西伯利亞！』您知道嗎？伯爵，我一點也不害怕，我覺得自己根本就沒有錯。伯爵，不是自誇，我敢說我能夠把軍令倒背如流，對條令也像背禱文那樣流暢。甚至我的連從來沒有絲毫馬虎過，因而我不會有絲毫恐懼。當我來到前邊……」貝格笑著說道，「我認爲我是對的，因而我一直保持沉默……『怎麼，你不會講話了嗎？』他喊道。我依然默不作聲。您猜怎麼樣，伯爵？第二天在命令裡這個懲罰連提也沒提。伯爵，就得這樣，看吧，這就是沉著的結果。」貝格說著，點上菸斗，輕輕地噴出一個個煙圈。

「是的，很好。」尼古拉笑著說道。

可伯里斯看出，他要拿貝格開玩笑了，於是他巧妙地轉換了話題。他請尼古拉告訴他們，他是怎

41. 阿爾瑙人是當時土耳其人對阿爾巴尼亞人的稱呼。

樣、在什麼地方受的傷。這讓尼古拉興奮，於是他開始講起來，越講越激動。他敘述了申格拉本的戰鬥，講得繪聲繪影的，可一點也不符合實際。尼古拉是個誠實的青年，他絕不是故意說謊。他一開始只想按事實來講，可不知不覺地，甚至是不可避免地，或者說是不由自主地編起故事來了。如果那些聽眾聽到的不是他們所希望的，那麼現在的情況或者更糟，或者根本就不相信他。現在他也不能按照實際發生的情況對他們說，因爲大家都騎著馬飛奔，隨後他跌下馬來，並且摔傷了胳膊，之後又拚命地躲避一個法國人，沒有辦法只好躲進樹林子中去了。可是你要知道講述實情是很困難的，現在的青年人很難做得到。他們希望聽到他怎麼在戰場上英勇無敵，他怎麼如暴風一般衝向敵陣，左右砍殺，而且他怎麼殺得精疲力竭，或者跌下馬來等等。於是他就編造了這個他們感覺最想聽到的故事。

講到中間的時候，正當他說「你們無法想像人在進攻的時候可以體會到的那種瘋狂的奇怪的感覺」時，伯里斯盼望已久的安德烈公爵進來了。安德烈公爵因爲有人向他求情而很高興，伯里斯贏得了他的好感，他想要讓那個青年人美夢成真。庫圖佐夫派他帶公文去見皇太子，隨後他順道來看這年輕人，希望可以與他單獨會面。

於是他一進來就看到一個正在敘述戰績的前線驃騎兵，他對伯里斯露出溫和的笑容，瞇起眼睛來看尼古拉，皺了一下眉頭，向他微微彎了一下身子，隨後慵懶地靠在沙發上。

尼古拉看出了這一點，於是漲紅了臉，只是一個陌生人罷了，他不在乎。可是，他看一下伯里斯，看出他好像也感到爲難。儘管安德烈公爵的腔調是使人不快的含有嘲諷味，儘管尼古拉從他那戰鬥部隊的觀點看，向來瞧不起參謀部的小副官，尼古拉還是感到很尷尬，沉默不語了。

伯里斯問參謀部方面是不是有新消息，我們方面有什麼計畫。

安德烈回答道，明顯不願當著外人的面說得更多：「我們可能要向前推進。」

貝格趁機有禮貌地問，聽說要加倍發給野戰部隊連長糧秣，難道真是這樣嗎？對此，安德烈公爵笑著回答道，他現在對這樣重要的政府命令根本就不能發表評論，於是貝格快活地大笑起來。

「關於您的事，」安德烈公爵又對伯里斯說，「我們之後再說，」他看了一眼尼古拉，「在檢閱之後您到我那兒去，我覺得我們將盡最大努力去幫助你。」

「我想您一定是在談申格拉本事件吧？難道您參加過那次戰役嗎？」他環視了一下房間之後，轉向尼古拉，他根本不去注意尼古拉的窘態，說道。

「是的，我參加過。」尼古拉憤憤地說道。

安德烈看出那個驃騎兵的心情，覺得可笑。他略帶輕蔑地微笑了。

「是的，關於那場戰鬥可是流傳著很多說法的！」

「不錯，是有很多說法！」尼古拉高聲重複道，用突然發狂的眼睛一會兒看伯里斯，一會兒看安德烈。「不錯，而且故事還相當多！不過我們的故事是那些親身體驗過敵人炮火滋味的人們的故事！根本不是那些無所事事，專得獎賞的參謀部的花花公子的故事，因爲我們的故事是很有意義的！」

「難道你認爲我也是屬於那種人？」安德烈公爵帶著平靜的、愉快的笑容說道。

「這我覺得和您沒有關係，」他說道，「我根本就不認識您，而且，我也不想認識您。我是說誰是參謀人員。」

「只是我要告訴您，」安德烈公爵用一種威嚴而又平靜的聲音打斷他說，「我很快會接受您的挑戰，如果您想侮辱我，如果您對自己沒有足夠的尊重，那將很容易辦到的，不過您必須得承認，現在地點和時間選擇得很不合適。在一、兩天裡，我們全體就要參加一場更大的、更艱難的決鬥了，這不是伯里斯的錯，而且不幸我的面孔令您厭惡。順便說一下，」他在起身的時候補充說，「你到底是怎麼知道我的名字，而且怎麼能找到我的，可請記住，我做爲一個比您年紀大的人，我根本不認爲我自己或您受過半點侮辱，我勸您把這事放下。星期五檢閱之後，我一定會等著您，那麼就這樣吧，伯里斯。對您說再見！」安德烈公爵結束了他的話，隨後對他們兩個鞠了一躬，就走了出去。

直到安德烈公爵走了之後，羅斯托夫才想起要向他回答什麼話。他因爲沒有說而顯得越發懊惱了。於是他立刻吩咐備馬，冷淡地辭別了伯里斯，回到連裡去了。他到底是明天去司令部對那個高傲自負的副官挑戰好呢，還是真的不再去想這件事，這個問題一路上一直折磨著他。一會兒又驚訝地感覺到，在他認識的人之中，沒有人像這個小副官這樣，他那麼想和他結爲朋友。他一會兒憤恨地想，如果看見那個矮小、驕傲和虛弱的人，在他的手槍瞄準下瑟瑟發抖的話該是多麼愜意啊！

八

尼古拉看過伯里斯的第二天，奧國軍隊和新從俄國開來的和庫圖佐夫統率下出征歸來的俄國軍隊接受了檢閱。現在兩國君主，檢閱著八萬人的盟國軍隊。

從清早起，隊伍就穿戴整齊，在重要的空地上排起整齊的隊來。時而是迤邐而來的炮隊，擦得發亮的大炮在炮架上抖動著，炮筒散發著火藥味，身上的銅件發出震動的響聲，一些炮兵徐徐地從騎兵和步兵中穿過，停在指定的位子上；時而是成千把刺刀和成千雙腳按指揮不停地停止和移動，在飄揚的旗幟下轉身，保持一定的間隔排列成隊；時而又傳來身著華麗制服，騎著棕、灰、黑色馬的騎兵整齊的丁零聲和馬蹄聲。

此時不僅將軍們穿起全副檢閱禮服，把他們的腰紮得緊得無法再緊，脖子被硬領卡得通紅；軍官們也穿戴講究，頭上抹了髮油；每一個士兵都把臉認真地刮過、洗過，把自己的兵器擦得錚亮，甚至每一匹馬被侍弄得皮毛如綢緞般閃耀光彩，那些濕潤的馬鬃梳理得很光滑。

大家都覺得這是在完成一件意義重大的、不尋常的事業。雖然每一個士兵和每一個將軍都覺得自己是微乎其微的，但又感覺到自己強而有力，大家都意識到自己是那個龐大整體的一部分。

從清早起，大家就開始忙碌地準備要辦的事，直到十點才一切就緒。部隊在寬闊的場地上列開。全軍排成三個橫隊：騎兵在最前面，後面是炮兵，再後是步兵。

現在各兵種之間保留著間隙，使軍隊的三個部分清清楚楚地分開：一些新從俄國來的近衛軍和戰鬥團隊，庫圖佐夫的戰鬥部隊，以及奧國的隊伍。

在前方，有一群人在緩慢地向前挪動。這一日，萬里晴空，一陣微風吹過軍隊，輕輕地吹動矛帶，一面迎風展開的軍旗拍打著旗杆。突然傳出了一聲口令：「立正！」接著各方隊中都重複著相同的口令，而後一切都平靜了下來。

在寧靜中，只聽得見「嘚嘚」的馬蹄聲。兩國君主的侍從到了。兩國君主騎著馬來到了隊伍的側面，第一騎兵團的號手吹起了集合進行曲。在這些聲音之間，能清晰地聽見耶利斯坦沙皇年輕溫和的聲音。隨後他致了歡迎詞，接著第一團大聲高呼「烏拉！」喊聲持續了那麼久，充滿著歡快，震耳欲聾，旁邊的人完全被他們眾志成城的巨大力量深深震撼了。

站在第一排裡的尼古拉，體驗到了這支隊伍中的每個人都體驗到的感情：一種自豪的力量感，以及一種忘我感。

他甚至感覺到，只要這個人一聲令下，這支龐大的軍隊立刻會去獻身，或者做出最偉大的英雄業績，因而他不得不戰慄著並且屏住呼吸等著他這句話。

四處都高呼著，「烏拉！烏拉！」隨後又是「烏拉！」……這些聲音越來越有力，越來越高亢，最後匯合成一種震耳欲聾的轟鳴聲。

沙皇沒有接近時，每個團都毫不動彈、默不作聲。沙皇剛走到一個團隊的前面，那個團就活躍起來，緊接著那個團的轟鳴聲就跟著他已經走過的、全線的轟鳴聲匯合起來。在那可怕的震耳欲聾的喊聲裡，在站立不動的方隊中間，有幾百個騎馬的侍從漫不經心地、自由自在地、不對稱地移動著，有兩個人走在他們前面——這就是兩國君主。大家狂熱的注意力都集中在他們兩人身上。

那個年輕英俊的耶利斯坦沙皇，戴著一頂寬簷三角帽，身著禁衛軍的制服，他的嗓音響亮而不高，吸引了所有人的注意力。

尼古拉站在離號手不遠的地方，他老遠就認出了沙皇，一直目不轉睛地注視著他慢慢走近。沙皇就要走到他身邊的時候，尼古拉清楚地看見他那年輕幸福的、清秀的臉上的每一部分，他體會到了一種從未體驗過的溫柔狂喜的感情。他覺得沙皇的每一個動作、全部線條，都是迷人的。

沙皇在保羅格勒團隊前停留了一會兒，隨後用法語對奧皇說了些什麼，他的臉上露出了微笑。看到那笑容之後，尼古拉也不由自主地笑了，並從內心湧動出一股對君主愛的暖流。因此他感動得哭出聲來。隨後沙皇傳喚了團長，並且對他說了幾句話。

「如果我可以和沙皇說話，我會怎樣呢？上帝啊！」尼古拉想道，「我一定會激動得無法呼吸的！」

沙皇對軍官們說：「諸位，我衷心地感謝大家，我感謝所有的人為國家所做出的貢獻……」尼古拉聽到的每個詞好像都是從天上發出的。

「你們想要贏得聖喬治軍旗，我希望你們無愧於這些軍旗！……」

「那麼我們只有為它赴湯蹈火，甚至為它去死！」尼古拉想道。

沙皇又說了些什麼，尼古拉沒聽清楚，他只聽見了那些士兵高聲地喊著「烏拉」。

尼古拉俯在鞍子上用盡全力喊「烏拉」。

沙皇在驃騎兵面前停留了幾秒鐘，有點猶豫不決的樣子。

尼古拉想道：「沙皇怎能躊躇不決呢？」可後來尼古拉覺得這一舉動也像沙皇的其他行爲一樣，是神聖的、莊嚴的。而那個沙皇的遲疑只持續了一瞬間。

沙皇穿著當時流行的尖頭靴子，碰了一下他騎的剪尾的栗色母馬，他那戴白手套的手緊緊地拉著韁繩，在副官一片雜亂動盪如海洋簇擁下移動了很久。他在各個團隊前都停留了一下，隨後越來越遠。終於尼古拉只能從圍繞兩國君主的侍從間隙中看到沙皇的白羽翎了。

在那些侍從大人中，尼古拉也看見了安德烈。尼古拉想起了昨天和他的爭吵！又想起那個令他煩惱的問題。他此時想道：「當然不了！」「在這樣一個特殊時刻，根本沒必要去提那件事。我現在原諒全部的人，而且愛每一個人。」

沙皇差不多走過所有團隊之後，軍隊開始在他面前做分列式行進，騎在阿拉伯純種馬上的尼古拉爲自己的騎兵連殿後。

在他快走到沙皇面前時，尼古拉用腳輕輕踢了馬兩下，讓牠邁出輕鬆歡快的腳步。這匹馬好像很懂他的心思，向胸前低著噴沫的嘴，伸展著尾巴，像從空中飛過似的，優雅而高貴地走了過去。

尼古拉收起肚子，向後伸著腿，和他的馬合爲一體，他緊皺著眉頭，帶著一臉幸福，從沙皇面前輕輕地走過。

「很棒，保羅格勒團的官兵們！」沙皇說。

「上帝啊，如果他現在讓我去爲他獻身，我將會多麼幸福啊！」尼古拉想道。

檢閱結束之後，所有的軍官三三兩兩地聚在一起，開始討論奧軍及其軍裝，討論獎賞，討論和拿破崙相關的事情，討論他們的戰線。

人群中討論最多的還是耶利斯坦沙皇。大家細細地品味著他的每一個細節並爲之陶醉。

大家心中只有一個想法：在沙皇統率下，以最快的速度去進攻敵人。並且在沙皇親自統率下，不管敵人是什麼人，他們都一定不會失敗。

檢閱之後，大家比任何時候都堅定地相信戰爭將會必勝。

九

檢閱後的第二天，伯里斯穿上他最好的制服，帶著貝格的祝福，騎馬去厄爾邁茲找安德烈。希望他能遵守諾言，爲自己謀到一個好職位，最好是副官的職位，他認爲這在軍隊裡是最光彩的職位。

「尼古拉有個有錢的父親，因而他可以理直氣壯地說，根本不願給任何人當奴僕，甚至不願討好任何人；可是我除了腦袋之外一無所有，我只能靠自己謀前程，不能錯過機會，因而我要好好利用它！」

這一天，他在厄爾邁茲沒找到安德烈公爵，可目睹了駐在這裡的外交使團和總司令部，還有兩國君主及其隨從人員，這樣的景象更加刺激了他內心想躋身於上層社會的願望。

這兒的人他基本上都不認識，即使穿著的近衛軍制服很漂亮，可和那些坐著豪華馬車，戴著羽翎、勳章、綬帶，在街上趾高氣揚的軍人和朝臣相比，自己是那麼微不足道。他到庫圖佐夫總司令的駐處去打聽安德烈，那兒所有的副官，甚至很多傳令兵們對他的態度大概都是想讓他知道，有很多的軍官來這裡拜訪，他們是如此厭惡！

儘管如此，或許正因爲如此，就在第二天，十一月十五日，午飯之後，他又去了一趟厄爾邁茲，他走進庫圖佐夫住的房子，打聽安德烈。

安德烈公爵在家，伯里斯被領進一間大廳，那裡有一架老式鋼琴，還有幾把椅子，一張桌子。緊靠門口的地方有一個傳令官，他身穿著波斯長袍，坐在桌子邊寫字。另有一個，紅紅胖胖的涅斯維茨基，枕著雙手躺在床上，和一個坐在他旁邊的軍官說笑著。第三個人正在琴上彈奏維也納華爾滋舞曲。第四個傳令官則趴在鋼琴上隨著曲調唱著。安德烈依然不在那裡。見了伯里斯沒有任何人有反應。而且正在寫字的那個人，也就是伯里斯所問的那一個，很不悅地轉過身來對他說，安德烈正在值班，如果想要見他的話，應當從左首的門進去，走到接待室。

伯里斯謝過了他，就向接待室走去。可是在接待室裡有十來個軍官和將軍。

當他走進房間的時候，安德烈公爵正在聽一個戴著勳章的俄國老將軍講話，他鄙薄地瞇縫著眼睛，而那位將軍挺直腰身，他紫紅色的臉上流露出想要討好的神情，隨後他向安德烈公爵報告事情。

「很好，請你稍停一會兒。」安德烈公爵對那個將軍說道。當看到伯里斯之後，安德烈公爵就不再聽那個將軍彙報了，可是那個將軍苦苦哀求他繼續聽下去，跟在他後面跑。

安德烈公爵轉向伯里斯，帶著一臉歡快的笑容點點頭。

此時，伯里斯清楚地懂了在這些軍隊中，除了上下級從屬關係和紀律以外，還有另一種更爲實質性的服從關係。這使得紫臉膛將軍紮緊腰帶畢恭畢敬地等著，而上尉安德烈卻爲了自己開心而和准尉伯里斯閒聊。

伯里斯比從前任何時候都堅定地下定決心：以後根據這一不成文的從屬關係服務。他悲哀地覺得，僅僅因爲把他介紹給安德烈公爵，他就凌駕於那個將軍之上了，可是在前線，那個將軍甚至完全可以不把他這個近衛軍准尉放在眼裡。

安德烈公爵走過來，緊緊握著他的手。

「昨天您沒找到我，很抱歉。我整天和那些德國人周旋。我們和魏羅特爾去視察部署。德國人要認真起來的話，那真就沒完沒了了！」

伯里斯微笑了一下，他明白安德烈公爵所暗指的這個眾所周知的事情。不過，他是第一次聽到魏羅特爾這個姓，甚至連「部署」這個名詞，他也是頭一回聽說。

「啊，親愛的，請問你考慮好了嗎？難道你還想當副官嗎？最近我考慮了您的問題。」

「不錯，我想過去求一下總司令。」伯里斯漲紅了臉，「瓦西里公爵有一封關於我的信給他。因而我提出此請求，我害怕只是因爲近衛軍而導致我們不參加戰鬥。」他補充一句。

「好的。我們來談談吧，」安德烈公爵說，「不過得讓我把這位先生的公事報告上去，之後，我們就能謀劃這件事了。」

在安德烈公爵去報告那個紫臉將軍事情的時候，這位將軍死死地盯住那個妨礙他和副官把話說完的魯莽准尉，伯里斯覺得不自在起來。他背過身去，不耐煩地等待著安德烈公爵從總司令辦公室回來。

「好的，是這樣的，我親愛的，我已經考慮過您的事。」當他們走進有舊式鋼琴的大房間之後，安德烈公爵說道，「您不用去總司令那裡。因爲他會對您說一大堆客氣話，邀請您一起吃飯，隨後事情卻不會有任何進展。我們這些傳令官和副官都看得多了！不過我們會這麼辦：我認識的一個好朋友是位副官長，是個不錯的人，多爾戈魯科夫公爵；現在庫圖佐夫和他的司令部以及我們起不了任何作用，現在的一切都是沙皇說了算。因而我們都會去多爾戈魯科夫那兒，現在我正巧有事去那裡，我已經和他談過您的事，讓我們看一下，看看他能否把您留在他身邊，或者爲您在太陽近處尋一個位置。」

安德烈公爵每指導一個青年人，幫助他在上流社會取得成功的時候，就會覺得很高興。因爲驕傲感，他從不接受別人的幫助，可他常常使人成功地向那個圈子接近。因而他很樂意幫助伯里斯，於是就和他一起去見多爾戈魯科夫。

就在他們走進厄爾邁茲宮的時候，月亮已經升起來了。

當天早些時候開過一次軍事會議，軍事參議院的人和兩國君主都參加了。會上反對施瓦岑貝格公爵和庫圖佐夫兩位老將的意見，決定立刻對拿破崙發起總攻。

安德烈公爵帶著伯里斯來到皇宮找多爾戈魯科夫的時候，這個軍事會議剛結束。

大本營裡所有的人依然被少壯派取得的勝利陶醉著。很多主張暫緩行動的人建議等一等再進攻，卻被駁了回去，他們的一大堆論據被那些激進派的人推翻了，大家認爲進攻有利是毋庸置疑的。因爲所有優勢全在我方：超過拿破崙的龐大軍力集中在某個地方；而且沙皇御駕親征鼓舞了士氣，所有的軍隊急切地想投入戰鬥；統率軍隊的奧國將軍魏羅特爾把戰略地形標在了地圖上，他對作戰地帶很熟悉，甚至連附近的地形也都熟悉，而拿破崙目前還沒有採取任何行動。

多爾戈魯科夫，主張進攻的人們中的一個，他剛開完會回來，疲憊不堪，但爲取得勝利而感到驕傲和興奮。安德烈公爵介紹了他所庇護的軍官，多爾戈魯科夫公爵客氣地緊握他的手，可什麼話也沒說，當時佔據他腦子的思想，是一種他無法抑制，必須要說出的思想。

他熱烈地說道：「呵，我覺得這一仗打得真漂亮，我們日後一定會引以爲傲的！不過，我應當承認，我過去在奧國，特別是在魏羅特爾面前是有錯的。他們是多麼仔細、多麼精確，對地形多麼熟悉，甚至對最小的細節，都有著驚人的先見之明！不過，我認爲你再也想不出比我們目前更好的條件了。俄國人的精細和奧國人的勇敢相結合——您還要怎樣呢？」

「也就是說進攻是最後決定了？」安德烈急切地問道。

「親愛的，拿破崙一定是不知所措了。您知道，今天他收到一封信。」多爾戈魯科夫意味深長地笑了一下。

「原來如此！他都說什麼了？」安德烈問道。

「他還會寫什麼呢？還是老一套，不過是為了推遲時間。我對您說，他現在已經是甕中之鱉了！可最有趣的是，」他突然溫和地笑起來，「我們想破腦袋也想不出寫給他的回信要怎樣稱呼他！我覺得應當稱作『拿破崙將軍』，因為如果不稱作『執政』，當然也不稱作『皇帝』。」

「不過，把他稱為拿破崙將軍，和皇帝之間是不一樣的。」安德烈說道。

「是啊，最大的問題就在於，」多爾戈魯科夫笑著打斷他，急忙說道，「你認識比利賓嗎？他是個很聰慧的人。他建議大家可以稱他作『人類的公敵和篡位者』。」

多爾戈魯科夫愉快地大笑起來。

「難道再沒有別的稱呼了嗎？」安德烈問。

「最後還是比利賓找到了一個恰當的稱呼。」

「那是什麼稱呼？」

「法國政府首腦鑒……」多爾戈魯科夫滿意而認真地說道，「很不錯吧？」

「不錯，不過我想他會不樂意！」安德烈說道。

愛說話的多爾戈魯科夫，一會兒看安德烈公爵，一會兒看伯里斯，講起拿破崙想怎樣試探我們大使瑪律科夫，曾經有意將一條小手帕掉在他面前，隨後停下來看著瑪律科夫，大概是希望瑪律科夫給他撿起來，可瑪律科夫隨即把自己的小手帕也掉在那一條的旁邊，隨後拾起了自己的那條。

「噢，當然會不樂意！我弟弟認識他，在巴黎他曾經不止一次和他，與現在的沙皇一起吃過飯。他對我說，他從來沒有見過這麼精明而又狡猾的外交家！您知道他和瑪律科夫伯爵的故事嗎？只有瑪律科夫伯爵一個人知道該怎樣和他打交道。您知道小手絹的故事？這真是太妙了！」

「很有趣！不過，公爵，我是替這個青年人來求您一件事的。您知道……」安德烈說道。

可安德烈公爵還沒說完，就有一個副官來召多爾戈魯科夫去見沙皇。

「啊，多掃興，」多爾戈魯科夫說道，連忙站起來，握了握伯里斯和安德烈公爵的手。「您知道我很想為您和這位可愛的青年人盡力。」他又一次帶著一種和藹、誠懇而又活潑的表情，握了一下伯里斯的手。「可您看……要不下次再說吧！」

伯里斯覺得他已接近最高權力人士，內心很激動。他甚至感覺到，他在這裡接觸的是控制著整個群眾運動的開關，而自己只不過是一個微小的零件。

他們隨著多爾戈魯科夫來到走廊，並遇到一個從沙皇房中出來的個子不高、穿文官制服的人。這個人有張聰穎的臉和突出的下頷，這賦予了他特殊的隨機應變的表情。這個人像對內部人員一樣地對多爾戈魯科夫點了點頭，並冷漠而專注地看著安德烈公爵徑直向他走去。明顯希望他讓路或者鞠躬，偏偏安德烈公爵既沒鞠躬也沒讓路，於是憤怒的神態就在那個人的臉上顯現出來了。隨後這個年輕人轉過身去，靠走廊一側過去了。

伯里斯問道：「他是誰呀？」

安德烈忍不住歎著氣說道：「這是我最不喜歡也是最傑出的一個人——外交大臣亞當・恰爾托里日斯基公爵。就是這些人，掌握著各國人民的命運。」

第二天軍隊就出征了，伯里斯只得繼續留在伊斯梅洛夫團裡，可是一直到奧斯特利茨戰役的時候，他再也沒見到安德烈或多爾戈魯科夫。

十

十六日凌晨，巴格拉季翁公爵分隊的傑尼索夫騎兵連，也就是尼古拉供職的團隊，在其他縱隊後面走了一俄里左右，被攔在了大路上。尼古拉看見，哥薩克們還有第一、第二驃騎兵連，緊接著的是步兵營和炮隊依次經過他們，多爾戈魯科夫和巴格拉季翁兩位將軍和他們的副官們也騎馬過去了。就像先前一樣，他再一次體驗了戰鬥前的恐懼，不過經過了那種恐懼的內心掙扎，他告訴自己要以驃騎兵的英勇行爲在這次戰鬥中立功。可是現在，所有這一切夢想和努力都泡湯了。因爲他們連被留作後備隊了，尼古拉煩悶地度過了這一天。

上午八點多，他聽見前方不斷傳來射擊聲、「烏拉」聲，還看見很多運到後方來的傷患。最後，他看見在幾百個哥薩克中間，一整隊法國騎兵被押解過來。戰鬥已經結束，即使不大，卻是勝利的。很多回來的軍官們和士兵們大聲地講述著輝煌的勝利，以及他們佔領威什奧城，甚至俘虜整個法國騎兵連的情形。

經過夜裡一場霜凍之後，第二天的天氣晴朗，愉快的秋光和勝利的喜悅融爲一體。而這個消息不僅是由從尼古拉身邊經過的、參加過戰鬥的人們講述的，而且也從將軍們、軍官們、副官們、士兵們臉上快活的神情中透露出來。可是他白白地經受了戰前的恐懼，在這快活的一天裡又變得無所事事，這更加刺痛了尼古拉的心。

「請你立刻到這裡來，尼古拉。大家喝一杯，借酒消愁吧！」傑尼索夫喊道，隨後他帶著食物和一水壺的酒坐在了路旁。

軍官們聚在傑尼索夫的飯盒旁，一邊吃，一邊談。

「瞧！又抓住一個！」一位軍官指著兩個哥薩克押解著法國龍騎兵俘虜說道。

其中一個人牽著一匹從俘虜那裡奪過來的漂亮的法國馬走到他們跟前。

傑尼索夫對那兩個哥薩克大聲喊道：「賣了牠吧！」

「只要您高興，大人！」

軍官們站起來，圍住那兩個哥薩克和俘虜。那個法國龍騎兵是一個年紀尚小的阿爾薩斯人，講一口帶德國口音的法語。他激動得上氣不接下氣，當聽見有人講法語以後，他立刻對軍官們講起話來，他說，當俘虜不能怪他，而他本來不會被抓住，就是那個派他去取馬被的班長的失誤，他已經告訴班長那裡有俄軍了。他只要說一句話，就附帶這一句請求：「請可憐我的小馬吧！」並疼惜地撫摸著自己的馬。很明顯，對於自己的處境他不是很明白。他時而為他的被俘道歉，時而又以為在他面前的是他的長官，表現出士兵的循規蹈矩和對勤務的關心。對俄軍而言，完全陌生的法國軍隊的新鮮氣氛被帶到了我們的後衛隊。

哥薩克把那匹馬賣了兩塊金幣。尼古拉收到家裡的錢之後，變成了最有錢的軍官了，他買下了這匹馬。

「請憐惜我的小馬吧！」他把馬移交給尼古拉，這個阿爾薩斯人又溫和地對他說道。

尼古拉讓那個龍騎兵不要擔心，並給了他一些錢。

一個哥薩克碰碰俘虜的胳膊，叫他繼續向前走。

「沙皇！沙皇！」突然有人高喊。

大家全跑了起來，手忙腳亂，尼古拉看見他後面有幾個帽子上帶白羽翎的人騎馬走到大路上來。只一分鐘的時間，大家都找準了自己的位置，上下不安地等待著。

尼古拉不記得也沒感覺到他是怎樣跑回到自己的位置並騎上了馬的。一瞬間，他的遺憾心情和枯燥情緒一掃而光，自己的各種念頭都立刻消失得無影無蹤。他全身心沉浸在沙皇駕臨的幸福感中。他像終於等到了約會時間的情人那樣的幸福。他在佇列中不敢回頭看，當然也不可能回頭看，憑著他的嗅覺，他感到沙皇的臨近。而他之所以會有這樣的感覺，是因爲他覺得，隨著沙皇的臨近，他周邊的一切變得更加明亮、更加快樂、更加有意義了。

尼古拉的太陽越來越近，他放射出溫和壯麗的光芒，他覺得自己沐浴在這片光芒裡，他甚至聽見了國王的聲音，溫柔、平靜、雄偉、質樸的聲音！周圍出現了死一般的沉寂，隨後沙皇的聲音傳來。

「你是保羅格勒驃騎兵嗎？」他問道。

一個聲音答道：「我們是後備隊，陛下！」

沙皇走到和尼古拉並排的地方，停住了腳步。耶利斯坦的臉比三天前檢閱時更好看了。它煥發著快樂和青春的光輝，不由得讓人想到一個年方十四歲的少年的勃勃生機。

當沙皇掃視騎兵連時，眼光偶然和尼古拉的目光相遇，在他的臉上凝視了兩秒鐘。一種柔和溫厚的光從那裡放射了出來。隨後他突然抬高自己的眉眼，用左腳踢了下他的馬，就奔馳而去了。

而那個年輕的沙皇聽見前沿陣地上的槍聲禁不住要上戰場，於是，他不顧朝臣們的強烈反對，在十二點離開他跟隨的第三縱隊，向前沿奔去。就在他還沒追上驃騎兵的時候，幾個副官急匆匆地跑來，帶來了戰鬥勝利的消息。

這次他們俘獲了一個法國騎兵連，這被看作是一個擊潰了法國人的輝煌勝利，因此全軍和陛下，尤其是當戰場上硝煙還在瀰漫的時候，大家都相信法國人已經敗了，因而大家正在撤退中。

沙皇過去幾分鐘之後，保羅格勒團奉命前進。隨後在威什奧城裡，尼古拉又看到了沙皇。

在沙皇到來前，城市廣場上，他們有過相當猛烈的交火，地上還躺著幾具沒來得及運走的士兵屍體。而在文武侍從的包圍下，沙皇騎著一匹剪尾栗色母馬，面向一側俯著身子把自己的一副金柄單腿眼鏡舉在眼前，看著一個趴在地上、頭部鮮血淋漓的士兵。那個傷患是那麼污穢，那麼使人噁心，他離沙皇那麼近，令尼古拉感覺受到了侮辱。尼古拉看見，沙皇那微微駝著的肩頭戰慄了一下。突然他左腳開始用馬刺踢馬肚子，那匹訓練有素的馬卻面無表情地向後看了看，待在原地不動。隨後一名副官立刻下馬，把那個傷兵抱上了一個擔架。那個兵呻吟起來。

「小心點，你們不能輕一點嗎？」沙皇說完後就騎馬走開了。

尼古拉看見沙皇眼中含滿淚水，並聽到他在臨走時，用法語對恰爾托里日斯基說了一句話：「戰爭是多麼恐怖的東西！」

目前，前沿部隊在威什奧市前能望見敵軍哨兵線的地方已經待了一整天，而敵軍一聽見槍響就開始給我們讓地方。沙皇要嘉獎前衛，給每人都發了雙份的白酒。營火比前一夜燒得更加明亮了，這時候士兵的歌聲接連不斷傳出。這一夜，傑尼索夫慶賀他升為少校，喝多了的尼古拉在宴飲結束時，提議為沙皇的健康乾杯。

「不是像在正式宴會上那樣為沙皇陛下，」他說道，「讓我們為他的健康和我們必勝、法軍必敗乾杯！」

「既然我們之前有過交鋒，而且沒放過法軍，現在，當他御駕親征走在前面時，我們該怎麼做呢？我們都不會退縮，我們都情願去獻身！難道不是嗎？各位，或許我說得不是特別對，不過我是這樣認為的，大家也是這樣認為的吧！為耶利斯坦一世健康乾杯！烏拉！」他說道。

「烏拉！」軍官們大聲地高呼。

老騎兵大尉吉爾斯丁絲毫不比二十歲的尼古拉遜色，他也熱情洋溢地叫著。

軍官們喝完，吉爾斯丁又斟滿另外的杯子，捧著酒杯，走向了士兵們的篝火，擺出一副莊嚴的姿態，他舉起一隻手，浸沒在篝火的火光中。

「夥伴們！讓我們為勝利乾杯，為將要打敗敵人，為我們沙皇陛下的健康乾杯！烏拉！」他用他那雄厚的老驃騎兵特有的男中音叫道。

騎兵一起高喊著回應著他。

深夜，當大家都離去之後，傑尼索夫拍了拍尼古拉的肩頭。

「現在知道了吧，軍隊裡是沒有人值得愛的，可是他就愛上了沙皇。」他說道。

「傑尼索夫你可不能拿這個開玩笑，」尼古拉喊道，「他那感情多麼美，多麼崇高，多麼……」

「我相信，朋友，我同意你的看法……」

「不，你根本就不明白！」

尼古拉站起來，隨後在篝火旁走來走去，心中夢想著為沙皇獻出他的生命——並不是為救沙皇的性命，而是在他面前死是何等的幸福。因為他確實愛上了沙皇，也可以這樣說，是愛上了對未來勝利的希望，並且愛上了俄軍的光輝和榮譽。

其實在奧斯特利茨戰役前的那些日子裡，不只他一個人有過這種心情；即使沒狂熱到那種地步，可俄軍百分之九十的人都愛上了沙皇和俄國武裝力量的光榮。

十一

第二日，沙皇在威什奧曾多次召喚御醫維利埃。在大本營裡，那些部隊中間，都傳著沙皇身體欠佳的消息。據身邊的人透露，那一夜他睡得很不好，甚至沒有進食。而他身體欠佳的原因，是看見了很多死傷的士兵，在他那脆弱的心靈裡留下了猛烈的衝擊。

在十七日凌晨，一個法國軍官被押往了威什奧市，這個軍官名叫斯沃利。而他打著軍使的旗幟要求見俄國沙皇。可是斯沃利得耐心等待，因爲沙皇剛剛睡著。中午的時候，沙皇召見了他，一小時後，他就和多爾戈魯科夫公爵一道騎馬去法軍的前哨陣地了。

據可靠消息說，派斯沃利來是爲了求和，並提議耶利斯坦沙皇和拿破崙會見。令全軍感到興奮不已的是，這次會見沒有被允許，而是由威什奧戰役的勝利者多爾戈魯科夫公爵，代表君主和斯沃利去跟拿破崙談判，現在這一談判的目的卻是爲了求和。

夜幕降臨的時候，多爾戈魯科夫終於回來了，說是想要見沙皇，並且想單獨和他談談。

十一月十八日和十九日，軍隊必須得繼續向前推進，敵軍的前哨經過和俄軍短時間的交火就向後撤退了。在軍隊的領導層裡，大概從十九日十二點開始，就展開了緊張、激昂而又繁忙的活動，這種情形延續到第二天早上，也就是具有重大紀念意義的奧斯特利茨戰役的那一天。

在十九日正午之前，一切活動只允許在沙皇的大本營內進行。可是那天中午之後，這種活動就擴展到庫圖佐夫的總司令部和各縱隊司令的參謀部。

到了晚上，通過傳令軍官們，這個活動就被擴展到軍隊的各個角落裡。從十九日到二十日的夜裡以來，八萬聯盟大軍揮動著旌旗，語聲喧嘩，浩浩蕩蕩地從宿營地出發了。

從清晨開始，集中在沙皇大本營裡的活動開始牽引著整體的活動。

一個輪子緩緩地動了，另一個也被帶動，隨後第三個，這些輪子逐漸加速，隨後齒輪和槓桿全動了起來，發出了叮叮噹噹的聲響，突然跳出了報時的數字，好像是作爲全部動作的結果一樣，時針均速向前轉動著。

時鐘機械和軍事機器的情況是完全相同的，它們一旦發動起來就不可遏止地導致最終的結局：在推動力沒達到之前，機械的其他部分突然就紋絲不動。現在只是看見輪子不停地轉動，那些齒輪相互咬住，滑輪因爲轉動速度快，嗞嗞作響，可旁邊的輪子還是毫無動靜，像要永遠這樣靜止不動似的；可一旦它被槓桿抓住，他們就會把這個輪子推動著運轉起來，就會和整個運動相結合，可是這種運動的結果和目的它並不清楚。

就在鐘錶裡各種不和的遊輪和輪子複雜的運動中，時針均勻而緩慢地移動。可十六萬法軍和俄軍所有複雜的活動——有他們的追求，還有願望、悔恨、驕傲、屈辱、喜悅、痛苦、恐懼等——這些結果是奧斯特利茨戰役的失敗——而這就是世界歷史的時針，在人類歷史鐘錶上緩緩移動的表現。

安德烈公爵值班的那天，根本沒有離開總司令一步。

晚上六點的時候，庫圖佐夫去沙皇的大本營，他在那裡待了一會兒，就去見宮廷大臣托爾斯泰伯爵了。

安德烈趁這個機會去多爾戈魯科夫那裡打聽戰事的詳細情況。他大概猜出，庫圖佐夫好像是對某件事不滿意，同時大本營裡對他也不滿意。他需要和多爾戈魯科夫交談一下。

「喂，親愛的，您怎麼樣？」正在和比利賓喝茶的多爾戈魯科夫說道。「正日子是明天。您那個老先生還好嗎？他的情緒不佳吧？」

「我不確定他是不是心情不好，可他好像想聽他的意見。」

「可是在軍事會議上已聽過他的意見了，在他有理的時候，我們是要聽他的意見的，但是，在拿破崙最怕大會戰的時候，我們不能等待和拖延。」

「是的，難道您見過他了嗎？」安德烈公爵說道，「那麼，拿破崙呢？他給您的印象怎樣？」

「沒錯，我已經見過他了，我確信他是最怕大會戰的，」多爾戈魯科夫重複了一遍，明顯他很重視他和拿破崙會見中得出的這個結論。「如果他不怕會戰，那麼他沒有必要會見。爲何要談判，更主要的是爲何他要退縮。退縮不就違背了他整個的作戰宗旨了嗎？他怕大會戰，請相信我。我告訴您他的期限到了！」

「請告訴我，他怎麼樣了，啊？」安德烈公爵又問。

「他身穿灰色長禮服，尤其希望我稱他『陛下』，可，令他失望的是，他從我口裡沒聽到任何稱呼！他就是這樣一個人，別無其他。」多爾戈魯科夫笑著回答道。

「我很尊敬老庫圖佐夫，」他接著說道，「不過，現在，拿破崙一定落在我們手中，如果我們還猶豫不決，就會讓他有機會逃脫，那我們就太愚蠢了！不，不能忘記蘇沃洛夫和他的原則——要讓自己處於主動的地位，要自己去攻擊。請相信我，在戰爭中，青年人的敏銳時常比優柔寡斷的老年人，更能指出一條正確的道路。」

「可我們要在哪個陣地對他發動進攻？我今天到過前線，根本就弄不清他的主力在什麼地方。」安德烈公爵說道。

他想對多爾戈魯科夫說出自己謀劃的作戰方案。

「啊，我覺得這完全沒關係。」多爾戈魯科夫說道，他站起來，一張地圖被他攤在桌子上。「我覺得一切可能發生的情形都想到了。如果他在布隆周邊……」

多爾戈魯科夫公爵迅速地講了一下魏羅特爾的側翼迂迴計畫。

安德烈公爵提出反對，並且論證自己的計畫，這個計畫不比魏羅特爾的差，可很遺憾，魏羅特爾的計畫被通過了。

安德烈公爵正要講述那個計畫的弊端和自己計畫的過人之處時，多爾戈魯科夫公爵就已經不耐煩了，根本就不想去聽了。

「這樣吧，今天庫圖佐夫那裡要開軍事會議，您可以在那裡講述這一切。」多爾戈魯科夫說道。

「我一定會在那裡講述這一切的。」安德烈公爵說完就離開了。

「先生們，請你們不用想那麼多。」比利賓說道，他一直愉快地聽他們講話，此時是想開開玩笑。「現在不管明天結局如何，我認爲我們俄國軍隊的光榮是不會失去了。指揮縱隊的都是外國人，除了你們的庫圖佐夫！那些司令官是溫普芬將軍、朗熱隆伯爵、霍恩洛厄公爵、利希滕施泰因公爵，最後是普魯什……就是這一類的波蘭名字。」

「閉嘴，你這個狠毒的傢伙！」多爾戈魯科夫說道，「那是假的，現在有兩個俄國人，就是米洛拉多維奇和多赫圖羅夫，本來還可以有一個的，就是埃勒契伊夫伯爵，不過他的神經好像太敏感了。」

「我想庫圖佐夫已經出來了。」安德烈公爵說道。「我祝你們成功和好運，先生們！」他又補充道，和多爾戈魯科夫和比利賓握手之後，就離開了。

在回去的路上，安德烈公爵禁不住問坐在旁邊默不作聲的庫圖佐夫，問他對明天的戰鬥有何看法。

庫圖佐夫嚴肅地看了一眼他的副官，隨後沉默了一會兒回答道：「我覺得戰役不會成功，我就這樣對托爾斯泰伯爵說了，讓他轉奏陛下。你猜他到底是怎麼回答的？『我親愛的將軍，你們去關心軍事問題吧！而我現在只關心米飯和肉餅』……這就是我得到的答覆！」

十二

晚上九點左右，魏羅特爾帶著他的計畫乘車到庫圖佐夫住所。除了拒絕出席會議的巴格拉季翁公爵以外，各縱隊司令全都按時到達了。

這次對擬議中的戰役有著全部指揮權的魏羅特爾，表現得匆忙而興奮，這和心有不滿、死氣沉沉的庫圖佐夫完全兩個樣，他很不樂意擔任軍事會議主席的角色。魏羅特爾明顯覺得自己在領導一場難以終止的運動。他像一匹套在車上向山下奔跑的馬。他不知道是車推著他呢還是他拉車呢？他只知道用最快的速度奔跑著，沒時間去討論這一運動的結果如何。

就在這一晚，魏羅特爾親自偵察敵軍前哨兩次，他還兩次去俄、奧兩國君主那裡做解釋和彙報，並在自己的辦公室裡口授德文的作戰命令，現在，他拖著疲憊不堪的身體來到庫圖佐夫那裡。

他已經忙得忘記了對總司令的禮貌：突然打斷了他的話，聲音急促又含糊，甚至不看談話人，連別人提出的問題也不回答。此時他身上濺滿淤泥，一副疲倦、可憐、失措的樣子，可又是自信的、驕傲的。

庫圖佐夫住在奧斯特利茨旁邊一座貴族的小城堡中。在那個大客廳裡，聚集著有庫圖佐夫本人，魏羅特爾，還有軍事會議的成員。他們一邊喝茶，一邊等巴格拉季翁公爵，他一到那兒就立刻開會。在約莫八點時，巴格拉季翁的傳令兵送來了公爵不能參加會議的消息。安德烈公爵把這一消息傳達給了總司令，之前庫圖佐夫曾允許他參加會議，所以他就留在了客廳裡。

「因爲巴格拉季翁公爵不來了，我們開會吧。」魏羅特爾說道，匆忙地站起來，向一張鋪有布隆郊區大地圖的桌子走了過去。

庫圖佐夫坐在一張伏爾泰式椅子上睡著了。他那雙胖胖又蒼老的手放在椅子扶手上，他制服的扣子解開了，因而他那胖嘟嘟的脖子像解放了一樣從硬領上冒出來。在聽見魏羅特爾說話以後，吃力地睜開他那唯一的一隻眼睛。

「好的，好的，請吧，要不然就太晚了。」他說著點了一下頭，又閉上了眼睛。

最初，軍事委員會的成員認爲庫圖佐夫在假寐，後來在宣讀命令時，他發出了鼾聲。此時對總司令來說最重要的是，可以滿足那無法抑制的人類的需求——睡眠。他的確睡著了。

魏羅特爾迅速地瞟了庫圖佐夫一眼，確信他睡著了以後，就把這個文件拿了起來，把未來戰役的作戰命令用很響亮而又單調的聲音讀起來：

《攻擊科柏爾尼查和索科爾尼查後方敵軍陣地的命令，一八〇五年十一月二十日》

因為敵軍左翼駐紮在樹木茂盛的小山上，在其右翼沿索科爾尼查和科柏爾尼查池塘後方同時展開，而俄軍左翼比敵軍右翼佔優勢，因此我們攻擊敵軍這翼更加的有利，如果我軍佔領索科爾尼查和科柏爾尼查兩村的話，則對俄軍而言相當有利，這樣的話，我軍既可以在希拉班尼查和久拉斯森林間之平原上猛然追擊敵人，又可攻擊敵軍之側翼，現在他們可以避開希拉班尼查和別洛維查掩護敵軍前線的狹路。就因為這個目標，需要……第一縱隊前進……第二縱隊前進……還有第三縱隊前進……

魏羅特爾像這樣讀了下去。將軍們不太喜歡聽那些難懂的命令。那個身材健碩，有金黃色頭髮的布克斯格夫登將軍背靠牆站著，目不轉睛地盯著一支已點燃了好久的蠟燭。而面色紅潤的米洛拉多維奇，雙手支在膝蓋上，兩肘向外，擺出一副好鬥的架勢，鬍鬚和兩肩也向上翹了起來，他坐在魏羅特爾正對面，一語不發，眼睛盯著魏羅特爾的臉，直到那個奧國參謀長停止了說話之後，才將目光移開。

此時米洛拉多維奇意味深長地看著其他的將軍們。可從那眼神裡弄不清楚，他到底對這個作戰命令是不是贊成。

離魏羅特爾最近的是朗熱隆伯爵，在宣讀命令期間，他那法國南方人的臉上一直掛著微妙的笑容，眼睛盯著自己快速轉動著的金鼻煙壺。每當聽到冗長的句子時，他就停止轉動鼻煙壺，抬起頭來，唇角往上翹一下，用有禮貌的表情打斷魏羅特爾想表達一些什麼。

可那個奧國將軍並沒有停止，而且憤怒地皺了皺眉，好像在說：「你之後可以把意見告訴我，可現在請您看地圖聽我讀。」朗熱隆帶著迷惑的神情抬起眼睛，看一眼米洛拉多維奇，尋求答案，可一遇到那意味深長、空洞無內容的目光，他就憂鬱地垂下眼瞼，隨後又擺弄起他的鼻煙壺了。

他像在自言自語，可聲音高得別人都能聽得見。「給我們上了一堂地理課！」

普熱貝舍夫斯基用一隻手按向魏羅特爾的耳朵，隨後做出恭敬的神情。矮個子的多赫圖羅夫，坐在魏羅特爾對面，帶著一臉勤奮謙恭的樣子，趴在了那張攤開的地圖上，認真地研究部署陌生的地方。他曾經多次請魏羅特爾重複他沒聽清楚的話和很多難懂的村名。魏羅特爾滿足了他的要求，隨後多赫圖羅夫做著筆記。

持續了一個多小時的誦讀終於結束，朗熱隆又停止轉動鼻煙壺，不看魏羅特爾，也不去看其他人就說道，他是很難執行這樣的命令的，因爲在這個計畫中，他不斷地設想對敵軍的情況是清楚的，可事實上不一定清楚，因爲敵軍是不斷在移動的。

朗熱隆的反駁是有力的，不過他這次反駁的主要目的，就是給魏羅特爾將軍一個下馬威，要讓他明白，他不是在和一群蠢蛋打交道，因爲這些人在軍事問題上也能給他一點啓示。

魏羅特爾停止了單調的聲音，庫圖佐夫就睜開了眼睛。他傾聽了一會兒朗熱隆的話，好像在說：「啊，你們還在胡說八道呀！」趕忙又閉起了眼睛，隨後頭垂得更低了。

朗熱隆想盡可能狠毒地刺傷魏羅特爾的虛榮心，他論證說，用攻擊來代替被攻擊，拿破崙覺得並不難，而且使得這計畫失去它應有的意義。魏羅特爾對所有的反駁都報以不屑的微笑，不管人們說什麼，事前一定是打定了主意，都應該這樣應付。

「如果他能攻擊我們，那麼他今天就那樣做了。」他說道。

「那麼，您認爲他並不強大了？」朗熱隆說道。

「可是最多四萬人。」魏羅特爾微笑著回答。

「在那種情形下，他不逃跑，根本是不自量力。」朗熱隆帶著含蓄的嘲諷微笑說道，隨後又轉過頭向他旁邊的米洛拉多維奇尋求支持。

可米洛拉多維奇所想的完全不是那兩位將軍所爭論的事。

「誠然！」他說道，「明天我們在戰場上見分曉。」

魏羅特爾又輕蔑地笑了一下，不但兩國的君主確信無疑而且他自己也確信無疑的事，居然會遭到俄國將軍的反駁，同時還得向他們提出論證。

「敵軍已經熄了火，營盤中不斷地發出嘈雜聲。」他說道。「這是什麼意思呢？或許他們走遠了，或許是轉移了陣地，不過即使他們佔領了圖拉斯的陣地，也不過是爲我們省事罷了，而我們全部的安排，連最細枝末節都不用改動。」

「怎麼辦呀？」安德烈公爵此時說話了，他覺得終於有機會說出自己的疑問了。

庫圖佐夫此時醒來，艱難地咳嗽了幾聲，隨後看一眼那群將軍。

「先生們，這就是今天的部署，而且不能變動了。」他說道。「你們已經知道了，我們大家要履行自己的職責。在一場戰鬥面前，對於軍人而言最重要的是……」他停頓一下，「我們要好好睡一覺。」

隨後他準備起身。將軍們鞠了一躬，就退了出去。

現在已經過十二點了。安德烈公爵走了出去。安德烈公爵沒能在軍事會議上如願說出自己的意見，可是這個會議讓他有一種不安的感覺。是庫圖佐夫、朗熱隆和不滿意那個進攻計畫的其他人對呢，還是多爾戈魯科和魏羅特爾對呢？他不知道。

「難道庫圖佐夫的確不可以直接對沙皇說出自己的想法嗎？難道只能這樣嗎？難道只是爲了朝臣和個人的考慮，就應該犧牲數萬人的生命嗎？」他想道。

「不錯，明天我就很可能被打死了。」

一想到死，許多回憶，甚至連最遙遠的回憶突然湧上心頭：他想起了和父親、妻子的最後告別，他記起了他們最初戀愛的日子，想起了妻子懷孕，於是他開始憐惜她和自己。他懷著一種多愁善感的心情，走出他和涅斯維茨基一起住的小屋，在屋前散著步。

這是一個多霧的夜晚，月亮神秘地穿過雲層放出暗淡的光輝。

「是的，就是明天，明天！」他想道。

「明天可能一切就都結束了！一切的回憶對我再沒有任何意義了。我已預感到了就是明天，甚至一定會是明天，我終於要展示我全部的本領了。」

他現在可以想像出那個戰役和戰鬥的損失，這些戰鬥將會集中在一個地點進行，司令官都很果斷。於是那快樂的時刻到了，他等了那麼久的戰爭，終於到來了。他清晰、堅定地對庫圖佐夫、魏羅特爾，也對沙皇說出他的意見。大家都爲他意見的正確性而感到震驚，可沒有人去實踐，因而他帶了一個團、一個師去完成這次任務，並提出一個要求：所有的人不得干預他的計畫，他帶著那個師到達決定性的地點，取得了輝煌的勝利。

「可死亡和苦難呢？」另一個聲音大聲地說道。

安德烈公爵並不回答，繼續做著他勝利的夢。因爲下一個戰役由他獨自來部署。他的職銜是庫圖佐夫參謀部裡一個值班軍官，可全部事都是他一個人做。隨後他一個人勝了一場戰役。庫圖佐夫下臺了，他得到任命……

「那之後呢？」另一個聲音又大聲地問道。

「如果你在從前有十次不受傷，不被欺騙，還可以活著回來……那麼在之後呢？」

「那之後的話……」安德烈公爵自言自語，「我不知道那之後會怎麼樣，也不可能知道；不過如果我想要榮譽，還要受人尊敬，這些都不是我的錯，我現在只想要這些，我生來爲此而活。是的，就爲了這個！我永遠不會對任何人傾訴的，上帝啊！我到底該怎麼辦呢，除了被人愛戴和榮譽以外，我什麼都不喜歡。那些什麼死亡、受傷、妻離子散，我都不在乎。儘管很多人對我是多麼可愛和珍貴——我的妹妹、父親、妻子——我最親愛的人們，可現在，此時，爲了那光榮的時刻，甚至爲了得到那些不認識的人的愛，爲了出人頭地，我可以把他們全都拋棄，這聽起來有點恐怖，甚至很不合常理。」他一邊聽庫圖佐夫在院子裡講話，一邊想。

這時，那些整理行裝的傳令兵的聲音傳來，一個聲音，像是車伕在戲弄被稱作季特的庫圖佐夫的老廚師，安德烈公爵認識他。那個人說：「我說，季特。」

「怎麼了？」老先生問。

「季特，立刻打麥[42]吧！」開玩笑的人說道。

這個聲音被僕役們和傳令兵們的哄笑聲給淹沒了。

「滾開，你們去死吧！」

「不管怎樣我最在乎、最嚮往、最希望的就是比任何人優越，因而我珍惜這神秘的力量，此時此刻，它正在我頭上的雲霧中迴盪著！」

十三

尼古拉是帶著一排人，在驃騎兵散兵線上度過了這一晚。

他的驃騎兵現在一對一地分佈成散兵線，而他本人則獨自騎馬沿線踱著，努力控制難以克服的睡意。他的後面有一大片空地，若隱若現的霧中可以看見我軍駐紮的營火，前面霧濛濛的一片黑暗。

尼古拉不管多麼用力地向遠方觀望，可他什麼也看不清。他閉起眼，此時在他的幻想中，一會兒出現沙皇，一會兒是傑尼索夫，一會兒又是關於莫斯科的記憶。他急忙睜開眼，看見面前是自己的馬

42.俄語中「打麥」一詞的尾音和「季特」諧音。

頭，大概只差六步遠，他就碰到驃騎兵黑色的影子上了，而遠處依然是霧濛濛的一片黑暗。「怎麼不可能呢？……是很有可能的，」尼古拉想，「沙皇會遇見我，像對其他軍官一樣向我發佈命令，對我說『我想去弄清楚，那裡到底是什麼』。現在有好多這樣的故事，有一次他偶然間認識了某一個軍官，他把那個軍官留在了身邊，如果他把我留在身邊我能做些什麼呢？噢，我該怎麼樣對他保持忠誠而不撒謊！我要如何揭穿欺騙他的人！」

而爲了更生動地表明，他對沙皇的忠誠和愛戴，尼古拉正在腦中幻想一個德國騙子或者有個敵人的話，他不僅會愉快地殺掉他，還會在沙皇面前打他的耳光。

突然遠處一聲叫聲把他拉回現實。他渾身一抖，睜開了眼睛。

「我現在在哪裡？噢，我在散兵線上……暗號和口令——車轅，厄爾邁茲。明天我們騎兵連就會被派去做後備隊，多麼掃興。」他想道。「我要請求上前線，這或許是我唯一見到沙皇的機會了。是不是該換班了。我再巡視一遍，就立刻回去見將軍，向他提出請求。」他在鞍子上正了正身子，就駕著他的馬，又去巡視了。

天亮了。他看見左邊有個發亮的斜坡，對面是陡峭的黑色山岡。山岡上有一個白點，尼古拉怎麼也弄不清楚那是什麼：是被月光照亮的林間空地呢，還是白房子或是一片雪地？他甚至覺得白點子上有什麼東西在移動。「那可能是雪……那個點子……一個斑點。」他想道。「哦，不！那……那不是一個點子，是娜塔莎……」

「娜塔莎……妹妹，黑眼睛……娜塔莎……」

「靠右邊點，大人，這裡有樹叢。」聽到一個驃騎兵的聲音，尼古拉迷迷糊糊地從他旁邊經過。

尼古拉猛然抬起他幾乎垂到馬鬃上的頭，在那個驃騎兵身邊停了下來。年輕人想睡覺。

「是啊，我腦子裡想的是什麼？我不應當忘記的啊。我要和陛下說什麼？不，這不行——那是明天的事了。是的，是的！向——點子衝啊……砍我們……到底砍誰呀？砍驃騎兵們……啊，還有那些長滿鬍子的驃騎兵在特維爾大街上騎馬走著……我也想到在古里耶夫房子對面……老古里耶夫……唉，傑尼索夫是個不錯的小伙子。不過這全是些不值一提的小事。現在陛下在這裡。他會說點什麼，他會怎麼看我呀，可他不敢……不對，是我不敢。這都是小事，最主要的是，我不能忘記我剛才想到的事情。沒錯，立刻向點子進攻。」他的腦袋又垂到馬脖子上去了。

突然間，他覺得好像有人朝他射擊。

「什麼？什麼？砍！」尼古拉說著就醒了過來。

在他睜開眼睛的一剎那，他聽見他前面，有無數敵人的喊聲。他的馬和那個驃騎兵的馬，一聽到那聲大喊，都豎起了耳朵。一個火光亮了起來，很快又熄滅了，不久又亮起來一個火光，火把接連不斷地亮起來，喊聲也越來越響亮了。尼古拉聽到他們講的是法語。那嗡嗡喊叫的人聲太多了，他聽不清。

「那是什麼？你怎麼認爲？」尼古拉問他旁邊的驃騎兵。

「那裡是敵軍呀！」

驃騎兵沉默著。

「喂，你聾了？」過了很久，尼古拉又問道。

「我不知道，大人？」那個驃騎兵勉強地回答道。

「從地點看，那裡是敵人了。」尼古拉重複了一遍。

「可能是敵人，也可能不是，」那個驃騎兵嘟囔著。

「這是在夜間。安靜！」他對他躁動不安的馬喊道。

尼古拉的馬也煩躁起來：牠用一隻蹄子踢著凍硬了的地面，看著火光，聆聽著聲響。喊聲越來越大，燃起火把的地方越來越多。尼古拉睡意全無。敵軍愉快的囂張喊聲在他身上產生了刺激作用。

「沙皇萬歲！沙皇！」此時他已聽得很清楚了。

「離得很近，或許就在小河那邊。」他對他身邊的驃騎兵說道。

那個驃騎兵歎了一口氣，沒有回答，憤怒地咳嗽著。

沿著驃騎兵散兵線傳來疾馳的馬蹄聲，茫茫夜霧中突然出現一個驃騎兵中士的身影。

「大人，將軍們來了！」中士騎著馬來到尼古拉跟前說道。

尼古拉一邊和中士騎馬去迎接那幾個沿線走來的騎兵，一邊回頭繼續觀察那火光，聽那些喊聲。

巴格拉季翁公爵和多爾戈魯科夫公爵在副官們的陪同下，來感受敵軍中的喊聲和火光。尼古拉來到巴格拉季翁面前，向他彙報了情況，隨後和那些副官會合，聽將軍們講話。

「請不要懷疑我，」多爾戈魯科夫公爵對巴格拉季翁說道，「這不過是一個陰謀！他已經撤退了，卻命令後衛點起火來，發出喧鬧聲，想以此來欺騙我們。」

「好像不是，」巴格拉季翁說道。「他們晚上就在那個山岡上；如果他們走了，那裡應該全撤了……軍官先生，」巴格拉季翁公爵對尼古拉說，「他們的側翼還沒走嗎？」

「晚上可能還沒有走，現在我不敢確定，大人。如果您命令的話，我能帶驃騎兵去看一看。」尼古拉說。

巴格拉季翁停了下來，沒有回答，在霧中竭力想看清尼古拉的臉。

「那好吧，去看一看吧。」他停頓一下說。

「好的，大人。」

尼古拉策動他的馬，叫來費德欽科中士和另外兩個驃騎兵，命令他們跟在他後面，朝著喊聲傳來的方向跑下山去。

尼古拉一個人帶著三個驃騎兵走進陌生、危險而神秘的霧濛濛的遠方，他既恐懼又興奮。巴格拉季翁從山上對他喊，叫他不要越過小河，可尼古拉假裝沒聽見，只管向前跑去，不斷把樹叢錯當作大樹，把溝坎當作人。

跑下山之後，他既看不到自己的軍隊，也不見敵人的火光，只聽見法軍更清晰、更高的喊聲。峽谷中，他看見前面有一條河一樣的東西，可當他跑到那裡的時候，才看清那是一條大路。來到路邊，他勒住馬，猶豫不決，是沿大路走好，還是跨過大路，走黑色的田野上山好？沿著霧靄朦朧發白的大路走，比較安全，因爲可以清楚看見對面走過來的人。

「跟我來！」他一邊跨過路一邊說，向著晚間法軍放哨的山上奔去。

「長官，有敵人！」他後面的一個驃騎兵說道。

尼古拉來不及看清濃霧裡猛然冒出的陰影，那裡就閃出一道火光，之後是一聲槍響，一顆子彈呼嘯而過。尼古拉撥轉馬，向來的方向飛奔。隨後又斷斷續續響了四槍，子彈發出不和的聲音飛到霧中去了。尼古拉勒住了馬，緩慢地走回來。

「喂，再來！再來！」他內心中有個興奮的聲音喊道。可再沒聽到槍聲。

直到快接近巴格拉季翁的時候，尼古拉又讓馬跑起來，他跑到將軍面前，把手舉到帽簷邊。

多爾戈魯科夫還在固執己見，說法軍很久之前就已撤退了，點火把的目的只是爲了愚弄我們而已。

「那能怎麼樣呢？」在尼古拉走到他們跟前時說道。「他們可以一邊把哨兵留下，一邊撤退。」

「看來他們還沒撤走，公爵，」巴格拉季翁說道，「等明早再看情況吧，明天就真相大白了。」

「山上應該還有哨兵吧，大人。」尼古拉向前俯身報告還行著舉手禮，心裡無法形容自己愉快的心情，因爲他已經走了一趟了，特別是子彈聲引起的。

「很好，」巴格拉季翁說道，「真的很謝謝你，軍官先生。」

「大人，」尼古拉說道，「您能滿足我一個心願嗎？」

「是什麼心願？」

「明天我們連要被當作後備隊。請您把我安排到第一連。」

「你叫什麼名字？」

「尼古拉・羅斯托夫。」

「那好吧，你現在可以留在我身邊給我做傳令官。」

「羅斯托夫伯爵是你父親嗎？」多爾戈魯科夫問道。

可尼古拉避開了這個話題。

「這樣說來我能等待命令了，大人？」

「我到時會給你命令的。」

「明天有可能會把我派去陛下那裡傳達什麼呢？」尼古拉想道。「感謝上帝！」

敵軍裡的火光和喊聲是由如下原因引起的：

當向全軍宣讀拿破崙的命令，而拿破崙親自騎著馬巡視軍營的時候，士兵們一瞧見皇帝，就點燃了草把，在他後面追著喊道：「皇帝萬歲！」

拿破崙的命令如下：

將士們！俄軍正在攻擊你們，替烏爾姆的奧國軍隊報仇了！這幾營的軍隊就是你們在霍拉布倫擊敗，並追擊到這裡的那些隊伍吧。我們佔領的陣地堅不可摧，當他們在我們右邊前進和後退，都猶豫不決的時候，他們側翼立刻就暴露在我們面前了。將士們！我要親自指揮你們。如果你們以一貫的英勇無畏，讓敵人的隊伍驚慌失措、混亂不堪的話，我將會留在火線以外；可是，你們一旦對勝利哪怕有片刻的猶豫，你們立刻就會看見你們的皇帝親臨前線。我們對勝利絕不能動搖，特別是在事關法國步兵榮耀的這一天。

不要找藉口搬運傷患而使你們懈怠！每個人都要懷著必勝的信心，擊潰這些仇視我們祖國的英國雇傭軍，這場勝利是我們征戰的終點，之後，我們就能返回過冬的營地了，在法國招募的一批法國新軍，將要在那兒和我們會合，到那時我將要簽署無愧於我的子民的合約。

拿破崙

十四

清晨五點，天還沒有亮。

後備的、中央的、巴格拉季翁右翼的各部隊還沒有動，可是左翼的騎兵、步兵、炮兵各縱隊，已經從宿營地起身出發了，根據已有的作戰命令，他們應首先下坡去襲擊法軍左翼，把他們趕進波希米亞大山去。

現在的空氣很寒冷，天色尚早。軍官們匆忙地用著早餐、喝茶，而士兵們啃著麵包乾，跺著雙腳取暖，他們圍在營火周邊，把椅子、棚子、桌子、輪子、木桶等所有多餘的和帶不走的東西都丟到火裡焚燒。

奧國的縱隊嚮導在俄國部隊裡來回地穿梭，作為進軍的先導，哪個奧國軍官在某個團長的營地一出現，哪個團就行動起來了：士兵們離開了篝火，把菸斗插進靴筒裡，行李放在車上，把槍準備好，隨後就列起隊來。軍官們穿好外衣，揹起背包，帶上軍刀，喊著口號在隊伍的前面走著。勤務兵們和車伕們把車子都套上，把東西裝上，並且結實地紮好。副官們、營長和團長騎上馬，做了祈禱之後，對管行李的車伕發出了命令，交代了任務，隨後就響起了單調的腳步聲。各縱隊向前挪動著，甚至不清楚方向，周邊站滿了人，煙霧越來越濃。

一個行進過程中的士兵，受到自己隊伍的限制，他們被挾帶著前進。不管他到了什麼奇怪、陌生、危險的緯度的地方，在他周邊永遠是那些東西，現在的隊伍，還有排長伊萬·米特利奇，以及司令軍官全茹奇卡。士兵幾乎不想清楚自己所乘的船航行的緯度，可是，在戰鬥的日子裡，每個人都只能聽到一個威嚴的聲音，引起人們的好奇心，它宣示著決定性的莊嚴時刻的到來，天知道是如何並從何地而來。在戰鬥的日子裡，士兵們既興奮又激動。

霧越來越濃了，即使天已慢慢亮起來，卻仍看不見十步以外的東西。四面八方隨處都可能在十幾步遠處與看不見的敵人遭遇。儘管如此，各縱隊卻仍在濃霧中長時間地走著，大家走在新地方，還繞過園子和圍牆，不停地上山下山，哪兒也沒碰上敵人。相反，士兵們發現，各個方向，朝每個方向走著的都是我們的縱隊。每個士兵心情都很舒暢，他們明白有很多自己人也都向他們去的方向行進著。

「看哪，那是剛過去的庫爾斯克團。」隊伍裡有人說。

「老弟，我們的軍隊多得不得了，從昨天夜裡燃起篝火之後一直沒有停。」

即使沒有任何一個長官來到隊伍前與士兵們聊天，士兵們仍像去打仗時一樣愉快地走著。可是，他們在濃霧中行進了一個鐘頭之後，大部分隊伍不得不停下來，一種混亂的感覺傳遍了隊伍。

「怎麼停下來了？難道路堵住了嗎？還是遇到法國人了？」

「不是，沒聽見有法國人。要不然早開槍了。」

「他們催促我們出發，現在卻莫名其妙地駐留在野地裡，都怪那些該死的德國人！」

「要是我就會讓他們走在前面。」

「怎麼樣，我說了很快就能過去吧！聽說，是那些騎兵堵住了路。」一個軍官說道。

「哎，該死的德國人！竟然都不認識自己的土地！」另一個大聲地說道。

「你們是哪一師的呀？」一個傳令官騎著馬走過來問他們道。

「十八師。」

「可是你們爲何還在這裡呢？你們應當早點過去。因爲這就是那個笨蛋的命令！他們甚至根本不清楚自己在做什麼！」軍官說著就騎著馬走了。

之後，一個將軍騎著馬走了過來，惱怒地喊著什麼。

「塔法——塔法！」他嘟囔著什麼，沒人能聽得懂。

「命令我們九點前就要到位，可我們連一半路還沒走到呢。這叫什麼命令！」各方面翻來覆去地說。

軍隊由出發時的情緒高昂，到現在變得低落，最後變成對德國人、對愚蠢的命令的氣憤。

混亂的原因是，奧國騎兵移向我們左翼的時候，指揮部發現，我們的中央部分距我們的右翼太遠了，於是命令全體騎兵完全轉移到右翼去。所以，步兵只好待在原地等待了。

前方，又一個俄國將軍和一個奧國嚮導爭執起來。俄國將軍高聲地叫嚷，要求騎兵立刻停止前進；奧國人爭辯道，他們並沒有錯，錯在最高指揮部。

停了一小時後，他們終於向前挪動了，隨後順著走下山岡。山岡上正在變淡的霧，在他們下來的地方，卻變得更濃了。前方的霧中，突然傳來一聲槍響，之後又一聲，一開始是零星的嗒嗒聲，後來卻越來越快，越來越整齊，高爾德巴赫河上立刻進入了戰鬥。

俄國沒有想到在河上竟然能碰見敵人，而且是出乎意料地在霧裡碰上的，大家根本沒聽到指揮官們慷慨激昂、鼓舞士氣的話，在濃霧裡緩慢、慵懶地和敵人對射著前進。部隊因爲得不到長官的命令，總是停停走走，而傳令官們在霧中迷了路，找不到自己的隊伍。進入山谷的第一、二、三縱隊就這樣開始了戰鬥。庫圖佐夫所在的第四縱隊停在圖拉斯高地上。

山下，戰鬥已經展開的地方，霧依然很濃；山上，天氣卻已經放晴，可前方發生什麼事還是什麼都看不見。

直到早上九點，低處依然是一片霧海，可在高處，拿破崙和他的元帥們站立的希拉班尼查村，天色已經大亮了。全部法軍，連拿破崙和他的參謀部在內，並不在希拉班尼查和索科爾尼查的盆地和河流對面，而在這一邊，離我們的軍隊很近，拿破崙能用肉眼分辨出步行的和騎馬的人來。

拿破崙騎著他那灰色的小阿拉伯馬，穿著他出征義大利時的那件藍大衣，站在元帥們的前面。他默不作聲地看著遠處的山岡，注意聽山谷裡的射擊聲。他臉上很平靜。眼睛裡閃著光彩，一動不動地盯著某一個地方。他的預測被證實是正確的。一部分俄軍已經下到山谷裡，向那些湖泊和池塘走去，另一部分已撤離圖拉斯高地，他以爲那才是關鍵部隊，想加以攻擊。他從霧中看見，在圖拉契村周邊兩個山當中的縱深處，有一隊刺刀閃光的俄國縱隊，始終沿著一個方向向山谷開去，接連不斷地消失在霧海裡。根據他前一晚收到的情報，那些聯軍相信他遠在前方，俄軍的主力圖拉斯周邊移動的各縱隊，使中央陣地的力量大大削弱了，現在能順利地攻下了。可他還不開始交戰。

這一天對他來說是個莊嚴的日子——這是他加冕的周年紀念日。天亮前他睡了幾個鐘頭，現在情緒高昂，他感到很快樂、健康，他覺得沒有什麼是不可能的，一切都可以如願以償。他騎上馬，來到了戰場，紋絲不動地站在那裡，看著霧上面露出的高地，他冷漠的臉上現出戀愛中幸福少年臉上那種特有的表情，一種確定他理應得到幸福的神情。元帥們站在他的後面，不敢打擾他的沉思。

當整個太陽從霧靄中露了出來，將耀眼的光芒灑滿田野的時候，他從手上脫下雪白的手套，示意元帥們，他們可以開始行動了。副帥圍著元帥們往各個方向奔去，幾分鐘後，法國的主力部隊迅速朝圖拉斯高地挺進，俄軍不斷地向下方的谷地開去。

十五

約莫八點，庫圖佐夫騎馬走在米洛拉多維奇的第四縱隊奔向了圖拉斯，第四縱隊需要去接替已經下到谷地的朗熱隆縱隊和普熱貝舍夫斯基縱隊。他向他們發出前進的命令，以此來表示他希望能夠親率這個縱隊。他到達圖拉斯村之後就停止了前進。安德烈公爵跟在後面。他既覺得興奮、激動，同時又保持著鎮靜。他堅信，今天就是他的土倫的好日子。這事將會是什麼樣，他根本不想清楚，可他深信一定會發生。他們軍隊目前的處境，他都瞭若指掌，而現在他自己的戰略計畫已經根本無法實施了，因爲他已經把它忘記了。可是現在，安德烈公爵一邊考慮可能發生的意外，一邊摻和魏羅特爾的計畫，順便給他一點建議，這裡需要他的果斷和敏銳。

現在從濃霧裡傳來對射聲了。安德烈公爵覺得戰鬥應該集中在那裡。那個地方現在出了點問題，他想道：「現在我將得到一個命令，帶一師或一旅人去那裡，我要手擎軍旗隨後過五關斬六將。」

他已經不能很鎮靜地看從身邊走過的各旅的軍旗。他看著那些旗幟在想：「或許過了這面旗就是我在軍隊前面了。」

早晨，夜霧在高地上變成了白霜，此時它已化成露珠，可是，在谷地裡，它依然是濃郁的白色海洋。大家還是什麼都看不見。高地上面是一片發黑的明朗的天空，天上懸掛著一輪紅日。在前方，隱約能看出一些有樹的丘陵，敵人或許就在那裡。在右方，近衛軍正在進入有霧的地帶，不時地發出車輪聲和馬蹄聲，偶爾能見到刺刀的閃光；在左邊，村子後面，一列人數眾多的騎兵隊伍走過來，漸漸消失在霧海中。在後方和前方，有些步兵在移動。總司令站在村頭，看隊伍從他面前慢慢地經過。

這天早晨，庫圖佐夫感到很疲憊暴躁。而那些從他面前經過的步兵，卻無令而停，明顯是前邊有什麼東西擋住了路。他對一個騎著馬走過來的將軍憤怒地說道：「命令他們立刻排成縱隊，繞著村子走！您怎麼就不明白呢，大人們，在我們進攻敵人的時候，在村裡狹窄的路上走根本是不行的。」

將軍回答道：「我打算到村子後邊再列隊，大人。」

庫圖佐夫氣惱地笑起來。

「在敵人眼皮底下排隊，您可真是好樣的！你的想法真妙哇！」

「敵人離我們還遠呢，大人。根據命令……」

「命令！」庫圖佐夫氣憤地喊。「現在是誰在這麼說您呢？……那好吧，命令您怎麼做就怎麼做吧。」

「是，大人。」

「可是我親愛的，」涅斯維茨基對安德烈公爵小聲說道，「老先生心情很差。」

那個身穿白色制服，帽帶綠色羽翎的奧國軍官，騎著馬飛奔到庫圖佐夫面前問，第四縱隊是不是已進入戰鬥？

庫圖佐夫轉過身沒回答，他的眼光偶爾落在他旁邊的安德烈公爵身上。一見安德烈，庫圖佐夫憤怒的眼神立刻就軟了下來，好像是意識到了他的副官對所發生的這些事並沒有責任，但他還是不怎麼回答那個奧國傳令官，所以對安德烈說：「去吧，我親愛的，看一下第三師是不是已經過了村子。命令他原地待命。」

安德烈公爵剛要動身，庫圖佐夫又阻止了他。他補充說：「再問一問是不是已佈置了狙擊兵線，他們在幹什麼。」他對自己嘟囔著，依然沒有回答奧國人的問題。

安德烈公爵騎馬跑去執行命令了。

隨後他追上一直前進的各營，攔住了第三師，以便證實我們各縱隊前面的確沒有狙擊兵線。那些走在團隊前列的團長，聽到總司令關於派出狙擊兵的命令感到很驚訝。只見他站在那裡毫不懷疑，在他的前面還有另外的部隊，敵人至少在十俄里之外。事實上，前邊除了被濃霧遮起的光禿的斜坡以外，什麼也看不見了。

用總司令的名義發出命令之後，安德烈公爵立刻掉頭跑回。庫圖佐夫依然在原地沒動，他那上了年紀的胖乎乎的身體癱坐在馬鞍上，他艱難地打著呵欠，隨後閉上了眼睛。士兵們把槍柄靠在腳邊站在那裡，軍隊停止了移動。

「好的！」他對安德烈公爵說道，隨後就轉向了一個將軍，那個將軍看著錶說，現在是時候動身了，因爲左翼的各個縱隊都已經走下去了。

庫圖佐夫打著呵欠嘟囔道：「我們來得及，閣下，我們來得及。」他重複了一遍。

這時，各團致敬的聲音從遠處傳來，這聲音沿著綿長的、前進中的俄國各縱隊的全線迅速傳播。接受人們敬意的那個人騎馬跑得很快。就在庫圖佐夫背後那個團的士兵也歡呼起來的時候，他向旁邊靠了一點，皺著眉頭回頭看了一下。有一連穿著各色服裝的騎手在沿著圖拉契大路飛馳而來。有兩個人在前面並肩全速飛奔。一個騎著黑馬，穿著白色制服，另一個帽子上插著白色羽翎，穿著黑色制服，騎一匹剪尾的栗色馬。這是兩國君主和他們的侍從。庫圖佐夫故意擺出前線老軍人的架勢對軍隊大聲發出「立正！」的命令，隨後行舉手禮走近兩國君主。此時此刻他的態度和面貌煥然一新。他做出服從一切的神情。這使耶利斯坦感到不痛快。

可是這糟糕的印象不過像晴天裡的一縷殘霧掠過沙皇年輕的臉，隨後消失了。今天他比安德烈初次在厄爾邁茲野外見到他時略瘦了一些，可他那美麗的灰色眼睛裡，依然是那種溫柔與威嚴相結合的令人心醉的神情，他嘴唇薄薄的，臉上依然表情豐富。

比起在厄爾邁茲閱兵的時候，他更威嚴了，而這時候他更充滿激情、更愉快。騎著馬跑過三俄里路之後，他勒住了馬，毫不費勁地輕喘了一口氣，他的臉微微泛著紅暈，回頭看著他的侍從們和他一樣興奮、一樣年輕的臉。大家都停在沙皇後面談笑風生。

弗蘭茨皇是一個紅臉膛並且瘦長臉的青年，他騎在他那漂亮的黑馬上，身子坐得很直，緩慢地、心事重重地向周邊觀望著。他把一個侍從叫過來，問了些什麼——「他一定是問他們什麼時候出發的。」安德烈公爵邊想邊打量著自己的老相識，他想到那次朝見就抑制不住地微笑。而兩國君主的侍從中，有從俄、奧兩國的近衛軍和前線團隊中挑選出來的一些青年傳令官。現在這群奔馳而來的英俊青年也給鬱悶的庫圖佐夫的司令部帶來活力、激情和對勝利的希望。

「您怎麼還不開始呢，庫圖佐夫？」耶利斯坦沙皇問庫圖佐夫，同時禮貌地看一眼弗蘭茨皇。

「我等待著呢，陛下。」庫圖佐夫畢恭畢敬地俯身向前回答道。

沙皇向前方側了側耳朵，稍稍皺了皺眉，可是他依然聽不清楚。

「等待著，陛下。」庫圖佐夫重複了一遍。「我們在等各縱隊全部到位呢，陛下。」

沙皇聽了這個回答以後，很不高興；他聳了聳肩，看了看站在他身旁的諾沃西利采夫，好像在埋怨庫圖佐夫一樣。

沙皇說著又看了看弗蘭茨皇，大概是請他就算不參加談話的話，也對他說的話有所瞭解，可弗蘭茨皇繼續左看右看，並不去聽。

「你可要明白，現在這不是在察里津草場上，隊伍不到齊的話，我們的檢閱就不會開始。」

「所以我才沒開始，陛下。」庫圖佐夫洪亮地說道，「我之所以不動，陛下，正因爲我們不是檢閱，而且也不是在察里津草場上。」他把原因說得既明瞭又清楚。

而侍奉沙皇的人立刻交換了眼色，所有人的臉上都顯出責備和抱怨的神情。

沙皇聚精會神地注視著庫圖佐夫那一隻眼睛，等著聽他接下來的話。可庫圖佐夫恭敬地垂著頭，好像也在等什麼發生似的。沉默持續了約有六十秒。

「可，只要您命令，陛下。」庫圖佐夫抬起頭來，又服從地說道。

他立刻驅動了自己的馬，叫來這一縱隊的司令米洛拉多維奇，向他轉達了進攻的命令。

隨後隊伍又開始移動了，安潘塞隆團的一個營和諾夫哥羅德團的兩個營，從沙皇面前走了過去。

當安潘塞隆營走過時，紅臉膛的米洛拉多維奇的制服上掛著勳章，此時卻沒穿外套，他頭上歪歪斜斜地戴著一頂有巨大帽纓的寬簷帽，飛速地向前奔跑，到沙皇面前勒住了馬，威武地舉手敬禮。

「將軍，願上帝保佑你！」沙皇說道。

他愉快地回答道，可是他那蹩腳的法語在沙皇的侍從中間卻引起一陣嘲笑，「陛下，我們一定竭盡全力。」

米洛拉多維奇突然掉轉馬頭，停在沙皇後面。

安潘塞隆士兵們都因沙皇在場受到鼓勵，邁著豪邁的正步，在他們的面前走過去。

米洛拉多維奇愉快地高喊道：「小伙子們！」射擊聲和將開始的戰鬥讓士兵們，甚至大家都忘記了兩國君主的在場，他們現在是如此亢奮。「小伙子們，你們現在要佔領的不是一個村子。」他喊道。

「我們願意效勞！」士兵們喊道。

於是沙皇對身邊的每一個人都微笑著，隨後對安潘塞隆的士兵們指指點點地說了些什麼。

十六

庫圖佐夫在傳令官們圍繞下，騎著馬在卡拉賓槍手後面緩緩地前行。

他在縱隊後面走了不到半俄里路，就停在了一所突兀的廢棄屋前面，這座房子的旁邊有兩條岔路，而且都通往山岡下，此時，兩條路上都擠滿了行進中的軍隊。

霧開始消散了，約莫兩俄里之外的山岡上，已經可以看清楚敵軍了。在左下方，射擊聲已經很清晰了。庫圖佐夫停下來，和一個奧國將軍說話。安德烈公爵站在後方，看著他們，他考慮著是否要向一個副官借望遠鏡。

「您看！」這個副官說道，他看著前面山岡下的地方，卻不看遠處的軍隊。「這可是法軍哪！」

那個副官和兩個將軍都去搶著望遠鏡。所有人的表情都突然變了，露出驚恐的神色。法軍突然出現在眼前，使俄軍感到相當意外。

「那是敵人嗎？……不是！……可是真的是的，看來是的！的確是……這是怎麼回事呀？」眾人紛紛議論道。

安德烈公爵用肉眼就能看見在右下方，有一列法軍縱隊正對著安潘塞隆團上來，距庫圖佐夫站立的地方最多五百步！

「到了！決定我命運的時刻來了。」安德烈公爵想道，於是他拍一下馬騎到庫圖佐夫面前。

「現在的任務是一定要制止安潘塞隆團前進，大人。」他喊道。

可就在這一剎那，一陣濃密的硝煙遮住了全部，槍聲從很近的地方傳來，在距安德烈公爵兩步遠的地方，突然有一個天真卻驚恐的聲音喊道：「我們要死了！弟兄們！」這聲音，現在幾乎成了命令，幾乎所有的人都狂奔起來。

混亂不堪的人群都陸續跑回五分鐘前在沙皇面前走過的地方。現在不只制止不了這一群人，甚至連自己都被那一群人挾回去了。

安德烈努力不離開庫圖佐夫，迷茫地回頭看著，他好像對前面發生的事一無所知。涅斯維茨基氣得滿臉通紅，一反常態，對庫圖佐夫喊叫，如果他不立刻走開，他一定會被當作俘虜了。庫圖佐夫站在原地，隨後默默地拿出一條手帕。他流了很多血。安德烈公爵擠到他身邊。

「您受傷了，是嗎？」他問道，下頷無法控制地抖著。

「傷不在這裡，在那裡呢！」庫圖佐夫一邊指著潰散的士兵，一邊把手帕按在自己那受傷的腮幫子上。「阻止他們哪！」他喊道，就在這一刻，他知道那已是不可能的了，因而立刻驅動他的馬，向右邊走去。

隨後又有一幫逃跑的人群擁來，把他裹挾著向後退去。

如此眾多逃跑的人，一旦被他們裹在當中，就難以脫身了。一個人喊：「走啊！你在磨蹭什麼？」另一個人立刻就轉身，朝天放空槍；有人在打庫圖佐夫的馬。庫圖佐夫拚命地從人流中掙扎到左邊來，帶著他所剩無幾的侍從們，向發出炮聲的地方跑去。

安德烈公爵掙扎著從人群中擺脫後就跑起來，盡量不落在庫圖佐夫後面，可是他看見山坡上煙霧中，有一支俄國炮隊仍然在射擊跑向他們的法軍。在更高一點的地方有一支俄國步兵，也前來幫助炮隊。一個騎馬的將軍離開那些步兵，向庫圖佐夫走來。庫圖佐夫只剩下四個侍從了。

「攔住那些蠢貨！」庫圖佐夫指著那些逃跑的士兵，對團長氣喘吁吁地說道。可就在那時，子彈像小鳥一般呼嘯著飛過團隊，飛向庫圖佐夫的侍從。

法軍一看見庫圖佐夫，就開始向他射擊。一陣槍林彈雨之後，團長抓住了自己的一條腿；幾個士兵倒了下去，那個舉著軍旗的准尉也倒下去了。受傷的軍旗搖晃了一下倒下去，可旁邊的士兵們用槍把它支住了。士兵們不等命令就射擊起來。

「唉——呀！」庫圖佐夫無望地呻吟著，隨後向周邊看……「安德烈！」他聲音顫抖地低語著，「安德烈！」他指著敵人和一個潰不成軍的營，「這是怎麼回事？到底……」

這句話沒說完，那慚愧和憤怒的眼淚使安德烈公爵的咽喉哽住了，於是他跳下馬，向軍旗跑去。

他尖聲地喊道：「戰友們，衝啊！」

「機會終於來了！」他想道，於是抓住旗杆，在聽到那明顯對準他的子彈呼嘯過後，幾個士兵就倒了下去。

安德烈公爵喊道：「烏拉！」隨後艱難地舉起那根沉重的旗杆，他相信整個營都會跟著他向前衝。

果然他沒跑幾步，接二連三地整個營的士兵都高喊著「烏拉」向前衝去，而且超過了他。這時候營裡一個中士跑過來，接過安德烈公爵手裡搖擺的旗幟，可是他立刻倒下去了。安德烈公爵再一次抓起軍旗來，拖著旗杆隨這個營跑去。在前面他看見了很多我們的炮手，有一些人放棄了他們的炮，可是另有一些在搏鬥，大家都朝著他這邊跑來。他也看見一些法國步兵，他們抓住那些炮兵的馬，隨後炮被掉過頭來，安德烈公爵和那一營人距大炮只有二十步遠了。他聽見子彈在他頭頂上呼嘯著，左右兩邊不斷有士兵倒下。可除了那個炮隊什麼都看不到。他現在清楚地看見一個歪戴帽子的紅頭髮的炮手的身形，他抓住炮膛通條的一端拉向自己這邊，而有一個法國兵抓住另一端向他那邊拉。兩個人臉上那驚慌又憤怒的表情被安德烈公爵清楚地看見。

「他們到底在幹什麼呢？」安德烈公爵看著他們想道。「既然他們沒有武器，可是那個紅頭髮的炮手怎麼不逃走呢？那個法國人怎麼不刺他呢？如果那個法國人想起自己有槍的話，可以用刺刀刺他，那麼他就跑不掉了……」

果不其然，另一個法國兵端著槍跑向了那兩個爭奪的人，那個紅頭髮炮手已經揚揚得意地奪過通條，還不知道他的生命就要結束了。可安德烈公爵沒能看見結果。他附近的士兵中有一個人掄起一根結實的大棒打在他的頭上，有一點痛，那疼痛分散了他的注意力，妨礙到了他方才在看的事。

「怎麼回事？我要倒下去了嗎？我的兩條腿站不住了。」他仰面倒下來。隨後他睜開眼，希望再看一看炮手們和法軍的戰鬥到底怎樣結束，還有那些紅頭髮的炮手到底被打死了沒有。可是他什麼都看不見了。他能看得見的只有天空——遠遠的天空，雖不是很明朗，卻高不可測，灰色的雲緩緩地在上面飄過。

「多麼寧靜，多麼悠閒，多麼莊嚴，一點也不像我這樣跑，」安德烈公爵想道——「不像我們這樣叫喊，這樣跑，這樣廝打，不像面帶憤怒和恐懼的炮手和法國人爭奪那根通條那樣！我從前怎麼沒看見這高遠的天空呢？現在的我是如此幸福！是的！除了這無際的天空，所有其他的一切都是空的，全部都是假的。除了它以外，什麼，什麼也沒有。我覺得連天空也沒有，只有寂靜和安寧，什麼也沒有。真的感謝上帝！」

十七

九點時戰鬥還未開始，也就是在巴格拉季翁指揮右翼的時候。巴格拉季翁公爵不贊成多爾戈魯科夫開始行動的要求，於是向多爾戈魯科夫建議派一個人去請示總司令。巴格拉季翁知道，兩翼之間相距十俄里，被派的人即使不被打死，找到了總司令，在天黑之前也趕不回來。巴格拉季翁睡意矇矓地巡視著自己的侍從們，尼古拉那因爲等待和興奮而屏住呼吸的臉最先吸引了他，於是巴格拉季翁就派了他。

「如果我沒遇到總司令而是遇見了陛下呢，大人？」尼古拉行著舉手禮說道。

「那麼您可以把信交給陛下。」多爾戈魯科夫連忙截斷巴格拉季翁說道。

從哨兵線上換下來之後，尼古拉在夜裡只睡了幾小時，他對自己的好運氣滿懷信心。而這些他在那天早上都如願了：大會戰開始了，而且還有他參加；他已經是最勇敢的將軍的傳令官；而且，還把他派去給庫圖佐夫，甚至或許還給沙皇本人送信。那個清晨是明朗的，他的心中充滿了快樂和幸福。

命令剛接到，他就驅動著馬沿線跑下去。一開始他沿巴格拉季翁的陣線走；隨後他經過沃爾朗弗騎兵所在的空間地帶，在這裡他發現了部隊都在做著準備和調動戰鬥的跡象；在越過沃爾朗弗的騎兵陣地之後，他已經可以清楚地聽見前面的步槍聲和大炮聲了，而且越來越響。和先前不一樣的是，先是有稀疏的兩、三下步槍射擊聲，隨後才是一、兩下大炮聲，這時從圖拉斯前面的山坡上，傳來了連續的步槍射擊聲，中間夾雜著密集的大炮聲，有時是幾發炮彈一起射出，大家都分辨不出幾響，隨後形成一片共鳴的轟隆聲。

尼古拉在一個小丘上勒馬停了一會兒，他想看清前面發生的情況，可不管他如何集中注意力，他對眼前的情況卻什麼也搞不清楚。煙霧中，好像有什麼人在移動，似乎前後全有軍隊在移動。可去什麼地方，他們到底是些什麼人，爲何去那兒，他無從知曉。而這些聲音和場面不僅沒使他沮喪恐懼，反而讓他覺得更加果敢。

他心裡叫道：「喂，請再響一點！」隨後又沿著那條戰線跑了下去，越跑越遠，已經深入軍隊交戰的地界了。

「不知道那裡會是什麼狀況，我根本就不知道，不過一切馬上會好的！」尼古拉想道。走過奧軍陣地之後，尼古拉發現下一段戰線已經開始了戰鬥。

「這樣子更好！我要離近一點瞧瞧。」他想道。

現在他幾乎是沿著前線奔跑了。他看見有幾個騎手向他跑來。這是他們的那些御用槍騎兵，他們已潰不成軍了，正從進攻地點逃回來。尼古拉繞過了他們，無意中看見他們裡邊有一個人受了傷在流血，因而他飛跑下去。

他想道：「那不關我的事。」還沒走上幾百步，他就看見左邊，有一大群騎兵，騎著黑馬，統一穿著光亮的白制服，一直向他跑來，隨後堵住了他的去路，尼古拉讓馬全速飛奔，以便避開他們。

如果他們保持原來的速度，他完全有時間避開，可他們也不斷地加速，有一些馬已經飛跑起來。羅斯托夫清楚地聽見叮噹響的兵器聲，聽見他們的馬蹄聲，看見了他們的輪廓，越來越清晰了。他辨認出那是他們的騎衛軍，前去攻擊迎上來的法國騎兵的那些士兵。

騎衛軍們飛跑起來了，可依然勒著自己的馬。尼古拉已經能看見他們的五官，聽見了一個軍官大聲發出的命令：「立刻前進，前進！」尼古拉唯恐被撞倒，或被捲進這場混戰裡面，盡量地讓馬全力向前飛奔，可還是沒能避開他們。

在騎衛軍裡的最後一個人，是個臉上長滿麻子的大個子，他一看見他前面的尼古拉，就惡狠狠地皺起眉來。要不是尼古拉突然想起在騎兵的馬眼前揮一下鞭子的話，這個騎兵一定會把尼古拉和他的馬撞翻的。那匹高頭大黑馬立刻向後抿著耳朵快速地閃到一邊了；可那個麻臉的騎兵仍狠狠地踢了牠一下，於是那匹馬伸長脖子揚起尾巴跑得更快了。

騎衛軍剛從尼古拉身旁跑過，他就聽見他們喊了起來：「烏拉！」他回頭一看，就看見最前排的人已經跟一些戴紅肩章的外國騎兵，混在一起了。隨後什麼也看不見了，因爲這個時候大炮開始射擊了，一切都淹沒在了煙霧中。

此時，尼古拉猶豫起來，是去他應該去的地方，還是跟著他們走好呢？這是連法軍也震驚的光榮的騎衛軍的一次衝鋒。後來據說，那一大群英姿勃勃、騎著價值上千盧布的馬，從他身邊跑過的士官以及青年軍官和富翁，衝鋒之後，只剩下十八個人，這消息令他毛骨悚然。

「可我爲何羨慕他們呢？我的機會更多，或許我能會見到沙皇呢！」尼古拉想著就跑下去了。就在接近步兵近衛軍時，炮彈橫飛，與其說他聽見了炮彈的呼嘯聲，不如說他看見軍官們臉上那很不自然的軍人的威嚴表情，和士兵們臉上的不安。

當他經過一個步兵近衛團的陣地後方時，他聽見有人叫他。

「尼古拉！」

「什麼事？」他答應著，居然沒認出伯里斯來。

「怎麼樣，你看我們已經到過前線了！我們團是衝鋒隊中的一支！」伯里斯臉上帶著難以言表的興奮笑容。

尼古拉停下來，說道：「原來這樣！那麼，情況如何呢？」

「已經把他們擊敗了！」伯里斯激烈地說道，突然變得話多起來。「可是你知道嗎？」

於是他開始講述著，近衛軍開進陣地之後，看見前面有很多軍隊，以爲是奧軍，突然那些軍隊發炮，他們才知道，他們早就已經在前線，不得不進入戰鬥。尼古拉等不及伯里斯說完就催馬要走。

「你去哪裡呀？」伯里斯問道。

「我要給陛下送信。」

「可他就在這裡！」伯里斯把尼古拉說的「陛下」聽成是「殿下」了。他指著大公給他看。

「不過，這人是大公呀，只有陛下或司令才是我要見的人。」尼古拉說著，就驅馬前進了。

從另一邊跑來的貝格喊道：「伯爵！伯爵！」他和伯里斯一樣興奮。「伯爵！我的右手受了傷，」說著把他那手絹纏著的流血的手腕拿給他看，「我上前線了。我只能用左手拿刀，伯爵。我們馮．貝格家族全是武士！」

貝格又說了些話，可尼古拉迫不及待地騎著馬向前走了。

經過近衛軍，又穿過一片空地，爲了避免再遇到像騎兵近衛軍衝鋒時那樣的情況，尼古拉沿著後備軍的陣地前行，他們遠遠地繞過傳來激烈炮聲和步槍聲的地方。突然間，他聽見他後面和前面不遠處有步槍射擊聲，他無論如何也沒想到這裡有敵人。

「這到底是怎麼回事呢？」他仔細地想。「敵人怎麼可能在我們軍隊的後方？」突然間他爲自己也爲整個戰局感到恐慌起來。「不管如何，」他想，「可能現在不需要繞道了。我應該在這裡找總司令，如果一切都結束了，那麼，我認爲我的使命也和大家一起完了。」

尼古拉突然有一種不祥的預感，越走近圖拉斯村後的地帶，這種預感就越發強烈。

「這是怎麼回事呢？他們在對誰射擊呢？」尼古拉向擋在他前面的，俄、奧兩國混作一團潰逃的士兵大聲問道。

「鬼才知道呢！我們全都死定了！全部的人都被擊潰了！」那些逃亡的人群用德語、捷克語、俄語回答他的話，因爲他們都對發生的事一無所知。

有一個人叫道：「打德國人！」

「快點讓他們去死吧，這些叛徒！」

「你們俄國人，真該死！」一個德國人嘟囔著說。

只見幾個負傷的人在大路上走著，叫罵聲、詛咒聲、呻吟聲匯成了一片嘈雜。射擊停止了。尼古拉後來聽說是俄、奧兩國士兵在互相射擊。

「我的上帝！到底發生什麼事了！」他默默地想道。「這裡是陛下所在的地方啊！……不過，沒關係，我認爲這一定只有幾個壞蛋。這一定會過去的！」他想道。「趕快啊，快一點把他們超過！」

尼古拉接受不了逃跑和失敗的想法。雖然在他去找總司令的圖拉斯高地上，他看見了很多法國大炮和法國軍隊，可是這個事實他仍不能相信。

十八

尼古拉奉命去圖拉斯村附近找庫圖佐夫和沙皇。可這裡除了一群一群來自各潰敗軍隊的烏合之眾外，連一個司令官也沒有。於是他催動他那已經疲憊不堪的馬，想盡快地穿過這些人群，可他越往前走，那些人群就越混亂。於是他來到大路上，只見那裡到處是各種各樣的馬車和俄、奧兩國各兵種的士兵，有很多受傷的，也有沒受傷的。大家都在法國炮隊射出的低沉炮彈聲下，緩慢地移動著。

「現在陛下在什麼地方？庫圖佐夫在什麼地方？」尼古拉堅持不懈地問每一個他能攔得住的人，可是都不知道自己想要的答案。

之後他抓住一個士兵的領子，隨後逼著他回答。

「唉，老兄！他們很久之前就逃走了！」這個士兵對尼古拉說道。

尼古拉放開這個明顯喝醉了的士兵，又攔住某個長官的勤務兵，或者是馴馬師，開始詢問他。那個人說，大概在一小時前，沙皇已經被一輛疾馳而過的馬車載走了，因爲他受了重傷。

「這根本不可能！」尼古拉說道。「那一定是別人。」

勤務兵帶著自信的冷笑回答道：「這是我親眼所見的。」

「我認識沙皇，我在聖彼德堡見過他好多次。那時他坐在馬車裡，臉色蒼白到了極點。他們很快地驅趕著那四匹黑馬飛奔啊！上帝啊！在我們面前轟隆隆地跑過去了！沙皇的馬和車伕埃利·伊萬尼奇我熟悉。好像埃利只給沙皇趕車。」

尼古拉的馬還在前行，一個過路的負傷軍官問他：「你到底在找誰呀？總司令嗎？他已經陣亡在一顆炮彈下了——在我們團裡的時候，打在胸部。」

「根本沒有打死，只不過是受了傷！」另一個軍官糾正他說。

「誰呀？庫圖佐夫嗎？」尼古拉問。

「不是庫圖佐夫，可他的名字是什麼呢……反正算了，反正也沒什麼區別……活下來的沒有幾個了。喏，您就去那個村子吧，現在所有司令官都在那裡了。」軍官指著哥斯吉拉德克村說著，就走過去了。

尼古拉騎著馬繼續走下去，根本不清楚目的地和此去的原因。沙皇受了傷，戰役失敗了，自己怎麼可能不相信這點。尼古拉向著人家指給他的方向走去，他看見遠處的塔樓和教堂。可是他要急著上哪兒去呢？即使沙皇和庫圖佐夫沒有受傷還活著，他想要去對他們說什麼呢？

「老爺，你走那條路是自尋死路，您走這條路吧。」一個士兵對他大聲喊道，「因爲那裡會被打死的。」

「噢，你到底在說什麼呢？」另一個說道。「他是要去哪兒呀？那條路可是近路。」

尼古拉想了一下，隨後向那條死路走去。

「現在什麼都沒關係了。既然陛下已經受了傷，難道我還想保全自己嗎？」他想道，騎馬往一片空地趕去——那裡被打死的人最多。

目前法軍還沒佔領那個地方。在那一片田野上，像精心耕種的耕地上一堆一堆的禾捆一樣，每俄畝有十到十五個傷者和死者臥在那裡。很多受傷的人三三兩兩地爬著，不時地傳來讓人憂悶的呻吟聲或叫喊聲。爲了避開這些痛苦的人，他催馬小跑起來。他覺得恐怖，他根本不是在爲自己的生命憂慮，而是因爲害怕看這些不幸的人會使自己失去勇氣。

在這片遍地是屍體和受傷的人的田野上，法軍已經熄火，因爲他們已看不到有活人了。一遇到騎馬行走的傳令官，炮口就會對著他開幾炮。這些可怕的呼嘯聲和屍橫遍野的景象，讓尼古拉產生一種自憐和害怕的感覺。他想起了母親最後一封信。「如果她此時看見我在這裡，大炮對著我，她又會想些什麼呢？」

在哥斯吉拉德克村子裡，一些從戰地退下來的俄國隊伍，即使還有些混亂，不過已經稍微有一些秩序了。法軍連步槍射擊的聲音離得很遠了。這次戰役已經失敗了，所有人都明白地看到，同時也在討論著。尼古拉不管問誰，沒人能告訴他沙皇在哪兒，庫圖佐夫在哪兒？有一些人說，沙皇受傷的消息準確無誤，另一些說，那絕對是胡說八道的，而且解釋說，之所以傳出這一虛假的消息，是因爲沙皇的馬車確實是從戰場上跑回去了，侍從一起隨沙皇到戰場上來的宮廷大臣托爾斯泰伯爵，他驚慌失措面無血色。一個軍官對尼古拉說，他在村後左首曾見過一個高級長官，因此尼古拉就騎馬去那裡了，現在大家已經不期待找到任何人，只求問心無愧。

走過約三俄里，繞過最後一批俄國軍隊，尼古拉看見，菜園附近有一道小水溝，兩個騎馬人面對著水溝站著。一個人的帽子上插有一支白羽翎，尼古拉覺得眼熟；另一個騎手的坐騎是一匹漂亮的栗色馬。他騎到水溝前，用馬刺刺了刺他的馬，放鬆轠繩，輕輕一跳就跳過去了。他突然掉轉馬頭，又跳到水溝這邊來，畢恭畢敬地轉向那個戴白羽翎的騎馬人。那讓尼古拉覺得熟悉的騎馬人，不知爲何吸引了他的注意力，因爲那人做了個拒絕的手勢，尼古拉立刻認出，那是他爲之悲傷的尊敬的君主。

「可在這空曠的田野上孤獨無依，這不可能是他呀。」尼古拉想道，此時耶利斯坦轉過頭來，於是他看見那張深刻地印在自己記憶深處的可愛臉孔。沙皇兩頰深深地下陷，面無血色，兩眼凹陷，可他的面容卻更加英俊、更加柔和了。確信沙皇受傷的消息是錯的，尼古拉感到很愉快。看見了沙皇他覺得喜出望外。他知道他可以，甚至應該去見他，隨後轉達多爾戈魯科夫命令他轉達的事情。

尼古拉實現了他這輩子最大的願望，可是他卻不知如何去接近沙皇，他想出了上千條理由證明，去接近他是不是不得體，是不是不合適，是不是不可能？

「怎麼！在這傷感的時刻，出現一個陌生的面孔，這樣一定會令他痛苦或難過；此外，現在，只要我一看見他就緊張得喘不過氣來，張口結舌，我又能對他說什麼呢？」他準備對沙皇說的無數的話，此時都忘到九霄雲外去了。況且，那些話大部分是在得勝歸來時說的，證明對沙皇的愛的那些話。

「現在快下午四點了，仗已經打敗了，我又怎能請沙皇發佈關於右翼的命令呢？不能，絕對不能靠近他，而且不應當打擾他的沉思。」尼古拉下定了決心，於是就帶著一種悲哀和絕望的心情騎馬走開了，並不時地回頭望著依然站在那裡，猶豫不決的沙皇。

就在尼古拉思考這些，悲哀地離開沙皇的時候，馮．丹奧上尉卻意外地騎馬來到那裡，一見到沙皇，他立刻走到他跟前，表示願爲他效勞，可以幫助他跨過水溝。可是沙皇覺得不舒服，想休息一下，坐在一棵蘋果樹下，馮．丹奧就一直守在他身邊。尼古拉望著馮．丹奧如何長時間地、熱情地對沙皇說著什麼，心裡感到極其悔恨，沙皇好像是哭了，用手蒙住眼，隨後握著馮．丹奧的手。

「我本來可以處在他的位置呀！」尼古拉想道，眼裡噙滿了同情沙皇的眼淚，心懷絕望地向前走去，漫無目的。他感覺到軟弱是他悲哀的原因，因而絕望的心情就更加強烈了。

他本來可以……不只可以，而且應當，去沙皇那裡。這是他最後對他表示忠心的機會，而他竟然沒有利用……「我究竟做了什麼？」他想道。於是他掉轉馬頭，跑回他看見過沙皇的地方，可水溝那邊已經空無一人。只有一些馬車和行李車在走著。他聽一個車伕說，庫圖佐夫的參謀部離這裡不遠，在那些行李車要去的村子裡。尼古拉就尾隨著他們。

「季特！我說，季特！」馬伕說道。

「什麼事啊？」那個老先生問。

「去，季特！打麥去吧！」

「哎，你這個蠢蛋！」老先生氣哼哼地吐著唾沫說道。

晚上五點前，各戰線上的戰鬥全部以失敗告終。還有一百多門大炮落入法軍手裡。多赫圖羅夫和朗熱隆的殘部混雜在一起，聚在奧格斯特村邊池塘的堤岸周邊。

五點之後，只在奧格斯特水壩能聽見法軍的炮聲。多赫圖羅夫和其他人在後衛部隊，立刻集合了一些營，不停地射擊那些法國騎兵。

此時天漸漸黑了。在奧格斯特狹窄的堤壩上，許多老磨坊主人戴著睡帽坐在那裡釣魚，他的孫子正捲起袖子在水桶裡撈著跳動的銀魚；這個堤壩上，長久以來住著的摩拉維亞人戴著長毛帽子，穿著藍色短襖安靜地趕著裝著小麥的馬車走了過來，沿著這條狹窄的堤壩，用馬車載著麵粉，身上沾著麵粉走了回去。

現在，這條堤壩上，甚至在大炮和大車中間，車輪和馬身下面，那些因怕死而變得面目全非的人在互相擠壓著，還有些垂死的人踏過一些奄奄一息的人，大家在互相殘殺，殺人的人一會兒又成了被殺的人。

每隔十秒鐘，就會有一發榴彈或炮彈撕破空氣飛來，在擁擠的人群中炸開，炸死一些人，血濺在周邊人的身上。多洛霍夫臂上受了傷，他和本連的十來個人赤腳徒步走著，再加上騎馬的團長，這是這次僅存的人馬了。他們在人群的推擁下，停到了堤壩前，他們周邊被擠得緊緊的，因爲前面炮彈打死了一匹馬，牠正被人群拖出來。之後一顆炮彈炸死他們後邊的一些人，另一顆落在前邊，濺了多洛霍夫滿身血。人群拚命地掙扎著向前擁，可是沒走多遠就又停下來。

每個人都在想怎樣可以獲救，又如何等待死亡。

站在人群中的多洛霍夫，撞倒兩個士兵，擠向水壩邊，跑到光溜溜的冰面上。

「掉過頭來！」他在冰上用力地蹦著喊道，只聽見冰吱吱作響。「掉過頭來！」他朝著大炮那邊喊。「經得住啦！……」

冰經得住他，可是卻在往下陷，隨後發出咔咔的響聲，現在即使他一個人也很快要陷下去了。人們默默地看著他，擠到岸邊來，猶豫著不敢跨到冰上。這時團長騎著馬站在壩口處，舉起了雙手，要對多洛霍夫說話。猛然間一顆炮彈唰的一聲飛了過去，它飛得很低，人們全彎下了腰。忽然，將軍掉下馬來，重重地倒在血泊中。不僅沒人去扶他，甚至都沒有人看他一眼。

「到冰上去，快點到冰上去！走呀！難道你沒聽見嗎？走啊！」將軍中彈之後，無數的聲音叫起來。最後一門來到堤壩上的大炮也已經掉頭轉到冰上了。壩上的人群開始擁向結了冰的水塘。突然，最前面一個士兵腳下的冰裂了，他的一隻腳陷進水裡了，想拔出來，反而陷得更深了。士兵們遲疑了，這時炮車夫勒住了他的馬，可後面依然傳來叫喊聲：「到冰上去，你們為何停住？快點走啊！」這時人群裡發出毛骨悚然的叫喊聲。於是靠近大炮的士兵們掄起胳膊打馬，讓牠們轉過來一直向前走。那些原本經得住步行人的冰，已經大塊地陷下去了，冰上的四十來個人都慌了，有的向前衝，有的往回跑，把別人推進水裡。

炮彈聲接連不斷，炮彈持續地落在堤壩、池塘和岸上的人群中間。

十九

在圖拉斯高地上，安德烈公爵躺在他手拿旗杆倒下的地方，身上流著血，他開始呻吟起來，這是一種像可憐蟲一般的低低的呻吟。

傍晚時他已不再呻吟了，甚至完全安靜了。他不清楚自己失去知覺有多久了。突然間，頭上撕裂般的鑽心疼痛使他意識到自己還沒死。他的腦中閃過第一個念頭。「天空在什麼地方呢，那個我一直不知道的深遠的天空在哪裡呢？我從沒有這樣痛苦過，爲何我大腦一片空白。我在哪裡？」

他開始仔細捕捉周邊的聲音，他聽見了有說法語的聲音，還有越來越近的馬蹄聲。他睜開眼睛，還是那個高高的天空，朵朵白雲在高處飄浮，透過雲朵能看見蔚藍無際的蒼穹。可是他沒轉過頭，甚至也沒看見已經走近他，並已經停在他身邊的人們。

拿破崙由兩個侍從陪伴著，騎馬巡視戰場，他發出對奧格斯特水壩加大炮擊的最後一道命令之後，就察看留在戰場上的傷亡者。

拿破崙看著一個犧牲的俄國擲彈兵說道：「光榮的人民！」只見那個擲彈兵臉埋進地裡，後腦勺已經變黑，伸出的一隻胳膊已經變僵，趴在那兒一動不動。

「炮彈用完了，陛下。」一個從轟擊奧格斯特的炮隊那裡來的副官說道。

「命令從後備隊運來。」拿破崙說道，走過幾步之後，他在安德烈公爵跟前停下。

拿破崙看著安德烈說道：「他的死是值得的、光榮的！」

安德烈公爵心裡明白這指的是他，而且也明白說這話的是拿破崙。可他聽這些話像聽見蒼蠅的嗡嗡聲似的，而且他也心不在焉，馬上就忘記了。他的頭劇痛，覺得自己快要死了，只是他看見上面有那遙遠的、崇高的、永不變的天空。他知道那是拿破崙——他所尊崇的英雄，可此時，與他靈魂裡飄浮著雲朵的崇高、無際的天空相比，拿破崙太渺小了。此時，不管什麼人站在他面前，他都不在乎；他只是希望這些人幫助他，使他重新獲得生命，現在他只爲有人站在他身旁而高興，他突然覺得生命是如此美妙。他竭力地動了一下，發出一點聲音。因而他的腿微微一動，痛得一直在呻吟。

「啊！你看他沒死呢，」拿破崙說道，「快把這個青年人抬起來送到醫療站去。」

就在說完這句話之後，拿破崙就騎著馬去迎接拉納元帥，只見元帥騎馬走到皇帝跟前，脫帽行禮，並且微笑著祝賀他勝利。

安德烈公爵腦中一片空白，傷口的劇烈疼痛讓他失去了知覺。直到晚上，他和別的傷患以及俘虜被送到野戰醫院時，才稍稍恢復了知覺。在轉運途中，他覺得精神恢復了些，甚至可以開口說話了。

他醒後聽到的第一句話是一個法國護送軍官的話，那人急急忙忙地說道：「現在必須在這裡停一下，皇帝馬上要經過這裡了，看見這些俘虜，老爺他會高興的。」

另一軍官說道：「俄軍俘虜太多了，他好像已經看厭了。」

第一個人指著一個受傷的、穿白色騎衛軍制服的俄國軍官說道：「可這個人，聽說他是耶利斯坦沙皇近衛軍的司令官呢。」

安德烈發現這是他在聖彼德堡社交界碰見過的雷龐涅公爵。而且在他身邊站著一個十九歲的年輕人，也是一個騎衛軍受傷的軍官。

拿破崙騎著馬飛奔而來，他見到那些俘虜後大聲地問道：「你們哪個是最高級的軍官？」

於是有人報上了上校雷龐涅公爵的名字。

拿破崙問道：「您就是耶利斯坦沙皇騎衛軍團的團長嗎？」

雷龐涅回答道：「我只不過是領導一個騎兵連。」

拿破崙說道：「你們團光榮地盡了本分。」

「我覺得統帥的讚美令軍人無比驕傲。」雷龐涅說。

「我很樂意給您這樣的稱讚，」拿破崙說，「您身邊那個小伙子是誰呀？」

雷龐涅公爵說他叫蘇赫特林中尉。

拿破崙看了看他，微笑著說道：「你看他還這麼年輕就來和我們戰鬥。」

「可是年輕並不妨礙你成爲勇敢的人。」蘇赫特林時斷時續地說道。

「好！你是個不錯的小伙子，加油！」拿破崙鼓勵他。

那些人爲了更充分地展示戰利品——俘虜，把安德烈公爵也抬到沙皇旁邊，他引起了拿破崙的注意。拿破崙感覺似曾相識，於是用「年輕人」這個稱呼來和他說話，「年輕人」是安德烈公爵留給他的第一印象。

他說道：「啊，這是您啊，年輕人。您覺得如何，勇敢的戰士？」

即使剛剛安德烈公爵能對抬他的士兵們說上幾句話，可是此時他盯著拿破崙，默不作聲了……他覺得與他看見的，使他懂得了仁慈、公正、崇高的天空相比，拿破崙所關心的所有利害是那麼不值一提，此時，英雄、虛榮心和勝利的歡快顯得那麼渺小，因此他根本不能回答他了。

「先把他們送到我的露營地去，讓人看護這些先生，讓我的醫生拉雷檢查他們的傷口。再見，雷龐涅公爵！」而他沒等到回答就轉身走開了。他踢了一下馬，向前跑去。

安德烈的臉上現出歡樂和驕傲的光彩。

抬安德烈公爵的士兵們，從他身上摘去了瑪麗亞公爵小姐掛在他脖子上的小金神像，看到拿破崙如此善待俘虜，他們又急忙把它還回來。

「多美好的事情啊，」安德烈公爵看著他妹妹送的小神像想道，「如果一切都像瑪麗亞想的那樣簡單、明瞭該多好啊，如果知道生前去哪裡求助的話，又知道死後在棺材裡等待你的是什麼，那多好呵！如果我此時能說：『我親愛的主啊，可憐我吧！』那該多麼安詳和幸福……可我對誰說呢？或者有一種高深莫測、虛無縹緲的力量。他對自己說道：現在的一切都是虛無或者一切都是偉大的，或許這就是瑪麗亞公爵小姐縫在這個護身小金像裡的那個上帝吧！可能除了這些，一切東西全都毫無意義了，除了某種不可理解卻相當重要的東西之外，一切全是虛假的。」

隨後抬擔架的人們開始走動了。他無法忍受那顛簸的痛，神志開始不清楚，他在發燒。他對妹妹、將來的兒子、父親、妻子的思念，以及在交戰前那一晚他感到的溫暖，矮個子拿破崙的身影，還有高遠的天空，成為他那發熱的頭腦中主要的東西了。

在他的想像裡出現了童年平靜、祥和的家庭幸福。他正在享受那種幸福，突然，矮小的拿破崙就帶著他那鼠目寸光的、冷酷的、和把別人的不幸當作快樂的眼神出現了，因此他又感到很苦惱，只有天空能給人以安寧。

將近天亮時，所有這些夢境融會成混亂的一片，於是他陷入了失去知覺的黑暗深淵裡，據拿破崙的醫生拉雷看來，最終有極大的可能是死亡，而不是痊癒。

「他是一個膽汁很旺、神經過敏的傢伙，」拉雷說道，「我覺得他不會痊癒的。」

安德烈公爵，做為一個最終必然死亡的傷患之一，和其他人一起，被留給本地居民照顧了。

chapter 4

丈夫與情夫的決鬥

一

一八〇六年，尼古拉回家休假。傑尼索夫也要到沃羅涅日的家去，他被尼古拉請到莫斯科，住在他家。在到達莫斯科的前一站，傑尼索夫遇到一個同事，和他喝了三瓶酒。儘管路上很顛簸，可是他在雪橇裡躺在羅斯托夫身旁，一路上直到莫斯科都在熟睡著；而尼古拉越靠近莫斯科，他的心情就越發迫切。

當他們在哨所完成了休假登記駛入莫斯科的時候，尼古拉想道：「你快來了嗎？唉，這些令人厭惡的店鋪、街道、麵包店、街燈和馬車！」

「不遠了！傑尼索夫，別睡了！」他說，隨後全身向前傾斜著。傑尼索夫沒有說話。

「在十字路口拐彎的地方，車伕卓罕爾常站在那裡張望，你看，那就是卓罕爾！我們以前常在這小鋪子買甜餅的！快到了吧？快點！」

車伕問：「是哪一所房子啊？」

「那裡就是！就是那所房子，街頭那所大房子。你看見了嗎？」尼古拉說道，「你知道嗎？那是我們的家啊！」

「傑尼索夫，傑尼索夫！很快就要到了！」

傑尼索夫抬起頭，咳嗽了一陣就一言不發了。

「德米特里，這燈光是不是從我家傳出來的？」尼古拉問坐在車伕座上的僕人。

「正是，您父親書房裡的燈應該還亮著哩。」

「你是說他們還醒著吧？你說呢？」

「請記得拿出我的新騎兵服來。」尼古拉摸著他新長出來的小鬍子提醒說，「喂，麻煩快點！」他對車伕喊道。

「你快醒醒啊！」他對傑尼索夫說。傑尼索夫的頭又低下去了。「喂，我給你三個盧布買酒喝，快點吧！」尼古拉喊道，此時雪橇離他家門只剩三所房子了。他覺得那些馬像靜止不動一樣。

終於雪橇向右轉過彎後，來到了大門前，於是尼古拉看到頭頂上那個剝落了一點泥灰的門廊，還有飛簷，還有人行道上的標注。於是他等不及雪橇停穩就跳了下來，跑進了大廳。

那所房子冷冷地靜立在那裡。客廳裡一個人也沒有。「我的天哪！大家是不是平安啊？」尼古拉想道，屏住呼吸停了一會兒，立刻就沿著大廳和熟悉的階梯向前跑去。仍然是那個門把手，從前曾因沒擦乾淨讓伯爵夫人生氣，它一扭就開了。前廳裡只點著一支微弱的蠟燭。

老米哈伊洛在木床上睡著。那個跟車的僕人普羅科菲，現在正坐在那裡用布條編鞋子。他抬起頭來看著打開的門，隨後那昏昏欲睡而面無表情的神情突然變得驚喜交加。

「上帝啊！是伯爵少爺！」他大聲喊道，「這是怎麼回事啊？親愛的！」普羅科菲興奮地向客廳的門跑去，像是要去通報，可他又跑回來撲到了少爺的肩上。

「您的身體健康嗎？」尼古拉拽出他的手問道。

「太好了，我一切都好！他們剛用過餐了。讓我看一下您，少爺。」

「您一切順利嗎？」

「謝天謝地，謝天謝地！」

尼古拉幾乎想不起傑尼索夫，他甩下皮襖，踮著腳尖跑進昏暗的大廳。那裡一切照舊：還是擺放著那幾張牌桌，還有那個帶罩子的吊燈；可像有什麼人發現了少爺一樣，他還沒跑到客廳，就有一個人旋風般從一道旁門裡衝出，開始擁抱他，親吻他。後來人們接二連三從第二個和第三個門口裡跑出來，大力地親吻他，他們都在擁抱他，又是流淚，又是喊叫。他分辨不出哪個是娜塔莎，哪個是爸爸，哪個是彼佳了。所有的人都一起喊叫，同時說話，同時親吻他。可是他沒看到自己的母親。

「可我不知道……尼古拉……我的朋友！」

「你快瞧他……我們的……親愛的他變模樣了！不，快拿茶來！拿蠟燭來！」

「請你吻吻我呀！」

「啊！親愛的，你可別忘了我！」

娜塔莎、索尼婭、彼佳、薇拉、德魯別茨卡婭公爵夫人、老伯爵都抱了他很久，男、女僕人們塞滿一屋，大家都在說話，並感慨著。

彼佳抱著他的腿懸起來。「別忘了還有我呢！」他喊道。

娜塔莎把他拉過來不斷吻著他的臉，突然又跳開去，隨後抓著他的衣襟大力地跳來跳去，並刺耳地尖叫著。

他看到，到處都是亮晶晶的憐愛的眼睛、激動的淚水和期待親吻的嘴唇。

索尼婭臉紅得如一塊紅布，她也抓著他的手，她很快樂，她喜氣洋洋地注視著她所期待的眼睛。

索尼婭已經十六歲了，長得很美麗，特別是在這幸福激動的時刻。她一動不動地看著他，微笑著，屏著呼吸。

他感激地看了她一眼，可依然在期待著，像是尋找著什麼人。老伯爵夫人還沒出來。就在此時門口傳來一陣腳步聲，是那麼急促，根本不像是他母親的。不過這次卻恰恰是她，她身上穿了一件他不熟悉的新衣裳。於是大家都放開了他，他奔向了她。他們剛碰在一起，她就靠在他胸膛上大聲地哭起來。她只是緊緊地靠在他那驃騎兵制服的冰冷的辮條上，甚至無法抬頭。

誰也沒注意到，傑尼索夫已經走進屋來，站在那裡望著他們，揉著眼睛。「瓦西卡・傑尼索夫，我是您兒子的朋友。」他向伯爵介紹自己。

「歡迎！我當然知道，」說著伯爵就吻了並擁抱了傑尼索夫，「尼古拉在信裡告訴我們了……薇拉、娜塔莎，這就是傑尼索夫！」

那些激動的、快樂的臉都轉向了傑尼索夫，大家圍著他。

「親愛的傑尼索夫！」娜塔莎激動地跳了過去，擁抱了他，吻了他。娜塔莎的動作使大家不好意思，傑尼索夫也不好意思，微笑了一下，拿起娜塔莎的手吻了一下。

傑尼索夫被領進爲他預備的臥室，而羅斯托夫家的人們，都圍著尼古拉擠在起居室裡。

老伯爵夫人坐在他身旁不肯放鬆他的手，時不時吻一下；剩下的人聚在他們旁邊注意他的每一個動作，甚至每一個表情，她那雙充滿深情的眼睛始終不離開他。此時他的弟弟和姐妹們都在爭吵著，大家都在爭奪靠近他的位子，甚至爲了爭著給他拿手巾、茶和菸斗打架。

尼古拉受到大家的熱愛覺得自己很幸福，雖然見面是那麼愉快，可他覺得還不滿足，還在期待著什麼更多的東西。

次日早晨，這兩個旅途疲憊的人一直睡到十點。

在他們臥室隔壁的房間裡，亂七八糟地放著佩刀和背囊、皮包，還有敞開的旅行袋和髒靴子等東西。有兩雙剛擦過的帶馬刺的靴子放在牆邊。家裡的僕人們拿來被洗得乾乾淨淨的衣服和洗臉盆、刮臉用的熱水。男人的氣味充滿了整個屋子。

「喂，親愛的格里沙——我的菸斗！」瓦西卡・傑尼索夫用嘶啞的聲音喊道，「尼古拉，起床吧！」

尼古拉從溫暖的枕頭上抬起他亂蓬蓬的頭，揉著他那惺忪的睡眼。

「怎麼，難道晚了嗎？」

「晚了！快十點了！」這是娜塔莎的聲音。只聽見隔壁房間傳來衣裙的沙沙聲和姑娘們的笑聲和低語聲。從門縫裡可以看到那些飄過的飄帶、黑頭髮及很多歡快的臉。這是來看他們到底有沒有起床的娜塔莎、索尼婭和彼佳。

「尼古拉！起床啦！」門口再次傳來娜塔莎的聲音。

「立刻！」

正在此時，他的佩刀被彼佳找到了，於是就拿在了自己的手中。他懷著孩子見到威武的兄長時那種激動的心情，打開了哥哥臥室的門，甚至把少女們看見沒穿衣服的男人是不光彩的事都拋在了腦後。

「這是你的馬刀嗎？」他喊道。

少女們躲開了。彼佳進屋後，門就被關了起來。這時門外傳來一陣笑聲。

「尼古拉！你穿著睡衣出來吧！」娜塔莎說道。

「這個馬刀是屬於你的嗎？」彼佳又問道，「或者是您的？」他討好地問那個黑鬍子的傑尼索夫。

尼古拉趕忙披上睡衣，穿上鞋，靜靜地走了出去。娜塔莎已經穿上一隻帶馬刺的靴子，她的腳正要伸進另一隻裡。索尼婭在他進來時正在旋轉，試圖讓她的裙子飄起來，並且在他出來時行屈膝禮。

她們兩個都穿著天藍色的連衣裙，神情愉快、臉色紅潤。索尼婭跑掉了，而娜塔莎的哥哥被她拉進起居室，他們聊起天來。他們相互詢問很多除了他們自己之外沒人感興趣的瑣事。娜塔莎對她自己或他所說的每一句話都要大笑一會兒，她甚至已經無法控制她那只能用笑聲來表達的快樂了。

她聽到任何一件事時都會說：「啊，我覺得很不錯啊，真棒！」在娜塔莎狂熱的愛之光的映襯下，尼古拉覺得他離家一年半以來未曾有過的孩子氣的笑容，又重新在他的臉上和內心悄悄地綻放了。

「聽著，我覺得你現在完全是一個男子漢了，是吧？我很開心你是我的哥哥。」她說著摸了一下他的小鬍子，「我很渴望知道男人究竟是什麼樣子。難道也和我們一樣嗎？」

「當然不是。索尼婭為何溜掉了呢？」尼古拉問道。

「啊，是的！說來話長！可是我想知道你要如何稱呼她呢——你還是您？」

尼古拉說道：「看情況吧。」

「不，請稱她為您吧！我之後告訴你是為何。」

「是什麼原因？」

「好吧，我現在就告訴你。你很清楚索尼婭是我的朋友，她是那個我為她燙過胳膊的朋友。你看這裡！」她撩起自己的薄紗袖子給他看，在她那又長又細的胳膊上，在舞服能夠掩住的地方，的確有一塊紅疤。

「這個是驗證了我們的愛的標記。我把一個尺子放在火裡烤熱，隨後它被我印在那裡了！」

尼古拉坐在那個扶手上帶有小墊子的沙發裡，注視著娜塔莎生動的眼睛，好像又重新回到了他的那個童年和家庭的世界，那個世界對其他人來說毫無意義，而對他而言，卻能給予一種美好的享受。用胳膊來見證愛，他覺得還是有著非凡的意義的，他對此表示理解。

他只是問道：「那麼，到底是怎麼回事呢？」

「我們是如此的要好！用手臂這算是什麼？難道是在做蠢事。不過我們還會永遠是朋友。如果她愛上什麼人，她就會愛一輩子，這我可是不能理解，因爲我能立刻就忘記的。」

「那麼，爲何需要這樣做？」

「是啊，可是她就是這樣愛著我和你。」娜塔莎的臉唰地紅了，「喂，你還記得在你離開之前……她說，一切都能夠被忘卻的話……她曾說：『我會永遠愛他，而他卻是自由的。』這難道不是最爲高尚的、美好的？難道不對嗎？」娜塔莎認真而又激動地問著，那些都是她之前含著淚說過的話。尼古拉沉思起來。

「我絕不會反悔，」他說道，「不僅現在，將來也不會，索尼婭那麼惹人愛，她如何能夠放棄這樣的幸福呢？」

「錯了，錯了！」娜塔莎叫道，「關於這一點我和她已經討論過了。我們早就知道你會這樣說的。可這行不通，你懂嗎？因爲如果你這樣說，你就會認爲你受到承諾的束縛，好像是你必須和她結婚，可事情完全不是你想的那樣。」

尼古拉看到她們想了又想的樣子。昨天他已對索尼婭的美麗感到驚訝，今天，匆匆一瞅他覺得她更可愛了。這個女孩是一個年方二八的美貌少女，正在熾熱地愛著他。他爲何不去愛她，甚至和她結婚呢？尼古拉想，但絕對不是現在。現在他還有太多其他的事情和其他的樂趣可以享受呢！「不錯，她們考慮得很全面，」他想道，「而我應當擁有自由。」

「那好極了，」他說道，「我們再聊吧。啊，只要看見你我是多麼開心啊！」他又說，「那你呢？你難道背叛伯里斯了嗎？」

「亂說！」娜塔莎笑著喊道，「不管是他，還是別的什麼人，我都不會再考慮，也不想知道那些事了。」

「原來是這樣！現在你怎麼啦？」

「我嗎？」娜塔莎臉上綻放出了幸福的笑容，「你有沒有見過杜波爾？」

「沒有。」

「就是那個聲名顯赫的杜波爾，舞蹈家，你真沒見過？那你就不明白了。我做的就是這個動作。」娜塔莎學著舞蹈家的模樣拉起裙子，轉過身來，緊接著又跑開幾步，兩腳併起向上一跳，雙腳拍擊，用腳尖立起走了幾步。「瞧，現在能站住了！看！」她說道，可腳尖支撐不住了。「我做的是這個！我不跟別人結婚，我要當一個舞蹈家。不過，這可是一個秘密。」

尼古拉快活、響亮地哈哈大笑，臥室裡的傑尼索夫都有點嫉妒了，娜塔莎也忍不住笑了起來。

「現在這不是很好嗎？」她不斷地問。

「很好！那這麼說你不想跟伯里斯結婚了！」

娜塔莎漲紅了臉。

「我才不要跟誰結婚。等我見到他時，我會這麼跟他說！」

「原來如此！」尼古拉說道。

「不過這跟沒說一樣。」娜塔莎接著說道，「傑尼索夫這人好嗎？」她問道。

「好！」

「那，回頭見，穿衣服去吧。他令人恐懼嗎，傑尼索夫？」

「爲何恐懼呢？」尼古拉問道，「不，瓦西卡是個很善良的人。」

「好吧，快點來喝茶。大家一起用早餐。」

娜塔莎像舞蹈演員一樣立起腳尖走出屋去，臉上卻帶著只有十五歲的快活少女才有的微笑。尼古拉在客廳裡見到索尼婭時臉紅了。他不知道該怎樣對待她。頭一天晚上，他們彼此吻過，可今天他認爲不可以那樣做了；他覺得每一個人都在看他怎樣對待她。他吻了她的手，沒有稱她你，而稱作您——索尼婭。不過，他們的目光碰在一起時，說的卻是你，而且溫柔地親吻著。她用目光求他寬恕，因爲她居然敢讓娜塔莎提醒他曾做過的許諾，感謝他的愛。他用目光感謝她給了他自由，並對她說，不管如何，他愛她直到永遠。

「真奇怪呀，」薇拉在大家都沉默時說道，「索尼婭和尼古拉現在見面互相稱起您來了，跟陌生人一樣。」薇拉的話沒錯，可她這話使得大家都不舒服，非但索尼婭、娜塔莎和尼古拉如此，就連怕這種愛情會阻礙尼古拉選擇一個優秀妻子的老伯爵夫人也像少女一樣漲紅了臉。尼古拉很驚訝傑尼索夫會出現，傑尼索夫噴過香水，頭髮上擦過油，穿一身新制服，整理得像上陣時一般細緻，對女士們很殷勤，這是尼古拉所未能想到的。

二

對於他的家人來說，尼古拉從軍隊回到莫斯科之後，他是他們最棒的兒子、英雄、欣賞不夠的尼古拉；對朋友及熟人來說，他是出色的舞蹈家、帥氣的驃騎兵中尉和莫斯科最好的結婚對象之一；而對親屬來說，他是令人快樂、舉止優雅的青年人。

羅斯托夫家的熟人遍佈整個莫斯科。而這一年，富裕的老伯爵把全部的田莊都抵押出去了，因而尼古拉買了匹自用的跑馬、一雙最流行的鞋子，帶小銀馬刺的靴子鞋頭尤其尖、一條莫斯科從未有人穿過的最時髦的馬褲。他過得很瀟脫。

尼古拉回家後覺得很愉快，他立刻就適應了過去的生活環境。他認爲自己變得成熟了、長大了，以前幼稚的行爲離他那麼遙遠了。現在，他是個驃騎兵中尉，並且穿著鑲銀邊的驃騎兵披風，戴著聖喬治十字勳章，正在和名聞遐邇的、受人愛戴的獵手，訓練著一匹自己用來比賽的跑馬。在阿爾哈羅夫家的舞會上領跳瑪祖卡舞，和卡緬斯基陸軍元帥討論戰爭。他去過英國俱樂部，和傑尼索夫介紹給他的一個四十歲的上校以你相稱。在莫斯科的時候，他對沙皇的熱情冷卻了很多。因爲他在這段時間根本沒看見過他，可還是常常談起君主，會談到對他的傾慕，這就讓人感到他還沒全盤講出他對沙皇的感情中，那種並非人人都能理解的東西；而且他本人對耶利斯坦沙皇的仰慕，也是由衷地擁護的。

尼古拉回軍隊之前，不僅沒和索尼婭聯繫，相反還有點疏遠了她。她很漂亮，很可愛，也深深地愛著他，可他正值青春年華，總感覺自己有太多事無暇顧及；還有一個想法就是這個年輕人怕受束縛，很看重他的自由。他在莫斯科逗留期間，一想到還有不計其數他根本還不認識的姑娘，到時候他想戀愛，應該還來得及，可現在，他覺得沒有時間。此外，他認爲和女人廝混有損男子漢形象。因而他佯裝違反本意的樣子，去參加了很多舞會，和女性接觸。而去英國俱樂部、賽馬、和傑尼索夫狂飲、出入某處——那是另外一碼事，這和英姿勃勃的驃騎兵是相符的！

三月初，羅斯托夫老伯爵爲給巴格拉季翁公爵安排接風宴會的事辛苦地準備著。

穿著睡衣的伯爵在大廳裡走來走去，並仔細地囑咐俱樂部主管和大廚師費奧克吉斯特，緊張地籌備宴席用的小牛肉、草莓、鮮黃瓜、龍鬚菜和魚。從俱樂部成立的那天起，伯爵就擔任了主任和會員。俱樂部把迎接巴格拉季翁的慶典交給他來籌辦，因爲這些盛宴除了他以外沒人能辦得如此闊氣，特別是很少有人爲能把宴會辦好捨得自己花錢去貼補開銷。俱樂部的主管和廚子很高興地聽從伯爵的安排，因爲他們明白，在誰的手下，都不如在他手下，他們可以撈到更多的外快。

「請記得野味湯中一定要放雞冠，明白嗎？」

那個廚子問道：「是需要有三道涼菜吧？」

伯爵思考了一下。「我認爲不能再少於三道了……而且沙拉油拌的要一樣。」他屈著指頭數著。

「那麼，能讓人去買大鱘魚了吧？」主管問道。

「如果人家不便宜，我們也沒辦法，那就去買吧。啊，哎呀！我差點兒忘記了，我們還必須有一道開胃菜呢。」他不好意思地撓著頭，「還有誰給我運花來呢？德米特里！哎，德米特里！你現在立刻去莫斯科的田莊，讓花匠馬克沁派勞役把暖房裡所有的花都用毛氈包好，運到這裡來。因爲星期五在這裡至少要擺上二百盆花。」他對管家說道。

發出一道道命令之後，他就走出了房門，打算到伯爵夫人那裡去歇會兒，又想起一件重要的事，於是又趕忙回來了。叫回了俱樂部主管和廚師，又發起命令來。此時門外傳來叮噹的馬刺聲和男人的腳步聲，是小伯爵走進來了，他年輕英俊，留著小黑鬍子，面色紅潤，莫斯科舒適的生活使他得到了充分的休養。

「哎呀，我親愛的孩子，我累得快不行了！」老先生含笑說道，在兒子面前他有點害羞。「若你能幫一點忙也好！我還得找歌手呢，樂隊我有，你覺得找吉卜賽人怎麼樣？你們軍人喜歡這一套。」

「爸爸，巴格拉季翁公爵在準備申格拉本戰役的時候，也沒有您現在這樣忙。」他兒子含笑說道。

老伯爵裝作生氣的樣子：「啊，你甭光說，要不去做做看！」

伯爵轉向了廚師，廚師面帶恭敬，仔細地觀察著他們的對話，溫和地看著那父子倆。

「你看看現在的年輕人變成什麼樣子了啊？」他說道，「竟然嘲笑起我們這些老先生了！」

「是啊，他們只知道吃好的，至於如何做，怎樣準備，他們就會撒手不管了！」

「就是，就是，就是！」伯爵喊道，隨後愉快地抓住他兒子的手叫道，「這下子我可算是逮住你了，你立刻套上兩匹馬的雪橇，去別祖霍夫家，跟他說，我派你來要鮮鳳梨和草莓。因爲只有他家能弄到這種東西。如果他不在家的話，你就去見那位公爵小姐。然後從那裡趕去拉茲古力亞伊，車伕伊巴特卡知道路，去找吉卜賽人伊留什卡，他在奧爾洛夫伯爵家跳過舞，你記得嗎，就是穿白色卡薩金的那個，立刻把他給我帶來。」

「吉卜賽姑娘也要一起帶來嗎？」尼古拉笑著問道。

「走吧，去吧！」

正在這時，德魯別茨卡婭公爵夫人悄無聲息地走進來，她面容嚴肅，心事重重。即使德魯別茨卡婭公爵夫人天天都遇到伯爵穿著睡衣，他卻每次都覺得不好意思，並總是請求她別介意他的穿著。

她溫和地閉上眼睛說道：「不要緊，伯爵，我到別祖霍夫那兒去吧。年輕的別祖霍夫已經到了，我們能從他的暖房裡找到我們要的全部東西，伯爵。我也得見他，他把伯里斯的一封信轉交給了我。感謝上帝，伯里斯現在調到參謀部了。」

伯爵很開心，因爲德魯別茨卡婭公爵夫人接受了一些任務，於是吩咐爲她套帶篷的小馬車。

「請您對別祖霍夫說，請他到這兒來，我會把他登記上的。怎麼，他是和妻子一起來嗎？」他問道。

德魯別茨卡婭公爵夫人閉上眼睛，露出深深的哀痛……

「唉，我的朋友，他很倒楣，」她說道，「好可怕，如果這一切是真的，那太可怕了。當我們爲他的幸福感到高興時，我們怎麼會想到事情會這樣！別祖霍夫的靈魂是如此聖潔高尚！我從心裡替他惋惜，現在必須竭盡全力讓他得到慰藉。」

老少兩個羅斯托夫一塊兒問道：「到底發生什麼事了？」

德魯別茨卡婭公爵夫人歎了口氣：「多洛霍夫——瑪麗亞・伊萬諾芙娜的兒子，」她神秘地悄聲說，「聽說，現在令她徹底聲名掃地了。別祖霍夫幫助了他，請他到聖彼德堡的家裡去。這不……她到這裡來了，還有那個什麼都不怕的人也跟來了！」德魯別茨卡婭公爵夫人說道，「有人說，皮埃爾完全被痛苦壓倒了。」

「可，我覺得您還是讓他來俱樂部吧——一切都會過去的。這將是個很豐盛的宴會。」

三月三日一點多，英國俱樂部五十個客人和二百五十個會員都在等候貴賓——奧地利戰役的英雄巴格拉季翁公爵來參加宴會。大家乍一聽聞奧斯特利茨戰役的消息時都有些難以理解。在當時，俄國人腦子裡只有勝利的概念，一聽到戰敗的消息，一些人爲這事件找理由，另一些人則根本無法相信。

十二月中，當消息傳來的時候，人們很多並不提戰爭和最後一次戰役，大家都很團結。那些爲談話定格的人——拉斯托普欽伯爵、瑪律科夫伯爵、沃盧伊夫、維亞澤姆斯基、尤里・弗拉基米洛維奇・多爾戈魯科夫公爵等，都沒在俱樂部出現，而在一些家裡和極其親密的小圈子裡見面，就在短時間內，那些隨波逐流的莫斯科人好像群龍無首，大家都對戰爭問題沒了主見。

莫斯科好像有點不對勁，可討論壞消息是不易的，因此大家最好是保持沉默。可不久之後，那些帶領俱樂部輿論的大人物又現身了，每個人都開始很清楚而確切地講話了。他們爲俄國打了敗仗找出了很多理由，一切全變得清晰了。這些原因是奧國人的背叛、軍隊糧秣供應不佳、波蘭人普熱貝舍夫斯基和法國人朗熱隆的變卦、庫圖佐夫的無能，以及陛下不夠年齡沒經驗，輕信了卑劣無能的人。對俄國的軍隊，所有人都說是了不起的，而且創造了奇蹟。那些士兵、軍官、將軍統統都是英雄。而英雄中的英雄是巴格拉季翁公爵，只有他一個人帶領他的縱隊，完全地從奧斯特利茨撤退下來，而且一整天抗擊了兩倍於他的敵軍。巴格拉季翁之所以被選為莫斯科的英雄，也在於他在市內根本沒有人脈，他是陌生人。通過他，對戰鬥著的，既沒關係又不搞陰謀的普通戰士表示著尊敬。此外，對庫圖佐夫的不滿和反感，也襯托了他的殊榮。

「假使沒有巴格拉季翁，那麼也要想像出一個。」會說笑話的申申學著伏爾泰的話說。關於庫圖佐夫，沒人說到他，甚至還有人小聲罵他。

整個莫斯科都在傳誦多爾戈魯科夫公爵的話：「智者千慮，必有一失」，人們都希望借回憶彌補失敗，也傳誦拉斯托普欽的話：對法國兵要用高調來激勵他們作戰；對德國兵要和他們講思維；而對俄國兵，只要稍加控制，請他們悠著點就好了！現在，到處都流傳著俄國的官兵在奧斯特利茨的英勇善戰的故事。人們也在討論貝格，還有那些不認識他的人。至於安德烈，誰也沒提，只有那些瞭解他的人會說，可惜年紀輕輕就死了，而他那懷孕的妻子被留給他那性格古怪的父親。

三

三月三日，歡聲笑語充滿了整個英國俱樂部。只聽見嗡嗡聲響匯成一片，只看見俱樂部的成員和客人都盛裝精心打扮，或坐，或站，或聚，或散，來往穿梭著。在每個房間門口都站著一個聽差，他們都在盡力關注俱樂部會員們和來賓們的每一個舉動，以便及時給予服務。而此時出席者大部分是受人景仰的人，大家都上了歲數，臉龐寬闊，聲音堅定，手指粗大，動作沉穩，充滿信心。這一類客人和俱樂部成員坐在安排好的並且習慣的座位上。少數出席者是偶爾光臨的客人——主要是青年人，包括尼古拉、傑尼索夫、多洛霍夫。這些青年人的臉上，特別是軍人的臉上，都對老人們表現出輕蔑的尊敬，他們好像是在說：「我們現在當然能夠尊重你們，但請你別忘記未來是我們的。」

涅斯維茨基也置身其中，他是俱樂部的老會員了。皮埃爾聽從太太的命令拿掉了眼鏡，並且留了長髮，穿著時尚，可是面容卻沮喪抑鬱，在房間裡踱來踱去。

就年齡而言，他原本應該屬於青年人，可論社會地位和財富，他卻已經屬於上了年紀受尊敬的那一群，於是他穿梭於兩群人之間。那些德高望重的老年人是人群的主體，連陌生的人都畢恭畢敬地向他們接近著。而最大的幾群人聚在沃盧伊夫、拉斯托普欽伯爵、那勒斯基旁邊。拉斯托普欽正在描述著俄軍怎樣被逃跑的奧軍衝擊，只能用刺刀從逃跑的人中開出一條路來。

沃盧伊夫秘密地說著，沃爾朗弗已經從聖彼德堡奉命派來瞭解莫斯科對奧斯特利茨的想法了。

可在第三個圈子中，那勒斯基正在講述蘇沃洛夫的故事，他曾經在奧地利軍事會議上，用學雞叫來回答奧地利將軍們的蠢話。站在旁邊的申申，開玩笑地說道，庫圖佐夫連學公雞叫這樣簡單的本領也沒跟蘇沃洛夫學會。可那些老輩嚴厲地看了一眼說笑話的人，暗示他此時討論庫圖佐夫是不合適的。

羅斯托夫老伯爵，穿著軟靴，滿懷心事地在客廳和餐廳中匆忙地走來走去，他像是跟所有的人都認識，不管是重要的，還是無關緊要的人，都一樣地打招呼，他還不斷地用目光搜尋自己高大英俊的兒子，人們都興奮地把目光落在他身上，向他擠眼。窗旁尼古拉和他剛結識的多洛霍夫在一起。老伯爵走過去，跟多洛霍夫握手。

他對正從身邊走過的小老頭說道：「歡迎光臨……看，您和我兒子已經認識了……一起在外邊……英勇作戰……啊！瓦西里．伊格納托維奇……您好，老朋友？」可他們還沒打完招呼，人們就騷動起來，只見一個僕人面色緊張地跑進來報告說：「客人駕到！」

於是鈴聲響起來，理事們跑到前邊，分散在各個房間裡的客人，都聚成一堆逗留在舞廳的門旁。

巴格拉季翁在前廳的門口現身了，可是他既沒戴帽子，也沒帶佩刀，因爲按照俱樂部的慣例，是要把這些東西交給門房的。他不像尼古拉在奧斯特利茨戰役前夕見到他時的那個樣子，他的肩上沒挎馬鞭，頭上也沒戴羊羔皮軍帽，他的身上只穿一套貼身的新制服，佩戴各國勳章，他的左胸前是聖喬治金星勳章。很明顯地，他在赴宴前剛剃過鬚，理過髮，可這一修整反倒是醜化了他的面容。他面帶天真的神色，和他剛毅勇武的臉龐映襯起來，顯得有些可笑。和他一起的別克列紹夫和費奧多爾．沃爾朗弗在門口停下來，他被看作主賓走在他們前面。

巴格拉季翁覺得爲難，根本就不願接受他們的好意，因此，他在門口停頓了一下，最後自己還是走在了前面。他遲緩、害羞地從接待室鑲花的地板上走過，兩手不知所措；他覺得在申格拉本頂著槍林彈雨，在犁過的田野上走在庫爾斯克團的前面，反而要自然得多、簡單得多。

理事們在第一道門口歡迎他，對他說幾句榮幸之類的話，隨後像佔有了他一樣，沒等他回答，就把他團團圍住，領到客廳裡去了。現在客人們和會員們都擁擠著想好好地欣賞一番巴格拉季翁，因此客廳的門變得無法暢通。羅斯托夫老伯爵不斷地說：「請讓一讓，親愛的！請大家讓一讓，讓一讓！」與此同時，他比任何人都更用力地擠過人群，把客人領進客廳，隨後讓他們坐在沙發上。這時那群重要人物，那些俱樂部最受景仰的會員，又把剛來的客人團團圍住。

羅斯托夫老伯爵又擠出人群，走出客廳，一分鐘後和另一個理事拿著一個大銀盤子回來，把它獻給了巴格拉季翁公爵。盤子上放著爲這位英雄創作的幾首列印的詩。巴格拉季翁一看到那個盤子，就緊張地向周圍看，好像在尋求幫助一樣。可所有人都希望他接受。巴格拉季翁盛情難卻，毅然地用雙手接過那個盤子，嚴厲地、責難地看了一眼把那東西獻給他的伯爵。有人殷勤地從他手裡拿過盤子，讓他留意那幾首詩。「那麼我就唸唸吧！」巴格拉季翁這樣說，於是他那睏乏的眼睛盯在紙上，帶著認真、嚴肅的表情開始讀了。

就在光榮的耶利斯坦年代，
你為我們捍衛著國度，
他是善心人，也是威嚴的領袖。
你是戰場上的勇士，祖國的高山。
幸運兒拿破崙，
親身體驗了巴格拉季翁是哪裡人，
再不敢來驚擾俄國的大力神……

可還沒讀完，一個大嗓門的管事就說道：「請大家入席！」隨後門打開了，宴會廳中傳來波蘭舞曲的音樂：「讓我們歡呼吧，讓勝利的雷聲響起來吧，俄國的勇士們！」羅斯托夫老伯爵不高興地瞪了讀詩的作家一眼之後，就向巴格拉季翁鞠了一躬。

大家全站了起來，好像大家都覺得吃飯比讀詩更重要，又是巴格拉季翁走在大家前面入了席，他坐在首席。三百個人根據他們的重要性和級別在大廳裡坐了下來：地位越重要的人物，離主賓越近。

快要開宴的時候，羅斯托夫老伯爵把他的兒子介紹給了巴格拉季翁，公爵認出他來，並且對他說了幾句不太連貫的話。這一天他說的話幾乎都是這樣。羅斯托夫老伯爵在巴格拉季翁對他兒子說話的時候，興奮而驕傲地看著周邊。

尼古拉和傑尼索夫與他的新交多洛霍夫坐在餐桌的中部。他們對面，和涅斯維茨基公爵並排坐著皮埃爾。羅斯托夫老伯爵和其他理事坐在巴格拉季翁對面，體現莫斯科的盛情款待，招待巴格拉季翁。

他的努力是值得的。素、葷兩種菜都相當不錯，不過直到宴會結束之前，他還是有點擔心。他對餐廳主管擠了擠眼，對僕人們小聲地下著命令，懷著激動的心情期待著每一道他熟悉的菜。現在一切都很順利。就在上第二道菜大鱘魚的時候，僕役們開始開瓶子，倒香檳。

在吃完這道魚之後，伯爵和別的理事們交換了一下眼色。他輕聲說道：「要多次祝酒呢，該開始了！」於是拿著杯子站起來。於是大家都沉默了，等著看他說什麼。

他喊道：「現在為我們陛下的健康乾杯！」此時善良的眼睛被開心的淚水浸濕了。此刻樂隊起奏。「現在讓勝利的雷聲響起來吧……」隨後所有的人都站了起來，站起來的巴格拉季翁喊著「烏拉」，就像在申格拉本戰場上喊「烏拉」一樣。從這三百個人的聲音裡，依然能辨別出年輕的尼古拉那狂喜的聲音。他已經喜極而泣了。

「願我們的君主健康！」他喊道，「烏拉！」他舉起杯子，一口見底，隨後把杯子扔在地板上。那響亮的喊聲持續了很長的時間，還有很多人模仿他的樣子做。當喊聲停止之後，餐廳的僕役們掃除碎玻璃杯。大家都坐了下來，為自己的叫喊微笑，彼此交談著。羅斯托夫老伯爵再次站了起來，他看了一眼碟子旁邊的字條後滿含熱淚地說道：「我們應該為大英雄巴格拉季翁公爵乾杯！烏拉！」三百個人齊聲喊道，接著合唱隊代替了樂隊，開始唱庫圖佐夫作的一首讚美歌：

俄羅斯人！所向披靡，
勇敢是勝利的保證，
我們有巴格拉季翁，
那些敵人全將跪倒在我們腳下……

唱完了歌，一次又一次地乾杯，羅斯托夫老伯爵也越來越激動，杯子摔得更多了，喊聲也愈加高亢了。他們爲全體每一位賓客和俱樂部成員的健康乾杯，最後特意爲宴會籌辦人羅斯托夫老伯爵乾杯。也就是那一次乾杯，伯爵掏出了自己的小手絹，蒙上自己的臉哭了起來。

四

皮埃爾坐在多洛霍夫和尼古拉的對面。他仍然那麼貪婪地盡情吃喝。不過那些瞭解他的人是最清楚的，他今天好像有巨大的變化。他在午宴期間總是沉默不語，眯著眼，皺著眉，或是向周邊看著，或者眼睛呆滯不動，一副漫不經心的樣子。他對周圍發生的事完全視若無睹，而且聽而不聞，他腦中只想著一個無法解決的、棘手的問題。

那個煩擾著他沒法解決的問題：據公爵小姐向他透露，多洛霍夫和他妻子有著私情，今天早晨他收到一封匿名信，那封匿名信用下流的玩笑語氣說，他透過眼鏡什麼也看不清，他妻子和多洛霍夫的關係只有他一人還被蒙在鼓裡。皮埃爾根本不相信那封信和公爵小姐的提示，可他怕看坐在他對面的多洛霍夫。每當他的目光和多洛霍夫那俊秀狂野的目光相遇時，皮埃爾就覺得內心有一種難以言表的、可怕的東西出現了，於是他趕忙挪開目光。

現在他情不自禁地回憶起他妻子從前的事以及她和多洛霍夫的關係。他不自主地想起多洛霍夫如何在那次戰役之後完全恢復了他的職位，隨後回到聖彼德堡來找他。憑二人的酒友關係，多洛霍夫徑直來到他家，皮埃爾讓他住下，並且借給他錢。皮埃爾回憶起，海倫怎樣含笑對多洛霍夫住在他們家表示快樂，多洛霍夫怎樣不知羞恥地誇獎他妻子的美。

「是的，她很美麗，」皮埃爾想道，「我知道他。對於他來說，玷辱我的名譽，就因爲我爲他努力過，救濟過他。如果這是真的，我知道，在他心裡，我給他帶去的樂趣都是虛僞的。我無法相信，也沒有權利。」他想起，多洛霍夫在做殘忍的事時，他臉上的神情：當他把員警分局長綁在熊身上，扔進水裡的時候，當他沒有任何原因就向別人挑戰的時候，當他用手槍射殺車伕的馬的時候……多洛霍夫看他時，臉上總是有這種表情。「是的，他是一個愛好決鬥的人，」皮埃爾想道，「他殺掉一個人一文不值。他必然覺得人人都怕他，他一定以爲我怕他。的確，我是怕他的。」他思量著，內心有一種可怕的、看不見的東西生長著。

尼古拉、傑尼索夫、多洛霍夫坐在皮埃爾對面，看似很快活。尼古拉正愉快地和他的兩個朋友聊天，一個是英勇的驃騎兵，另一個是有名的決鬥家和浪子，他不時嘲諷地瞥一眼皮埃爾。尼古拉帶著敵意看著皮埃爾，第一因爲，在他眼中，皮埃爾不是軍人，而是個富翁，是個美女的丈夫。總之，是個懦夫；第二因爲，皮埃爾居然沒認出尼古拉，對他的鞠躬問候沒反應。爲沙皇的健康乾杯時，陷入沉思的皮埃爾不僅沒站起來，也沒舉杯。

「您怎麼回事？」尼古拉生氣地看著他喊道，「您難道沒聽見這是爲沙皇陛下健康乾杯嗎？」

皮埃爾歎了口氣，從容地站了起來，喝乾他的杯子，等到大家又坐下的時候，他帶著他那寬厚的笑容對尼古拉說道：「唉，我沒認出您來！」可尼古拉顧不上搭理他，他在喊：「烏拉！」

「你們為何不敘敘舊呢？」多洛霍夫向尼古拉說道。

「別理他，簡直是笨蛋！」尼古拉說道。

「我們應當恭維美麗女人的丈夫啊。」傑尼索夫說道。

皮埃爾沒聽見他們說什麼，可知道他們在說他。他漲紅了臉，轉過身去。

「好，為美麗女人們的健康！」多洛霍夫說道，對著皮埃爾端起他的杯子。「為美麗女人的健康，也為她們情人們的健康乾杯！」他說道。

皮埃爾的眼珠低垂著，他喝乾了他的杯子。

僕人分發庫圖佐夫頌歌的歌詞，皮埃爾面前放了一份。他正要去拿，多洛霍夫側過身子，從他手裡搶過去讀了起來。皮埃爾看了看多洛霍夫，一種隱形的、可怕的、令他無法平靜的東西沸騰起來，並攫住了他。他把龐大的身軀探過餐桌。

他叫道：「你憑什麼拿？」聽那喊聲，也能看出那是對誰的，涅斯維茨基和他右手的鄰人著急地對皮埃爾說：「好啦！行啦！您這是怎麼啦？」他們輕聲說。

多洛霍夫瞪了一眼皮埃爾，眼神明亮而又殘忍，略帶微笑，好像在說「啊！我就愛這樣！」

「我不給你！」他明明白白地說。

皮埃爾嘴唇顫抖，臉色慘白，奪過那張紙來。

「您這……您這……傻瓜！我要和您決鬥！」他說著便推開椅子，從桌邊站起來。

在皮埃爾這樣做的時候，他覺得，整天煩擾著他那關於他妻子是不是有私情的問題，終於可以徹底解決了。他恨她並打算永遠和她不再有瓜葛。

尼古拉不顧阻攔，答應做多洛霍夫的副手，宴會後，他和皮埃爾的副手涅斯維茨基商訂了決鬥的條件。皮埃爾回了家，而尼古拉、多洛霍夫和傑尼索夫則留在俱樂部裡，聽別的歌手們和吉卜賽人唱歌，直到很晚。

多洛霍夫和尼古拉分別時說：「那明天在索科爾尼基森林見。」

「你依然那麼鎮定？」尼古拉問道。

多洛霍夫停下來。

「聽著，我可以用兩句話告訴你決鬥的全部秘訣。就是如果你在決鬥之前，寫遺囑抑或給父母寫纏纏綿綿的信，覺得你可能會被打死的話，那你就是個蠢貨，因爲這樣一來，你就注定失敗了。相反，如果你去時懷著堅定的信念要打死他，而且幹得又準又快，那麼你就會過關斬將，像我們在科斯特羅馬那個獵熊的人常對我說的那樣。他對我說，不怕熊，那是根本不可能的。可一看見熊，你只怕讓牠跑掉，你的恐懼就立刻消失了。瞧，我就是這樣對自己說的。明天見！」

次日早上八點，涅斯維茨基和皮埃爾坐車到索科爾尼基森林，看見尼古拉、傑尼索夫、多洛霍夫已經在那裡了。皮埃爾好像在聚精會神地考慮著和他沒有任何關係的問題似的，他那變瘦了的臉顯得黃黃的，明顯一夜未眠。他心不在焉地向四下觀望，皺著眉頭。他在考慮兩個問題：其一是關於他妻子的過錯，這一點經過一個不眠之夜之後已清楚；其二是多洛霍夫的清白，他害怕自己找不到任何理由保全一個對他來說是陌生人的聲譽。「如果我處在他的位置或許也會這樣做的，」皮埃爾想，「甚至一定會那樣做的，那麼，這殺人、決鬥，是爲了什麼呢？要嘛他打中我的頭，要嘛我打死他。隨後從這裡跑掉，離開，或者藏在什麼地方。」

他有了這念頭的同時，卻用旁觀者肅然起敬的異常平靜的語調問道：「大概還要多久？準備好了嗎？」

在這一切都準備完畢、他的佩刀插在雪裡做交界、手槍也裝上了子彈的時候，涅斯維茨基靠近皮埃爾。

「如果在這事關緊要的時刻，伯爵，」他害怕地說道，「如果我不把所有事實告訴您的話，我就沒盡職盡責，同時也辜負了您選我做副手給我的榮譽以及您對我的信賴。我認爲這事沒有足夠的理由，你根本不值得爲它流血……您不對，您太焦躁了……」

皮埃爾說：「這真是亂來！」

「那麼就讓我去爲您表示您的後悔吧，我相信您的對手會接受道歉的，」涅斯維茨基說道，「您知道，伯爵，比起承認自己的過錯來，讓事情達到無法挽回的地步要愚蠢得多。讓我去和解吧……」

「不！有什麼可談的呢？」皮埃爾說道，「反正都一樣……可以開始了嗎？」他又補充說。「您只需要告訴我去什麼地方，同時往什麼地方開槍就可以啦。」他面帶柔和的、勉強的笑容說道。

他到目前爲止，都還沒碰過槍，因而他把槍拿在手裡，問槍機如何扳——他還不肯承認這一點。

「啊，是這樣，我已經明白了，我不過是不記得了。」他說道。

「要是道歉有用的話，那還要員警幹什麼！」多洛霍夫對傑尼索夫說道，同時也走向指定的地點。

之後他們決鬥的地點選在離大路有八十步遠的一塊不大的空地上。決鬥的雙方都站在空地兩端的邊緣上，距離約四十步。兩個副手在測距離時，使路上留下了痕跡，而在相距十步遠的地方，兩側插著多洛霍夫和涅斯維茨基的佩劍做爲界線。雪還在不斷地融化著，漫天的霧氣，使得四十步以外的地方都不清楚了。現在只要三分鐘就能把一切都準備好，可他們依然推遲著不開始，大家都一言不發。

五

「喂，開始吧！」多洛霍夫說道。

皮埃爾依然含笑說：「那好吧。」

氣氛是可怕的。明顯地，事情現在早已無法回頭了，它已經不取決於人們的意志，只能任其發展，而且必須要進行了。

傑尼索夫第一個走到界線處宣佈：「因爲你們雙方不願協調，那麼就請動手吧。拿起你們的手槍，數到三時大家就往前走。」

他憤怒地叫著：「一！二！三！」隨後走到一邊去。決鬥的兩方沿著踏出來的腳印前進，慢慢地靠近對方，於是終於在霧中看到對方了。這時候兩個對手走到界線處，只要他們願意，他們立刻就有權利開槍了。多洛霍夫慢慢地走著，卻沒有拿起手槍，他注視著對手的臉，似笑非笑，像往常一樣的表情。

一聽到「三」，皮埃爾立刻向前走去，他脫離了那條踏出來的路線，在深雪中一腳深一腳淺地走著。他右手裡拿著槍，伸得遠遠的，他走了六步，脫離了路線，踩到雪中去了。皮埃爾回頭望了望腳下，又快速地看一眼多洛霍夫，隨後根據人家教他的方法彎起手指，並開了槍。皮埃爾完全沒想到槍聲是那麼響，他甚至被自己的槍聲震得顫抖了一下，隨後站住不動了。

霧氣使硝煙變得更濃，甚至影響了他的視線，然而他卻沒有聽見他預料中的第二聲槍響。他只聽見多洛霍夫急促的腳步聲，他從霧中出現了。可是他用一隻手按著他的左側，隨後用另一隻抓住他那低垂的手槍。他的臉色蒼白。尼古拉跑到他跟前對他說了些什麼。

「不……不！」多洛霍夫從牙齒縫裡說，「不，現在還沒結束。」只見他腳步不穩地又走了幾步後，倒在了佩劍旁邊的雪地上。他的左手全是鮮血，他把它往禮服上擦了擦，隨後用那把槍來支撐著自己。他皺著眉頭，臉色慘白，顫抖著。

「請……」多洛霍夫想說話，可沒能把這句話說完，「請吧。」他費了好大力氣才說出。

皮埃爾努力控制著不大哭出來，向多洛霍夫跑去，當他想要跨過兩條界線當中的地段時，多洛霍夫喊道：「不許跨過界線！」皮埃爾明白了這句話的意思，就在佩劍旁邊停了下來。

他們中間只有十步遠了。多洛霍夫把頭低到雪上，貪饞地吃了一口雪，吃力地抬起頭來，調整一下位置，蜷起腿，坐起來。他吞食著冰冷的雪，吮吸著它，嘴唇抖動著，一直保持微笑，眼睛閃閃發光就是為了拚最後的力氣和憤怒。他舉起槍開始對準了。

「側過身子！用您的手槍保護自己！」涅斯維茨基喊道。

「你快點掩護自己呀！」連傑尼索夫也禁不住向對手喊起來。

皮埃爾面帶悔恨及柔和的笑容，毫不防備地伸開雙臂，叉開雙腿，用他那寬闊的胸膛直對著多洛霍夫，站在那裡，哀傷地看著他。

眾人都閉上了眼睛。就在那時，他們聽到多洛霍夫憤怒的吶喊聲和一聲槍響。

「你居然打偏了！」多洛霍夫大喊一聲後乏力地趴倒在雪地上。皮埃爾撓著頭，回轉身，向樹林走去，好像完全陷在雪裡，他的嘴裡嘟囔著一些含糊不清的話：

「胡鬧……胡鬧！死……謊言……」他皺著眉反覆地說著。涅斯維茨基攔住他，把他送回了家。

傑尼索夫和尼古拉把受了傷的多洛霍夫帶走了。

多洛霍夫閉著眼睛靜靜地躺在雪橇裡，沒有回答他們任何問題。可在進莫斯科的時候，他一下子醒過來，費力地抬起頭，抓住坐在他身邊的尼古拉的手。多洛霍夫臉上的表情突然改變，變得興奮柔和起來，這讓尼古拉震驚。「喂，怎麼了？你覺得怎麼樣？」他問道。

「很糟！可這不是問題的關鍵，我親愛的朋友，」多洛霍夫時斷時續地說道，「我知道，我們現在正在莫斯科。我倒還好，只是我已經害死她了，害死了……她承受不住這個！她一定會受不了……」

「誰呀？」尼古拉問道。

「我媽媽！我媽媽是我的天使，我敬佩的天使，媽媽！」多洛霍夫握住尼古拉的手，哭了起來。等他平靜的時候，他對尼古拉解釋說，他和他媽媽一起住，如果她看見快要死的他，她一定會崩潰的。他懇求尼古拉先去他家，也好讓她心理上有個準備。

尼古拉先去執行他的委託去了，令他詫異的是，他發覺，多洛霍夫這個好決鬥、好胡鬧的人，和他母親還有一個駝背的姐姐一起住在莫斯科，而那個他竟然是個最溫柔的兒子和兄弟。

六

近來皮埃爾和他妻子幾乎不怎麼見面。不管在聖彼德堡，還是在莫斯科，他們家中賓客總是絡繹不絕。在決鬥後的第二天夜裡的時候，他都還沒去臥室，卻像往常一樣，待在他父親的臥室中，就是老伯爵逝世時的那個大房間。

只見他半躺在沙發上，想睡一會兒，想要忘掉他所經歷的一切，可是卻做不到。各種回憶、思緒和情感，如暴風雨襲來，使他不能入睡，因而只好站起來，在房間裡來回走。時而，他回憶起剛結婚的情形，那時的她裸露著雙肩，目光熾熱而疲倦，隨後又想到和她並肩而立的多洛霍夫那美麗、堅定而諷嘲的，甚至不知羞恥的面孔，還有當他倒在雪地上時，他那副痛苦的、顫抖的、蒼白的面孔。

「到底是怎麼回事？」他捫心自問，「她的情夫已經被我打死了。是的，這事已經發生了！現在的我怎麼淪落到這步田地呢？難道是因爲娶了她嗎？」

「可，我錯在哪裡呢？」他問道，「是因爲你不愛她卻跟她結婚，還是因爲你欺騙了自己還欺騙了她呀？」於是他清晰地記起瓦西里公爵家晚餐後的那一幕，他並非真心地說出一句話：「我愛你。」他回憶道：「一切都是從這裡開始起步的！我當時就覺得不對勁，我真不應該那樣做。結果正是這個樣子。」他回想起他的蜜月，一想起來臉就紅。特別是使他感到窘迫和沉痛的是，他記起，就在婚後不久，有一天大概十一點時，他穿著綢睡衣，從臥室走進書房的時候，看見管家在那裡，他向皮埃爾鞠了一躬，看了一眼他的睡衣和臉，微微一笑，對主人的幸福深表尊敬的同情。

「我曾無數次爲她驕傲，我曾經爲她的交際手段和雍容華貴而驕傲；也爲自己的宅邸驕傲，還曾經爲她能在這裡接待全聖彼德堡的客人而驕傲。我就是爲這些東西驕傲的？其實我無法理解她，我當時就應該想到了。我一點也不瞭解她，也不瞭解她一貫如此的安靜，總是很知足，沒有任何追求和理想，而所有原因只有一個：她是一個墮落的女人。一旦我對自己說出這個可怕的字眼來，那麼一切便一覽無遺了。」他想道，「阿納托利常向她借錢，還曾親她那裸露的肩頭。她根本不給他錢，但可以隨便他親。她爸爸跟她開玩笑，甚至想引起她的醋意，她卻平靜地說，她還沒笨到吃醋的地步呢，『他想怎樣就怎樣吧』，她甚至這樣對我說。有一天我問她，她有沒有懷孕的想法。她輕蔑地大笑起來說，她可不是要生孩子的蠢貨，她不會有我的孩子的。」

緊接著他又回憶起，她的思想粗俗而簡單，「要不然你親自來試試吧……滾一邊去吧」。她常常說。當皮埃爾看到她在年輕和年老的女人以及男人當中獲得成功時，他甚至搞不懂自己爲何不愛她。

「是的，我根本就不曾愛過她，」他對自己反覆地說著，「我即使清楚她是個墮落的女人，可我還是不敢承認這一點。」

「而現在多洛霍夫呢，他坐在那片雪地中，在慢慢死去，或許是硬充好漢來回答我的懊悔呢！」

皮埃爾表面上性格軟弱，可卻不願找別人傾訴衷腸，而是獨自一人來承擔巨大的痛苦。

「所有一切都是她的過錯。」他跟自己說，「這又怎樣，現在我和她沒有任何關聯。我爲何對她說『我愛你』那句謊話呢？」他對自己說道，「我有錯，我應當承受……可是承受什麼呢？難道承受名譽被玷污？還是不幸的生活？」他思忖道。「不管現在受玷污的是榮譽，還是名譽，都只能是相對的，因爲我無法決定一切。」

「路易十六已經被處死了，因爲他們說他是一個罪犯，而且是個無恥之徒，」皮埃爾突然想道，「站在他們的角度來看的話，或許他們是對的，那些曾經爲他殉死，把他當作聖徒的人或許沒錯。羅伯斯比爾，傑出的法國資產階級革命活動家，雅各賓派的領袖。在一七九四年七月二十六日那天發動了反革命政變，而羅伯斯比爾等人未經審判就被處決了——被處死，有些人認爲他是個獨裁者。到底是孰錯，孰對？真的是無所謂錯對的。既然活著，就繼續活下去吧，明天或許會死的，就像我一小時前就可能死掉一樣。既然和永遠相比，活著只是一個短暫的瞬間，那麼我還有必要苦惱嗎？」

可就在他認爲自己心境逐漸平和下去的時候，腦子中又浮現出她的身影，他覺得自己的血液湧向心頭，於是他站了起來，來回地踱步走動。「可是我爲何要對她說『我愛你』？」他不斷地這樣自言自語。突然，他想起了莫里哀的一句臺詞：何需上那條船呢？於是他自嘲起來。

夜間，他把自己的侍僕叫來，吩咐他把行李帶到聖彼德堡。他覺得無法再跟她一起生活下去了。他想像不出以後他以什麼樣的方式和她說話。他決定第二天就離開，給她留下了一封信，信中告訴她和她永遠分手的想法。

第二天早晨，僕人送咖啡的時候，發現皮埃爾手裡拿著一本書躺在臥榻上睡著了。

他醒過來，面帶驚訝，環顧四周，不清楚自己在什麼地方。

奴僕問道：「伯爵夫人問您在不在家？」

皮埃爾沒來得及回答，就發現伯爵夫人莊重地、平靜地走了進來。她穿著白緞睡衣，沒戴頭飾，只是在她前額上有幾道憤怒的皺紋。這時她展現出她不能被打倒的鎮靜力，奴僕在場的時候，她什麼都沒說。皮埃爾害怕地看著她。他繼續讀著書，可這是徒勞的，也是不現實的，隨後他又怯生生地瞅了她一眼。可她還是站著，面帶輕蔑地笑看著他，等待著僕人的離開。

「您到底做了什麼事啊，我來問您？」她厲聲道。

「我？什麼，我什麼……」皮埃爾說道。

「你為何決鬥，我的勇士？難道您這樣做想表明什麼？我問您。」

皮埃爾在臥榻上笨拙地翻了個身，張開嘴，但沒有回答。

海倫繼續說道：「既然您保持沉默，那麼我來告訴您……因為您相信別人對您說的一切。別人對您說……」海倫大笑起來，「說多洛霍夫是我的情夫，」她粗魯地說出情夫這個字，就像說其他字那樣自然，「這樣您就信以為真了！那麼，這場決鬥能證明什麼呢？只能證明您是一個蠢貨、一個笨蛋，因為現在全世界的人都知道了。我已經成了全莫斯科的笑料，人人都說您醉得不成樣子，對一個您毫無理由嫉妒的人提出決鬥，」海倫越來越興奮，嗓門越來越高了，「可是這個人哪點都比你有能耐……」

皮埃爾皺著眉：「哼……哼……」不去看她，一動不動。

「您憑什麼相信他是我的情夫呢？憑什麼？難道只是憑我喜歡和他交往？如果您再理智一點，或者再惹人喜歡一點，那麼我會更喜歡和您在一起的。」

皮埃爾聲音低啞地說道：「別說了……我求您。」

「為何不讓我說？我偏要說，我可以勇敢地對您說，做您這樣丈夫的妻子，沒有私情的已經是少之又少了，可是我沒有。」她說道。

皮埃爾想說什麼，奇怪地看了她一眼，而後又躺下來。這時他感到胸膛發緊，呼吸困難。他知道如何去做了。

他用不順暢的聲音說道：「我們還是分手吧。」

「分手？好吧，只是您把財產都給我，」海倫說道，「休想用分手來威脅我！」

皮埃爾從沙發上跳起來，腳步不穩地朝她衝去。「我會殺了你！」他喊著，用力抓起了桌子上的大理石板，逼近一步要向她砸去。海倫的臉變得很可怕，她尖叫了一聲，立刻從他身邊逃開了。皮埃爾享受到發狂的趣味和魔力。他扔下那塊石板，將它打碎，張著兩隻手向她撲去，「滾！」他可怕的聲音令全宅震驚。如果海倫不逃到室外去，沒人敢保證皮埃爾會如何抓狂。

一個星期之後，皮埃爾把莫斯科的所有田莊留給他妻子，自己獨自到聖彼德堡去了。

七

安德烈公爵光榮獻身和奧斯特利茨戰役的消息抵達童山已經兩個月了，儘管竭盡全力地搜索，仍然沒找到他的屍體，甚至連俘虜名單上也沒有他的名字。而這對他的親屬來講，最壞的莫過於他有可能被當地居民從戰場上運走，或者他可能獨自一人躺在陌生人當中，在某個地方等待死亡或正在復原，但無法把自己的消息傳送出來。他的父親一開始是從報紙上得知奧斯特利茨戰役失利的消息的，那些報紙寫得不明白，都很簡略。老公爵從這一官方消息中得知，我們的軍隊被擊敗了。一周後關於奧斯特利茨會戰的事登上了報紙，庫圖佐夫寄來一封信。

「令郎，」庫圖佐夫寫道，「他的手裡拿著軍旗，在我面前倒下去了，在團隊的最前面，他以英雄的姿態倒下去，真的對得起他的父親和祖國了。可是讓我們所有人都覺得遺憾的是，到目前為止，還未能確定他是不是還活著。我現在只能用他還活著的希望來撫慰您和我自己，否則他一定會被列入從戰場上找到的軍官的名單裡，而這張名單已通過軍使送到我這裡了。」

這消息是深夜老公爵獨自在書房的時候收到的，他沒有告訴任何人。第二天早晨，老公爵像平常一樣出去散步，可不言不語。

當瑪麗亞公爵小姐像平常一樣去見他的時候，發現他正在他的車床邊工作。

「啊，瑪麗亞公爵小姐！」突然間他丟下鑿子說道。

她靠近他，只是一見到他的臉，她心裡就緊張。突然她的眼睛慢慢地不清晰了。因為她父親臉上是不自然和憤怒地克制著自己的表情。她從這表情裡可以看出，一種可怕的災難就要降臨到她身上，這將是她一生中最大的不幸，一種她還沒經歷過的、沒有能力改變的、根本無法想像的不幸——那就是你所愛的人死了。

那個拙笨的、不端莊的公爵小姐說道：「爸爸！是安德烈嗎？」她的目光讓她父親是那麼傷心，同時哽咽著轉過臉去。

「我已經得到了消息！他不在俘虜當中，也不在陣亡者當中！庫圖佐夫來信說……」他尖聲地喊道，「因為他被打死了！」

公爵小姐沒有昏過去，也沒有倒下。在她那美麗的、亮閃閃的大眼睛裡，有一種東西在閃爍著。她忘記了對爸爸的所有害怕，快步向他走去，握住他的手，把他拉到自己面前來，摟住他那瘦骨嶙峋並佈滿青筋的脖子。

「爸爸，讓我們一起哭，不要逃避。」她說道。

「壞蛋們！」老先生把臉挪開，「他們毀掉了士兵，毀掉了軍隊！爲什麼呢？去吧，告訴麗莎吧。」

公爵小姐軟弱地倒在爸爸身邊一張扶手椅中，哭了起來。此時她看見了她和哥哥還有麗莎告別時的那一幕，那時他的表情是如此的高傲，又是那麼柔和，她也看見他戴小神像時那嘲諷而又溫柔的表情。她想道：「難道他信了嗎？可是他現在哪裡呢？在那永恆的幸福和寧靜的淨土上嗎？」

她含淚問道：「爸爸，請你告訴我事情的原委。」

「去吧！去吧！他已經被打死在戰場上了，他們把優秀的人們帶到戰場上去送死，並且把光榮在那裡埋葬了。去吧，瑪麗亞公爵小姐。去告訴麗莎吧。我隨即就來。」

瑪麗亞公爵小姐從她爸爸那裡回來的時候，小巧的公爵夫人正坐在那裡做手工，寧靜而幸福，她瞅了一眼瑪麗亞公爵小姐。

「瑪麗亞，」她從刺繡架子旁邊挪開，向後靠去，「請把你的手伸給我。」她握起公爵小姐的手，按在她自己的肚子上。

瑪麗亞公爵小姐在她面前跪下來，把臉埋在嫂嫂的衣褶中。

「你聽，你聽，聽到了嗎？你知道嗎，這是多麼奇怪啊。瑪麗亞，我很愛他的。」麗莎對她的小姑說道，眼睛一閃一閃的，洋溢著幸福的光芒。瑪麗亞公爵小姐抬不起頭來，她哭了。

「可是你怎麼了，瑪麗亞？」

「沒什麼……可憐的安德烈多悲哀。」她手扶著她嫂子的膝蓋，擦著眼淚說道。

那天清晨，瑪麗亞公爵小姐好幾次想幫嫂嫂做好精神準備的時候，可次次都哭起來。嬌小的公爵夫人即使不善於觀察，可那些眼淚還是令她驚恐不安。她什麼也沒說，一直不安地向四處張望。午餐前，她一直敬畏的老公爵，面帶不安的神情，氣哼哼地衝入她的臥室，卻又一句話不說地走了。

她看了看瑪麗亞公爵小姐，隨後像大多數孕婦一樣，露出關心自己身體特有的神情，沉思起來，突然哭了起來。「有安德烈的消息了嗎？」她問道。

「沒有，你知道，現在不可能得到消息呢。不過爸爸挺著急的，我也覺得很害怕。」

「現在沒有什麼事？」

瑪麗亞公爵小姐堅定地看著嫂子答道：「不會有事的。」她已經打定主意不告訴她，並說服她爸爸把那痛苦的消息隱藏在心裡，等她生產之後再告訴她，產期就在這幾天了。老公爵已經不抱任何希望了：他斷定安德烈公爵已經陣亡，即使他已經派了一個官員去奧國尋找兒子的下落，同時也從莫斯科訂製了一塊石碑，打算立在花園裡紀念他。他對所有人都說，他兒子陣亡了。他盡力不改變他先前的生活方式，可他明顯已經沒有了以往的狀態，身體也日漸消瘦。瑪麗亞公爵小姐還抱著希望。她就像她哥哥還活著一樣爲他祈禱，時刻都在期待著他回來。

八

三月十九日晨早餐之後，小巧的公爵夫人說道：「親愛的朋友。」她依然翹著那毛茸茸的小嘴。可是，自從那可怕的消息傳來後，這個家裡不僅是說話聲、笑容，甚至連打架、行走的步履聲，都透露出沉重和悲哀，因此，此時小巧的公爵夫人的笑容受這種共同的情緒影響也更哀愁了。

「親愛的，我很擔心今天的早餐會使我比較反胃。」

「你怎麼啦，我的心肝寶貝？你的面色怎麼這麼蒼白?!」瑪麗亞公爵小姐驚恐地叫起來，邁著她那軟綿綿的步子跑到嫂子的身邊。

「小姐，要不要去叫鮑格丹諾芙娜？」旁邊的一個侍女問道。鮑格丹諾芙娜是縣城裡的接生婆，已經在童山住了十多天了。

「真的，」瑪麗亞公爵小姐贊許地說，「或許現在就是這樣的。我這就去。別恐懼，我可愛的天使。」她親了一下麗莎，就要走出房間。

小巧的公爵夫人臉上透著蒼白，好像對即將降臨的幸福感到了一絲恐懼。「啊，不是！」「不是的，現在這只是胃不好……就說，瑪麗亞，胃不好……」於是小公爵夫人像孩子一樣任性地、痛苦地哭起來，絞著她那雙小手。

公爵小姐跑出房去找鮑格丹諾芙娜了。

她聽見嬌小的公爵夫人的呻吟聲：「上帝啊！我的上帝啊！哎喲！」

接生婆臉上帶著冷靜且意味深長的表情搓著自己那雙肥胖且柔軟的小白手，迎著她走了過來。

「鮑格丹諾芙娜！她要生了！」瑪麗亞公爵小姐睜大了眼睛，驚慌地看著接生婆嚷道。

「公爵小姐請感謝上帝吧，」鮑格丹諾芙娜說道，卻並沒有加快腳步，「你們年輕的小姐們根本不該知道這些事情的。」

「莫斯科的醫生怎麼還沒有到呢？」公爵小姐說道。

「沒關係，公爵小姐，不著急，」鮑格丹諾芙娜說道，「沒有醫生一切也會順利的。」

五分鐘後，瑪麗亞公爵小姐在臥室裡聽見有人在挪動笨重的東西。她從臥室裡探出半個身子，看見僕人不知為什麼從安德烈公爵的書房把皮沙發搬進了臥室。而此時他們的臉上有一種莊重、安靜的神情。

瑪麗亞公爵小姐一個人坐在臥室裡，仔細聆聽著宅內的聲音，有人走過時，就會開門看走廊裡發生的事情。幾個女人從臥室裡來回踱步，看一眼公爵小姐，立刻就轉過臉去。她不敢問，立刻又關上門，回到房間裡，一會兒坐在安樂椅中，一會兒又跪在神龕前，一會兒拿起祈禱書。儘管她努力地禱告，想讓內心平靜下來，這已經沒有任何作用了。突然，她的門輕輕地開了，老保姆普拉斯科菲亞·薩維什娜出現在了門檻上。

「我來陪你，瑪麗亞，」保姆說道，「我帶來公爵的結婚蠟燭，點在他的聖徒面前，我的天使。」

她歎了一口氣說道。

「啊，親愛的保姆，我真高興啊！」

「親愛的，上帝是仁慈的。」保姆點上那幾支金色蠟燭，隨後安靜地坐在門邊編織起襪子來。瑪麗亞公爵小姐拿起一本書，靜靜地讀了起來。只有在聽見說話聲或腳步聲的時候，公爵小姐才驚恐又疑惑地看了她一眼，而她的目光卻給人一種平靜的美。按照迷信的說法，知道產婦痛苦的人越少，產婦所受的痛苦也就越少，因而大家都故意裝作不知道，對這件事閉口不談，只不過是在公爵家中，人們除了通常那種謙恭、穩重的良好風度外，也能看出相同的憂慮，逐漸變軟的心腸，或許一件偉大的事正在悄然發生。

這時奴僕們的房間裡沒有了往常的笑聲。僕人休息室裡，人們靜靜地坐在那裡，沉默著，大家隨時準備著被差遣。這時候院子裡點燃了蠟燭和火把，根本沒有人睡覺。老公爵在他的書房裡一刻不停地走著，派吉洪去問鮑格丹諾芙娜有什麼消息。

「你立刻去報告公爵，說分娩已經開始了。」鮑格丹諾芙娜邊說邊若有所思地瞅了一眼那被派來的人。吉洪立刻回去報告了公爵。

「好！」公爵說著把房門給關上了，吉洪再也聽不見書房裡的聲音了。片刻之後，吉洪又走進書房，只見公爵靜靜地躺在沙發上，吉洪瞥了他一眼，見他心情不好，就走了過去，搖了搖頭，默默地吻一下他的肩頭，隨後走了出去。

黃昏過去，黑夜又來臨了，而對於那事物的期盼和心底軟化的感情不僅沒有減弱，反而升高了。這天夜裡整整一夜誰都沒睡。

這是一個三月的夜晚，肆虐了許久的冬天，現在正急著撒出最後的暴雪狂風。外面替換的馬早已等候在大路上，等待著從莫斯科趕來的德國醫生，而那些騎馬打著燈籠的人被派到轉向鄉村小路的路口，以便帶領醫生走過凹凸不平的路段。

瑪麗亞公爵小姐早已擱下她的書，悄悄地坐在那裡，眼睛盯著保姆那皺巴巴的臉看著，盯著她白色髮卷和下頷底下垂懸著的鬆弛的皮膚。

那個保姆手中拿著正在編織的襪子，用低得連自己也聽不懂、聽不清的聲音，反覆講述著同一個故事：老公爵夫人怎麼產下瑪麗亞公爵小姐，而當時並沒有接生婆，只有一個農婦。

她說道：「肯定不會有什麼事的，上帝是慈悲的。」

突然，一陣狂風席捲而來，激烈地吹在窗戶上，吹開一扇窗子，又吹動了綢緞窗簾，一陣寒氣襲來夾著雪花，這時蠟燭被吹滅了。瑪麗亞公爵小姐打了一個寒戰，保姆走到窗口，向窗外探出身去，努力想抓住那扇敞開的窗子。寒風拂動她那散落的白色髮卷和她頭巾的邊角。

「公爵小姐，我的天哪，那邊有人沿大路過來了！」她激動地說道，手握窗框，竟然忘了關窗戶，「那個人還帶著燈籠呢。很可能是醫生。」

「啊，天哪！感謝上帝！他不懂俄語，我必須去接他。」瑪麗亞公爵小姐說道。

瑪麗亞公爵小姐只裹上一條披肩就跑去迎接那人。當她走過前廳時，看到一輛帶燈籠的轎式馬車停在了大門前。隨後她走向樓梯口。而那個餐廳侍者菲力普，一臉驚訝地拿著蠟燭站在了下面的樓梯口。隨後再往下去，在樓梯轉彎的地方，她聽見了一個穿棉鞋走進來的人，還聽到一個耳熟的聲音在說著什麼。

只聽見那個耳熟的聲音說道：「感謝上帝，父親呢？」

已經在樓下的管家傑米伊的聲音回答道：「他老人家已經睡著了。」

那個聲音又說了些什麼話，隨後快速走過樓梯轉彎的地方。

「這是安德烈！」瑪麗亞公爵小姐嚇了一跳。「不，這是不可能的，如果是的話就太神奇了。」就在她這樣想著的時候，安德烈公爵瘦削的身影出現了。果然是的，真的就是他，可他變得很瘦弱，而且面色蒼白，甚至連面部表情都改變了，變得無比溫柔，但可以看出他的激動不安。隨後他上了樓梯，熱烈地擁抱著他的妹妹。

他急切地問道：「你們沒接到我的信嗎？」然後不等回答就轉回身去。就在他回來的時候，發現產科醫生也跟著進來了。隨後他又匆忙地上了樓梯，來擁抱他的妹妹。

「可是親愛的瑪麗亞，命運是多麼難以捉摸啊！」他脫下棉靴和皮襖，就朝小巧的公爵夫人房間走過去了。

九

小巧的公爵夫人安靜地躺在那兒，靠著枕頭，她的頭上戴著美麗的白睡帽。只見黑色的頭髮一縷一縷地披散在她那流汗的面頰兩邊，她那毛茸茸的美麗小嘴微微張開，這時候她高興地笑著。

安德烈公爵進來了，在她的面前停下來。只見她那雙亮晶晶的眼睛充滿了不安和恐懼，一直盯在他身上。她大概在想：「我深愛著全家的每個人，我對任何人也沒做過壞事，可是我爲何要遭這樣的罪？幫幫我吧！」於是她看見了自己的丈夫，不過發現她並不是很清楚他此時在她面前出現有什麼意義。安德烈公爵繞過沙發，輕輕地親了一下她的前額。

他說出了從來沒對她說過的甜蜜字眼，「我的心肝！」、「上帝是慈悲的……」她的眼裡充滿了疑問和責難，安靜地看著他。

「你一點都沒幫助我，可我在這兒期待了好久，現在你也沒幫助到我！」她的眼睛告訴他。她對他的到來一點也沒有覺得驚訝，她甚至不清楚他已經回來了。他的到來和她的痛苦毫不相干。隨後陣痛又開始了，在鮑格丹諾芙娜的勸告下，安德烈公爵離開了那個房間。

這時醫生進來了。安德烈公爵走了出去，他遇到瑪麗亞公爵小姐，於是又走到她面前。他們談話時斷時續。他們在諦聽，在期待。

「去吧，我的朋友。」瑪麗亞公爵小姐說道。於是安德烈公爵又去他妻子那裡，他安靜地坐在她隔壁的房間裡，焦躁不安地等待著。這時從臥室裡出來的女人神色驚恐，一看見安德烈公爵就顯得不安和局促起來。隨後他用冰冷的雙手捂住臉，坐了幾分鐘。這時門裡傳出了可憐的、像野獸一樣的呻吟聲。安德烈公爵站起來，走到門前，想推開門。可有人抓著門不放。

一個驚恐的聲音從裡邊叫嚷道：「不可以！不可以！」隨後他開始在室內煩躁地走來走去。叫喊停止了，又過了幾秒鐘。突然一聲恐怖的慘叫從臥室裡傳出來——她不是這樣的，這不是她。安德烈公爵跑到門口，隨後叫喊聲停止了，他聽見了嬰兒的啼哭聲。

安德烈公爵在最初一秒鐘本能地這樣想道：「他們抱進一個嬰兒做什麼呢？一個什麼嬰兒？……那裡為何有一個嬰兒？難道這是生下來的嬰兒？」

當他突然懂得了這種哭聲的意義時，他的眼淚立刻就哽住了他的嗓子，於是他像個孩子似地嗚咽著哭起來。

這時門開了。醫生捲著襯衫袖子，他的臉色蒼白，下頷抖著從臥室裡走了出來。安德烈公爵疑惑地轉向他，醫生不知所措地看了他一眼，一句話沒說就從他身邊走過去了。隨後一個女人跑出來，一遇見安德烈公爵，就在門檻上遲疑著不肯向前走。他走進妻子的臥室。她躺在那裡，已經死了。

她那可憐的、漂亮的卻已經僵死的臉像在說：「我深愛著我們全家，對所有人也沒做過壞事，可你們怎麼這樣對我呢？啊，你們怎麼這樣對我呢？」在屋子一邊的角落裡，一個紅紅的小傢伙在鮑格丹諾芙娜顫抖的白手中哼了幾下，突然尖聲哭起來。

又過了兩小時，安德烈公爵悄悄地走進爸爸的書房。老先生已經什麼都知道了。他站在門口，門被推開，他就用那一雙老年人堅硬的胳膊緊緊地抱住了兒子的脖子，孩子般一語不發地痛哭起來。

三天之後，他們為嬌小的公爵夫人舉行葬禮，安德烈公爵走上停放棺材的臺階和妻子告別。此時棺材裡的人眼睛閉起來了，可還是一樣的臉。那臉好像還在這樣說：「啊，你們怎麼能這樣對待我呢？」安德烈公爵覺得他內心中有什麼東西被割斷了，覺得他好像犯了永遠不能忘卻也無法補救的罪過。他甚至都哭不出來。他們家老先生也來了，他親了親那雙安靜地交疊在她胸前的蠟燭般的小手，在看到那張臉之後，老先生氣憤地轉身去了。

又過了五天，是小公爵尼古拉・安德烈伊奇洗禮的日子。他的保姆掀起了包著孩子的被單，讓神父用鵝毛把油塗在了嬰兒又皺又紅的小腳掌和手掌上。

而那個教父便是他的祖父，他戰戰兢兢地抱著嬰兒，生怕一個不小心就會把他摔下去似的，他繞著白鐵聖水盆走了一圈，隨後把他遞給教母瑪麗亞公爵小姐。安德烈公爵怕嬰兒會在聖水盆裡淹死，嚇得幾乎要屏住呼吸了，他坐在另一個房間裡，他是那麼急切地等待儀式完畢。

就在保姆終於把嬰兒抱出來的時候，他高興地看著他，而當保姆對他說黏有嬰兒頭髮的蠟沒有在聖水盆裡沉下去[43]，而是漂起來時，他欣慰地點了一下頭。

十

尼古拉參加多洛霍夫和皮埃爾決鬥的事件，全靠老伯爵費力壓下去了，他不僅沒被降級，反而被委任為莫斯科總督的副官。在整個夏天他都留在莫斯科履行他的新職務。多洛霍夫的傷已經養好了，尼古拉在他養傷期間和他的交情更深了。老瑪麗亞・伊萬諾芙娜，因為尼古拉和她兒子的友誼，也愛上了他，她常常對他講她兒子的事。

她說道：「是啊，伯爵，對於我們這個墮落的世界來講，他的心靈太純潔、太高尚了。難道沒有

43. 俄國習俗，剪下一撮小兒頭髮黏在蠟片上，投到聖水盆裡，如果沉底，就是不祥之兆。

人喜歡了嗎，人們是不是都覺得它礙眼？請您告訴我，伯爵，皮埃爾這麼做是正確的嗎？多洛霍夫品格是那麼高尚，就是現在也沒有說過一句他的壞話。他曾在聖彼德堡和警察局長胡鬧，可怎麼樣呢，皮埃爾什麼事沒有，而多洛霍夫卻承擔起所有責任。就算是他已經官復原職了，可又怎能不給他復職呢？我想，在那裡能夠像他這樣的勇士可是不多的。你覺得這些人有沒有良心？明知道他是個獨生子，卻非要和他決鬥！幸好上帝憐恤我們。那麼好吧，既然他喜歡吃醋，那麼他早就應當有所表示，可你知道這事已經有一年多了。那又怎麼樣呢，要和他決鬥，他預料到多洛霍夫不會和他鬥，因爲他欠他的錢！這是多麼卑劣的行徑！我知道您是最清楚多洛霍夫的爲人，我親愛的伯爵，請您相信我，我打從心眼裡愛您。即使瞭解他的人很少，可他的靈魂多麼高尚聖潔！」

多洛霍夫在養病時對尼古拉說了誰也想不到他會說的話。

「我知道人們已經把我當作惡人！」他說道，「隨便他們怎麼想吧！對於我所愛的人，我願爲他們付出我的生命，可對於其他的人，誰擋了我的路，我就一定會把誰壓扁。你知道，我很崇拜我的母親，還有兩、三個朋友——你是其中的一個，至於其他的人，我關心的只是他們對我是有害還是有益。不過好像所有的人都是有害的，特別是女人。」他繼續說道，「我見過許多光明正大的、對人有愛心、高尚的男人；可我還沒碰見過一個不能用金錢收買的女人，不管她們是女廚子還是伯爵夫人，到現在爲止，我還沒遇見過一個真正忠誠和聖潔的女人。如果我找到那樣的女人，我一定會爲她獻出我的生命！而這些！……不管你相信與否，我都會等待那個聖潔的人，爲了我寶貴的生命，她一定能使我昇華、淨化、新生。不過，這個我不清楚。」

「不，我明白。」尼古拉答道，他受了他新朋友的影響。

秋季，羅斯托夫家的人回到了莫斯科。冬初傑尼索夫也回來了，住在羅斯托夫家。一八〇六年初冬在莫斯科度過的這段時間，是尼古拉和他全家最幸福的一段時光。尼古拉帶了很多青年人來父母家。其中薇拉是個二十歲的青春美女；而十六歲的索尼婭有含苞欲放的美，展現其所有魅力；還有娜塔莎，介乎孩子和少女之間，可愛而迷人。

尼古拉帶回家來的第一個青年男人是多洛霍夫。全家都挺喜歡他，只有娜塔莎認為他並不可愛。為了多洛霍夫她差點和哥哥吵翻了。她堅持說他是個惡毒的人，說他和皮埃爾的決鬥，她認為多洛霍夫是錯的，皮埃爾是對的，還說他令人厭惡，裝腔作勢。

她執拗地喊道：「我理解到底是什麼，因為他是個惡毒的人。你看，我不是喜歡你的傑尼索夫嗎？儘管他好酗酒和其他等，可我還是喜歡他；這便是說，我能理解。可是我卻不知道怎樣對你說……對於他這個人，我根本就不喜歡把所有事物都計畫好。可傑尼索夫……」

「傑尼索夫是另外一回事，」尼古拉回答道，還要讓人家感覺到，和多洛霍夫相比，連傑尼索夫也算不了什麼，「你應當瞭解多洛霍夫到底有著什麼樣的靈魂，應當看他是怎樣對待他媽媽的。那是怎樣善良的心腸啊！」

「不知為何我和他待在一起總感覺不舒服。你知道嗎，他已經愛上了索尼婭。」

「真是一派胡言……」

「你等著瞧吧，我確定。」

娜塔莎的預言很快被證實了。不喜歡和女人交往的多洛霍夫，開始常常到家裡來。他為誰來的不久大家就清楚了，他是為了索尼婭而來的。

多洛霍夫常在羅斯托夫家吃飯，凡有演出，他一次都沒錯過。羅斯托夫家的人常去參加在揚戈奧家舉辦的青年舞會，於是他也去參加。他把精力全放在索尼婭身上，而且總是用深情的眼光，不但她臉紅無法忍受這種眼神，就連娜塔莎和老伯爵夫人看見他那眼神也忍不住臉紅了。

很明顯，這個怪僻而堅強的人，無力抗拒這個微黑膚色的優雅少女的巨大魅力，但不幸的是，這個少女卻愛著另外一個人。

尼古拉發現多洛霍夫和索尼婭之間出現了某種新的關係，可他不能確定這是什麼樣的關係。「我認爲她們全愛上什麼人了。」他對娜塔莎和索尼婭這樣想。可他感覺到他與多洛霍夫和索尼婭相處，不如從前那麼自在，於是更少回家了。

從一八〇六年秋天起，人們又開始討論要和拿破崙打仗，而且比去年更起勁。徵兵的命令不但規定每千人中徵募十名新兵，還要徵召九名民兵。到處在詛咒萬惡的拿破崙，這時候莫斯科議論紛紛，大家所談的除了迫近的戰爭之外，沒有別的。羅斯托夫家的人只關心尼古拉不管怎樣留在莫斯科都不如意，只等傑尼索夫的假期一滿，就要和他一起回團隊。即將到來的離別並沒有妨礙他尋歡作樂，反而更刺激了他的情趣。現在的他常常在宴會、晚會及舞會上度過，很少回自己的家。

十二

現在是耶誕節的第三天，尼古拉難得在家裡吃飯。而且那是一次正式的餞行宴會，因爲他和傑尼索夫在主顯節[44]之後，就要回到他們的團隊了。出席宴會的二十幾個人中，有傑尼索夫和多洛霍夫。

在羅斯托夫家，在這些節日中從來沒有過任何戀愛的味道，但這時候空氣裡瀰漫著濃濃的愛的味道。

尼古拉和往常一樣，把四匹馬都累壞了也沒來得及去所有他希望去的地方，隨後他趕在開宴時回

44. 主顯節是基督教聖誕節後的第十二天，即一月十六日。

到了自己的家。緊張的戀愛氣息從他一進門就一直伴隨著他，他也看出在場者中很多的人局促不安。尼古拉心裡認定，午餐前多洛霍夫和索尼婭之間一定是發生了什麼事。於是，吃午飯時，他以他特有的同情心和敏感對他們兩人都很小心、很溫存。

在耶誕節第三天的晚上，揚戈奧家中必然是要舉行一次舞會的，一次爲男、女青年舉辦的舞會。

「尼古拉，你到揚戈奧那兒去嗎？你去吧！」娜塔莎說道，「他特地邀請了你，瓦西里・德米特里奇也要去呢。」

「伯爵小姐吩咐我去哪兒，我就立刻去哪兒！」傑尼索夫說道，在羅斯托夫家他開玩笑，扮演著娜塔莎的騎士角色。「我甚至準備跳披肩舞[45]呢。」

「可我已經答應了阿爾哈羅夫家只要有時間就過去，他們那兒舉行舞會。」尼古拉說道。

「你呢？」他問多洛霍夫，可他一問出口就知道不應該問。

「或許吧。」多洛霍夫看了索尼婭一眼，冷淡地答道，並蹙起額頭。

「出什麼事了？」尼古拉想道，多洛霍夫午餐後立刻就走了。這就使尼古拉更堅信自己的推測。他叫來娜塔莎，問她到底發生了什麼事。

「我也在找你呢，」娜塔莎跑到他跟前，「你還不信我說的，」她得意地說，「他向索尼婭求婚了！」

儘管尼古拉這段時間很想見到索尼婭，可一聽到這消息，他覺得心中像有一種東西斷了線。多洛霍夫對於這個完全沒有陪嫁的孤女來說是體面的，而且從某些方面說是個極好的配偶。而從社交界和老伯爵夫人的觀點看來，她也不能拒絕他。因此，尼古拉聽到這個消息後的第一個感覺是生索尼婭的氣……他想說：「很好，你當然應該忘記童年的諾言，高興地接受求婚好了。」

---

45. 披肩舞是一種法國舞，原文用法語。

可他還沒來得及說出，娜塔莎就說：「她完全拒絕了他，你應該能想像的。」

尼古拉想道：「我的索尼婭不會有其他的做法！」

「她已經拒絕了媽媽的懇求，我知道她一旦說出口，根本不會改變了……」

「啊，媽媽還求過她呢！」尼古拉略帶責備地說道。

「是的，」娜塔莎說，「你知道嗎？尼古拉，你可不要覺得不高興，不過我知道你不會和她結婚的。我知道，我很準確地知道你絕不會和她結婚。」

尼古拉說道：「得了，這事你怎麼也不會知道，不過，我一定要和她談談。索尼婭多麼可愛！」

「她真的是很可愛！我一定會立刻讓她到你這裡來的。」娜塔莎親了親哥哥，歡快地跑開了。

過了一會兒之後，索尼婭面帶負罪的、悃然若失的神情慢慢地進來了。尼古拉走上前去，親了親她的手。這是他這次回來後，第一次單獨地和她談他們的愛情。

「索菲，」他一開始是膽怯的，可開口後越來越膽大了，「如果您想拒絕一個有利的愛人，而且也是個相當好、相當高尚的人……而且他是我的朋友……」

索尼婭立刻打斷了他。

「我已經拒絕了。」她趕忙說道。

「如果您是爲了我的緣故而拒絕的話，恐怕我……」

索尼婭又將他攔住。她看他的神情很驚訝。

她說道：「尼古拉，請不要對我說這事！」

「不，我覺得應當說。或許是我自信過頭了，不過最好還是說出來。如果您是爲了我的原因而拒絕他，我應當把所有實情告訴您。我愛您，我想現在我對您的愛超過了其他所有人。」

「這對我已經足夠了。」索尼婭說著臉紅了。

「現在我對所有人都沒有像對您那樣友好、愛戀和信任，可我年輕。我的媽媽不願那樣。總而言之，我現在什麼承諾都不能給你。我求您考慮一下多洛霍夫的求婚。」他艱難地說出他朋友的名字。

「我什麼承諾也不要，更不要你說這個。我像愛哥哥般地愛著您，而且將永遠愛您，我什麼也不再需要了。」

尼古拉又親了一下她的手：「我只是怕騙了您，我怕我配不上您，我覺得您是一個天使。」

十二

揚戈奧舞會是莫斯科最快樂的舞會，母親們看著自己的孩子們跳著剛學會的漂亮舞步便大聲說道；而那些跳舞跳得快累倒下來的男、女青少年也說著一樣的話；可這是最好的娛樂了，甚至很多成年青年人們也來了。很難想像這些舞會上竟然可能促成了兩樁婚姻。就是那兩個美麗的高爾察科公爵小姐在那裡碰到了熱烈的求婚者，而且全結了婚。

這些舞會的不同之處在於並沒有男、女主人，只有善良的揚戈奧像羽毛一樣飄來飄去，而按照藝術的規則行並足禮，還向所有的來賓收取入場券；除此之外，那些第一次穿上長舞裙，期待著跳舞尋樂的十三、四歲的少女，也喜歡來參加舞會。有時那些優秀的女學生甚至會跳披肩舞，娜塔莎則是優秀中的佼佼者，她以舞姿優美而著稱，可在這最後一次舞會上，所有人只跳蘇格蘭舞、英格蘭舞和剛流行的瑪祖卡舞。揚戈奧借用了別祖霍夫家的舞廳，大家都稱讚這是一次很成功的舞會。舞會上美麗的女孩尤其以羅斯托夫家的小姐們最美麗。這天晚上她們兩個快活而幸福。索尼婭因爲多洛霍夫的求婚、她的拒絕和她對尼古拉的解釋而驕傲，她們在不停地旋轉，這使侍女沒法給她編髮辮，到了舞會上更是全身心都浸透著歡樂的激情。

娜塔莎第一次穿長舞服，驕傲勁一點也不亞於索尼婭，而第一次參加舞會讓她感到更加幸福。這時她們兩個全穿著白紗裙，繫玫瑰色的緞帶。

娜塔莎一進入舞廳的大門就沉浸在愛情裡。可是她在這方面天生多情。她不管看見什麼人，就在她看他的那一刻的時候，就愛上了他。

她跑到索尼婭面前不停地說：「啊，多好啊！」

傑尼索夫和尼古拉在大廳裡走來走去，所有跳舞的人被溫柔地愛護著。

「你看她多可愛，不久她就會成爲一個真正的美女！」傑尼索夫說。

「誰呀？」

「美麗的娜塔莎。」傑尼索夫答道。

他頓了一下說道：「我覺得她跳得很優美，就像一個天使！」

「那你在說誰呀？」

「我在說你妹妹呢！」傑尼索夫生氣地喊道。

尼古拉冷笑了一下並不回答。

「親愛的伯爵，您一定得去跳舞，因爲您是我最好的學生之一。」矮小的揚戈奧走到尼古拉面前說道，「你看看吧，還有這麼多美女！」他轉而向傑尼索夫也提出一樣的請求。

「不，親愛的寶貝，我想我最好是坐著看。」傑尼索夫說道，「您應該還記得，我過去怎樣都學不好您的功課嗎？……」

揚戈奧趕忙安慰他說：「噢，不！您一向很有才能的，只是可能不願在這方面發揮！」

此時舞廳裡又奏起瑪祖卡舞曲。尼古拉沒法拒絕揚戈奧，於是邀請索尼婭一塊兒跳。傑尼索夫坐在年紀大的女人們身邊，用腳踏拍子，一邊給她們講有意思的事，使她們開心，一邊看著男、女青年跳舞。

揚戈奧和他引以爲傲的最好的學生娜塔莎跳第一對。他輕柔地、無聲地移動著他的小腳，首先和娜塔莎旋過舞廳，娜塔莎有點膽怯，可依然努力跳好舞步。傑尼索夫兩眼直盯著她，用佩刀敲著拍子。趁著一圈舞的途中，他把尼古拉叫到跟前。

「這和我想像的完全不一樣，」他說道，「這難道是波蘭瑪祖卡嗎？不過，她跳得真好。」

尼古拉知道傑尼索夫在波蘭以擅長跳瑪祖卡而出名，於是向娜塔莎跑去。

「你去選傑尼索夫爲伴吧。他跳得才好呢！簡直棒極了！」他說道。

於是又輪到娜塔莎挑選舞伴時，她站起來，輕快卻有些怯生生地穿過大廳跑向傑尼索夫。她知道每個人都在看她。尼古拉看見娜塔莎和傑尼索夫微笑著在爭論，笑著推辭。他跑上前去。

「請，傑尼索夫，」娜塔莎說道，「我們一起跳舞吧，請。」

「還是算了吧，我不行，伯爵小姐。」傑尼索夫答道。

「喂，夠了，傑尼索夫。」尼古拉說道。

「就像勸瓦西卡[46]貓一樣！」傑尼索夫開玩笑地說。

「我會整個晚上爲您唱歌。」娜塔莎真切地說道。

「噢，魔女！她能隨意擺佈我！」傑尼索夫說著解下了佩劍，輕快地從椅子後走出來，隨後將舞

46. 瓦西卡是俄國人對小貓的慣稱。

伴的手緊緊握住，輕輕地仰起頭，輕輕地伸出一隻腳，在等候音樂的拍子。只有在跳瑪祖卡舞和馬背上時，傑尼索夫那矮小的身材才顯不出來，他看上去是那樣英姿勃發。

一聽到合適的音樂拍子，他就驕傲並詼諧地從側面看著他的舞伴，突然他用腳跺了一下，牽著舞伴的手在舞廳中飛旋起來。只見他用一隻腳無聲地滑過半個大廳，隨後突然碰了一下他的馬刺，又叉開兩條腿，這時腳順從地跟著停下來，這樣站了一秒鐘之後，就飛快地在原地轉著馬刺叮噹響，接著用左腳跟碰著右腳跟又飛轉了一個圈子。娜塔莎只能由著他牽著，跟著他舞動，一開始他拉著她轉，過了一會兒用右手牽著她，隨後又用左手拉著她，接著他一膝著地讓她圍著他轉，之後又跳起來，猛地衝向前方，突然他止住了腳步，表演了幾種出乎所有人意料的花樣。當他靈活地把舞伴轉到她的座位前並對她鞠躬的時候，娜塔莎連屈膝禮都沒顧得上還。她像不認識他一樣莫名其妙地望著他。

她小聲說：「這是爲什麼呢？」

所有的人都對傑尼索夫的技巧讚歎不已，接著他不斷地被邀請做舞伴，那些老先生開始說起波蘭和過去的好日子。傑尼索夫跳過瑪祖卡舞後，面孔緋紅，坐在娜塔莎身邊擦著汗，而在剩下的時間裡一刻都沒離開過她。

十三

舞會之後一連兩天，尼古拉在家裡再沒看到多洛霍夫，在他家裡也沒遇上他。第三天，他收到一封便函。

「您已經知道原因，我不想再去您府上，而且我就要回軍隊去了，今晚我爲我的朋友們舉行告別酒會。請到英吉利賓館來吧。」

差不多十點，尼古拉從劇院直接去了英吉利賓館。接著他被領進多洛霍夫那天晚上所租的最好的一間房間。

有二十多個人聚在一張桌子邊，多洛霍夫靜靜地坐在桌前。桌上放著一大堆紙幣和金幣，他正認真地分著牌。自從上次他向索尼婭求婚遭到拒絕後，尼古拉再沒見過他，因此他覺得有些不安。

尼古拉剛跨進門，多洛霍夫就以犀利的目光相迎。他說著：「是哪陣風把你吹來了？好久不見了。伊留什卡帶著他的合唱隊來的時候我正好分完牌。」

尼古拉紅著臉說道：「我已經去過您府上了。」

多洛霍夫沒有立即回答他。

「你能下注。」他說道。

尼古拉此刻突然想起一次他和多洛霍夫的談話。「只有蠢貨才會靠運氣賭錢。」

「或許你怕和我賭吧？」多洛霍夫此時像猜透了尼古拉的心思一樣，臉上露出了會心的微笑。尼古拉從他的笑容裡看出他此刻的想法，也就是他已經厭倦了日常生活時的情緒，每當他出現這種情況時，他就必須要在多種情況下，用殘酷而奇特的行爲來擺脫它。

尼古拉覺得渾身不自在。他竭盡全力地想找一句笑話來回應多洛霍夫的話。

多洛霍夫直視著他的臉，慢慢吞吞、一字一頓地對他說道：「你還記得我們曾經談到過賭牌的事嗎？……『蠢貨才會靠運氣賭牌呢，要賭就應該有把握。』現在我想試試看。」

「你覺得是應該有運氣呢，還是應該有把握呢？」尼古拉心想。

「是的，我看你最好是別賭。」多洛霍夫又補充了一句，他熟練地把牌洗好後，大聲地說道：「各位先生們，請下注吧！」

他把一垛錢向前推了推，準備分牌。從一開始尼古拉就一直坐在他旁邊。而多洛霍夫則不斷地打量著他。

他問道：「你爲何不玩呢？」說來也奇怪，尼古拉不由自主地拿起牌，下個小賭注。

「我沒帶錢。」他說。

「我可以先讓你欠著，這沒什麼大不了的。」

尼古拉剛下五個盧布就輸了，再下，又輸了。多洛霍夫一連通殺，一口氣連贏了尼古拉十張牌。

「各位，」他坐了一會兒莊之後，大聲說道，「請把你們的錢放在牌上，要不然等到算帳時會弄錯的。」

一個賭徒說，他希望能允許他欠帳。

「欠帳，當然可以，可是我怕搞亂了，請你把錢放在你的牌上。」多洛霍夫答道，「我們會算清楚的，不會弄錯的，請你不必拘束。」他對尼古拉補充說。

賭博繼續進行著，僕人們不斷送來香檳。

尼古拉把他所有牌都輸掉了，在他賬下共欠了八百盧布。他在一張牌上寫下了八百盧布，可是當人家給他倒香檳時，他突然改變了主意，又改成二十盧布的注。

「算了吧。」多洛霍夫說道，儘管他沒看到尼古拉打牌，「你快點贏回來呀。你害怕了吧，我輸給了別人，但勝了你。」他又說道。

尼古拉聽了他的話之後，便保留八百不動，押下他從地板上撿起來的一張破了角的紅桃七。最後他還清楚地記得這一幕。他把紅桃七放在座位上，拿一段粉筆寫上「八百盧布」；他一口將那杯溫香檳喝光，對多洛霍夫的話笑了笑，屏住呼吸等著七出現，並盯著多洛霍夫拿牌的手。

這張破角的紅桃七是贏還是輸，對尼古拉至關重要。在上一個星期日，羅斯托夫老伯爵給了兒子兩千盧布，這個從來不喜歡談財務緊張的人，誠懇地對尼古拉講，五月之前他只能給他這麼多了，請他這次節省點。尼古拉回答說，這對他來說已經夠多了，並許諾春季前不再向父親要錢。現在，僅剩下一千二百盧布了，這張紅桃七不僅關係到是不是會一下輸掉一千六百盧布的問題，也關係到他是不是會失去信譽的問題。

他氣都不敢喘地盯著多洛霍夫的手，想道：「快點吧，給我那張我想要的牌吧！隨後我就可以拿起帽子，坐車回家，和傑尼索夫、娜塔莎、索尼婭共進晚餐，我保證從此之後再不賭牌。」此刻，他頭腦中清晰地浮現出家庭生活的場景：和彼佳開玩笑，和索尼婭談心，和娜塔莎二重唱，和父親玩撲克牌，一切都清晰、強烈、美好，深深地吸引著他。他無法想像偶然性會讓紅桃首先發到右手，而不是左手[47]，這使他失去重新嶄露頭角的幸福，使他陷入從沒經歷過的、難以預知的苦難的深淵。

這不可能的，不過他還是靜靜地、滿懷期望地盯著多洛霍夫兩手的動作。那雙從襯衫袖口中露出汗毛的手，放下牌，接過了遞給他的菸斗和杯子。

「這麼說你根本不怕和我賭啦？」多洛霍夫放下手裡的牌，靠在椅背上，面帶著微笑慢吞吞地說道：「是的，先生們，你們要當心哦，在莫斯科的流傳中，說我是個十足的賭棍。」

「快發牌吧！」尼古拉喊道。

「噢，還有莫斯科的長舌婦們啊！」多洛霍夫說道，笑瞇瞇地拿起牌來。

尼古拉想要的那張要命的七就在這副牌的最上面。他將會輸得比他要償還的還要多。

「可是，你必須要懂得適可而止！」多洛霍夫冷冷地掃了尼古拉一眼，繼續分牌。

---

47. 開牌後，輸家把所押的那張牌放在右邊，反之則放在左邊。

十四

一個半小時之後，賭徒們的注意力早就都不在自己的牌上了。

大家的注意力全集中在尼古拉一個人身上。他欠的遠遠不止一千六百盧布，而是一長串可怕的天文數字——至少有上萬的盧布，據他粗略地推算，已經高達一萬五千盧布了。而事實上，已超過了兩萬盧布了。

多洛霍夫不再講故事或聽故事了，他注意著尼古拉的每一個動作，偶爾瞅一眼自己記的帳目。他打算把這場賭博一直進行下去，一直要到賬上記錄的數字高達四萬三千爲止。至於他爲何選擇這個數字，那是因爲四十三是他和索尼婭年齡的總和。尼古拉雙手無力地支著頭坐著，桌前亂放著紙牌、酒，寫滿數字。一個讓人苦惱的影像一直纏繞著他：多洛霍夫從衣袖裡露出茸毛的手正牢牢地控制著他，這雙他愛過也恨過的手。

「六百盧布，愛司，一個角，一張九……看來全部贏回來是不可能的了……我在家裡是多麼快活！……十一，這真讓人難以想像！……他爲何要這樣對待我呢？」尼古拉思考著。有時他想下一個大注，可多洛霍夫說什麼也不肯接受，必須由他自己定一個注。尼古拉只得服從，一會兒他會環顧別的賭友，向他們求助，一會兒猜測桌子下面那堆折斷的牌裡先碰到的一張牌或許可以搭救他，一會兒像他在阿姆施泰騰橋上，像在戰場上那樣虔誠地向上帝禱告，小心翼翼地審視著多洛霍夫冷冰冰的臉，好像竭力想弄明白他在轉什麼念頭似的。

「他知道輸這麼多錢將對我造成多麼大的打擊。他希望我毀滅。我不是曾經愛過他嗎？他不再是我的朋友了嗎?不過他也沒錯。既然他走運,那我又有什麼辦法呢?我也沒錯是吧。」他安慰自己說,「我又沒做過任何壞事。難道我殺過人嗎?或者有過壞念頭?爲何我會有這樣的遭遇呢?這是從什麼時候開始的呢?或許就在不久之前,當我走近這張桌子時,我只不過是想贏一百盧布,好在媽媽的命名日買那個珠寶匣就回家的,那個時候,我快活、輕鬆、幸福!那時我爲何就不知道我那時是多麼幸福呢!可是這是什麼時候結束的呢,而又是在什麼時候就開始了那些可怕的情形呢?難道我一直要這麼坐在這個位子上,打牌,選牌,賭博。到底發生了什麼事呢?」

他這才發現全身早就已經被汗水浸透了,面紅耳赤。他的表情冰冷又可怕,更糟的是他總是想裝出一副鎮靜的樣子。

現在他輸得太多了,剛好突破了四萬三千盧布呢。尼古拉剛準備了一張牌,正打算將剛借的三千盧布裡,拿出四分之一的賭注一次全押上去,多洛霍夫突然把那副牌往桌子上一扣,把它攤開,飛快地對尼古拉所欠的賬進行總結,清楚有力地記上那個長串數字,最後把粉筆也折斷了。

「應該吃晚飯了,晚飯時間到了。看,吉卜賽人都已經來了!」果然一些黑皮膚的女人和男人從外邊走進來。尼古拉終於明白這一切都結束了,他完了。

可他用冷漠的腔調說道:「怎麼,你們都不肯賭了嗎?要知道我已經準備好了下一張絕妙的好牌。」

「一切全結束了!我完了!」他默默想道,「噢!現在只剩下一件事了:立刻用一顆子彈打穿我的腦袋。」

同時他卻用愉悅的聲音向大家說道:「喂,多洛霍夫,請讓我們最後再賭一張牌吧!」

「好吧!」多洛霍夫算完賬後,「好的!那就再讓你們賭二十一盧布。」他指著多於四萬三千整數的二十一的零頭微笑說道,隨後拿起牌來準備發了。尼古拉慢慢展開牌角,本來他是計畫押六千的,現在他只能寫上二十一盧布了。

他說道：「這對我來說沒什麼區別，我只想知道你是讓我贏這張十，還是會吃掉它。」

多洛霍夫認真地發起牌來。噢，尼古拉此時多麼憎惡這雙指頭短短的、總是從襯衣下邊露出茸毛的手啊！這雙控制住他的手……可那張十最終落到他手裡了。

「您欠四萬三千盧布了，伯爵。」多洛霍夫說道，他伸了伸懶腰。

「是的，我也很累了。」尼古拉無力地答道。

多洛霍夫打斷了他：「什麼時候能讓我去拿錢呢，尼古拉伯爵？」

尼古拉面紅耳赤，把多洛霍夫叫到另一個房間商量。

「多洛霍夫，我現在不能一下子全付清。但是我可以給你一張期票。」他說道。

「你給我聽著，尼古拉，」多洛霍夫看著尼古拉的眼睛一字一句地說道，「你聽說過那句話嗎：『賭場失意，情場得意。』你表妹已經愛上了你，這我知道。」

「噢，我現在已經掌握在別人手中。」尼古拉想道。他知道向父母說出輸錢的消息，將會給他們造成多大的打擊，要完全擺脫這該多幸福呀，他心裡也明白，多洛霍夫知道如何能夠讓他擺脫這種痛苦和恥辱，現在卻想像貓捉老鼠一樣耍他。

「你表妹……」多洛霍夫剛想說，可立刻被尼古拉打斷。

「我表妹和這個沒有一點關係，至於她沒什麼好對你說的！」他發狂似地吼道。

「那我什麼時候能得到錢呢？」

尼古拉堅定地說了句「明天」，就憤怒地走出那個房間。

十五

說一句「明天」，而且想要保住體面並不困難，可怕的是他已許下了承諾，他沒權利再要錢。

家裡人還沒睡。青年人從劇院回來之後已經吃過晚飯，都聚在老式鋼琴邊。尼古拉一進門，今年冬天籠罩著羅斯托夫家那富有詩意的愛情氣氛就把他緊緊包圍起來。娜塔莎和索尼婭穿著她們去看戲時穿的天藍色衣裙，很漂亮，她們幸福地微笑著站在鋼琴旁邊。薇拉和申申在客廳裡認真地下棋。老伯爵夫人邊等她的兒子和丈夫回來，邊和住在他們家裡的貴族老太太玩牌。傑尼索夫頭髮蓬鬆，眼睛發亮，坐在琴旁，拍打著琴鍵，他陶醉地向上翻著眼睛，用他那沙啞、微弱、純正的聲音，唱他自己所作的《魔女》的詩，他想給它配上樂。

魔女請告訴我，是什麼力量令我再撥動遺忘了的琴弦？
你朝我心中投下什麼樣的火種，狂喜之情沿著我手指流淌！

他大聲地，充滿激情地唱著，用他瑪瑙一樣的黑眼睛看著娜塔莎。

娜塔莎叫道：「太好了，再來一遍。」根本沒看見尼古拉。

「他們都跟往常一樣歡樂。」尼古拉想道，往客廳裡瞧了一眼，他看了看母親、老太太和薇拉。

「尼古拉回來了！」娜塔莎歡快地向他跑來。

「爸爸在家嗎？」他小聲問道。

「我好高興你能回來！」娜塔莎微笑著說道，並不回答他的問題。「我們是那麼快樂！傑尼索夫特地為我多留一天呢！你知道嗎？」

「沒有，爸爸還沒回來。」索尼婭插話道。

「你回來啦，小機靈鬼？快到我這兒來！」從客廳裡傳來老伯爵夫人的聲音。

尼古拉走到母親跟前，親吻過她的手之後，靜靜地坐在她旁邊。大廳裡充滿笑聲。

「咳，好吧！」傑尼索夫喊道，「輪到您唱威尼斯船歌了，現在您可再沒有拒絕的理由了吧！」

老伯爵夫人看了一眼兒子。「孩子，你怎麼啦？」母親關切地詢問尼古拉。

他說道：「啊，沒什麼。」像厭煩了同樣的問題一般，「爸爸很快會回來嗎？」

「我想是的。」

「他們什麼也不知道！我該到哪裡去才好呢？」尼古拉想著，就又走進大廳。

娜塔莎正準備唱歌。而索尼婭正坐在鋼琴旁演奏傑尼索夫喜愛的威尼斯船歌的序曲。傑尼索夫正驚喜地盯著她。尼古拉開始在廳內焦急地走來走去。

「他們何苦非要逼她唱歌呢？根本沒有能夠讓人高興的事！」他心想。

這時索尼婭已經彈出序曲的第一個和弦。

「我的上帝啊，我完了！我是一個可悲的人！現在只有一條路，那就是開槍自殺，那就不用再歌唱吧！」他考慮著，「走掉？可我又能逃到哪兒去呢？反正都一樣，就讓他們唱吧！」

尼古拉一直在房間裡踱來踱去，陰沉著臉看傑尼索夫和那些女孩，但卻總是想避開她們的目光。

「您怎麼了，尼古拉？」索尼婭奇怪地望著他，她立刻就看出了一定有什麼事發生。

尼古拉背過臉努力不去看她。娜塔莎憑著她的敏感，立刻就看出她哥哥的狀態。可現在她是那麼高興，根本沒有感覺到悲哀、憂傷和內疚的氣息。「我太快樂了現在，不可以因爲同情他的悲哀而破壞我的快樂。」她努力安慰自己，「我想我肯定是搞錯了，他應該同我一樣快樂。」

「喂，索尼婭！」她喊了一聲，便走到中央大廳。娜塔莎模仿舞蹈隊員的樣子仰起頭，慢慢垂下雙臂，有力地把重心從腳後跟轉移到腳尖上，在中間轉了一圈，就停下來了。

「她到底興奮什麼呢？」尼古拉看著娜塔莎想，「她怎麼不覺得難爲情和無聊呢？」這時娜塔莎拉開嗓子唱出了第一個音符，隨後挺起了胸脯，露出了自信的表情。此時她忘記了周邊的一切，她那含笑的嘴裡如涓涓流水般流淌出任何人在同一時間同一音程都可以發出的聲音，可，那聲音當你聽一千次也仍然無動於衷，而在一千零一次時，卻使你感到戰慄，讓你忍不住流下眼淚。

這個冬天，娜塔莎破天荒地認真地唱起歌來，這當然是因爲傑尼索夫很欣賞她的嗓音。這使她心曠神怡，她現在已經不再像個孩子那樣歌唱了，唱起來也不再像從前那樣滑稽、幼稚地賣力；不過她唱得還不到專業的水準。但在她的聲音中有一種未經雕琢、童貞的、尙未意識到自身的力量，還有一種天然的柔韌感，它和她歌唱技巧上的缺陷巧妙地相結合起來，令人覺得這個嗓子不用做任何改變，否則這美好的一切就會被毀掉了。

尼古拉聽她的歌聲時，驚訝得睜大了眼睛，「這是怎麼回事？她到底發生了什麼？她今天唱得多好啊！」他忍不住驚歎著。突然間，他覺得世間的一切都被分成三個拍子：噢，我這段殘酷的愛情……一、二、三……一……噢，這殘酷的愛情……一、二、三……一。「唉，我們的生活多麼荒唐啊！」尼古拉想道。「所有關於金錢的一切、一切的不幸、多洛霍夫、名譽、惡意——所有這些痛苦都只是胡扯……儘管它是真的……噢，娜塔莎，噢，我親愛的！噢，真是讓人難以想像！她怎樣唱好那個『C』的呢？她真的唱好了！」他自己都沒發現他在跟著她一起唱，他唱出了高三度的第二音符，以加強那個「C」。「啊，上帝！唱得多好啊！我真的唱出來了嗎？這一切是多麼幸運啊！」他想道。

噢，這個三度音抖得多厲害呀，尼古拉靈魂中一種最美好的東西被這美妙的音符觸動了！只要聽見這聲音，哪怕是爲匪爲盜都是幸福的吧，不管什麼輸錢、多洛霍夫、諾言……

十六

尼古拉已經很久沒像今天這樣享受美好音樂的樂趣了。可娜塔莎一唱完威尼斯船歌，他立刻又回想起了現實的生活。他一言不發，走出了房門，回到了自己的臥室。大約一刻鐘後，老伯爵終於從俱樂部裡回來了。尼古拉一聽見他回來，就急忙到他那裡去了。

「喂，你過得怎麼樣？愉快嗎？」羅斯托夫老伯爵高興地問道。而尼古拉覺得自己這時快要哭出來了，他想說「是」，可是根本說不出。伯爵正在點菸斗，未注意到兒子的神態。

「唉，這已經是我不可能躲避的。」突然間，尼古拉用連他自己也覺得厭惡的、漫不經心的腔調，向他爸爸說道：「爸爸，我來是想和您商量一件重要的事。我想要一些錢。」

「原來是這麼回事，」父親愉快地說道，「我早就說過那些錢是不夠你用的。離你需要的多嗎？」

「很多，」尼古拉臉色緋紅，帶著不經意的笑容說道，「因爲我輸了一點錢，我是說好多，四萬三千盧布。」

「你說什麼？你開什麼玩笑！」伯爵失聲地喊道，這使他的脖子和後腦勺都變得通紅。

「並且我已經答應那人明天還呢。」尼古拉說。

老伯爵無力地癱坐到沙發上說著：「是嗎！……」

「我又有什麼辦法呢！父親，誰都可能遇到這種事！」兒子用那種無所謂的腔調說道，內心裡卻很慚愧，事實上他很想親一下爸爸的手，並且跪下來求他寬恕自己的，可他卻用那種滿不在乎、甚至是粗魯的聲音回答道，「人人都有可能發生這樣的事！」

當羅斯托夫老伯爵聽到兒子的話，便垂下自己的眼睛，努力尋找著可以解決的辦法。

「是的，你說得對！」他嘟囔道，「難哪！我現在怕很難籌到這麼多錢呀……誰沒有幹過這樣的事呢！是的，誰沒有做過這樣的事呢？」伯爵掃了一眼兒子的臉，隨後一言不發地慢騰騰地走出去了……尼古拉原本是準備受到父親責備的，卻完全沒想到會出現這種情形。

「爸爸！爸——爸！」他跟在他父親後面痛苦地喊著，「請您饒恕我吧！」他抓住爸爸的手，用力地拍打在自己的嘴上，大聲地哭了起來。

娜塔莎和媽媽也正在進行一場相當重要的談話，就在爸爸和兒子談話的時候。

「媽媽！媽媽！他已經對我提出來了……」

「提出什麼？」

「求婚，媽媽！」她叫道。

老伯爵夫人不敢相信自己的耳朵。傑尼索夫居然向她求婚。向誰啊？難道向娜塔莎這個小女孩，可是她還是個在玩娃娃的小女孩呢。

她說道：「夠了，娜塔莎！別胡鬧了！」

「哈，媽媽，這怎麼會是胡鬧呢？我是在和您談正經事呢，」娜塔莎生氣地說，「我來問您怎麼辦，而您居然說這是『胡鬧』……」

老伯爵夫人無奈地聳了聳肩。

「如果傑尼索夫先生向你提出求婚，那麼你就對他說，他是一個笨蛋，那麼這就完了唄！」

「不，他不是一個笨蛋！」娜塔莎認真而生氣地說道。

「你還想怎樣呢？難道你以為所有人都想戀愛了。好吧，你既然愛上他，那就嫁給他吧！」伯爵夫人生氣地說道，「願上帝保佑你吧！」

「不，媽媽，我並沒愛上他。」

「既然如此，那你就把這句話告訴他就行了。」

「媽媽，您真的生氣了嗎？難道我有什麼做得不對呀？」

「不是，到底發生什麼事了？要是你願意的話，我可以去說給他聽？」伯爵夫人微笑著說道。

「不，我自己去說，只要您告訴我到底該怎麼說就行了。對您來說，什麼問題都很簡單。」娜塔莎回答她，「若是您看見他是用什麼樣的方式對我說這話的就好了！我知道他並不想說這些，一定是無意間說出來了。」

「好吧，不過還是應該拒絕他才行。」

「可我不想這樣。他是個可愛的男人！我是同情他！」

「那你就接受他吧。況且你也到了出嫁的年齡了。」媽媽生氣地說道。

「不，媽媽，我只是可憐他。我不知道到底該怎麼說才不會傷害他。」

「我會親自去說。不用你去說。」伯爵夫人很氣憤，她居然把這個小娜塔莎當成大人看待了。

「不！我要自己去說，可以讓您在門外聽著。」

娜塔莎跑過客廳，進了大廳，傑尼索夫兩手捂著臉仍坐在鋼琴旁。一聽見她那輕盈的腳步聲，他整個人就跳了起來。

「娜塔莎，」他急切地問道，「您決定我的命運吧。它掌握在您的手裡。」

「傑尼索夫，我真的爲您感到難過！可是，不要這樣……就像現在這樣，我會永遠愛您。」

傑尼索夫俯在她手上，她聽見一些奇怪的聲音。她撫摸著他那蓬亂的頭髮。

此刻，他們聽到伯爵夫人急速走來時衣服的沙沙聲。她匆匆走向他們。

「傑尼索夫，我感謝您對我女兒的愛，」她用自己認爲發窘的聲音說道，「我想您作爲我兒子的好朋友，理應將這件事先告訴我，畢竟我女兒還太年輕。」

「伯爵夫人……」傑尼索夫羞愧地垂著眼，面帶愧疚，他還想說點什麼，可最終沒說出來。

娜塔莎再也無法平靜地面對他這種可憐相。她大聲地嗚咽起來。

「伯爵夫人，我確實錯了。」傑尼索夫吞吞吐吐地說道，「不過我想讓您知道，就是讓我獻出兩次生命也在所不惜，我一直崇拜您的女兒和您全家……」他看了伯爵夫人一眼，可她仍然嚴肅地望著他，於是他說道：「那麼，再見吧，伯爵夫人。」他親了一下她的手，再也沒有看一眼娜塔莎，就邁著堅定的步子走出房間。

次日，尼古拉送走了傑尼索夫，傑尼索夫在莫斯科的所有友人，在吉卜賽人那裡爲他餞行，他根本不記得前三站路他是怎麼過來的，也不記得自己是怎麼被別人扶上雪橇的。

傑尼索夫走了之後，尼古拉又在莫斯科住了兩個禮拜，絕大部分時間是在姑娘們的房間裡度過的，他足不出戶等候老伯爵想辦法籌措那筆錢。索尼婭待他也比先前更忠實、更溫柔。她現在更加愛他了，可尼古拉此時反而覺得自己配不上她了。就在他給姑娘們的紀念冊上寫滿了樂譜和詩句時，整整四萬三千盧布也終於被寄給了多洛霍夫，在拿到他的收據後，就在十一月末，尼古拉沒有向任何人告辭就悄悄離開了，去追趕他那已經在波蘭的團隊去了。

chapter 5

是什麼力量在支配一切？

一

皮埃爾和他妻子經過那次激烈的談話之後就去了聖彼德堡。到了丹奧若克驛站，不知是沒有馬，還是驛站長不想給，皮埃爾不得不等著。他把那雙穿著棉靴的大腳放在桌子上，陷入了沉思。

「請問您要把旅行袋拿進來嗎？要茶嗎？需要鋪床嗎？」他的管家殷切地問道。

皮埃爾未回答，他對周邊發生的一切都未予注意，因爲他從上一站時就開始思考一個重要的問題，到現在依然在沉思。

站長妻子、驛站長、管家，甚至一個賣丹奧若克刺繡的婦女，都進來伺候他。皮埃爾並沒有變換他雙腳的姿勢，他只是透過眼鏡看著他們，不明白爲何不解決他所關心的那些問題，他們怎能繼續生存下去，他們又能需要什麼。

他注意力還是放在那次決鬥後，度過了那個不眠之夜後，一直困攪著他的那些問題。可現在，在這孤獨的旅途中，這些問題異常強烈地佔據了他的心頭，困擾著他。

驛站長小聲地請求大人只需等兩小時，他保證讓大人用上信差的馬。明顯他是在說謊，他只不過是想在滯留的旅客身上多撈點錢罷了。「這是好還是不好呢？」皮埃爾問自己，「這對別的旅客是不好的，對我是好的，對他而言卻是不得已的。他說，有一次一個軍官用鞭子打了他一頓，他必須快些趕路。我認為自己受了侮辱，因而我用槍打了多洛霍夫。路易十六被處決，因為人們都認為他是個罪人；可一年之後，人們又殺掉了當初殺他的那些人。您能告訴我到底什麼是善？什麼是惡嗎？我們應當恨什麼，愛什麼，而人到底又是為了什麼而活著？什麼是生，什麼是死？是什麼力量支配著這一切？」他問自己。可是這些問題一個也沒得到回答。只有一個既不符合邏輯，也不合題的回答。這就是：「只要你死了，你就能知道所有答案，如果你死了，所有一切都結束了。可是死也是可怕的。」

「女商販正向我叫賣著她的商品，特別是一雙小羊皮皮鞋。她正穿著破爛的皮襖站在那裡怯生生地看著我，而我卻有數百盧布不知道該用在什麼地方，」皮埃爾想道，「她需要這些錢幹什麼呢？這些錢能為她帶來一絲幸福感和內心的平靜嗎？世界上還有什麼東西能夠使她或我少受罪惡和死亡的侵蝕嗎？我覺得死亡可以結束一切，它一定會來的。與永恆相比，死亡只不過是一瞬間的事。」

他的僕人遞給了他一本蘇扎夫人[48]寫的書信體小說，他開始讀關於布里安·曼斯費爾德的慘痛經歷，以及她為維護高尚情操而進行鬥爭的那些章節。「她既然愛上了引誘她的人，可為何又要和他鬥爭呢？」他想道，「一個人違反自己意志的欲望，是不會被上帝注入其靈魂的。我從前的妻子就從未和我鬥爭過任何東西，或許她是對的。什麼都不想，什麼都得不到。」

他覺得他旁邊的一切都是令人厭惡而且是毫無意義的。可就在這厭惡中，皮埃爾卻找到了一種富有刺激性的快感。

「我斗膽請大人能給他們騰出一些地方。」驛站長帶著另一個滯留的旅客走進屋來說道。這個新來的旅客是一位滿臉皺紋、面色發黃的矮個子老頭，他的灰白眉毛下長著一雙近似灰色的明亮的眼睛。

---

48. 蘇扎夫人（一七六一至一八三六）法國女作家，她的第一個丈夫在法國大革命中被殺，她流亡於德英兩國，開始寫小說，《阿梅爾與阿爾方斯》寫於一七九九年。

皮埃爾把腳從桌子上移了下來，站起來，躺到一張爲他準備好的床上，不時地瞧一眼新來的那個人，那人看起來很疲憊，在僕人的幫助下，費勁地脫下衣服，他看也不看皮埃爾。一雙瘦骨嶙峋的腳上穿著一雙氈靴，身上只穿一件土黃色的羊皮襖，坐在沙發上。

他靠在了沙發背上，向皮埃爾望了一眼。這精明、嚴肅而洞察一切的眼神令皮埃爾吃了一驚。他很想和那個人談談，可在他準備詢問他們途中的情況時，他發現那人已經閉上了眼睛。他那雙皺巴巴的手此時交叉在一起，在他的手指頭上戴著一個刻著骷髏圖案的生鐵戒指。這人紋絲不動地坐在那裡。旅客的僕人也是一個黃皮膚、滿臉皺紋的小老頭，但他完全沒有鬍子。這個小老頭利索地打開了旅行箱，把喝茶的東西放好，端來滾燙的水。當一切都準備好之後，那個旅客睜開了眼睛，爲自己斟了一杯茶，又斟了一杯，遞給那個沒有鬍子的小老頭。這時皮埃爾感到心神不寧，覺得應該和這個過路人談一談，而且必須談談。

那個僕人拿回旅客專用的底朝上的空杯子[49]和咬剩下的一些糖[50]時，問他是不是還需要其他的一些東西。

「什麼也不要了，給我書就可以了。」旅客說道。僕人把一本書遞給他，過路客人便埋頭讀起書來。皮埃爾只是靜靜地看著他。突然，旅客把書放下，做了個記號，就把書合起來，照他先前那樣又閉上眼睛。皮埃爾看著他，還沒等他轉過臉去，老先生就睜開眼睛，目光堅定嚴肅，一直盯著皮埃爾的臉。

他那雙明亮的眼睛不可抗拒地吸引著他，即使皮埃爾覺得有點尷尬，想避開這目光。即使皮埃爾覺得很局促，想避開這目光。

49. 杯子朝上表示不再要茶了。
50. 一般俄國人的習慣不是把糖融在茶裡，而是一口口地咬著糖塊送茶。

二

「如果我沒有猜錯的話，我是有幸在和別祖霍夫伯爵談話吧？」過路人不慌不忙地說道。皮埃爾默默地看著對面的人。

「我已經聽說過一切有關您的事，」他接著說道，「我還聽說過您遭遇的許多不幸。」皮埃爾立刻臉紅了，趕忙把手從沙發上伸下來，面帶羞怯地笑著把身體俯向那個老先生。

「我之所以提到這事，並不是出於好奇，閣下，是有更重要的原因。」他停一下，身體在沙發上移動了一下，可他的眼神仍然注視著皮埃爾，好像想用這個動作請對方坐在他旁邊。皮埃爾不想和這個老先生交談了，可又不由自主地順從了他的意思，他走過去，坐在他身旁。

「您很不幸，閣下，」他繼續說道，「而您還很年輕，可我卻老了。」

「我是很不幸！」皮埃爾不自然地回答道：「很感謝您。您是從哪來的呢？」皮埃爾覺得這個人有著一種不可抗拒的吸引力，儘管他面孔並不是那麼親切，甚至是有些冰冷的。

「不過，如果出於某種原因，我的話使您不高興，」老先生說道，「就請您直說，閣下。」他突然露出如慈父般溫和的笑容，這使皮埃爾感到很意外。

「正相反，我很高興認識您。」皮埃爾說道，又看了一眼老先生的雙手，更認真地觀察那個帶骷髏的戒指——共濟會的標誌。

「冒昧地問一下您，」皮埃爾說道，「請問您是共濟會會員嗎？」

「是的，我是自由石匠兄弟會。」老先生一直盯著皮埃爾的眼睛。「我會向您伸出援助之手的，作為我們的兄弟。」

「我害怕，」皮埃爾笑著說道，「我不是很瞭解——怎麼說呢？我想，恐怕我對世界的看法與您的觀點格格不入，因而我們永遠不會互相理解的。」

「我清楚您的看法，」共濟會會員說道，「您所說的看法，不僅是你自己思維的產物，其實這也是大多數人的看法，是愚昧、懶惰、驕傲的一成不變的產物。請您原諒我，閣下，假如事先不瞭解您的看法，我就不會和您談了。您的看法是一種悲哀。」

「這也正像我所認為的那樣。」皮埃爾面帶淡淡的笑容。

「我不敢說我知道人類所有的真理，」共濟會會員說道，皮埃爾驚訝於他說話的明確性和堅定。「因為沒有人能夠獨自找到真理。只有依靠所有人的參與，再歷經千秋萬代的努力，才最終建成上帝的聖殿。」共濟會會員說著閉上了眼睛。

「我明確地告訴您，我不相信……根本不相信上帝的存在。」皮埃爾遺憾而吃力地說道，他覺得得說出全部事實。

共濟會會員瞧了皮埃爾一眼，微笑著。

「是的，您根本不會認識祂，閣下，」那個共濟會會員說道，「您確實很不幸，因為您不能認識祂。」

「是的，我是很不幸，」皮埃爾堅定地說，「那我該怎麼辦呢？」

「因為您不認識祂，因而您很不幸。您不認識祂，但祂就在這裡，祂就在我的話裡，甚至在您剛才說的那些褻瀆的話裡！」共濟會會員嚴厲地說道。

他沉默著，歎了口氣，努力讓自己平靜下來。

「如果祂不存在的話，」他輕輕地說，「您和我就不會談到祂，閣下。您看我們說的是什麼呢，是誰呢？您正在否認的是誰呢？」他突然欣喜卻又充滿威嚴地說道，「如果祂不存在，那麼是誰把祂想像出來的呢？爲何您和全世界都在假定，存在著這樣一種不可思議的東西，一種具有無限、永恆能力、全能的東西呢？……」他停下來，靜默不語。

此時此刻皮埃爾不能也不想打破這沉默。

「祂肯定是存在的，只是人們很難瞭解祂。」共濟會會員又說道，他不看皮埃爾，他那蒼老的手翻動著書頁，內心很激動。

「如果祂是一個您懷疑不存在著的人，我可以把祂帶到您這兒來，讓你能握住祂的手，讓您看見祂。憑祂的萬能，祂所有的慈悲怎能被我這樣的凡夫俗子拿來給一個不瞭解祂而且又看不見，也不瞭解自己的卑鄙而罪惡的人看呢？」

他停了一會兒，「你是誰？你幻想你是智者，就因爲你能說那些褻瀆的話，」他帶著陰沉的冷笑輕蔑地說道，「你比小孩還要狂妄，還愚蠢，多少世紀以來，從亞當到當今，我們始終爲這個認識而努力工作著，可離我們要實現的目標仍然很遙遠；可無法瞭解祂，只是說明我們的軟弱和祂的偉大……」

皮埃爾屏住呼吸，亮閃閃的眼睛盯著共濟會會員的臉，聽他說話，不打斷他，也不提問，誠心誠意地聽。他是相信了共濟會會員話中精明的論證呢，還是喜歡他的語調——共濟會會員話中帶有的那種熱切誠懇、確定的腔調，還是他那雙在這種信仰中老邁而明亮的雙目，還是共濟會會員全身心流露出的那種堅定、鎮靜，以及他對自己使命的瞭解呢？總之，他讓皮埃爾感受到一種令人喜悅的寧靜、更新和復甦感，因爲他情願相信，而且也真的相信了上帝。

「上帝是不會用理智來感知的，而是用生活來讓人們感知祂。」共濟會會員說道。

「我不懂。」皮埃爾說道，這時他恐懼的懷疑又在心中開始。他害怕交談者的論據是不明確的、軟弱無力的，以至於不信任他。「我不懂，」他說道，「可是爲何人類的智慧不能達到您說的那種認識？」

共濟會會員露出他那慈祥的笑容。「你要知道，最高深的智慧和真理，就像我們情願吮吸的最純淨的甘露，」他說道，「我可以用不乾淨的器皿去盛甘露，隨後再來評判它的純淨度嗎？只有靠我淨化自己的心靈，才可以讓我所汲取的甘露保持一定的純潔。」

皮埃爾愉快地說道：「是的，就是這樣的。」

「最高深的智慧根本不能建立在化學、歷史、物理等世俗學科上，不能單純建立在理智上。最高級的智慧僅有一門學科——整體的科學，是解釋人和宇宙在其中的地位的科學。獲取這門科學，必須從內心淨化、革新自己。爲了達到這個目標，我們的心中被注入上帝的光，就是所說的良心。」

「是的。」皮埃爾贊許地說。

「那你就用精神的眼睛審視你自己吧，你可以問問你自己，你是不是滿意你自己。您有智慧，有錢，年輕，可是您用您所擁有的財富做過什麼呢？您滿意自己的生活嗎？」

皮埃爾皺著眉頭嘟囔道：「我厭倦我現在的生活。」

「如果您厭惡它的話，那麼就改變它；在您自我淨化的同時，您可以獲得智慧。看看您的生活，您是如何度過的？雖然您從社會獲取一切，可對社會沒有任何回報。您得到了很多的財產，可是您爲他人做過什麼呢？您想過您那幾萬奴隸嗎？您在精神方面和物質方面幫助過他們嗎？您想過爲他人服務嗎？沒有！您遊手好閒地度過您的生活。利用他們的勞動過著放蕩的生活。後來您結了婚，您得承擔起指導一個年輕婦女的責任，可您做了什麼呢？您使她陷入謊言和不幸的深淵，卻沒有幫她尋找真理。現在有人侮辱了您，您就打死他，您說您不認識上帝，可是卻又不喜歡你的生活狀態，又恨您的生活。這裡沒有任何令人費解的東西！」

說過這些話後，共濟會會員又把兩臂靠在沙發背上，閉上了眼睛。皮埃爾看了看他的臉，他想說些什麼，可沒敢打破沉默。

共濟會會員清了清喉嚨，叫他的僕人。他問道：「我們的馬怎樣啦？」

「後備馬剛牽來，先生，您不再多休息一會兒了嗎？」僕人回答道。

「不，吩咐套車。」

皮埃爾站起來，在室內來回走動，垂著頭想道：「他沒把話說完，也沒答應幫助我，難道他想扔下我一個人就走嗎？」皮埃爾想道：「是的，我沒想過這一點，我過著放蕩的、可恥的生活，儘管我不喜歡這種生活，也不想過這樣的生活，這個人知道真理，他可以帶我找到新的道路。」皮埃爾想對那個共濟會會員這樣說，可他不敢。

那個旅客把他的東西收拾起來，繫上扣子。做完這些事之後，就走了。

他走了以後，皮埃爾很久都沒有睡覺，只是在房間裡走來走去，像獲得洗禮一般，想他怡然自得、純潔無瑕的未來，同時思考著他那不堪回首的往事。他現在不再懷疑上帝的痕跡了。他堅信在通往高尚道德的路途中，人們互助互愛、同舟共濟是可能的，所有的共濟會者會為此而奮鬥終生。

三

到了聖彼德堡，皮埃爾沒告訴任何人他的到來，也沒去什麼地方，只是成天讀一個未知的人寄給他的湯瑪斯·肯庇斯[51]的書。讀這本書時，他一次又一次地領悟到一點：人和人之間能夠團結友愛，而

51. 德國神秘主義作家。

且能達到完美的境界。這種信念給他帶來他從未有過的愉悅。

一個星期之後的晚上，曾和皮埃爾在聖彼德堡有過來往的年輕的波蘭伯爵威朗歐什吉面帶著嚴肅、莊重的表情，走入他的房間之後關上門，在確定室內除了皮埃爾沒有別人後，開始對他說道：「我是帶著使命和建議到您這裡來的，伯爵，本會一個地位很高的人，請求在近期接納你入會，而且提議由我來做您的擔保人。現在您願意由我做擔保加入共濟會嗎？」

這個人冷峻的腔調令皮埃爾驚訝，舞會上，皮埃爾看到他總能在女人堆裡面帶微笑周旋著。

「我情願。」皮埃爾說道。

威朗歐什吉聽後點點頭。

「還有一個問題，伯爵，請你誠懇地回答——以一個普通民眾的身分來回答：您是不是已經放棄了您之前的想法？您相信上帝嗎？」他說道。

皮埃爾沉思了一下。

他說道：「是的……我相信上帝。」

「那麼……」

皮埃爾打斷了威朗歐什吉的話，「是的，我相信上帝。」他又重複一遍。

威朗歐什吉說道：「那麼我們現在能走了。您用我的馬車。」

威朗歐什吉一路上都沉默著。對皮埃爾提出的問題，威朗歐什吉告訴他，有很多更有身分的會員要考驗他，他只需說實話就好了。

他們走進了共濟會分會大廈，進到一個燈火輝煌的小前廳。只見一個穿著奇裝異服的人出現在門前。威朗歐什吉走上去，對他小聲說著什麼，隨後走向了一個小衣櫥，皮埃爾看到裡面有他從未見過的各種衣服。威朗歐什吉從櫃子裡取出一條手巾，蒙上皮埃爾的眼睛，扳過他的臉來，輕輕地親了一下，拉著他的手帶他往什麼地方走去。皮埃爾皺著眉微笑著，面帶羞澀的表情邁著怯生生的步子跟著威朗歐什吉向前走去。

威朗歐什吉領著他走了十來步便停下來。

「不管您遇到什麼事，如果您決心加入我們共濟會，您就應該勇於接受所有。」他說道，皮埃爾堅定地點了點頭。威朗歐什吉又補充說，「您眼睛上的手巾可以在您聽見敲門的時候解開。我祝您成功。」他握了握皮埃爾的手，走了出去。

現在剩下皮埃爾一個人，依然微笑著。他聳了聳肩，把手舉到手巾處，要取下來，可又放下了。蒙著眼睛過的五分鐘，他的兩臂發麻，雙腿發軟，有點累了。他對將要發生的事，感到害怕，更怕露出膽怯的樣子來。他想知道，到底會向他揭示什麼東西，或者他會遇到什麼事；而他更感到高興的是，他終於能走上新生之路，面對有道德的生活了。遇到奧西普．阿列克謝耶維奇的時候，他就開始夢想著過這種生活了。

這時有人狠狠地敲了幾下門。皮埃爾扯下手巾，朝周邊看了看，房間裡漆黑一片，僅點著一盞小神燈。皮埃爾走近一些，看出燈放在一張黑桌子上，而且桌上放著一本打開的書，是《福音書》。他讀到《福音書》的頭幾個字：「太初有道。」皮埃爾繞過桌子，看到一個敞口裝滿東西的大箱子。他看清楚了那是一口裝著骨頭的棺材。可他對看見的東西一點也不驚訝。他現在想進入一種和從前完全不同的生活，這是一種全新的生活，他希望一切都是不尋常的。一個頭蓋骨、《福音書》、一具棺材——這完全在他的期望中。他很努力地想讓自己受感動，並且向四處張望。「友情、愛情、上帝、死亡。」他對自己說。這時候門開了，有個人走了進來。

皮埃爾已經習慣了微弱燈光，突然他看到一個矮個子走進來，他邁著謹慎的步子走到桌子前停下來，把自己那雙戴皮手套的小手放在上面。

這個人穿著一條白皮圍裙，遮著他的雙腿和胸膛的一部分，他戴著一條像項鍊的東西，這襯托著他那被照亮的大圓臉。

「您爲何到這裡來？您既不相信光的真理，也看不到光，您爲何要到這裡來呢？您想從這裡得到什麼呢？啓蒙、道德、智慧？」進來的人轉向皮埃爾問道。

在那個矮個子還未進來時，皮埃爾體驗到的是一種與他童年懺悔時的那種虔敬和恐懼的感覺。他快喘不過氣來了，於是徑直走向那個訓導師。而走近以後他認出訓導師是個熟人，就是斯莫利亞尼諾夫。看到是個熟人的時候，他有一種受侮辱的感覺。他只是一個會友和有德行的教師。訓導師不得不再次敘述他的問題。

皮埃爾艱難地說道：「是的……我……渴望新生。」

「很好，」斯莫利亞尼諾夫繼續問，「您清楚聖會說明你達到目的的方法嗎？」他平靜而堅決地說道。因爲不習慣用俄語談抽象的問題，也因爲激動，皮埃爾顫抖而困難地回答著：「我……希望……在獲得新生方面獲得……幫助。」

「您知道共濟會是一個怎樣的組織嗎？」

皮埃爾說道：「我想共濟會是爲了實現崇高的道德目的和人們相互友愛的組織吧。」他覺得害羞，因爲自己說的和這莊嚴的氛圍不符合。「可是我想……」

「好啦！您在宗教中尋找過您達到目的的方法嗎？」那個訓導師說道，看樣子對他這個回答完全滿意了。

「沒有。我曾覺得它是荒謬的，沒有遵循它，」皮埃爾輕聲說道，聲音小得訓導師根本沒聽到他說什麼，因而問他說的是什麼。

「我曾是一個無神論者。」皮埃爾答道。

訓導師沉默一段時間後說道：「您尋求智慧和道德，是因爲您尋求真理，而且在您的生活中遵循它的法則。您覺得是這樣嗎？」

「是的。」皮埃爾表示贊同。

訓導師清了清嗓子，把雙手交叉在胸前，繼續說了下去：「現在我該對您表明本會的宗旨了，如果這宗旨和您的想法相符合，您加入我們將是有益的。保存並向後代人傳遞一種重要的秘密，是本會最主要的宗旨，是本會所賴以建立的、堅不可摧的基礎……這秘密具有一種特性，就是，不經過長久勤奮的自我淨化，誰也不可以瞭解它，誰也不可以利用它。因此，並非每個人都能很快地得到它。我們的第二個宗旨就是，用大師們留給我們的方法，讓我們的會員洗心革面並啓發他們的智力，進而使他們有能力感知它。第三個宗旨是，經過淨化和改造會員，我們努力改造所有人類，用會員的行爲和宗教的榜樣，來抵制肆虐於世的罪惡。您先想想這些問題，一會兒我再到您這兒來。」他說完後，便走出了房間。

「抵制肆虐於世的罪惡……」皮埃爾重複說，現在他想像著他在這一領域未來的活動。他想像著他用行動和言語，來幫助那些不幸和罪惡的人，想像著他把那些受壓迫的人，從壓迫者手中拯救出來。訓導師所提出的三個宗旨中最後一個：就是改造人類這一條，很符合皮埃爾的意願。那個訓導師所提出的那種重要秘密，雖然引起他的好奇心，但他覺得並不太重要，第二個宗旨，改造和淨化自己的心靈，根本引不起他多大興趣，因爲他覺得他從前的缺點已經完全改掉，而且準備著做好事了。

半個鐘頭之後，訓導師回來把所謂的七德傳給了這個求道者，就是每一個共濟會會員應該培養自己具備七種美德。這些美德：一、聽從本會的長者；二、謙虛，嚴守本會的秘密；三、愛人類；四、品行端正；五、勇敢；六、慷慨；七、敢於面對死亡。

「關於第七項，」訓導師說道，「你必須常常想到死亡，使它不被看作可怕的敵人，它可以幫助因做善事而疲倦了的靈魂擺脫苦難，隨後被引到得到酬報和安寧的境界。」

「是的，應當是這樣。」皮埃爾想道。訓導師說完這些話後就走了，讓他獨自思考。

「應當是這樣，但是我對自己生活的愛仍是那麼淡薄，生活的意義直到現在我才明白。」可其他的五德，皮埃爾邊回憶邊掰著手指頭數著，他覺得在他內心中已經有了慷慨、勇敢、愛人類、行為端正這些美德了，特別是服從這一項，過去他甚至認爲這不算美德，而是一種快樂的感受。他現在急於想擺脫那些惡習，使他的意志服從於那些認知真理的人。皮埃爾忘了第七德，並且怎麼也想不起來了。

第三次訓導師很快就回來了，問皮埃爾是不是依然意志堅定，他決心服從對他提出的一切要求。

皮埃爾說道：「我樂意接受一切。」

「我還要告訴您，」訓導師說，「在本會除了用語言傳授教義，還用別的方法。如果您的心是真誠的，那麼這個房間的陳設，對您的心靈闡述比語言有更多的道理。在接受您入會的過程中，您還會看到類似的啓示。古代社團用象形符號揭示教義。它是一種不爲感情左右的事物。」

皮埃爾很清楚象形符號是什麼，可不敢說出來。他默默地聽著訓導師的話，意識到考驗即將開始了。

「如果您主意已定，我就要執行您的入會儀式了，」訓導師走近皮埃爾，「爲了表示慷慨，請您交出所有貴重的東西。」

「可我什麼也沒帶呀。」皮埃爾以爲要他拿出所有的財產。

「您身上帶著的東西：戒指，錢，手錶……」

皮埃爾急忙拿出他的手錶和錢袋，他花了很長時間都不能把婚戒從他的胖手指上脫下來。

之後，共濟會會員說道：「爲了表示您的決心，請脫去衣服。」皮埃爾按照訓導師的指示脫去長禮服、左腳上的靴子和馬甲。共濟會會員把襯衫從皮埃爾左邊胸膛上拉開，俯下身子把褲腿卷起。皮埃爾急忙脫去右邊的靴子，捲起了另一隻褲腿，可共濟會會員對他說，這不需要，隨後又給他一隻左腳穿的拖鞋。皮埃爾垂著兩臂，叉開兩腿，帶著不安、懷疑、羞怯和自嘲的笑容，靜靜地站在訓導師面前，等著他下一步的指導。

他說：「爲了表示坦誠，請您說出您主要的愛好。」

皮埃爾答道：「我的愛好！我有過很多愛好。」

共濟會會員說道：「說最有可能讓您在樂善好施的路上動搖的愛好。」

皮埃爾沉思著。

「是女人？遊手好閒？容易發怒？還是貪吃？酒？懶惰？憤怒？」他想著不好的地方。

他用低得勉強可以聽得見的聲音說道：「女人。」

在這個回答後很長時間，共濟會會員沒動也沒出聲。他慢慢走近皮埃爾，拿起放在桌上的手巾蒙上他的眼睛。

「我最後一次對您說——現在把您的所有注意力轉向您自己，並且要在內心中尋求幸福，而不是從那些嗜好中尋找幸福。因爲幸福的源泉不在我們身體之外，而在我們心中……」皮埃爾早已感受到那種心靈的幸福感，此時他心中充滿了感動和快樂。

四

不久後，皮埃爾聽出來在暗室接他的是擔保人威朗歐什吉。對於新提出的關於他是不是堅決的問題，皮埃爾答道：「是的，我很堅決。」他露著肥胖的胸脯，臉上出現了孩子般的明朗笑容，這時威朗歐什吉用一把劍指向他袒露的胸膛。

接著他隨著他們走出來，最終被帶到了分會的門前。威朗歐什吉咳嗽了一聲，回答他的是敲錘子的聲音，那些門敞開了。一個嗓音低沉的人問他：他是誰，是何時何地出生等。之後又把他領到另外一個地方，可是並未解開蒙眼睛的手巾。在行走時，人們就給他講了關於巡禮過程的艱辛及他應具備的勇氣，還有關於神聖的友誼，甚至有關於永恆的創世主等含有寓意的啓示等。

在巡行之間，皮埃爾發現他們一會兒把他稱爲求道者，一會兒把他稱作受難者，一會兒把他稱作請願者，這些不同的稱呼一直伴隨著不同的錘子和長劍的擊打聲。在他們把他領到一個物體前時，他甚至感覺到他的引導者之間已經出現了慌亂。他甚至聽到那些人小聲的爭論聲，其中有一個人堅持要帶他走過什麼地毯。隨後，他們緊握著他的右手，放在一種東西上，叫他用左手把一個圓規按在自己的左胸上，叫他跟著唸關於忠於會規的誓詞。之後吹滅了蠟燭，點上酒精燈。這時候有人對他說，他將會看見一絲光明。

蒙眼的手巾被拿下去了，皮埃爾像在夢境中一樣，看到他對面站著幾個人，也像那個訓導師一樣穿著圍裙，此時，他手裡拿著劍，指向自己的胸膛。他們中間站著一個人，穿著一件血跡斑斑的白襯衫。看到這兒，皮埃爾挺起胸膛，果斷地向劍的方向走去。可那些劍避開了他，隨後他又被蒙起了雙目。

「你已經看過小的光了。」有個人說。於是又點上了蠟燭，有人說要讓他看見足夠亮的光，隨後又解下了蒙眼巾，數十人一起說道：「塵世的繁華就這樣過去了。」

皮埃爾慢慢清醒過來，看見在一張鋪著黑布的長桌旁邊，坐著十二個人，他們都穿著他見過的那種衣服。其中有幾個皮埃爾在聖彼德堡見過。在主席的位子上，坐著一個皮埃爾不認識的年輕人，他的脖子上掛著一個別致的十字架。他右邊坐著兩年前在安娜家碰見過的那個神父，有個重要的顯貴人物，還有個從前在庫拉金家做過家庭教師的瑞士人。大家都沉默著，靜靜地聽著主席的話。皮埃爾被兩個會友領到祭壇前，他們把他的兩腳擺成直角，叫他這樣倒著進入聖殿的大門。

一個會友悄聲說道：「我們應該先給他一把鏟子。」

另一個說道：「啊，別說了！」

皮埃爾沒有聽從，向四處看了一下，心中陡然升起疑慮：「我現在在什麼地方？他們不是在取笑我吧？我到底在幹什麼？」可疑慮一閃而過，皮埃爾看了看那些肅穆的面孔，記起他做過的一切，清楚他不能半途而廢。他爲他的懷疑感到害怕，盡力呼喚著自己的虔誠，他躺在聖殿的大門前。果然，感覺到他的虔誠感又回來了，甚至比之前更強烈。他在那裡躺了一會兒，有人叫他站起來，給他穿上一樣的白皮圍裙，隨後給了他三副手套和一把鏟子。此時，會長對他說，這條圍裙是堅定和純潔無瑕的象徵，因而他應當盡力不玷污那條圍裙；其次，關於那個用途不明的鏟子，會長對他說，他可以用他寬廣的心靈幫助別人，也可以用它來清除心靈的罪惡；關於三副手套的說法，第一副是男手套，他不清楚它的意義，可應當保存起來，而第二副也是男手套，在他們開會時必須戴上，第三副是女手套，他說道：「親愛的兄弟，現在這雙女人手套也是給您的。您要送給您最喜愛的女人，因爲這件禮物是您伴侶忠貞純潔的保證。」稍作停頓後，他接著又說：「要記住，絕不可以用這雙手套來裝飾不純潔的手。」會長說最後幾句話時，皮埃爾覺得會長有點發窘。皮埃爾窘得更厲害，他開始不安地左顧右盼，接著又是一陣難堪的沉默。

一個會友打破了沉默，把皮埃爾帶到地毯前，開始用筆記本上的文字解釋地毯上的圖案：鉛錘、太陽、鏟子、月亮、錘子、樁子、粗糙的和方形的石頭、三個窗子，等等。他告訴皮埃爾進門的暗語，指給他看了分會的標誌，給他分配了一個位置，終於讓他坐下來。隨後會長讀會章，他只記住會章的末尾，而這幾句話也就留在他腦子裡：

「在聖殿裡，除了罪惡和道德的不同，我們沒有別的等級差別。不要做出任何毀壞平等的事。飛奔上去幫助會友，不管他是誰。扶起跌倒的人，給迷途者指路。任何時候也不能對會友有惡意和敵意。要謙恭，要溫和。讓心靈充滿道德。勿讓嫉妒損害這純潔的快樂，要和他人分享你的幸福。」

會長讀道：

「寬恕您的敵人，不要復仇，只對他行善。如果如此履行至高無上的會規，你就會得到你所失去的古代尊嚴的遺跡了。」

讀完，他彎下身子擁抱皮埃爾，重重地親了他。

皮埃爾含著欣喜的眼淚環顧周邊。他現在不承認任何相識，並且迫不及待地想加入他們的工作。

會長用力敲了一下錘子，所有的人都回到自己的位子上，一個人宣讀了一定要謙恭的訓誡。

會長提議執行最後一項儀式，於是那個帶「收捐員」頭銜的顯貴在會友前走了一圈。皮埃爾打算捐出所有的錢，可擔心那樣會顯出驕傲的模樣，於是和別人捐了一樣的數目。

會議結束了，皮埃爾到家時，覺得他經過了好幾十年的長途旅行，他完全拋棄了從前的習慣和生活方式，即將完全改變了。

五

皮埃爾入會的第二天，他在家裡讀一本書，這本書描繪著上帝，精神方面的東西、物質方面的東西以及整個世界的混合體。他的思緒不時地脫離書的內容，在想像中制訂新的生活計畫。昨夜在分會裡，大家說那場決鬥已經傳到沙皇那裡，勸他還是離開聖彼德堡好。皮埃爾準備到南方的田莊去，為他那裡的農民做點事。他正愉悅地設想著他的新生活，瓦西里公爵突然走進屋來。

瓦西里公爵邊走邊說：「我的朋友，你在莫斯科做什麼啊？你為何和海倫吵翻了？我全都知道了，我可以肯定地對你說，海倫是無辜的。」

皮埃爾正想回答，瓦西里公爵打斷了他。

「你為何不像對一個朋友那樣直接去找我呢？因為我全都清楚，也全都理解。」他小聲補充說，「你或許太著急了，不過這點我們姑且不談。可你應明白，我和她現在被你置於什麼地位啊，她住在莫斯科，而你住在這裡，現在這已經足夠了。」他拉著皮埃爾的手，「這完全是誤會。我想你自己也明白這一點。請你立刻給她寫信，解釋清楚，這一切流言蜚語立刻就會煙消雲散了。否則的話，我告訴你，你很可能會倒楣的。」

瓦西里公爵威嚴地瞅了皮埃爾一眼：「我得到了可靠的消息，皇太后對這件事尤其關心。她很疼愛海倫呢！」

皮埃爾幾次想說話，可瓦西里公爵不讓他說，另一方面皮埃爾也懷疑自己能不能斬釘截鐵地對岳父表示不贊同。此外，他也記起了會規中要「和藹、謙恭」的規定。於是他紅著臉，皺著眉，一會兒坐下，一會兒又站起來，費盡心機地思考著這件他生平覺得最艱難的事。他習慣於聽從瓦西里公爵那漫不經心的自信的語氣，他甚至覺得無力反抗他，可恍惚中他又覺得，今後的命運取決於他現在說什麼：到底是走共濟會指給他的那條新的、有吸引力的路呢，還是走從前的老路呢？他堅定相信，只有走前一條路他才會獲得新生。

「哎，親愛的，你說個『是』字，我直接給她寫信，我們就能有很大的收穫了。」瓦西里公爵幽默地說。

可還沒等瓦西里公爵說完他的笑話，皮埃爾就滿懷憤怒，小聲說道：「公爵，我並沒請您來。我覺得您還是離開吧！」他跳起來，替他開了門。「快走！」他又說一遍。

瓦西里公爵臉上出現的困窘和惶恐的表情使他感到很高興，他甚至都不敢相信自己了。

「你怎麼啦？不舒服嗎？」

「走吧！」那帶威脅性的聲音又重複了一遍。

瓦西里公爵沒得到任何解釋，只好疑惑地走了。

一個星期後，皮埃爾辭別了那些共濟會的新朋友，他捐給了他們很多錢，隨後就到他的田莊去了。他的新會友交給他幾封給奧德薩共濟會和基輔的信，他們承諾為他指點迷津。

六

他們成功地把皮埃爾和多洛霍夫決鬥的事遮掩過去了，即使沙皇很嚴厲地對待決鬥的事，可兩個當事人和他們的副手都沒受到懲罰。但皮埃爾和妻子決裂的故事卻在社交界迅速地傳播開來。當皮埃爾還是私生子時，人們用一種愛護、寬容的態度對待他；而當他成爲整個俄羅斯最佳未婚夫時，他受到了人們愛撫和稱讚；但當他結婚之後，他在公眾心目中就很快跌價了，而且更糟糕的是，他從來不願也不擅長對社交界嘩眾取寵。現在人們只是責怪他一個人，說他像他父親一樣容易發脾氣，說他是個糊塗的醋瓶子。

皮埃爾離開後，海倫回到了聖彼德堡，出乎意料的是，她不但受到了熟人的熱情接待，而且人們對她的不幸還抱有幾分敬意。在談及她丈夫的時候，海倫盡量做出莊重的表情，儘管她不是特別明白這一切的意義，可靠她特有的本能，掌握得恰如其分。

瓦西里公爵坦率地表明了自己的意見。他不屑於別人提到皮埃爾，並指指前額說：「這裡不正常——我一直這樣說。」

「我早就說過，很早之前我就說過，這是個被現代思潮腐蝕了的狂妄的青年人，在他剛從國外回來，人人都在讚揚他時，他在我的一次晚會中裝得像馬拉[52]一樣，我就這樣說過。結果完全和我所說的一致，我當時就不滿意這門親事，所有發生的事我都預言過了。」安娜提到皮埃爾時說。

安娜像過去一樣，還是在空閒的日子裡在家舉行晚會——只有她一個人有這本事。而且在這樣的晚會上，會聚了真正上流社會的精英，除了所有參加的人都是經過精心選擇的之外，在招待會裡還有一個最大的特徵：每一次都會有一個新人物被她獻給客人們，而正統的聖彼德堡宮廷社會的政治氣候，在其他任何一個地方都沒有在這裡的晚會上表現得暴露。

一八〇六年年末，當得到拿破崙在奧爾施泰特和耶拿消滅了普魯士軍隊，普魯士大部分要塞陷落

52. 讓·保羅·馬拉（一七四三至一七九三），十八世紀末法國資產階級革命的傑出活動家，雅各賓派的領袖之一。

這一讓人害怕的資訊時，我們的軍隊已經開進了普魯士。在開始我們和拿破崙的第二次戰爭的時候，安娜又舉辦了一個晚會，這一次真正上流社會的精華們聚集在這裡。在出席的人中，有海倫、莫特瑪律、剛從維也納回來的伊波利特公爵、老姑母、一個在客廳中被稱作品格很高尚的年輕人、一個新被任命的女官和她媽媽、兩個外交官，還有一些不太出名的人物。

這天晚上，安娜請來招待她的客人們的新人物是伯里斯，因爲他是一個很重要的人物的副官，剛剛才以信使的身分從普魯士軍隊中回來。

政治溫度表在那晚展現給來賓的刻度大約是這樣的：「不管各國元首和軍事統帥如何姑息拿破崙給我們帶來的不快和憂愁，我們對拿破崙的看法永遠是不能改變的。而且我們不要停止對這個問題的看法，對於普魯士國王和其他人，我們只能說：『那對你們更糟糕。你們現在是自作自受，喬治．冬當。[53]』」

當安娜準備獻給客人們的伯里斯副官走進客廳的時候，全部的客人都已經來了。

而風度翩翩的伯里斯，精神飽滿，面色紅潤，身著一套考究的副官制服，邁著輕快步伐走進客廳。而照規矩先被領去向姨姑母問安，隨後被帶回大圈子裡來。

安娜讓他親了自己的手之後，就把他介紹給幾個他不認識的人。

「伊波利特．庫拉金公爵是個可愛的青年；克魯格先生是哥本哈根駐俄國的代辦，是一個思想深邃的人；希托夫先生品格很高尚。」

因爲伯里斯的趣味和其特有的謹慎性格，他在服役期間爲自己謀到了有利的職位。他給一個重要人物當副官，並且擔負著重要的使命去了奧國，以信使的身分剛從那裡回來。現在他已經完全精通等

53.原文為法語，引自莫里哀的喜劇。

級服從制度，按照文法，中尉能毫無條件地高於將軍，現在想要飛黃騰達，僅需要巧妙地應付那些因你的服務能給你獎勵的人就行了，並不要努力，恒心、工作、勇敢都不是必須的。因爲這一發現，他全部的生活方式，他和所有熟人的關係，還有他所有關於將來的計畫，完全和從前不一樣了。雖然他並不富有，可他寧肯割捨許多享受，也不乘寒酸的馬車，不穿破舊的制服出現在聖彼德堡的大街上。他只接近地位比他高、能給他好處的人，尋找和這些人結識的機會。他喜歡聖彼德堡，寧願花掉最後一文錢，來使自己穿得比別人好，他和娜塔莎那段戀愛的回憶，使他覺得不愉快。從軍那一天起，他就再也沒去過羅斯托夫家。而安娜的客廳被他看作職務上高升的標誌，因此他立刻明白了自己所扮演的角色，任憑他的女主人利用他身上一切能引起客人們興趣的東西。他認真地觀察每一張臉，估量著和每個人接近的好處。

丹麥代辦說道：「現在維也納認爲條約的草稿很荒謬，只有獲得成功，才可以具備這一基礎，它懷疑我們有獲取這些勝利的能力。這些是維也納內閣的原話。」

那個思想深邃的人面帶精明的笑容說道：「懷疑是值得稱讚的。」

「可是我們應該分清維也納內閣和奧國沙皇，」莫特瑪律說道，「說這種話的只會是內閣，奧國沙皇任何時候也不會這樣想的。」

「啊，親愛的子爵，歐洲永遠不會成爲我們忠實的盟友。」安娜插嘴道。

這之後，談話被安娜引到普魯士國王的勇敢和堅定上，這樣伯里斯就可以參加談話了。

伯里斯專心聽每一個人說話，等待機會開口，期間他幾次回頭看漂亮的海倫，後者微笑著，目光幾次和副官相遇。

再談到普魯士局勢的時候，安娜自然地請伯里斯談一些他所見到的普魯士軍隊的狀況，和他去格洛高的旅行。伯里斯從容不迫地講述很多關於奧國軍隊和宮廷有趣的消息。安娜覺得，她用新人待客已經受到了大家的歡迎，因爲有一段時間，伯里斯吸引了全體的注意力。最注意聽伯里斯講話的是海倫，她好幾次問他旅行的一些細節。他剛一講完，她就面帶著她那習慣的笑容對他說：「你一定要來看我，在星期二，八點到九點之間。那將給我帶來莫大的快樂。」

伯里斯答應滿足她的願望，可當他正要和她談話，安娜就藉口姨母想聽他談話，把他叫到一旁去了。

「您和她丈夫相識吧？」安娜緩緩地閉上眼睛，指著海倫說道，「啊，她是一個多麼不幸卻又可愛的女人啊！不要在她面前提他呀！那對她來說太沉重了！」

七

當伯里斯和安娜回到人群中的時候，伊波利特公爵成了眾人注意的焦點。他說道：「普魯士國王！」說完他大聲地笑起來。

大家都轉過來，懷疑地看著他。「普魯士國王？」伊波利特用提問的語氣說道，接著仍是一陣大笑，隨後又一本正經地倚在椅背上。

安娜等了一會兒，又講了一些拿破崙在波茨坦偷腓特烈大帝的寶劍的事，她甚至以爲他不願再說下去了。

「腓特烈大帝那把寶劍，我……」她沒說完伊波利特就打斷了她的話：「普魯士國王……」可是當大家轉身看他時，他就不肯再說下去了。

安娜皺起了眉頭。

莫特瑪律堅持要他說下去，「說呀，普魯士國王到底怎麼啦？」

伊波利特大笑起來，「沒有什麼，我不過想說，我們不能白白爲普魯士國王打仗！[54]」

伯里斯小心地笑著，那笑容可以看作讚賞，也可以是諷刺。

「您的雙關語不好，即使俏皮，可不是那麼公道。」安娜對他說道，「我們打仗是爲了正義的事業，而不是爲了普魯士國王。噢，可惡的伊波利特公爵！」她說道。

整個晚上談話一直沒有停止，談話主要是圍繞著政治新聞。晚會接近結束時，大家談到了沙皇的獎賞，於是談話就變得很熱鬧了。

「你知道N在去年得到一個帶肖像的鼻煙壺嗎？」那個思想深邃的人說道，「可是爲何S不能得到一樣的獎賞呢？」

外交官說道：「對不起！鼻煙壺不是獎章，那是一種獎賞。甚至可以說是一件被贈予的禮品。」

「施瓦岑貝格就曾經得到過。」

另一個人反駁：「這根本不可能。」

「打賭吧！勳章綬帶是另外一個問題……」

海倫在大家都站起來準備離開的時候，用一種意味深長的命令腔調邀請伯里斯禮拜二去她那裡一下。

「這對我很重要。」她含笑看著安娜說道，而安娜臉上則帶著笑容贊成海倫的要求。

於是星期二晚上，伯里斯來到海倫那華麗的客廳。那裡還有別的客人，伯爵夫人因而很少和他談話，告別時她才露出罕見的笑容，並小聲說：「請明天來吃飯……在晚上。請您一定來！」

於是這一段時間，伯里斯成了別祖霍夫伯爵夫人家的常客。

---

54. 原文為法語，在法語中，「為普魯士國王」是一句成語，意思就是徒勞無益。

八

而在鄉村集聚起民兵和新兵，戰場上總是傳來假消息，因此眾說紛紜。而戰場越來越接近俄國邊界，戰爭也越發激烈。對拿破崙的詛咒聲不絕於耳。

一八〇五年後，老博爾孔斯基公爵、瑪麗亞公爵小姐、安德烈公爵的生活發生了很大變化。

在一八〇六年，俄國任命了八個民團總司令，老公爵便是其中之一。雖然老公爵年衰，但他仍然認爲自己無權拒絕沙皇親自委派的職務，又開始了工作，可是沒想到這令他的精神又振奮了起來，體質也增強了。他常會到委派給他管轄的那三個省去巡視，他在執行職務上很仔細，甚至對下屬嚴格到殘忍的程度。老公爵在家的時候，瑪麗亞公爵小姐和奶媽早晨帶著小公爵到他的書房，她不再跟父親學數學。小尼古拉公爵跟他的奶媽和保姆薩維什娜住在已故公爵夫人的房間裡，一天大部分時間，瑪麗亞公爵小姐都是在育兒室裡度過的，她盡其所能地對她的小侄兒擔起一個媽媽的責任。布里安小姐也很喜愛這個小男孩，瑪麗亞公爵小姐常常割捨自己的部分樂趣，讓女友去和那個小天使玩耍。

在童山教堂的聖壇旁邊，也就是在小公爵夫人的墳墓上方，有一個小禮拜堂，裡邊有一座大理石石碑，上面刻著一個展翅欲飛的天使。天使的上嘴唇略略翹起。曾經有一次，瑪麗亞公爵小姐和安德烈公爵都認爲，那小天使使他們想起了那張死者的臉。但更加奇怪的是，在雕刻家無意中給天使臉上塑造的表情中，安德烈公爵居然看到他在亡妻臉上看到的溫和的責備之意：「啊，可是你們爲何這樣對待我？」安德烈並沒有把這一發現告訴妹妹。

安德烈公爵回來後不久，老公爵就和兒子分開，他把離童山四十俄里遠的一個大田莊交給他管。

一來是因爲童山和痛苦的回憶聯繫在一起，二來是安德烈公爵常常不能忍耐他爸爸的性格，於是安德烈公爵利用博古恰羅沃開始搞建設，他需要一人獨處，在那裡消磨了他的大部分時間。

在奧斯特利茨戰役之後，安德烈公爵就下定決心再不進入軍界。於是當戰爭再一次打響、人人都得服役的時候，他卻接受了一個負責徵集後備軍的職位，以此來逃避服現役。

一八〇五年以來，老公爵和他兒子好像對換了角色。老公爵因爲工作而振奮，對戰役只期望好的結果能盡快出現；安德烈公爵和他父親相反，自己不參戰，只看到黑暗的一邊，並在內心深處爲此感到遺憾。

一八〇七年二月二十日，老公爵去巡行，安德烈公爵趁爸爸外出時，把大部分的時間消磨在了童山。小尼古拉已經病了四天。送老公爵進城的車伕順便帶回給安德烈公爵的信和文件。

「大人您看，彼得魯沙把文件帶來了。」一個幫保姆看孩子的侍女對安德烈公爵說道，他正坐在一把小椅子上，蹙著眉頭，把一個藥瓶子裡的藥滴進杯子裡。

他不愉快地問道：「什麼事？」手不小心抖了一下，藥滴多了。

「我的朋友，還是等一下吧……過一會兒……」瑪麗亞公爵小姐站在小床旁，對她哥說。

「啊，請你們行行好吧！你怎麼老說廢話，這就是等的結果！」安德烈公爵氣哼哼地小聲說。

「我的朋友，真的……請您先別叫醒他……他睡著了。」公爵小姐急忙懇求道。

安德烈公爵站起來，踮著腳尖走到小床前，手裡牢牢地抓著那只酒杯。

「你真的認爲我不要弄醒他？」他遲疑地說。

「隨你的便吧……真的……我想那樣應該是對的……」瑪麗亞公爵小姐說道，因爲她的意見占了上風，她反而覺得不安及羞怯了。她讓哥哥小聲喚著他的侍女。

他們兩個一直照料發高燒的孩子，已經兩夜沒睡了。過去幾天，他們甚至不信任家庭醫生，叫人去請城裡的醫生，採取各種意見不一的療法。他們備受失眠的折磨，心裡惶恐不安。

「彼得魯沙從老爺那裡拿來了文件。」侍女小聲說道。於是安德烈公爵出去了。

「什麼事！」他不滿地嘟囔著，看完父親給他的信，聽了父親傳來的吩咐，他又回到育兒室裡去了。

「怎麼樣啦？」他問道。

「還是那樣。請您等一下吧。卡爾・伊萬內奇總說，現在睡覺比什麼都重要。」瑪麗亞公爵小姐歎著氣小聲說道。

安德烈公爵走到孩子旁邊摸了摸，他的額頭燙得厲害。

「你和你的卡爾・伊萬內奇都滾開！」他拿起滴了藥水的杯子，又走到小床前。

「別這樣，安德烈！」瑪麗亞公爵小姐哀求道。

他痛苦地皺著眉，惡狠狠地拿著杯子俯向嬰兒。

「不過我想這樣，」他說道，「我求你——趕快把藥給他喝了吧！」

瑪麗亞公爵小姐聳了聳肩，順從地接過杯子，叫來保姆，開始餵藥。這時候孩子哭喊起來，聲音嘶啞。安德烈公爵抓著自己的頭，眉頭緊鎖著走了出去。

這時他手裡還拿著那封信，於是打開信封，讀了起來。只見藍信紙上寫道：

我剛接到信使帶來的可喜的消息，貝尼格森好像已經在普魯士艾勞對拿破崙取得全勝。在聖彼德堡，送給軍隊的賞金不計其數，人們都歡呼雀躍。儘管他是個德國人，我仍然祝賀他！我不認識科爾切夫的司令官，直到現在，補充的糧食和人員都沒有送到。你現在立刻騎馬去那裡告訴他，如果一個星期內沒有備齊，我就會要他的腦袋。我還收到了別堅卡寫的關於普魯士艾勞戰役的信——他摻和了那場戰鬥。他的軍隊潰不成軍。你記住，一定要立刻去科爾切夫，執行命令！

安德烈公爵無奈地歎了一口氣，拆開另一封信。這是比利賓的信，小字密密麻麻地寫滿了兩張紙。公爵把它疊了起來，並沒有讀這封信，隨後他又讀了一遍父親的信，結尾的話是「立刻去科爾切夫，執行命令！」

「不，父親，對不起了，我不會離開我的孩子。」他想道，走到門口，向育兒室裡張望。瑪麗亞公爵小姐站在小床邊，溫柔地搖晃著孩子。

「是的，他還寫過什麼不高興的事？」安德烈公爵努力回憶著他爸爸信的內容。「拿破崙是在我不在戰場上的時候被我們的人打敗了，是的，他總是在開我的玩笑……那好吧！由他去吧！」於是他開始讀比利賓的信。他讀了下去，連一半也沒明白，他堅持讀下去，只不過是因為哪怕只有一小段時間，他就不再想他那麼長久地痛苦思索著的事。

九

這段期間，比利賓留在軍部裡是外交官，他會用法文寫信，卻用純粹俄國式的大膽的自嘲和自責來描寫那場戰役。比利賓寫道，外交上的謹慎使他很煩心，他因有安德烈公爵這樣一個可靠的通信人可以傾吐衷腸；他述說了軍隊裡發生的事，那使他內心苦惱；這封信是在普魯士艾勞戰役之前寫的，當公爵看的時候已經過時了。

從奧斯特利茨獲得勝利的時刻起，您就應該明白，我從來就沒離開司令部。戰爭成了我的嗜好，我對此感到滿意；在過去三個月，我看到的事是難以想像的。請讓我從頭說起吧。

現在您所知道的人類的公敵已經攻打普魯士人了。而普魯士人在三年內欺騙過我們三次，但我們是那麼庇護他們，可「人類的公敵」絲毫不理會我們美好的心願，用野蠻的方式攻打普魯士人，他現在已開始檢閱了，所以他們被打得潰不成軍，並被迫住進了波茨坦宮。

普魯士國王給拿破崙寫道：「我希望，用陛下最滿意的方式在我的王宮裡接待您！而且，我關心，我發出各種命令，在環境許可範圍裡，能夠做到這一點。噢，而現在普魯士的將軍們，爭先恐後地表示他們對法國人的尊敬，他們提出要求的話，便可以投降。統領一萬人的格洛高城防司令，請示了一下普魯士國王，希望能夠得到明確的指示。總之，我們還是不幸地被捲進了這場戰爭，我們本來是指望用戰爭的態勢來進行威懾的，更重要的是，我們是為普魯士國王而戰。現在我們什麼都有，只缺一件小東西，就是還缺一個總司令。如果奧斯特利茨戰役的總司令不是很年輕的話，我們的勝利或許更有把握，在普洛佐洛夫斯基和卡緬斯基兩個人中，最後選定了後者。這位將軍乘帶篷馬車來到了我們這裡，人們迎接了他，並舉行了隆重的儀式。

四日，聖彼德堡的第一個信使到來了。郵包都被送到元帥辦公室，他喜歡一切自己動手。緊接著他把我叫去幫助檢信，拿出給我們的那一部分。元帥看著我們做這些事，等待著寫給他的信。我們努力尋找著，可一封也沒有他的。元帥開始不安，親自動手找，可沒有他的，於是他大發雷霆，情緒失控。他抓過信打開，讀了一遍陛下給別人的那些信。「啊！他們居然這樣對我！這樣不信任我！居然叫人看著我！那好吧！去你的吧！」因此他寫下給貝尼格森將軍那道有名的命令。

「我不能指揮軍隊了，我已經受了傷，而且不能騎馬。現在您擊潰的軍團被您帶到了普爾圖斯克，現在已經暴露，我們現在既沒有糧草，也沒有燃料，必須進行補充，如果像您昨天報告給布克斯格夫登伯爵的那樣，您一定會考慮退回我們的邊境——今天就執行吧。」

「因為騎馬過久了，我被擦傷了，加上過去的舊傷，我現在完全不能騎馬，我無力指揮如此龐大的軍隊，統率權已經被我移交給了我的將軍布克斯格夫登伯爵，我把我的參謀部及其所有都移交給他，我認真地建議他，如果沒有糧食的話，我們就要退到普魯士去。據奧斯特曼和謝德莫列茨基兩師長報告，有些團已經斷炊了，而農民所有能吃的東西也都被吃光了。我將會暫時留在奧斯特洛連加野戰醫院治療。關於上述情況，我是誠惶誠恐地遞上我的報告的，並啟奏，如果軍隊再露營半個月，那麼到春天就一個健康人也沒有了。」他在給陛下的信中寫道：

「請准許我這個因不能完成使命而早已聲名掃地的老先生退回我應去的地方吧。此時我在醫院裡等待您最仁慈的批准，那樣我就不用在軍隊裡扮演名義上的司令實際上的文書角色了。」

現在元帥懲罰我們了，因為元帥已經生氣了。

這只是喜劇的第一幕。之後幾幕當然更可笑更有趣。元帥離開之後，我們和敵人近在咫尺，戰爭立刻就要打起來了。布克斯格夫登做了總司令。可貝尼格森將軍另有見解，因為他的軍團現在正處於敵人眼皮底下，他想利用機會打一仗，於是，他這樣做了。這就是普爾圖斯克戰役，被人們看作一個大勝利的戰役，可據我看來，根本不是那樣的。我們文職人員有一種不可取的判斷戰爭勝負的方法。根據這樣的判斷，戰後退卻的一方算失敗，所以普爾圖斯克戰役就算是我們敗了。

總之，我們戰後就退卻了，一個信差被派去聖彼德堡報告勝利的消息，貝尼格森將軍希望從聖彼德堡得到一個總司令的位置，作為他的嘉獎，軍隊的統率權明顯不能讓給布克斯格夫登將軍。於是在這沒有人約束我們的時期，我們就開始了一連串有趣的軍事行動。我們的計畫不再是攻擊或避開敵人，而只是為了避開布克斯格夫登將軍。因為我們積極地追求我們的目標，在渡過一道涉水過不去的河之後，我們甚至把橋都燒掉了，以便和我們的敵人分開，我們的敵人不是拿破崙，而是布克斯格夫登。這樣的迂迴運動，使布克斯格夫登差點就遭到優勢敵軍的攻擊，從將軍變成了俘虜。布克斯格夫登追我們，我們就跑。

布克斯格夫登最後追上了我們，並對我們展開攻擊。雙方都試圖解開誤會，可完全沒有用，現在兩個將軍都大發雷霆，事情鬧到兩個總司令要進行鬥爭的地步。可就在這千鈞一髮的時候，去聖彼德堡送捷報的信差恰好就回來了，給我們帶來任命總司令的命令，因而我們第一個敵人布克斯格夫登被打敗了，我們能夠考慮我們的第二個敵人——拿破崙了。可是，就在大家毫無準備時，在我們面前居然出現了第三個敵人——那些正教俄國兵，現在他們大聲喊叫著要麵包、馬料、麵包乾、牛肉，不管什麼都要！可商店空空如也，道路也被堵塞了。正教兵們於是開始搶劫，這是一群真正的土匪，比上次的戰役還可怕。現在半個團已經由兵變匪，他們到處殺人放火，到處遊蕩。居民們此時徹底破產了，醫院裡躺滿了病人，現在都是饑餓的人們。那些匪兵甚至有兩次攻打我們的司令部。在一次襲擊中，他們甚至拿走了我的睡衣和我的一個空提包。陛下認為應該槍斃匪兵，可我擔心，這會使我們一半軍隊去槍斃另一半。

從頭讀起的時候，安德烈公爵只是看信，可過了一會兒，他忍不住對所讀的東西產生了濃厚的興趣。讀到這裡，那封信被他揉成一團扔掉了。使他生氣的不是他讀過的東西，而是信裡所表述的和他毫不相干的生活會讓他激動不安。

這時他閉起眼睛，用手搓著前額，想要趕走這些引起他興趣的東西，同時用心諦聽育兒室裡的情形。突然，他覺得門外有奇怪的動靜。他突然害怕起來，怕自己在讀信時孩子出了什麼事，於是他踮著腳尖走到育兒室前，輕輕推開門。

當他進去的時候，突然看見一件東西被驚慌的保姆藏了起來，瑪麗亞公爵小姐也不在小床邊了。

他好像聽見瑪麗亞小姐絕望的低語：「我的朋友。」突然他感到一種莫名其妙的恐懼——他想到自己的孩子或許已經死了。

他想道：「一切全完了。」隨後他悵然若失地走到小床前，他認定床上已經空了，他更加肯定方才那個死去的孩子已經被保姆藏了起來。隨後他掀開帳子，隨後他看見他了：那個臉色紅潤的小男孩伸著胳膊躺在床上，正在睡夢中咂著嘴，均勻地呼吸著。

安德烈公爵看見孩子，一種失而復得的喜悅流露出來。他俯下身，像他妹妹教的那樣，用嘴唇來試探他的額頭還燙不燙。孩子柔嫩的前額是潮濕的。他用手來摸頭，孩子出了很多汗，連頭髮都濕了。他不僅沒死，而且危機已經過去，正在康復。安德烈公爵很想把這個可憐的小人兒抓起來，緊緊地貼在胸前，揉搓他，可他不敢這樣做。他站在他的旁邊，靜靜地看毯子下面露出的小胳膊和小腿。隨後他聽見一陣沙沙聲，床帳下面出現一個影子。他並沒有回頭，只是看孩子的臉。那影子是瑪麗亞公爵小姐，她一聲未響地來到了孩子的小床前，掀開帳子，之後又放了下來。安德烈公爵沒回頭看，徑直地向她伸出手來。她握了握伸過來的手。

「他出汗了。」安德烈公爵說道。

「我就是來告訴你這個的。」

孩子在睡夢中輕輕地笑著，把前額在枕頭上蹭了蹭。

安德烈公爵看了一眼他的妹妹。她那含著淚水的眼睛，比平常更加明亮了。隨後她向哥哥靠來，輕輕地碰了一下帳子。他們靜靜地站在那個帳子裡的暗光中，享受著只屬於他們三個人的世界。安德烈公爵摘掉了掛在紗帳上的頭髮，隨後就走開了。「這是唯一留給我的東西了。」他歎了一口氣說道。

十

皮埃爾被共濟會接納後不久，便去了基輔省，他大部分的農奴都在那裡，他隨身帶著他寫的一套守則，規定在田莊裡應該做什麼。

一到基輔，他所有的田莊管事都被他叫到了總辦事處。他對他們說，現在需要立刻解放農奴，在這之前，不能讓農奴從事過重的勞動，也不要派孩子和婦女去做活，要給農奴們幫助，懲罰僅限於規勸而不能體罰，要在田莊裡建一所孤兒院、醫院和學校。一些管事聽到後惶恐不安，他們覺得這些話的意思是：年輕的伯爵不滿意他們的管理和中飽私囊；而另一些人在最初的恐慌之後，覺得皮埃爾那發音不清的語言和他們不曾聽過的新名詞很有趣；第三種人只覺得聽老爺講話簡直是一種娛樂；有第四種人是最聰慧的，包括總管，他們從這番話裡懂得了應當如何對付老爺，使自己不可告人的目的可以順利達到。

總管對皮埃爾的意向表示贊許，可他說，除了改革外，還必須解決經營不善的問題。

即使別祖霍夫伯爵的財產巨大，從皮埃爾接手以來，據說每年都會有五十萬盧布的收入，可他卻覺得比他亡父每年給他一萬盧布的時候要拮据得多。他只是粗略地瞭解有下面的預算：支付養老金和進行慈善活動的費用大概各需一萬五千，各田莊每年需要向管理局繳納八萬盧布[55]，還有莫斯科宅邸和近郊的開銷，以及公爵小姐的生活費用每年約需三萬盧布，已開工建設的一座教堂已開支約一萬，還要付伯爵夫人的生活費十五萬，還要支付債務利息約七萬。還有餘下的十來萬盧布，他自己也弄不清楚是怎麼花掉的。現在他每年都得借債。除此之外，總管每年都寫信來，要嘛說歉收，要嘛說有火災，或者說必須改造工廠和作坊。因而，皮埃爾覺得第一件事是掌管經營權，這是他最不擅長的，也是他最不感興趣的。

他開始每天和總管研究業務。可是他覺得這一點也沒推動實際工作。他覺得，這些研究和實際工作脫節，卻沒有抓住實際問題的核心從而推動它前進。一方面，事情被總管說得很糟糕，向皮埃爾指出一定還債，並利用農奴的勞動開闢新的業務，對此皮埃爾沒有贊同；另一方面，皮埃爾要求著手解放農奴，總管則告訴他說不可能很快實行。

總管只是用建議的口吻說，現在為了達到這個目的，需賣掉一片科斯特羅馬省的森林，以及低窪

55. 這是為田庄地產及農奴保險，每年向地方當局繳納的款項。

地和克里米亞的田莊。他又強調，賣地的手續很複雜——有解除禁令等，弄得皮埃爾不知所措。他只好對他說：「是啊，那麼就那麼辦吧。」

皮埃爾並沒有直接管理事務的務實精神，他只是在總管面前竭力裝出在認真做事的樣子。可是總管則在伯爵面前裝出他認為處理這些事對他是難題，而這對主人而言卻是很有幫助的。

在這座城市裡，皮埃爾遇見一些熟人，還有從前不認識的人也急於和他結識，他們熱烈地歡迎這個新來的富翁，因為他是本省最大的地主。皮埃爾入共濟會時承認的主要弱點的誘惑力，此時對他還是那麼大，他無力抗拒，因此仍像在聖彼德堡時一樣，整日忙忙碌碌，同時滿腹心事地在各種宴會上度過，他沒時間思考和清醒。他依然過著和從前一樣的生活，只是環境不一樣罷了，根本沒有像他希望的那樣開始新生活。

而關於共濟會的三條規則的要求，皮埃爾意識到他未履行每個會員要成為道德生活典範那一條，而關於七德，他也明白他現在還欠缺兩德——就是行為端正和不畏懼死亡。他安慰自己：他履行了規則中的另一條——改造人類，除此之外還有另外兩德——愛他人，特別是慷慨。

在一八〇七年春天，皮埃爾準備回聖彼德堡了。在回去的路上，他突然想巡視他的田莊，親自看一下他的命令執行到什麼程度，以及他竭力想幫助的農奴的境況究竟怎樣。

而總管認為年輕的伯爵瘋了，他覺得這對農奴、對他自己、對伯爵都沒有好處。他繼續說解放農奴是不可能的，另一方面他又吩咐在田莊裡建造醫院、養老院、學校、孤兒院等大房子；為了迎接伯爵的到來，他甚至沒準備豪華隆重的儀式，他明白皮埃爾並不喜歡那樣，而是到處搞手捧鹽、麵包和聖像的宗教感恩式的歡迎，他覺得正是這種形式才能對伯爵有影響，才會使他對自己的工作滿意。

這時正是南方的春天，皮埃爾獨自一人愜意地旅行。他突然覺得這些田莊風景一個比一個好；各處的農奴都真誠地感激他爲他們所做的善事。到處都有歡迎，即使他很窘，可在內心深處卻很喜悅。

在一個地方，農民們給他貢上了麵包和鹽以及聖像，請求皮埃爾准許他們自費在禮拜堂裡爲他們的天使修建祭壇，來表示他們對他爲他們做的善事的感激。另一個地方，迎接他的是一些婦女和孩子，他們感謝著他使她們免除了沉重的勞動。

在第三個莊子裡，有個拿著十字架的教士，在一群孩子的簇擁下過來迎接他。他可以教他們識字和學宗教課。而且在他的田莊裡，一所所醫院、學校、孤兒院、養老院的磚石建築都按照一個圖樣建造起來，不久之後就要開業了。

可是，皮埃爾卻不知道，那個給他獻麵包和鹽，而且樂意建造供奉聖像放祭壇的地方，是一個舉行商品交易、集市的村鎮，此時又逢聖彼得日[56]；而最有錢的農民，早已開始建設側祭壇了，而除了這些，這個村子十分之九的農民正處於完全破產的境況。

他根本不清楚，他命令不再派哺乳的母親去服勞役，卻使她們在自己的田裡幹更苦的活。

他也不清楚，管事從帳簿上指給他看的減少了三分之一的代役租，實際上是增加了一半，因爲這些都用勞役代替了。他也不清楚，那些展現在他眼前的、照圖紙建造的磚石房子是他們用自己的勞力建造的，他們在名義上減少了徭役，實際上卻增加了勞動和開支。

他也不清楚，那個拿著十字架迎接他的教士，正用苛捐雜稅勒索農民。

皮埃爾對他視察田莊親眼見到的一切感到欣慰，於是他給共濟會分會長——他的指導者寫了一封充滿了熱情的信。

56. 俄曆六月二十九日。

皮埃爾想道：「我毫不費力，就可以做這麼多好事，過去我們爲此關心的是多麼不夠啊！」人們對他表示的熱烈感謝令他幸福，這種感謝使他想到他其實可以做得更多。

總管是個愚蠢可又很狡猾的人，他完全看透了這個天真的年輕伯爵，像玩弄一個玩具似的耍弄著他，看到這些預先安排的接待對皮埃爾產生的影響時，他就向他證明，農奴根本就不需要解放，因爲他們原本就很幸福。

皮埃爾贊成總管的話，因爲他覺得不會有比現在更幸福的農民了。

總管承諾盡一切努力實現伯爵的意願，他清楚地知道，年輕的伯爵不但沒法檢查，他是不是真正地採取措施，而且，他或許永遠也不會過問，甚至也永遠不會明白，那些造好的房子爲何永遠空著，農奴們爲何依然像別人的農奴一樣，繼續交著錢和服徭役。

十一

皮埃爾終於實現了長期以來的願望，於是順路去訪問他兩年沒見的朋友安德烈。

博古恰羅沃夫位於一個景色並不優美的平原上，周圍是田野和已砍伐或者尙未砍伐的樅樹林和樺樹林。老爺的宅院在村子盡頭，就坐落在池塘後面；池子裡已經灌滿了水，而岸上還沒長出青草。老爺的宅院裡所有東西都給人一種井井有條的感覺。皮埃爾向僕人詢問公爵在哪裡，他們指向了一所不是太大的新建廂房。於是老家人安東幫助皮埃爾下了馬車，把他領進了那個潔淨的小小前廳。

皮埃爾最後一次在聖彼德堡會見他朋友時的環境是那麼豪華，這套小房子的簡樸使他驚訝。他快步走進那間還未粉刷而散發著松香味的小廳，安東踮著腳尖跑到前頭去敲門。

這時候門內傳出不高興的聲音：「嗯，有什麼事？」

安東恭敬地答道：「來客人了。」

「讓他等一下。」房間內傳出移動椅子的聲音。皮埃爾快步朝前走去，卻與皺著眉頭走出來的安德烈公爵撞在了一起。

皮埃爾熱烈地擁抱他，吻他朋友的兩頰，仔細地望著他。

安德烈公爵說道：「真是難以想像你會來，我很高興。」

皮埃爾用驚詫的目光盯著他的友人，一句話也說不出來。

安德烈身上的變化令他很訝異。現在的他是溫和的，嘴上和臉上也綻出笑容，可他的眼神是很暗淡無光的，他前額上的皺紋、他的目光以及長時間專注於某一問題的表情，讓他變得更蒼白、更成熟、更瘦了。這些變化給皮埃爾的震動太大，他覺得很不習慣。

他們的談話很久不能進入主題。最後談話終於漸漸地停在開頭那些一語帶過的問題上：過去的生活，將來的計畫，皮埃爾的戰爭和事業、旅行等等。皮埃爾發現之前從他朋友的目光中看出的凝思和絕望，在他聽皮埃爾說話時表現得更加強烈了。皮埃爾覺得，在安德烈公爵面前表現出熱情，並且討論對理想和對幸福的渴望，是很不恰當的。他難以啓齒他那共濟會的新見解，特別是在這次旅行中得到修正受到激勵的那些見解。他控制著自己，同時又急於向朋友表明，他已完全變成另外一個人了。

「在這段時間我經歷了多少事，現在我連自己也不認識自己了。」

安德烈公爵木然地說道：「是的，我們都已經和當初不一樣了。」

「那麼，您呢?您有什麼計畫?」皮埃爾問道。

「計畫?」安德烈公爵譏諷地重複道，「我的計畫?」他重複著，「你看，我在建設新的建築。我決定明年搬到這裡來……」

皮埃爾默默地凝視著安德烈公爵那張佈滿滄桑和老態的臉。

皮埃爾說道：「不，我是問……」

可安德烈公爵打斷了他：「我能有什麼好說的呢？來，還是說說你在田莊裡都幹了些什麼，說說你的旅行吧。」

於是皮埃爾開始講述在他的田莊裡所做的事，他把自己在改革中的作用盡可能地隱藏起來。

安德烈公爵有好多次對皮埃爾所講的事預先給他提詞，好像人們都知道了他做的事。

皮埃爾覺得很不自在，於是他沉默不語了。

安德烈公爵明顯感到和他的客人相處很拘束、不舒服，他說道：「是這樣的，我只是暫時住在這裡，是來看一看的。今天就回我妹妹那裡去。我會介紹你和他們認識。」他說道：「我們吃過飯走。現在你想看一看我的莊園嗎？」

隨後他們散步到午飯時刻，討論著政治新聞和同樣相識的朋友，就像相知不深的人們一樣。安德烈公爵只對正籌建的新莊園有興致，但他們談到一半，卻突然停下來說道：「這也沒什麼意思。我們去吃飯吧，隨後你就走。」吃飯時談到皮埃爾的婚事。

安德烈公爵說道：「我很驚訝。」

皮埃爾趕忙解釋道：「這一切是怎麼發生的，我一定找個適當的時間告訴您。所有的一切都永遠結束了。」

「永遠？」安德烈公爵說道，「沒有永遠的事。」

「可是您知道是怎麼結束的嗎？您真的聽說過那場決鬥了嗎？」

「是啊，你也不得不走這一步了！」

「感謝上帝我之前沒有把這個人殺了。」皮埃爾說道。

「爲何呢？殺了一條惡狗是件好事呀。」安德烈公爵說道。

「不，因爲殺人是不好的——是錯誤的。」

安德烈公爵重複說：「爲何是錯的呢？人們總是犯錯誤，過去是這樣，之後也是這樣，現在錯就錯在他們自以爲知道什麼是對的，什麼是錯的。」

「所有對其他人無益的事都是不對的。」皮埃爾說道。自從他來到之後，安德烈公爵第一次活躍起來，他也想說出讓他變成如今這種樣子的一切。

他問道：「可對別人有害的有誰告訴你是什麼呢？」

「有害的？我們都知道什麼是對自己有害的呀。」皮埃爾說道。

安德烈公爵激動起來，想對皮埃爾發表他對事物的新見解。他用法語說道：「是的，我們都知道，己所不欲，勿施於人。我知道生活中只有兩種真正的不幸：生病和悔恨。而現在只有一種幸福，那就是遠離這二者。」

「還有愛他人和自我犧牲呢？不，我不贊成您的觀點！不做壞事、避免悔恨而活著是遠遠不夠的。我活著爲我自己，結果毀了自己的生活。如今，當我爲別人，至少是努力爲別人活著的時候，我才體會到所有的人生幸福。您也不一定像您說的那樣想。」

安德烈公爵諷刺地微笑著，默默地看著皮埃爾說道：「你一定會見到我妹妹瑪麗亞公爵小姐的，你和她會談得來的，或許你是對的。」他說道：「可是每個人都有自己的生活方式。你過去爲你自己生活，說這幾乎毀了你的生活，直到你開始爲別人生活時才明白了幸福。我卻有和你相反的體驗。我過去為榮譽生活。可是榮譽是什麼呢？那就是愛別人，願為他們做些什麼，願意得到他們的稱讚。我曾經這樣為別人生活過，曾經完全摧毀自己的生活。直到我開始為自己活著之後，才變得平靜了。」

皮埃爾興奮地問道：「可您怎麼可以為自己一個人活著呢？還有您的家人呢？」

「是的，他們都不是外人，都是我自己，而別人是所有罪過和錯誤的發源地。」安德烈公爵說。

他嘲笑地看著皮埃爾，明顯是想激他說下去。

「您在開玩笑，」皮埃爾回答道，「我做得很少也做得不好，可我希望做好事，這又有何不對呢？如果像我們一樣不幸的人，一生除了沒意義的禱告外，對上帝和真理沒有其他的定義，此時獎賞、安慰、報應、來世等給人慰藉的信仰被某人傳給他們了，這能有什麼罪過呢？」皮埃爾吐字不清地說道，「我這樣做了，即使沒有做得更好，可我為此做了些事，您不能使我不相信，這是一種好行為，做好事帶來的快樂是人生唯一真正的快感。是的，如果這樣被質疑，那將會完全是另外一回事了。」

安德烈公爵說道：「我開闢一個花園，蓋一幢房子，你建造幾所醫院。這兩者都可以消磨時光。可哪個是正確的，不能由我們來判斷，而應當由一個一切都懂的人來判斷。那好吧，你想要判斷，那麼來吧。」他們離開餐桌，坐在當作涼臺用的門廊裡。

「來吧，我們辯論吧。你提到了學校、教育，等等；就是說，你要讓他，」安德烈公爵指著一個摘下帽子從他們面前走過的農奴說道，「擺脫那牲畜般的狀態，給他精神上的需求，但是我覺得對於他們來說，唯一可能的幸福就是牲口般的幸福。我很羨慕他，可是你卻要把他變成我，但你既沒給他我的財產，也沒給他我的智慧。其次，你說減輕他的勞動，可據我所知，體力勞動對於他，是必不可少的生存條件。如果不是那樣，他就會到酒館去或生病。當然，他也是經受不起我這種好吃懶做的生活的。可是你還說了些什麼？」

安德烈公爵說道：「啊，是的，醫藥、醫院。如果他患了中風，他就要死了，而你，卻爲他放血，治好了他。而他成了殘疾人，要再活十年，卻成了大家的負擔，死對於他要平靜而簡單得多。如果你是捨不得失去一個勞動力，那不是一回事。可他不需要治療，即使你是愛他才給他治病的。另外，還說醫藥會治好什麼人的病，簡直是妄想！根本就是害他們罷了！」他說著惡狠狠地緊皺眉頭，轉過身去背對皮埃爾。

安德烈公爵把他的思想表達得明白、清晰，明顯他不止一次地想過這問題了，他像一個好久未說過話的人那樣想說，並且越說越快。

皮埃爾說道：「這真可怕！我只是不理解這樣的想法，但人們要怎樣活下去？以前我在莫斯科和在路上時，頹廢到某種程度，我討厭所有的事情，甚至厭惡自己。那時我不洗臉……可是您怎麼……」

安德烈公爵說道：「怎麼不洗臉呢？我們應該竭盡全力讓生活愉快。我應該很好地活著，不打擾他人，結束一生，因爲我活著不是罪過。」

「是什麼激勵著您活下去呢？……」

「生活本來就讓人煩躁。我倒是想什麼都不做，可一方面，當地貴族看得起，選我做首席貴族[57]，我費了好大力氣才推脫掉。他們不瞭解，我沒有做那種事需要的庸俗和溫和的關切。另一方面，我想讓自己有一個安靜的角落，因而這幢房子必須蓋起來。現在還有後備軍的工作。」

「您爲何不參軍呢？」

安德烈公爵陰沉地說道：「在奧斯特利茨之後？我已經狠狠地發誓，不再在俄國戰鬥部隊中服役。

---

57. 帝俄時代，省或縣的貴族會議選出一個本省或本縣的貴族長。

再不會幹了。就算拿破崙來到這裡，到了斯摩稜斯克，脅迫到童山，我也不會在俄國軍隊中服役！」

他安靜下來，繼續說：「現在又有這民團的事。我唯一躲避軍役的方法就是在我父親手下服務，他是第三軍區的總司令。」

「這麼來說您是在工作了？」

「是的。」他沉默了一會兒。

「那您爲何工作呢？」

「我就是爲這個！父親是他那時代最出色的人物之一。可他也老了，他說不上殘忍，可是他有過於激進的性格。因爲他習慣於無限的權力。兩個星期前，如果我晚來兩個鐘頭，尤赫諾瓦的一個書記員就被他吊死了，」安德烈公爵含笑說道，「我工作是因爲除我以外，沒人可以左右父親，在某些方面，我可以讓他避免做出事後苦惱的行爲。」

「哈，您看，怎麼樣！」

「是的，可這不是你想的那樣，我一點也沒關心過，也不關心那個從軍需庫偷了靴子的渾蛋書記員，甚至他被吊死，我心裡會很開心，不過我爲父親難過，這又是爲了我自己。」安德烈公爵說道。

安德烈公爵越發激動：「好吧，我知道你想解放你的農奴，那很好，可這不是爲了你，當然更不是爲你的農奴們。如果他們挨了鞭子，或被發配到西伯利亞去，我仍然相信他們會過得好一些。因爲在西伯利亞，即使他們過著牲口般的生活，可他們身上的鞭痕會好，他們會像先前一樣開心。可是對於那些在精神上毀滅的人來說，這卻是一件好事，我見過那些在無限權力的傳統中長大的好人，漸漸地變得越來越殘忍易怒，他們深知這一點的缺憾，可不能自制，隨後就變得越來越不幸了。」

安德烈公爵說得津津有味：「所以，該可憐的是誰？根本不是農奴的脊背和前額，而是他們的尊嚴、坦然和純潔的良心，不管你怎樣剃[58]，這永遠是一樣的前額和脊背。」

皮埃爾說道：「不對！一千個不對！我永遠不可能同意您的看法。」

十二

晚上，安德烈公爵和皮埃爾乘坐敞篷馬車，到童山去了。安德烈公爵看著皮埃爾，不時打破沉默。他指責他在農業方面的變革。

皮埃爾沉默著，陷入深思中，簡略地回答著他。

他想，安德烈公爵是不幸的，他應該幫助並且使他振作起來。可皮埃爾一想到他打算說什麼的時候，就感受到安德烈公爵會推翻自己，所以，他不敢開口。

「可您爲何那樣想呢？」皮埃爾突然垂下頭，說道，「您爲何那樣想呢？您不應該那樣想。」

安德烈公爵驚訝地問道：「我想什麼？」

「我在想人的使命。因爲那不是事實。我也曾那樣想過，您知道我爲何得救了嗎？就是共濟會！共濟會是人類出色的並且持久方面唯一最好的教會。」他根據自己的理解向安德烈公爵挑明了共濟會的思想。

隨後他說，共濟會是脫離了國家和宗教羈絆的基督教教義，是一種平等、博愛、友好的教義。

皮埃爾說：「只有我們的聖會才懂得人生的真諦，其他一切都是幻想。我的朋友，除了這個會，一切都充滿了虛僞和謊言，我贊同您所說的，加入我們的基本信仰，您把自己託付給我們，隨後加入

58.在把犯人流放到西伯利亞的時候，剃去半邊頭髮以防逃跑。

我們的兄弟會，讓我們指導您，您立刻就會感到您是個無形的巨大鏈條中的一環。」皮埃爾說道。

安德烈公爵默默凝望著前方，聽著皮埃爾的話。有幾次，他沒聽清楚皮埃爾的話，他請皮埃爾再說一遍。皮埃爾知道，自己的話沒有白費力氣，因爲他眼睛裡閃爍著奇妙的光，而且不再打斷他的談話和嘲笑了。

他們來到一條漲大水的河邊，必須擺渡過去。在車和馬登上渡船的時候，他們也跨了上去。安德烈公爵扶著欄杆，默默地望著夕陽輝映下閃爍不止的河水。

「您對此有何想法？」皮埃爾問道，「您怎麼不講話？」

「我有什麼想法？我在聽你說話呢。這一切都是這樣，」安德烈公爵說道，「你說：加入我們的會，我們可以指導你的使命和人生的目的。可我們是誰呢？你們能夠發現世界上真和善的王國，可我看不見。」

皮埃爾打斷了他，問道：「你相信來世嗎？」

「相信來世？」安德烈公爵重複道，可皮埃爾不給他回應的時間，他把這句重複當作是不確定。

「您說您看不見世界上真和善的王國。其實我也看不見，如果我們把生活看作是一切的終結，那你就看不到它。在整個宇宙中，有一個真理的王國，我們現在都是凡夫俗子，而從永恆的角度來看，我們又是宇宙之子，你難道不覺得我是這個和諧的、巨大的整體的一部分嗎？難道我不會覺得，我是由低級到高級的生物中間的一級階梯嗎？我清楚地看到這個由植物向人進化的階梯，可是我爲何要假定這條向下我看不到盡頭的階梯消失在那些植物中，而我又是爲何要設想它在我這裡中斷，而不是越來越向上，達到高級生物的境界呢？我覺得正像這個世界上的一切都不能消失一樣，我不會也不能離去，只要有靈魂存在的話，在這個星球上就一定會有真理。」

「是的，這是赫爾德[59]的學說，我的夥伴，我相信的是生和死，那個是不能讓我相信的。讓我信服的是，你留意一個你所重視的和你關係很好的人，你在他面前犯錯誤，你期望有機會解釋，突然間這個人在受折磨、受罪後消失了……爲何呢？一定是有答案的。我確信是有的……是它說服了我。」安德烈公爵有些哽咽了。

「是的，這難道不是我說的嗎？」皮埃爾說道。

「不是的。我說的是一個和你在生活中手牽手走著的人突然就不見了，消失在虛無之所，可你在這個深淵前停下來，並且向裡邊瞧。……」

「又能如何呢！您知道那個人是什麼嗎？清楚那裡是什麼嗎？那就是上帝，那就是來生。」

安德烈公爵沒回應。車馬早就運上對岸，套好了。夕陽都已經快掉到地平線下邊，黃昏的霜凍給渡口旁的水坑蓋上一層繁星似的薄冰。使人感到驚訝的是，皮埃爾和安德烈仍然站在渡船上交談。

「如果有上帝和來生，那麼就有真和善，而人類最高尚的快感就在於全力獲得它。我們應當確信我們不只是生活在如今這一小塊土地上，我們曾經長久地生活在那裡，而且活在一切地方。」皮埃爾說道，並指了指天空。

安德烈公爵聽皮埃爾講著，他凝視藍色水面上夕陽的餘暉。

皮埃爾陷入了沉默。

浪濤輕輕地拍打著船底。

安德烈公爵感到，波浪也應和著皮埃爾的話：「是真的，請你相信吧。」

他歎了一口氣，溫和地瞧了一眼皮埃爾那激動的、通紅的，可仍有些許害羞的臉。

59. 約翰・戈特弗里德・赫爾德（一七四四至一八〇三）十八世紀德國資產階級啟蒙運動時期的思想家。

「是啊，希望如此！我們該走了，上車吧。」安德烈公爵說道，一邊走上岸，一邊向上注視著空中——在奧斯特利茨戰場上見過的那種持久的、崇高的天空，所以一種深入他內心中最美妙的東西，突然洋溢著年輕的愉悅在他的靈魂中復甦了。但一走入他慣有的日常軌道的時候，這種感覺就不見了，可他清楚，這種他不明白如何發展的感情存在於他自身。和皮埃爾的談話對安德烈公爵產生了非凡的意義，儘管表面上一切依然，可在精神世界裡，一種新的生活已經開始了。

十三

天色逐漸暗下來，安德烈公爵和皮埃爾乘車趕到童山。他們開進家門時，安德烈公爵笑著喊皮埃爾看後門臺階處發生的衝突。一個扛著大包的老年婦女和一個穿黑衣服、長頭髮、身材不高的男士，一看到馬車開來，就立刻奔向後門。另有兩個女士也隨著他們跑，四個人回身向馬車眺望著，慌亂地奔上後門的臺階。

「那些都是瑪麗亞的『神親[60]』，他們將我們當作我爸爸了。這是她僅有不順服他的方面。他派人將這些巡禮的人趕跑，可她還是接納他們。」安德烈公爵說著。

「『神親』是什麼呀？」皮埃爾問道。

這時候僕人們都出來歡迎他們了。他問老公爵在什麼地方，能否很快回來。

現在老公爵在城裡，任何時候都可能趕回來。

安德烈公爵把皮埃爾領到他的住所，那處所始終爲他收拾得井井有條；隨後他去了育兒間。

60. 俄國當時一種教派的朝聖者，其中許多殘廢、畸形或者身體不健全的人，他們往往靠教徒資助朝拜一處處聖地。

「咱們去我妹妹那裡吧，我還沒瞧見她呢，她藏起來，正和她的『神親』在一塊兒呢。該死，她會感到羞澀的，可你能夠領略她的『神親』。這真的很好玩。」他對皮埃爾說道。

皮埃爾問：「『神親』到底是什麼東西？」

「你立刻會看到的。」

瑪麗亞公爵小姐在他們進來時臉都通紅了。果真在她溫馨的閨房內，在神龕前點著一盞神燈，茶具後面有一個長頭髮、大鼻子的年輕人，穿著僧袍，和她一起坐在沙發上。

坐在他們旁邊一張扶手椅上的一個滿臉堆滿皺紋的乾瘦老太婆表情很慈祥。

她帶著苛責又柔和的口氣說道：「安德烈，你為何不提前告訴我呢？」一邊立在她的朝聖者面前，像老母雞守衛小雞一樣。

她在皮埃爾親吻她的手時對他說：「很愉快見到您。」

她很早就認識他，他和他媳婦之間的不幸事情，特別是他那善良質樸的臉，讓她對他產生了好感。相互打招呼之後，他們坐了下來。

安德烈公爵指著那個年紀不大的朝聖者微笑著說：「啊，伊萬努什卡也在這裡呢！」

「安德烈！」瑪麗亞公爵小姐乞求地說道。

「你知道嗎，這是一個女人。」安德烈公爵對皮埃爾說。

「安德烈，看在神靈的份上！」瑪麗亞公爵小姐又說了一遍。

安德烈公爵說：「我對皮埃爾辯解你為何和這個年輕的男人關係緊密，我的夥伴，你理應答謝我才對啊。」

「真的？」皮埃爾一邊說，一邊掃視伊萬努什卡的臉。

那個老太婆眼睛望著下邊，用餘光看著新進來的人，隨後把吃了一半的糖擱在一旁，她一聲不吭地坐在扶手椅裡。這邊的伊萬努什卡拿著碟子慢慢地喝著，一邊從眼角下看了看那兩個年紀不大的男人。

安德烈公爵問那個老太婆：「你曾經在基輔留下過足跡嗎？」

「我去過了，老爺，在上帝的侍者那裡宣傳上天的機密，就在聖誕的時候。我現在剛從科利亞津來，我在那裡找到了崇高的上天的恩德。」老太婆答道。

「伊萬努什卡難道是和你一起去的嗎？」

「我是獨自去的，我在尤赫諾瓦才遇到佩拉格尤什卡……」伊萬努什卡努力用沙啞聲說道。

佩拉格尤什卡中止她的朋友。

「在科利亞津，老爺，一種很不尋常的恩德已經出現了。」

安德烈公爵問道：「是什麼東西？找到了新的聖屍了嗎？」

「安德烈，閉嘴，」瑪麗亞公爵小姐說道，「不許說啦，佩拉格尤什卡。」

「為何不說呢？我是那麼喜愛他。他是那麼平和，他是上天派來的選民。當我在基輔的時候，先知基留沙跟我說他是個神癡，四季都光著腳趕路。他說：『你為何在這兒來來回回地走？到你理應到的環境去，去科利亞津吧，一個不同尋常的神像在那裡出現了。』聽到這句話，我就告別了聖徒，到那裡去了。」

其他人都陷入了沉默。

「我走了，老爺，可是人家對我說：『一種崇高的天恩出現了，聖油從聖母的臉上掉下來了。』……」

「好啦，再說吧。」瑪麗亞公爵小姐滿臉通紅地說道。

「請讓我問她一句，」皮埃爾說道，「你親眼見到了嗎？」

「老爺，當然啦，現在我獲得這份恩惠。臉如天光一樣明亮，從聖母臉上，只見一滴一滴……」

「這是一個矇騙的結局！」留神聽著朝聖者的皮埃爾孩子般地說道。

「你在說什麼啊，老爺？」惶恐的佩拉格尤什卡一邊大吵，一邊尋求瑪麗亞公爵小姐的援助。

「這是一種欺詐。」他又說一遍。

「但願耶穌基督上帝保佑！」朝聖的女人在胸口畫著十字，「噢，您可不能這麼講，老爺！有一個軍官不願信服，他說道：『那些教士是欺詐。』他一說完，眼睛就看不見了。緊接著他作夢時就夢到洞穴墓地的聖母[61]來跟他說：『請你相信我，我一定能讓你重見光明。』於是他乞求道：『請您帶我去她那裡吧。』隨後這個瞎子一路被帶到她那裡，他到她跟前去，趴在地上說道：『使我重見光明吧，』他說道，『沙皇贈予我的所有對象，我都將會無償地給您。』我親自看見的，老爺，將那個軍功勳章裝進神像裡去。結果他真的復明了！如果那樣講話，上帝會懲辦你的。」她對皮埃爾勸告道。

皮埃爾問道：「軍章如何會裝進神像裡去呢？」

安德烈公爵笑著說道：「聖母被提拔爲將軍了嗎？」

佩拉格尤什卡臉色變得慘白，連連擺著雙手，「老爺，老爺，你罪過啊！你是當爸爸的人呀！」她的臉色驀地由蒼白漲得紅紅的。

「老爺，你都在講胡話？上帝饒恕你！」於是她畫了十字，「請主饒恕他吧！我的聖母啊，這到底發生了什麼事啊？」她轉向瑪麗亞公爵小姐問道。她站起來，就要哭著開始收拾她的行李。

「喂，你們幹嘛這樣？你們爲何來我這裡？」瑪麗亞公爵小姐說道。

61. 指基輔洞穴修道院的聖母。

「你明白嗎，佩拉格尤什卡，我是說笑呢，」皮埃爾說道，「公爵小姐，說真的，我確實不想惹怒她。你別想太多，我只不過是逗你們開心。」他說道，不好意思地微笑著。

皮埃爾真誠地悔過，佩拉格尤什卡不確信地停了下來，安德烈公爵莊重、嚴肅、溫和地一會兒瞧瞧她，一會兒瞧瞧皮埃爾，她漸漸地平靜下來了。

十四

那個朝聖的老太婆不停地講述姆非洛希神父的事情，而現在又被吸引進交談中，又在講他的生活是那麼聖潔，他們兩手能散發奇香，甚至還說在她上次去基輔時，也就在那兒她遇到的和尚把墳墓的鑰匙給了她，當時的她拿著乾糧在墳墓裡和聖徒們過了兩天。

皮埃爾耐心地聽她講話。安德烈公爵出去了。

瑪麗亞公爵小姐留下「神親」品茗，她帶皮埃爾去了客廳。

她跟他說道：「您很善良。」

「啊，我真的不想譏諷她。我很瞭解她們，也珍視這份情感。」

瑪麗亞公爵小姐靜靜地瞅他一眼，溫柔地笑了。

「您知道嗎，我早就認識您，像哥哥一樣喜愛您，您認為安德烈如何？」她說道，可是她卻不給他時間回答，「安德烈使我憂慮。他的身子在冬天好些了，可去年春天他的傷口又嚴重了。大夫說，他需要休養。在內心方面我也為他憂慮。他把苦楚悶在心裡。今天他很愉悅，這是您對他造成的影響──他很少這樣。如果您能勸他出國就好了！他現在需要走動，風平浪靜的生活會把他摧毀。」

將近十點，僕人們聽見老公爵馬車駛近的鈴鐺聲，於是立刻向前門奔去。皮埃爾和安德烈公爵也走到階梯上來。

「這是誰呀？」老公爵下車時見到皮埃爾問道。

清楚了年輕的客人是誰之後，他說道：「親我吧，很開心！」

老公爵很開心，對皮埃爾很和善。

在晚飯之前，安德烈公爵回到父親的書房裡，看到他正和客人熱火朝天地爭辯著。皮埃爾正在說，一個沒有打仗的時代終於會到來的。老公爵尚未發怒，可用笑容加以駁斥。

他反反覆覆地說：「把血從血管中抽出來，把水灌進去，那時就不會有爭鬥了！婦人之見！」

這時候安德烈公爵坐在桌邊，讀著他爸爸從城裡帶來的文件，顯然不想參加爭論。老公爵走過去，開始講公事了。

「首席貴族羅斯托夫伯爵甚至沒有把一半的人送來。他來到城裡，想請我吃飯，我給了他點顏色看……哎，這個文件你瞅一下……喂，」老公爵對他兒子講話，卻拍著皮埃爾的肩膀，「你的夥伴是個棒小伙子，我喜歡上他了！他使我鼓舞起來。別人說的全是甜言蜜語，可我不喜歡聽，他說的是廢話，卻使我這個老軍人鼓舞起來。好啦，去吧！可能我能來陪你吃晚飯。我們再討論一番。愛我的瑪麗亞公爵小姐吧。」他從門裡對皮埃爾喊道。

直到現在，來到童山，皮埃爾才對他和安德烈公爵這份友誼的力量和可貴有充分的認識，這種美妙的感情與其說體現在他倆的關係上，不如說體現在他和他家人和親戚的關係上。皮埃爾和老公爵及善良害羞的瑪麗亞公爵小姐相見恨晚。他們都喜歡上他了。不但瑪麗亞公爵小姐因爲他善待朝聖者而獲取了她的好感，獻給他最明亮的目光，甚至僅有一歲的小尼古拉公爵也對皮埃爾笑著，讓他抱。米哈伊爾．伊萬內奇和布里安小姐，在皮埃爾和老公爵交談的時候，也帶著歡樂的笑容注視著他。

皮埃爾來到童山這兩天，老公爵對他尤其親切，歡迎他再來。

皮埃爾走後，家裡人湊在一起，對他評價一番，大家只說他的優點，這樣的狀況是很稀有的。

十五

放假歸來之後，尼古拉第一次認爲他和傑尼索夫和全團隊的關係是這樣的緊密。

當勞弗盧西卡愉快地對他喊道：「回來了，伯爵！」早已睡在床榻上的傑尼索夫，衣冠不整地跑出土房，擁抱他；當尼古拉靠近團隊的時候，他感受到立刻到了家門口。當軍官們都湊在他兩旁的時候，尼古拉激動得眼淚咽住喉嚨，講不出話來。他感到團隊是個家，和他爸媽的家一樣可親。

尼古拉跟團長報過到，被派到他曾經的騎兵連，負責採辦軍糧和參加團裡一切的細微事務，他感到自由已經離自己遠去；他也體會到團裡一切全是簡單而清楚的。

這時，整個世界被分爲兩個不相等的部分：一個是保羅格勒團隊，另一個是其餘的一切。他和其餘的一切沒有絲毫關係。在團隊中，所有全是公之於眾的。

再次回歸這所有都有規劃的團隊生活中，尼古拉感到了悠閒和歡愉。作戰的時候，團隊裡的生活尤其使他開心，他決定要比從前更好地工作，要做一個出色的軍官。

輸錢之後，尼古拉下決心在五年內向他父母還清債務。每年家裡給他寄一萬盧布，他決心只拿兩千，剩下的留給父母還債。

俄國的軍隊經過幾次攻擊、撤退，在普爾圖斯克和普魯士——艾勞作過幾次戰之後，屯兵在巴滕施泰因附近，等待君王的到來，開始新的戰鬥。

保羅格勒團隊既沒到過普爾圖斯克，也未到過普魯士——艾勞，在戰爭後期才轉爲作戰部隊，被劃入普拉托夫支隊。普拉托夫支隊在主力之外獨立打仗。

保羅格勒團的分支部隊曾多次和敵人交過火，捕到過戰俘，有一次連續地擄到了烏迪諾元帥的幾輛馬車。

這是一個河開燕來的季節，寒風刺骨，遍地是泥濘，陸路變得無法前行。連續幾天，已經人睏馬乏。因爲軍糧運輸的中止，士兵們分組到沒人的村落裡去尋找馬鈴薯，可找到的很少。這裡能吃的都吃光了，城裡的居民也全跑光了——就剩那些比要飯的還窮的留下來，這裡早就沒有東西可以掠走了；一向罕有同情心的兵將，不僅不奪他們的東西，反而將他們僅有的物品給了他們。

保羅格勒團在作戰中僅兩個人受傷，一半的人因饑餓和病痛死掉，因飲食而害浮腫的和害熱病的士兵，寧可拖著腿上戰場，繼續作戰，也不希望入醫院。春暖花開的時候，士兵們才找到一種長得像龍鬚菜似的植物。即使有規定不准吃這種有毒的植物，人們依舊紛紛到田地裡去找這種甜根，挖出來立刻吃掉。那年春天，一種新的疫病在士兵中傳播開來，人們四肢、臉浮腫，大夫們認爲病因是吃了那種植物根。雖然如此，保羅格勒團傑尼索夫騎兵連的士兵們，還是靠馬什卡甜根充饑，因爲上一次發給每人半磅乾糧已經是一個星期以前的事了。

馬也有一個多禮拜是用房頂上的草做飼料，牠們瘦骨嶙峋。

驃騎兵們即使衣衫襤褸，面色慘白浮腫，仍然按例列隊點名，收拾內務，枕戈待旦，他們圍坐在鍋邊吃飯，吃完站起來時，肚子依然是空的。他們仍然在空閒的時候點篝火，光著膀子吸菸，烤火，烤發了芽的爛馬鈴薯，聽故事、講故事。儘管這麼苦，士兵們和軍官們全照常生活。

軍官們依然居住在牛坍塌的房子裡。關於戰局罕有人討論，一來得不到正確的資訊，另外人們依稀感到整個戰局不太妙。

尼古拉照常和傑尼索夫一起住，自打休假以來，他們的友好關係更密切了。

傑尼索夫從未聊過羅斯托夫家的人，可他做為上級對尼古拉表現的深情來看，尼古拉覺得，這個老驃騎兵對娜塔莎悲慘的愛情牢固了他們的友誼。傑尼索夫盡量讓尼古拉少面臨危險，守衛他，作戰之後，開心地歡迎他安全歸來。有一次尼古拉出勤去找吃的，在一個被拋棄的村子裡找到一家波蘭人：一個老人和懷抱嬰兒的女兒。他們既沒有穿的，也沒有吃的，當然更沒車子。尼古拉把他們帶回自己的住所，安排在自己的宿舍，直到那個老人復原。

一個同事在談女人時，譏笑尼古拉，說他比任何人都狡猾，如果他把他救出來的波蘭女人介紹給他們，完全是一件美事。尼古拉發怒了，他覺得這玩笑是一種辱罵，那個軍官說了些不客氣的話，傑尼索夫費了九牛二虎之力才阻止雙方的決鬥。那個軍官走後，傑尼索夫批評他脾氣壞，於是尼古拉答道：「你怎麼想都行……對於我，她就像我的一個姐妹，這讓我多冤枉……」

傑尼索夫在他肩上捶了一拳，之後，他在屋裡反反覆覆地走，自言自語道：「哎，你們羅斯托夫家的人爲何都那麼怪呀！」

尼古拉發現他眼裡噙著淚水。

十六

四月間，軍隊因爲沙皇要到來的消息又熱鬧起來，可尼古拉沒有機會參加沙皇在巴滕施泰因舉辦的閱兵儀式，保羅格勒團駐守在離巴滕施泰因很遠的前哨。

這時他們在露營，傑尼索夫和尼古拉合住在一個土窯裡，頂上鋪滿著草皮和樹枝。土窯是按當時風靡的樣子造的，很暖和。

四月的一天早上七點多，尼古拉值勤一整夜後回到土窯，叫人取火來，換下被雨淋透的內衣，喝過茶，做了祈禱，暖和起來，把自己桌上和角落的物件整理好，只穿著一件襯衫，雙手放在頭下，仰臥在他那一角上，高興地思考著。因爲最後這次出營偵察的表現，近日他理應被提升一級，他等待著出了門的傑尼索夫，想和他聊一聊。

土窯外面傳來傑尼索夫洪亮的喊聲，明顯他在發火。尼古拉挪到窗口，看他在跟誰吵，便瞧見連司務長托普琴科。

傑尼索夫叫道：「我命令過你不能吃什麼馬什卡根子！我親眼看見拉紮爾丘支從地裡挖了一些來。」

司務長說：「我已下過命令，可是他們不理啊，長官。」

尼古拉又躺到床上，心滿意足地想道：「讓他去忙吧，我的工作做完了，躺著好舒適啊！」

隔著牆壁說話的還有勞弗盧西卡——傑尼索夫那個機靈的、聰慧的勤務兵。勞弗盧西卡說，他注意到了一輛裝有麵包乾和牛肉的馬車。

土窯外傳來漸遠的傑尼索夫的大喊聲：「二排！備馬！」

「他們要去什麼地方啊？」尼古拉想道。

五分鐘後，傑尼索夫踏進土窯，穿著沾泥的皮靴爬上床，氣喘吁吁地吸一口菸斗，將他的東西胡亂一拋，扣上佩刀，拿起馬鞭，走出土窯。尼古拉問他要去什麼地方，他憤怒地回答說有事。

「讓上主和君王責罰我吧！」傑尼索夫向外走著講道，隨後尼古拉聽到數匹馬遠去的嘚嘚聲。他很快就進入了睡眠，直到夜裡，才踏出土窯。傑尼索夫仍然未回來。此時天轉晴了，在土窯邊，兩個軍官和一個見習軍官在做投環遊戲。尼古拉加入了他們。在遊戲時，軍官們看到不少趕過來的大車，十五個騎兵騎在枯瘦如柴的馬上跟著。

尼古拉說：「瞧，食物不是到了，傑尼索夫還在憂慮呢。」

「真的到了！」軍官們叫道，「士兵們真該興奮了！」傑尼索夫跟在那驃騎兵後面，和兩個陪伴著他的步兵軍官聊著什麼。尼古拉過去歡迎他們。

「連長，我想警告您。」一個又矮又瘦的軍官說道。

「我已經和您說過了，我是堅決不會還給您的。」傑尼索夫回應道。

「您要對我負責的，要知道掠奪自己軍隊的運糧車是造反。我們的人已有兩天沒東西吃了。」

「可我的人半個月沒吃飯了。」傑尼索夫反駁道。

步兵軍官拔高嗓音說：「您可是要負責，尊敬的長官，您這是在搶劫！」

「您為何糾纏不休啊？」傑尼索夫突然發起火來。「現在負責的是我，不是您，您最好停止吵鬧，趁您還毫髮未傷，請你趕快走！」他對那兩個軍官叫道。

「好！」那矮個軍官嚷道，既不害怕，也不走，「您要生奪，我就……」

「去你的！趁你還安然無恙，快跑吧！」傑尼索夫嚷道。

「好吧！」那個軍官被迫撥回馬頭，戰慄著跑掉了。

傑尼索夫看著他逃走大笑起來。

被搶奪到驃騎兵這裡來的車理應是給步兵團的，可是傑尼索夫聽勞弗盧西卡說，運糧車沒有武裝護衛，他於是領著驃騎兵搶過來了。士兵們分到了足夠的乾糧，甚至還分給其他的連一點。

翌日，團長把傑尼索夫找了去，說道：「我處理這件事就這樣，假意不知，而且不過問。可我勸您騎馬到司令部跑一趟，在軍需處處理好這件事，可能的話簽一張收條，標上收到多少食物。否則，將這些東西記在步兵團的賬上，事情發展起來，最終將會很糟。」

傑尼索夫從團長那裡徑直到司令部去了，決定照團長的建議做。晚上，他折回了土窯。傑尼索夫沉默著，喘不過氣來。當尼古拉問他怎麼回事的時候，他只能小聲地發出一些沒邏輯的侮罵和威脅。

尼古拉大吃一驚，他叫傑尼索夫解了衣服，喝一點水，並讓人去找大夫。

「判定我搶劫……哦！再來點水，叫他們判去吧……我要向聖上報告。加點冰。」傑尼索夫嘮叨著。

找來的團軍醫講，需要給他放血，於是從他的胳膊上放出滿滿一盤子黑血。此時，他才可以敘述所發生的事。

「我到了那裡，」傑尼索夫敘述道「『……喂，你們的上司在哪裡？』他們卻給我指出相反的路。』稍等一下不可以嗎？我有軍事任務，沒有時間等，趕忙去報告。』剛好，他們的匪頭兒出來了，居然也想訓斥我：『這是搶劫！』我說道：『你們拿了食物是給軍士吃，不是搶劫，那些拿了糧食來喝兵血，那才是搶劫！』他說：『很好。您可以去軍需處長那裡簽個字，您的檔案將會送達上級。』我趕到軍需處長那裡時，邁進屋去一看……你猜是誰？你猜猜看！……到底是誰拿饑荒摧殘我們？」傑尼索夫一邊嚷，一邊使勁地捶了一下桌子。「是捷利亞寧！『是你想要餓死我們啊！』我不停地打他的臉，恰好打在他鼻子上……啊，他居然趴到地上打滾！我真開心！」又激動又憤恨的傑尼索夫喊著。

「如果人們不把他拉走，我會打死他的！」

「你叫什麼？冷靜一下吧，」尼古拉說道，「瞧，又出血了，給他紮上繃帶。」

傑尼索夫被再次包紮好，叫他去睡覺。第二天他醒過來，平靜又開心。

正午時，團裡的傳令官鄭重傷感地邁入傑尼索夫和尼古拉的土窯，給他們看團長給傑尼索夫少校的正式文件，查處昨天的事。傳令官跟他們講，事情或許很糟，最樂觀的情況也得以降級告終。原告方面交出的證據：劫走運糧車之後，處在醉酒狀態的傑尼索夫沒有得到允許就去見軍需處長，把他稱為小偷，並要揍他，在被趕出室外時，傑尼索夫闖進辦公室，猛揍了兩個上司，甚至把其中一個的胳膊弄脫了臼。

對尼古拉的不停詢問，傑尼索夫樂著答道，好像的確有一個人手扭傷了，可那全是子虛烏有，他不怕法庭，如果那些流氓敢碰他，他將讓他們終身難忘。

傑尼索夫把這件事說得隨意，可尼古拉太瞭解他了，一眼看出他害怕軍事法庭，在為這件事憂愁。每天都有查詢信送來，要求他出庭。五月一日，傑尼索夫遵命把部隊交給低一級的軍官，到師部去解釋他在軍需處的所作所為。

在前一夜，尼古拉領著一些人去敵軍位置偵察，傑尼索夫依然騎馬走在警衛線前，展示他的威武。法國狙擊手的一顆子彈打入他大腿粗壯的部分。於是他以這為藉口，拒絕去師部，躺進野戰醫院。

十七

六月，在弗里德蘭交匯，保羅格勒團未參與激戰，之後宣告了停火。尼古拉因為夥伴不在面前很失落，所以就利用停火的時間，請假去醫院探望傑尼索夫。

醫院坐落在普魯士的一個小鎮上，這裡曾先後兩次遭俄軍和法軍蹂躪。正值盛夏，田野裡很美麗，這使這個小鎮顯得更加不堪入目：廢墟遍地，街道髒亂差，傷患醉漢四處逛蕩，居民破衣爛衫。

醫院建在一座石頭房子裡。院子裡有幾個綁繃帶的士兵，他們面色慘白，有的坐著曬太陽，有的在緩緩漫步。

尼古拉一跨進門，一股醫院的味道和腐爛的氣味撲面而來。他遇到了一個叼雪茄菸的俄國軍醫，一個俄國助手緊隨其後。

「我只是一個人，」醫生說，「夜裡到馬卡爾．阿列克謝耶維奇那邊去吧。我在那裡等你。」助手又詢問了一些事。

「咳！你做你能做的吧！結果不都一樣嗎？」醫生注意到正在爬樓梯的尼古拉。

「您怎麼來啦，先生？」醫生說道，「您在做什麼呀？子彈放過了您，難道您還希望得一場傷寒嗎？這是一所傳染病院。」

「爲何不能來？」尼古拉問道。

「傷寒，老兄，誰進去了就會沒救。僅有我和馬科耶夫還撐著。我們大夫中就有五個人長眠在這裡了……新來的人，剛過上周就嗚呼哀哉了，」醫生神氣地說道，「請過普魯士大夫，但我們的盟友不喜歡這裡。」

尼古拉辯解說，他想見在這裡治傷的驃騎兵少校傑尼索夫。

「我無法告訴您，閣下。請您試想一下！我一個人要照顧四百多個病人和三所醫院！多虧有個好心的普魯士小姐，每月都郵寄給我們兩磅嗎啡，還有一些紗布，要不我們早完啦！」他樂起來，「四百個，閣下，可是他們還不停給我運新的來。有四百吧？」他問了問他的助手。

「傑尼索夫少校，」尼古拉又說了一遍，「他是在莫利坦受的傷。」

醫生無動於衷地問助手：「像是沒救了，是吧，馬科耶夫？」

助手並沒有回答。

醫生問道：「他是不是個紅頭髮的高個子？」

尼古拉將傑尼索夫的外貌敘述了一番。

「有過這樣一位，這個人一定沒了。不過，您等我查一查，我們有名單。馬科耶夫？」醫生開心地說道。

「馬卡爾．阿列克謝耶維奇有那份名單的。」助手答道，「可是，您到軍官病房去，就應該看到了。」他對尼古拉說。

「哎，您還是不要去，老兄，」醫生說，「要不然，您或許就出不來了。」

可尼古拉告別了醫生，請助手給他指路。

醫生從樓梯下嚷道：「可千萬別怪我呀！」

尼古拉和助手邁入陰暗的走廊，這裡醫院的味道很重，尼古拉捂住鼻子。這時右邊的一扇門敞開了，一個精神極差的拄拐杖的人，穿著內衣，赤著腳，邁了出來，倚在門框上，雙眼羨慕地看著走過來的人。尼古拉順著門口向裡望了一眼，瞧見病號和傷患躺在地板的乾草上。

「這是什麼地方？」他問道。

「士兵病房，」助手答道，「有什麼辦法呢？」他頗有歉意。

「我能去看看嗎？」尼古拉問。

「有啥可看的呢？」

瞧得出來助手不願放他進去，尼古拉邁進了士兵的病房。這裡的空氣聞起來更加刺鼻。

在這個大房間裡，日光充足，病號和傷患排成兩排躺在那裡，大部分人處於休克狀態，他們搞不清楚進來的人。尼古拉走到病房中，沿著打開的門望過去，注意到同樣的狀況。他停下來，靜靜地環視著周邊。他無論如何也沒想到會是這種情形。就在他面前，地板上，躺著一個病號。他的臉是深紫色的，雙眼向上翻著，兩臂和雙腿上的血管像繩子一樣暴出來。他後腦勺使勁地撞地板，反覆講著什麼。尼古拉認真傾聽，弄清了他的話：「快點，喝水，來一點水！」

他問那個助手：「誰在這邊照料病人？」

「您好，長官！」醫院管勤務的一個輜重兵對尼古拉大聲喊道，明顯把他當成醫院的長官了。

「請把他搬回原位，給他點水喝。」尼古拉指著病人講道。

「是，長官。」那個兵高興地答道，可他仍然一動沒動。

「不，這裡什麼也做不了。」尼古拉思索著低垂下雙眼，剛想往外走的時候，他覺得有一道看向他的目光，隨後他回頭看了一眼。牆角深處，坐著一個鬍子拉碴的老兵，他的面貌莊重，面色發黃，瘦得像骷髏一樣，一動不動地盯著他。尼古拉明白，那個老先生應該是想要他做什麼事。他靠近一點，卻發現老先生的一條腿從膝蓋以下鋸掉了。他旁邊，位置稍微遠些，有個年輕士兵紋絲不動地仰著臉躺在那裡，他慘白的臉像蠟一般，翻著白眼球。一陣寒意溜過他的後背。

「長官，他清晨就去世了。我們也是人，不是畜牲啊。」老兵下頷發抖著說道。

「我立刻叫人來把他拖走。我們出去吧，大人。」那個助手說道。

「走吧，我們出去吧。」尼古拉趕快說道，於是他退縮著，耷拉著自己的眼睛，默默走過，隨後他踏出了那個病房。

十八

助手穿過走廊把尼古拉帶到軍官病室，那裡共有三個病房，門全都敞開著。裡面有很多受傷的和患病的軍官。尼古拉在軍官病室看到的第一個人，是個只有一隻胳膊的瘦小的人，他在頭個病房裡慢慢地散步。尼古拉一邊注視他，一邊盡力回憶著他從前在哪裡見過他。

「瞧，上帝再次讓我們在這裡碰面了！圖申，您還想得起嗎，在申格拉本叫您搭車的那個人？我被鋸去一截，您瞧……」那個矮個子的人說道，「您找傑尼索夫？我的鄰居。」當他聽說尼古拉找誰之後說道。「在這裡。」隨後，他被送進了另一間病房，那裡傳出了大笑聲。

傑尼索夫拿被子裹著頭躺在床上睡著。

「啊，尼古拉？你好嗎，你好嗎？」他還像在團裡那樣喊他，可尼古拉發現，傑尼索夫在他那慣有的豪放和話語裡，都露出從前未有過的、埋藏在精神裡的不快的心緒。

他的傷痛，本來不是很重的，可六周了，傷口還沒痊癒，他的臉和別的患者一樣腫脹、慘白。可叫尼古拉恐慌的是，傑尼索夫好像不樂意見他。他既不問團裡的狀況，也不涉及戰局，當尼古拉提及這些事時，他也不理。

尼古拉還發現，傑尼索夫不願別人對他提到團隊。他竭力想忘掉從前那種生活，只擔憂他和軍需官們的案件。尼古拉詢問那案子時，他立刻從枕頭底下掏出他收到的文件和他的回覆草稿。開始讀他的上訴，他尤其叫尼古拉留意他對他的敵人說的尖銳言語。

當傑尼索夫開始談他的上訴稿，人們就散開了。尼古拉發現，那些人不止一次地聽說這個讓他們厭惡了的故事了。僅有鄰床的那個人，一個肥大的槍騎兵中止傑尼索夫。

「我的意見是，」他朝尼古拉說道，「最好直接呈請陛下大赦。聽說，如今要頒發許多嘉獎，或許可以……」

「我呈請陛下！」傑尼索夫叫道，「要求什麼呢？我是爲了抓犯人而受軍法審判。讓他們判我吧，我誰也不怕。我忠誠地爲陛下、爲祖國盡忠了，我沒偷過物品！我要被降級嗎……我要直截了當地呈給他們。我就這樣寫：『如果我偷了國庫……』」他盼望他的話語具有之前的力量和熱情，可聽起來就像是無濟於事的憤怒而已。

「這自然寫得很好，」圖申說道，「可問題不在這裡，」他說，「理應屈服，要清楚軍法官跟您說了，您的事情不好。」

「罷了，就讓它不好吧。」傑尼索夫說道。

「軍法官給您寫了一個呈文，您就該簽上名，讓他給帶去。他在參謀部有熟人。您找不到更好的機會了。」圖申不停地說道。

「我不想奴顏婢膝。」傑尼索夫中斷他。

尼古拉沒敢勸傑尼索夫，因爲他知道傑尼索夫的意願和憤慨，儘管他也覺得，圖申他們提出的辦法是最好的，而且也感覺如果他能幫助傑尼索夫，他會感到很開心。

傑尼索夫整個晚上陰鬱地一語不發。

在夜裡很晚的時候，尼古拉要走了，他問傑尼索夫是不是有找他辦的事。

傑尼索夫看一眼旁邊的軍官們說道：「有，稍等。」於是從枕頭底下掏出他的文稿，走到擱有墨水瓶的窗子前，坐下來寫了。

他說道：「看來，以卵擊石是沒好處的！」他交給尼古拉一個大信封。信封裡是那個軍法官給他寫的給沙皇的奏文，傑尼索夫在裡面絲毫未提軍需部門的罪罰，只求赦免。

「呈上去吧。看來……」他未把話說完，就露出勉強的笑容。

十九

尼古拉折回到團裡，把傑尼索夫的案件向團長報告，隨後揹著給陛下的呈文騎馬去了蒂爾西特。

六月十三日，法、俄兩國君主將在蒂爾西特會見。伯里斯乞求把他列入駐蒂爾西特的奴僕。

「我渴望見一眼那個大人物。」他指的是拿破崙。

將軍微笑說：「你說的是波拿巴嗎？」

伯里斯疑惑地看著長官，立刻清楚這是戲謔的試探。

他回應道：「公爵，我說的是拿破崙。」那個將軍樂著拍拍他的肩膀。

他說：「你前程似錦。」隨後帶了他去蒂爾西特。

伯里斯是兩國君主會面那天在涅曼的幾個人中的一個。他看到拿破崙在法國近衛軍前面走過，看到了耶利斯坦沙皇陰鬱的面孔，看到了兩國君主上船，同樣看見拿破崙接見耶利斯坦沙皇，向他伸出手。自從進入上層圈子之後，伯里斯培養了一種習慣：仔細查看周圍所發生的一切，並記錄下來。在兩國君主進入帷幕的時候，他看了一下錶，當耶利斯坦出來時，他一樣沒有忘記看下錶。這次會見持續了一小時五十三分鐘。這天夜裡，他把這件事全部都記錄了下來。因爲沙皇奴僕的人數極少，對於重視仕途成功的人來說，在兩國君主會見的時候能親臨蒂爾西特，是件極其重要的事。伯里斯來到了蒂爾西特，他的位置完全鞏固了，而且人們也逐漸習慣了他，這位沙皇也知道了他的面孔。

伯里斯和另一個副官——日林斯基伯爵住在一起。他是一個在巴黎受教育的波蘭人，他很愛法國人。

在六月二十四日夜裡，和伯里斯住在一塊兒的日林斯基伯爵邀法國夥伴一起吃晚飯。嘉賓是拿破崙的一個僕從，還有幾位法國近衛軍的長官、一個拿破崙的護衛。就在那天，尼古拉穿著便服，來到了蒂爾西特，並且走進伯里斯和日林斯基的住處。

在軍隊中，人們仍懷著煩惱、輕視、恐怖相混合的情緒看待拿破崙和法蘭西人。直到最近，尼古拉在和一位哥薩克軍官交談時，還和他爭吵，說拿破崙做了戰俘，說把他當作犯人看待。不久之前，在遇到一個負傷的法國上校時，尼古拉還對他發脾氣，向他證實，合法的君主和罪犯拿破崙是不可以議和的。因此，尼古拉看到伯里斯的住所有法國軍官，覺得驚訝和奇怪。他停在門檻上，用俄語問道，伯里斯是不是住在這裡？伯里斯聽到前廳裡有一個陌生的語言就迎出來。認出尼古拉的那一刻，他臉上立刻流露了遺憾的神情。

「啊，是你呀！我很開心見到你。」伯里斯笑著朝他走去。可尼古拉早就覺察到他剛剛的表情。

「我好像來得不是時候。若不是有事，我是不會來的。」他冷漠地說道。

此時，伯里斯回應著喊道：「不，我只是驚訝你怎樣從部隊到這裡來了。我馬上爲您效勞。」

尼古拉又反覆了一遍：「我看我來得不是時候。」

厭倦的表情早就從伯里斯臉上不見了：他早就想好該怎麼做了，他安靜地握起尼古拉的雙手，把他領進隔壁房間。伯里斯堅定地盯著尼古拉的雙眼。

伯里斯說道：「哎，不要說了！你怎麼可能來得不是時候呢！」說著把他帶進擺晚宴的房間，把他介紹給客人們，現在的他不是文職人員，是個驃騎兵軍官，而且是他的老夥伴。他介紹他的嘉賓們。

尼古拉皺著眉頭看著那些法蘭西人，不情願地鞠了一躬，不說話。

日林斯基顯然不高興接受這個新來的俄國人進入大家的圈子，所以沒和尼古拉講話。伯里斯沒看出新來的人帶來的緊張局面，想使交談活躍起來。一個法國人對固執的不願說話的尼古拉說，他來蒂爾西特或許是爲了見沙皇。

「不是，我來辦事。」尼古拉簡單答道。

尼古拉從看出伯里斯臉上不樂意的表情時起，就情緒不佳，他感到每一個人都不懷好意地看著他，他礙著了大家。他的確妨礙了他們，因爲只有他一個人未摻和那又展開了的談話。

「看來，我打攪你了，」他小聲說道，「來，咱們談一件事，講完我就走。」

「不，不是這樣的，」伯里斯說道，「如果你累了，到我房間裡躺下休息吧。」

「好吧。」

他們走進一個狹小的房間。尼古拉有些生氣，沒坐下，向他談傑尼索夫的事，問他能否通過他的長官向陛下提出請求，轉交呈文。伯里斯蹺著二郎腿，像一個將軍聽下屬彙報一樣聽尼古拉談話，左顧右盼。每當這時，尼古拉就感到不自在，垂下眼睛去。

「我聽說過這種事，陛下在這種事上很嚴格。我想不要去打擾陛下，還是去求一求軍團司令……不過總的說我覺得……」

「這麼說，你啥都不想幹？你就直說吧！」尼古拉差不多喊起來了。

伯里斯笑了笑，「正相反，我覺得我必須費力去做。只是我想……」

此時從門口傳來日林斯基招呼伯里斯的聲音。

「罷了，趕緊去吧，去吧。」尼古拉說道，他拒絕了晚餐的請求，自己留在小房子裡，走來走去；隔壁房間傳出了快活的法國話。

二十

尼古拉在最不樂意為傑尼索夫請願的那一天來到蒂爾西特，他根本不能去見將軍，因為他穿的是燕尾服，而且沒得到上司允許就來了蒂爾西特。而伯里斯呢，即使他樂意，在尼古拉來的翌日也辦不成事。這一天，簽訂條約的一些條款。兩國君主交換軍章：耶利斯坦獲得了榮譽團勳章，拿破崙獲得一級聖安德烈獎章。

尼古拉感到和伯里斯在一起拘束且不痛快，飯後，尼古拉來看望伯里斯的時候，他裝著睡著了，翌日凌晨尼古拉就走掉了。尼古拉身穿燕尾服，戴了一頂圓筒帽在城裡逛蕩。在廣場上，他看到了大家正在擺桌子，籌備午宴，他看到那些帶花體字母A和N[62]的橫幅及俄、法兩國的國旗懸掛在大街上，窗子上同樣懸掛著國旗和橫幅。

「伯里斯不想幫助我，我也不會去求他。我們之間都完了，可我還沒有替傑尼索夫把他的呈文呈給沙皇，我一定不離開。沙皇！他在這裡！」尼古拉思考著，不由得再次靠近耶利斯坦的住所。

在他的房前立著幾匹備好的馬，所有的僕人集中起來，顯然沙皇準備出行。

「我隨時都能見到他了，希望我能把呈文直接交給他，把所有情形告訴他……他們真會因為我穿便服就逮捕我嗎？不可能！他會弄清正義在哪一邊。誰能比他更心胸寬大、更公正呢？即使他們把我抓起來，那又算得了什麼呢？」他一邊想著，看見一個進入沙皇行宮的軍官。「這不是有人進去嗎？

62. A是亞歷山大的第一個字母，N是拿破崙的第一個字母。

我要進去，把呈文遞交給陛下。」尼古拉想道。突然間尼古拉懷著自己也始料未及的信心，向沙皇住的宮殿走去。

他懷著任何時候可以碰見沙皇的渴望想道：「不，我這次絕不會錯失機會了。」一想到這裡，他就覺得心血澎湃，「我一定跪倒在他腳前求他。隨後他會扶起我來，甚至會謝謝我呢。『現在能做好事我就幸福，而糾正不公正的事是最大的幸福。』」尼古拉幻想著沙皇跟他說的話。他從那些好奇地望著他的人的身旁走過，朝沙皇行宮的臺階走去。

一道寬闊的階梯一直通向了宮殿，右手邊有一扇關閉的門。而樓梯下，是一道通樓底的門。

一個人問道：「請問您找誰？」

尼古拉聲音戰慄地說道：「交給陛下一封信，一份請願書。」

「請願書？這邊，請你去見值勤官，那邊可不會受理的。」

一聽到這種冷淡的聲音，尼古拉就恐慌起來，隨時可以碰見沙皇的想法是那麼有號召力，可對他又是那麼恐怖，他準備逃跑了，可那個宮中僕人給他開了通向值勤室的門之後，尼古拉就進去了。

一個三十來歲的矮胖子立在那個房間裡，他的管家正把一條新背帶扣在他的褲子後面，不知為什麼，那條背帶引起尼古拉的關心。這個人正在和什麼人講話。

他正在說：「她身材多姿，姿色嬌豔。」可一看見尼古拉，就住了嘴，皺起眉頭來。

「您有什麼事？請願書？」

隔壁房間裡的那個人說道：「什麼？」

「又一個請願的。」

「叫他明天來。他快要出來了，要不然我們得撤了。」

「……明天，太晚了……」

尼古拉轉過身子，就要告辭，可那個掛吊帶的人攔住他。

「您從什麼人那裡過來的？您叫什麼名字？」

「我從傑尼索夫少校那裡來。」尼古拉回應說。

「難道您是位軍官嗎？」

「中尉尼古拉伯爵。」

「好勇猛！按級上呈吧。您走吧，走吧……」於是他開始套制服。

尼古拉又折回過廳，隨後看見門廊裡有很多著檢閱禮服的軍官和將軍們，他從他們身邊經過。

尼古拉責備自己太魯莽，他一想到隨時可能遇到陛下，且要在他面前被侮辱和被逮捕，就感到後悔，於是他低下眼，從侍從中間穿過，當他邁出這座房子時，一個熟悉的聲音叫住他，而且拉住他。

一個沉悶的聲音問道：「是您啊，兄弟，您穿著燕尾服在這裡幹什麼？」

這就是在這次戰役中有功的騎兵將軍，尼古拉之前的長官。

尼古拉惶恐地為自己解釋，可一看到將軍慈祥的面孔，他就把他拉到一邊，興奮地把所有情況說給他，請將軍為傑尼索夫求情。將軍聽完尼古拉的話後，莊重地搖搖頭。

「我很可憐他，憐憫這個年輕人，把信給我吧。」

尼古拉剛把信遞給他，講了傑尼索夫的案件，樓梯上就傳來腳步聲和叮噹聲，將軍向階梯走過去，離開了他。沙皇的僕人們跑下樓梯，向他們的馬奔去。馬夫海涅牽過沙皇的馬，樓梯上傳來輕輕的腳步聲，尼古拉立刻聽出了這是誰的腳步；他好奇地走近臺階，又看到他所崇拜的人的輪廓：還是那張臉，那相貌偉大、謙和的統一……對沙皇的歌頌和愛慕之情，又像之前一樣濃烈地在尼古拉的心目中甦醒了。沙皇正戴著手套，腋下夾著寬簷帽，走過臺階。

他停下來，環顧四周。他認出了尼古拉的前師長，含笑把他叫到自己跟前。

尼古拉看到那位將軍和沙皇聊了些什麼。

沙皇對他講了幾句話，朝他的馬走去。那幫僕人和看熱鬧的人又朝沙皇走近，這時沙皇一隻手抓住鞍子停在馬旁邊，高聲說道：「我不會那樣做，將軍，我不可以，法律比我更有權力。」沙皇說著把一隻腳踏上馬蹬。將軍恭敬地低下頭，沙皇上了馬，沿著街道狂奔下去。欣喜若狂的尼古拉跟著人們跟在他後面用力地跑著。

二十一

在陛下所在的廣場上，右邊是普列奧布拉任斯基團的一個營隊，它的左邊是法國近衛軍一個營，他們面對面地站著。

當沙皇騎馬靠近舉槍敬禮的兩營中的一側時，另一幫騎馬的人向對面那一翼走近，尼古拉認出走在頭裡的那個人是拿破崙。

拿破崙奔馬而來，頭戴一頂寬簷帽，肩上斜挎著聖安德烈勳章綬帶，白色無袖上衣上罩著開著的藍制服。他策馬跑近耶利斯坦，舉起帽子。憑著雙眼，尼古拉看得出拿破崙在鞍子上坐著差點掉下來。兩個營高叫「烏拉！」和「皇帝萬歲！」

拿破崙向耶利斯坦講了句什麼。

隨後兩國領袖下了馬，互相牽起手來。

拿破崙臉上帶著假裝的笑容。

耶利斯坦慈善地和他說了什麼。

騎馬的法國憲兵向後推擋著人們，尼古拉不顧被馬踐踏的危險，目不轉睛地凝視著耶利斯坦沙皇和拿破崙的每一個舉動。

耶利斯坦和拿破崙帶著一長串僕人，向普列奧布拉任斯基營右翼走去，徑直走向站在那裡的人們。人群沒想到他們離兩國君主是那麼近，站在前面的尼古拉害怕起來，唯恐被認出來。

「陛下，我請求您答應我把榮譽團勳章授予貴軍最勇猛的士兵。」矮個子的拿破崙說道。耶利斯坦耐心地聽著他的話，低下頭開心地微笑著。

拿破崙清晰地說出每個音節：「授予在這次戰爭中表現最勇敢的人。」並帶著安然自信的神氣，看著在他面前舉槍佇立，雙眼看著自己的俄國士兵隊伍。

耶利斯坦說道：「陛下，請允許我問一下上校的建議。」隨後向營長科茲洛夫斯基公爵快走了幾步。此時，拿破崙從他那雪白的小手上摘下手套，把它扯破了，就拋掉了，跟在後面的一個僕人趕忙跑到前邊撿了起來。

耶利斯坦沙皇用俄語小聲問科茲洛夫斯基。「給誰好呢？」

「陛下說給誰就給誰。」

沙皇不開心地皺著眉頭，說道：「可我們必得給他一個回應呀。」

科茲洛夫斯基神情堅決地掃視一下隊伍，這眼光把尼古拉也包括在內了。

尼古拉想道：「不會是我？」

營長皺了眉一下嚷道：「羅察留夫！」於是排頭兵羅察留夫立刻跨步向前。

羅察留夫站出來，惶恐地向上校瞥了一眼。

拿破崙稍一轉頭，把他那肥肥的小手放到身後去，像要拿什麼東西一樣。他的僕人立刻看出是怎麼回事，匆忙地傳送一件東西，一個近侍——尼古拉前一夜在伯里斯那裡碰到的那個人——跑到前面來，恭恭敬敬地朝那隻手垂下頭，立刻就把別在紅綬帶上的勳章放在這隻手裡。

拿破崙看也不看，他的兩個手指一合，輕輕地把勳章卡住。他靠近目不轉睛地看著他的羅察留夫，扭頭看了一眼耶利斯坦沙皇。那隻拿勳章的白皙的手觸到了羅察留夫的一個扣子。拿破崙只把那個勳章貼在羅察留夫的胸前，就放開了手，轉而面對耶利斯坦，好像斷定那枚勳章會黏在那裡。不過事實也的確如此。

俄、法兩國那些諂媚的手立刻接住了那枚勳章，將它戴在制服上。羅察留夫鬱悶地瞥了一眼那個正在對他做著什麼事的小個子的人，可是依然紋絲不動地舉著槍站在那裡，此時又開始直盯著耶利斯坦的雙眼問他，他是立在那裡，還是走開，或者做點什麼？

無人給他指令，他只好維持著那個一動不動的狀態，站了很久。

兩國君主再次跨上馬走了。普列奧布拉任斯基營散夥了，和法國近衛軍營魚龍混雜，坐在爲他們準備的桌子旁。

羅察留夫坐在了嘉賓席上。俄、法兩國軍官們都擁抱他，祝賀他，並握住他的手。

一群軍官和百姓走過來，他們只是爲了看羅察留夫。兩個快樂的軍官，面孔緋紅地從尼古拉身旁走了過去。

其中一個說道：「這頓飯怎樣？你看餐具都是銀的呢。」

「你看見羅察留夫了嗎？」

「看到了。」

「聽說，明天，普列奧布拉任斯基營將會請他們就餐。」

「羅察留夫真好運！每年你們將會得到一千二百法郎的終生獎金。」

「你聽到命令了嗎？」一個近衛軍軍官問另一個說道，「前天是，『拿破崙，法蘭西，威猛』；昨天是，『耶利斯坦，俄羅斯，高尙』。首日是我們沙皇發的，次日是拿破崙發的。明日我們沙皇將要給法國近衛軍中最英勇的人頒發聖喬治勳章了，禮尙往來呀。」

伯里斯和同事日林斯基同樣來看普列奧布拉任斯基的晚宴。回去的路上，他看到尼古拉站在一個角落裡。

「尼古拉！你好，咱們又見面了。」伯里斯說道，尼古拉臉色陰沉，他忍不住問他出了什麼事。

「沒有什麼，沒有什麼。」尼古拉回應道。

「你要去我那兒嗎？」

「好的，我去。」

尼古拉在那個屋角上立了許久，他腦子裡正在苦苦地思考，無論如何也理不出個思緒。他心中恐怖的疑慮一直在上升。

一會兒，他想起了拿破崙，他如今是皇帝了，不僅耶利斯坦尊重他、愛他。而那些被鋸斷了腿、失去了手、那些被打死的人，現在都是爲了什麼呢？

一會兒，他又想到獲獎的羅察留夫和受責罰的傑尼索夫。他感到恐慌起來。不久，他想起傑尼索夫，想起醫院，那些殘疾的人、污穢和病痛。

普列奧布拉任斯基宴會的味道和饑腸轆轆的感覺，把他從這種心緒中叫醒了，出發前，他必須得食用一點東西。

他走到一家他早晨見過的旅館。那裡人很多，他費盡千辛萬苦才吃上一頓飯。有兩個和他同一個師的軍官和他坐到了一起。聊天自然地轉到和解問題上。他們說，如果我們再多等一會兒，拿破崙一定會完蛋，他的軍隊既沒有吃的，也沒有武器了。

尼古拉一聲不吭地吃著，主要是喝酒。他灌了有兩瓶，他腦子裡的那些想法得不到回答，反而蹂躪著他，一個軍官說道，看一眼法國人就讓人感到冤枉，尼古拉沒理由地大嚷起來，使那兩個軍官很驚訝。

「你怎麼能判別什麼更好呢？」他叫道，「你怎麼能評論沙皇的行爲，我們有什麼權利討論！我們既不能清楚他的目的，也不能清楚他的行爲！」

「可我一句也沒說沙皇呀！」那個軍官解釋說，他感覺他喝多了。

尼古拉不理他，「我們只是士兵，又不是政治家。讓我們去死，我們就得去死。如果我們受到責罰，那就是說我們有罪，不一定由我們來評判。如果沙皇樂意承認拿破崙爲皇帝，和他聯盟，那就是說必須那樣。如果我們對任何事都要評判和議論，那就再也沒有聖潔的東西了──啥都沒有！」尼古拉敲著桌子叫道。他的對話者感到他莫名其妙！

他了結了自己的話：「我們的事是履行我們的義務，殺敵，而不是思考！僅此而已。」

「還有喝酒。」一個軍官說道，不願和他吵架。

「對，還有喝酒。」尼古拉接過來說，「哎，再來一瓶！」他嚷道。

chapter 6

舞會中的相遇

一

一八〇八年，耶利斯坦沙皇開往埃爾富特城再次和拿破崙會見。聖彼德堡上層圈子中對於這次見面的雄偉場面討論很多。一八〇九年，被稱作世界兩大領袖的拿破崙和耶利斯坦的關係很親密，以至於這年拿破崙向奧國開戰時，俄國一個軍隊竟到境外去幫助自己從前的敵人，而反對之前的盟友；於是就在上層圈子中，甚至傳說拿破崙或許和耶利斯坦沙皇的一個妹妹聯姻。拋去對外政策上的一些爭論外，俄國社會對那時在國家管理機構各個部門中所進行的變革也尤其重視。

與此同時，人們對真正生活，對他們的親身利益——健康、疾病、歇息、勞動的關心，對思想、科學、歌曲、詩歌的興趣，和他們的友誼、愛情、激情、仇恨都一成不變，不以和拿破崙政治上的親近或反目爲轉移。

安德烈公爵深居簡出地在農村住了兩年。皮埃爾在莊園裡的變革，因爲無章法，終於一事無成。而安德烈公爵不外宣，也不艱苦就完成了自己的變革。

他具有皮埃爾所不曾擁有的勤奮精神和不屈不撓的毅力，他不費吹灰之力就能推動自己的發展。在莊園裡，三百農奴被變成了自由農，剩下的幾個田莊，代役租帛代替了徭役制度。在博古恰羅沃，他花錢請一個有文化的接生婆爲產婦接生小孩，他還請一個神父教農民和家僕的孩子認字。

安德烈公爵一半時間在童山跟父親和兒子一起度過，另一半時間在博古恰羅沃的「修道院」度過。他密切地關注著時事的發展，他閱讀了很多書，當有人才從聖彼德堡來到他這裡時，他驚訝地發現，這些人對內、外政策變化的瞭解，還不如他這個住在農村足不出戶的人。

除了收拾莊務和閱讀書籍之外，安德烈公爵還對前兩次失敗的戰役進行批判性的剖析，而且起草修改了軍事條令和法規的建議案。

一八〇九年春天，安德烈公爵到梁贊考察他兒子名下的田莊。

坐在輕便的馬車裡，他享受著溫暖的陽光，看著剛發芽的小草、樺樹上的綠葉，和在湛藍的天空裡飄動著的白雲。他漫無目的地看著周圍的一切。

侍從彼得和車伕嘟囔了些什麼，車伕表示贊同。他又向主人轉過身來。

他畢恭畢敬地說：「多麼愉快啊，大人！」

「什麼？」

「我很高興啊，大人！」

「他說什麼呢？」安德烈公爵想道，「啊，這可是春天，是的，變綠了……多迅速呀！白樺樹、稠李和赤楊也都開始變綠了……可沒有看到橡樹。不，這裡有一棵橡樹！」他環顧周邊。

路邊有一棵橡樹。這是一棵巨大的橡樹，樹皮皴裂，傷痕累累。它那奇醜無比、彎曲多節的巨大枝杈不對稱地、拙笨地伸展著，這個蒼老的怪物發怒地、鄙視地站在含笑的白樺樹中間。只有它傲視春之魅力，既不想看見春天，也不想看見陽光。

經過樹林的時候，安德烈公爵幾次轉身看那棵橡樹，好像從它那裡期待著什麼。在這棵橡樹下，也有花有草，可它依然繃著臉，紋絲不動，醜陋而執拗地站在它們中間。

「是的，它是對的，這棵橡樹擁有真理。」這棵橡樹勾起了安德烈公爵一連串失望、悲哀而又愉快的新思緒。在這次旅行中，他重新考慮過他的生活，得出的卻是使他平靜的、依然如故的結論：他不需要再來重新進行什麼事業，他應該不幹有害的事，不打擾自己，也不希望什麼，度過自己的一生。

二

安德烈公爵為了自己所看管的梁贊田莊的事務，必須面見該縣首席貴族羅斯托夫老伯爵。因此五月中旬，安德烈公爵去拜訪他。

到了春末夏初的熾熱日子，整片樹林都鬱鬱蔥蔥。

安德烈公爵心事重重，心裡想著要和首席貴族談的事。馬車已駛上通往羅斯托夫家的花園林蔭路。他聽見樹後有很多女人的叫喊聲，並看見一群在他馬車前面跑過的少女。而跑在前頭的那個黑頭髮、黑眼睛的姑娘很苗條。她穿黃色印花布衣裙，頭上繫著白手絹，下面露出寬鬆的髮卷。姑娘在喊著什麼，可一看見是個陌生人，就笑著跑回去了。

突然，安德烈公爵感到很悲傷。這時候豔陽高照，陽光明媚，一切都很美好，而這個苗條美麗的姑娘竟不知道他的存在，卻對她一個人的生活，感到很滿足和快樂。「她激動什麼呢？她在想什麼呢？她不想軍事法規，也不想建立梁贊的代役租制。她為何那麼快活呢？」安德烈公爵不由得捫心自問。

一八〇九年，羅斯托夫老伯爵住在奧特拉德諾耶，依然保持原先的生活，打獵、看戲、吃飯、聽音樂。他見了安德烈公爵就像見了任何新賓客一樣，很高興，幾乎是強制把他留下過夜。

在這天，他受到年長的主人們和最尊貴的客人們的接待，好幾次安德烈公爵看著在那群年輕人中總是笑著、嬉鬧著的娜塔莎。他不停地問自己：「她在想什麼？她爲何那麼快樂？」

夜晚，只剩下他一個人時，他一直不能入睡。他讀了一會兒書，隨後吹滅了蠟燭，可又點起來。臥室裡很熱，而房內的百葉窗關著。

他站起來，走到窗前去開窗。剛一打開百葉窗，月光就像久候在窗外一樣立馬闖進房裡來。他發現夜色靜謐明亮。窗前是一排修剪過的樹，它一側是黑色，一側被月光染成銀色。在樹下生長著一種濕潤的、多汁的植物，它的葉莖稀稀落落地泛著銀光。樹的上面，在乾淨的春季的天空中，懸著一輪幾乎滿盈的月亮。安德烈公爵支著臂肘，不停地看著這片天空。

安德烈公爵的臥室在中間那層樓上。住在上面房間裡的人，一樣也不能入睡。他聽見頭頂上有女人說話的聲音。

一個女人說道：「我們想再聽你唱一次。」安德烈公爵立刻聽出了這是誰的聲音。

「可你什麼時候睡覺呢？」另一個人的聲音。

「我不想睡，我一點睡意都沒有，可是又有什麼辦法嗎？來，要不然再唱最後一次吧。」

緊接著有兩個女聲唱起了樂曲結尾的樂句。

「多麼美好啊！好啦，現在該說晚安啦。」

第一個聲音說著走近窗口，「你去睡吧，我睡不著。」她應該是探出身子來了，欣慰可以聽見衣服的窸窣聲和她的呼吸聲了。

此時一切都停滯了。因爲害怕洩露他那無心的偷聽，安德烈公爵連動也不敢動。

「索尼婭！索尼婭！」他又聽到第一個人的聲音。「你爲何可以睡著呢？這有多麼迷人！醒醒吧，索尼婭！」她幾乎帶著哭聲說道。「要知道，看看這樣迷人的夜晚從來也沒有過，沒有過。」

索尼婭不情願地回答了一句。

「快，你來看一下，這是多麼美麗的月亮啊！……啊，多麼迷人！到這裡來……親愛的，寶貝，過來！喂，你看見了嗎？就像這樣蹲下去，抱住雙膝，用力摟緊，盡可能摟緊，必須摟緊，就這樣飛出去！就像這樣。」

「夠了，你會掉下去的。」

他聽見掙脫的聲音，同時也聽見了索尼婭不高興的聲音：「都一點多了。」

「唉，你就只會破壞我的雅興。算啦，快睡吧！」

隨後一切又陷入寂靜，不過安德烈公爵知道，她仍然坐在那裡。他斷斷續續可以聽到輕微的動作，還有歎息聲。

「噢，上帝啊！這到底是怎麼回事！」她突然驚呼道，「睡就睡吧！」於是她關上窗子。

「她毫不關心我的存在！」安德烈公爵不知爲何，既渴望又害怕她會說出和他有關的話。「又是她！好像故意似的。」他想道。在他心裡突然產生一陣心亂如麻，像青年人一樣的想法和躁動，這和他現在的生活風馬牛不相及，他覺得沒有力氣想清自己的心態。因而他躺下立刻就睡著了。

三

第二天早晨，安德烈公爵只和伯爵一個人道別，不等女士們出現，就踏上回家的路途。

現在已經是六月初了，安德烈公爵在回家的途中，又路過了那片白樺林，還有那棵彎曲的老橡樹。樹林裡，馬車的鈴鐺聲比六個星期前響得更加鬱悶了。

悶熱了一整天之後，有的地方快要下大暴雨了，可只有一小片烏雲向塵土飛揚的路上灑下了一陣小雨。那個樹林的左邊在陰影裡，黑乎乎的；而樹林的右邊潮濕且有光澤，太陽底下閃閃發光，迎風擺動，一切都是欣欣向榮的樣子，夜鶯時遠時近地唱著。

「是的，在這片樹林裡，有一棵和我想法一樣的老橡樹，」安德烈公爵想道。「可它在哪裡呢？」他禁不住欣賞起他尋找的那棵老橡樹來。那棵老橡樹現在煥然一新，它展開青翠欲滴的華蓋，巍然不動地站立著，在夕陽的映射下輕輕擺動著。透過那百年硬殼，在沒有樹枝的地方竟然可以長出光滑滋潤的葉子，簡直難以置信，這竟是那棵老樹生出的。「是的，這就是那棵橡樹，」安德烈公爵想道，於是，他突然體會到一種沒來由的快樂和復甦的感覺。他一生中最美好的時刻突然一下子湧上心頭：奧斯特利茨和那高高的天空，亡妻那帶有責備意味的面孔，皮埃爾在渡船上，為美麗的夜色激動的少女，這一切都猶在眼前。

「不，三十一歲的生活並沒有結束！」安德烈公爵突然堅定果斷地說。「我知道我內心中的一切是不足的，應該讓所有的人都知道：讓皮埃爾，讓那個要飛上天的女孩，讓所有的人都知道我，這樣我才不只為自己活這一輩子，不能讓他們像這個女孩一樣，和我無關地生活著，要讓我的生活影響他們的生活，讓他們和我共同生活！」

回家之後，安德烈公爵計畫秋天去聖彼德堡。每分鐘他都能想出許多他必須去聖彼德堡的理由，甚至再去服軍役的合情合理的理由。他覺得很明白，如果他不把他的全部人生經驗用於事業，再次投入積極的生活，那麼這些經驗就將不名一文，變得毫無意義。這次旅行之後，安德烈公爵開始覺得鄉村生活枯燥乏味，從前的事已提不起他的興趣。於是常常一個人坐在書房裡，站起來，踱到鏡子前，專注地觀察著自己的面孔。隨後轉過身來看著已過世的麗莎的畫像，她有著希臘式的蓬鬆卷髮，溫柔快樂地從金色框子裡看著他。她已經不對丈夫說從前那些令人害怕的話了，只是單純地、愉快地、驚訝地看著他。安德烈公爵在室內踱了很久，有時皺眉，有時微笑，反覆思考著那些魯莽的、無以言表的思想，那些會改變他的全部生活，和皮埃爾、和榮譽、和窗口的少女、和橡樹、和女人的美和愛情有關的思想。

「我親愛的，」有時，瑪麗亞公爵小姐在這時候進來說道，「小尼古拉今天不能出去了，天很冷。」

「如果天暖和，」安德烈公爵在這時候就冷淡地回答他妹妹道，「他只穿一件襯衣出去了，既然冷，那就多穿些衣服，衣服就是因爲這個才發明的。這就是由天氣冷應得出的結論，而不是當孩子需要呼吸新鮮空氣時，卻讓他待在家裡。」他分析得頭頭是道。

遇到這種情況，瑪麗亞公爵小姐常常想，智力活動使男人們變得很枯燥無味。

四

一八〇九年八月，安德烈公爵回到聖彼德堡。正值年輕的斯佩蘭斯基[63]的聲望和他所推行的變革達到頂峰的時候。八月裡，君主從他的彈簧馬車上摔下來，腿受了傷，在聖彼得宮住了三周，每天只接見斯佩蘭斯基一個人。此時正在籌備的不僅是那兩道震驚社會的聖諭：有關廢除宮中官階和關於對五等、八等文官進行考核等，還有一整套國家憲法制度，目的在改變由樞密院到鄉公所現行的俄國立法、行政、財政管理制度。

63. 斯佩蘭斯基（一七七二至一八三九）俄國改良派政治家，企圖使農奴適應資本主義發展要求，在反動貴族壓力下，於一八一二年被放逐。

現在，在民政方面的改革，所有的人都被斯佩蘭斯基代替了，而軍事方面被埃勒契伊夫[64]替代了。安德烈公爵來後不久，就做爲御前侍從，在宮中和朝會中出現。沙皇兩次碰見他，沒有和他說一句話。安德烈公爵從前就一直覺得君主厭惡他，現在從君主投給他的冷淡疏遠目光中，他這一猜測得到證實。據朝臣們說，君主怠慢他是因爲他從一八〇五年以來未在軍中服役。

「我知道人是不能控制自己的好惡的，」安德烈公爵想道，「因此，把我關於變革軍事條令的建議親自呈遞給沙皇的事，就別想了，可這個建議本身會說明問題的。」

他把建議的事告訴了一個老元帥——他父親的至交。老元帥約了他來，親切地接待了他，答應奏明沙皇。幾天後，安德烈公爵接到通知，陸軍大臣埃勒契伊夫伯爵要召見他。按照約定，早晨九點安德烈公爵來到埃勒契伊夫伯爵的接待室。

他不認識埃勒契伊夫，也從沒有見過他，可他所聽到的關於他的一切，幾乎不能引起他對這個人的敬意。

「他是陸軍大臣，是陛下信任的人；既然他奉命參考我的建議，即只有他能使這個建議被採納。」安德烈公爵混雜在人們中間，等候召見時想道。

安德烈公爵在部隊期間，多數是做副官，在接待室裡見過許多重要人物，這些接待室的不和之處他很清楚。埃勒契伊夫伯爵的接待室尤其是這樣。在這個接待室裡，排隊等待被接見的不重要人物的臉上，顯示出羞怯和恭順的表情；在官銜高一些的人的臉上，表現出一種共和的尷尬的表情；有一些人滿腹心事地踱來踱去；另一些人小聲說著，發出笑聲。安德烈公爵聽見「西拉．安德烈伊奇[65]」這個

64.保羅一世及亞歷山大一世時期俄國最反動的人。
65.這是阿拉克且耶夫的綽號，俄語「西拉」這個詞有權勢的意思。

綽號和「大叔要給你點厲害瞧瞧」這句話，這指的是埃勒契伊夫伯爵。

可每當門開的時候，大家臉上就只有一種表情了——害怕。安德烈公爵請值班員再爲自己報告一次，可值班員看了他一眼說道，到時間會叫他的。一個軍官被召進那個令人畏懼的門，他臉上那種屈辱和驚恐的表情使安德烈公爵驚訝。這個軍官的接見持續了很長時間。突然門內傳出了令人不愉快的吼聲，於是那個軍官心驚膽顫，抱頭從裡邊走出來，穿過接待室出去了。

這之後，安德烈公爵被帶到門前，值班員小聲說道：「在右邊，靠近窗口。」

安德烈公爵走進一個簡樸而整潔的辦公室，桌旁坐著一個四十來歲的人，腰身細長，長頭短髮，滿臉皺紋，遲鈍的綠褐色眼睛，皺著眉頭，紅色的鼻子向下垂懸著。埃勒契伊夫把頭轉向他，可還是不看他。

「您有什麼請求？」埃勒契伊夫問道。

「我沒什麼請求，大人。」安德烈公爵小聲回答。

埃勒契伊夫的眼睛盯著他。

「請坐吧，安德烈公爵。」他說道。

「我沒什麼請求。只是陛下把我遞上的一個建議書轉批給大人了……」

「您知道，我已經看過您的建議了。」埃勒契伊夫打斷他的話，眼睛又不看安德烈公爵，變得越來越嘮嘮叨叨、輕蔑的腔調，「您建議實行新的陸軍法規？法規有很多，連舊的都無人去執行。現在人人都在寫法規，寫比做容易呀。」

「我遵照陛下的旨意來問大人，您打算怎樣處理我的意見書？」安德烈公爵恭敬地說道。

「對您的意見書我已做了批示，交到委員會去了。我不滿意。」埃勒契伊夫一邊說，一邊起身從他的辦公桌上拿起一份文件。「在這裡！」他把那個文件交給安德烈公爵。

文件上寫了一行字，沒有大寫，也沒有標點，拼寫還有錯誤：「論據不足，似有抄襲法國軍事法典之嫌，而且不必要地背離軍事法典。」

「建議書交給哪個委員會了？」安德烈公爵問道。

「交給陸軍條令委員會，閣下已經被我推薦做委員，可沒有薪俸。」

安德烈公爵微笑了。

「我也不願意。」

「一個拿不到薪水的委員，」埃勒契伊夫又說了一遍，「我很榮幸！喂！下一個！還有誰？」他一邊喊，一邊對安德烈公爵鞠躬。

五

在等待委員會任命的時候，安德烈公爵拜訪了老朋友，特別是那些可能對他有幫助的掌權者。在聖彼德堡，他體會到一種和戰鬥前相似的感覺，經受著好奇心的折磨，那個與千百萬人命運相關的上層集團對他有極大的吸引力。他覺得這個時候，一八〇九年，在聖彼德堡正在謀劃著一次大的國內戰爭，總司令是一個他從未見過的、神秘的、絕頂聰慧的人物——斯佩蘭斯基。他對這場改革和改革家斯佩蘭斯基產生了濃烈的興趣。

安德烈公爵當時處於最優越的地位，得到聖彼德堡上層社會集團的款待。改革派熱情地歡迎他、拉攏他，第一，他聰慧好學，知識淵博；第二，他解放了他的農奴，因而獲得了自由派的支持。老公爵的兒子，因爲是不滿意改革的老人派，爭取在抨擊變革的問題上贏得他們的同情。婦女界熱誠地歡迎他——他是個有錢、有名的最佳未婚夫；他幾乎被當成一個新人看待，他陣亡的訛傳和他妻子淒慘的死亡給他蒙上一層浪漫的色彩。另外，所有從前認識他的人，都認爲，他變得和藹可親了，穩重成熟了。人們討論他，對他產生了興趣，都想拜見他。

會見埃勒契伊夫的第二天晚上，安德烈公爵去了克齊賓耶伯爵家。他把會見西拉·安德烈伊奇的事情告訴了伯爵。

「我親愛的，」克齊賓耶說，「在這件事上，您也少不了斯佩蘭斯基，他什麼都管。我要和他談一談。他答應今天晚上來。」

「斯佩蘭斯基和陸軍條例有什麼關係呢？」安德烈公爵問道。

克齊賓耶微笑著搖搖頭，對安德烈的天真無知很驚訝。

「最近，我和他談起過您，」克齊賓耶繼續說道，「談到您那些自由的農民。」

「哦，公爵，解放農奴的就是您啊？」一個老先生蔑視地看了博爾孔斯基一眼說道。

「那是一個沒什麼收益的小田莊。」安德烈公爵回答道，努力地淡化自己的行爲，避免激怒那個老先生。

「您害怕落後……」老先生看著克齊賓耶說道。

「有件事我不明白，」他接著說道，「如果把他們都解放了，誰來種田呢？制定法律是容易的，實施起來就難了。就像現在，我說，伯爵，既然每人都得經過考試，那麼由誰來負責各部門呢？」

「我想是那些通過了考試的人。」克齊賓耶環顧四周回答道。

「比如，我手下的普利雅尼契尼科夫，一個很能幹的人、出類拔萃的人，可他已經六十歲了。難道他也要參加考試嗎？」

「這有些爲難，教育還沒有普及，可……」克齊賓耶伯爵沒說完，他站起來，握住安德烈公爵的手，迎接一個剛進來的四十歲左右的高個子男人——禿頂，淡黃色頭髮，高寬的前額，煞白的長圓臉，脖子上懸著一個十字架，左胸前佩戴著一枚勳章，這就是斯佩蘭斯基。安德烈公爵立刻就認出了他，心裡有什麼東西抖了一下。他不知道這是尊敬、羨慕，還是期望。斯佩蘭斯基有一種很容易使人辨出的特別的東西。他沒有見過哪一個人通過笨拙、遲緩的動作顯露出那樣的鎭靜和自信；他沒有見過誰能從他這樣一雙微閉的眼睛裡射出那種既堅定又柔和的目光；他從未見過那種白嫩的面孔，和那雙稍有點寬可很白淨豐滿的手。這就是斯佩蘭斯基——國務秘書向君主做報告的人，君主在埃爾富特的友伴，他多次和拿破崙會見和交流。

斯佩蘭斯基不急於說話，他小聲說著，可一定要別人認真聽他的話，兩眼只看交談者。

安德烈公爵特別關注斯佩蘭斯基說的每一句話，觀察他每一個動作。安德烈公爵每碰到一個新人，特別是像斯佩蘭斯基這樣聲名顯赫的人物時，總希望在他身上看見獨一無二的人類品德。

斯佩蘭斯基對克齊賓耶說，在宮裡耽誤了，他很抱歉不能早一點來。他並不說君主挽留了他，安德烈公爵注意到了這種謙虛的掩飾。當克齊賓耶介紹安德烈公爵的時候，斯佩蘭斯基笑著慢慢地把目光轉向安德烈，默默地看著他。

「很高興認識您，久仰大名。」他說道。

「陸軍條例委員會的主席是我的好朋友馬格尼茨基先生，」他說道，把每一個字和每一個音節都說得很清晰，「如果您願意，我可以介紹你們認識。他情願促成一切合理的事情。」

一個圍繞著斯佩蘭斯基的圈子形成了，那個談到他的下級官員普利雅尼契尼科夫向斯佩蘭斯基提出了一個問題。

安德烈公爵沒有參加談話，只觀察著斯佩蘭斯基的每一個動作。這個人，前不久還是個神學院的學生，而現在，安德烈想道，卻把俄國的命運握在手中。安德烈公爵感到驚訝的是，斯佩蘭斯基以蔑視、冷靜的態度回答了那個老先生。他深不可測地對他說著阿諛奉承的話。

在那裡談了一會兒，斯佩蘭斯基站起來，走近安德烈公爵，把他叫到房間的另一邊。對安德烈說道：「那位老先生把我拉入熱烈的談話中，我還沒有和您談談，公爵。」他帶著溫情及輕視的笑容說道，似乎暗示，剛才跟他交談的那些人微不足道。這種態度使安德烈公爵得意。

「我早就瞭解您了：首先是您對農奴所做的事，這是我們第一個例子，很希望有更多的模仿者；其次是，關於朝臣等級的新法令引起很多非議，您卻不認爲這樣做讓自己受了委屈。」

「是的，」安德烈公爵說道，「父親不讓我利用那種特權。我是從低級官階做起的。」

「令尊明顯站得比當代人高，他們萬難認同這一恢復天公地道的措施。」

「不過，我認爲這萬難是有道理的。」安德烈公爵說道，他不想事事都跟隨他，他想抵抗。他一向能言善辯，可在和斯佩蘭斯基談話時，卻感到詞不達意了。他過於專注他了。

「可能是因爲個人虛榮心吧。」斯佩蘭斯基冷靜地插嘴道。

「不管怎樣都出於國家的利益。」安德烈公爵說道。

「您指的是什麼呢？」斯佩蘭斯基靜靜地閉上眼睛。

「我很崇拜孟德斯鳩，」安德烈公爵說道，「也贊同他關於君主政體的基礎是榮譽的思想，我覺得這是不容懷疑的。」

笑容從斯佩蘭斯基白皙的臉上褪去了，或許是安德烈公爵的思想激發了他的興趣。

「如果您用這個觀點看問題。」斯佩蘭斯基繼續說，「榮譽，不能用不利於公務的特權來維繫，榮譽，如不是不做卑賤的事的消極觀念，就是一種爲得到稱讚和獎勵而進行比賽的源泉。」他的論據簡明扼要，一目了然。

「維持做爲競賽的根源的榮譽制度，不僅不會有危害，而且能推進公務方面的成就，不過不是一個階層或宮廷的特權。」

「我不想爭論，可一旦宮廷特權達到了這樣的目的，」安德烈公爵說道，「每一個朝臣都認爲自己必須對得起他的地位。」

「可您卻不想利用那種特權，公爵，」斯佩蘭斯基微笑著說道，他情願禮貌地結束這場令他的交談者難堪的爭論。「如果您願意，星期三來看我吧，」他補充說，「我一定要和馬格尼茨基談談，並把您可能有興趣的東西告訴您，另外，也可以和您更仔細地談談。」他閉上眼睛，輕輕地鞠了一躬，悄悄地離開了那個房間。

六

晚上回家時，他在記事本裡寫下四、五起重要的訪問和在規定的時間內應赴的約會。一天的安排要求做到準時佔用了他生活中大部分精力。他任何事都沒做，甚至不思考，也來不及思考，只是一味地討論他從前在鄉下考慮過的事。

斯佩蘭斯基與他的兩次見面，都和他進行了心和心的長談，給他留下了不可磨滅的印象。

安德烈對很多人採取輕視的態度，想在某人身上發現他所追求的完美的人的活生生的典範，因而他輕信在斯佩蘭斯基身上已經找到了這個理想人物：一個很聰慧和有道德的人。如果斯佩蘭斯基也出身於他那個社會階層，受的是同樣的道德和傳統教育，安德烈很快就會發現他那怯懦的、平凡的一面，可現在，因爲對他的瞭解不夠，斯佩蘭斯基怪異的邏輯思維方式反而格外引起他的尊敬。另外，斯佩蘭斯基在安德烈公爵面前刻意顯示自己那公正的冷靜和智慧，巧妙地討好安德烈公爵，這就是自負和默認只有他和他能夠懂得自己那深邃雋永的思想。

在他們星期三晚上的長談中，斯佩蘭斯基好幾次說道：「我們既想要讓狼吃飽，也要使羊平安……」或面帶笑容說：「我們關注著一切超越一般水準，即根深柢固的習俗的東西……」或者說：「他們無法理解這點……」總是用這樣一些詞：「我們，您和我，我們懂得他們是什麼，我們是誰……」

這次和斯佩蘭斯基的會談，更增強了安德烈公爵第一次見到斯佩蘭斯基時的感覺：他看到一個思想嚴謹的睿智的人，他靠自己的毅力和堅強取得了權力，而且用這權力只爲俄國造福。他自己就想成爲這樣的人。斯佩蘭斯基把一切都詮釋得準確明瞭，安德烈公爵在一切事上都讚賞他。他也反駁和爭論，那只是他故意保持獨立性，避免完全聽從斯佩蘭斯基的意見而已。一切都是對的，一切都很好，只有一件事令安德烈公爵恐懼。這就是斯佩蘭斯基那冰冷的、明鏡般清亮的目光，讓人看不到他的心裡，還有他那雙白嫩的手，正像人們看掌權的人的手一樣，安德烈公爵不自覺地看他那雙手。這鏡子一般的目光和那細嫩的手，不知爲何使安德烈公爵生氣。總之，讓安德烈公爵佩服的是，斯佩蘭斯基對理性的力量和權威的不可動搖的堅定信念。

在他們相識的初期，安德烈對他的欣賞之情，就像他一度對拿破崙的讚譽一樣。斯佩蘭斯基是一個教士之子，愚蠢的人們可能因他的出身而庸俗地輕視他，這一點使安德烈公爵格外敬重他對斯佩蘭斯基的感情。

安德烈在他那裡度過的第一個晚上，在談起法典編纂委員會時，斯佩蘭斯基諷刺地對他說，委員會已經存在一百五十年了，花掉了幾百萬，什麼也沒做成，只是羅森坎普夫給所有比較的條目貼上了標籤而已。

「這就是國家花了幾百萬得到的東西，我們想要給參議院新的司法權，可我們沒有法律。因而像您這樣的人不去交功是一種罪過。」他說道。

安德烈公爵說：「那種工作需要接受過法律教育的人，可是我沒有受過那種教育。」

「可誰也沒有受過這種教育，那該怎麼辦呢？這是一個怪圈，需要努力走出來。」

七天後，安德烈公爵加入了軍事條例編纂委員會，有一點他無論如何也想不到，他居然成了法典編纂委員會一個分部的負責人。因爲斯佩蘭斯基的請求，他開始編著民法的第一部分，並按《查士丁尼法典》和《拿破崙法典》草擬人權條文。

七

在兩年前，一八〇八年，皮埃爾檢查完田莊回到聖彼德堡之後，自然地成了聖彼德堡共濟會的負責人。於是他負責組織分會的聚餐和喪儀，接收新會員，關心各分會的聯繫，尋找眞正意義的會章。自己花錢裝備會所，竭力補充義捐，甚至自己出資維持分會在聖彼德堡建立的一所所謂的貧民院。

同時他還像從前一樣荒唐放任。他嗜酒，好吃，即使他認爲這是不道德的，是有失身分的，卻不能拒絕那些單身漢團體的娛樂。

可是就在各種事務和尋歡作樂中過完一年，皮埃爾發現，他越想站穩腳跟，他所立足的地面就越往下沉。踏上一隻腳時他陷下去了。爲了要證實他所立足的地面的堅固性，於是他踏上了另一隻腳，只是陷得更深了，身不由己地在沒膝的泥潭中緩緩挪動。

揚思弗·阿列克謝耶維奇現在不在聖彼德堡，他近來擺脫了聖彼德堡分會的事務住在莫斯科。分會的會員全是皮埃爾的熟人，他很難只把他們當作共濟會的會友，很多是他平時認識的膚淺之人。在募捐時常只有十多個會友捐的二、三十個盧布，而其中半數人像皮埃爾一樣富有，皮埃爾數著這些錢，想起共濟會的宣言：每個會友應承諾把一切獻給他人。於是他內心產生疑慮，可盡力不去多想。

他把自己所認識的所有會友分成四類。第一類人不積極參加分會的或世俗的事務，只一心研究共濟會的神秘教義。他們其中的大多數是老會員，他相信，揚思弗·阿列克謝耶維奇也屬於這一類，皮埃爾尊敬這類會友，可他和他們道不同，興趣不和。他對共濟會神秘的一面不感興趣。

皮埃爾把自己和類似自己的人列入第二類。他們時而動搖，時而在探索著，在共濟會中他還沒有找到一條筆直正確的路，可希望能找到它。

皮埃爾列入第三類的會友，只注重共濟會的表面形式和儀式，而不去關心其內容和意義。威朗歐什吉，甚至總會會長都是屬於這一類的。

最後，第四類會友數量也不是很少，特別是對於最近新入會的那些人。據皮埃爾觀察，這些人無任何信仰，他們也無任何追求，他們加入共濟會的目的只是爲了認識那些年輕、富足、有權勢的人。

皮埃爾開始對他正在做的事感到不滿。有時他覺得共濟會全都建立在一種形式上。他甚至不想懷疑共濟會本身，只是懷疑俄國的共濟會走錯了路，現在已經偏離了它原來的教義。因此到年底的時候，他到國外去尋找共濟會的高級秘訣了。

一八〇九年夏天，皮埃爾回到聖彼德堡。俄國的共濟會會員在和國外會員的通信中瞭解到，別祖霍夫在國外已經得到高級人士的支援，接受了很多秘訣，現在被提到更高一級了，而且帶回很多對俄國共濟會有幫助的東西。現在很多聖彼德堡的共濟會會員都來拜訪他，討好他。

在會上，皮埃爾答應在二級分會上把他從最高級領導那裡得來的東西傳授給聖彼德堡的會友。會場上座無虛席。舉行了例行的儀式之後，皮埃爾站起來，開始演說了。

「親愛的會友們，」他大聲地說道，手裡拿著一篇準備好的演講稿，漲紅著臉，斷斷續續地說，「現在只待在分會安靜的角落裡，遵守分會的秘密是不夠的——我們需要的是行動，行動！可是我們正處在昏昏欲睡的狀態，因而我們應當立刻行動。」皮埃爾拿起筆記本，繼續讀下去，「為要傳播真正的真理，取得美德的勝利，」他讀道，「我們應當剔除人們的偏見，傳播合乎時代精神的原則，承擔起青年人教育的責任，和最聰慧的人建立堅不可摧的聯繫，勇敢而理智地破除迷信、無信仰和愚昧，把忠於我們的那些人組成一個聯合起來的、具有權威和力量的團體……

「為了要達到這個目的，我們應當讓德行打倒罪惡，而且努力去爭取。可是在這些偉大的事業方面，一些現行的政治機構在很大程度上是阻礙著我們的。在這種情況下，我們怎麼辦呢？是擁護革命，打倒一切，用武力來抵抗武力嗎？……不！我們完全沒有這種想法。那種改革完全不會消除罪惡，也因為智慧不需要暴力……

「本會的整個規劃應當是培育那些因信仰一致而聯繫在一起的堅強的、有德行的人，在任何地方我們都要努力消滅罪惡和愚蠢，扶植天才和美德，挽救有價值的人，讓他們都參加我會。總之，我們應當建立一種具有普遍權威的管理形式，把它推廣到全世界，同時並不破壞世俗的關係，現在本會的目的就是讓德行戰勝罪惡。這就是基督教自身的目的……

「自然，當一切陷入黑暗時，單是宣揚教義就夠了。新的真理具有特別的力量。可是，現在需要使被感情支配的人類，在美德中找到感覺上的魅力。去除欲望是不可能的；應該盡力把它引向高尚，因此現在我們需要讓每個人在美德範圍內滿足他的欲望。因而本會應當提供達到這一目的的方法……「只要我們在每個國家有了一定數目的優秀人才之後，每個人又培養另外兩個人，而且互相緊密結合，那時本會就什麼都辦得到了，現在本會已經對人類福利做出了很多貢獻。」

這篇演說在分會中留下了深刻的印象，而且也引起了波動。大多數會友從這裡看到光明教[66]的危險企圖，讓皮埃爾驚訝的是大家對它態度冷漠。會長反駁皮埃爾，皮埃爾發表了自己的意見。在會上形成了幾派：一些人責備皮埃爾是光明教，對他進行譴責；另一些人擁護他。在這次會上，第一次令他感到詫異的是，人類思想無窮無盡的多樣性：任何真理在兩個人的理解中都是不一樣的。就連那些站在他這邊的人，也按他們自己的意思來理解他，有他們的限度和修改，而皮埃爾最需要的是全部照他的理解，把自己的思想傳達給別人。

會議結束時，會長指責他太過於激烈，而且說，在爭論中激勵他的不僅是對德行的喜好，也是對鬥爭的愛好。皮埃爾沒有回答，只是問，到底是不是接受他的意見？他得到的答覆是不接受，他未等舉行例行的儀式開始就回家去了。

八

皮埃爾總是陷入他那害怕的苦悶中。在分會發表演說之後，接連三天他都躺在沙發上，足不出戶。

66. 光明教是一七七六年在巴伐利亞建立的神秘宗教團體。

就在此時，他收到了妻子的一封信，請求和他見面，說很想他，希望把自己的一生交給他。在信的末尾，她告訴他，她就要從國外回聖彼德堡了。

這封信之後是皮埃爾最不尊敬的共濟會會友，突然就闖進他幽居的生活，談話涉及皮埃爾的夫妻關係問題，共濟會會友以會友勸說的方式，說他苛刻地對待他的妻子違反了共濟會的首要原則。同時他的岳母也派人來，請求他去討論一個很重要的問題。皮埃爾知道這是一個對付他的計謀，他們想要讓他和他的妻子團聚，在他當時的心境下，他覺得這是件很快樂的事。反正他對一切都無所謂了。在憂鬱心情的影響下，現在他既不關注自己的自由，也不會堅持懲罰他的妻子了。

皮埃爾既沒有答覆他的妻子，也沒有回答他岳母的問題，在一個深夜收拾了行李，就起身去莫斯科了，他順便拜見揚思弗．阿列克謝耶維奇。這就是他在日記中寫的：

莫斯科，十一月十七日。

我剛從老師那裡回來，趕忙把我的體會寫下來。揚思弗．阿列克謝耶維奇生活很艱苦，他很痛苦，因為他患了膀胱病已經快三年了。任何時候都沒有人聽見他說過一句埋怨的話。從早到晚，他除了吃一些簡單的食物之外，都在研究學術。

他親切地接見了我，要我和他並排坐在他躺著的床上。我對他做了一個東方和耶路撒冷騎士的手勢，他也用同樣的手勢回應我，並微笑著問我在普魯士和蘇格蘭分會瞭解到什麼，學到了什麼。我盡可能把自己知道的一切都告訴他，也告訴他我對聖彼德堡分會的意見，所受到的冷遇，以及我和會友們的決裂。揚思弗．阿列克謝耶維奇沉默了許久，隨後談他對這個問題的想法，他的見解立刻照亮了我的前程。令我驚訝的是，他問我是不是記得本會的三項宗旨：一、淨化和改造自己以便接受秘密；二、嚴守和認識秘密；三、通過這種淨化來改造人類。這三者中哪一個是最重要的呢？當然是自我改造和自我淨化了。只有我們都向著這個宗旨努力，才能客觀地看事情。光明教信奉的不是一種純潔的教理，相反地，正因為它熱衷於社會活動，驕傲異常。

根據這一理由，揚思弗．阿列克謝耶維奇批判了我的演說和全部活動，我是真的從內心深處佩服他。談到我的家庭問題，隨後他對我說道：「一個真正的共濟會會員的主要責任，就在於完善自身。可我們常常想，排除我們生活上的一切困難的話，就可以更快地達到我們的目的了，可正相反，我們只有在世間生活的憂慮不安中，才能實現我們那三個主要的人生目標：一、自我認知——因為人只有通過比較才能瞭解自己；二、自我完善，只有通過不斷鬥爭才可以做到；三、主要德行的達成——就是勇敢面對死亡。」

我的老師仔細地向我解釋了宇宙的大四方形的意義，並指出三和七的數字其實是一切事物的基礎。而且他勸我要正視和聖彼德堡會友交往，在分會中只擔任一些可有可無的職位，同時盡可能讓會友們擺脫驕傲，讓他們走上自我認知和自我完善的正確道路。還有，他勸我個人首先要注意到我自己，並把我所有的行為都寫在筆記本裡邊。

聖彼德堡，十一月二十三日。

我又和我的太太同房了。我的岳母哭著來見我，說海倫在這裡，請求我聽她解釋；還說，她是無辜的，她因為我的遺棄而不幸。我知道，如果讓我看見她，我就沒有辦法繼續拒絕她了。我又回到我的臥室，又讀了一遍揚思弗．阿列克謝耶維奇的信，回想我和他的談話，從中得出結論：我不應該拒絕一個提出請求的人，應該對一切人伸出援助之手，我應當負起我的十字架。不過，如果我為了行善而寬恕了她，那就讓我和她和好吧。

我這樣決定了，我也這樣寫信給揚思弗·阿列克謝耶維奇。我對自己的妻子說，我請求她忘記過去，或許我在她面前可能有什麼不對的地方，她沒什麼不對的地方，要取得我的諒解。我假裝很興奮地對她說這些話，就是不想讓她知道，再次和她見面，我有多痛苦。我住在這所大房子裡，此時的我正在體會著一種新生的快樂。

九

那時，在大型舞會和在宮中集會時，上層社會一般都分成幾個圈子，每一個圈子都有它獨特的格調。其中最大的是法國的一個圈子——拿破崙同盟派，就是盧米茨弗伯爵和科蘭庫爾[67]的圈子。海倫和她的丈夫在聖彼德堡一住下來，就在這個圈子裡有一個顯要的地位。法國大使館的先生們和許多人都常來拜訪海倫。

在有兩國國王接見時，海倫到過埃爾富特，從那裡帶回了歐洲所有拿破崙派的知名人士的關係。在埃爾富特她大紅大紫，拿破崙曾在戲院中見過她，高度稱讚她的美貌。

海倫做爲一個漂亮優雅的女人獲得成功並不使皮埃爾驚奇。使他驚奇的是，在過去兩年間，他妻子已經得到「才貌雙全的迷人美女」的稱號。青年人博覽群書之後才去參加海倫的晚會，以便能在

67. 法國將軍，當時駐聖彼得堡的公使。

她的客廳中侃侃而談。那些大使館的秘書甚至大使，把外交的秘密透露給她，因而海倫從某種意義上說，成了一種勢力。皮埃爾知道她不聰慧，有時帶著疑惑和恐懼的奇怪感覺，參加她那些討論詩歌、哲學、政治的宴會和舞會。不過，不知是因爲主持那種沙龍集會正好需要愚蠢呢，還是因爲那些被騙的人在受騙中找到了樂趣，總之戲法一直未被揭穿，而且海倫做爲一個才貌雙全的美人兒的聲名是那麼堅不可摧，她可以說最爛俗、最愚蠢的話，可大家對她的每句話還是讚不絕口，從裡面琢磨連她自己也預料不到的一些深奧含義。

皮埃爾正好是交際場上風流女人所需要的丈夫。因爲他是個滿不在乎的怪人，不會破壞客廳裡的高雅情調和總體印象，因爲他的反襯，更顯出妻子的乖僻和風雅。前兩年，因爲他鑽研一些抽象的問題，輕視其餘的一切，皮埃爾已經在他妻子的圈子裡養成一種隨遇而安的態度，這不是裝出來的，因此自然而然地贏得人們的尊敬。他走進妻子的客廳就像走進戲院，和所有人都認識，對所有人都打招呼。有時他加入一場他有興趣的談話，不管大使館的先生們在不在座，就發表起他那有時會完全離經叛道的政見。可大家對他已經有了結論，因而沒有人把他的怪念頭當回事。

仕途得意的伯里斯，是海倫從埃爾富特回來後認識最親近的、每天去她家最多的青年人之一。海倫稱他爲「我的侍從」。她對他的微笑與對別人無異，可有時這微笑使皮埃爾不安。伯里斯對皮埃爾保持莊嚴而悲哀的敬意。這敬意的感覺也使皮埃爾不安。三年前因爲他妻子帶給他的恥辱使他遭受了巨大的痛苦，他要避免再讓自己受到同樣的恥辱。

他安慰自己說：「是的，現在她已成爲女學究了，不像從前那麼風流了，從來沒有女學究戀愛的例子。」不過伯里斯一在他妻子的客廳中出現，皮埃爾就感到全身不舒服。

「多麼讓人厭惡！」皮埃爾想道，「可從前我甚至很喜歡他呢。」

在上流社會，皮埃爾是個大老爺，有點盲目可笑並且擁有一個遠近聞名的妻子，整天無所事事。可在皮埃爾的心裡，這段時間正進行著複雜而艱難的自我錘煉的過程，它給了他許多啓示，也帶給他許多精神上的懷疑和快樂。

十

皮埃爾繼續寫他的日記，以下是他在這段時間寫的：

十一月二十四日

八點起床，讀一會兒經書之後我就去上班。午飯時回來，一個人進餐。我有節制地吃、喝，飯後為會友們抄寫了幾段經文。晚上去樓下伯爵夫人那裡，為他們講了一個可笑的故事，大家都哈哈大笑，我覺得我好像不應該這樣做。

我懷著平靜而快活的心情入睡了。

十一月二十七日

我起晚了。有點兒懶，醒了又在床上躺了很久。上帝啊！求求您幫助我，讓我堅強，讓我跟隨你吧！我讀了聖書可是沒有什麼感覺。會友烏魯紹夫來了，我們討論了塵世的紛擾。他傳達了陛下新的旨意。我開始教訓他，可是想起我恩師的話和我的戒律。現在我的舌頭是我的敵人。還有會友G、V和O來看我，他們就讓我給一個新會友當訓導師。我覺得我自己不合適。隨後談話轉向聖殿七柱、七級的解釋，七惡、七學、七德還有聖靈的七惠的解釋。○會友能說會道。晚上舉行了入會儀式。入會的是伯里斯，我做為訓導師介紹了他。當我單獨和他在那個黑房間裡的時候，我發覺我對他懷著一種仇恨的感情。我真想把他從罪惡中救出來，走上真理的道路，可是我無法打消對他的不良看法。我覺得他入會的動機不過是為了得寵而已。他問過我幾次N和S到底是不是我們分會的會員，而且據我觀察，他過分注意和滿足自己的外表，他不會想做精神上的完善。我覺得他不誠實，當我單獨和他站在黑暗的聖堂裡的時候，我覺得他會輕蔑地嘲笑我的話，現在我多想把我手裡的劍刺進他赤裸的胸膛。我不善於爭辯，而我也不能對會長和會友們坦白地說出我的猜疑。幫助我脫離謊言的迷宮，隨後找到真理之路吧，偉大的造物主！

在這之後，日記中留了三頁空白，接著他又寫了下面的話：

我單獨和會友V做過一次促膝長談，他勸我接近會友A。即使我不適合，可卻對我有了很大啟發。和會友V的討論，讓我在德行的路上更加堅定，精神煥發，信心倍增。我現在很瞭解了，匱乏的社會科學和我們神聖的教義之間的不同了。在本會的聖學中，所有的一切都是統一的，一切都從其整體和生活中來認識和理解。那些物質的三元素是三位一體的：硫黃、水銀和鹽。三者結合應當可以產生其他的物體。因為水銀是一種浮動的、流質的精神元素。基督，聖靈，啊！……

十二月三日

起床晚了，看了一會兒聖經，可是沒什麼感覺。隨後去了一趟大廳。我想思考一下，可是我的腦中卻浮現了四年前發生的一件事，在決鬥後，多洛霍夫先生在莫斯科遇見我時說，即使我沒有了妻子，他特別希望我能得到心靈的寧靜。當時我什麼也沒回答他。此時想起了那次會面的每一細節，我在心裡給了他最惡毒、最刻薄的回答。直到我發覺自己已經憤怒了，才清醒過來，把那個靈魂趕走，不過我並沒有完全懺悔。後來伯里斯來了，才開始講述各種冒險的故事。我從一開始就不歡迎他的來訪，因而對他說了一句難聽的話。他反駁了，因而我生氣了，對他說了許多不愉快的、甚至粗魯的話。最後他沉默了。當我醒悟過來的時候已經太晚了。我一點也不懂得和他和諧相處！歸根結柢是我的自尊。我自以為比他高了一頭，卻變得比他更壞，因為他已經饒恕了我的粗暴，而我相反，卻很鄙視他。噢，上帝，請讓我在他面前多看一下自己的卑微，而且讓我的行為對他也有益處。在午飯後我就睡了，在我入睡時，我清楚地聽見左耳朵邊有一個聲音說道：「這是你的日子！」

十二月七日

我作了一個夢，揚思弗．阿列克謝耶維奇坐在我家裡，我很激動，想要招待他。我不停地和別人閒談，突然想起這會使他不高興，於是我就想到他身邊擁抱他。可是我一靠近，他的臉立刻變了，變得年輕了，他平靜地和我談一件和本會教義有關的事，可是聲音小得我聽不清楚。隨後我們都離開了那個房間，並發生了一件奇怪的事。我們在地板上坐著，他對我說著什麼，而我想讓他明白我的感覺，我開始回想我心裡那個人的狀況和上帝給我的賜予。於是，我眼中現出了淚水，我很滿意他看見了這點。可是他沮喪地看了我一眼，突然跳起來，中止了他的談話。我害怕了，問他剛才說的話是不是和我有關；可是他什麼也沒說，對我表現出溫柔的樣子，隨後我們出現在我的臥室裡，裡面擺著一張雙人床。他躺在床邊，我很想愛撫他，於是也躺下來。「老實告訴我，誘惑您的是什麼？我以為您已經知道了。」他說道。這個問題讓我手足無措，我回答說我的主要劣習是懶。他不相信地搖了搖頭。於是我更加不好意思了，回答說，我即使和妻子一起住，可是我們沒有像丈夫和妻子那樣生活。他回答說，不該奪去妻子應得的溫存，因為那是我的責任。可是我回答說，我恥於那樣做。突然間一切都消失了。我醒了，腦子裡浮現《福音書》上的一段話：「生命就是人的光。光照在黑暗裡，可是黑暗卻不接受光。」這一天我收到我恩師的一封信，他在信中談到「夫妻的責任」。

十二月九日

我作了一個夢，夢醒時我還心跳不已。我看見：在自己家裡的大客廳裡，揚思弗．阿列克謝耶維奇從客廳走進來。我知道，他已經完成了再生的過程，我衝過去迎接他。我看了他一眼，依然抱著他，看出他的臉是年輕的，不過他頭上沒有頭髮，他的面貌完全改變了。突然間，我看見他像死屍一般躺在那裡；隨後他甦醒過來，拿著一本用圖畫紙手寫的大書和我走到大書房；我說：「這是我畫的。」他點頭。我翻開書，每一頁上都有美妙的圖畫。在那些書頁上，我看到了一幅美麗的少女的畫像，穿著透明的衣服，身體也是透明的，飛上雲端。我一邊看圖畫，一邊覺得我是在做錯事，可是我沒法撇開它不看。主啊，請你幫助我吧！如果是我的錯，就請指導我應該怎麼做！如果您想拋棄我，那就隨便吧！如果你完全拋棄了我，我就會在我的放蕩中毀滅。

十一

羅斯托夫家在鄉下待了兩年，經濟狀況沒有改善。即使尼古拉堅定決心，繼續在偏遠的團隊裡服役且花費比較少，可是奧特拉德諾耶的生活方式，特別是德米特里的管理方法，使債務與日俱增。現在老伯爵覺得唯一的出路就是找個事做，因而他到聖彼德堡去找差事，同時也讓少女們最後歡樂一次。

到達聖彼德堡時間不久，貝格就向薇拉提出求婚，並且被接受了。

羅斯托夫家在莫斯科屬於上流社會，可是他們自己並不知道，在聖彼德堡，交往的圈子是混雜的。他們是外省人，羅斯托夫家在莫斯科時款待過來自不同社會階層的那些人，在這裡卻不願意和他們交往。

羅斯托夫家像從前一樣好客。從奧特拉德諾耶來的鄰居、宮廷女官波拉什喀婭、不富有的老地主和他的女兒們，還有在聖彼德堡工作的縣郵政局局長的兒子。羅斯托夫家的男客，貝格、皮埃爾、伯里斯很快便成了自家人。老伯爵在街上遇見了皮埃爾就把他拉回家，貝格整天待在羅斯托夫家。

貝格把他在奧斯特利茨受傷的右手給每個人看，將一把完全無用的軍刀拿在左手裡。他神氣地向大家講述他的故事。

在芬蘭戰爭[68]中，他也盡量突出自己。因爲他撿起打死了站在總司令身旁的一個副官的炮彈片，去

68. 指一八〇八年俄國與瑞典爭奪芬蘭的戰爭。

見他的司令官。他也反覆地講述這個故事，於是他因爲芬蘭戰爭中的出色表現也獲得兩枚勳章。一八〇九年他是近衛軍大尉，憑藉幾枚勳章，又在聖彼德堡弄到很有油水的差事。

大家都承認他是一個謙遜、有道德的年輕人，也是一個勇敢的軍官，並且深得上級賞識，前途似錦，社會地位牢固。

四年前，在莫斯科一家戲院的池座裡碰見一個德國同事時，貝格指著薇拉用德語對他說：「她將是我的妻子。」從那時起他就下定決心要娶她了。現在，在聖彼德堡，他就決定求婚的時刻到了。

貝格的求婚一開始讓人疑惑不解，一個默默無聞的利沃尼亞貴族的兒子，竟向羅斯托夫伯爵小姐求婚，讓人覺得很奇怪；可是貝格性格的特性，就在於他的自私自利表現得天真淳樸，使得羅斯托夫家的人忍不住想到這會是一件好事。何況，羅斯托夫家道中落，求婚的人應該清楚；重要的是，薇拉已經二十四歲了，她有頭腦並且漂亮，常常外出應酬，可是從沒有人向她求過婚。因此就同意了。

貝格對他的同事說道：「朋友您會看到的，我把一切都考慮到了，如果我不把什麼都想好，或者有哪裡不合適，我是不會結婚的。現在，我父母生活有了保障，而我和妻子靠我的薪水能夠住在聖彼德堡，有了她的財產和我的善於經營，我們能過得很好。我有工作，她有社會地位和不多的財產。在這個時代，這是有意義的，不是嗎？她是一個值得尊敬的漂亮姑娘，這是最重要的，而且她愛我……」

貝格臉紅了，微笑了一下。

「我也愛她，因爲她明白事理，性格溫柔。可是她的妹妹，性格讓人不快，也沒有她那麼聰慧。她是那種……您明白嗎……可是我的未婚妻……您將來到我們家——來喝茶。」隨後快速捲起舌頭幸福地吐出一個小煙圈。

貝格的求婚在薇拉的家中充滿了往常在遇到這種事時的歡樂氣氛，可是這歡樂是虛偽的，是表面的。薇拉的父母對這樁婚事有一種羞愧和難受的感覺，好像他們爲了過去愛薇拉不夠，而現在又那麼想把她嫁出去而慚愧。感到最不好意思的應該是老伯爵。難爲情的原因就在於他的財產狀況，他根本不清楚他到底有多少債務，他可以給薇拉陪嫁什麼。

距結婚只差一個星期了，可是伯爵心中對陪嫁問題還沒有底，他也沒和他妻子談過這件事。一天清早，貝格走進伯爵的書房，微笑著畢恭畢敬地請他未來的岳父告訴他，薇拉有什麼陪嫁。伯爵被意料之外的問題弄得很狼狽，他毫不思索地就說：「我會讓你滿意的，我很高興你關心這件事……」

說著，他拍拍貝格的肩膀站起來，希望結束談話。可是貝格笑著解釋說，如果他不準確地知道薇拉能得到什麼，不預先拿到一部分陪嫁，他就必須解除婚約了。

「因爲，您想啊，伯爵，如果我允許自己在此時結婚，卻沒有一定的資產維持我妻子的生活，那我就太卑鄙了……」

伯爵想要做得大度，也想避免貝格進一步的要求，便說，他能夠給一張八萬盧布的期票，結束了那場談話。貝格溫順地微笑著，吻了吻伯爵的肩頭，並說他很感激，如果他拿不到三萬塊錢，就沒法開始新生活了。

「哪怕兩萬也可以，伯爵，」他補充說，「這樣，期票就是六萬了。」

「是的，好吧！」伯爵匆忙地說，「可是，我的朋友，對不起，我給你兩萬，再加上一張八萬的期票。就這樣，吻我吧。」

十二

娜塔莎十六歲了，四年前她和伯里斯接吻後，她再沒見過伯里斯。當談話涉及伯里斯時，她敷衍地說過去的一切都是兒戲，不值一提，早已被忘卻了。可是在她內心深處，有個問題令她很苦惱：伯里斯的許諾是一種戲談，還是有重要約束力的？

伯里斯自從一八〇五年離開莫斯科去軍隊之後，就再沒見過羅斯托夫家的人。他曾去過莫斯科很多次，也曾路過這附近，可是從來沒去看過他們。

伯爵夫人談到伯里斯時說：「現在老朋友都不認識了。」

德魯別茨卡婭公爵夫人近來偶爾來羅斯托夫家，她每次來都興高采烈地討論她兒子的長處和他那錦繡的前程。因爲羅斯托夫家來到聖彼德堡之後，伯里斯來拜訪他們了。

他很激動地來看他們。關於娜塔莎的回憶是他最富詩意的記憶。可是他堅定地打算要讓她們感覺到，他和娜塔莎孩子氣的關係並不能約束他們彼此。因爲他和別祖霍夫伯爵夫人的親密關係，他在社會上有著顯耀的地位；因爲他贏得了一個重要人物的信任，有了他的庇護，他在官場上也會前程似錦，他有了和聖彼德堡最有錢的未婚妻結婚的計畫。當他走進羅斯托夫家客廳的時候，娜塔莎面露溫柔的笑容，幾乎是跑進了客廳，臉立刻就紅了。

伯里斯記得四年前的娜塔莎是個無所顧忌的小女孩，有一頭卷髮，眨著閃閃發光的黑眼睛，因而，當一個迥然不同的娜塔莎進來的時候，他靦腆起來，臉上現出驚喜的神情。這表情讓娜塔莎高興。

伯爵夫人問道：「還認得那個淘氣的老朋友嗎？」伯里斯吻過娜塔莎的手，並說，她身上的變化讓他感到驚訝。

「您變得多漂亮啊！」

「那還用說嗎！」娜塔莎含笑的眼睛回答道。

娜塔莎默默地觀察著那個童年的未婚夫。他感到了那溫柔的、專注的目光，不時地看她一眼。

伯里斯的馬刺、制服、領帶以及髮式全都是最上等、最時髦的。他微微側著身子坐在靠近伯爵夫人的扶手椅上，用右手摸著潔淨無比、緊貼在左手上的手套，優雅地抿著嘴討論聖彼德堡上層社會的娛樂。娜塔莎覺得，他說最高級的貴族時，提到他參加過的一個大使的舞會——因爲受到L·L·和N·N·的邀請，並不是偶然。

所有時間，娜塔莎默默地坐在那裡，抬頭打量著他。這目光越來越使他緊張和不安。他坐了不到十分鐘之後就站起來告辭了，還是那雙挑戰的、奇怪的、略帶諷刺意味的眼睛看著她。

第一次訪問後，伯里斯對自己說，娜塔莎還像從前一樣對他有吸引力，不過他不可以對這種感情屈服，因爲和她一個幾乎沒有財產的姑娘結婚的話，就等於自毀前程。伯里斯決心不再和娜塔莎會面。

可是幾天後他又去了羅斯托夫家，而且去得越來越勤，沒日沒夜地在那裡度過。一天天，他越來越深地陷入了情網。她母親和索尼婭覺得，娜塔莎像過去一樣愛伯里斯。她給他唱他喜歡聽的歌，不讓他提過去的事，讓他知道現在是多麼美好；每天他在迷茫中離開，無法說出他要說的話，自己也不明白他要做的是什麼，爲何來，爲何結束。伯里斯不再去海倫那裡，每天收到她責備他的便條，可是他還是一天天地在羅斯托夫家裡度過。

十三

一天晚上，老伯爵夫人，穿著睡衣，白棉帽下面躺著一小綹可憐的頭髮，唉聲歎氣地跪在一小片地毯上做祈禱，就在此時，她的門吱嘎響了一聲，娜塔莎頭上繫著卷髮紙，也穿著睡衣跑了進來。

伯爵夫人轉頭過來看了一眼，皺起眉頭，她正在唸她最後的禱文：「難道這張床就要做我的棺槨嗎？」可是禱告的情緒被破壞了。

娜塔莎紅著臉，興沖沖地看見她母親正在禱告，停住蹲下來。只見她母親還在禱告，她就踮起腳尖跑到了床邊，跳上伯爵夫人擔心會成爲她的棺材的那張床。陷進羽毛褥子裡滾到牆邊，在被子底下折騰起來，膝蓋彎曲到下巴那裡，隨後一邊踢動，一邊開心地悶聲笑著，一會兒偷看一眼她母親，一會兒蒙上頭。

伯爵夫人做完禱告之後來到床前，可是一看見娜塔莎蒙著頭，就淺淡地笑了。

她說道：「哎，哎。」

娜塔莎說道：「媽媽，能談談嗎？好嗎？好吧，吻一下脖頸，另一下……好啦！」於是她抱著她母親的脖子，吻住脖頸。

她母親靠在枕頭上說道：「今天晚上要說什麼呀？」等娜塔莎蹬完腳，在她身旁被子下面安靜下來，張開雙臂，現出認真的表情。

晚上伯爵從他的俱樂部回來之前，娜塔莎這種來訪是母女倆最大的樂趣之一。

「今天晚上現在要說什麼呀？我居然還要對你……」

娜塔莎一隻手捂住她母親的嘴。

「談伯里斯……我知道，我就是為這個來的！」她拿開她的手。「媽媽，您說他可愛嗎？」她鄭重其事地說道。

「娜塔莎，你十六歲了。我在你這個年紀已經結婚了。你說伯里斯可愛嗎？他很可愛，我像愛兒子一樣愛他。你到底是怎麼想的呢？你令他神魂顛倒了，我看得出……」伯爵夫人這樣說著回過頭來看她女兒。娜塔莎一動不動地躺在那裡，因此伯爵夫人只看到她女兒的側臉。

娜塔莎一邊聽，一邊思考著。

她說道：「那又怎樣啊？」

「你讓他完全神魂顛倒了，為何呢？你要求他什麼呢？你明白你不能和他結婚呀。」

娜塔莎說道：「為何不能呢？」卻沒改變她的姿勢。

「因為他窮，因為他年輕，因為他是親戚……也因為你自己並不愛他。」

「可是您怎麼知道呢？」

「我知道。這樣不好，親愛的！」

「不過，如果我願……」娜塔莎說道。

伯爵夫人說道：「別胡說了。」

「可是如果我願……」

「娜塔莎，我是很認真地……」

娜塔莎不讓她說完。她把伯爵夫人的大手拉過來，吻手背，隨後又吻手心，隨後又翻過來，只是先從第一個指關節吻起，隨後再吻第二個指關節，嘴裡唸叨著，「一月……四月，五月。您說呀，媽媽，您怎麼不說話呀？說吧！」

隨後她回頭望著她母親說道。發現母親正在溫柔地看著自己。

「那不行啊，心肝！並不是誰都能理解你們這種從童年開始的關係，看到他和你這樣親密，會對你不好，當然最重要的是，徒然增加他的苦惱。現在他是發瘋了，他或許已經找到了一個適合自己的富有的配偶。」

娜塔莎重複道：「瘋了？」

「我想和你談談我自己的一些事。我有一個表兄……」

「我知道！就是那個基里爾．馬特維伊奇……可是他老啦。」

「可是他並不是生來就是老的。這樣吧，娜塔莎，我和伯里斯談一談。」

「爲何不應該呢，如果他想來？」

「因爲我清楚這是不會有結果的……」

娜塔莎歇斯底里地說道：「您怎麼會知道呢？不，媽媽，不要跟他說！不能和他說。這也太荒唐了吧，好吧，我不跟他結婚，不過，如果他喜歡，我也喜歡，那麼就讓他來吧。」娜塔莎微笑著，望著她母親。她重複了一遍：「不結婚，就這樣。」

「可是怎麼可以呢，我的朋友？」

「就這樣。不和他結婚。就這樣。」

伯爵夫人說道：「就這樣。」

隨後她發出老年人和善的、出乎意料的笑聲。

「夠了，不要笑！整張床都被您給震動了！您太像我，也是一個愛傻笑的人……等一下……」她抓住伯爵夫人的雙手，吻一個小手指的指關節，嘴裡說著：「六月。」隨後吻著另一隻手，繼續說道：「七月，八月。不過，媽媽，他很可愛嗎？您怎麼看？您被人這樣愛過嗎？他很可愛，很可愛。只是不怎麼適合我——他狹窄……您不明白嗎？狹窄，您知道——淺灰色，灰色……」娜塔莎叫道。

伯爵夫人說道：「你說的是什麼話！」

娜塔莎繼續說道：「您真不明白嗎？尼古拉會明白的……別祖霍夫是藍色的，淺藍帶紅色的，他是四方形的。」

伯爵夫人笑著說道：「你跟他也在調情呢。」

「不，他是一個共濟會會員，我知道了。他很好，深藍帶紅色的……我怎麼和您解釋好呢？」

伯爵的聲音從門外傳來：「你沒睡吧？可愛的伯爵夫人！」娜塔莎光著腳跳起來，抓起她的拖鞋，跑向自己的臥室。

她許久不能入睡，一直在想，別人是沒法瞭解她所瞭解的一切的。

「索尼婭？」她望著那個躬著身子正在熟睡的小貓。「不，她哪能呢？她是講道德的人。她愛上了尼古拉，其他任何人她就再也不願知道了。連媽媽也不明白。「這真讓人驚訝，我多聰慧，她多……可愛。」

她哼了一段她心愛的凱魯比尼[69]的歌劇，一下趴到床上，可以立刻入睡的念頭使她笑了起來，她叫侍女杜尼亞莎過來，吹滅了蠟燭。杜尼亞莎還沒離開臥室，她就已經進入另一個更幸福的夢中世界。

第二天，伯里斯被伯爵夫人請了過去，和他談了話，從那之後他就不再來羅斯托夫家了。

69. 凱魯比尼（一七六〇至一八四二）義大利作曲家。

十四

就在十二月三十一日——一八一〇年的除夕，葉卡捷琳娜女皇時代的一個要員要舉行一個舞會，包括沙皇和外交使團都要去參加。

而在英吉利沿河街上，無數彩燈把那位達官的公館照得燈火通明，馬車絡繹不絕，車上站著帽子上飾有羽翎、穿紅制服的跟班。從馬車裡走出穿制服的男人；臺階前，戒備森嚴，時而有憲兵、員警，甚至有數十名軍官也親臨指揮。還有很多身著錦緞和銀鼠皮服裝的女士小心地走下馬車踏板，急忙地悄無聲息地從地氈上走過。

每當一輛馬車趕過來，圍觀的人群就會發出一陣低語，並且摘下帽子。

人群中有人說：「是沙皇嗎？不是，是大使……親王……大臣。你沒看到那些羽毛嗎？」一個穿著體面的人像認識每一個人，並且喊得出當時每個達官顯貴的名字。

這時候三分之一的客人已經到了，可是要參加舞會的羅斯托夫一家卻還在忙著化妝呢。他們做了許多準備，也有很多不安和恐懼：怕收不到請帖，怕有什麼事想得不周到，怕衣服不能按時做好。

瑪麗亞·伊格納季耶夫娜·波拉什喀婭——這是一個面色發黃的、瘦弱的皇太后宮中的女官，伯爵夫人的親戚和女友，在聖彼德堡上層社交界指揮著外省的羅斯托夫家的人，她將和他們一起去。

娜塔莎是要去參加她有生以來第一次大型舞會，所以早晨八點她就起床了，一整天都處於興奮的狀態中。索尼婭和她母親完全把自己交給她擺佈。伯爵夫人將要穿一件大紅色的絲絨衣裙，她們兩個則穿著粉紅色的綢裙外加粉色的外罩，梳著希臘式的頭髮。

這時候一切都已經完成：脖子、腳、耳朵、手，都照舞會該有的樣子很認真地洗過，搽過粉，並且噴過香水了；頭也基本上梳好了。可是一直爲大家忙著的娜塔莎卻落後了。她坐在鏡子前，瘦削的肩上仍然披著一件化妝的衣服。索尼婭已經裝束整齊地站在室中央，用別針別著自己的最後一條緞帶。

「不對，索尼婭！」娜塔莎回過頭來，那個給她梳頭的侍女都來不及撒手，她叫道：「你把蝴蝶結弄錯了。快過來！」

索尼婭蹲下來，緞帶被娜塔莎換了一個樣子別上去。

那個握著娜塔莎頭髮的侍女說道：「對不起，小姐！不能這樣了。」

「哎呀！上帝，等一下吧。這就對啦嘛，索尼婭。」

伯爵夫人的聲音傳了過來：「你們好了嗎？這就十點了。」

「就好了！您呢，媽媽，已經收拾好了嗎？」

「我只剩下釘帽子了。」

「等我來釘！」娜塔莎喊道，「我覺得您釘不好的。」

「可是都十點了。」

她們原定十點半到舞場，可是娜塔莎還要打扮，而且她們還得去道利達花園。

梳好頭後，娜塔莎穿著露出舞鞋的短襯裙和母親的短上衣，輕快地跑去索尼婭和媽媽跟前，看了她一番，就跑回正在給她捲裙邊的侍女們那裡。

「瑪芙魯莎，請你快一點，親愛的！」

「給我頂針，小姐，就是從那邊……」

「你們究竟什麼時候能準備好呢？」

「給你們香水。波拉什喀婭一定等得著急了。」伯爵進門來問道。

「好了，小姐。」那個侍女說道。

這時娜塔莎開始穿衣服了。

「就好了！就好了！不要進來，爸爸！」她在她爸爸開門的時候對他喊道。

索尼婭關上門。一分鐘後，伯爵走進來了。他穿著自己的一身藍燕尾服、淺口鞋、長筒襪，還噴過了香水，頭髮上擦過油。

娜塔莎說道：「呵，爸爸！你多帥啊！帥極了！」她站在屋子中央撫平自己紗裙上的褶子。

索尼婭看著娜塔莎的裙子失望地叫道：「我不管你怎麼想，還是太長。」

娜塔莎後退一步在穿衣鏡前照一下，裙子是太長了。

果斷的杜尼亞莎說道：「沒關係，長了我可以把它縫上去，給我一分鐘就可以。」把插在她的小披巾上面的針拿下來，又跪在地板上重新做起來。

此時，伯爵夫人身穿絲絨長裙，頭戴著高筒帽，邁著輕盈的步子，膽怯地進來了。

「哦，我的美人兒！你們全都沒有她迷人！」伯爵大叫道。

他想走上前擁抱她，可是她紅著臉躲開了。

娜塔莎說道：「媽媽，您的帽子，再斜一點，讓我來。」說著就跑過來，可給她縫裙子的那兩個侍女動作太慢，只見一塊紗被撕了下來。

「天哪，怎麼回事啊！真的，這不是我弄的！」

杜尼亞莎說道：「沒關係，我會把它弄好的，看不出的。」

十點十五分，她們終於坐上了馬車，出發了。可是她們還得去道利達花園呢。

這邊波拉什喀婭東西全收拾好了。她儘管年紀大，長得不算漂亮，卻和羅斯托夫家一樣經過了同樣的準備過程。她那又醜又老的身體，仔細地搽上粉，洗過，還噴上香水。當她穿著黃色紗裙，戴著女官徽章走進她的客廳的時候，那個老侍女也如羅斯托夫家的僕人一樣讚美她。她也很高興地讚賞著羅斯托夫家人們的打扮。

十一點整，她們仔細地保護著髮型和漂亮的裙子坐上馬車，出發了。

十五

娜塔莎這一天異常忙碌，根本沒想過將面對什麼事情。

在半明半暗擁擠、搖晃的馬車裡，她第一次情不自禁地想像到在舞會上，還有在那燈火通明的大廳中等待她的一切：跳舞，音樂，鮮花，以及尊敬的陛下和全聖彼德堡最漂亮的青年人。這一切都是那麼美好，她都無法確定這會是真的。

一直到她穿過大門口的紅地氈，進了前廳，和索尼婭並排走在母親的前面，穿過花叢邁上明亮如畫的樓梯時，她才確定一切都是真的。直到此時她才想起在舞會中應該如何表現。可是，她覺得什麼都看不清楚，甚至兩眼發暈，只見她緊張得屏住呼吸，她一邊走著，一邊盡力掩飾著自己的激動。在她們的前後左右，其他客人也都小聲說著話，並且穿著漂亮衣服走進來。

娜塔莎照了照鏡子，覺得分辨不出別人或她自己的身影。所有一切匯合成一條流光溢彩的長龍。走進第一個大廳，人們的說話聲、問候聲、腳步聲令娜塔莎的耳朵嗡嗡作響，燈光和閃耀的裙子令她眼花撩亂。主人已在門前等了半個多鐘頭，對所有賓客都在重複著問候：「很高興見到您！」也用同樣的方式招呼羅斯托夫家的人和波拉什喀婭。

還有那兩個身穿白色罩裙的少女一直在整齊地行屈膝禮，可是女主人的目光在纖弱的娜塔莎身上多停留了一會兒，對她大力地微笑了一下。男主人也用一種愛慕的目光伴送著娜塔莎。

他吻吻她的手指尖讚美道：「真可愛！」

在舞廳中，伯爵夫人恭敬地立在門前等著沙皇，娜塔莎聽到並意識到，好幾個人在看她，打聽她。她知道那些注意她的人都喜歡她，此時她心裡平靜了些。

波拉什喀婭把參加舞會的人中最重要的人物指給伯爵夫人看。

她指著滿頭稠密銀灰卷髮的老頭說道：「您看，那就是荷蘭大使，那個長滿灰白頭髮的人。」那個老頭被一群女士緊密圍著，不知他說了什麼，使得她們大笑不止。

波拉什喀婭指著剛走來的海倫說道：「看，那邊的那個就是別祖霍夫伯爵夫人，聖彼德堡的皇后。」

「真漂亮！不亞於瑪麗亞．安東諾芙娜[70]，看，那些男人，不管年紀多大，都對她獻殷勤。又迷人，又聰慧……據說，親王快被她迷死了。但是這兩個，雖然並不出眾，卻有更多的人圍著呢。」

她指著一對母女說，那女兒長得不太漂亮。

波拉什喀婭說道：「她是一個有百萬家產的待嫁姑娘，看哪，她的求婚者們都來了。」

「那個是別祖霍夫伯爵夫人的哥哥，阿納托利．庫拉金，很英俊，不是嗎？我聽說他們計畫讓他跟那個富有的小姐結婚呢！不過您的表親伯里斯對她也窮追不捨。據說，她有好幾百萬哪！噢！那就是法國大使啊！」她指著到處張望的騎衛軍的漂亮軍官說道。她回答伯爵夫人：「他的樣子像是個國

70. 亞歷山大一世的情婦，以美貌著稱。

王！不管怎麼樣，法國人是可愛的，尤其可愛，在社交界他們當然是最受歡迎的了。看，她來了！是的，她是那麼優秀，我們的瑪麗亞．安東諾芙娜！她穿著多麼優雅！」

她指著皮埃爾說道：「這個戴眼鏡的胖子是世界共濟會的，和他太太相比，他簡直就是一個小丑！」

皮埃爾搖晃著他那肥大的身體，擠過人群，向左右兩側點著頭，漫不經心。他在人群中不停地張望，顯然在尋找什麼人。

娜塔莎高興地看著波拉什喀婭所說的「小丑」，很清楚他在人群中找她們，主要是找她。因為他曾經親口答應她來參加舞會，並給她介紹舞伴的。

可在他找到她們之前，皮埃爾在一個穿白制服、黑髮、很英俊、中等身材的男人身旁停下來，這時候那個人站在窗邊，正在和一個佩戴勳章和綬帶的高個男子熱烈地說話。娜塔莎立刻認出那個穿白制服和個子不高的年輕人——他是安德烈，她覺得他變得活潑且年輕得多，也漂亮得多了。

「看，還有一個熟人——博爾孔斯基，您看到了嗎，媽媽？」娜塔莎指著遠處的安德烈公爵說道，「您還記得嗎？他曾經在我們家過夜一晚的。」

波拉什喀婭說道：「啊，你們認識啊？我很厭惡他。因為現在大家都為他發瘋了。他自大得不得了。像他的父親一樣。他和斯佩蘭斯基混在一起，正在起草什麼草案。看！那些女士真可憐！她和他談話，可他卻轉過身去。」她指著他說道：「如果他也那樣對我的話，我一定會教訓他一頓的。」

十六

過了一會兒，當所有的人都站起來的時候，人們就開始互相詢問，拚命地向前擠，隨後又退回來，在排得很整齊的兩隊人中間，只見沙皇走了進來。女主人和男主人恭敬地跟在後面。沙皇步子很大，他不斷向兩邊的人點頭，好像想盡快結束見面一樣。沙皇向客廳走去，只見人群迅速擁向門口；接著又退了出來，在客廳門口閃開，此時女主人出現了。只見一個年輕人一副驚慌失措的樣子，他走了過去，請她們讓開。此時還有一些太太、小姐，完全忘記交際場上的一切禮節，大家拚命向前擠著。隨後男人們開始往女士們面前走，隨後俯身邀請，準備開始跳波蘭舞。

人們漸漸後退，沙皇攙著女主人的手，滿面春風地從客廳裡走出來。男主人和瑪麗亞・安東諾芙娜緊跟在後面；接著是大臣們、大使們，以及各位將軍。波拉什喀婭不停介紹著。此時，大多數的太太、小姐們已經有了自己的舞伴，或開始準備走上舞池。

娜塔莎覺得，她會跟她母親留下來，沒人請她們去跳了。她失望地站在那裡，低垂著纖細的雙臂，她那初顯輪廓的胸部有規律地起伏著，她試著屏住呼吸，看著前方，臉上現出一副準備承受一切悲傷的表情。她既不關注沙皇，也不關注波拉什喀婭指出來的那些高級軍官，現在她只有一個想法：「真就沒有人來邀請我嗎？難道我就不能是第一個被邀請的嗎？難道我醜得就沒有吸引到任何人注意嗎？不，我真的不相信，他們應該知道，我多麼想跳舞，而且我跳得多麼出色，他們和我跳舞將會多麼高興。」她想道。

那支已經演奏了許久的波蘭舞的調子，在娜塔莎聽來卻那麼令人悲傷。她有點想哭。波拉什喀婭已經不在這裡。伯爵也不在這裡。她和伯爵夫人還有索尼婭，好像置身在一片茂密的森林裡一般，孤獨地站在陌生人中間，根本沒有人注意到她們。安德烈公爵和一個太太從她們身邊經過，明顯她們沒有被他認出來。阿納托利正在和他的舞伴談笑風生。伯里斯兩次從她們身邊經過，都轉過臉去。不跳舞的貝格跟他的妻子走近她們。

娜塔莎受不了這種冷落，一家人像是來舞會上吃團圓飯似的，可是現在這家人，除了在這裡，根本沒有別的地方可供選擇。她對議論她粉衣服的薇拉視而不見。

沙皇最終在他最後的舞伴旁邊停了下來，音樂也戛然而止。這時候一個副官跑過來，請羅斯托夫家的人盡量讓出地方，儘管現在他們已經貼近牆根了，樂隊奏起節奏歡快、鮮明、誘人的華爾滋旋律。沙皇含笑看了一眼大廳。六十秒過去了，可是還沒有人有任何動作。一個副官，走到別祖霍夫伯爵夫人那裡，請她跳舞。於是她含笑抬起手來，搭在他的肩膀上，眼睛卻看著別處。這個副官是老油條了，緊緊地摟著舞伴的腰，緩慢而自信地跳起來，開始他們沿舞池邊滑步，隨後就在大廳角落裡，他抓住海倫的左手，將她轉過來，隨著音樂節奏越來越快，只聽見動作矯捷的副官有節奏的馬刺聲，就在每次旋轉時，他舞伴的天鵝絨衣裙就如閃電一般綻放起來。娜塔莎看著他們，忍不住要哭出來，因爲沒有被邀請跳第一輪華爾滋。

安德烈公爵興奮愉悅地看著眼前的一切。菲爾霍夫男爵正在對他說明天要舉行的第一次國務會議的事。安德烈公爵現在參加立法委員會的工作，能夠提供有關明天會議的準確消息。可是菲爾霍夫對他說的話並沒放在心上，時而看看君主，時而看看那些蠢蠢欲動的男伴。

安德烈公爵正在看眼前的一切。

皮埃爾走近，抓住他的胳膊。

皮埃爾說道：「您是舞池裡的常客。我有一個被保護人，娜塔莎在這裡。您請她跳舞吧。」

「她在哪兒？」安德烈問道。他向皮埃爾指出的方向走去。娜塔莎那憂鬱的、迷茫的面孔瞬間映入安德烈公爵的眼瞼。他認出了她，瞭解她此時的想法，知道她是初次步入交際場，並且回憶起她在窗口的談話，於是高興地走近羅斯托夫伯爵夫人。

伯爵夫人紅著臉小心翼翼地說道：「請允許我將我的女兒介紹給您認識。」

「伯爵小姐我已經很榮幸地認識了，如果伯爵小姐對我還有印象的話。」安德烈公爵恭敬地說道，他走近娜塔莎，邀請她跳舞的話還在口中，她的腰就被迅速地摟了過去。他請她去跳一曲華爾滋，娜塔莎臉上那種憂鬱、迷茫的表情，一下子就被感激的、幸福的、孩子氣的笑容代替了。

「我等你很久了。」這個驚喜交加的小姑娘藏起那已經溢滿眼眶的眼淚，面帶明朗的笑容。他們是進場的第二對，安德烈公爵是當時最好的跳舞家之一，娜塔莎跳得也毫不遜色。她的小腳迅速地、輕巧地、自由自在地穿梭著，她的臉上蕩漾著狂喜、幸福的神色。她那纖細的脖子和瘦瘦的胳膊，相比起海倫的肩頭來，並不美。可是海倫好像已經被數千雙在她身上滑過的目光塗上了一層漆，而娜塔莎還只是個初出茅廬的小女孩，她在大庭廣眾中袒胸露背還是第一次。

安德烈公爵鍾愛跳舞，也希望避開人人都想和他談的政治問題，於是他跳舞了，而且他的舞伴是娜塔莎，因爲皮埃爾把她指給了他，也因爲她是他遇到的第一個有魅力的女性；當他一摟起那個纖細的、靈活抖動著的腰肢，他們如此近距離地笑著、動著，他的頭腦立刻就被她那魅力的酒窩給佔據了。當他離開她時，他戀戀不捨地站在那裡深深地呼吸著，他感覺自己復活了，有容光煥發的感覺。

十七

和安德烈公爵分開後，娜塔莎被伯里斯邀請過來跳舞，隨後是那個領頭跳舞的副官，以及其他的青年人，她整晚一直在跳，幸福得滿面緋紅。以至於她忽略了也沒看見引起全場注意的事。晚宴還沒開始，安德烈公爵又和娜塔莎跳了一場歡快的科奇里翁舞[71]。他向她提起他們在奧特拉德諾耶林蔭路上的初次邂逅，她是怎麼樣在那個月夜睡不著覺，他怎樣不經意中聽見她的話。娜塔莎一聽到提起那時的情景，臉上就泛起紅暈，爲她自己辯解。

安德烈公爵喜歡在交際場裡邂逅一個不沾染上流社會共有印記的人。娜塔莎就是他所希望遇見的。他小心、溫柔地呵護她，安德烈公爵幸福地坐在她旁邊，跟她談最簡單、最瑣細的事；愛憐地欣賞她眼睛裡閃爍著的喜悅之光和她不自覺地流露的一顰一笑。在科奇里翁舞跳到中途時，娜塔莎動作精準地完成了一組花樣，很累地向她的座位走去。接著又有一個新的舞伴來邀請她跳舞。然後她喘息著，眼神裡滿是拒絕，可是立刻又愉快地抬起手輕輕放在舞伴肩上，並朝安德烈公爵微笑了一下。

這個微笑包含許多內容。「我很希望休息一下，和您聊聊天；我累了，可是您看，總是有人邀請我，我也喜歡這樣，我感到幸福。」她一被舞伴放開就立刻跑過舞池去拉兩個女伴來。

安德烈公爵目不轉睛地看著她，自言自語道：「如果她先去她表姐那裡，再去另一個女友那裡，她會是我妻子。」她先去她表姐那裡了。

「有時頭腦裡會產生很多不切實際的念頭！可是有一點是毋庸置疑的，這姑娘是多麼與眾不同，多麼招人喜歡，因而她在這裡跳不超過一個月，就會成爲別人的妻子的……像她這樣的人在這裡是很少見的。」當娜塔莎再次坐在他身旁時，他想道。

科奇里翁舞跳完過後，穿著藍色燕尾服的老伯爵出現在人們前面。他邀請安德烈公爵去做客，問他女兒是不是快樂，娜塔莎用微笑來代替回答，笑容中明顯飽含著責備的味道：「這樣的問題怎麼可

71. 十九世紀一種大型集體雙人舞蹈，由擅長舞蹈的一人做指揮，跳時不斷更換舞伴，一般作為舞會的最後節目。

以隨便問呢?」

她說道:「我從來沒有這麼快樂過!」安德烈公爵發現,她那纖細的小胳膊很快地抬起來,好像要擁抱她父親,可是又垂了下去。她處於幸福的頂峰,此時變得特別美好、善良,不相信存在不幸以及罪惡和悲哀。

在這次舞會上,皮埃爾第一次感覺到,他妻子在上層社會中的角色侮辱了他。他一言不發,若有所思,他站在窗口,透過眼鏡向窗外看著,卻誰都沒看到。

娜塔莎去赴晚宴時經過他的旁邊。

皮埃爾苦悶、絕望的面孔令她驚訝,她在他面前停下來,想幫助他,想把自己的幸福與他分享。

「太開心了,伯爵!」她說道。

「是的,我很榮幸。」他說道。

皮埃爾明顯不理解娜塔莎的話,心不在焉地笑了一下。

「他們怎麼會心存芥蒂?」娜塔莎想道,依她看來,今天到場的人沒有一個不是優秀的、高尚的、好心的、互愛互親;每個人都會受到保護,因而沒有理由不幸福。

十八

第二天,安德烈公爵想起了昨夜的盛裝舞會,可是沒有考慮太多。他對昨天的舞會只有這點想法:「是的,是個很特別的舞會,還有……那個娜塔莎很惹人喜愛。她身上有一種誘人的、獨特的東西。」

喝過早茶以後他就開始伏案工作了。可是,他情緒不好,做什麼都不順手。他把自己的工作徹頭徹尾地批評一番，常會有這種情形，於是當他聽到有人來時，很高興。

來客是比茨基，他參加過各種委員會，出入聖彼德堡所有的交際場所，是聖彼德堡的消息通，又是新思想和斯佩蘭斯基的狂熱追求者。他跑進安德烈公爵的房間，而且立馬開講。他剛才聽到早晨由沙皇主持召開的國務會議的詳情，於是滔滔不絕地講起來。他說沙皇的演說別具一格。那是一篇只有立憲君主才可以有能力發表的演說。「沙皇已經明確地說了，上議院和國務會議的實質是一個國家組織；而且管理不可以隨心所欲，而是應建立在堅定不移的原則基礎上。他還說，現在財政的制度應該進行改革，收支要向大眾公開。」比茨基有聲有色地講述著，甚至在某些字眼還著重描述了一下。

結束時他說：「是的！今天的事開闢了新世界，開闢了我們歷史上一個最偉大的紀元。」

安德烈公爵聽著這所有的一切，他以前那麼期待著這個會議，可是使他驚奇的是，現在終於夢想成真了，卻沒令他激動，反而覺得沒什麼。他心不在焉地聽著比茨基激動的敘述，腦子裡產生了一個很簡單的想法：「沙皇在會議上說什麼跟比茨基和我有何相干？難道這一切可以使我的生活更加幸福美滿嗎？」

安德烈公爵從前對改革的一切興趣，被這一簡單的論斷無情地打斷了。這一天，他要去斯佩蘭斯基家做客。在他崇拜的人的家庭朋友間吃飯，過去曾讓安德烈公爵感到很大的興趣，可是現在他不再抱有此想法。

可到了約定的時刻，他還是按時來到了斯佩蘭斯基的私人住宅。餐廳裡鋪著鑲花的地板，整潔乾淨，安德烈公爵來晚了一會兒。他發現斯佩蘭斯基的密友們早在下午五點就到齊了。客人中有熱爾韋、馬格尼茨基和斯托雷平。還在前廳裡的時候，安德烈公爵就聽到響亮的交談聲和某人像在舞臺上那樣哈哈的大笑聲。有一個人發出哈哈的笑聲，聽著像斯佩蘭斯基的聲音。安德烈公爵未曾聽到過斯佩蘭斯基的笑聲。他感到驚訝的是，在這兒居然能夠聽到這種洪亮尖銳的笑聲。

安德烈公爵來到了餐廳。只見大家都站在兩個窗子中間，一張不大的桌子，放著幾樣涼菜。斯佩蘭斯基穿著灰色燕尾服，胸前掛著一枚勳章，他滿面春風地站在桌子旁邊等待著。一些客人圍在他身邊交談著。馬格尼茨基正在講述一段有意思的傳聞，斯佩蘭斯基聽著，還未等他說出來就忍不住笑出來。在安德烈公爵走進來的時候，一陣笑聲又把馬格尼茨基的話給遮蓋了。斯托雷平正在嚼一片麵包加乾酪並發出深沉的笑聲。熱爾韋的笑聲低低的，斯佩蘭斯基則是清清楚楚的、尖細的。

斯佩蘭斯基一邊笑著，一邊把手向安德烈公爵伸過去。

「很高興看到您，公爵，」他說道，「請您稍等片刻……」他轉向馬格尼茨基說道，「今天我們做了約定，這是私人時間，勿談公事！」之後他又轉向講故事的人，大笑起來。

安德烈公爵失望而難以置信地聽著斯佩蘭斯基的笑聲。他覺得這不是斯佩蘭斯基，而是一個陌生人。以前安德烈公爵覺得斯佩蘭斯基身上神秘和迷人的一切，突然失去了吸引力。

斯佩蘭斯基在工作之後常常要休息片刻，在朋友圈裡輕鬆一下，他的客人們，揣摩他的心意，盡力爲他取樂。可是安德烈公爵覺得他們的娛樂是沉悶的、不輕鬆的。他很反感斯佩蘭斯基那尖銳的嗓門，他那接連的笑聲使他渾身不自在。安德烈公爵沒笑，又怕影響大家的情緒，可是沒有人注意到他的心不在焉。

他有好幾次想加入進來，可是他的話每次都像軟木塞被水漂起來一般插不進去，他也無法跟他們再開玩笑。

他們的談話內容並沒有什麼不好的或有失妥當的地方，他們的言談是巧妙的、尖銳的，也可能是很可笑的，可是缺少激發共鳴的最重要的東西。

晚宴結束的時候，斯佩蘭斯基的女兒和她的女教師站起來，斯佩蘭斯基撫摸了一下小女孩，又給了她一個吻。可是安德烈公爵覺得這一動作也是做作的。

男人們留在桌旁品嘗著葡萄酒。他們的談話涉及拿破崙在西班牙的所有行徑，他們對此事都表示贊同，安德烈公爵開始表示反對。斯佩蘭斯基笑了笑，講了一個偏離主題的笑話，有一陣大家都默不作聲。

在餐桌邊呆坐片刻，斯佩蘭斯基塞上酒瓶，說了一句「現在好酒不容易找到」，把瓶子遞給僕人，站了起來。於是大家都跟著站了起來，繼續高聲談著話走進了客廳。此時信差送來兩封信，他拿著信進了書房。他一離開，大家的歡笑就戛然而止了，客人們開始小聲交談著。

「各位，朗誦開始吧！」斯佩蘭斯基再次從書房裡出來的時候說道。「天才呀！」他對安德烈公爵說道，於是馬格尼茨基立刻給予反應，開始朗誦用法文寫的詼諧詩，那是他針對聖彼德堡某些名流人士寫的。喝彩聲使他的朗誦幾次中斷。詩朗誦結束時，安德烈公爵走到斯佩蘭斯基面前告辭。

「這麼早您到什麼地方去呀？」斯佩蘭斯基不解地問道。

「我答應去參加一個晚會。」

雙方都沉默了。安德烈公爵仔細地端詳著那雙捉摸不透的眼睛，他嘲笑自己過去對斯佩蘭斯基饒有興趣。他怎能把斯佩蘭斯基看得舉足輕重。那種並不高興、嚴肅的笑聲，在他離開斯佩蘭斯基後許久仍在他耳鼓裡迴盪。

回到家中之後，安德烈公爵開始回憶他在聖彼德堡的生活，他想起，在那些會議中，所有有關委員會會議的形式和程序都被討論得很仔細，而對實質性的問題卻視而不見。他想起了他曾那麼用心地把《羅馬法典》和《法國法典》的條文翻譯成俄文，他替自己感到難為情。他還回憶起他在陸軍條例改革草案時遇到的不幸——現在它被注意到了，可是並不表現，只是因爲另一個很糟的草案已經擬就，而且已經呈給了陛下。隨後他又想到博古恰羅沃，自己在鄉下的雜務，還有去梁贊的旅行；他還想起那些農民，那個村長德龍，他感到很奇怪，他怎麼能在這種沒有意義的工作上花這麼多的時間。

十九

第二天，安德烈公爵拜訪了好久沒去的羅斯托夫家。他覺得應該去拜訪羅斯托夫家，除了禮貌外，他還想見一見那個給他留下深刻特殊回憶的、活潑的少女。

娜塔莎是最先出門迎接他的。羅斯托夫全家都把他當作老朋友來接待，很熱情。他過去曾經不太喜歡這一家人，而現在看來都是些很好的、熱情的、善良的人。老伯爵的善良、熱情好客，令安德烈公爵不得不留下來吃飯。安德烈想道，他們一定都沒意識到，他們的娜塔莎是個大寶貝，「可是這些善良的人，尤其富有詩情的、生氣勃勃美麗的少女都構成了最好的襯托！」

從娜塔莎身上，安德烈公爵發現了一個美麗的陌生世界，這個陌生的世界早在奧特拉德諾耶的林蔭路上和那個昏暗月夜的窗前就已經開始撩撥著他。而他在那裡發現了新的無限的樂趣。

餐後，在安德烈公爵的強烈請求下，娜塔莎走到鋼琴前，開始歌唱。安德烈公爵站在一旁的窗子邊，邊聽她唱歌，邊和女士們交談。在一首歌的中間，他的喉嚨突然就哽住了，他停止了談話，看了看正在唱歌的娜塔莎，在他的心中不由產生了一種新的幸福的感覺。他覺得自己很快樂，同時又覺得悲哀。他不知道他爲誰哭，可是他想要哭。爲何呢？哭他從前的愛情？哭自己的失望？哭小巧的公爵夫人？……哭對將來的希望？……好像也對，也不對。或許他想哭的主要原因是，他突然意識到了那可怕的對立，一方面是狹窄有限的軀體，另一方面是他內心中那巨大的捉摸不透的東西。在她唱歌時，這個對立使他苦惱，也使他很高興。

娜塔莎一唱完這曲，就走到他面前，大膽地問他喜不喜歡她的聲音。問完了，卻不好意思起來。他望著她報以微微一笑，告訴她，他很喜歡她的歌聲。

安德烈公爵回到家時已是深夜了。他躺下來，可是睡不著。他起身點上蠟燭，一會兒站起來，一會兒又躺下，可是卻一點也不為自己的失眠著急：他感覺是那麼清新和愉快。他從沒想到他愛上了安德烈，並且他並沒刻意想她，只是腦子裡總有她的影子，於是他開始用全新的視角看待自己的生活。他對自己說道：「當充滿歡樂的生活在我面前出現時，我為何還要在這狹窄的、閉塞的環境中掙扎，我為何要怕這些呢？」他第一次開始構思未來的幸福了。於是他決定，給兒子找個好教師，把兒子託付給他；之後自己辭職，出國，看一下義大利、瑞士和英國。他自言自語地說：「趁我還精力旺盛，我要懂得享受生活，皮埃爾說得沒錯，要想幸福，必須相信幸福的可能。活一天，就應該好好生活，而且要活得幸福！」他想道。

二十

有一天，貝格上校來看皮埃爾，皮埃爾幾乎認識所有聖彼德堡和莫斯科的人，也認識他。他頭髮上搽了油，穿一身整齊的新制服，兩邊鬢角梳得油亮。

「我剛見過您夫人。我希望在您這裡我的運氣會好一點，因為剛才您的夫人沒有答應我的請求。」他笑著說道。

「您有什麼事，上校？我樂意爲您效勞。」

「伯爵，現在我的新家都收拾妥當，因此我想爲我和我夫人的朋友們組織一個小小的晚會……我想請伯爵夫人和您能賞光來喝茶……吃晚飯。」

伯爵夫人認爲和貝格之流交往降低了身分，斷然拒絕了這個邀請。貝格清楚地解釋了，他爲何要在家中搞這個精心準備的聚會，爲何他不願玩牌及其他許多事，可爲了這有益的活動寧願破費，讓皮埃爾無法拒絕，於是答應參加。

「只是，伯爵，恕我大膽地請求，不要遲到啊！請在七點五十左右到。我們能湊一個牌局。將軍也要出席。我們一道吃頓飯，伯爵，請您賞光。」

皮埃爾一反往常，那一天七點四十五分就到了貝格家。

貝格夫婦正等著各位客人，把晚會所需要的東西都準備好了。

貝格和妻子坐在他們的新書房中。貝格穿著扣滿衣扣的新制服，坐在妻子旁邊，讓她相信，總是能夠也應該結識一些地位高的人。

「你可以學到知識，也可以提出新的請求。你看看我是如何從底層到現在的職位的。我的一些同事現在依然在原位，而我現在已在等候補團長的空缺了。我得到這一切主要的原因就是善於擇友，當然還得勤奮認真，品格高尚。」

貝格微笑了一下，隨後低頭一言不發了，他想他可愛的妻子，畢竟是一個弱不禁風的女子，根本不可能理解構成男人價值、成爲一個男子漢的一切。此時，薇拉也微微一笑，按照薇拉的思維，他也和其他的男人一樣對生活有誤解。

貝格輕輕地站起來，給他妻子一個擁抱，小心地避免將她的鑲花邊的披肩弄皺，這是他花很多錢買來的，他吻了一下嘴唇。

「你只要注意一點，我希望我們不要太早要孩子。」他無意識地沿著剛才的話題說下去。

「我知道，」薇拉回答道，「孩子對我們根本沒有意義。因爲我們的目的是社會生活。」

「尤蘇波娃公爵夫人披著的那件和這個沒有一點差別。」貝格指著那條披肩面帶微笑地說道。

就在此時，僕人通報別祖霍夫伯爵到。夫妻兩人暗地裡都把這來訪的榮幸歸功於自己，彼此心滿意足地微笑著，互相看了一下。

「看吧，這就是喜歡社交的結果，」貝格想道，「當然這也是善於處世的結果。」

「只是我有一個要求，在我招待客人的時候，請不要打攪我，」薇拉說道，「因爲我知道該如何招呼每個人，和該對什麼人說什麼話。」

貝格也微笑了，「我不同意：男人之間也會有自己的談話內容和方式。」他說道。

皮埃爾被請進了新客廳，在那裡，不管坐在哪裡，從哪個角度，都會破壞它整體的對稱、秩序和整潔；因此，貝格慷慨地讓他的貴客來選擇破壞扶手椅或沙發的對稱，他認爲自己在這方面表現出病態不知道該怎樣解決，只好讓他的客人來解決選擇的問題。皮埃爾給自己拉過一張椅子，打破了原有的對稱，於是貝格和薇拉立刻開始了他們的晚會，互相聊著天，招待客人。

薇拉認爲，應該和皮埃爾談法國大使館的問題，隨後開始了談話。貝格則認爲應該談男子漢的問題，於是很不禮貌地打斷了妻子的話，談起對奧國作戰的問題來，之後又習慣性地轉到他個人的問題。

即使那場談話很不順利，即使薇拉因插入男性問題而不高興，夫妻倆卻表現得滿意，儘管只有一個客人，他們的晚會一樣有燭光、有談話、有品茶。

不久貝格的老同事伯里斯也來到他的家。他對待貝格和薇拉明顯有優越感。之後緊接而來的是一位上校和太太，將軍本人和羅斯托夫家的人，於是那晚會成為別的晚會的複製品。看著他們在客廳中的一舉一動，聽著那斷斷續續的說話聲，貝格和薇拉偷偷地高興著。所有這一切都和別的晚會一樣。

給他們錦上添花的是老將軍，他拍著貝格的肩頭，滿口讚美這個小寓所，又擺出父輩的派頭，指揮著波士頓牌桌應該放在哪裡。將軍坐在羅斯托夫老伯爵旁邊，他是地位僅次於自己的客人。老年人坐在一起，青年人和青年人坐在一起，女主人坐在茶桌旁邊，茶桌上放著裝在銀盤裡的點心，就如別人家的晚會一樣，一切都和別人的沒什麼兩樣。

二十一

做為貴賓，皮埃爾必須和羅斯托夫伯爵、上校和將軍坐在一起玩波士頓牌。在牌桌旁，他正巧和娜塔莎面對面，舞會後她身上發生了讓人不可思議的變化，這使他驚訝。她沉默不語，不如舞會時漂亮，甚至顯得越發難看了。

「她發生什麼事情了？」皮埃爾看了她一眼暗暗想道。她坐在茶桌前姐姐旁邊，眼睛也不往他這邊看。皮埃爾出了一副「和花」吃掉五張牌，讓他的搭檔尤其高興，正在拾牌的時候，他聽到一個人的腳步聲和問候聲，他忍不住又看了娜塔莎一眼。

「她究竟怎麼了？」他自言自語道。

安德烈公爵帶著關切憐惜的表情站在她面前，對她說著什麼。她抬起頭，看著他，面孔緋紅，竭力控制她那急促的呼吸。她又開始閃爍起了明亮的光。她完全變了模樣，從一個醜小鴨又變得像在舞會上一樣光芒四射了。

安德烈公爵走到皮埃爾面前，皮埃爾從他的臉上也看出一種新的年輕的表情。玩牌的時候，皮埃爾不停地換位置，在那六圈牌的時間裡，他觀察到安德烈伯爵心思沒有在牌上。

「他們正經歷什麼重要的事。」皮埃爾想道，於是一種又激蕩又苦澀的感情縈繞著他，令他忘記了自己是在玩牌。

六圈之後，將軍站了起來，說沒什麼意思，於是皮埃爾就趁機起身了。娜塔莎在跟伯里斯和索尼婭說話，薇拉則面帶笑容對安德烈公爵說著什麼。皮埃爾走近朋友，在他們身邊坐下來。

薇拉發現了安德烈公爵對娜塔莎的好感，便決定在這個晚會上對娜塔莎做出暗示，於是，當安德烈公爵身旁沒有別人的時候，和他談起情感問題來，也聊她的妹妹。

當皮埃爾走到他們那裡時，看出薇拉正喋喋不休，而安德烈公爵很不好意思，這在他是少見的。

「您看法如何？」薇拉正帶著狡猾的笑容說著。「您是很聰慧的，公爵，您立刻就能瞭解人的性格。您認爲娜塔莎是怎樣的呢？她在戀愛上能專一嗎？她能和別的女人一樣，一旦愛上一個人，就永遠對他忠貞不渝嗎？我認爲這才是真正的愛情。您怎麼想呢，公爵？」

「我對令妹瞭解得不多。」安德烈公爵回答道，「不能解答這麼微妙的問題，其次，我認爲，一個女人長得越不漂亮，她就越能專一。」他補充說，並抬起頭來看正走近他們的皮埃爾。

「是啊，這是實話，公爵。在我們這個年代，一個少女有那麼多的自由，她真正的感情時常會被別人追求的快樂掩蓋。應該承認，娜塔莎對這種事是很敏感。」

安德烈公爵不耐煩地皺起眉頭，他想要站起來了，可是薇拉狡猾地繼續說下去：

「您知道，很多人追求過她，」她說道，「可是直到現在，她還沒認真地喜歡過誰。您明白，伯爵，」她對皮埃爾說道，「就連我們可愛的表兄伯里斯，也深深地陷入溫柔之鄉了……」

安德烈公爵冷著臉，悄無聲響。

「您和伯里斯關係很好，對吧？」薇拉問道。

「是的，我認識他……」

「我想他和娜塔莎童年的戀愛已經告訴您了吧？」

「她有過童年的戀愛嗎？」安德烈公爵突然問道。

「是的，表兄妹間那種親密的關係很容易導致戀愛。表兄妹關係是一種危險的關係，對吧？」

「噢，這是一定的！」安德烈公爵說道，又突然不自然地活躍起來，和皮埃爾開玩笑，提醒他當心他那些莫斯科五十來歲的表姐，說到一半，挽起皮埃爾的胳膊，走到別處了。

「喂，怎麼了？」皮埃爾問道，驚訝地望著奇怪的興奮起來的朋友，也注意到他起身時投向娜塔莎的目光。

「我……我必須跟你談一談，」安德烈公爵說道，「你知道那雙女人的手套嗎？……算了，我以後再和你說吧！」安德烈公爵動作中隱隱透著一種不安，卻兩眼閃著光，他走近娜塔莎，在她身邊坐下來。皮埃爾看到安德烈公爵問了她什麼，而她回答時臉紅了。

那個晚會很成功，跟貝格所見過的晚會完全一樣。貝格既幸福，又滿意。小姐、太太們打牌、談話，牌桌上大嗓門的將軍、點心和茶炊；只缺少了一點，那就是男客人對某一重要問題的爭論，這是在晚會中常有的而且他也想學的。漸漸將軍開始了這種交談，於是貝格就趕忙把皮埃爾叫過去了。

二十二

第二天，安德烈公爵應伯爵的邀請去羅斯托夫家用餐，在那裡度過了一整天。

家中每一個人都清楚安德烈公爵是爲誰而來的，他也不加隱諱，盡量和娜塔莎待在一起。不只娜塔莎的內心中，全家都有種莫名的緊張感。安德烈公爵和娜塔莎談話的時候，伯爵夫人始終盯著他，而當他轉過頭來看她的時候，她又不自然地聊起瑣事來。娜塔莎偶爾和安德烈公爵獨處時，因爲對期待著的事情的恐懼，使她變得滿臉通紅。她驚訝於安德烈公爵的羞怯。她能感受到他的緊張。

晚上，當安德烈公爵離開後，伯爵夫人走到娜塔莎身邊小聲說道：「喂，怎麼樣？」

「媽媽！不要問我！還說不清。」娜塔莎說道。

晚上娜塔莎還是在她母親的床上躺了很久，眼睛定定地看著房頂，一會兒恐慌，一會兒激動，一會兒告訴母親，他如何誇獎她，一會兒說他怎樣對她說他要出國……

「可是這樣……我不知該怎麼辦！」她說道，「只是在他面前我覺得緊張。跟他在一塊兒的時候，我總覺得害怕。爲何？媽媽，您能告訴我嗎？」

「沒有，我親愛的，我也很緊張，」母親回答道，「別想了，去吧！」

「我睡不著。媽媽！這種感覺我從前從來沒有過！」她說道，因爲意識到自己內心的感情而恐慌、驚訝，「我該怎麼辦呢！」

娜塔莎認爲，她在奧特拉德諾耶第一次看見安德烈公爵的時候，就被他迷住了。這種奇特的幸福使她害怕，她當時喜歡的那個人現在再次和她相遇，而且對她也很在意。「當我們在聖彼德堡的時候，他也碰巧來這裡。這或許是命運的安排吧！」

「他對你還說過什麼？那是些什麼詩？讀來聽聽……」她母親滿心歡喜地說道，她問的是安德烈公爵在娜塔莎紀念冊上寫的詩。

「媽媽，他是個鰥夫，可是我覺得這沒什麼吧！」

「夠啦！向上帝祈禱吧。婚姻讓天定。」

「親愛的媽媽，我現在是多麼開心呀！」娜塔莎熱烈擁抱著她的母親，眼淚奪眶而出。

也在那時，安德烈公爵坐在皮埃爾家裡，告訴他關於娜塔莎的事，以及他要娶她的堅定決心。

這天晚上，海倫舉行家宴。皮埃爾在樓下，穿過那些房間，他那漫不經心的陰鬱神情讓大家驚訝。那次舞會之後，他覺得自己的疑心病又要發作了，他盡力防範。

皮埃爾意外地被任命為御前高級侍從。從那時起，他比從前更常產生人生空虛的悲觀情緒。此時他發現了安德烈公爵和娜塔莎之間的事情，自身的狀況和他朋友的狀況之間的明顯對照，更加讓他無法擺脫那種情緒。他竭力避免去考慮自己的妻子，也不想去想娜塔莎和安德烈。他甚至感覺一切都是微不足道的。他強迫自己日夜工作，希望可以藉此趕走那些複雜的情緒。

大概晚上十一點的時候，他穿一件破舊的睡衣，坐在樓上低矮房間裡的桌子旁，抄寫著共濟會蘇格蘭分會的規章。一個人進來了，是安德烈公爵。

「啊，是您！」皮埃爾漫不經心地說道。「您看，我在工作。」他推推筆記本說道。

安德烈公爵精神煥發，興高采烈地站在皮埃爾面前，並沒注意到他那陰沉、憂鬱的臉色。

「喂，我親愛的，」他說道，「今天我是特意趕來告訴你。我的朋友，我戀愛了！」

皮埃爾突然凝重地歎了口氣。

「愛上了娜塔莎，對嗎？」他問道。

「是的，沒有其他人了，我永遠也不會相信有這種事，可是感情誰都沒法控制。我從前的生活是一片空白。只有現在我才開始明白生活，沒有她我無法生活下去！不過她能愛我嗎？我們的年齡差距太大了……你怎麼不說話呀？」

「我？我對您說過，」皮埃爾說著突然站起來，開始在室內踱來踱去，說：「我總是這樣想……這個女孩兒是個尤物……她真的是一個罕見的女孩兒……親愛的朋友，我求您，別再懷疑，趕忙結婚，結婚……我相信，您會是世界上最幸福的人了。」

「不過我不知道她的想法是什麼呢。」

「她愛您。」

「請您認真一點……」安德烈公爵笑著說道。

「愛，我知道。」皮埃爾生氣地吼道。

「不，你聽著，」安德烈公爵緊緊地抓著他的胳膊說，「你知道嗎？知道我現在是什麼狀態？我需要和什麼人談談。」

「那好，說吧。我很高興做您的聽眾。」皮埃爾說道，他興奮地聽著安德烈公爵滔滔不絕地講話。安德烈公爵像變成了另外一個人。他對人生的蔑視，他的絕望，煙消雲散。皮埃爾是唯一他可以對之暢所欲言的人。此時他輕鬆而大膽地編織著未來的安排，他說自己不可以為他父親的獨斷專行而犧牲自己的幸福，說他要迫使他父親同意這樁婚事，或者是不需他允許。

「從前如果有人對我說，我會這樣戀愛，我一點都不相信，」安德烈公爵說道，「這種感情我從未曾擁有過。對我來說，全世界分為兩半：一半是她，那裡有幸福和光明；另一半裡沒有她，那裡是黑暗和沮喪……」

「黑暗，」皮埃爾重複道，「對，我理解。」

「我沒有錯，我愛光明。我也尤其幸福！你能理解我吧？」

「是的。」皮埃爾很肯定地說。

安德烈公爵的命運在他的腦子裡越明朗，而他自己的命運就越顯得灰暗，他們兩個的命運形成強烈的對比。

二十三

安德烈公爵次日就前往父親那裡去了，因爲他結婚的事需要得到父親的允許。他父親對兒子帶來的消息感到無法理解，因爲在他行將就木的時候，卻發現有人想帶進新東西來改變他的生活。「希望他們讓我依照我的意願安度晚年，之後他們可以爲所欲爲。」老先生對自己說道。對兒子他則用平靜的語調，冷靜地和他討論所有的問題。「第一，論財富、門第和名望，這樁婚事是不光彩的；第二，安德烈公爵身體已經虛弱，不太年輕，可是她卻很年輕；第三，他有一個兒子，這樣將他託付給一個小姑娘是不公平的；第四，也是最後一點，」父親說道，「我希望你到國外去療養一下，把婚期往後推遲一年。爲尼古拉公爵找一個德國教師。到那時你的情欲、愛情或決心——隨你怎麼叫吧——依然是那麼強烈的話，那你們就結婚吧！注意，最後的！」老公爵結束道，他的聲音和力度表明，任何東西也不能驅使他改變這個決定。

安德烈公爵明白地看到，老先生希望他們的感情，可以經受住一年的考驗，於是他決定滿足他父親的要求：可以去求婚，可是把婚期推遲一年。

安德烈公爵三個星期後回到聖彼德堡。

跟母親談過話後的次日，娜塔莎整天都心情不安地等著安德烈，可是讓她失望的是他沒來。第二天、第三天也同樣。娜塔莎不知道安德烈公爵已經去他父親那兒，三個星期就這樣在等待中過去了。娜塔莎百無聊賴地在房間裡走來走去，夜間自己偷偷地哭，也不去她母親那裡了。她動不動就發脾氣。她感覺每個人都在笑她，儘管她內心也很痛苦，可是她面子上所受到的傷害更加深了她的不幸。

有一次她到伯爵夫人那裡想說什麼，卻突然間情不自禁地哭起來了。她像個受了委屈的孩子一樣無辜地哭著。伯爵夫人開始安慰哭泣的娜塔莎，她聽過她母親開頭幾句話之後，突然攔住她：「別說了，媽媽，我根本沒想他，也不願去想！他來了，又不來了，不來了……」她的聲音顫抖，好像要哭出來，可是她控制住自己，繼續平靜地說下去：「我一點也不想嫁給他。我現在變得很平靜了……」

這次談話後的第二天，娜塔莎穿上了那條常賦予她好運的、她心愛的舊連衣裙，從早晨起就恢復了從前的生活方式。用完早茶之後，她就去了大廳，她很喜歡這裡，又開始練習起她的樂曲來。第一課結束後，她就立在大廳中央，反覆地唱她鍾愛的一節樂句。她高興地聆聽著，突然有一種玄妙的感覺和這聲音匯合在一起，充斥各個角落，隨後緩緩地飄散而去，她突然心情爽朗起來。

「何必想得那麼多，這樣也很好。」她對自己說，開始在大廳裡踱來踱去。每一步都把自己的重心從腳跟移到腳尖，她仔細聆聽著腳尖踩下去時，地板的咯吱咯吱響聲和腳跟均勻的落地聲。走到一面鏡子前時，她照了一照。「看，現在的這就是我！」她注視著自己，「對，很好！我誰都不需要。」這一清晨她重新找回她那欣賞自己、愛自己的狀態。「多麼美麗的娜塔莎啊！」她又對自己說，「她是多麼漂亮，而且嗓音好，年輕，不妨礙任何人，只是不要闖進她平靜的生活。」

可是不管他們怎樣不闖進她的生活，她此時都不能平靜。前廳，大門開了，有人問道：「在家嗎？」隨後傳來腳步聲。娜塔莎正在照鏡子，可是她的心早已不在此地。她傾聽著前廳裡的聲音。這是他。她無比確定，即使隔著門只能隱隱約約聽到他的聲音。娜塔莎面色蒼白，慌張忐忑地跑進了客廳。「媽媽！安德烈來了！」她說道。「媽媽，這真可怕，我不想受折磨！我該怎麼辦呢……」

伯爵夫人還沒來得及回答，安德烈公爵已經面容不安，神情嚴肅地走進來了。他一看到娜塔莎，臉上立刻有了喜色。他吻過伯爵夫人的手和娜塔莎的手，就在沙發旁邊就座。

「許久都沒有……」伯爵夫人開始說道，可是安德烈公爵打斷了她，明顯更加迫切要說出他必須說的話，回答她要提出的問題。

「我這段時間之所以沒來，是因爲我到家父那裡去了。我必須和他談一個很緊急的問題，昨天晚上才回來，」他說著，看了娜塔莎一眼，「我想我們應好好聊聊，伯爵夫人。」他說。

伯爵夫人歎了口氣。「我在聽您講話呢。」她喃喃說道。娜塔莎知道她應該走開，可是腿卻像灌了鉛一樣，於是她也顧不上禮貌，目不轉睛地盯著安德烈公爵。「現在？立刻！這不可能！」她暗自想道。他又看了她一眼，那目光令她相信她猜的是正確的。是的，立刻就要決定她的命運了。

「去吧，娜塔莎！我會叫你的。」伯爵夫人小聲說道。娜塔莎用懇求而惶恐的目光看了安德烈公爵和母親一眼，向外面走去。

「伯爵夫人，我是來向令嬡求婚的。」安德烈公爵說道。

伯爵夫人的臉上立刻出現了一抹紅暈，可是她一言未發。「您的提議……」她慢慢地說道。他什麼都沒有說，看著她的眼睛。「您的提議……令我們感到愉快，因而……我接受您的提議。我感覺很高興。我的丈夫……我希望也……可是這要由他來定……」

「得到您的允許之後，我會和他商量的……您願意嗎？」安德烈公爵說道。

「我同意。」伯爵夫人回答道。她把手向他伸過來，當他俯下身來吻她的手的時候，把她的嘴按在他的前額上。她幻想跟愛兒子一般愛他，可是又認爲，他是一個陌生人。「我相信我的丈夫會同意的，」伯爵夫人說道，「只是令尊……」

「我已經對家父談過我的計畫，他同意了，可是有一個條件，就是我和令嬡一年之後才能舉行婚禮，我正想把這一點和您說呢。」安德烈公爵說道。

「誠然，娜塔莎還年輕，可是──那時間太久了吧？」

「沒有其他更好的辦法了。」安德烈公爵歎了一口氣。

「我把她叫過來。」伯爵夫人說著就走出去了。

娜塔莎心神不寧地坐在自己的床上，面色蒼白，目不轉睛地望著那些聖像，一邊畫十字，一邊自言自語著。一看見母親，她趕忙跳起來，飛跑過去。「怎樣，媽媽……你們說什麼了？」

「去吧，到他那裡吧。他在向你求婚呢。」伯爵夫人說道，娜塔莎覺得她的語氣中包含著冷淡的成分。「去吧……」母親意味深長、沉重地歎了一口氣。

娜塔莎不知怎麼進的客廳。進了門，看到了他，她就站住了，「難道眼前這個陌生的人真的已經變成了我的一切嗎？」她問自己，並立刻告訴自己，「是的，一切！沒有人對我比他更好的了。」

安德烈公爵低垂著眼走到她跟前。「我從見您的那瞬間就愛上了您。您相信嗎？」他看著她，她臉上充滿的激動、嚴肅神情使他驚訝。他靠近她，慢慢停下來，握起她的手，輕吻了一下。「您愛我嗎？」

「當然。」娜塔莎懊惱地小聲說道。隨後她高聲歎了一口氣，接著又一次歎氣，急促地喘息著，最後放聲大哭起來。

「怎麼啦？你哭什麼呀？」

「啊，你知道我多麼幸福！」她回答道，透過眼淚露出了笑容，低身向他俯過身，隨後深深吻了他。

安德烈公爵深情看著她的眼睛，握住她纖細的小手，而從前對她的那種愛在內心中卻怎麼也找不到。有一種什麼東西好像突然改變了；一種把他和她永遠連在一塊兒的，又高興又沉重的責任感油然而生。現在的感情，儘管不像原來那麼歡快和富於詩意，卻更強烈了。

「您母親告訴過您要一年後才能舉行婚禮嗎？」安德烈公爵依然看著她的眼睛輕聲問道。

娜塔莎想道：「難道我現在，從此刻起就成爲和這個可愛的、陌生的，連我父親都尊重的高貴的人平起平坐的妻子了？這是真的嗎？現在我已經長大了，我對一切都負責了嗎？噢，他問過我什麼呢？」

「沒。」她回答道，可是她沒瞭解他問話的意思。

「對不起，」安德烈公爵說道，「您是那麼年輕，而我已經經歷了那麼多。我替您害怕，您好像還不瞭解您自己。」娜塔莎聚精會神地聽著，想聽懂他在說什麼，可是沒聽懂。「即使把我的幸福延遲一年很困難，」安德烈公爵接著往下說道，「不過趁這一年，您能夠更加弄清楚自己。我希望您一年之後使我幸福，可是您是自由的，我們不公開婚約，如果您認爲您不愛我，或者如果您愛上了……」安德烈公爵帶著一種苦澀的笑容說道。

「您爲何要說這些呢？」娜塔莎打斷他說道，「您明白，從您第一次來奧特拉德諾耶的那一天起，我就愛上您。」她說道。「在一年的時間內，您能更加清楚自己的心……整整一年！」娜塔莎突然說道，直到此時她才明白婚期延遲一年。「可是爲何要等一年？爲何要一年呢？……」

安德烈公爵把原因解釋給她聽，可娜塔莎沒有聽。

「難道不能改變嗎？」她問道。

安德烈公爵沒回答，可是他臉上的表情已經說明這決定是不可能改變的。

「這真可怕！不，這真可怕！」娜塔莎突然說道，又大聲哭起來。「要等一年，我會死掉的，這不行！」她認真看她未婚夫的臉，可看到他臉上有同樣的同情和疑惑。她說道：「不，不！我一切都辦得到。」突然她止住了哭。「我那麼幸福。」接著父親和母親進來了，爲這一對未婚的夫婦祝福。

從這一天起，安德烈公爵到羅斯托夫家來始終都是以未婚夫的身分出現的。

二十四

沒有訂婚禮，也沒有向外宣佈安德烈和娜塔莎的婚約。他說，因爲是他要延期，因而他就應當負起全部責任。他永遠會遵守諾言，可是他不情願約束娜塔莎，要讓她有充分的自由。如果在六個月之後，她覺得她不愛他，可以拒絕他。當然，不管是娜塔莎還是她的雙親都不情願聽，可是安德烈公爵堅持己見。他每天都會來羅斯托夫家，可是對娜塔莎並不以未婚夫自居。他對她說話始終稱「您」，只親吻她的手。可在訂婚之後，安德烈公爵和娜塔莎之間變成了另一種親密而單純的關係。他們好像在此之前彼此互不相識。他和她都喜歡回憶在他們什麼都不瞭解時相互的看法；那時他們是裝模作樣的，現在是誠懇的、自然的。

這個家庭中因爲有這樣一對未婚夫妻的存在，而被籠罩著一種詩意的氛圍和沉默。大家坐在一起的時候，常常都先沉默無語。有時候別人站起來走了，留下那對未婚夫婦他們依然不出聲。他們很少討論自己將來的生活。安德烈公爵好像也羞於談這個問題。娜塔莎理解他，可她常常揣測。有一次她向他問他的兒子。安德烈公爵禁不住臉紅了。他說，兒子不會和他們住在一起。

娜塔莎驚訝地問道：「爲何？」

「我不可能把他從他爺爺身邊帶走，此外……」

「我會愛他的！」娜塔莎立刻猜到他的想法，她說道，「我知道，您是不願爲別人責難您和我提供口實。」

老伯爵有時會走過來，親一下安德烈公爵，聽聽他對彼佳的教育和尼古拉職務的看法。老伯爵夫人望著他們止不住歎著氣；索尼婭總擔心會妨礙他們，盡量找各種機會讓他們單獨待在一起。安德烈公爵談話時，娜塔莎驕傲地望著他；當她講話時，她又歡喜又害怕地看，他認真地、緊緊地盯著她。那時她格外愛看安德烈公爵笑的模樣。他不常大笑，可是他一笑起來就止不住，每次笑過之後，她總覺得自己和他更接近了。娜塔莎感到很幸福，如果不是想到面臨著使她擔心不已的日益迫近的別離。

在他離開聖彼德堡的那個夜晚，安德烈公爵把皮埃爾也帶來了，他從舞會之後就再沒來過羅斯托夫家。皮埃爾跟伯爵夫人談話，索尼婭和娜塔莎坐在旁邊一張小棋桌旁邊，並請安德烈公爵過來。

「您是早就認識皮埃爾了吧？」他問道，「您喜歡他嗎？」

「是的，他是一個好人，只是很有意思。」於是，開始講述他那些好玩的笑話。

「您知道，我已經將我們倆的事告訴了他，」安德烈公爵說道，「我從一出生就認識他。他有一顆金子般善良的心。我求您，娜塔莎，」安德烈公爵突然認真地說道，「我就要走了，什麼事都可能發生，您可以不愛……好啦，我知道我不應該這樣說。可是，不管發生什麼事，當我不在的時候……」

「會發生什麼事呢？」

「不管是什麼，」安德烈公爵繼續說道，「我請求您，不管遇到什麼事，向他求援和求教！這是一個最可笑、最漫不經心的人，可是他有一顆金子般的心。」

沒人知道和未婚夫別離在娜塔莎身上會產生什麼樣的影響。她整天在家裡走來走去，沒有哭，做些最瑣碎的事，好像不瞭解等待的是什麼，即便是在告別的時候，在他最後吻她手的時候，她也沒有哭。在他走了之後，她沒有哭；可是，一連數日，坐在她的臥室裡，對什麼都沒興趣，只是不時地說一句：「唉，他為何要走呢？」可是，兩個星期後，令周邊的人意外的是，她一下子從精神上的病態中甦醒了，恢復到了從前的樣子，只是她的表情有了變化。

二十五

兒子走後的這一年，博爾孔斯基老公爵變得比過去更愛發脾氣了，他那些沒來由的怒火常發洩在瑪麗亞公爵小姐身上。瑪麗亞公爵小姐有兩種愛好，也就是她的兩種樂趣——她的小侄子尼古拉，還有宗教，二者都成為老公爵嘲笑和攻擊她的話題。

「你要把他弄成像你自己一樣的老處女；白費勁，安德烈公爵要的是一個兒子，不是一個老姑娘。」他說道。或者，他轉向布里安小姐，當著瑪麗亞公爵小姐的面，問她喜歡不喜歡本村的神像和教士，並不時拿他們開玩笑。瑪麗亞公爵小姐一次又一次地被他侮辱，可是女兒毫不勉強地寬恕了他。

冬天的時候，安德烈公爵來過童山，他溫存、和善、愉快，瑪麗亞公爵小姐好長時間沒見過他這樣了。她感覺到他發生了什麼事，可是他關於自己戀愛的事什麼也不對她說。走之前，他跟他父親進行了長談，瑪麗亞公爵小姐可以感覺出來，在他離家時，他們之間都有些不愉快。在安德烈公爵離開後不久，瑪麗亞公爵小姐寫信給她聖彼德堡的朋友朱莉．卡拉金，朱莉當時正在為她那在土耳其犧牲的哥哥服喪。

悲哀或許是我們共同的命運，我親愛的朋友朱莉。您的損失是那麼可怕，我只能把它看作是上帝特殊的恩惠。愛您的上帝故意考驗您和您的母親，除此之外我不能有其他的解釋。啊！我的朋友！只有宗教，能夠把我們從絕望中拯救出來。只有宗教能夠把人類無法理解的事對我們講明白：為何，是什麼原因，那些高尚的、善良的、善於在生活中找到幸福的人被召到上帝那裡去；而那些沒用的、惡毒的人，或那些對自己和對別人都是一種負擔的人，現在卻活在世上。

我第一次見過的死亡，是我親愛的嫂嫂的死亡，給我留下了深刻的印象。正像您問命運，為何您那優秀的哥哥要死去，我也問過，為何這個天使麗莎要死去，她非但從沒傷害過任何人，而且在她的靈魂中除了善良的念頭，再也沒有任何東西。從那時起，五年過去了，我已經漸漸開始懂得，她為何一定要死，而且為何這是造物主無限仁慈的表現。我常想，做為一個年輕的妻子，她無可挑剔；做為一個母親，或許她就勝任不了。現在，她不但把最純潔的追念和遺憾留給了我們，特別是留給了安德烈公爵，而且她可能要在那裡得到一個我不敢奢望的地位。別只說她一個人吧，她過早地又是那麼可怕地死去，不管我們怎麼傷心，她在我和家兄身上已經產生了很有益的影響。

那時我會懷著恐懼的心趕走這些念頭，可是現在它是那麼一清二楚。我給您寫這一切不過是要您相信《福音書》中的真理，現在它已成為我的人生準則了：祂的旨意完全是出於對我們無限的愛，因而，不管我們發生什麼事，全都是為了我們好。您問我們會不會在莫斯科過冬。儘管我願見您，可是我不想，也不願那樣。您聽了會感到奇怪，是因為拿破崙！

事情是這樣的：家父的健康狀況顯著地變壞，他不能忍受反對意見，而且容易發脾氣。這種怒氣，如您所知，主要是有關政治。拿破崙居然和歐洲各國元首，特別是和我們的元首平起平坐！想到這一點，他忍受不了。您知道，我從來不關注政治，可是從家父的話中，我知道世界上發生的事，特別是全世界對拿破崙的尊崇。家父不能忍受這一點。我感覺，主要是因為他的政見，家父甚至不想談去莫斯科的事，因為他已能預見發表意見的作風會引起衝突。

我們的家庭生活，除了安德烈不在外，一如從前。我已經寫信告訴過您，家兄近來改變了很多。在經受了精神上的痛苦之後，直到今年他才完全恢復過來了，現在他又變成我從小就熟悉的那個樣子：善良、溫柔，有顆無與倫比的金子般的心。我覺得，他現在已經很清楚了，他的生活並沒有結束。可是他在體力方面變得異常衰弱。因為他變得更瘦弱、更敏感了。我既為他擔心，也高興他能接受醫生的建議到國外去旅行。您來信說，在聖彼德堡，他被人當作最積極、最有教養、最有才華的青年，聽到這個消息我真的很高興。請寬恕我的虛榮心，可是我從不懷疑這一點。他對這裡的任何一個人，從他的農民到貴族，做過的好事，真的是數不勝數的。他到了聖彼德堡之後，不過是得到他應得的榮譽。

我很驚奇，那些關於聖彼德堡的謠言怎麼會傳到了莫斯科，特別是您信中寫來的那些傳聞，就是關於家兄跟娜塔莎結婚的虛假消息。我不認為家兄會再次結婚，特別是和她結婚。這是因為：第一，我知道，他即使不怎麼提他那死去的妻子，可這一損失的悲哀卻深深地刻在他的心中，讓他根本不能下定決心給她找一個替補，給我們的小天使再找一個繼母；第二，據我所知，那個女孩兒完全不是安德烈喜歡的那種女性。我根本不認為他會選她做妻子。我說得太多了，第二頁紙都寫完了。再見，我親愛的朋友。願上帝把您置於您自己神聖的、強有力的保護之下。我親愛的女友，布里安小姐，吻您。

瑪麗

二十六

仲夏時節，瑪麗亞公爵小姐收到安德烈公爵從瑞士寄來的一封信，他在信中告訴她一個驚人的消息。他公開宣佈了他和娜塔莎訂婚。整封信流露著對他未婚妻的愛戀，以及希望妹妹饒恕他上次來童山時沒告訴她的決定。他之所以那樣做是因爲怕瑪麗亞公爵小姐會求父親答應，那樣不但達不到目的，反而會惹惱父親，使他把不滿和怒火再次發洩在她身上。

何況，「當時這個問題還沒有最後定下來。那時父親規定了一年的期限，現在六個月了，期限已經過了一半，我的決心卻比任何時候都更堅定了。如果醫生們不把我留在礦泉之中，我早就回俄國了，可是現在我只能把我的假期延遲三個月。你知道我和父親的關係。我自始至終都是獨立的；或許，他和我們在一起的日子不會很多了，違反他的意志，引起他的憤怒，會毀掉我一半的幸福。我現在就這一問題給他寫了封信，求你選擇個時機把信遞給他，並通知我他對全部問題的看法，以及能否讓他同意把期限縮短三個月。」他寫道。

經過猶豫、疑慮、祈禱，瑪麗亞公爵小姐把信交給了父親。

第二天老公爵就平靜地對她說道：「寫信告訴你哥哥，讓他等一等，等到我死了的時候吧……不會很久了……很快就讓他自由了……」

公爵小姐要辯解，可是父親不讓她說話，而且他的聲音提得愈來愈高了：「結婚吧，親愛的……一門好親事！聰慧啊？有錢啊？是的，小尼古拉就要有一個好繼母了。你寫信跟他說吧，讓他結婚吧，哪怕明天也行。她可以做小尼古拉的後娘，我也要跟布里安結婚！哈，哈，哈！他也應當有一個後娘！只有一件事，我家裡不需要更多的女人——他結婚自己去過吧。或許你也搬到他那兒去住吧？上帝保佑，去受凍吧……受凍吧！」他轉過來對瑪麗亞公爵小姐說。

這一次發作之後，公爵再也沒有談這個問題。可是因爲兒子那不爭氣的行爲而憋在肚子裡的悶氣，又在對他女兒的態度上發洩出來。在他先前那些嘲諷的話語中，現在又增加了關於繼母和對布里安小姐獻殷勤的話題。「我爲何不娶她呢？」他對女兒說，「我覺得她將成爲一個出色的公爵夫人！」

瑪麗亞公爵小姐給安德烈公爵寫信，告訴他父親的態度，但是卻安慰她哥哥，說有希望使父親接受這個想法。她在內心深處隱藏著夢想和希望，現在是她生活的主要慰藉，這個安慰她的夢想和希望的就是她的「神父」——那些苦行者和雲遊者。

瑪麗亞公爵小姐生活的時間越長，對生活的體驗和觀察越多，她就越驚訝於在塵世上尋求快樂和幸福的人們目光的短淺：人們彼此傷害，人們受苦、忙碌、掙扎，來取得那種罪惡的、不可能有的、虛幻的幸福。安德烈公爵愛過他的妻子，甚至她死了，之後他還要將他的幸福繫在另一個女人身上。父親不同意，因爲他想給安德烈找一個更顯赫的妻子。爲了得到曇花一現的幸福，他們彼此折磨、受苦、鬥爭。只有我們自己明白這一點還不夠，上帝之子基督也來到塵世上，他說，這是轉眼即逝的生活，也是一種考驗；可是我們卻抓住它不放，而且想從裡邊找到幸福。

瑪麗亞公爵小姐想道：「爲何就沒有人能夠想通這一點呢？」除了這些從後門來看我的「神父」之外，就再沒有人能理解了。

他們怕被公爵看見，並不是怕吃他的苦頭，而是怕他犯罪。現在他們背井離鄉，拋開對塵世福利的眷戀，穿著粗布麻衣，從一個地方流浪到另一個地方，不傷害任何人，只不過是爲大家祈禱——爲那些趕走他們的人祈福，也爲那個保護他們的人祈禱：現在再沒有比這更高的生活和真理了！

有一個名叫莫托吉絲卡的女人，一個五十多歲安靜、矮小、麻臉的女人，在近三十年來，始終戴著沉重的鏈子、光著腳四處雲遊。瑪麗亞公爵小姐很喜歡她。有一次，在一間只點一盞神燈的黑暗房間裡，莫托吉絲卡講述了自己的生活，瑪麗亞公爵小姐剎那間強烈地感覺到，只有莫托吉絲卡一個人找到了自己的人生，然後她決定自己也要去雲遊。

瑪麗亞公爵小姐思考良久，最終下定決心，她一定要去雲遊。她只把這個計畫告訴了她的懺悔師修道士阿金菲牧師，他同意她的計畫。假裝給女雲遊者送禮，瑪麗亞公爵小姐爲自己準備了雲遊者的全套服裝：一雙草鞋、一件粗布襯衣、長袍和黑頭巾。在走近藏著這些東西的櫃子時，瑪麗亞公爵小姐停停走走，猶豫不決。在想像中，她已經看到自己和莫托吉絲卡一道，身穿粗布衣服，拿了一根手杖，揹一個行囊，在沙塵滿天的大路上走著，既沒有嫉妒，也沒有欲望，那些愛情，終於到達一個遠離憂愁或歎息，只有永遠的幸福和快樂的地方。

瑪麗亞公爵小姐想道：「我不會等到習慣或愛上哪個地方的時候，到一個地方我就會在那裡祈禱，隨後再朝前走。我一定會走到兩腳無力，隨後躺下來，最後死去，最終達到那安靜的、永恆的，既沒有憂傷、也沒有歎息的極樂世界……」

可是後來，她看到她父親，特別是看到小尼古拉的時候，她的決心就動搖了。她偷偷地哭起來，感覺自己是個罪人，因爲她對父親和侄子的愛，勝過愛上帝。

chapter 7

愁雲瀰漫的現實

一

《聖經》的傳說告訴我們，好逸惡勞是我們的始祖[72]墮落之前享樂的模樣，那些遊手好閒的人皆墮落，可現在人類卻受到了最嚴厲的懲罰，不僅是因為我們為了謀生而必須汗流浹背地勞動，而且還因為就道德觀來說，我們不能既無所事事，又心安理得。如果人類能達到一種境界，既可以悠然閒逸，又可以感覺自己是有收穫的閒逸狀態。而現在這種閒逸從前是，將來仍將是從軍的主要吸引力。

一八〇七年之後，尼古拉繼續在保羅格勒團隊服役，充分享受到了這種幸福，他已經接替傑尼索夫指揮騎兵連了。尼古拉已經變成一個心地善良，卻舉止粗魯的小伙子，他在莫斯科的朋友認為他有失風度，可是他受到他的下屬、同僚、上級的喜愛和尊敬，他也對此很滿意。就在最近一段時間，就是一八〇九年，他從家信中聽到母親抱怨，說他們的家境越來越糟，他該回來侍奉父母了。

讀這些信的時候，尼古拉感覺到害怕，害怕他們會將他從這遠離人生紛擾，而且又很平和安穩的環境中拉出去。他感覺他早晚要重新捲入那個敗落的家境、爭吵和陰謀、各種關係、交際、管家們的帳目、索尼婭的愛情和他對她的承諾的漩渦中去。這一切都沒有頭緒，因而他給母親的回信總是冷淡

72. 指亞當，據聖經上說亞當是世界上第一個人。

的例行公事，開頭是「我親愛的媽媽」，結尾是「您親愛的兒子」，可是關於什麼時候回來他隻字不提。

一八一〇年他收到家人的信，來信說，娜塔莎和安德烈訂了婚，因爲老公爵的反對，婚禮將在一年之後舉行。這封信令尼古拉難過。第一，他比家裡任何人都愛娜塔莎，他爲家中失去她而惋惜；第二，他很遺憾他當時沒有在場，不然他會對安德烈說，和他聯姻似乎不怎麼光彩，如果他愛娜塔莎，他可以不顧他父親是不是准許。當他猶豫該不該請假在娜塔莎結婚之前去看她時，演習在這個時候開始了，還有關於索尼婭和其他亂七八糟的事的考慮，尼古拉又拖延下去了。

不過這一年春天，他接到母親背著老伯爵寫的一封信，勸他回家。在信中說，如果尼古拉不回來管理家業的話，他們所有的財產都會被拿去拍賣，大家就只有都去討飯了。大家都欺騙他，情況越來越糟，因爲伯爵是那麼軟弱、那麼善良又那麼信任德米特里。伯爵夫人寫道：「看在上帝的份上，我請求你，立刻回來，如果你不願使我和全家人遭到不幸的話。」

這封信對尼古拉發生了作用。

午飯後睡了一覺，他吩咐準備那匹很久沒有騎過的、極不馴順的、叫戰神的灰色馬，當他騎著那匹冒汗的公馬回來時，他對勞弗盧西卡和晚上來訪的同事們宣佈，他要請假回家了。他還沒從司令部裡聽說他是不是被提升爲騎兵大尉了，是不是因上次演習得到聖安娜勳章，可是此時他想起來覺得是多麼難，是多麼不可思議；他還沒把三匹棗紅馬賣給戈魯霍夫斯基伯爵，此時走，想起來就覺得很怪；爲了與給波蘭小姐博爾若佐夫斯卡婭舉行舞會的槍騎兵作對，驃騎兵們將爲波蘭小姐普莎傑茨卡婭舉行舞會，可是他不參加這個舞會就走，這是多麼難以理喻。但他知道他應該離開這個光明的、美好的世界，前往一個充滿荒誕和混亂的地方。

一個禮拜後，他請了假。他的驃騎兵同事，每人拿出了十五個盧布，爲他設宴餞行，尼古拉和巴索夫少校跳了特列派克舞；醉醺醺的軍官們將尼古拉抬起來往上拋，擁抱他，隨後放下；而第三騎兵連的士兵們再一次拋起他，喊「烏拉！」之後尼古拉被放在雪橇裡，直到護送到第一個驛站的地方。

在旅途的前一半，尼古拉的所有心思，還留在後面，甚至還留在騎兵連裡；可是走過一半路程之後，他已經開始忘記了他的司務長、三匹棗紅馬和波蘭小姐，而開始不安地問自己，奧特拉德諾耶的那邊怎麼樣？他在那裡會看到什麼？離家越近，他想家的心就越熱烈。在到達奧特拉德諾耶最後一站，他給了車伕三個盧布買酒喝，就上氣不接下氣地跑上他家的臺階。

在見面的狂喜過後，尼古拉產生了一種不滿意的奇怪感覺，情況和他想像的相反，「既然一切如故，我為何這麼急急忙忙往回趕？」尼古拉慢慢適應從前的家庭環境。父親和母親大致和從前一樣，只是老了一點。但是他們身上顯露出從未有過的不安，並且時而彼此不睦。尼古拉很快就明白了，這是惡劣的家境所造成的。索尼婭快二十歲了，她已經定型了，不會出落得更美麗了，可是這也足夠了。這個少女忠貞不渝的愛情讓他開心，改變著他，尼古拉回來時，她完全沉浸在幸福和愛情中，這使他很高興。彼佳和娜塔莎最讓尼古拉驚訝。彼佳已經十三歲了，嗓音開始變粗，是一個快活、俊美、高大、聰慧而淘氣的少年了。尼古拉看著娜塔莎，驚奇不已。

他說：「你變了。」

「怎麼？變醜了嗎？」

他對她小聲說道：「正相反，只是，有點不一樣了。公爵夫人！」

娜塔莎高興地說：「是的，是的！」

娜塔莎把她和安德烈公爵的所有情況都告訴了他，並把他最近一封信讓他看。

娜塔莎問：「怎麼樣，你高興嗎？我現在很平靜，很幸福。」

「很高興，他是一個傑出的人……怎麼，你很愛他嗎？」尼古拉回答道。

「怎麼說呢？」娜塔莎答道，「我愛過我的教師，愛過伯里斯，也愛過傑尼索夫，可這種愛是完全不同的。我很踏實、平靜。我知道沒人比他更好，我現在是那麼平靜、愜意。完全不像從前。」

對於婚期延遲一年，尼古拉對娜塔莎表示不滿。不過娜塔莎激烈地反駁哥哥，她自己也情願推遲。她說道：「你不懂的。」

尼古拉不出聲，默認了。

哥哥望著她的時候，常常覺得很奇怪。她完全不像一個熱戀中的未婚妻離開了未婚夫的模樣。她心境平靜，情緒穩定，跟過去一樣快活。這一點使尼古拉詫異。他不能相信她就這樣決定了她的命運，他總認爲這門擬議中的親事有什麼地方不一樣。

二

回家之後，頭一段時間尼古拉是嚴肅的，甚至覺得有點煩悶。使他苦惱的是，他必須立刻過問，母親就是爲了那些經濟事務才把他叫回來的。在到家後的第三天，他皺著眉頭，氣呼呼地，就到德米特里的廂房裡去了，他要他把所有帳目交出來。可是什麼是全部帳目，尼古拉甚至比那個迷惑不解、膽戰心驚的德米特里知道得更少。跟德米特里說話和查帳花的時間不多。在廂房外間裡等著的村長、農民代表，還有地保心裡驚喜交加，先是聽見小伯爵那一聲高過一聲的咆哮，隨後是一句接一句的恐嚇和責罵。

「強盜！你們這些狼心狗肺的東西！我會殺死你這條狗！我可和父親不同……都被你偷光了……

壞蛋！」

之後，他們一樣又喜又驚地看見，小伯爵雙眼充血，滿臉通紅，抓著德米特里的脖領子把他拉出來，靈巧地從後面撞他，踢他，並大聲喊道：「滾！永遠不要讓我在這裡再看到你這個惡棍！」

德米特里從六級臺階上直衝下去，然後就跑到花壇裡去了。

伯爵夫人立刻從侍女們口中知道了廂房裡發生的事。一方面，怕兒子過度操勞而感到不安。另一方面，想到他們的狀況一定會有所改善而感到欣慰。

第二天老伯爵就把兒子叫過來，笑著對他說道：「你知道嗎，我的寶貝，別發火喲！德米特里已經把所有都告訴我了。」

「我就知道，在這裡，在這個愚蠢的世界裡，永遠什麼也搞不懂。」尼古拉想道。

「你因爲他沒把那七百盧布記帳而生氣。可是這筆賬移到後面去了，你沒看另一頁。」

「爸爸，他是一個賊，現在該做的我已經做了；如果您不願意，我就什麼也不和他說了。」

「不，我親愛的寶貝，我真的需要你來管理家業，我老了，我……」

「不，爸爸。如果我做了使您不高興的事，請您原諒。我覺得您比我管理得更好。」

他自顧自地說，從這之後，他不再過問事務了。不過有一天，伯爵夫人把兒子叫過去，對他說，她有一張德魯別茨卡婭公爵夫人兩千盧布的期票，問他想怎樣處理。

「原來是這樣，您說讓我來決定；我不喜歡德魯別茨卡婭公爵夫人，我也不喜歡伯里斯，可是他們是我們的朋友，而且窮得叮噹響。那麼這樣辦吧！」尼古拉答道，他說著就把那張期票撕掉了，這一舉動讓老伯爵夫人流出了高興的眼淚。

三

羅斯托夫老伯爵已經辭去了首席貴族的職位，因爲這個職位的花銷太大，可是他的家境依然不見改善。尼古拉和娜塔莎不時看到他們的雙親偷偷地一起商量著什麼，也聽見有關賣掉祖傳的羅斯托夫住宅和莫斯科附近的地產的議論。他們覺得請客不像伯爵做首席貴族時那麼大排場了，而且奧特拉德諾耶的生活也比往年清靜了，可是那所大房子依然住滿了人，家裡每天有二十多人吃飯。這些人都是自家人，有些是一定要住在伯爵家的人。而這類人中有樂師吉摩利和他的妻子、舞蹈教師揚戈奧和他的家屬，還有許多其他人，比如小姐們的家庭女教師、彼佳的教師們，與那些只是覺得住在伯爵家比住在自己家更舒服、更有好處的人。

不像過去有那麼多的客人來了，可是生活方式一如從前，如果不這樣，伯爵和伯爵夫人就無法想像怎麼生活。伯爵仍然要玩惠士特牌和波士頓牌，天天輸錢給鄰居上百盧布，鄰居們把和羅斯托夫老伯爵玩牌當做是一項很好的經濟來源。而過節時依然要贈送貴重的禮物和設盛宴招待全縣的人。

伯爵在經營方面，如同落進一張大網，他盡力不相信他被困住了，可他卻一步步地被網纏得越發緊了。伯爵夫人感覺到自己的孩子們在破產，於是她想找一個改變狀況的方法。現在只有一種辦法，那就是尼古拉娶一個有錢的女人。她認爲這是最後的希望了，如果尼古拉拒絕她替他找到的配偶，那麼就永遠沒有辦法改善境況。這個對象就是朱莉．卡拉金，她的父母都是很高尚的好人，羅斯托夫家的人們從小就認識她，她現在成了一個富有的繼承人了。

伯爵夫人曾經直接寫信給卡拉金，盼望她的女兒和自己的兒子結親，然後從她那裡得到了一個讓人高興的答覆。卡拉金回信說，自己是高興願意的，不過一切得看她女兒的意思。卡拉金邀請尼古拉去莫斯科。

甚至有好幾次伯爵夫人含淚對她兒子說，現在兩個女兒都有了著落，她唯一的願望就是看到他結婚。如果能這樣，她就能安靜地躺在棺材裡了。之後她又說，她心中有一個出色的姑娘，想知道他到底是什麼意見。

在另外的談話中，她對他稱讚朱莉，然後勸他去莫斯科度假開心。尼古拉猜出了母親話裡的意思，就在一次談話中，引導她坦白地說出來。她對他說，現在唯一能改善他們家境的事，就是他和朱莉·卡拉金結婚了。

他只想表示他心地的高尚，他問他母親：「如果我愛上了一個沒有錢的女孩，難道您真的要求我為了金錢而犧牲我的感情和名譽嗎？」

「不，你沒理解我的意思，你沒有理解我，尼古拉。我希望你幸福。」他母親說道，無可辯解了，前言不搭後語。她哭起來了。

「好媽媽，別哭。只要對我說，您願這樣，您明白，我會獻出我的生命，使您平靜，我會為您犧牲所有，也包括我的感情。」尼古拉說道。

可是伯爵夫人不想這樣提出問題：她不願她兒子犧牲什麼，她情願為她兒子犧牲。

她擦著眼淚說道：「不，你沒有理解我，我們不談了吧。」

「如果我真的愛上了一個窮姑娘。」尼古拉自己問自己，「那麼，我要為了財產犧牲我的名譽和感情嗎？媽媽怎能對我說這樣的話。難道因為索尼婭窮，我就不應該愛她，不應當報答她那忠貞的愛情嗎？我跟她在一起比跟洋娃娃一般的朱莉在一起一定更幸福。我不可以勉強我的感情。」他對自己說，「如果我愛索尼婭，那麼對於我來說，感情就比任何都要崇高。」

尼古拉並沒有去莫斯科，伯爵夫人也再沒和他談結婚的問題。她懷著一種悲哀的情緒，看著她兒子和無陪嫁的索尼婭之間越來越親密。她怪自己喜歡埋怨，對索尼婭吹毛求疵。她常常無緣無故地對她口出怨言，稱她作「您，我的親愛的」。心地善良的伯爵夫人就因爲索尼婭對待自己的恩人是那麼忠貞不渝，並且那麼衷心感激、忘我地愛著尼古拉而生她的氣。

尼古拉在家中度過了他假期剩下的日子。

安德烈公爵從羅馬寄來第四封信，他在信裡說，他的傷口在那邊溫暖的氣候中意外地又裂開了，使他不得不把歸期延遲到明年年初，否則，他早已在回俄國的路上了。娜塔莎依然那樣愛她的未婚夫，她在爲有這份愛情感到平靜，還是那麼敏感地捕捉生活的樂趣；可是在他們分離四個月之後，她開始控制不住自己的憂鬱。她覺得自己是完全能夠愛別人，也能夠被人愛，她又替自己可惜，可惜不爲任何人白白度過的這段時光。

這時一種不快樂的氣氛籠罩著羅斯托夫家。

四

很快耶誕節到了，可是除了隆重的彌撒，家僕和鄰居們無聊而莊重的祝賀，以及人人穿上新衣服之外，就沒什麼有趣的事了，可是，在冬季夜空裡和耀眼的日光下，尤其是在無風的攝氏零下二十度的嚴寒天氣裡，這些都會令人產生一種應該慶祝一下這段時光的感覺。

在耶誕節的第三天，午飯之後，家裡的人都各自回房去了。或許這是一天當中最煩悶的時刻。尼古拉睡倒在起居室的沙發上。索尼婭坐在客廳裡的圓桌旁，全神貫注地畫一個刺繡圖案。老伯爵在他的書房裡休息。伯爵夫人在打紙牌。伊萬諾芙娜愁眉不展地和兩個老太太坐在窗前。娜塔莎進來了，走到索尼婭那裡，看了看她正在做著的事，隨後走向自己的母親，默默地站在那裡。

「你來回走什麼呀，像個流浪兒一樣？」母親說道，「你到底想要什麼呀？」

「我要他……現在，立刻，我現在要他。」娜塔莎說道，淚光閃閃。然後伯爵夫人抬起頭來，第一次認真地看著女兒。

「我就要哭了，請媽媽不要看我，千萬不要看。」

伯爵夫人說道：「坐下，咱們一起坐一會兒吧。」

「媽媽，我要他。為何我非要這樣虛度光陰，媽媽？」她說不出話來，眼淚奪眶而出，為了隱藏眼淚，她飛快地轉過身去，離開了房間。

之後走進一旁的女傭房間。此時一個小姑娘正被一個年老女僕教訓著。老太婆說道：「你可別光顧著玩，什麼都得有個時候啊。」

娜塔莎說道：「饒了她吧，康得拉季耶夫娜，去吧，瑪芙魯莎，去吧。」

離開了瑪芙魯莎之後，娜塔莎穿過大廳，向前廳走去。那裡有一個老頭和兩個年輕的僕人正在玩撲克。見小姐一進去，他們立刻就站了起來。「我要他們有什麼用呢？」娜塔莎想道。

「喂，尼基塔，你去……對了，你去院子裡抓一隻雞，要一隻公雞，米沙，拿一些燕麥給我。[73]」

「就要一點點燕麥嗎？」米沙高興地說道。

73. 把糧食撒在地板上餵雞，這是聖誕節一種占卜的方法。

「去吧，趕忙去吧。」那個老先生催促著。

「費奧多爾，你呢，麻煩給我拿一支粉筆來，好嗎？」

儘管現在遠不到喝茶的時間，可在經過餐室的時候，她吩咐僕人們端上茶來。負責餐室的福卡脾氣很暴躁。娜塔莎喜歡在他身上體驗自己的權威。他不太肯定這個命令，因而又去問了一次。

福卡皺著眉頭假裝對娜塔莎說道：「哎呀，我的親愛的小姐！」

她看著這些散漫的人，覺得自己不派他們去做一點什麼的話，她就心有不甘。她要看一下，他們是不是有人對自己不滿，可是他們對任何人的命令也沒有像對她的吩咐那麼爽快地執行。

娜塔莎沿著走廊慢慢地走著，心想：「我現在能做什麼呢？我去哪裡呢？」

「娜斯塔西亞．伊萬諾芙娜，你說我會生個什麼樣的孩子呢？」她對迎面走來的小丑問道。

「嘿，你一定會生個蚱蜢、蜻蜓、跳蚤。」小丑回答道。

「天哪，你又是這一套！我到哪兒去呢？我該做什麼好呢？」她跺著腳奔上樓去，去找揚戈奧和他的妻子去了。

那兩個家庭女教師坐在揚戈奧面前，面前擺著幾碟杏仁、胡桃和一些葡萄乾。那些女教師正議論著是住在奧德薩便宜，還是住在莫斯科合適呢。娜塔莎靜靜坐下來，耐心聽她們的談話，之後又緩慢站起來。她說道：「馬達加斯加島，馬－達－加－斯－加。」然後她又重複一遍，隨後就走了出去，什薩夫人跟在後面問她說的是什麼，她也沒回答。

弟弟彼佳也在樓上，正在和照看他的老僕人準備晚上要放的焰火。

「彼佳！」她向他喊道，「請你揹我下去。」

彼佳跑過來，把背轉向她。她猛地跳上去，摟住他的脖子，然後他就揹著她跳躍著跑下樓去。

「好吧，快點停下來吧……馬達加斯加島！」然後從他背上溜下來，跑下樓去了。

好像已走遍了自己的王國，證明每個人都是服從自己的，可是還是覺得無聊。娜塔莎穿過大廳，拿起她的吉他，坐在小櫃子後邊的角落裡，開始輕輕撫摸低音弦，彈她和安德烈在聖彼德堡聽過的歌劇中的一個樂句。現在在她的幻想中，每一種聲音都能勾起一長串的回憶。

索尼婭手拿著一只玻璃杯向餐室走去，娜塔莎看了她一眼，她感覺在她的記憶中，餐室的門也曾射進一縷陽光，索尼婭也曾手裡拿著玻璃杯走過。娜塔莎想道：「是的，和現在一模一樣。」

她彈著一根粗弦朝索尼婭喊道：「索尼婭，你說這是什麼曲子呀？」

「啊，你在這兒呀！」索尼婭哆嗦了一下說道，隨後走近些認真聽。她怯生生地說，「我不知道，是不是風暴？」

娜塔莎想道：「也曾這樣出現過：她也是這樣哆嗦了一下，這樣走近些，而且怯生生地微笑了。我那時也和現在似的。」

娜塔莎把合唱曲唱完，讓索尼婭辨別，說：「不對，這是《船伕曲》的合唱，你沒聽出來嗎？」

「你去哪兒了？」娜塔莎問。

「去倒一杯水。我馬上就畫完圖案了。」

「我怎麼總覺得沒事做呢，」娜塔莎說道。「尼古拉在哪裡？」

「可能在睡覺。」

「索尼婭，你把他叫醒吧，跟他說，我讓他來唱歌。」娜塔莎說道，她又陷入了沉思，這一切從前都曾發生過，為何呢？她沒有解決這個問題，又在幻想中回到過去，他用愛戀的眼睛深情注視著她，可是她絲毫不因這只是回憶而感到遺憾。

她猛地放下吉他站起來，說道：「啊，希望他能快一點回來！我真害怕這一天不會有了！可他或許今天就能回來，現在就到了。或許他已經在那兒了，正坐在客廳裡。或許他昨天就來了，我忘記了。」邊說邊向客廳走去。

所有的人，男、女教師們和客人們，現在都已經坐在茶桌旁。僕人們立在桌子周邊，可安德烈公爵不在那裡。

「啊，她終於來了！來，快坐到這邊來。」老伯爵見到娜塔莎進來的時候說道。可是娜塔莎好像在尋找什麼東西似的在媽媽耳邊停下來了。

「媽媽！把他給我吧，媽媽，快點！」她嘟囔道。

這時候她坐到餐桌邊，聽年長的人們和尼古拉說話。娜塔莎想道：「天哪！居然還是那些熟悉的人，還是那些談話！」甚至她心中對全家人生出一種厭惡的感覺，因爲他們還是一點兒沒變。

用過茶後，索尼婭、尼古拉、娜塔莎紛紛走進各自心愛的角落，來到起居室，他們總是在那裡進行最親密的談話。

五

等他們在起居室坐下之後，娜塔莎對她哥哥說：「你有過這種感覺，你有過這樣的情形嗎？所有美好的都過去了，你感到的不是悲哀，而是無限空虛。」

「那還用說，當然有過！有時，當大家都高興的時候，當一切都很完美的時候，我卻想這一切都令人厭倦，大家都應該消失。有一次，在團隊裡，我沒去參加遊藝會，而留下來在那裡奏樂……突然間我覺得很無聊……」他說道。

「啊，是的，我知道，我也這樣，我童年時代，就有過這種情形，你還記得我有一次爲了李子受罰嗎？你們都在那兒跳舞，我坐在屋裡哭。號啕大哭，我永遠也不會忘記：我爲每一個人，爲我自己，甚至爲所有的人難過、悲哀。我認爲我沒有犯錯，」娜塔莎搶著說道，「你記得嗎？」

「當然記得。」尼古拉說。「我記得後來我也到你那兒去了，我試著安慰你，你知道嗎，我有時覺得有點難爲情。我們以前是那麼幼稚。我有一個木偶玩具，我想送給你，你還記得嗎？」

「那個記得，」娜塔莎帶著沉思的微笑說道，「很多年以前，我們都很小的時候，叔叔把我們叫進書房，裡邊很暗，我們走進去，突然發現那裡站著……」

「一個黑人，」尼古拉興奮地笑著接著說道，「我怎麼能不記得呢。我到現在也沒弄清楚是真有一個黑人呢，還是我們夢見的，或者是別人給我們講的。」

「那個人頭髮是灰色的，牙齒是白的，你還記得嗎，他就站在那裡，死死地望著我們……」

「索尼婭，您也記得嗎？」尼古拉問道。

索尼婭怯生生地回答：「是的，我也記得一點點。」

「你知道，我向媽媽和爸爸問過關於那個黑人的情況，」娜塔莎說，「他們說，根本沒有什麼黑人。可是你怎麼會有印象呀！」

「我記得他的牙齒。」

「這太奇怪了！好像是在夢中！我喜歡這樣。」

「你還記得我們在大廳裡玩滾雞蛋的遊戲，突然間它變成兩個老太婆在地毯上旋轉起來的場景嗎？還記得這件事嗎？那是多麼好玩⋯⋯」

他們就這樣興奮地尋找自己的記憶，說：「是啊，你記得當時爸爸穿著藍皮襖在臺階上射擊的情形嗎？」他們的回憶是詩情畫意般的青春回憶，那些夢境和現實交匯在一起的最遙遠的印象，於是他們輕輕地笑著。

索尼婭像往常一樣，和他們說不到一起，雖然他們是相同的回憶。

只有當他們說起索尼婭初來時的情形時，她才參加他們對往事的溫習。她對他們說自己小時候特別害怕尼古拉。

「我還記得保姆這樣對我說的，我以前是在一棵捲心菜底下出生的。我當時很相信，可是知道了那不是事實後，我又覺得很不舒服。」

他們正熱火朝天地討論著，一個侍女從女傭室的後門探進頭來。

她悄聲說道：「他們已經把公雞拿來了，小姐。」

娜塔莎回答道：「波莉婭，讓他們拿走吧，不要公雞了。」

他們在起居室談話的時候，吉摩利進來了，走到放在角落裡的豎琴的前面。他摘下那個套子，豎琴發出了一聲奇怪的聲音。

客廳裡傳來伯爵夫人的說話聲：「吉摩利先生，您能演奏一支我最喜歡的菲爾德[74]作的夜曲嗎？」

吉摩利彈了一個和弦的樂曲，對尼古拉、娜塔莎和索尼婭說道：「原來你們青年人喜歡安靜地坐在這裡啊！」

74.約翰・菲爾德為十八世紀愛爾蘭的著名作曲家，一八〇四年移居俄國。

「是的，我們在討論哲學問題呢。」娜塔莎頭轉過來看了一眼後繼續談話。他們此時在討論關於夢的話題。

吉摩利坐下來開始彈奏了，娜塔莎踮著腳尖走到桌旁，拿起蠟燭，走了出去，回來後，安靜地坐在她先前的座位上。房間裡，一片黑暗，可是滿月的銀光穿過大窗子，散落在地板上。吉摩利已經彈完那支曲子，可是依然輕輕地撫摸著琴弦陶醉在那裡。

此時，娜塔莎向索尼婭和尼古拉靠近一點，小聲說：「你知道我怎麼想的，我們如果這樣回憶，不停回憶下去，最後就會回憶起我來到這世上之前是什麼樣子了……」

音樂已經停了，娜塔莎依然小聲說：「不，我不相信我們的靈魂曾附在牲畜身上。我認爲我們過去是天使，也曾經來過這裡，因而我們能夠記得……」

輕聲走過來的吉摩利說著：「我能加入你們的談話嗎？」並且在他們旁邊坐下來。

「如果我們曾經是天使，那我們爲何落入凡間了？」尼古拉說道，「不，不是這樣的，這不可能！」

娜塔莎深信不疑地爭辯說：「不是落入凡間，誰說落入凡間了？我怎麼知道我從前是什麼呢？靈魂是不朽的……也就是說，如果我永遠活下去，那麼我過去也活過，永遠地活著。」

「是的，可是我們很難想像永恆。」吉摩利說道，他剛才還帶著輕蔑、溫和的微笑加入了談話，可是此時也小聲而認真地說起話來。

娜塔莎說：「爲何永恆是無法想像的呢？今天是，明天也是，永遠都是，還有昨天是，前天也是……」

「娜塔莎！唱一首歌吧，你們怎麼像陰謀家一樣靜靜地坐在那裡呀？」他們聽見伯爵夫人說。

娜塔莎回答：「可是，媽媽，我不想唱。」她還是不由自主地站了起來。

所有的人，連已經不年輕了的吉摩利在內，都不想離開那個角落，停止他們的交談。可是娜塔莎站起來了，尼古拉也坐在了老式鋼琴旁邊。娜塔莎像往常一樣站在廳中央，選定共鳴最好的地方，開始唱母親喜愛的歌。

雖說她不願唱，可是她很長時間以來，都沒這天晚上唱得那麼好。在書房裡跟德米特里說話的羅斯托夫老伯爵聽到她的歌聲，就像一個爲了趕著出去玩，迅速做完功課的小學生似的，對管家發命令時，把話說得顛三倒四。德米特里也低頭默默地聽著，微笑著站在他的對面。尼古拉目不轉睛地盯著妹妹，和她同呼吸。索尼婭一邊聽，一邊想她和她朋友差別多麼大，她不管怎樣也不可能像她表妹那樣漂亮。老伯爵夫人帶著既哀傷又幸福的微笑，飽含淚水坐在那裡，不時地搖一搖頭。她想到娜塔莎，想到她自己的青春，也想到娜塔莎和安德烈公爵即將舉行的婚禮，總是有一點彆扭和惶恐迷茫。

吉摩利正閉目養神，在伯爵夫人旁邊坐下。

「啊，伯爵夫人，」他終於說道，「這是歐洲的天才，她已經很完美了——多麼柔和、輕快、富有節奏感……」

伯爵夫人說：「唉，還是不能放心！」卻不知道她在跟誰說話。現在她那母親的敏感告訴她，在娜塔莎身上某種東西太多了，因而她可能會過得不好。娜塔莎還沒唱完，十四歲的彼佳就興奮地闖進來說，只見有一些身著化裝禮服的人來了。

娜塔莎的歌聲戛然而止。

她對她弟弟喊道：「傻瓜！」跑到一把椅子前，跌坐在上面，放聲大哭，好久停不下來。她努力保持微笑，「沒什麼，媽媽，真的沒什麼，只是彼佳嚇了我一跳。」可是眼淚還是如傾盆的雨，嗚咽哽住了她的喉嚨。

可是原來穿化裝服的人只是一些家僕，此時他們化裝成旅店老闆、狗熊、土耳其人、小姐，很可怕，又很可笑——他們將外面的寒氣和快樂帶了進來，他們在開始的時候惶恐地擁擠在前廳裡，以後彼此向身後躲藏著擁進大廳，他們在那裡先是很不好意思，隨後越來越放鬆地跳起來，然後唱起來，跳華爾滋，就開始做起聖誕遊戲來。伯爵夫人認出了他們，在笑過他們的一身打扮之後，就走進了客廳。這時候伯爵坐在大廳裡，眉開眼笑地稱讚那些盛裝打扮下的僕人。這時候青年人全都出去了。

約莫過了半小時，在大廳裡穿化裝服的人群中，出現了一個穿箍筒裙的老奶奶——這是尼古拉，小丑是吉摩利，那個土耳其少女是彼佳，驃騎兵是娜塔莎，一個描眉畫眼的切爾克斯人是索尼婭。

那些沒化裝的人喝彩起來，而且表示大開眼界，並且說辨別不出，讚歎連連。青年人認為，現在他們的化裝太維妙維肖了，而且應該讓所有人欣賞一下。

尼古拉想要用他的三匹馬雪橇帶大家在平坦的大道上兜兜風，於是提議帶十名左右盛裝打扮的家僕跟他們去伯爵家。

「不，你們幹嘛去那裡打擾呢？而且，他那裡有很多賓客來訪。你們一定要去，就去梅柳科娃家吧。」伯爵夫人說道。

梅柳科娃是一個寡婦，她帶著好幾個有大有小的孩子，在其中一些男、女家庭教師住在距羅斯托夫家約莫四俄里的地方。

老伯爵附和著：「對了，親愛的，這主意不錯。」興奮起來，「我立刻化裝，和你們同去。我要讓巴塞塔開始活躍起來。」

可是伯爵夫人表示反對，他這些日子身體欠安。最後決定，老伯爵不去，可是，如果路易莎・伊萬諾芙娜肯和他們一起去，年輕的小姐們就可以如願以償。一向不太愛說話的索尼婭，比其他人更懇切地請求路易莎．伊萬諾芙娜可以成全他們。

索尼婭的裝扮是最引人注目的。她的眼眉和髭子很配她。人人都對她說她的樣子很美麗，她的心情立刻爽朗起來，這時一個來自內心的聲音對她說，她的命運或許是現在決定，或許永遠不能決定。她穿著男人的服裝，彷彿已經不是她自己了。路易莎．伊萬諾芙娜答應去了，半小時過去了，四輛叮噹作響的三駕馬雪橇駛到臺階前。

娜塔莎首先唱響了聖誕的愉快調子，這種歡快相互傳遞，相互感染，越來越高漲，他們都跑到戶外，大家相互都在談著、笑著、招呼著、喊著，上了雪橇的時候，氣氛到了高潮。在三駕馬雪橇中，有兩輛是普通的家用雪橇，第三輛是老伯爵的，用奧爾洛夫養馬場的快馬做轅馬，第四輛是屬於尼古拉的，由他那匹短腿毛蓬蓬的黑馬飛奔著。尼古拉身穿老太太的衣服，手裡緊握著韁繩，披著驃騎兵斗篷，站在雪橇中央。

這時候夜色明亮，還能看見馬具上的金屬扣和馬的眼睛在月光下閃閃發亮。

尼古拉的雪橇上坐的是娜塔莎、索尼婭、什薩夫人和兩個侍女，吉摩利、他的妻子和班上坐的是老伯爵的那一輛，那些化裝的家僕坐進了其他的兩輛。

尼古拉對父親的車伕說道：「你在前面帶路，卓罕爾！」希望在路上可以超越他。

這時候老伯爵的雪橇滑板好像和雪凍在了一起，發出吱吱的聲音，鈴鐺叮噹響著，馬車動起來了。那緊貼著車轅的兩匹邊馬的蹄子一抖一抖地，把白糖一樣晶瑩剔透的雪粒翻了起來。

尼古拉已經行駛在車列的最前方了，在他後面還有另外兩輛的滑板。起初他們是順著一條窄路小跑著的。可是在他們經過花園、過了圍牆的時候，那沐浴在月光中紋絲不動的雪原，在他們前面展露得一覽無遺了。哐噹，哐噹，第一輛雪橇小小地顛簸了兩下，隨後疾馳過雪中的坑窪，另外幾輛也重複了一樣的動作，四輛雪橇粗暴地把嚴寒封鎖了的大地的寂靜打破了，接著一輛緊跟著一輛飛跑起來，大家漸漸地拉開距離。

在凍結了的寒冷空氣中，遠遠地傳來娜塔莎驚喜的聲音：「你快看兔子的腳印，這麼多腳印！」

這是索尼婭的聲音：「多麼清晰啊，尼古拉！」尼古拉轉頭看了索尼婭一眼，俯下身子貼近去看她的臉。那張帶著黑鬍鬚、黑眉毛的、清秀的、女人的臉，在月光下看去是那麼近，卻又是那麼遠。

他想道：「這仍是從前的那個索尼婭。」

「尼古拉，發生什麼事了？」

「沒什麼。」尼古拉又轉過身去看著自己的馬了。

當他們一走上光滑的大路時，馬就會自動拉緊韁繩，並加快速度。卓罕爾趕著的三匹馬的雪橇已經分開走了很長一段距離，低沉的鈴聲漸漸變小了，可是在雪地上仍然可以清晰地聽見。

尼古拉大叫道：「喂，你們這些不招人待見的傢伙，快點跑啊！」一邊把韁繩拉向一邊，一邊大力揮舞鞭子。雪橇已經飛奔起來了。尼古拉轉過身朝後看一下。喊著，叫著，用鞭子使勁揮舞著讓轅馬快跑，另外兩輛雪橇也追上來了。

尼古拉追上第一輛雪橇，一起跑下一座不知道名字的山，轉到河邊草地上一條已經變得很寬的大路上了。

尼古拉思索道：「我們這是在哪兒啊？」這不是科索伊草地，也不是焦姆金小山，現在沒有人知道這是哪裡！這是一個新鮮迷人的地方。好吧，就賭一把吧。」他喊叫著他的馬，開始向第一輛雪橇超越。

此時卓罕爾勒住他的馬，轉過他那滿是雪霜的臉。

尼古拉放開了他的馬，卓罕爾撇了一下嘴，也鬆開了自己的馬。

他叫道：「少爺，要冷靜！」只見兩輛三套馬雪橇並駕齊驅奔跑得更快了。尼古拉衝到前面。依然伸著兩臂的卓罕爾舉起了一隻握著韁繩的手。

他對尼古拉叫道：「您不行的，少爺！」可尼古拉讓他所有的馬都飛跑起來，越過了卓罕爾。馬蹄掀起又細又乾的雪粒，濺到雪橇上的人們的臉上。

周邊仍然是那個灑滿月光、佈滿星辰、一望無際、仙境般的平原，尼古拉又勒住馬，向周邊張望著。卓罕爾喊：「你可是讓我向左轉，可是為何要向左呢？」尼古拉想著：「難道我們這是朝梅柳科娃那兒去嗎？誰知道我們在去什麼地方，天知道會有什麼事降臨到我們身上，不過，我覺得我們發生的事都很愉快、很新鮮。」他回過頭來朝雪橇裡看了一下。

一個漂亮的、陌生的、長著小鬍子細眉毛的人大聲地叫道：「看哪，他的睫毛和鬍子全白了！」他問道：「你們冷嗎？」他們都沒回答，隨後大笑起來。只見吉摩利從後面的雪橇裡大叫了一聲，可是沒人聽清他說的到底是什麼。

一些人笑著附和道：「是的，是的！」

不過這裡有片神秘的樹林，樹影掩映，裡面閃閃發光如鑽石一般，還佈滿野獸的吼叫聲。尼古拉想道：「如果這真是梅柳科娃家，那就更加神奇了，因為我們並不知道目的地是哪裡，可是鬼使神差般來到了梅柳科娃家。」

這的確是梅柳科娃家，男僕和女人們已經面帶微笑拿著蠟燭跑出門口來迎接他們了。

門裡有人問道：「是誰來了呀？」

幾個人一起說道：「現在我從那些馬就知道是誰來了。現在是伯爵家化裝的人來了。」

六

梅柳科娃是個體格健康、精力充沛的女人，她戴一副眼鏡，身著一件寬大的長袍坐在客廳裡，正想辦法逗圍在她身邊的女兒們開心。恰好在這個時候，前廳裡傳來了嘈雜聲，以及來人的腳步聲和說話聲。

巫婆、太太、小姐、驃騎兵、小丑，還有狗熊們，大家都在前廳裡清著喉嚨，急忙走進點著蠟燭的大廳。老太婆尼古拉和小丑吉摩利這時也歡快地跳起舞來。他們用假嗓說著話，向女主人鞠躬，隨後在廳內四處地散開來。

「哎呀！我簡直沒辦法認出他們來了！啊，娜塔莎！你們看她現在像誰！她和一個人太相像了。愛德華．卡爾雷奇太有魅力了！我簡直認不出他了！你看他跳得多好啊。哎呀，上帝呀，這個切爾克斯人和迷人的索尼婭是多麼般配啊。這一個是誰呀？咳，真高興啊！尼基塔、萬尼亞，把桌子弄開！我們剛剛還安靜地坐在這裡呢！」

大家你一言我一語地高興地說著。「哈，哈，哈！看，驃騎兵！現在你已是一個男孩子，還有那兩條腿！我簡直分辨不出來……」

娜塔莎，梅柳科娃家年輕人的寵兒，她跟她們走進了後屋，吩咐把木炭、各種化裝衣和男人服裝拿過來。過了一會兒，所有梅柳科娃家的年輕人，都跟各色化裝後的人們混在一起了。

梅柳科娃吩咐為客人們準備房間和各種點心，隨後就戴著眼鏡在跳假面舞的人群中間來回穿行著，在近處看著他們的臉，結果一個也沒把他們認出來。不但吉摩利和羅斯托夫家的人她沒認出，就連她自己的女兒們也認不出了。

她仔細地端詳著裝扮成喀山韃靼人的女兒的臉，問女教師：「這到底是誰呀？」她問娜塔莎。「好像這是羅斯托夫家的人！喂，驃騎兵先生，您在爲哪一個團隊服務啊？來，去給那個土耳其人一點果子糖！這糖是不受他們的法律限制的。」她對餐室負責人說。

跳舞的人認爲化了裝就不能被認出來了，因而都很放鬆，梅柳科娃有時會仔細看一下那些跳著奇特而有趣的舞步的人，隨後用小手帕捂著臉，發出帶點蒼老的、和藹的笑聲，這使得她胖大的身體都不停地抖了起來。

在跳過俄羅斯圓圈舞和民間舞之後，梅柳科娃請主人和僕人們圍成一個圓圈，開始集體遊戲，又叫人拿來了一條繩子，以及一個戒指和一枚盧布。

不久之後，所有人的服裝都給弄皺了，大家都失去了先前的整齊。那些木炭畫的鬍子和眼、眉在熱汗淋漓的、泛紅的歡樂的臉上都被弄花了。這個時候，梅柳科娃才認出那些化裝的人來，而且讚揚他們打扮得如此巧妙，很適合年輕的小姐們，她感謝大家使她這麼快樂。客人們被請進客廳用晚餐。

索尼婭問道：「我們去糧倉算命怎麼樣？」

「我們現在就去糧倉，就只聽聽聲音。看你聽到什麼，聽到敲打聲，是一種不好的預兆；聽見倒糧食的聲音是好兆頭，有時也可以聽到……」

「媽媽，請您告訴我們，您在糧倉裡聽到了什麼？」

梅柳科娃聽了笑了笑，她回答道：「也沒什麼，我已經忘記了……可你們卻不會去吧！」

「不，我去。梅柳科娃，讓我去吧，我現在就要去。」索尼婭說道。

「那好吧，可你不要害怕。」

不管他們做戒指遊戲、盧布遊戲、繩子遊戲，還是討論占卜，尼古拉都沒離開過索尼婭，用異樣的眼光看著她。他覺得，直到今天，他才完全瞭解了她。尼古拉從前從未見過今晚這樣的索尼婭，是更快樂，更興奮，更漂亮。

「原來她是如此美，我真的是個傻子！」他想道，看著她那閃亮的眼睛，她那炭畫的鬍子下面，露出了一種幸福、歡喜的笑容，雙頰上現出一對漂亮酒窩，這也是尼古拉以前從沒見到過的。

「我不怕的，」索尼婭說道：「現在可以去嗎？」她站了起來。他們告訴了她糧倉的位置，她應該是怎樣站在哪裡聽，並遞給她一件厚皮襖。她把它披在身上，隨後瞅了尼古拉一眼。

「這個女孩兒多麼迷人！」他回味著，「從前我都在想什麼啦？」

索尼婭穿過走廊，向糧倉走去。尼古拉說他感覺有點熱，匆忙向前門臺階走去。

外面還充滿著寒意，月亮更加明亮了，光是那麼耀眼，雪地上的「星星」是那麼多，讓人都不願仰望星空。雖然天空是黑茫茫的、寂寥的，可是地上卻是快樂的。

「我真是一個大傻瓜！我一直在等什麼呢？」尼古拉想道。他飛快地跑下臺階，繞過屋角，隨後沿著小徑跑下去。他知道索尼婭一定會經過那裡，在半路上有幾堆被雪覆蓋著的矮矮的柴垛；柴垛旁邊有幾棵已經光禿的老菩提樹，還有它們的影子縱橫交錯地落在雪地上。這是通往糧倉的小徑。那些用圓木壘起來的糧倉像鑲了金子一樣，在月光下閃閃發光。花園裡發出樹枝的凍裂聲，隨後一切又都陷入了沉靜之中。胸膛中吸進的就像不是清冷的空氣，而是一種永恆的青春的力量和喜悅。

漸漸地，從女僕室裡傳來了幾聲下臺階的腳步聲，他聽見那些老處女說：「現在一直走，一直沿著這條小路走，小姐。記住一定不要向後看。」

索尼婭沿著小路向尼古拉這邊走來，邊走邊說道：「我不害怕。」她那雙輕巧的小腳穿著一雙薄薄的便鞋，踩到了厚厚的雪地上吱吱作響。

索尼婭裹著皮襖走了過來。當她最終看見他的時候，他們相距不到兩步遠了。這個時候的他穿著女人衣服，頭髮亂蓬蓬，面帶幸福的笑容。索尼婭飛快地朝他跑去。

「現在完全是另外一個人，可一定還是她。」尼古拉看著那沐浴在月光中的臉想道。他把兩臂伸進蒙著她的頭的皮襖裡，緊緊地擁抱了她，隨後親了親她的嘴唇，並聞到她的上唇畫出的鬍子散出的焦炭味道。索尼婭輕輕抽出她的小手，捧起他的雙頰，端端正正地吻在他嘴唇的中央。

「索尼婭！」「尼古拉！」他們只喊出這幾個字。他們飛快地跑向糧倉，回來時，他倆又分別從原來的臺階回去了。

七

這個時候善於觀察的娜塔莎做了一番安排，當所有的人從梅柳科娃家返回的時候，她就隨著吉摩利和什薩夫人坐一輛雪橇，讓索尼婭跟尼古拉和侍女們坐一輛。

一路上，尼古拉平穩地駕著馬車，不再拚命跑了。在美麗皎潔的月光下，他一直看索尼婭的臉，在一陣迷人的光暈中，從那雙眉毛和鬍子後面找尋他的索尼婭，這個時候他下定決心永遠不離開她了。他凝視著她，當他想起和她接吻時散發出的焦炭味道時，看著向後逝去的雪地和星光閃爍的天空，深深地吸進一口冰冷的空氣，覺得自己像置身於仙境一樣。

「你好嗎，索尼婭？」他忍不住問道。

「我很好。」索尼婭回答道，「你呢？」

半路上，尼古拉把韁繩遞給車伕，自己跑到娜塔莎的雪橇上，穩穩地站在橇翼上。

「娜塔莎！」他用法語輕聲對她說，「至於索尼婭，我決定了。」

「你告訴她了嗎？」娜塔莎眉宇中透出一種異常的歡喜。

「啊，這雙眼眉和小鬍子在你臉上，多麼叫人喜歡！娜塔莎，你高興嗎？」

「我好高興，好高興！以至於我已經生你的氣了。我沒對你說，是因爲從前你對她不夠好。她的心地多麼善良啊，尼古拉！我有時很壞，可是，沒有索尼婭，只有我獨自幸福，我也不會真的快樂，」娜塔莎繼續說，「我好高興哦！行啦，現在讓我們就去她那兒吧。」

「不，等一下，你現在的樣子是多麼奇怪啊！」尼古拉一直注視著她說道，他從妹妹身上也發現了一種別有風情的、迷人的、溫柔的新的東西。

「娜塔莎，有點奇妙，不是嗎？」

「是的，」她回答道，「你這樣做真的是太好了。」

「如果我從前就像今天一樣看到她，」尼古拉想道，「我早就會問她心裡的想法，會做她要求我做的一切。」

「這樣說來，你很滿意了，我做對了？」

「對，你做得很對！前些時候我還爲這事和媽媽大吵了一番，我幾乎對媽媽大發雷霆。索尼婭身上全是優點，我不許在任何時候，也不許任何人說她一個『不』字，也不允許別人往壞處想她。」

「那麼說，這樣好？」尼古拉說道，他的雪橇。坐在那裡的還是那個戴著鬍鬚、洋溢著幸福的微笑的，戴著貂皮帽子，帽簷底下有一雙動人的雙眸，這個切爾卡斯人就是索尼婭，而她很可能就是他未來溫柔的、心愛的妻子。

當他們回到家裡，把在梅柳科娃家度過的美好夜晚講給他們的媽媽聽。兩位小姐也分別回了她們的臥室。她們已經卸下了外套，可是沒有洗去木炭畫的鬍子，過了好久還坐在那裡憧憬著她們的幸福。她們談她們結婚的一切，她們的丈夫將會如何溫存，她們又會怎樣的幸福。

「只是這一切要到什麼時候才能美夢成真呢？我恐怕永遠都不會……要是能實現該是多麼叫人激動！」娜塔莎說著站起來，走到鏡子跟前去。

「坐下吧，娜塔莎，或許你的幸福就在不遠處。」索尼婭說道。娜塔莎點燃了蠟燭，坐下了。

「我看見了一個戴鬍子的人。」娜塔莎看著自己的臉說道。

就這樣過了好久，她一邊看鏡子裡的慢慢燃燒完的蠟燭，一邊期待在那最後一個輪廓不清楚的方塊中能夠出現一口棺材，或是她的安德烈公爵的身影，可是她什麼也看不見。她不停地眨著眼睛，隨後就從鏡子前走開了。

「爲何別人能看見，而我卻不能呢？」她說道，「坐到我身邊來，索尼婭。今天你一定得看，替我看……因爲我總有種不安的感覺！」

索尼婭在鏡子前邊坐下來，找好位置，隨後就開始看了。

娜塔莎在一旁說道：「可是她去年也看到了，我就知道她會看到的。」

一連三分鐘都是沉默。「一定會看見！」娜塔莎小心呢喃，可是她的話音未落……

突然，索尼婭推開她手裡的鏡子，捂住眼睛。

「哎呀，娜塔莎！」她說道。

「你看到了嗎？到底看見什麼了？」娜塔莎急切地問道。

索尼婭什麼也沒看見，她站起來，剛要放鬆一下眼睛，就聽見娜塔莎說「一定會看見！」她不願欺騙娜塔莎，只是坐在那裡感到很不安。她自己也不知道爲何，當她蒙起眼的時候，就不自覺地發出了那一聲尖叫。

「你看見他了嗎？」娜塔莎拉著她的手急忙追問道。

「是的。天哪……我……看見他了。」索尼婭不能自制地說道，不知道娜塔莎所說的他究竟是指尼古拉，還是指安德烈公爵。

「我什麼都沒看見嗎？我看到了！可要不要說呢？別人不是也都看見了嗎！而且，誰知道我是不是看見了什麼呢？」這念頭在索尼婭的頭腦中一閃而過。

「是的，剛才我確實看到他了。」她說道。

「他正在做什麼呢？他現在是躺著還是站著？」

「不，我看見……可是有時候什麼都看不見，突然我就看見他躺著。」

娜塔莎恐慌地盯著索尼婭，並問道：「安德烈躺著？他病了嗎？」

「不，正相反！他臉上的表情是歡快的，他把臉轉過來的時候……」這樣說的時候，她自己也覺得她看見了她所說的情景。

「那麼，那之後發生了些什麼，索尼婭？」

「後來我視線逐漸不清楚了，只看見有一種紅的和藍的東西……」

「索尼婭！他爲何還不來？我的心爲何這麼惴惴不安！天哪！……」娜塔莎自顧自地說著，不理會索尼婭寬慰的話。

她躺到床上，很久之後還睜著眼一動不動地躺在那裡，靜靜地看著那穿過結了冰的窗戶射進來的月光。

八

耶誕節結束沒多久，尼古拉向他母親表示了他對索尼婭的愛慕之情和要和她結婚的決心。等著這一天到來的伯爵夫人，不慌不忙地聽他說完，對她兒子說，他愛娶誰就娶誰，這是他的自由，可是她和他父親都不會表示贊成。尼古拉第一次感覺到他母親在生氣，也感到她即使愛他，也不會萬事順著他。尼古拉走出房間，還是沒能控制住自己，傷心地哭了起來。老伯爵心存僥倖地勸他改變那個想結婚的主意。尼古拉回答說，他不能食言，他父親歎著氣，到伯爵夫人那裡去了。每每跟兒子爭論，伯爵因為家業敗落的緣故總對他有一種愧疚感，因此，他不想尼古拉對他動氣。

父母不再和他們的兒子繼續討論了，可是幾天後，伯爵夫人把索尼婭叫來，用意想不到的厭惡語氣，大聲地指責她的侄女心術不正，忘恩負義。索尼婭一言不發，靜靜地聽著伯爵夫人那些殘忍的話，不知如何是好。尼古拉覺得無法長時間面對這一情景，於是轉向他的母親做辯解。他一會兒求她原諒他們倆，同意他們結婚，一會兒威脅說，如果她還要折磨索尼婭，他就立刻私下跟她舉行婚禮。

伯爵夫人帶著她兒子不會料到的冷酷神情回答說，他已經長大成人了，安德烈公爵就要不經他父親認可結婚了，他也可以照樣做，可是她永遠不會承認那個陰謀家做她的兒媳婦。

尼古拉一聽到陰謀家這三個字立刻就爆發了，他大聲對母親說，他想不到她會強迫自己出賣感情，可是，如果真是那樣的話，他就最後一次……他還沒來得及說出那句殘酷的話時，聽見他們談話的娜塔莎面色蒼白、神情嚴肅地走進房間來。

「尼古拉，別瞎說！住嘴，住嘴！我對你說，住嘴！」她幾乎喊起來了。

伯爵夫人傷心地嗚咽著，把臉埋在女兒的懷裡，尼古拉則起身站起來，離開了房間。娜塔莎開始勸解，最後，尼古拉從他母親那裡得到保證，不再折磨索尼婭，他自己也答應不會背著他的雙親做任何事情。

尼古拉決定，把團隊裡的事情安排妥當之後就退伍，回來跟索尼婭結婚。尼古拉和父母感情失和，感到很難過，神情嚴肅，可是他仍覺得自己正處在熱戀中。新年後，他離家回了團隊。

尼古拉離開之後，羅斯托夫家的氣氛比從前任何時候都更陰鬱了，伯爵夫人也因爲心情不好病倒了。索尼婭因爲和尼古拉分別而異常悲傷，特別是因爲伯爵夫人對她的敵視態度而難過。伯爵則爲了自己家境敗落而比從前更憂鬱了，危險的情況使他必須採取堅定的行動了。以至於他決定必須賣掉在莫斯科的住宅和莫斯科附近的地產，因此他需要立刻前往莫斯科。可是伯爵夫人的健康狀況使他們不得不推遲行期。

娜塔莎輕鬆地度過了和未婚夫分離的一段時間。可是她現在越來越焦慮不安了。一想到本來可以用來和他傾心交談的好時光卻被白白浪費掉，她就感到萬分難過。他的來信大多使她生氣。她只能在對他的思念中苦苦度日。而此時的他卻過著一種真正的自由生活，正見著許多他想見的新人物和新地方，想到這兒，她就有一種屈辱的感覺。他的信越寫得有意思，她就越覺得苦悶。她不想寫信，因爲她覺得她是不可能在信裡如實地表達出，她用笑容、聲音、目光所表示的東西的千分之一的。她寫給他的信枯燥、冷淡乏味。她自己都不知道這種信到底有什麼意義。

伯爵夫人的身體狀況一直沒有好轉，可是莫斯科之行已經不能再拖了。娜塔莎的嫁妝得立刻準備起來。此外，安德烈公爵回來後要先去莫斯科，伯爵夫人住在鄉間，伯爵攜索尼婭和娜塔莎於一月底去了莫斯科，和正在那裡過冬的老博爾孔斯基公爵會合，娜塔莎確信他已經回來了。

chapter 8 花花公子的誘惑

一

在安德烈公爵向娜塔莎求婚之後，皮埃爾立刻覺得無法繼續過以前那樣的生活了。不管他曾經多麼高興地熱衷於自我完善，不管他如何堅信他恩師在真理方面給予自己的啓示，他懷著極大的熱情投身於這種自我素質的提高，可是在安德烈公爵和娜塔莎宣佈訂婚之後，從前生活的一切魅力對他而言突然都不見了，在揚思弗・阿列克謝耶維奇離開這個世界之後，生活只剩下了一具軀殼。

皮埃爾突然覺得從前的生活是那樣沒有意義。他不再寫日記，逃避和會友的交往，又重新開始去俱樂部，開始酗酒，跟那一群單身漢走得很近，過著一種很墮落的生活。後來，爲了不損害妻子的聲譽，他去了莫斯科。

在莫斯科，當他一進入他那住著已經憔悴了的公爵小姐的大宅邸的時候；當他看見伊韋爾小教堂裡，在披金袈裟的聖像前燃燒著的無數小蠟燭的時候；當他看到車輛並沒有把白雪覆蓋的克里姆林廣場壓過的時候；看見那些沒有任何追求、清閒的、安度晚年的莫斯科老人的時候——當他看到這一切的時候，他覺得自己好像是置身於家裡，處在一個平靜的避風港裡。

莫斯科的社交界，都把皮埃爾當作期待已久的客人來迎接。皮埃爾對於莫斯科上流社會來說，是一個最可愛、最善良、最快樂、最大度的人，他是一個俄羅斯老式的紳士，他漫不經心，爲人誠懇。而且他的錢袋總是空空如也，因爲這個錢袋對每一個人都是敞開的。

那些各式各樣的演出、拙劣的繪畫、應酬、慈善團體、雕塑、吉卜賽人、學校、狂飲、募捐宴、共濟會、書籍、教堂等——不管是什麼人、什麼事他都不會拒絕的，要是沒有兩個借過他許多錢的朋友來監督他的話，他的錢很快就會用光的。

在單身漢晚餐會之後，他總是會接受一夥快樂的人的要求，帶著甜蜜和藹的微笑站起來，跟他們坐車到某個地方去，此時青年人中間就會發出勝利的歡呼聲。

在舞會上，如果沒有足夠的舞伴的話，他就會自己跳舞。因爲他不向任何人獻殷勤，對所有人都一樣彬彬有禮，特別是在晚飯之後，因而年輕的太太、小姐們都著迷於他。

「他很有魅力，他沒有性別。」她們這樣說他。

七年前，當他剛從國外回來的時候，若有人對他說，他不用去追求什麼，他的軌道早就已經鋪好了，而且是一直不變的，不管他如何奮鬥都是不會有用的，他聽了定會感到驚訝。

難道他不是全心全意地盼望在俄羅斯建立共和制嗎？難道他不是想成爲拿破崙，成爲哲學家，或者是成爲打敗拿破崙的軍事家嗎？難道不正是他建立了學校和醫院，隨後解放了他的農奴嗎？

而現在的情況是，他變成了一個不忠誠於妻子的有錢丈夫，他成了一個喜歡吃喝，敞開懷來咒罵政府的退職高級宮中侍從了，成了莫斯科英國俱樂部的成員和莫斯科交際場中受大家喜愛的一員。而這些行爲就是七年前他鄙視的那些莫斯科退職的高級侍從的行爲，以至於他有相當長時間無法接受這個事實。

有時他想，他極有可能只是暫時過這種墮落的生活，但他又想道，現在有多少人跟他一樣，滿頭青髮就開始過這種生活，進入這個俱樂部，可離開時已經齒落髮疏，想到這些，他就感到不寒而慄。

有時，他也偶爾產生一種自豪感，想到自己的處境，他覺得他和他從前蔑視的那些退休的侍從沒有一點相同，他是特別的：他們空虛、愚蠢，同時對自己的處境很滿意，「而我到如今卻還是不滿意，還想為人類做一些貢獻。」在自豪感產生時，他自己說。

「可是，或許我這些同事都像我一樣努力過，開拓過新的屬於他們自己的人生道路，也曾經像我一樣，被社會、環境、門第的力量左右，以及被那人類無法抗拒的自然力推上我目前所處的狀況吧。」在謙虛的時候他又這樣對自己說。

在莫斯科住了一段時間之後，他不再看不起那些和他一樣命運的人了，而開始慢慢地喜歡他們，尊敬他們，憐憫起他們來了。

皮埃爾不再像從前那樣時不時地出現憂鬱、絕望、厭世的態度了，可是這種情形佔據了他整個心房，緊緊地纏著他。

「這到底是為了什麼？這是怎麼回事？」

他每天有好幾次帶著疑惑問自己，情不自禁地又開始思考生活現象的含義，不過，他很快就不再管它，拿起一本書，或者立刻躲到俱樂部去，或者到阿波隆·尼古拉耶維奇那裡去聊天。

「葉蓮娜·瓦西里耶夫娜除了愛過她自己，什麼也沒愛過，她是這個世界上最無知的女人之一，」皮埃爾想道，「人們卻認為她高貴、風雅，拜倒在她腳下。拿破崙在他還是個偉人的時候，受一切人嘲弄，而當他變成一個可憐的小丑之後，弗蘭茨皇寧願讓自己的女兒做不合法的妻子。而法國人通過天主教士向上帝膜拜，因為六月十四日他們曾經敗給了西班牙人。而俄國的共濟會會友們拿性命發誓，他們全都發誓願為他人獻出一切，可是在為窮人募捐時，連一個盧布也不願出；他們甚至還密謀唆使阿斯特列亞支會去阻礙嗎哪派[75]的那些求道者，爲了一張蘇格蘭地毯[76]和一份沒有任何意義的會章而奔波忙碌著。」皮埃爾這樣想著，這種被所有的人接受了的司空見慣的謊言，可每次遇到這種情況，都像新鮮事一般使他目瞪口呆。

「我瞭解這種欺騙和混亂，可是我怎樣把我的想法告訴他們呢？」皮埃爾想道。

他感到他具備許多人都擁有的能力，特別是俄羅斯人，都擁有那種不幸的能力：他們相信真和善的可能性，但又能清清楚楚地看見生活中的罪惡和謊言，這使他難以認真地思考全世界。在他眼中任何一個領域的活動都與欺騙和罪惡掛鉤。因而處在這種沒法解決的人生問題的壓力下，真是太可悲了，因而他決定投身於各種娛樂，來麻醉自己。他不停地出入各種交際場所，狂飲，收買繪畫，搞建築，讀書。

他瘋狂地讀書，讀他能弄到的所有書。回到家中，在他的僕人還在爲他更衣的時候，他已經拿起書讀起來了。直到他看著書睡著了，他的生活從睡眠轉到客廳裡或俱樂部裡聊天，從閒談到狂飲、和女人廝混，從狂飲又轉回到閒談、喝酒和讀書。喝酒對於他日益成爲一種生理需要，一種精神慰藉。儘管醫生們曾告誡他，因爲肥胖，酒對於他是有害的，但他還是喝得很多。喝酒讓他覺得舒服，感到體內有種踏實下來的感覺。

所有過去的那些問題在每天清晨以及他空腹的時候都像往常一樣，顯得那麼可怕，無法找到答案，於是皮埃爾趕忙開始閱讀，此時如果有人到他那兒去，他將高興起來。皮埃爾覺得，所有的人都如士兵一樣，尋找逃避人生的地方：有的整日不離牌桌，有的一直在追求功名利祿，有的混跡於女人、

75.阿斯特列亞支會和嗎哪派是聖彼德堡共會內部的兩個派別，嗎哪，《聖經·舊約》中古以色列人經過曠野時獲得神賜食物。
76.這種上面帶有象徵符號的毯子，是共濟會各支會所必備的飾物。

中間，有的去制定法律，也有的玩物喪志，有的熱衷於交易，有的玩馬，有的貪杯，有的迷戀於打獵，有的關心世事。「大家都在千方百計地選擇逃避，沒有什麼是渺小的，也沒有什麼是偉大的，反正和我一樣。」皮埃爾想道。

二

剛入冬不久，博爾孔斯基老公爵和他的女兒來到莫斯科。他立刻成了莫斯科人整日追捧的偶像，也日漸成爲莫斯科政府反對派的核心人物。

這一年公爵老了很多。他身上出現了明顯的衰老跡象：突然就愛瞌睡，愛忘事，對往事戀戀難忘。在這種狀態下，他自然而然地承擔起莫斯科反對派首領這個角色。一旦有人開個談話的頭，他就開始絮絮叨叨地說起過去的事或者是語無倫次地對現狀發表強烈的不滿。可是不管如何，他還是受到所有客人的尊敬。

在拜訪者的眼中，不論是這座古宅，以及革命前的傢俱，敷粉的僕人及德高望重的嚴肅聰慧的老先生本人，還有他那很乖巧、溫順的女兒，和那個美麗的法國女人，都會構成一幅令人賞心悅目的壯觀畫面。可是令造訪者想不到的是，除去他們看見主人的這兩、三個鐘頭之外，在剩餘的時間裡，在那二十多個小時的時間裡，這一家子的人還有一些不爲人知的故事。

近來，在莫斯科，保持這種隱秘的生活，對瑪麗亞公爵小姐來說已經再也不能忍受了。

在莫斯科，她最大的樂趣——在童山和「神親」的交流被剝奪了，而首都的生活沒有任何樂趣和好處。她從不去交際場所，大家都知道，沒有她父親在她身邊，她是不會出去的，而她父親因爲身體的原因又不能常常出門，自然人們也就不會邀請她去參加晚宴了。

現在她已經不打算結婚了。她偶爾能看到出現在家中的、有可能成爲未婚夫的青年人，卻受到老公爵冷淡的招待，並被惡狠狠地打走。這一次來莫斯科，從前和她最親近的兩個人都令她失望了，她再也沒有朋友。

布里安小姐，本來就不能完全推心置腹，現在變得更加使她不快，爲了某些原因，瑪麗亞公爵小姐開始疏遠她；過去五年來始終和她保持聯繫的朱莉，當她們再次碰面後，感覺完全陌生。此時的朱莉因爲兄弟們的去世，已成爲莫斯科最富有的女繼承人之一，現在正在完全投入地享受上流社會中的各種快樂。

朱莉是上流社會中一個紅顏漸衰的小姐，她感覺這些人突然開始對自己獻殷勤，她已到了能否出嫁的關鍵時刻，如果她的命運現在不決定，那就再也沒希望了。

每到星期四，瑪麗亞公爵小姐就略帶悲傷地想起，她沒有可以寫信的人了，因爲朱莉就在這裡，而且她們每星期都見面，即使見面，她也感受不到任何歡樂。

她像一個老流亡者一般，拒絕和幾年來和他有共同美好時光的女士結婚，因爲他不知道結婚之後可以到哪兒去度過夜晚。

在莫斯科，瑪麗亞公爵小姐沒人能與她交談，沒人可以對其推心置腹，而且這段時間以來又出現了許多新的煩惱。

安德烈公爵的歸期和他結婚的日期漸漸近了，可是他請求她幫忙說服父親的事，她不僅沒有成功，反而把事情弄得更加麻煩了，只要一談起娜塔莎，老公爵就開始大發雷霆。

近來又新增了一種煩惱：她給六歲的侄子做老師的事。她驚訝地發現，她也和她父親一樣有著容易動怒的暴躁脾氣。不管她怎麼對自己說，在教侄子功課時，要冷靜，可是幾乎每一次，當她拿著教鞭坐了下來，教他法文字母時，她總是急於把自己的知識快速地都傳輸給這個孩子，孩子已經害怕了，他稍一不留神，她就著急冒火了，立刻提高了聲音，有時甚至拉著他的手把他推到角落，罰孩子站牆角。隨後她自己又哭起來，埋怨自己的糟脾氣，此時小尼古拉學著她的樣子，號啕大哭起來，不經允許就離開角落，走到她跟前，輕輕地從她臉上拉下她那雙濕漉漉的手，寬慰她。

可是最讓公爵小姐難受的是，她父親那種總是朝著她莫名其妙發的怒火，近來已經達到無法忍受的程度。但她也絕不會想到他的艱難處境，可是他現在不僅處心積慮地傷害她，侮辱她，而且還要想方設法證明每一件事都是她錯。最近在他身上又出現了一種使瑪麗亞公爵小姐痛苦的新情況：那就是他跟布里安小姐更加親密了。近來他固執地對布里安小姐特別親熱，瑪麗亞公爵小姐認爲他這樣做只是爲了侮辱她，故意展現對布里安的愛，以此來說明他對女兒的不滿。

一天，當著瑪麗亞公爵小姐的面，老公爵親了布里安小姐的手，而且把她拉過來，和她親熱地擁抱。瑪麗亞公爵小姐臉紅了，立刻跑到屋外。一會兒，布里安小姐走進了公爵小姐的房間，高興地說著什麼。瑪麗亞公爵小姐趕忙拭去眼淚，向布里安小姐走去，她對那個法國女人憤怒地咆哮起來：

「真下流，真卑鄙，不人道，乘人之危……」她無法說下去了。

「你快從我的房間消失！」她大吼道，號啕大哭起來。

第二天公爵不搭理他女兒，可是她看到，午飯時他讓僕役先給布里安小姐上菜。午飯後，當餐廳主管爲他們上咖啡時，照原來的習慣仍先從公爵小姐上起，不知道爲何公爵突然發了脾氣，把他的手杖擲向了菲力普，而且命令送他去當兵。

「你就是不聽話……我已經說兩遍了……還是不聽！在這個家裡她是首位，她可是我最好的朋友，」公爵叫道，「如果你敢再像昨天那樣對她不禮貌，」他第一次對著瑪麗亞公爵小姐怒氣沖沖地叫道，「我必須要讓你知道這個家的主人到底是誰。滾開！立刻向她道歉！否則就不要讓我再看見你！」

瑪麗亞公爵小姐替爲她求情的菲力普向她爸爸道了歉，也爲自己向布里安請求原諒。

此時此刻，在瑪麗亞公爵小姐的內心裡產生一種自豪感。那個受過她譴責的父親居然當著她的面尋找眼鏡，手在眼鏡旁晃來晃去，卻看不見；要不就是對剛剛發生過的事很快就忘記了；或者更糟的是，在午飯的時候，在沒有客人讓他變得高興時，他突然打起盹來，使得餐巾也掉下來了，他那顫巍巍的頭低垂在盤子上。

「他衰弱了，也老了，可是我竟敢責備他！」在這個時刻她懷著一種憎恨自己的心情想道。

三

一八一一年，在莫斯科住著一個法國醫生叫梅帝維埃，他高大、英俊、彬彬有禮，很快在整座城裡紅了起來，按照莫斯科人的說法，這個醫生的醫術很高明。

醫生一向被老公爵鄙夷，可是近來，根據布里安小姐的建議，漸漸對那個醫生已經熟悉了的他，就允許那個醫生來看他。因而梅帝維埃醫生每星期來看公爵兩次。

在公爵的命名日，所有莫斯科的人都來了，可是他吩咐不見任何人，只請很少的幾個人來用餐，他把這幾個人的名單交給了瑪麗亞公爵小姐。

一大早來恭賀的梅帝維埃認爲，以自己醫生的身分，應當像他對瑪麗亞公爵小姐說的那樣，可以不顧禁令進來拜見公爵。可是誰知道恰好在命名日這天早晨，公爵的心情糟糕極了。他有氣無力地在院子的各處踱來踱去，隨後找所有人的碴兒，假裝聽不明白別人對他說的話，大發怒氣。瑪麗亞這一大清早像是一隻上膛的子彈，一直在焦急等著那不可避免的爆炸。可醫生到來以前，那一早晨好像已經平安地過去了。請醫生進來之後，瑪麗亞公爵小姐便拿著一本書坐在客廳靠門的地方，以便聽見書房裡發生的一切。

剛開始她只聽見了梅帝維埃一個人的聲音，隨後又聽見父親的聲音，接著是兩個人一塊兒說話的聲音，門敞開來了，滿頭亂髮、面色驚恐的梅帝維埃和戴著睡帽、穿著睡衣的公爵猛地出現在門口，公爵面孔變得扭曲，兩眼的瞳仁不停地向下翻動。

「你難道還不明白嗎？」公爵怒吼著，「你這個法國奸細，拿破崙的僕人，奸細，你趕快從我的家裡滾出去！滾吧，我警告你……」接著他砰的一聲關上了門。

梅帝維埃無奈地聳了聳肩，旁邊的房間跑出來的布里安小姐走過去。

「公爵現在身體不大好，他有腦充血、膽囊病。不用擔心，我會再來的。」梅帝維埃說道，自顧自地走了。

書房裡傳出叫喊聲：「都是叛徒、奸細，到處都有叛徒！在我自己的家裡沒有一處乾淨的地方！」

梅帝維埃離開之後，老公爵把女兒叫了進去，把憤怒都傾瀉在她身上了。他說他讓她列了一張單子，不允許任何不在清單上的人進來，可是爲何放這個壞蛋進來呢？她是這件事的罪魁禍首。他說，跟她在一起，他得不到片刻安寧，而且也不能安靜地離開人世。

「不，小姐！現在我們分手吧！這您知道，您知道！我再也無法忍受了。」他說著就出了房門。隨後，他又回來了，盡可能裝出平和的樣子補充說道：「您不要以爲我這些話只是些空話。我很冷靜，我已經認真想過，就這麼辦，要不讓我們分開，找一個地方爲您自己的快樂而活著吧！」他抑制不住自己，怒氣沖沖，看來他自己也很痛苦，他一邊對她揮著拳頭，一邊喊道：「要是有一個笨蛋把她娶去就太好了！」他把布里安小姐叫進去的時候大聲地關上門，書房立刻安靜了下來。

下午兩點，那六個選定的客人陸續趕來赴宴了。客人中有聲名顯赫的拉斯托普欽伯爵、公爵的老戰友恰特羅夫將軍，以及洛普欣公爵和他的侄子，年輕人中有伯里斯和皮埃爾，客人們都在客廳裡等著老公爵的出現。

最近來莫斯科度假的伯里斯，很想結識博爾孔斯基老公爵，他擅長阿諛奉承，因而贏得了老公爵的好感，讓老公爵爲他打破了自己一貫不在家中招待單身漢的慣例。

公爵的家不是所謂的「交際場所」，但能在這裡受到款待，比在任何別的地方受到接待都更使人覺得驕傲。伯里斯在一星期前就把這一點弄清楚了。當時總司令當著他的面請拉斯托普欽去用餐，拉斯托普欽回答說他不能去：「那天我要到博爾孔斯基老公爵那個老傢伙家裡去，向他表示我對他的崇高敬意呀。」

午餐前，這一小群人聚集在高高的、老式的客廳裡。大家都保持安靜，即使有人說話，也把聲音放得低低的。博爾孔斯基老公爵進來了，他嚴肅地保持著沉默。瑪麗亞公爵小姐也比往常更羞怯、更溫順。拉斯托普欽伯爵一個人維持著談話，一會兒講政治新聞，一會兒講述著最近市內發生的事情。

洛普欣和那個老將軍偶爾也加入進來。博爾孔斯基老公爵聽著，像大法官聽彙報一樣，只是用哼哼的答應聲或一句簡單的話來表明，他在注意聽報告給他的內容。這些人談話的聲調意味著，沒有人贊成政界正在做的事。人們在議論或講述讓人難以置信的事時，都很有分寸：每當意見可能涉及沙皇時，要不談話的人就剎住，或被別人打斷。

在席間，他們的談話涉及最近的政治新聞：拿破崙奪取奧登堡公爵的領地，以及俄國致電歐洲各國朝廷反對拿破崙的會議。

「拿破崙對待歐洲就像海盜對待搶來的船一樣，」拉斯托普欽伯爵說道，把他剛才說過幾次的話又複述了一遍，「令人驚訝的是，各國君主的短淺眼光和他們長期的忍氣吞聲。現在已經輪到教皇了，拿破崙毫不客氣地想推翻那個天主教的首腦，可是大家都保持著沉默！只有我們沙皇一個人對奪取奧登堡公爵的領地提出了抗議，就這還被……」中斷談話的拉斯托普欽伯爵，感到他已經接近無法做進一步議論的界線了。

「已經有人提議用別國的土地來交換奧登堡德公國了，」博爾孔斯基老公爵說道，「他派公爵把那些農奴從童山遷移到博古恰羅沃或者梁贊的田莊去，就像那屬於我。」

「奧登堡公爵以驚人的意志，平靜地接受著他正在經歷的不幸。」伯里斯恭敬地插話道。他這樣說是因為他從聖彼德堡來的路上有幸拜見過公爵。

博爾孔斯基老公爵看了青年人一眼，要對他說什麼，可是突然又改變了主意，好像覺得他太年輕了。

拉斯托普欽自信地評論著：「我已經讀過我們對奧登堡事件的抗議照會的內容了，照會措辭之粗糙令我驚訝。」好像他對這個問題很熟悉一樣。

皮埃爾詫異地看了一眼拉斯托普欽，說道：「伯爵，只要照會的內容是完整的，那麼措辭好壞又有什麼要緊的呢？」

拉斯托普欽伯爵回答道：「我們現在擁有五十萬人的大軍隊，我只要想找，要找到個文筆好的人應該是很簡單的。」

皮埃爾才明白了伯爵為何對照會的文辭不滿。

「就像許多耍筆桿子的人，在聖彼德堡，大家全在寫——不光是寫照會，他們還在寫新法規呢。我的安德烈已經為俄國寫了一大部法規了。現在所有人都在寫！」老公爵說道，說完他就不自然地大笑起來。

隨後討論暫停了一下，那個老將軍清了清嗓子，以便可以引起所有人的注意。

「請問，你們沒有聽說過聖彼德堡最近有一次檢閱時的事嗎？就是那個法國大使的表現？」

「什麼？是的，我聽到了一點，在沙皇那裡他可能說了一些不得體的話。」

「沙皇叫他注意將擲彈兵師分列行進，」將軍繼續講道，「可那個大使一點也沒在意，而且放肆地說：『在法國，我們才不會去注意那些瑣事！』後來，據說沙皇再也沒和他說過一句話。」

大家頓時都安靜下來了。對涉及沙皇本人的事，大臣們是不能隨便議論的。「太狂妄了！」公爵說道，「你們還記得梅帝維埃吧？我剛把他從我家裡攆出去了。即便我早已吩咐過不允許放任何人進來，但他們還是讓他進來了。」公爵氣憤地瞟了他女兒一眼。接著他講述了他和那個法國醫生之間的談話，以及他斷定梅帝維埃是一個叛徒的理由。即使理由很不充分，也很含糊，可是沒有人反駁。

僕人們把熱菜端了上來，還上了香檳酒。客人們熱情祝賀著老公爵。瑪麗亞公爵小姐也走到他跟前。他掃了她一眼，眼神很嚴厲，隨後把自己佈滿皺紋的臉伸給她親吻。

在他們進入客廳喝咖啡的時候，老先生們總是坐在一塊兒。

博爾孔斯基老公爵變得更加活躍了，他對這場即將爆發的戰爭，發表了自己的觀點。

他說，如果我們仍然和德國人結盟，參與歐洲事務，那麼對我們和拿破崙的戰爭是不利的。「我們既不應該為奧國打仗，也不應該去打奧國。我們整個政策的重點應該放在東方，至於拿破崙，現在唯一要做的事是加強防務，採取強硬政策，這樣他就永遠也無法像在一八〇七年那樣進入俄國了。」

「我們怎麼能夠去打法國人呢！公爵？難道我們要反抗我們的上帝嗎？看一下我們的小姐們，看一下我們的青年！我們的天堂是巴黎，而我們的上帝就是法國人。」拉斯托普欽伯爵大聲地說。

「思想是法國式的，服裝是仿照法國的，情感也是法國的！看，您趕忙抓著梅帝維埃的脖領子把他扔了，他是一個壞蛋，又是一個法國人，可是我們的太太、小姐們卻緊跟其後。我昨天參加了一個宴會，那裡有五個女人，有三個是天主教徒，經教皇許可她們都在禮拜天繡一些免罪符。可是她們自己呢，大概是裸著身子坐在那裡。啊，請你再看一下我們的青年人，公爵，我現在真想把彼得大帝的手杖從博物院裡取出來，按古老的方式來揍他們，直到把他們所有的糊塗思想都揍出去爲止。」

大家都停下來了。老公爵含笑看了看拉斯托普欽伯爵，贊許地點著頭。

「那麼，再見吧，閣下，保重！」拉斯托普欽說道，向公爵伸出手，他站起來的動作很敏捷。

「再見，我可愛的朋友……您的話就像音樂那樣美！」老公爵說道。這個時候其他人也紛紛站起來了。

四

瑪麗亞公爵小姐聽著老先生們的議論、閒談，她對此一無所知；她只是擔心客人們是不是都已經看出她父親對她的敵視態度。她甚至不曾注意到，伯里斯在整頓飯中對她都表示關切和殷勤。瑪麗亞公爵小姐心不在焉、迷惑地轉向皮埃爾，他是最後一個走的，老公爵離開之後，客廳裡只剩下他們兩人了。皮埃爾拎著帽子，面帶微笑，走到她面前來了。

「我可以在這兒再待一會兒嗎？」他說著，坐進她旁邊一張扶手椅裡。

「啊，可以。」她回答道。

飯後的皮埃爾精神很好。他臉上掛著靜靜的微笑。

「公爵小姐，難道您和這個青年人早就認識了嗎？」他問道。

「誰啊？」

「伯里斯。」

「不，沒有多長時間……」

「怎麼樣，您喜歡他嗎？」

「是的，他是一個讓人感到很開心的青年人……您怎麼問我這個問題呢？」瑪麗亞公爵小姐說道，腦子裡卻在思考著早上和她父親的談話。

「因爲經過一番觀察鑒定，和一個富有的女繼承人結婚，是每個到莫斯科度假的青年人夢寐以求的願望。」

「難道您已經觀察了很久？」瑪麗亞公爵小姐問道。

「是的，」皮埃爾含笑說道，「而且這個青年人正是這樣做的，哪裡有有錢的女繼承人，你立刻就會在那裡看到他。現在他正在猶豫向誰進攻——向您呢，還是向朱莉·卡拉金小姐。現在他對她很殷勤。」

「他去看她們嗎？」

「對，常常去。您知道追求女人的那些新手段嗎？」皮埃爾歡快地說道。

「不清楚。」瑪麗亞公爵小姐答道。

「現在要討好莫斯科的小姐們，就得做出一種憂鬱悲傷的樣子。他在卡拉金小姐面前顯得很憂鬱。」皮埃爾說道。

「真的嗎？」瑪麗亞公爵小姐一邊看著皮埃爾那友善的面孔，一邊繼續思考她的難過。「如果能把我的感受和別人說一下的話，」她想道，「我一定會覺得輕鬆些。我正想把一切事情都告訴皮埃爾。他是那麼和藹、那麼高尚。我會感到輕鬆些的。他一定會告訴我該怎麼做。」

「您會和他結婚嗎？」

「唉，我的老天哪，伯爵，我現在時常想我會嫁給各種各樣的人！」瑪麗亞公爵小姐說話突然帶著哭腔，她自己都覺得有些意外。「啊，那是多麼沉重啊，當你愛著你的親人，可是又覺得……」她聲音顫抖地繼續說道，「自己知道無法改變這種狀況，你除了令他痛苦以外，什麼事情都不能為他做。在這種狀況下，唯一的辦法就是離開，可是我卻哪裡都不能去。」

「您怎麼了，您出了什麼事啦，公爵小姐？」

公爵小姐沒說完，就哭起來了：「我不知道我今天發生什麼事情了。別聽我的，我只是希望您忘記我說過的話吧！」

皮埃爾的歡快心情立刻消失得無影無蹤了。他關切地請她把一切全說出來，向他傾訴她的悲傷；可是她只是反反覆覆地請他忘記她說過的話，說她自己沒有悲哀，只是安德烈公爵的婚事有讓他們父子決裂的可能性。

「您聽到關於羅斯托夫家的什麼消息嗎？」她問，以便轉換話題，「我聽說，他們不久就會來了。我每天都在盼望安德烈回來。我真的希望他們可以在這裡見面。」

「他現在怎麼對這件事開始有看法了？」皮埃爾問道，這個他指的是老公爵。

瑪麗亞公爵小姐無奈地搖了搖頭：「怎麼辦好呢？一年的期限現在只剩下幾個月了。這件事必須辦。我只想幫助哥哥度過艱難時刻。我希望他們快一點過來。我希望他們可以很好地相處下去……您已經認識他們很長一段時間了。」瑪麗亞公爵小姐說道，「請把所有事實都告訴我吧：她到底是一個什麼樣的姑娘，您對她是怎麼看的？——一定要全講真話；因爲您知道，安德烈是違抗父親的意志來做這件事的，我很想知道……」

一種還不知道的本能告訴皮埃爾，這些要求，表明了公爵小姐對待她未來的嫂嫂有一種厭惡的感覺，也表示她希望他不支持安德烈的選擇。

「我不知道該如何回答您的問題，」他突然就毫無原因地臉紅了，「我想知道她屬於哪一類的女孩子，我不管怎樣也無法理解她。她很漂亮，而爲何，我卻一點兒不知道。關於她，我所知道的，就是這些。」瑪麗亞公爵小姐歎了一口氣。

瑪麗亞公爵小姐問道：「你覺得她聰慧嗎？」

皮埃爾思考了一下，「我認爲不是特別聰慧，」他說道，「不過……她又是聰穎的。可是我認爲她不需要聰穎……不對，她應該是漂亮的，不過如此。」

瑪麗亞公爵小姐又不以爲然地搖搖頭：「啊，我那麼希望愛她！告訴她吧，如果您在我之前看見她的話。」

「我聽說，他們立刻就要到了。」皮埃爾說。

瑪麗亞公爵小姐告訴皮埃爾：羅斯托夫家的人一到，她就會跟她未來的嫂嫂走得很近，並盡可能令老公爵和她熟悉起來。

五

伯里斯在聖彼德堡沒能成功地找到一個有錢的未婚妻，他以一樣的目的又來到了莫斯科。可是在莫斯科，他一直在兩個最富有的未婚女子之間猶豫不決——瑪麗亞和朱莉公爵小姐。可是他認爲，瑪麗亞公爵小姐比朱莉更具有魅力，儘管她並不是很漂亮。可是，不知爲何他覺得去追求瑪麗亞公爵小姐是件很羞愧的事。就在老公爵的命名日，當他們再次相見的時候，她對他想要和她在一起的努力總是故作不解。

朱莉很樂意接受他的追求，只不過用的是她自己認爲的風格。

朱莉已經二十七歲了。她的兩個哥哥死了之後，她就接受了大量遺產。她那時並不美麗，可是她覺得自己不但像從前一樣迷人，甚至更勝一籌。導致這種認知的原因：第一，她現在已經變成了一個富有的未婚女子；第二，她越老，她對那些男人就越少威脅，他們可以更自由地跟她交往，她可以盡情地享受她的晚會、晚餐，還有在她家中舉辦的熱鬧聚會，不需要承擔任何的責任。如果在十年以前，一個男人擔心每天去一個十七歲少女家，可能會毀損她的名譽，他可能也怕束縛住自己，不過現在，可以大膽地每天和她自由來往，因爲他們已經不把她看作是一個異性，而是把她看作一個沒有性別的相知了。

這年冬天，卡拉金家是莫斯科最讓人舒服，而且最好客的家庭了。每天一大群人，主要是男人聚在卡拉金家。朱莉從不錯過任何一場娛樂節目。她的衣服永遠是最時髦的。儘管這樣，她好像對一切都感到失望，她告訴每個人，她既不相信愛情、友誼，也不相信任何人生樂趣，只希望在「那裡」得到生命中的寧靜。她學會了用遭受過失望的少女腔調說話，好像丟掉了所愛的人或者受到心愛的人的殘酷欺騙似的。即使她並不曾遭遇過這樣的事，卻常被別人這樣認爲著，她甚至相信自己生平受了很多挫折。但是這並不妨礙到她家來的青年人們歡快地度過時光。每一個來她家的客人都會先對女主人的憂鬱表示敬意，隨後才開始文雅的跳舞、談話和其他活動。只不過還是有些人，其中包括伯里斯，比較深入地體會到朱莉的憂鬱心情。

朱莉對伯里斯格外的溫柔：她爲他過早地對人生失望可惜，儘管她在生活中遭遇了很多，她盡力給予他朋友的關懷，並把自己的紀念冊給他看。伯里斯在紀念冊裡畫了一片樹林，隨後寫道：「鄉村的樹啊，你那黑色的枝椏把憂鬱和黑暗抖落在我的身上。」

在另一處他畫了一座墳墓，並寫道：

噢！擺脫苦難，再無他求！死能使你脫離苦海，死能使你升入天國。

朱莉稱讚他寫得太好了。「在憂鬱的微笑中有一種讓人欲罷不能的東西。這就是悲涼和失落之間的微妙差別。」於是伯里斯寫了一首詩回答：

如果心過於細膩，就會成為有毒的食物，
而你，失去你就失去我的幸福，
你那溫柔的憂鬱啊，來撫慰我的心靈吧！
快來吧，快來撫慰我毫無生氣的居所中的苦楚，隨後向我那涓涓流淌的眼淚中注入動人的甜蜜。

朱莉爲伯里斯彈起最扣人心弦的夜曲，伯里斯爲她動情地朗誦《苦命的麗莎》[77]，因爲情緒激動，朗讀一次又一次被打斷。當他們在大庭廣眾之下相遇的時候，彼此注視，像茫茫人海中僅有的兩個相知相識的人。

德魯別茨卡婭公爵夫人在和朱莉的母親玩牌的時候，仔細地詢問了朱莉的結婚行頭。

「你看我們親愛的朱莉從來都是那麼神秘、迷人。」她對朱莉說。「伯里斯說，在您府上他的靈魂得到放鬆。他經受過很多打擊，所以才那麼脆弱。」她對她母親說。

「我到底該如何表達啊，我親愛的朋友，近來我迷戀上了朱莉！」她對她兒子說，「我想誰都會情不自禁喜歡她呢！哎呀，伯里斯，伯里斯，」她停了一下，「你知道我是怎樣尊敬她的母親喲，」她繼續說下去，「你看今天她把奔薩來的帳簿和信件給我看，自己一個人在外打拚，她，可憐的人，而他們卻那樣不對她真誠！」

伯里斯聽著這話的時候臉上露出難以覺察的笑容。他溫和地打趣她那天真狡猾的手腕，可是卻很專心，甚至還詢問關於奔薩和尼熱戈羅茨房子的情況。

朱莉早已在默默地等待著她的崇拜者向她求婚了，而且想要嫁給他了；可是伯里斯對她那想要嫁人的迫不及待和她那不自然的樣子，內心裡總有一種厭惡的感覺，而且又怕失去得到真正愛情的機會，因而他才會不知如何選擇。他整日整夜地在卡拉金家度過，每天都在和自己爭論著這個問題，他

77. 這是卡拉姆辛（一七六六至一八二六）的短篇小說，作者是俄羅斯文學傷感主義的奠基人。

不停地對自己說，明天就求婚。雖然他早已把自己看作奔薩和尼熱戈羅茨地產的主人了，可是看到朱莉的時候，只要看著她那時刻準備，還有她那渴望的眼睛，由憂鬱轉變為結婚的幸福的不自在的狂喜的神情，伯里斯就說不出那句決定性的話，朱莉看出伯里斯猶豫不決，有時她也感覺到他厭惡她，可是立刻又以自我陶醉、自我安慰的心態對自己說，他只不過是對愛情太靦腆罷了。不過現在她的憂鬱已經變為焦躁了。

在伯里斯的假期快結束時，阿納托利·庫拉金來到莫斯科，出現在卡拉金家的客廳裡，因此朱莉一掃她的憂鬱，高興起來，對阿納托利獻殷勤。

德魯別茨卡婭公爵夫人對她兒子說道：「我親愛的，據可靠的消息，瓦西里公爵叫他的兒子來是為了朱莉。可是我是那麼欣賞朱莉，我很可憐她。你是怎麼想的，我親愛的？」德魯別茨卡婭公爵夫人問兒子。

他覺得被戲弄了，因為他在朱莉身上白白浪費了一個月的時間，眼看在想像中已經落到手，並派上適當用場的奔薩地產的收入就要落在另外一個人手中，特別是落在那個白癡一樣的阿納托利手裡，伯里斯就感到羞辱。就這樣他抱著求婚的決心到卡拉金的家裡去了。朱莉輕鬆而愉快地迎接他，隨後輕描淡寫地談起昨天舞會上她是多麼開心，又問他何時動身。雖然伯里斯原本是來求婚的，他應該表現得溫柔些，可是此時卻氣惱地談到了女性水性楊花的問題……朱莉覺得奇怪，她回答說，或許一個女人的確需要豐富的生活，總是一個樣子會令人厭惡的。

「因而我現在就要勸您……」伯里斯想激她一下，可是，就在那一刻，他產生了一個很恥辱的想法：他可能一無所獲地離開莫斯科。這於他是從來沒有過的事。因而他說了一半就停了下來，垂下了自己的眼睛，往下說道：「我到這不是來和您爭吵的。正相反……」他看了她一眼，發現她的怒氣一下子都消失了。「我總有辦法不常見她的，」伯里斯想道，「既然事情已經開始，那麼就一定要做完！」

他面泛紅潮，抬起頭，對她說道：「您應該知道我對您的感情！」僅僅這一句話，朱莉的臉上立刻煥發出勝利的光芒；可是她要迫使伯里斯把應該說的話全部都說出來，他說他愛她，從來沒有像愛她那樣愛過任何一個女人。她明白，她完全可以這樣要求別人僅僅就憑著奔薩的田產和尼熱戈羅茨的森林，同時她也得到了她想要的東西。

隨後兩人做著在聖彼德堡佈置一個漂亮的新家的打算，同時拜訪親友，爲一場豪華的婚禮做準備。

六

一月末，羅斯托夫老伯爵帶著索尼婭和娜塔莎動身去了莫斯科。因爲伯爵夫人身體一直沒有好轉，因而不能旅行，可是已不能再等下去了。安德烈公爵隨時都會到莫斯科，還有他莫斯科周邊的田產要變賣，還要置辦嫁妝。而且要趁公爵在莫斯科的機會，讓他見見自己未來的兒媳婦。羅斯托夫家在莫斯科的住宅裡沒暖氣，因此伯爵決定在莫斯科時住在阿赫羅西莫娃家裡，她早就盛情地邀請過他。一天晚上很晚的時候，羅斯托夫家的四輛雪橇駛進了阿赫羅西莫娃的院子。

她還像過去一樣，羅斯托夫家的人們到她家的時候，她還沒有睡下。阿赫羅西莫娃，寬大的眼鏡滑到了鼻子上，沉著臉氣勢洶洶地，站在大廳門口，盯著進來的人。若不是她不停地關懷備至地吩咐怎樣安頓客人和他們的東西，人家還以爲她在生這些來客的氣，要把他們趕走呢。

「這些是伯爵的包裹嗎？快點拿到這裡來，」她指著那些包裹說道，「這些是小姐們的？拿到這邊來。喂，你們在那兒磨蹭什麼呢？」她朝那些侍女大聲地喊道。「把茶水燒開！你胖了一點了，不過卻更迷人了，」她一邊說著，一邊把臉蛋凍得通紅的娜塔莎拉過來，「嘿，凍壞了吧！趕快脫下外衣吧！」她對要走近來親吻她的伯爵喊道。「你大概凍僵了，快拿茶和甜酒一塊兒喝！……你好啊，索尼婭。」她對索尼婭說道。

「你們能來這裡真讓人高興，你們早該來了，」她意味深長地瞅了娜塔莎一眼。「老先生在這裡，他兒子也會到來。」她看了看索尼婭，表明她不情願當著她的面說這種事。「現在，你聽我說，明天你有什麼計畫安排？要請哪些人？申申？」她彎起手指頭記著數。「好哭的德魯別茨卡婭公爵夫人？現在就是兩個了。她和她兒子在這裡。而她兒子就要結婚了！隨後是皮埃爾吧，啊？他和他妻子也在這裡，他很逃避她。他禮拜三和你吃過飯。至於她們嘛——」她用手指了指那兩位小姐——「明天我帶她們去伊韋爾聖母堂，之後我們到奧貝爾．夏爾姆時裝店去。我認為你們全都要做新衣服了，不要像我這樣的衣服。你自己有沒有想法要做什麼呢？」她厲聲地問伯爵。

「所有事都一起發生了，」伯爵答道，「我們要買新的衣服，這兒還有個要買莫斯科近郊的田產和莫斯科的宅子的人。如果您同意的話，我想抽時間到馬林斯科耶去一、兩天，把女孩子們放在您這裡。」

「好的。她們在我這裡會很安全的。我會帶她們到應該去的地方，該疼就疼，該罵就罵。」阿赫羅西莫娃說道。

次日清晨，阿赫羅西莫娃和兩個小姐去了伊韋爾聖母堂，隨後去找奧貝爾．夏爾姆太太，此人很怕阿赫羅西莫娃，她曾將衣服以低價賣給她，只希望她趕忙離開這裡。阿赫羅西莫娃已經把全部嫁妝都弄好了。她將所有的人都從室內趕了出去，回到家之後，留下娜塔莎，叫她坐在她的扶手椅上。

「好啦，現在我們可以好好地談談了。我祝賀你有了未婚夫。他是一個好小伙子！我替你高興！」她把手抬到離地兩尺來高處，「他這麼高時我就認識他了。」娜塔莎高興得紅了臉。「我喜歡他和他的家人。你知道，老尼古拉公爵特別不希望兒子結婚。老先生脾氣很古怪！當然，安德烈公爵已經不是一個孩子了，沒有他父親一樣可以生活，不過違反父親的意志進入這個家庭總覺得不是很好。你是一個聰慧的孩子，你可以應付得了的，將來和和睦睦地、巧妙地行事。那樣的話一切會如你所願的。」

娜塔莎一聲不吭，阿赫羅西莫娃以爲她是在害羞，其實她是不高興有人詢問她跟安德烈公爵愛情的事。在她看來，這是尤其和所有別人不一樣的事，她認爲沒有人能懂。她只愛安德烈公爵，而且很瞭解他，他也愛她，而且不久就會來接她。除此以外，她什麼也不需要。

「你知道嗎，我早就認識他，我也很喜歡瑪麗亞，你未來的小姑子。她是個善良的孩子，她懇求我讓你們兩個會面。明天你就和你父親去看她。你要對她表示親近，因爲你比她小。等你那個人回來的時候，發現他妹妹和父親很喜歡你，而且已經認識了的話，那不是很好嗎？」

娜塔莎只好勉強答道：「是的當然，那樣最好。」

七

次日，按照阿赫羅西莫娃的勸告，羅斯托夫伯爵帶著娜塔莎見博爾孔斯基老公爵去了。伯爵感覺很恐懼。羅斯托夫老伯爵還記得上次徵兵時，自己和那個老公爵會見的情景，老公爵完全是一頓嚴厲的呵斥。娜塔莎穿上最好的衣裙，心情很好。

「他們必須喜歡我，」她想道，「每個人都喜歡我，我樂意做他們喜歡的事，很情願去愛他——因爲他是他的父親，而且因爲她是他的妹妹，他們沒有理由不喜歡我！」

他們乘車來到了在伏茲德維仁卡街一所很黑暗的老宅邸前面，進了門廊。

伯爵半開玩笑半認真地說著：「求上帝庇護我們吧！」可是娜塔莎看得出，她的父親走進前廳的時候就已經緊張起來。通報了他們到來之後，公爵的奴僕們一陣慌亂，那個首先去通報的聽差把他們攔在大廳裡，他們在小聲地說著話。一個僕人跑進前廳，也在急匆匆地說著什麼，他們提到了公爵小姐。最後，一個怒氣沖沖、年老的僕人走了出來，對羅斯托夫家的人們宣佈，現在公爵不見客人，可是公爵小姐請他們進去。

布里安小姐很客氣地跟父女倆打招呼，隨後把他們帶進了公爵小姐的房間。公爵小姐激動地跑出來見客人，她的臉一陣緋紅，步子沉重，她竭力想裝出熱情、輕鬆的樣子，可是卻沒有用。

瑪麗亞公爵小姐第一眼就不喜歡娜塔莎。因為她覺得她的穿著太講究、歡快、輕浮，她認為她是個好虛榮的姑娘。其實除了這種無法克服的對她的反感外，瑪麗亞公爵小姐的忐忑不安還因為就在通報羅斯托夫家的人們到來的時候，老公爵曾經大聲喊叫說，他根本不想看見他們，如果瑪麗亞公爵小姐願意的話，她可以去見他們。因而她才會決定見見他們，可是每秒鐘她都在擔心公爵弄出什麼名堂來，羅斯托夫家人的造訪使她心不在焉。

「親愛的小姐，我已經把我的歌唱家給您帶來了。」伯爵獻媚地說道，他一邊鞠著躬，一邊不安地朝後看著，好像怕老公爵會突然冒出來一樣。「可惜，真可惜公爵現在不舒服，我很高興你們認識了。」又說了幾句話之後，他就站了起來。「如果您願意我將我的娜塔莎留在您這裡一會兒，我想到養狗廣場的安娜．謝苗諾芙娜那兒去一下，離這只有兩步的路，隨後我就回來接她。」

羅斯托夫老伯爵想出這種藉口是想為了給將來的姑、嫂一個相互瞭解的機會，同時也是為了迴避老公爵，因為他有點怕他。可是他沒向女兒提起此事，不過娜塔莎看出了父親的想法，所以覺得很不自在。她都替他臉紅，而臉紅使她更懊惱，於是她很大膽而又挑釁地看了公爵小姐一眼。公爵小姐對伯爵說，這主意很不錯，只是請他在安娜．謝苗諾芙娜家多坐一會兒，於是羅斯托夫老伯爵就走了。

瑪麗亞公爵小姐想和娜塔莎好好聊一聊，向布里安小姐投來局促的眼光，可是她還是沒有離開，她在大談特談莫斯科的娛樂活動和劇院。娜塔莎爲剛才看到她父親的怯懦、慌亂不安和對公爵小姐做作的腔調感到屈辱。她覺得沒有一件事讓她高興。她不喜歡瑪麗亞公爵小姐，她覺得她特別醜，而且毫無水準。娜塔莎突然感到精神萎靡，說話的時候不由得透出一種輕蔑的語調，這使瑪麗亞公爵小姐與她更加生分了。

在通過五分鐘的不自然的、艱難短暫的交流之後，她們聽見了一陣匆忙的腳步聲逐漸地向她們靠近了。瑪麗亞公爵小姐面露不自然的表情。這時門開了，老公爵戴著白睡帽、穿著睡衣走了進來。

他說道：「啊，小姐！小姐，伯爵小姐……羅斯托夫伯爵小姐，請您原諒我的過錯……求您原諒我……我之所以打扮成這樣到我女兒這兒來，上帝做證，我真的不知道您出現——」他不自然地翻來覆去地說，特別是他在反覆重複「上帝」兩個字，這句話聽起來那麼彆扭，使得瑪麗亞公爵小姐眼睛也不敢抬。站起來行過禮的娜塔莎也不知所措起來。

「求您原諒我！上帝做證，我真的不知道。」老先生嘟囔道，把娜塔莎從頭到腳觀察一番之後，就走了出去。

之後，布里安小姐開始討論起公爵的病情。瑪麗亞公爵小姐和娜塔莎默默地相互觀察，她們相互打量得越久，就越說不出她們要說的話，彼此印象就越壞。

在伯爵回來的時候，娜塔莎毫無禮貌地激動起來，而且非急著要走：此刻她幾乎開始憎恨這個又乏味又醜的公爵小姐，在她面前她陷入了難堪的境地，和她待在一起三十分鐘，她竟一次也沒有提到安德烈公爵。而此時，瑪麗亞公爵小姐也爲此苦惱。她很清楚應當對娜塔莎談什麼，可是她不可以這樣做，因爲布里安小姐礙事，她說不出任何話來，她感覺由她來開始討論這樁婚事很有難度。就在伯爵走出房間的時候，瑪麗亞公爵小姐快步走到娜塔莎跟前，將她的雙手緊握了一下，沉重地歎了口氣說道：「等一下，我應該……」娜塔莎嘲弄地看了瑪麗亞公爵小姐一眼。

「親愛的娜塔莎，」瑪麗亞公爵小姐說道，「我希望您明白，我真心祝福我的哥哥找到了幸福……」她突然停了下來，感覺出她說這話缺乏誠意。娜塔莎注意到了這一停頓，並察覺出了她停下來的緣由。

「不過我認爲，現在說這事爲時尚早。」娜塔莎冷淡、嚴肅地說道，儘管她覺得喉嚨已經開始哽咽住了。

那一天，他們等娜塔莎出來吃飯等了許久。她坐在臥室裡嗚咽著、擤著鼻子，一會兒號啕大哭。索尼婭陪在她旁邊，輕輕地吻她的頭髮。

「娜塔莎，不要哭了吧？」她說道，「你管他們幹什麼呢？要知道時間會沖淡一切，娜塔莎。」

「不，你想不到，你要知道那多叫人難堪……好像我……」

「娜塔莎，何必跟她們動氣呢？你是對的，請你不要去說它了。」索尼婭說道。

娜塔莎把她濕漉漉的臉靠向了索尼婭，說道：「我不可以說，我根本不知道，是他們都對，是我錯了好吧。這一切太可怕了。啊！他爲何還不出現啊！」

她紅著眼進了餐廳。阿赫羅西莫娃早就知道了公爵是如何招呼羅斯托夫家的人的，於是假裝沒有看到娜塔莎那張剛哭過的臉，在飯桌上她照樣大聲地和別的客人們以及伯爵談笑風生。

八

這天晚上羅斯托夫家的人都要去大劇院聽歌劇，因爲都是阿赫羅西莫娃買的票。娜塔莎本來不感興趣，可是不好意思拒絕她的盛情。一番打扮後，她來到大廳裡等候她的父親，她在大鏡子裡看了看自己的樣子，她覺得自己真的很悲哀，鏡子裡的自己雖然很美，可那只不過是孤苦自責的悲哀的體現而已。

「噢，上帝啊，如果他在這裡，我一定不再像從前那樣，我要充滿自信地、大大方方地擁抱他，依偎在他身上。還有他那雙眼睛啊——那是一雙我曾經多麼熟悉的眼睛啊！」娜塔莎想道，「他父親和妹妹和我是什麼關係呢？我是愛他，愛那個有這張面龐、這雙眼睛、這副笑臉的他，不，我還是不去想他爲好，我要忘記他，我一定要暫時完全忘記他。因爲我沒法再這樣下去，否則我立刻就會大哭起來！」於是她趕快跑開，努力忍著不哭出來。「索尼婭怎麼能如此平靜地愛尼古拉，她怎麼會那麼有耐性地等待呢？」她想著，看著走進來的索尼婭。

娜塔莎此時覺得自己那麼溫柔，只是自己深愛著別人和知道被人深愛無法使她滿足，她立刻就要擁抱她所愛的人，向他訴說出自己滿腹的情話，傾聽他吐露的愛意綿綿的話。

當她和父親並肩坐在馬車裡，看著在結冰的窗子上閃過的昏暗路燈的時候，她覺得自己現在更加憂傷，更加思念他了。羅斯托夫家的馬車慢慢融入車隊的長龍，車輪子軋在厚厚的積雪上吱吱地響著，緩緩地駛到戲院前。索尼婭和娜塔莎提著長裙很快跳了出來。伯爵則由僕人扶著慢慢地走出來，他們順著走廊走向包廂。

「娜塔莎，看你的頭髮！」索尼婭小聲說。

娜塔莎和索尼婭，這兩個美麗的少女，還有很長時間沒在莫斯科露面的羅斯托夫老伯爵引起了大夥兒的注意。此外，大家都隱隱約約地知道安德烈公爵和娜塔莎的婚約。

他們走進了門，此時能看到坐滿太太、小姐們的包廂和那些穿著制服的先生。一個走進隔壁包廂的太太忍不住向娜塔莎投來嫉妒的眼光。幕雖然還沒有拉開，可是序曲已經響起來了。娜塔莎整整衣服，和索尼婭走過去，靜靜地坐下來，看了看對面那一排排照得通明的座位。她感到幾百雙眼睛在看著她赤裸的脖子和手臂，令她感到很驕傲而又不高興，大家都好奇地觀察著俄國一個出色人物的未婚妻。

娜塔莎如大家所言，在鄉下的這幾個月出落得更美麗了，而此時，因爲激動，她顯得格外迷人。而且她那充滿活力加上美貌以及對周邊一切的冷漠讓人感到驚訝。現在她那雙烏黑的眼睛盯著人群看，可並沒有搜索到其他人。

索尼婭說：「看，那是阿列寧娜嗎？好像和她母親在一起。」

「看，我們的德魯別茨卡婭公爵夫人戴著一頂怎樣的高筒帽啊！」

「卡拉金一家，朱莉，還有伯里斯。看樣子是訂婚了。」

申申走進羅斯托夫家的包廂時說：「伯里斯已經向她求過婚了！我是今天才聽說的。」

娜塔莎朝她父親指的方向望去，看到面帶幸福地坐在母親身邊的朱莉，她那又紅又粗的脖子上戴一串珍珠。而在她們後面是頭髮梳得相當光滑的伯里斯，他帶著滿面的笑容，把一隻耳朵貼近朱莉，從眉頭下面看著羅斯托夫家的人，微笑著好像對他的未婚妻說著什麼。

德魯別茨卡婭公爵夫人坐在他們後面，她戴著一頂綠色高筒帽，她的臉上現出一種幸福美滿、順從天意的神情。此時他們的包廂充滿了娜塔莎熟悉並且美好的很懷念的未婚夫婦之間的氣氛。

可是她轉過頭去，因爲她突然記起她早晨拜訪時那一幕使人屈辱的場面。她對自己說道：「唉，不管它了，在他回來之前不要去想！他怎麼又會不樂意接受我進入他的家庭？」於是又看了看池座裡的人，那裡面有些是熟悉的臉孔，也有些人是不認識的。在正中央站著穿波斯服裝的多洛霍夫，他站在戲院最顯眼的地方，他明知他會吸引全場人的注意，可他還是那麼散漫。他的周圍聚著一群莫斯科出名的青年，明顯的，他是他們的首領。

羅斯托夫老伯爵笑著用臂肘推了推滿臉羞紅的索尼婭，把她從前的崇拜者指給她看。

他說道：「看見他了嗎？他這是從哪裡出來的呀？」他轉而問申申，「他不是很久不出現了嗎，他到哪兒去了？」

「是的，已經好久不見了，」申申答道，「聽說他去了高加索，從那裡逃走了。聽說他做過波斯某王公的大臣，後來在那裡殺害了波斯國王的兄弟。現在全莫斯科的小姐、太太都在因爲他發瘋呢！如今他是波斯人多洛霍夫，現在她們用他來向上帝起誓，聽到他的名字就如吃到了美味的鱘魚一般。多洛霍夫和阿納托利·庫拉金，把所有的小姐、太太都弄得神魂顛倒！」申申說。

一個身材很高並且很漂亮的太太走進了隔壁的包廂，她紮著一條長長的辮子，有豐腴雪白的肩膀，脖頸大部分袒露著，脖子上戴著閃亮的大珍珠項鍊，拖動著的厚重綢衣服沙沙作響。

娜塔莎不住地看著那個脖子，那肩頭，還有那髮型，那珍珠項鍊，欣賞著那肩頭和珍珠項鍊的美。在娜塔莎第二次看她的時候，那個女士回過頭來望了一下，目光和羅斯托夫老伯爵相遇，於是她對他點點頭，微笑了一下。那個人是別祖霍夫伯爵夫人——皮埃爾的妻子。羅斯托夫老伯爵向她俯過身去和她說話。

他開始說：「您很早就來了嗎，伯爵夫人？要是我知道的話，我一定去府上拜訪您。我來這裡辦事，把兩個女孩子也帶來了。聽說，謝苗諾娃[78]表演精彩絕倫。」羅斯托夫老伯爵說道，「可是彼得・基里洛維奇伯爵一直沒有忘記我們。他現在在您這兒嗎？」

「他正想去拜訪您呢。」

羅斯托夫老伯爵又坐到他的座位上。

「是不是太漂亮了？」他對娜塔莎小聲說。

「漂亮極啦！」娜塔莎回答，「我會情不自禁愛上她的！」

此時響過了序曲的最後一個和弦，樂隊指揮用指揮棒來回地敲了兩下，幾個遲到的人也坐下來，隨後布幕徐徐升起來了。

布幕一升起，包廂和池座裡立刻寂靜下來。所有的人都將他們的注意力集中到舞臺。娜塔莎也開始向臺上看著。

九

舞臺的兩側是畫著樹木的厚紙板，而舞臺中間鋪著光滑的板子，表示樹木，它的後面是垂到地板上的一塊布。還有一些穿紅色緊身胸衣和白色裙子的少女在舞臺中間坐著。此時一個很胖的穿白綢衣服的少女獨自坐在了其中的一張矮凳上。這時她們嘴裡都在唱著什麼。在她們唱完的時候，那個穿白綢衣服的少女走到了提詞人的小屋前面，那是一個長著粗壯大腿，上身穿緊身綢褲的男人，他手拿一

78. 葉卡捷琳娜・謝苗諾娃（一七八六至一八四九）十九世紀初俄國最著名的悲劇演員。

把短劍和一頂帶毛的帽子走到她的面前，攤開雙手開始唱起來。

最初那個穿緊身褲子的男人獨自唱歌，之後是她唱，樂隊奏起樂來，兩個都停下來不唱了，那個男人用手指輕輕地撫摸著白衣少女的手。就在他們兩個一起唱過之後，每個觀眾都情不自禁地鼓掌，舞臺上那兩個扮演情人的男人和女人張開了雙臂，微笑著鞠躬表達自己的謝意。

在鄉間生活過一段時間之後，以自己目前的心情，娜塔莎感覺這一切都很奇怪。以至於她無法注意劇情的發展，甚至連音樂也聽不進去：她能看到的只有些穿著奇怪裝束，在明亮的燈光下說著奇怪的話、唱著歌的男人和女人；她知道這是正在表演的內容，但是她卻覺得是那麼矯揉造作不自然，她時而為演員感到羞愧，時而又感覺他們很可笑。

她向旁邊看去，在聽眾的臉上尋找她自己體驗到的疑惑、可笑的感覺，可是所有的人都全神貫注地注視著舞臺上的表演，娜塔莎覺得這並不是發自內心的讚賞。她一會兒看看池座裡那一排排塗滿脂粉的臉，一會兒又看看包廂裡袒胸露背的女士們，特別是海倫，她幾乎像沒有穿衣服一樣，而且一直帶著恬靜、安詳的微笑，她一直目不轉睛地看著舞臺，好像正在感受著灑滿大廳的明亮燈光和被人群溫熱了的空氣。

娜塔莎慢慢進入她好長時間不曾體驗到的陶醉狀態。她好像忘記了她是誰，在哪裡，眼前在發生著什麼，她都不知道。突然，在她的腦子裡一些毫無聯繫的怪念頭出現了：她一會兒想自己到舞臺上去跳舞；一會兒又想用扇子去動一下坐得離她很近的老頭；一會兒想彎過身去搔海倫的癢。

當舞臺上靜下來的時候，大家都在等待唱詠歎調的那一刻，從池座通向羅斯托夫家包廂的門突然開了，一個遲到者的腳步聲傳來。「阿納托利來了！」申申小聲說道。此時別祖霍夫伯爵夫人微笑著對走進來的人問好。人們順著別祖霍夫伯爵夫人的目光看去，看到一個英俊的副官彬彬有禮地走近他們的包廂。這就是阿納托利·庫拉金。很久之前他們就見過面，而且在聖彼德堡的舞會上也注意過他。他現在穿著帶飾帶和肩章的副官制服，邁著矜持、瀟灑的步子，如果在他的臉上沒有帶著那種滿足、敦厚、快樂的表情，如果他不是那麼英俊的話，那麼他這種步伐一定顯得很有意思。

雖然這時候舞臺上的戲已經開始了，可是他還是高高挺起他那充滿香水味道的頭，故作鎮定地走過鋪著地毯的通道，他的馬刺和佩刀輕輕地碰撞著。他看了看娜塔莎，走近他妹妹，將他戴著彈力手套的手放在她包廂的邊緣上，對她輕輕地點了一下頭，之後俯過身去問了一些問題後，指著娜塔莎。

他指著娜塔莎說：「很可愛！」她與其說是聽到了，不如說是依據他嘴唇的動作明白了那句話的意思。隨後他走到了池座的第一排，坐在多洛霍夫旁邊，用友善的動作碰了碰多洛霍夫。向他愉快地眨眨眼，微笑了一下，將一隻腳搭在舞臺邊上。

「他們兄妹倆太像了，」伯爵說，「你看他們兩個多美麗！」

申申壓低聲音開始對伯爵談阿納托利在莫斯科的一樁風流豔事，娜塔莎仔細聽著，只因爲他說過她「可愛」。

第一幕結束了的時候，池座裡的人開始進進出出，人們都在走動。伯里斯來到羅斯托夫家的包廂裡，平淡地接受他們的祝福，他抬高眼眉，心不在焉地微笑，對索尼婭和娜塔莎轉述了他的未婚妻請她們參加她婚禮的邀請，隨後就離開了。娜塔莎面帶微笑和他談話，祝賀伯里斯的婚姻。

海倫的包廂裡到處都是人，此時她被男人圍成了中心，因爲他們迫切地想讓大家認識她。

阿納托利在休息的時間裡都和多洛霍夫站在樂池前邊，探頭向羅斯托夫家的包廂看。娜塔莎知道他在討論她，這令她很滿意。她甚至轉過頭去，讓他看見她自認爲是最動人的側面。

在第二幕開始之前，皮埃爾出現了。從娜塔莎認識他以來，他的臉是那麼憂鬱，他的身材變得更胖了。他徑直走向前，不關注任何人。阿納托利走到他跟前，和他交談，指點著羅斯托夫家的包廂。皮埃爾一看到娜塔莎就活躍起來，急忙走到他們這邊。走進來之後，他含笑靠在臂肘上和娜塔莎聊了很多話題。在和皮埃爾談話的時候，娜塔莎聽見別祖霍夫的包廂裡有一個男人的聲音，她知道那是阿納托利。她回頭看了一眼，四目相對的時候，她發現他微笑著用那樣溫情優雅的眼神直視著她的眼睛，這樣看著她。

第二幕的佈景有一塊代表紀念碑的紙板，在天幕上有一個代表月亮的圓洞，舞臺上的腳燈被燈罩遮住，此時低音琴和號角發出低沉的調子，很多身穿黑袍、手拿匕首的人跑到臺上。他們開始揮舞手臂；又有一些人跑出來，與先前穿白衣而此時穿淺藍衣服的姑娘在一塊兒合唱，唱了好一會兒之後又把她拉走了，這時，後臺「噹噹噹」地敲了三下，臺上所有人都跪了下來，開始唱禱詞。這幾場屢次被觀眾興高采烈的喊聲打斷。

在這一幕期間，娜塔莎時不時地向池座張望，她總是一眼瞥見阿納托利一隻胳膊搭在椅背上深情地看著她。她很高興自己能夠吸引住他，但並沒想到有什麼欠妥的地方。

在第二幕結束的時候，別祖霍夫伯爵夫人站起來，轉身朝向羅斯托夫家的包廂，並用一根指頭招呼老伯爵來她這兒，不去理會那些進了她包廂的人，面帶微笑和他攀談起來。

她說道：「請把您那美麗的寶貝女兒介紹給我吧，我還不認識她們呢。」

娜塔莎站起來，對那個聲名顯赫的伯爵夫人行了個禮。這個光彩照人的高貴夫人對她的稱讚令她暢快無比，她高興得紅了臉。

「我也要成爲一個莫斯科人了，」海倫說道，「你也好意思敢讓珍珠不見天日。」

海倫真是一個迷人的女人。她說她沒想過的話——特別是討好的話——說得天衣無縫，而且很平淡。「親愛的伯爵，您一定得讓我來照顧您的女兒們！我會帶她們去一些令人愉快的地方。在聖彼德堡時我就聽說了很多關於您的事，我很想認識您。」她帶著她那標誌性的笑容對娜塔莎說。「我從我的侍從伯里斯那裡聽說過您。您聽過他就要結婚了嗎？我也從我丈夫的朋友安德烈公爵那裡聽到過。」她故意強調說。她請兩位年輕小姐中的一位來她的包廂聽戲，於是娜塔莎走到她那邊去了。

一座宮殿出現在舞臺上，宮殿裡面點著很多根蠟燭，沙皇和皇后站在前面。沙皇舞動著右臂，有些膽怯地唱了一會兒，隨後就坐到寶座上。還有那個少女這時只穿了一件襯衣，披頭散髮，站在沙皇的寶座旁。又有一個國王在樂聲伴奏下到處呼喊著，於是全體一起唱起來。可是突然間就刮起了暴風，樂隊裡響起了低一度的以及半音階的七度音，全部的人都離開了，隨後又把他們中的一個拉到了幕後，幕帷一落下，觀眾中間又響起雷鳴般的掌聲和喧鬧聲，人們高喊著：「杜波爾！杜波爾！」娜塔莎對這種情況已經司空見慣了。她快樂地笑著環視四周。

「你覺得杜波爾不值得稱讚嗎？」海倫問她。

「噢，是的。」娜塔莎答道。

十

幕間休息時，一陣冷風吹來，門開了，不想被人碰見的阿納托利躬著身子走進來了。

「請允許我給您介紹一下我的家兄。」海倫說道，眼睛惶恐地由娜塔莎轉向阿納托利。

娜塔莎看了一眼那英俊的男子，微微一笑。從各個角度看都很漂亮的阿納托利在她身邊坐下來，並對她說，從那勒斯基家的舞會時起，他就希望能夠認識她了，那個舞會上他有幸見過她，她一下令他念念不忘。阿納托利和女人交往比和男人交往要聰慧得多、真誠得多。他的談吐簡潔大膽。令娜塔莎愉快而又驚奇的是，人們頗有非議的這個人，不但沒有什麼不好之處，正相反，他的微笑愉快天真，讓人感到踏實。

「對演出的印象怎麼樣？」阿納托利告訴她，在上次表演中，謝苗諾娃曾在舞臺上摔倒。「您知道嗎，伯爵小姐，我們要舉辦一次化裝舞會，您一定要來參加。大家全在阿爾哈羅夫家聚會。」

整個談話中，他那含笑的眼睛一直都沒離開過她的脖子、她的臉頰，還有她那裸露的雙肩。她知道他很欣賞她，很清楚，這令娜塔莎很高興。可是不知爲何，有他在場她覺得很困窘、拘束、發熱。即使她不看他的時候，她也覺得他在看她的雙肩，於是她不自覺地迎向他的目光，讓他最好看一下她的眼睛。可是，一旦目光相撞，她就感覺到他們之間完全沒有那種羞怯的障礙。她自己都弄不清楚這是怎麼回事，幾分鐘之後，就覺得和這個男人相當親近了。而當她扭過頭的時候，她擔心他會抓住她那裸露的胳膊，並吻她的脖子。

他們談平常的事，可是她覺得他們太近了，她從來沒有和男人這麼接近過。娜塔莎不斷回頭望向她的父親和海倫，好像在問他們，這是什麼意思，可是海倫在和一個將軍談話，沒有看見她詢問的目光，而她父親的眼睛只是像平常那樣說：「我好高興，好開心！開心就好！」

在一陣難以忍耐的沉默中，阿納托利那雙大眼睛目不轉睛地看著她，爲了打破沉默，娜塔莎問他喜不喜歡莫斯科。問過之後，她覺得自己的臉都紅了。阿納托利微笑了一下，好像在鼓勵她一樣。

「剛開始我是不大喜歡，因爲令一座城市愉快的總是美麗的女人，對不對？可是現在我很喜歡了，」他一邊說，一邊意味深長地看著她，「請您來參加我們的化裝舞會吧！」他說著伸出一隻手摘下她戴的花束，壓低聲音說道，「我想您一定是最漂亮的，親愛的伯爵小姐，請您一定要來啊，同時請把這朵花送給我作爲保證吧！」

娜塔莎都不知道自己在說什麼，不過她卻清楚地覺得，他那些曖昧的話中有著一種不正當的意圖。此時的她不知道該說什麼，於是轉過自己的身去，裝作不知道他在說什麼的樣子。可是她一轉過身去，她就覺得他在那裡等著她。

「他怎樣啦？難道生氣了嗎？或者難堪了嗎？我是否需要補救一下？」她問自己，她忍不住回頭看他。她直視他的眼睛，他已經離得很近，他溫厚柔情、自信的微笑徹底征服了她。她像他一樣地微笑了，隨後直視著他的眼睛。可接著，她又恐慌地感到他和她之間沒有屏障。

幕又升上去了。阿納托利離開了包廂，帶著平靜而快樂的心情。娜塔莎也回到她的包廂裡去，此時，她所置身的環境完全將她融化了。此時在她眼前發生的一切幾乎都是很自然的，而之前關於瑪麗亞公爵小姐、關於她的未婚夫、關於所有的鄉間生活的一切想法，那晚卻一次也沒在她的腦海中浮現。

在第四幕中，有一個似魔鬼的角色，唱著、揮動著手臂，直到他下邊的板子被人抽走了，沉了下去。第四幕是娜塔莎唯一認真看的：好像有什麼東西令她苦惱和激動，是阿納托利，她情不自禁地注視著他。

當他們離開戲院時，阿納托利來到他們這裡，叫來他們的馬車，扶他們上車。當他扶娜塔莎上車的時候，他緊緊地握住她手腕以上的部位。娜塔莎既幸福，又激動，紅著臉看了他一眼。他含情脈脈地對她微微一笑，用閃亮的眼睛看著她。

直到回到家裡，娜塔莎才仔細回想所發生的一切，突然想起安德烈公爵，她突然害怕起來，當大家全坐下來喝茶的時候，她「啊」地叫了一聲，面色緋紅地跑出去了。

「啊，上帝呀！我怎麼了！」她對自己說，「我怎麼可以讓這一切發生呢？」她不安地想著，想弄清到底出了什麼事。開始她覺得所有都是不清楚的、黑暗的、可怕的。而在那個燈火輝煌的大廳裡，赤足的杜波爾穿著閃閃發光的短上衣伴著節奏在板子上跳躍著，老先生和少女們，還有海倫面帶平靜而高傲的笑容歡呼叫著「好！」——那時，一切都好像是清楚的、簡單的，可是，現在當只剩下她自己一個人的時候，就變得無法理解了。

娜塔莎只有夜間上床才能把一切告訴老伯爵夫人。她知道，索尼婭有她謹慎不變的觀點，聽到她坦露心跡，不是無法理解，就是被她嚇壞。因此娜塔莎想一個人來解決那令她苦悶的問題。

「對安德烈的愛情，是不是已經消失了？」她問自己，隨後又自嘲地回答自己說：「我真是個超級笨蛋，我為何要這樣想！我出了什麼事了？什麼事也沒有！我什麼也沒做，我既沒有去挑逗他，而且誰也不知道發生了什麼，我可能永遠不會再見他了。」她自言自語地說：「這就是說，現在什麼事也沒發生，而我也沒有什麼要懊悔的事，安德烈還是愛我的。可是『這樣的』是『什麼樣』的呢？啊，上帝啊，他為何不在這裡！」

娜塔莎平靜了一會兒，本能地感覺到，儘管這全部的情況都是真的，儘管事實上沒有發生什麼，可對她而言，她之前對安德烈公爵那種純潔的感情已不復存在。於是她又重溫她和阿納托利的談話，她又看見那個英俊而大膽的人和她握手時的英俊面孔以及他那溫柔的微笑。

十一

阿納托利在莫斯科時，每年都會花掉兩萬盧布的現款，因而債主們紛紛向他父親要債，而他又借了那麼多的債，他們很快就被他父親打發了。他的父親最後向兒子宣佈，這是最後一次為他償還將近一半的債務，條件是他必須去做總司令的副官——他的父親希望他盡量在那裡找到一個好的結婚對象。朱莉・卡拉金和瑪麗亞公爵小姐兩個中選一個。

阿納托利來到莫斯科，寄住在皮埃爾家。皮埃爾一開始很不願接待他，可是過了一段時間就習慣了，給他錢，說是暫時借給他。

申申說得對，阿納托利從到達莫斯科時起，就令這裡的小姐、太太們魂不守舍。他從來不錯過在多洛霍夫家和莫斯科的花花公子家的飲宴，他常常徹夜狂飲，而且酒量過人，也參加一切上流社會的茶會和舞會。人們議論他和莫斯科的一些太太的私情，以及他在舞會上也和一些人調情的事情。可是他不去接近那些還沒結婚的少女，特別是長得難看的富家未婚女子。兩年前他已經有老婆了，這事除了他最親密的朋友以外，沒有人知道。兩年前，他和他的團隊在波蘭停留的時候，一個不太富有的地主迫使他娶了自己的女兒。

阿納托利不久就拋棄了他的妻子，他以寄給岳父一筆賠款爲條件，才取得了冒充單身漢的權利。

阿納托利對自己的處境感到心滿意足。他本能地、真誠地認爲，他只能過這樣的生活，他相信他自己從未做過壞事。他既不考慮他的所作所爲會對別人產生什麼樣的影響，也不思考他的這一行動會有什麼後果。他相信，上帝創造他就是爲了讓他每年要花掉兩萬盧布，而且永遠處在上流社會。他對這一點深信不疑，看著他，別人也深信不疑了，人們既不拒絕他出入上流社會，也不拒絕給他錢用，當然這些錢明顯是有去無回。

他不沉迷於賭博，最起碼他從來沒有想贏錢。他不好虛榮，不在乎別人對他的看法，更不貪圖功名利祿。各種榮譽他都不屑一顧。他不是吝嗇，那些求他的人從來沒有被拒絕過。他愛兩件事：女人和玩樂。他覺得，這些嗜好沒有什麼讓人低賤的地方，他從內心裡認爲自己的行爲是無可非議的，他鄙視那些真正的壞人和惡棍，心地坦坦蕩蕩地昂首向前。

多洛霍夫在波斯冒險被驅趕之後，這一年又出現在了莫斯科，並過著奢侈的酗酒、賭博的荒誕生活，而他又跟阿納托利親近起來，利用他來達到自己的目的。阿納托利因為多洛霍夫的大膽和聰慧，真心地喜歡他。而多洛霍夫需要以阿納托利的門第、聲名和關係為依託，把有錢的青年人引進他的賭博團夥，利用他來找樂子，不讓他看出來。

娜塔莎給阿納托利留下了深刻的印象。因而看戲之後吃晚飯時，他對多洛霍夫分析她的優點：她的兩肩、雙臂、頭髮和腿的可愛，宣佈他要追求她。阿納托利甚至不知道這種調情會有什麼結果，他也不想思考。「雖然好是好，可不是給我們準備的。」多洛霍夫說道。

「要不然你還是等她結婚之後……」

「你瞭解的，我是多麼喜歡小姑娘啊。」阿納托利說。

「你已經上了小姑娘一次當了，你要小心哪！」多洛霍夫說阿納托利結婚的事。

「嘿，我想一定不會再發生這種事情了！嗯？」阿納托利說著快樂地笑起來。

十二

次日，羅斯托夫家的人們哪兒都沒有去，也沒有什麼人來看他們。阿赫羅西莫娃好像在討論著什麼，他們一直背著娜塔莎和她父親。娜塔莎猜想他們可能是在談老公爵吧，這弄得她很生氣。她每時每刻都在等待安德烈公爵的到來，這一天她兩次派人去探聽他的消息。可是他還沒有到。現在她除了心急的等待和對他與日俱增的思念，又加上了她跟老公爵和瑪麗亞公爵小姐見面的不愉快的回憶，以及一種她並不清楚原因的不安和恐懼。她認爲，要嘛是他永遠不要回來了，要嘛就是在他來以前她會發生一些事。她不能像從前那樣長時間地、平靜地、自己靜靜地想他了。她的家裡人覺得，娜塔莎好像比往常更活躍一些了，可是她遠不像從前那麼快樂和平靜。

星期天的早晨，阿赫羅西莫娃請她的客人們到本教區聖母教堂去做禮拜。

「那些教堂太華麗了，我不是太喜歡，」她說道，「上帝只有一個，而我們卻有一個出色的牧師，他莊嚴地主持禮拜，執事也是這樣。唱詩班定期舉行音樂會，那還有什麼神聖可言？我不喜歡，因爲我覺得那簡直是瞎扯！」

阿赫羅西莫娃喜歡星期天，她也知道怎樣過好每個星期天。她把整個住宅都在星期六掃除過，在接下來的一天她和僕人們全不工作，全穿上過節的衣服，去做彌撒。吃飯的時候，餐桌上會添上主人的菜，僕人們也有好酒喝，有乳豬或烤鵝吃。

彌撒之後，他們喝完咖啡，餐廳裡的傢俱罩子就會全摘下來，此時一個僕人報告，馬車已經預備好，阿赫羅西莫娃表情嚴肅地站了起來，披上只有節日出門拜訪時用的披肩，說她要去拜見博爾孔斯基老公爵，去向他解釋娜塔莎的事。

她離開不久，一個時裝店的時裝師就來了，娜塔莎關上房門，試自己的新衣服，她很喜歡這種感覺。她剛穿上一件無袖的緊身上衣，轉過頭來從鏡子裡看背部是不是很貼身的時候，就聽見客廳裡傳來熱鬧的聲音，還有一個女人的聲音，這聲音讓她一下子就臉紅了，這是海倫。娜塔莎還沒來得及脫下那件緊身上衣，門就被打開了。這是別祖霍夫伯爵夫人，她穿著一件漂亮的高領深紫色絲絨長衫，面帶笑容，輕輕地走了進來。

「哎呀，我的小美人！」她對紅著臉的娜塔莎讚美道，「你看你多可愛呀！不行，這太不像話！」她對跟著她進來的羅斯托夫老伯爵說道。「你們怎麼能在莫斯科待這麼久，卻哪兒也不去呢？我今天是不會放過你們的！喬治小姐今晚要去舍下朗誦詩歌，還有一些人要來，如果您不把那兩個比喬治小姐更漂亮的美人帶來的話，我就再也不理您了！我丈夫不在，要不我一定會派他來接你們。你們一定要來哦。準時哦！八點。」

她向行屈膝禮的女時裝師客氣地點了點頭，迅速地坐在扶手椅上，那絲絨衣服的褶子被她慢慢地舒展開，她又在不停地說這說那，不住地稱讚娜塔莎。她看了看娜塔莎的裙子，也是讚不絕口，還忍不住地稱讚她自己的一件新衣服，說是從巴黎運回來的，用「細金屬紗」做的，她勸娜塔莎也買那樣一件。

「不過您穿什麼都很漂亮，我的小美人！」她說道。

開心的笑容始終掛在娜塔莎的臉上。受到這位美麗高貴的別祖霍夫伯爵夫人的讚美使她感到很幸福。娜塔莎心情愉快，覺得她差點兒愛上了這個善良而又美麗的女人。而對海倫來說，她是真心地讚賞娜塔莎，情願使她快活。阿納托利求她幫忙，她爲此才來造訪羅斯托夫家的人們。而撮合她哥哥和娜塔莎這個念頭讓她很開心。

在離開羅斯托夫家人後，她把她關照的人叫到一邊去。

「哥哥昨天跟我一起用餐——我們差點兒都要笑死了——他什麼都不吃，就是爲了您，我的美人，他一直在歎氣！他瘋狂地愛上了您，我親愛的。」

娜塔莎聽見她這些話，臉一下子羞得通紅。

「瞧，臉多紅啊，多漂亮啊，我的美人！」海倫喃喃地說。「您一定得來呀。如果您愛著什麼人的話，我的美人，這也不是您不去的理由。即使您訂了婚，我相信您的未婚夫一定很高興您出去交際的，而不會希望您悶在家裡。」

「這麼說，她已經知道我訂了婚，她和她的丈夫皮埃爾公爵對這件事已經談過而且笑過了。這就是說，這沒有什麼好擔心的了。」在海倫的影響下，她覺得先前可怕的那些東西，現在變得簡單而又自然了。

午餐時，阿赫羅西莫娃回來了，她沉默不語，明顯在老公爵家吃了敗仗。那場衝突讓她太激動了，到現在她還不能平心靜氣地談那件事。伯爵問她的時候，她說一切都很好，她想明天再談。聽說海倫來過並邀請參加她的晚會，阿赫羅西莫娃說道：

「我不喜歡和別祖霍夫伯爵夫人交往，你們和她交往也是我不願看到的。不過，既然你們已經答應她了，那你就和她去散散心吧。」她對娜塔莎補充著。

十三

兩個美麗少女被羅斯托夫老伯爵送到了別祖霍夫伯爵夫人家。出席晚會的人很多，可是娜塔莎都不認識。羅斯托夫老伯爵發現，在場的人多數是行為很放肆的女人和男人，心裡很不痛快。喬治小姐被所有的青年人包圍著，站在客廳的一角。也有幾個法國人在場，當中有梅帝維埃，海倫一來到莫斯科，他就成了她的自家人。伯爵不去玩牌，也不許他的兩個女兒離開他，準備等喬治小姐的表演一過就走。

阿納托利靜靜地站在門口，明顯是在等羅斯托夫家的人，恭敬地問候過伯爵之後，他立刻走向娜塔莎，跟在她後面。她一看見他就產生一種虛榮感和滿足感，因為他愛慕她，也因為她和他之間沒有了那條道德上的屏障而感覺很放鬆。

海倫熱情地招待了娜塔莎，並大聲地讚美她的裝束和容貌。不久，喬治小姐進房間換了裝。人們開始各自就座。阿納托利給娜塔莎搬來一張椅子，剛想在她身邊坐下來，可是一直盯著娜塔莎的伯爵在她身邊坐下。阿納托利只好坐到她後面去了。

裸露著雙臂的喬治小姐，一隻肩膀上披著一條黃披肩，走進客廳。她嚴肅地掃了一眼聽眾，開始用標準的法語口音朗誦詩，這首詩裡敘述的是有關她對她兒子罪惡的愛情。她一會兒提高聲音，一會兒又變成低語，威嚴地仰起頭，在一些地方停頓，一邊轉動著漂亮的眼睛，一邊發出沙啞的聲音。

「她美得讓人著迷！」從周圍傳來讚美聲。

娜塔莎看著那個身材肥胖的女演員，可是對眼前的一切既聽不見，也看不見；她只覺得她自己已經無可救藥地進入一個瘋狂而又陌生的世界。她後面就坐著阿納托利，想到他就在自己的身邊，她就害怕得感到有什麼事要發生。

在第一段獨舞之後，全場都上前圍著喬治小姐，向她表示祝賀。

「她多漂亮啊！」娜塔莎對自己說，爸爸也站了起來，向那個女演員走了過去。

「在我看著您的時候，我便不覺得她有多美麗了！」跟著娜塔莎的阿納托利壓低聲音說道，「您是如此美麗……從看見您的那一刻起，我就不斷地……」

「快過來，娜塔莎！」伯爵一邊說，一邊回過頭尋找自己的女兒，「看看她多漂亮啊！」

娜塔莎默默走到她面前。

朗誦過幾首之後，喬治小姐就離開了。別祖霍夫伯爵夫人過來請她的客人們走進舞廳。

伯爵也想回家，可是海倫請求他不要破壞她的即興舞會，羅斯托夫家的人不得不留下來。阿納托利過來請娜塔莎跳華爾滋舞，他們跳舞的時候，他握著她的手，緊摟她的腰，誇她，說她是那麼漂亮，他愛她。在跳蘇格蘭舞的時候，他們仍然在一起跳，碰到只有他們兩人的時候，阿納托利什麼話也不說，僅僅是深情地看著她。當跳完第一輪的時候，他又握了握她的小手。娜塔莎滿是疑慮地看著他，可是在他的笑容和眼神裡含著自信、篤定的柔情，令她無法在看著他的時候說出自己想要說的話。她不得不垂下了眼睛。

「不要這樣。我已經訂了婚，而且深愛著別人。」她急急忙忙地說著，並看了他一眼。阿納托利並未感到不好意思。

「不要對我說這些！這又有什麼關係呢？」他說道，「我已經要瘋了，我像發瘋一樣愛上了您！您是那麼可愛，這難道是我的過錯嗎？現在輪到我們跳了。」

娜塔莎既興奮，又深感不安，睜著驚訝的大眼睛向周邊看。在跳過格羅斯法特舞[79]和蘇格蘭舞之後，她勸他回家，可是他請求留下來。不管她在哪個角落，不管她和誰談話，她都感覺到他那雙緊緊盯在她身上的眼睛。後來她隱約記起，她請求他讓她去更衣室整理衣服，海倫陪著她，笑著和她談他哥哥的愛情，甚至在窄小的起居室裡，她又遇見了阿納托利。海倫卻不見了，只剩下他們兩個人，於是她的手被阿納托利緊緊握住，很溫柔地說道：

「我不能在您那兒，難道我就永遠看不到您了嗎？我發瘋似地愛著您。難道我就永遠不……」他攔住她的路，把他的臉向她的臉移了過來。他那放光的大眼睛離她的眼睛那麼近。

「娜塔莎？」他輕輕說著，她的兩隻手被握得很疼，「娜塔莎？」

79. 這是一種古老的日耳曼舞，意為「祖父之舞」。

「我什麼都不知道，請什麼都不要告訴我。」她的眼睛微閉著答道。

突然，她的嘴被燒得燙人的嘴唇碰到，就在這一剎那，室外傳來海倫的衣裙聲和腳步聲。娜塔莎回過頭看了海倫一眼，紅著臉，顫抖著，投給阿納托利一種驚訝的眼光，急忙往門口走了過去。

「請讓我再說一句話，就最後一句話，請看在上帝的份上！」阿納托利叫道。

她停下來了。

「娜塔莎，就一句話，只要一句！」他繼續重複地說著，一直重複到海倫走到他們跟前。

海倫拉著娜塔莎回到了客廳。羅斯托夫家的人吃完飯就都離開了。

回到家之後，娜塔莎整夜未眠，她為一個無法解決的問題困擾著，她到底愛誰，是愛阿納托利呢還是愛安德烈公爵？她愛安德烈公爵，她甚至清清楚楚地記得她深愛著他。可是她也愛阿納托利，這也是毫無疑問的。「要不這一切怎麼會發生呢？我到底該怎麼辦呢？」她對自己說，卻始終找不到答案。

十四

這是一個在一片操勞的忙碌中降臨的清早。大家全起床了，而且陸續地開始活動了，時裝師們又來了，阿赫羅西莫娃出來了，大聲喊著讓人們吃早餐。娜塔莎努力睜大眼睛，她忐忑地看每一個人，盡力裝得像往常一樣。

吃完早餐，阿赫羅西莫娃把伯爵和娜塔莎叫到她那裡。

「喂，我的朋友，我已經把全部問題都弄明白了，我對你們的建議就只有這些，」她開始說道，「昨天，我去見老公爵了。我把事情跟他說了一下……他竟然想對我大聲喊叫，可是他也不想想他能比過我嗎？我把能說的話都說了！」

「那他有什麼反應呢？」伯爵問道。

「他？太不講道理了，甚至連聽都不想聽；不過沒什麼好說的，他已經瘋啦……他不想再聽下去。就這樣一次驚嚇就折磨壞了這個可憐的女孩子，我給你們的意見就是，辦完事就立刻回家，到奧特拉德諾耶那裡等待。」

娜塔莎叫著：「噢，不！」

「不行，我要回去，」阿赫羅西莫娃說道，「在那裡等著。如果你的未婚夫到這裡來的話，一定會大吵大鬧的；可是單獨和那個老先生面對面地談，而且把什麼都談明白，他再到你們那去。」

羅斯托夫老伯爵支持這個建議，他也知道這是最可行的辦法。如果老先生同意，不妨到莫斯科或去童山見他；如果不是這樣的話，只有違背他的意願了，只能在奧特拉德諾耶舉行婚禮了。

「你說得對。我現在後悔去見他，而且還帶了她去。」老伯爵說道。

「不，沒什麼好後悔的！既然來到這裡，我們必須去表示敬意。」阿赫羅西莫娃一邊說，一邊翻著她的手提袋。「現在嫁妝已經預備好了，你們還在等什麼呢，還有什麼沒完成的，我派人給你們送去。即使我很想你們，可是最好還是走吧，上帝會保佑你們的！」在手提袋裡找到她想要找的東西，拿給娜塔莎。這是瑪麗亞公爵小姐的來信。「她寫給你的。你想想她受多大的煎熬呀，可憐的人！她擔心你，你又怎會認爲她不喜歡你呢。」

「可是事實上她本來就不喜歡我嘛。」娜塔莎說道。

「不要那樣說！」阿赫羅西莫娃大聲叫道。

「我知道她不喜歡我。」娜塔莎拿過信來的時候壯著膽子回答她的問題，她臉上現出冷漠、憤怒的表情，讓阿赫羅西莫娃更仔細地端詳了她一眼，又皺起了眉頭。

「不要那樣回覆我，小姐！我是說快點寫一封回信吧！」

娜塔莎沒有回答她的問題，直接回自己的房間去看瑪麗亞公爵小姐的信去了。

瑪麗亞公爵小姐在信裡說道，她感到難過的是在她們當中曾經發生過一些誤解。不管她父親的感情怎麼樣，她請求娜塔莎相信，她很喜歡她——那是她哥哥選中了的人，爲了自己哥哥的幸福，她可以犧牲所有。

「不過，請不要認爲，我的父親對您有任何的不滿意。因爲他是一個有病的老年人，你應該理解他，不過他仍然是寬宏大度的、仁慈的，一定會是讓他兒子幸福的人。」接下來，瑪麗亞公爵小姐請求和娜塔莎一起商量一個時間，她想和她再次見見面。

讀過信之後，娜塔莎在寫字臺那兒寫回信。

「親愛的公爵小姐，」她用法文迅速卻有些僵硬地寫道，可隨即又停了下來。在前一晚發生那件事之後，她都不知道該寫什麼了。

「是的！一切都發生過了，現在一切全都不與從前一樣了，」她坐在那裡苦思冥想，「現在一定得放棄他嗎？難道必須要這樣做嗎？這真是可怕！」

爲了逃避這些可怕的念頭，她立刻去找索尼婭，和她一起選樣子。午飯過後，娜塔莎就回到自己的臥室，又拿起了瑪麗亞公爵小姐的信。

「一切都結束了嗎？」她在想。

「難道這件事突然發生了，我就要把從前的全毀掉嗎？」

她回憶起她對安德烈公爵的愛情，還像從前那麼熱切。同時又覺得她愛阿納托利。

「到底能不能兩全呢？」她陷入了一種混亂的狀態，「只有那樣我才能得到真正的幸福，可我必須得立刻做出決定，如果沒有他們中的任意一個，我都不會幸福。有一點，現在把發生的事讓安德烈公爵知道或者對他隱瞞，已經是無法做到的事了。可對那個人來說，現在什麼都沒有損失，可，難道我真的要永遠失去對安德烈公爵愛情的幸福嗎？」

「小姐！」一個侍女走進屋裡來，帶著神秘的神情小聲說道，「有一個人讓我把這個轉交給您……」她遞給娜塔莎一封信。

「不過，請看在上帝的分上，小姐……」那個侍女繼續說道，娜塔莎想都沒想，機械地撕開了信，讀著阿納托利寫來的情書，可她一個字也看不進去，她只清楚一點，這是他——那個她所愛的男人——寫來的信。

是的，她很愛他，否則怎能發生那件已經發生的事呢？她手裡怎麼會有他寫來的情書呢？

娜塔莎用顫抖的雙手拿著多洛霍夫替阿納托利寫的那封感情熱烈的情書，讀信的時候，她覺得已經從信裡找到了她感受到的全部的回應。

「從昨天晚上起，我的命運就已經被決定好了。或者是死去，或者是得到您的愛。除此之外我別無選擇。」

那封信是這樣開頭的。隨後他繼續說道，他知道她的爸媽一定不願把她嫁給他，因爲其中有些隱秘的原因，他只能向她一個人透露，可如果她真心愛他的話，她只要說一個「是」字，任何人也不可能阻擋他們的幸福。他相信愛情能戰勝一切。他會把她偷偷帶走，浪跡天涯。

「是的，是的，沒錯！我愛他！」娜塔莎想道，她把那封信讀了幾十遍，從每一個字裡尋找特殊深奧的意義。

阿赫羅西莫娃這天晚上準備到阿爾哈羅夫家去，想把兩個小姐也帶過去。娜塔莎藉口頭痛，留在了家中。

十五

夜深才歸的索尼婭，進了娜塔莎的臥室，她驚訝地發現，她和衣而臥，躲在沙發上。在她身邊的桌子上，阿納托利的信放在那裡。索尼婭拿起信讀了起來。

看著一旁睡著的娜塔莎，索尼婭想從她臉上找出解釋，可是未能找到。她的臉是溫和的、平靜的、幸福的。索尼婭抓著胸口，喘不過氣來。她坐在一張扶手椅上，默默哭了起來。

「怎麼能這樣呢？難道她不再愛安德烈公爵了嗎？她怎麼能夠這樣？他是一個惡棍和騙子！尼古拉，那個高尚的尼古拉，在知道這件事時，他又會怎樣呢？天哪，原來這就是導致前天、昨天和今天她臉上露出那麼不自然和緊張、堅決的神情的原因，」索尼婭想道，「她不會真的愛他吧！她甚至可能不知道這是誰的信。可能她會感到自己受了侮辱。她不可能這個樣啊！」

索尼婭拭去了眼角的淚，走到娜塔莎跟前，再仔細地來觀察她的臉。

「娜塔莎！」她低聲地呼叫她。

娜塔莎終於醒過來了，她一睜眼就看見了索尼婭。

「啊，你終於回來了。」

她輕輕擁抱她的朋友，可當她看到索尼婭疑惑的表情，她的臉上也顯出猜疑不安的樣子來。

「索尼婭，那封信你看過了嗎？」她問道。

「是的。」索尼婭小聲地回答說。

娜塔莎立刻高興地笑了。

「不，索尼婭，我認為再也不可以瞞著你了……」她說，「你現在已經知道我們之間的愛情！索尼婭，親愛的，這是他寫的……索尼婭……」

索尼婭睜大眼睛看著娜塔莎，她寧願認為自己聽到的不是真的。

「那可憐的安德烈怎麼辦呢？」她問道。

「啊，索尼婭！」娜塔莎說道，「我的幸福希望你能體會得到！你不會懂愛情是什麼樣的……」

「可，娜塔莎，難道說所有一切都結束了嗎？」

娜塔莎瞪起雙眼盯著索尼婭。

「這麼說，你是要拒絕安德烈公爵的求婚啦？」索尼婭說道。

「哎呀，你一點兒都搞不清楚狀況！不要說傻話，你聽著！」娜塔莎突然叫起來。

「不，我不能相信，」索尼婭重複說道，「我不明白。你用了整整一年愛著一個人，你現在怎麼能做得到，突然間……要知道，你才見了他三次呀！娜塔莎，我不相信，你是在說笑話！你已經把什麼都忘記了，才短短三天，就這麼堅決……」

「三天嗎？」娜塔莎說道，「上帝作證我已經愛了他一百年了。我現在才覺得我在他之前沒有真正愛過任何人。你根本沒法理解。索尼婭，等一下，請坐在這裡。」娜塔莎一把抱住了她。

「從前我從未這樣過，我聽人家說過愛情的感受，你一定也聽說過吧，不過直到現在我才體會到什麼是真正的愛情。這跟以往不一樣。我一見到他，就覺得他是我的天空，我是他的奴隸一般，我不能不愛他。是的，他就是我的主宰！不管他命令什麼，我一定都會照做。你不會明白這個感受的。你要我怎麼辦呢?索尼婭?」娜塔莎帶著惶恐而又幸福的神情說著。

「可,你一定要想清楚你的所作所爲,」索尼婭說道,「我不可以不管這件事。這一封密信……你怎麼能允許他這樣?」她臉上露出難以掩飾的憎惡和恐怖。

「我對你說了,我已經無法控制,」娜塔莎回答道,「你難道還不懂嗎?我真的愛他!」

「我不會讓這事發生的……我要把它告訴別人!」索尼婭喊道,淚水奪眶而出。

「你瞧你現在都說了些什麼?看在上帝的份上……如果你告訴別人的話,你、我從此一刀兩斷!」娜塔莎說道,「你難道想我不幸嗎,你想我們分離嗎?」

看到娜塔莎那副恐懼的樣子,索尼婭爲她的朋友流下了同情和難過的眼淚。

「可你們之間發生過什麼事了嗎?難道他對你說了什麼?他爲何不直接到家裡來?」

「看在上帝的份上,索尼婭,請你不要告訴任何人,也請不要來折磨我。」娜塔莎苦苦地哀求道。

娜塔莎不知道怎麼回答她。

「可這又是爲何呢?他不到家裡來又爲何呢?」索尼婭不解地問道。「可他爲何不直截了當地向你求婚呢?你知道,現在安德烈公爵給了你所有的自由,如果真的是那樣的話,我有點不相信!娜塔莎,你有沒有想過這些不能公開的理由究竟是什麼嗎?」

娜塔莎驚恐無助地看著索尼婭,不知道到底該怎樣回答。

「我不知道那是爲何。不過我想一定是有原因的!」

索尼婭輕輕地歎了一口氣,無奈地搖了搖頭。

「索尼婭,你絕對不可以這樣懷疑他呀!絕對不可以!你明白嗎?」她喊道。

「你認爲他真的愛你嗎?」

「他愛我嗎？」可憐自己的朋友缺乏理解能力的娜塔莎笑著重複一遍。「你不是已經讀過他的信，也見過他了嗎？」

「假若他是個品格不佳的人呢？」

「他！怎麼可能是個沒有道德、低素質的人？你怎麼知道呢？」娜塔莎叫道。

「如果他是個高尚的人的話，就應該清楚地表明自己的意圖，或者不再和你見面。你如果不捨得這樣做的話，那麼就讓我來做這件事吧！我會給他寫封信，而且會將這件事告訴爸爸。」索尼婭堅決地說道。

「可沒有他我活不下去！」娜塔莎喊道。

「娜塔莎，我真的搞不懂你。你到底在說什麼啊？」

「除了他，我不會愛任何人，我再也不需要任何人。你怎麼能說他不高尚呢！你難道不明白我愛他嗎？」娜塔莎憤怒地喊道。「走開，索尼婭！我不想跟你吵架，走吧，看在上帝的份上，你難道沒看見嗎？我心中是多麼痛苦！」娜塔莎用絕望的聲音凶狠地叫道。

索尼婭大哭了起來，跑出屋去。

娜塔莎走到了桌子旁，毫不猶豫地就寫出她整個早晨都沒能寫出的給瑪麗亞公爵小姐的那封回信。在這封信中，她簡潔地說道，現在她們所有的誤會都結束了，她請求瑪麗亞公爵小姐忘掉這一切的不愉快，她現在做了對不起瑪麗亞公爵小姐的事，真心地請求她寬恕她，不過她已經不能做他的妻子了。在這瞬間，她覺得這一切都那麼容易、清楚和簡單。

星期五的時候，羅斯托夫家的人們就要回鄉下了，可在星期三，那個買主就被伯爵給帶到他莫斯科周邊的田莊去了。

在伯爵離開的那天，娜塔莎和索尼婭被邀請去參加卡拉金家的盛大宴會，阿赫羅西莫娃帶她們去了。會上，娜塔莎又和阿納托利相遇了，索尼婭看見她對阿納托利說著什麼話，盡可能不讓別人聽到，整個午宴期間，她比平常都要激動。在回到家之後，娜塔莎又開始給索尼婭所期待的解釋。

「看，索尼婭，你誤會了他，」娜塔莎溫和地說道，「我們今天都已經解釋清楚了。」

「那麼，怎樣呢？他對你都說過什麼了？娜塔莎，太好了，你沒生我的氣，我真的很高興！你要把所有事實都告訴我，他到底說什麼了？」

娜塔莎沉思了起來。

「哎呀，索尼婭，你如果像我一樣瞭解他就好了！他問……他問我對安德烈做過什麼承諾沒有。他很高興我有拒絕他的自由。」

索尼婭忍不住歎了一口氣。

「可，你現在並未回絕安德烈呀！」她說。

「或許，我已經回絕了。我們之間或許全都結束了。你怎麼可以把我想的這樣壞呢？」

「我什麼都沒想，我只是不知道這件事的整個過程……」

「等一下，索尼婭，要不了多久一切都會真相大白的。他是一個什麼樣的人，你很快就會看到的！你千萬不要把我，也不要把他往壞處想。」

「我沒有把任何人往壞處想過，可我要怎麼辦呢？」

索尼婭沒被娜塔莎的溫和聲調迷惑。相反的，娜塔莎臉上的表情越柔和、越討好，索尼婭的表情就越發嚴厲和嚴肅。

「娜塔莎，」她說道，「雖然我不信任他，可娜塔莎，爲何這件事需要保密呢？」

「你又來了，又來了！」娜塔莎迅速打斷她的話。

「娜塔莎，你知道嗎？我很擔心你。」

「你在擔心什麼呢？」

「我害怕你會將自己毀掉。」索尼婭也為她能說出這樣的話感到很驚訝。

娜塔莎的臉上又呈現出惡狠狠的表情。

「我要是毀掉我自己的話，那麼就越快越好，毀掉我自己這件事和你無關！因為最後遭殃的是我，不是你。不要管我！我恨你！」

「娜塔莎！」索尼婭有些恐懼。

「我厭惡你，我恨你！你永遠是我的仇人！」娜塔莎激動地跑出自己的屋子。

娜塔莎沒再和索尼婭說一句話，而且一直逃避她。她面帶激動、犯罪和驚慌的神情在宅子裡來回地走著，她一會兒做這件事，一會兒做另一件，卻立刻又都丟開了。

不管索尼婭有多麼難過，她還是緊緊地盯著她的朋友，密切關注她的行動。

在伯爵要回來的前一天，索尼婭發現娜塔莎整個清晨都坐在客廳窗子前，好像在等待著什麼，又看見她對路過的一個軍官打了一個手勢，她以為那是阿納托利。索尼婭開始更仔細地注意起她的朋友來，她看得出在吃午飯的時候以及整個晚上，娜塔莎都處於一種非正常的狀態中：她有點答非所問，說些有頭沒尾的話。

喝完茶之後，索尼婭看見一個侍女怯怯地等在娜塔莎門口。她讓那個侍女進去了，隨後站在門外偷偷地聽著她們談話的內容，知道又送來了一封信。

於是索尼婭明白了，今天晚上娜塔莎將會有一個艱難的計畫。索尼婭敲了敲她的門。可娜塔莎並沒有讓她進去。

「她一定是要和他私奔，」索尼婭想道，「她什麼事都做得出來。今天她臉上顯現了一種可憐卻很毅然決然的神情，還有在對舅舅說再見的時候，她情不自禁地哭了。」索尼婭想起來了。「對，一定是這樣，她要和他私奔，可我該怎麼辦呢？」她想道，她想起了種種跡象，娜塔莎可怕的計畫已經被清楚地證明了。

「現在伯爵不在。我該如何是好？要不給阿納托利寫信，要求說清楚這件事？可誰能讓他非答覆我呢？按照安德烈公爵所說，讓我在有困難的時候可以寫信給皮埃爾？……但她可能真的已經拒絕了安德烈——她昨天給瑪麗亞公爵小姐送了一封信。而且舅舅又不在……」告訴阿赫羅西莫娃，索尼婭覺得有些恐懼。

「可，不管怎樣，」索尼婭站在黑暗的走廊裡冷靜想道，「就是現在，否則這個家庭對我的照顧就永遠沒有機會被證明，我愛尼古拉。是的！就算三夜不睡，我也不會離開這個走廊，爲了不讓這個家庭沒有面子，我一定會用力把她攔住。」她想。

十六

阿納托利最近已經搬到多洛霍夫那裡住了。那個誘拐娜塔莎的行動和計畫，都是由多洛霍夫安排的，索尼婭在娜塔莎門前偷聽到她的計畫之後，就暗暗下了決心對她加以保護。

娜塔莎答應當晚的十點在後門臺階上和阿納托利會合。阿納托利會把她裝進他早就準備好的三套馬雪橇裡，把她拉到距莫斯科六十俄里的卡緬卡村，在那裡已經安排好了，會有一個卸職的牧師爲他們舉行結婚儀式。而後在卡緬卡已經準備好了替換的馬，送他們到華沙大路，這是一條中轉站，要想跑到國外去的話，只要再從那裡改乘驛車就可以了。

阿納托利有護照，還有驛馬使用證，而且從他妹妹那裡拿到了一萬盧布，還有通過多洛霍夫借到的一萬盧布。

他們有兩個證婚人——一個是赫沃斯季科夫，他爲多洛霍夫管理著他的賭博事務；另一個是退役驃騎兵馬加林，這是一個很軟弱善良的人，他對阿納托利很愛慕，此時他們正坐在多洛霍夫的前室裡喝茶聊天。

在多洛霍夫的大書房裡，多洛霍夫穿著高筒靴子和旅行外套，坐在了一張拉開蓋子的書桌邊，有幾張帳單和幾捆鈔票凌亂地放在桌上。旁邊的阿納托利身穿制服，敞著懷，向後面的房間裡走去，僕人們在爲他整理最後的幾件東西。多洛霍夫一邊數著錢一邊做著記錄。

「嘿，」他說道，「這些錢得給赫沃斯季科夫兩千。」

「隨便，你想給就給唄。」阿納托利說道。

「我認爲願爲你鞍前馬後的馬卡爾卡這個人是偉大的。行啦，賬已經算完了，」他把記錄拿給他看，多洛霍夫說著，「你看對嗎？」

「當然正確啦。」阿納托利說道，臉上一直掛著開心的微笑。多洛霍夫「啪」的一聲合上書桌蓋子，臉上帶著諷刺的笑容對阿納托利說道：「我看放棄這一切吧，還來得及！」

「傻瓜，」阿納托利說道，「你說的都是廢話！要是你知道……這到底是怎麼回事？」

「不，我是說認真的，快點兒放手吧！」多洛霍夫說。「我現在說的是正經話。我說的是你想做的這件事，難道你覺得這是鬧著玩的嗎？」

「看，又來了，你又來逗我？都見鬼去吧！」阿納托利皺了一下眉頭。「我說的都是正經話，我現在可沒工夫聽你開那些愚蠢的玩笑。」於是他轉身走出房間。

阿納托利出去之後，多洛霍夫無奈而又嘲諷地笑了笑，「你等一下，我並沒開玩笑，我是說真的。來，快點兒到這來！」

於是阿納托利又回到房間裡來，集中精力，看著多洛霍夫。

「喂，聽我說。這是最後一次了。我爲何要和你開玩笑呢？你覺得是誰爲你安排的這一切？是誰爲你找到牧師和弄到護照的？誰給你錢？這些可都是我做的。」

「那謝謝了。難道我是一個不知道感恩的人嗎？」阿納托利歎了一口氣，給了多洛霍夫一個大大的擁抱。

「即使有助於你，不過我還是覺得應當對你說實話；這的確不是一件穩妥的事，你仔細分析，這真的是件傻事。好吧，就算你帶她離開了這兒，可你覺得他們能善罷甘休嗎？他們會瞭解到你已經結了婚。你有沒有想到過，他們甚至會把你送上刑事法庭的。」

「咳，都是廢話，廢話！」阿納托利皺著眉頭說道，「我不是已經向你解釋過了嗎？」阿納托利把他對多洛霍夫說了無數次的道理又重複了一遍。

「我決定：這次的婚姻沒有任何的效力，這就是說，我不是個負心漢，在國外是沒有人會關心其中的情形的。是不是這樣？不要再說了，請不要，不要！」

「說真的，你放手吧！你這真的是自作自受……」

「見鬼去吧！」阿納托利說著抓著頭髮進入了另一個房間，可立刻又轉了回來，坐到多洛霍夫面前的沙發上，「誰知道這到底是怎麼回事！啊？摸摸看，一直不得安寧！」他拿起多洛霍夫的手，放在了自己的心口上。「她有著多迷人的眼神！簡直就是個仙女！啊？」

多洛霍夫冷冷地微笑著，眼睛不停地閃動著，明顯又想拿他開心了。

「那麼，要是你們沒錢了，要怎麼辦呢？」

「那時要怎麼辦？啊？」阿納托利重複了一遍，在想到將來的時候，他確實感到疑惑。「那時怎麼辦？我真的不知道……咳，說什麼廢話！」他看了一下錶：「已經到時候了！」

阿納托利向後面的房間走去。

多洛霍夫趕忙把錢收起來，他叫來一個僕人，吩咐爲他們預備動身前的食物，隨後就走進了赫沃斯季科夫和馬加林坐著的房間。

阿納托利躺在沙發上，小聲溫柔地自言自語著。

「快點兒來吃些東西吧。大家來喝一杯！」多洛霍夫遠遠地對他喊著。

「我什麼也不想吃。」阿納托利和氣地回答道。

「來吧！巴拉加已經來了。」

於是阿納托利站起來，來到了宴會廳。

巴拉加的三套馬車趕得很被人稱道，他認識阿納托利和多洛霍夫有五、六年了，一直駕駛著三套馬車爲他們服務。他爲了伺候他們，損失掉了不止一匹馬。他們也不止一次地體罰過他，也不止一次地給他喝他最愛喝的馬德拉酒和香檳酒；他瞭解他們每個人做的壞事。而且他們也不止一次地讓巴拉加參加他們的狂飲，非要他在吉卜賽女人那裡喝酒和跳舞；那些經他的手揮霍過的錢遠遠地超過了一千盧布。

為了伺候他們，巴拉加一年不止二十次冒著喪命和受傷的危險；為了伺候他們，他拿到的好處甚至還不如他損失的馬值錢。可他們都喜歡：他們喜歡以每小時十八俄里的速度狂奔，他們喜歡瘋狂地在莫斯科街道上飛奔，甚至撞翻馬車、撞傷行人。他喜歡在速度達到極限的時候，聽到他後面那種瘋狂的醉漢的叫喊：「快！快！」他喜歡在給他讓路、嚇得半死不活的農夫的脖子上，狠狠地抽上那麼一鞭子。

「這才是老爺們兒。」是的，他們都這樣想。

多洛霍夫和阿納托利也很喜歡巴拉加，不僅是為了他那熟練的駕駛技巧，也為了他和他們喜歡的東西一樣。在自己的「老爺們面前」，他一直都是自己親自出馬，而且分文不取。

巴拉加是一個紅臉膛、黃頭髮，脖子又紅又短又粗、身材矮墩墩、長著一個翹鼻子，約莫二十七歲的農民，他常常會在皮襖外邊穿一件深藍色絨布的布長袍。

他向前室角落的方向畫了個十字[80]，隨後向多洛霍夫走去，一隻髒兮兮的小手伸了出來。

「費奧多爾·伊萬內奇！」他恭恭敬敬地說道。

「老弟，你好。看，他已經來了！」

「大人，您好！」他說著，又向剛進屋的阿納托利伸出自己的手。

「我說，巴拉加，」阿納托利說著，一邊把自己的雙手放在他的肩上，「你到底喜不喜歡我？啊？為我做件事……你今天騎什麼馬來的啊？」

「按您信差的安排，騎的是您為我特備的馬。」巴拉加回答道。

80. 門對面的牆角掛有聖像。

「那你聽著，巴拉加！即使三匹馬全被累死，也要在三小時內趕到那裡。知道嗎？」

「要是馬全死了，我還要怎麼到那兒呢？」巴拉加擠著眼睛說著。

「當心我揍你！別開玩笑！」阿納托利突然轉過眼睛大聲喊道。

「這哪是開玩笑啊？」車伕笑著說道，「難道我對我的老爺們還捨不得什麼嗎！馬能跑多快，我們就可以跑多快！」

「啊！」阿納托利說道，「好啦，那麼大家坐下吧。」

「我想我還是站著吧，費奧多爾．伊萬內奇。」

「少廢話！快點兒坐下！大家一起喝吧！」阿納托利一邊說著一邊爲他斟了一杯馬德拉酒。

車伕一看見酒就兩眼放光了。出於禮貌他推辭了一下，最終還是喝了下去。

「那好吧，我們什麼時候動身呢，大人？」

「哦……」阿納托利看一下錶說道，「我們立刻就出發。大家小心點兒，巴拉加！你趕得上嗎？嗯？」

「不會趕不上的，是吧？」巴拉加回答說，「我不是曾經只用了七小時就把您送到特維爾嗎，大人？」

馬加林睜大眼睛溫柔地看著阿納托利，說：「你相信嗎，馬卡爾卡，我們跑得像飛一樣，簡直讓人喘不過氣來了。後來我們撞上了車隊，我們就從兩輛車中間衝過去了。哈哈！」

「這才叫馬！」巴拉加繼續往下講，「那一次我套上了兩匹健壯的邊馬，把那匹褐色馬套在轅子裡，」他轉向多洛霍夫說道，「您可以想像得到嗎？那些牲口狂奔了六十俄里，都快勒不住牠們了。因爲天氣太冷，我的兩隻手都凍僵了，後來索性就拋下了韁繩——『您自己抓著吧，大人！』我說著就倒在雪橇裡了，一直趴在那裡。就這樣，直到我們到了目的地，才把牠們勒住了。結果把我們拉到那裡，那些鬼東西只用了三小時，而且只有裡轅的那匹馬累死了。」

十七

阿納托利走出去不一會兒就又轉回來了，他照了照鏡子，和多洛霍夫一樣的姿勢站在他的對面，他們舉起一杯酒來。

「好啦，再見吧，費佳。感謝你所做的一切，再見！」阿納托利說道，「喂，親愛的夥伴們！朋友們……」他想了一會兒，「……大家請向我的青春歲月說再見吧！」他轉向大家說道。

阿納托利想要對夥伴們說點嚴肅的、動情的話，他大聲而又慢騰騰地說著：

「大家都舉起杯來吧，你也來，巴拉加。來，我青年時代的朋友們、夥伴們，我們已經痛飲過了，生活過了，也玩樂過了，我們什麼時候才能再會呢？我就要去國外了。我們有過一段美好的日子——小伙子們，我們要說再見了！祝大家永遠健康！烏拉！……」他喊道，隨後一飲而盡，把杯子摔在了地板上。

「祝您健康！」巴拉加也喝光了他那杯酒隨後說道。馬加林熱淚盈眶地擁抱著阿納托利。

「走吧，走吧！」阿納托利喊道。

巴拉加剛剛起身要走。

「不，等一下！」阿納托利說道，「關上門。我們得先休息一下。」

他們關上門，隨後又全都坐下了。[81]

81. 俄國的習俗臨別前和送行的親友們在一起關上門窗，靜坐一會兒。

「喂，小伙子們，走吧。」阿納托利一邊說著話一邊站了起來。

「喂，伊格納什卡，你去瑪特維耶芙娜那裡取一下我的貂皮外衣和皮襖。我知道該怎樣帶走姑娘。」多洛霍夫擠著眼說道，「要知道，等她跑出來時已經氣息奄奄了，僅能穿著在家裡穿的那些衣服；稍一遲疑，她的眼淚就會湧上來了，她會又想媽媽，又想爸爸，而且又怕立刻被凍僵了，立刻就會往回跑了；如果你拿著皮襖等著她的話，立刻就能把她安排到雪橇裡去。」

於是僕人拿來一件狐狸皮女大衣。

「傻蛋，我說了要貂皮的，難道你沒有聽見嗎？喂，瑪特廖什卡，快點兒拿貂皮的過來！」

一個面色蒼白，有著一雙烏黑發亮的眼睛和一頭黑得泛藍光的卷髮，披著紅披肩，身材瘦削的茲崗女人，手裡拿著貂皮大衣急急忙忙地跑出來了。

「你拿我不會有什麼意見的。」她說。

多洛霍夫沒回答她，只是拿過皮襖，披在瑪特廖娜身上，把她嚴嚴實實地裹了起來。

「要這樣，」多洛霍夫說道，「隨後像這個樣子！」他把領子豎了起來，只露出了她的一點臉來。「隨後像這樣，你看到了沒？」他把阿納托利的頭推到了她的領子留下的一道縫隙那裡，從那裡他能看見瑪特廖娜燦爛的笑容。

「好吧，再見吧，親愛的瑪特寥莎，」阿納托利一邊親吻她一邊說著，「啊，可憐的我快樂的生活結束了！請替我問候斯喬普卡。那麼，請再見吧！再見，瑪特廖娜，請祝我好運！」

「好吧，公爵，希望上帝給您更多幸福！」瑪特廖娜說道。

一個兩輛三匹馬的雪橇出現在臺階前。巴拉加坐到前面一輛裡面，高舉著胳膊不緊不慢地整理著馬的韁繩。多洛霍夫和阿納托利都跨上了他的雪橇。赫沃斯季科夫、馬加林，還有另一個坐上了另一輛。

「喂，大家好了嗎？」巴拉加問道。

「走吧！」他叫道，那兩輛三匹馬雪橇立馬沿著尼吉斯基林蔭路飛快地跑了起來。

「嘟噗嚕！讓開！噓！嘟噗嚕！」只聽到那個小伙子和坐在前座的巴拉加大聲地叫喊著。那輛三套馬雪橇沿著阿爾巴特大街狂奔而去。

在順著波德諾溫斯基大街跑過了兩段路之後，巴拉加逐漸收韁，他在老馬廄街的十字路口讓馬車停下來了。

此時前座上的小伙子跳下來，拉住了馬轡頭，多洛霍夫和阿納托利沿著人行道走了過去。到大門前的時候，多洛霍夫吹了一聲口哨。不一會兒就有人應了一聲，一個女傭緊接著跑了出來。

「到院子裡來吧，快點兒，別讓人們看到你們，她立刻就出來了。」她說道。

多洛霍夫留在了大門外。阿納托利跟著那個侍女進了院子，他們轉過牆角，跑上了臺階。

可他沒想到出來迎接他的卻是阿赫羅西莫娃的跟班彼佳夫里洛。「請您去見夫人吧。」跟班說著擋住退往門口的路。

「我要見哪個夫人？你到底是誰？」阿納托利上氣不接下氣地問道。

「快進去吧，我只是奉命帶您進去的。」

「阿納托利！快回來！」多洛霍夫喊著，「咱們已經讓人出賣了！快回來！」

阿納托利進去之後，多洛霍夫就留在了便門旁邊，看門人想鎖住門，多洛霍夫著急了，和他打了起來。多洛霍夫用盡全身的氣力才把那個跟班推開了，揪住正往外跑的阿納托利的胳膊，把他拖出了門外，他倆一起跑向了雪橇。

十八

阿赫羅西莫娃在走廊裡發現索尼婭哭得很悲慘，便非要她說出一切，隨後她截下給娜塔莎的條子，匆匆看了一遍，拿著那張條子走進了娜塔莎的臥室。

「你這個不要臉的東西！」她說道，「我現在什麼也不想聽。」

她推開娜塔莎，後者正驚恐無淚地看著她，她把她鎖在了臥室裡面，命令門房放進當晚要來的人，並吩咐必須帶這些人來見她，隨後坐在客廳裡等候前來實施誘拐的人。

此時彼佳夫里洛來向阿赫羅西莫娃報告說，來人已經逃跑了，她皺著眉站起來，在房內背起手來回地走了很久，她現在在考慮到底應該怎麼辦。將近午夜的時候，她向娜塔莎的臥室走去，摸索著衣袋裡的鑰匙。此時索尼婭正坐在走廊中間號啕大哭。

「阿赫羅西莫娃，求求你讓我也進去吧！」她哀求道。

阿赫羅西莫娃並沒有回答她，開了門，直接走了進去……「真可恨，你真是壞透了……居然在我的家裡……你這個壞東西！傻丫頭，我只不過是可憐你的父親罷了！」她想道，盡量按下自己的怒氣，「我還得吩咐大家盡量不要聲張，同時要瞞住伯爵。」她走進了那個屋子。此刻娜塔莎正躺在沙發上，用被子蒙著頭一動也不動。

「真好！您可真是個好姑娘啊！」

阿赫羅西莫娃說道：「居然敢在我家裡安排同情人約會！你想裝蒜是沒用的，在我和你說話的時候，記得要用心聽！」阿赫羅西莫娃碰了一下她的手。

「我說話的時候，你必須得聽著！你已經丟盡了自己的臉面。我本想給你點厲害嘗嘗的，可我隱瞞了這件事，只不過是因爲我父親的緣故罷了。」

聽到這些話娜塔莎並沒換換姿勢，不過她的身體因爲無聲的嗚咽而不斷起伏。阿赫羅西莫娃回頭看了一眼索尼婭。隨後坐到了沙發上。

「他能從我這兒逃走算他運氣好；不過我一定會找到他的！你聽清楚我剛才說的話了嗎？」她把手伸到娜塔莎的臉上，把她的臉轉過來。

當索尼婭和阿赫羅西莫娃看到娜塔莎的時候，兩個人都嚇了一跳。因爲她那無淚的眼睛現在炯炯發光，她的嘴緊緊地閉著，她的兩頰已深陷下去了。

「都別管我！……我……我馬上要死了！」她唸叨著，用力從阿赫羅西莫娃手裡掙脫出來，又照原來的姿勢躺下了。

「娜塔莎！」阿赫羅西莫娃說道，「你要知道我是爲你好。你躺著吧，就那樣躺著吧，我不會動你了。不過你聽著……我可沒必要對你說，你自己有多大過錯，你自己清楚。要是明天你父親回來，我能對他說些什麼呢？啊？」

娜塔莎大聲哭著，身體又顫抖起來。

「如果他知道了這些事，還有你的哥哥，最重要的是還有你的未婚夫！」

「我已經沒有未婚夫了，我已經回絕他了！」娜塔莎痛苦地叫道。

「反正結果是一樣的，」阿赫羅西莫娃繼續說道，「他們要是知道了，你覺得他們會就此甘休嗎？我知道他……他一定會提出和他決鬥的，您認爲這樣好嗎？啊？」

「哎呀，都別來管我！你們爲何要這麼對我？」娜塔莎惡狠狠地看著阿赫羅西莫娃。

「哈，你到底想怎樣呢？」阿赫羅西莫娃又開始生氣了。「怎麼，難道你認爲他們就不會找到他嗎？你覺得誰可以不讓他到家裡來？爲何要把你弄得像吉卜賽女郎一般被拐走呢？……好的，就算他能把你拐走……你就以爲他們會找不到他嗎？你父親，或者是你的未婚夫，還有你哥哥他們不會嗎？他是個大壞蛋，一個惡棍──真相就是這樣！」

娜塔莎站起身來大聲地喊道：「你們誰都比不上他！如果你們不妨礙我們的話……我的上帝！這到底是怎麼回事！索尼婭，這到底是爲什麼呀……你們給我都走開！」

她哭得很絕望。阿赫羅西莫娃剛要再說話，娜塔莎就大叫道：「走開！走開！你們全都恨死我了，你們全看不起我！」隨後又撲倒在沙發上。

阿赫羅西莫娃又教訓了她一會兒，隨後讓她把所有的事都瞞著別人，說只要她忘掉那不堪回首的一切，不讓任何人看出到底發生過什麼，就誰也不會知道發生了什麼。

娜塔莎沒有回答，但是也不再哭了。她打起了寒戰，她感覺冷起來了。

阿赫羅西莫娃把一個枕頭墊在她的頭下，給她蓋上了兩條棉被，親自給她拿來發汗的椴樹花水，可娜塔莎沒有任何反應。

「好吧，讓她安心地睡吧。」阿赫羅西莫娃說著走出了臥室，她認爲娜塔莎已經睡了。

可娜塔莎並沒睡著，在那張蒼白的臉上，一雙瞪大的眼睛直愣愣地看著前方。

她一整夜都沒有睡著，也沒哭，也沒和索尼婭說話。

第二天，羅斯托夫老伯爵從莫斯科郊區的田莊回來了，按照他預先說好的，他趕上了吃早飯。他很高興：和買主的交涉過程進展得很順利，現在，再沒有什麼事能令他留在莫斯科和離開他所想念的伯爵夫人了。

阿赫羅西莫娃熱情地迎接了他，並對他說，娜塔莎前一天晚上病了，他們已經請過醫生，現在好一點兒了。

娜塔莎一整天都待在她的臥室。她乾裂的嘴唇緊緊地閉著，一雙乾枯而呆滯的眼睛睜著，她坐在窗子邊，不安地看著人們坐車經過，一旦有人走進臥室，她就慌慌張張地回頭看看。她在等待著他的消息，她期望他來看她，或者寫信給她。

伯爵來看她的時候，她就不安地轉過身來，隨後又恢復了原先那冰冷的甚至憤恨的神情，她甚至沒有起身來迎接他。

「你到底怎麼啦，難道生病了嗎？我的天使？」伯爵問道。

娜塔莎沉默了好一會兒之後回答道：「是的，我生病了。」

伯爵關切地問她爲何那麼難過，或者是不是她的未婚夫出了什麼事，她請他不要爲她擔憂，因爲什麼事也沒發生。阿赫羅西莫娃證實了娜塔莎的話，說真的，什麼事也沒發生。可他從女兒的情緒中和她害病的托詞中，也從阿赫羅西莫娃和索尼婭臉上發窘的神情來看，他不在的這段時間，一定發生了什麼事。

不過要是他想像得出，他心愛的女兒到底是做出了什麼丟人的事，那將是太可怕了，他很珍惜他那寧靜愉快的心境，因而他也就不再追問下去，他極力讓自己相信，並沒有發生任何事情，只不過是因爲她的病他就推遲了回鄉下的日期。

十九

回到莫斯科之後，皮埃爾就收到了阿赫羅西莫娃的一封信，她請他到她那裡去，商量和安德烈及他未婚妻有關的一個相當重要的問題。

皮埃爾現在一直躲避著娜塔莎，因為他覺得他對她的感情已經超出了一個已婚的男人對他的朋友的未婚妻應該有的限度。可命運總是把他們牽扯到一起。

「就算發生什麼這和我有何干？」他穿好衣服準備去阿赫羅西莫娃家的時候想。「但願安德烈公爵能快一點兒和她完婚！」

在特維爾林蔭道上有個人突然喊了他一聲。

「皮埃爾，你回來很久了嗎？」一個熟悉的聲音喊道。皮埃爾抬頭看了一下。一輛雪橇飛馳而過，雪橇裡坐著的是阿納托利和馬加林。阿納托利容光煥發，面色紅潤，從他那歪戴著的白羽毛的帽子下邊，露出了一頭灑滿了雪沫的搽過油的卷髮。

「是的，這才是真正的智者。」皮埃爾想道，「除了眼前的樂趣以外，再沒有什麼能惹他煩惱，他看得不遠，因此他永遠很滿足，而又永遠高興。我要是能像他這樣，還有什麼捨不得的呢！」他羨慕地想道。

在阿赫羅西莫娃家的前廳裡，幫助他脫皮襖的僕人對他說，阿赫羅西莫娃請他去她的臥室。

推開大廳的門時，皮埃爾看見娜塔莎正坐在窗子邊，她面色蒼白、消瘦，臉上一副惡狠狠的表情。她回頭瞟了他一眼，皺起眉頭，凜然地離開了。

「出了什麼事？」當皮埃爾一走進阿赫羅西莫娃的臥室就急切地問道。

「當然是好事啊！」阿赫羅西莫娃回答道，「我在這個世界上活了五十八年了，像她這麼丟臉的事還真沒碰到過。」阿赫羅西莫娃在皮埃爾對她做過保證對所有的事保密之後，告訴他，娜塔莎回絕了安德烈公爵的求婚，可她的雙親竟然都不知道，她這樣做竟然是爲了阿納托利，娜塔莎想趁她不在的時候和他私奔，隨後他們就可以偷偷結婚了。

皮埃爾聳了聳肩，聽著阿赫羅西莫娃說的那些話，甚至完全不敢相信自己的耳朵。安德烈公爵深深愛著的未婚妻，從前活潑可愛的娜塔莎·羅斯托夫，竟會愛上那個私下結過婚的阿納托利，竟會愛他愛到同意跟他私奔，這是皮埃爾無法理解、也無法想像的事。

他無法把他從小就認識的娜塔莎那種可愛的形象和對她的新看法——殘忍、愚蠢、下賤——聯繫在一塊兒。

「這和我妻子是一樣的！」他對自己說，同時想到，他不是唯一一個和壞女人綁在一塊兒的不幸的人了。可他還是爲安德烈公爵感到惋惜，也深深地惋惜他那受傷的自尊心，現在他越憐憫他的朋友，就越憎惡在大廳裡面走過去的娜塔莎。他並不知道娜塔莎的內心充滿了絕望、恥辱和羞愧，因而她的臉上才會無意現出冷峻的神情。

「他們怎麼可以結婚呢？」皮埃爾聽了阿赫羅西莫娃的話後，說道，「他不可以結婚，因爲他已經結過婚啦！」

「那麼情況就更糟了！」阿赫羅西莫娃說道，「好啊！這個可恨的惡棍！可憐的她還在等著他呢，她已經等了整整兩天了。這件事應當告訴她！至少她可以不用再等下去了。」

當阿赫羅西莫娃聽皮埃爾講了阿納托利已結婚的事情後，先是狠狠地罵了他一頓出出氣，並向皮埃爾說明爲何要找他來。這時，阿赫羅西莫娃害怕伯爵或者安德烈知道這件事——她多想瞞住他們啊！因此她請他以她的名義，命令自己的大舅子離開莫斯科，不讓他再出現在自己面前。皮埃爾答應會照她的話做，直到現在他才知道是什麼在威脅著老伯爵、尼古拉和安德烈公爵。向他表明了自己的要求之後，她就讓他進了客廳。

「小心一點兒，伯爵現在什麼都不知道。所以你要做得像什麼都不知道的樣子，」她叮囑了他，「而我，立刻要去告訴她，現在已經沒什麼值得期待的了！如果可能的話就吃飯吧！」阿赫羅西莫娃向皮埃爾大聲地說道。

皮埃爾碰見了老伯爵。他的情緒不太好，一臉窘相。當天早上，娜塔莎對他說，她已經拒絕了安德烈的求婚。

「真是糟糕透了，親愛的！」他對皮埃爾說。「沒有人在身邊，這些女孩子可真難辦；我真後悔到這兒來。我對您很坦率。您聽說了嗎？她沒和任何人商量，就回絕了向她求婚的未婚夫。我承認，一直以來我就對這樁婚事很不滿。的確，他是一個很好的人，只是，如果要想擁有幸福就不能不聽長輩的話，那麼我的娜塔莎是不愁嫁不出去的。可畢竟都已經持續這麼久了，而且怎麼能不告訴父母就這麼做了呢！現在她又生病了，天知道他們會怎麼樣！真是難哪，女孩子真難帶啊……」

皮埃爾看得出伯爵心情不佳，他盡量轉移話題，可伯爵還是感到很苦惱。

索尼婭激動不安地走進了客廳。

「娜塔莎身體不太好，想在自己房間見您一下。阿赫羅西莫娃在她那裡，她也想請您去一下。」

「是的，您可是安德烈的好朋友，我想她一定有什麼話要請您轉達。」伯爵說，「啊，我的天哪！從前的一切多美好啊！」他抓著鬢角的稀疏白髮走出了房間。

阿赫羅西莫娃對娜塔莎說，阿納托利已經結過婚了，可娜塔莎不肯相信，她想讓皮埃爾親自去證實這番話。

現在娜塔莎正坐在阿赫羅西莫娃的身邊，她的面色蒼白，表情嚴峻。皮埃爾一進門她就用一種病懨懨的、充滿詢問的目光望著他。她沒有笑，也沒向他點頭，只是直直地望著他。

「這個人全都知道，」阿赫羅西莫娃指著皮埃爾對娜塔莎激動地說道，「讓他親自對你說，看我說的是不是真話。」

娜塔莎就像一個受傷的、被追趕的野獸一樣，望著向她一步步逼近的獵人和獵狗，望望那個人，又望望這個人。

「娜塔莎，」皮埃爾說著，閉上了眼睛，在他看來她是如此可憎可惡，但也很可憐，「這事是假是真，對於您來說都是一樣的，因爲……」

「那麼說他還沒有結婚？」

「不，這是事實。」

「他結過婚，難道已經很久了嗎？」她問道，「那麼您敢對著上帝發誓嗎？」

皮埃爾向她發了誓。

「他現在還在這裡嗎？」她快速地問道。

「是的，我剛剛還碰到他了。」

她做了個手勢讓他們離開了，她已經說不下去了。

二十

離開屋後他就走了，並沒有留下來吃飯。他在城裡四處尋找阿納托利，現在他只要一想到他，血就往心頭直湧，他感到自己快窒息了。

在滑雪場，在科莫涅諾，在茲崗人，都沒有他。後來皮埃爾到俱樂部去了。俱樂部裡的一切照舊：來吃飯的客人們成群地坐在那兒，和皮埃爾打招呼，他們在討論著市內的新聞。有人向他問好後對他說，已經在小餐廳裡給他留了位子，還說帕維爾·季莫非伊奇還沒有來，現在米哈伊·薩哈雷奇公爵正在圖書室裡。

皮埃爾的一個熟人在和他談天氣的時候，問他是否已經聽到了有關阿納托利誘拐娜塔莎的事，城裡的人現在都在討論這件事，這事是不是真的。皮埃爾哈哈一笑道，那些絕對是胡說，因爲他剛從羅斯托夫家出來。他向所有的人打聽著阿納托利的去向；有的說他還沒有來，有的說他等會兒要來吃飯。皮埃爾看著那些不瞭解他心事的人，看著這些冷漠又平靜的人群覺得很奇怪。他走過大廳，一直等到全部的人都來了，可他還是沒有等到阿納托利，最後他沒有吃飯，直接就回家了。

這個時候，他到處尋找的阿納托利正在多洛霍夫家吃飯，和他商量怎樣補救那件已經被搞砸了的事情。他自認爲一定要見娜塔莎。晚上，他去看望自己的妹妹，和她商量如何安排這次會面。當皮埃爾走遍全城而又毫無結果地回到家裡的時候，侍從向他稟報說，阿納托利現在在伯爵夫人那裡。

皮埃爾回來之後還沒見過自己的妻子，他直接走進客廳，看見了阿納托利，走到他跟前去了。

「啊，皮埃爾，」伯爵夫人走到丈夫面前說道，「我們的阿納托利的處境是什麼樣，難道您還不知道嗎……」她停住了，從丈夫那低垂的頭、閃閃發光的眼睛裡以及他堅決的步態中，她看見了那蘊含著暴力和狂怒的表情，她深知這種表情的後面隱藏著什麼，因爲她在他和多洛霍夫決鬥之後已親身地經歷過了。

「您在哪裡，哪裡就會有罪惡和淫蕩。」皮埃爾對妻子說道，「阿納托利，跟我過來，我有話要和您說。」他用法語說。

阿納托利回頭看了一眼自己的妹妹，乖順地站了起來，跟皮埃爾走了。

皮埃爾抓住他的手，把他拽到自己的身旁，他們一起走出了房間。

「你竟敢在我的客廳裡……」海倫小聲說道，可皮埃爾未回答她，徑直走出了房間。

阿納托利臉上已經露出了不安的神色。

皮埃爾進了自己的書房，閂上了門閂，他的眼睛並不看阿納托利，說道：「難道您要娶娜塔莎伯爵小姐？想和她私奔嗎？」

「親愛的，」阿納托利回答道，「我認爲我不應當回答用這種口氣對我進行的審問。」

皮埃爾原本蒼白的臉因爲過分的狂怒而變了形。他一把揪住阿納托利的領子，拚命搖晃著，直到他面露驚恐的表情。

「當我說我有必要和您談談的時候……」皮埃爾重複說。

「啊，怎麼，這是很愚蠢的行爲。」阿納托利摸著自己連布一塊兒被撕掉的一個領扣。

「您真是個流氓，我爲何不痛快地用這個東西把您的頭敲碎呢？」皮埃爾說著拿起一個沉重的吸墨器，舉起來威脅著他，可又把它放回原處了。

「您答應了和她結婚嗎？」

「我，我，我從來沒有想過：我從未答應過，因爲我……」

「您現在有她的信嗎？您還有信嗎？」皮埃爾走到阿納托利面前重複地說著。

阿納托利奇怪地看了看他，立刻從自己的兜裡掏出一個皮夾子。

皮埃爾接過阿納托利遞給他的那封信，推開了擋住路的桌子，躺倒在沙發上。

「不用怕，我不會把你怎麼樣，」皮埃爾說道，「信，這是第一，」皮埃爾說著，「第二，」片刻的沉默之後，他站了起來繼續道，「就是您明天一定要離開莫斯科。」

「可我怎麼能這樣？」

「第三，」皮埃爾並沒有聽他的話，繼續說道，「您永遠不許再提一句您和伯爵小姐之間的事情。我知道，雖然我沒法禁止你做這件事，可只要你還有一點良心的話……」皮埃爾頓住了。

阿納托利坐在桌邊，皺著眉頭沒有說話，他緊咬著嘴唇。

「最後一點，我想您不會不清楚，除了您得到滿足之外，您還應該顧及別人的安寧和幸福，您爲了自己尋歡作樂，卻毀了別人的一生。我想您還是和我夫人這樣的女人在一起尋歡作樂吧。可您答應了一個姑娘要娶她……卻實施了誘拐、欺騙的手段……這已經和打一個小孩或老人相同的卑鄙！」

「這個我不知道。啊？」阿納托利隨著皮埃爾壓下了自己的怒火他開始膽大起來。「這個我不清楚，也不想去弄清楚，可是您對我用了『下流』這一類詞，您不要對我這樣，我也是有尊嚴的。」

皮埃爾驚訝地望了望他。

「即使這是私人談話，」阿納托利繼續說，「可我不可以讓您這樣……」

「那您想要我陪禮道歉嗎？」皮埃爾嘲笑地說。

「至少您能收回您剛才所說的那些話。啊？如果您真的想讓我這樣做。」

「好的，我收回，」皮埃爾說道，「而且我真心地請您原諒我。」皮埃爾下意識地看了看那顆被拽下的扣子。「這兒有一些錢，如果您路上需要錢的話。」

阿納托利微笑了一下——就是那種下賤而又怯懦的微笑。

「呸，您真是一個卑鄙、沒心沒肺的孬種！」他說著，走出了房間。

第二天，阿納托利就動身前去了聖彼德堡。

二十一

皮埃爾立馬驅車趕去阿赫羅西莫娃家，並告訴她，她的願望已經實現了，阿納托利已經被趕出了莫斯科。

此時她全家都處在一種恐懼不安的狀態中。娜塔莎病得很厲害。阿赫羅西莫娃神秘地對他說道，當她聽說阿納托利已經結過婚的消息的那晚，她就吃了一點偷偷弄到的砒霜。可剛吞了一點，她就害怕了，趕忙把索尼婭給叫醒了，向她坦白了一切。幸虧索尼婭及時地採取了解毒措施，現在已經脫險了；可她還很虛弱，因此他們已經派人去接伯爵夫人了。

此時，皮埃爾已經看見了滿面淚痕的索尼婭和驚慌失措的伯爵，可他沒有見到娜塔莎。

那天皮埃爾正在俱樂部裡吃飯，他聽到的是到處都有人在討論誘拐娜塔莎的事件。他立刻堅決地否認了這些傳言，而且向大家證明，僅僅是他的內兄向娜塔莎求婚，隨後遭到了拒絕，除此之外再也沒有別的了。皮埃爾覺得，他必須隱瞞事實真相，他覺得自己的責任是重揚娜塔莎的名譽。

他心懷恐懼地等待著安德烈公爵的歸來，而且每天都到老公爵那裡去探聽他的消息。

博爾孔斯基老公爵已經從布里安小姐那裡聽說了一些城裡的流言蜚語，而且看過了娜塔莎寫給瑪麗亞公爵小姐的那封關於解除婚約的信。他比平常更加愉快、更迫不及待地等著自己的兒子。阿納托利走了幾天之後，皮埃爾就接到了安德烈公爵的信，公爵已經回來了，並通知皮埃爾去看他。

安德烈公爵一到莫斯科，立刻就接到了娜塔莎寫給瑪麗亞公爵小姐的那封關於解除婚約的信，他從爸爸嘴裡已經得知了被添油加醋傳開的娜塔莎私奔的事。

第二天早晨皮埃爾就去看他了。

皮埃爾預想的是，安德烈公爵應該會和娜塔莎處於一樣的狀態中，當他走進客廳，聽到安德烈公爵在書房裡大聲而又熱烈談著什麼關於聖彼德堡的陰謀時，感到很意外。老公爵和另一個人偶爾會打斷他。這時瑪麗亞公爵小姐出來迎接了皮埃爾。她歎了一口氣，示意著安德烈公爵所在房間的門，她想對他所經歷的不幸表示同情；可皮埃爾可以從瑪麗亞公爵小姐的臉上看出，她既為所發生的事感到遺憾，同時也為哥哥聽到未婚妻背叛時的態度感到高興。

「他說他已預料到了這一點，」她說道，「我知道，以他的傲氣是不允許自己表露出真實情感的，可這畢竟比我預料的要好很多，現在看來他已經經受住了這件事，本來事實就應該是這樣的……」

「可這一切不會都已經結束了吧？」皮埃爾問。

瑪麗亞公爵小姐驚訝地看著他。她想不通，他怎麼會提出這樣的問題。皮埃爾進了書房。安德烈公爵變化很明顯，他已經完全康復了，可在眉宇間出現了一道新的皺紋，他穿著便衣，站在梅謝爾斯基公爵的對面，大聲地爭論著。

他們在談的是有關斯佩蘭斯基的事。

「一個月前的那些無法理解他的人和讚揚他的人，現在都在譴責他，」安德烈公爵說道，「人們要批評一個失寵的人是很簡單的，只要把別人全部的過錯都推到他身上去就可以了；可我要說的是，如果說在本朝做了什麼好事，那麼其他好事都是他做出的……」當看見了皮埃爾進來的時候，他停住了，臉抽動了一下，隨後立刻露出憤怒的表情。「不過，我想後代會給他公正的評價。」說完後，他立刻把頭轉向皮埃爾。

「喂，你怎麼樣？居然還在長肉啊，」皮埃爾興奮地說道。

「是的，我現在身體很棒。」他冷笑了一下，簡單地回答了皮埃爾的問題。

皮埃爾知道，他冷笑的意味：「我身體好，可已經沒人需要我的健康了。」

安德烈和皮埃爾談了幾句，他們談到波蘭邊境上可怕的道路，談到他在瑞士所碰見的皮埃爾的熟人，還談到了德薩爾教師是給兒子從外國請的，說完這些他又加入了那兩個老人有關斯佩蘭斯基的討論。

當梅謝爾斯基公爵走了之後，安德烈公爵就拉著皮埃爾，走進了自己的房間。房間裡有一張沒有收拾過的床，散落著幾隻敞開的提箱和衣箱。安德烈公爵走到一隻箱子的前面，拿出了一個小盒子，隨後從小盒子裡拿出一個紙包。他默默地、迅速地做著這些事。他緊抿著嘴唇，面色很凝重。

「如果我給您添了麻煩的話，請您一定要原諒我……」

在他寬大的臉上顯出遺憾，皮埃爾立刻就明白了，安德烈公爵是想要說到娜塔莎了。而皮埃爾臉上的這種表情立刻就激怒了安德烈公爵，於是他不愉快地、響亮地、堅決地說道：「我已經收到了羅斯托夫伯爵小姐解除婚約的通知，不過還聽說你的大舅子向她求婚等。到底是不是確有此事？」

「是真的，可又不是真的。」皮埃爾說道，可安德烈公爵打斷了他的話。

「這是她的畫和信。」他轉身從桌子上拿了一個紙包交給皮埃爾。

「請把這些物品轉交給伯爵小姐吧……假如你見到她的話。」

「她現在病得很重。」皮埃爾說道。

「她真的還沒走？」安德烈公爵說道，「那麼庫拉金公爵呢？」他迅速地說。

「他早就走了。現在她快要死了……」

「對於她生病我感到很惋惜。」安德烈公爵說。可他卻不愉快地、惡狠狠地冷笑了一聲。

「這就是說，庫拉金先生是在一味賞臉地向羅斯托夫伯爵小姐求婚了？」安德烈公爵說，他嗤了幾次鼻子。

「可他是不可以重婚的，因爲他早就已經結婚了。」皮埃爾說。

「可我想知道，您的大舅子現在在哪裡？」他說。

「他已經到聖彼德堡了……不過我可不知道到底怎麼回事。」皮埃爾說道。

「好吧，知不知道真的沒關係。」安德烈公爵說，「請您轉告羅斯托夫伯爵小姐，她的過去、現在都是完全自由的，我祝福她萬事如意。」

皮埃爾拿起了紙包。

安德烈公爵的目光一直追隨著他，似乎還在等待皮埃爾說些什麼。

「您聽著，您還記得我們聖彼德堡的爭論嗎？」皮埃爾說，「還記得嗎？有關……」

「記得，」安德烈公爵趕忙答道，「我說過，我們應當原諒墮落的女子。可我並沒有說過我可以原諒，我絕對不原諒。」

「怎麼可以這樣比較啊？……」皮埃爾說。

可安德烈公爵已經打斷了他的話，並大聲叫道：「是的，難道我還要再向她求婚，以顯示出我的寬宏大量？……是的，這看上去很高尚，可我不可以步那位先生的後塵。不和我談這個的才是我的朋友。好啦，再會吧。那麼你會轉交給她嗎？……」

於是皮埃爾走出房間，去看瑪麗亞公爵小姐和老公爵。

老先生比平常精神要好很多，瑪麗亞公爵小姐卻如平常一樣，可皮埃爾能感覺到她爲哥哥的婚事告吹而感到高興。皮埃爾望著他們，於是知道了他們對羅斯托夫家的人是多麼反感和輕視。

吃飯的時候，他們談到了戰爭，戰爭的迫近已經是明擺著的了。安德烈公爵不斷地說話，有時和皮埃爾爭論，有時又和教師德薩爾產生爭論，比平常還活躍，皮埃爾在一旁看著，很清楚這種活躍是由精神上的壓抑引起的。

二十二

當天晚上皮埃爾去了一趟羅斯托夫家，以完成他所受的委託。此時伯爵正在俱樂部，娜塔莎在床上躺著，皮埃爾把信交給了索尼婭之後，就去看了阿赫羅西莫娃，她很想瞭解這則消息對安德烈公爵到底有什麼影響。於是十分鐘後，索尼婭到阿赫羅西莫娃這兒來了。

「娜塔莎說她必須要見皮埃爾伯爵。」她說道。

「但怎麼才能見他呢？難道要把他領到她那兒去嗎？你們那裡還沒收拾。」阿赫羅西莫娃說。

「不，她已經穿好了衣服，走進客廳了。」索尼婭說著。

「伯爵夫人什麼時候才能來？她可把我折磨壞了。你留點神，千萬不要什麼都對她說，」她對皮埃爾說道。「她太可憐了，以至於我都不忍心去責備她。」

娜塔莎站在客廳中間，她面色蒼白、形容消瘦，表情很嚴峻。當皮埃爾出現在門口時，她慌了一下，不知道是她要走近他呢，還是等他走過去呢。

皮埃爾三步併作兩步地走到她面前。她沒有生氣地垂著雙手，那種姿勢就像她來到大廳中央唱歌時一樣，可表情卻完全不一樣。

「皮埃爾，」她快速地說著話，「我想安德烈過去是您的朋友，現在依然會是您的朋友，」她更正道，「他那時曾經對我說，要我找您……」

皮埃爾無言地呼吸著，望著她。他一直在責怪她，而且很輕視她，可現在她那麼可憐，因而心中沒有任何的責備了。

「他在這裡，麻煩您告訴他……請他……原諒我。」她呼吸更加急促，她停了下來，卻沒有哭。

「是的！……我會和他說的，」皮埃爾說道，「可……」他不知道還要說什麼。

「不，我知道，一切都已經結束了，」她急忙說著，「這是永遠不可能的。我為自己傷害了他而覺得痛苦和後悔。您只要對他說，我只是想請求他原諒……」她渾身顫抖著，坐到椅子上去了。

「我一定會對他說的，」皮埃爾說，「可……我要知道一件事情……」

「要知道什麼？」娜塔莎用詢問的眼光望著他。

「我想要知道，您難道是真的愛過那個人……」皮埃爾也不知道如何稱呼阿納托利，一想到他，他就會臉紅，「難道您真的愛過那個壞人？」

「他不是壞人。」娜塔莎說。「可我什麼——什麼也不知道……」她又開始哭了。

一種更強烈的溫柔、憐憫和愛支配著皮埃爾。他覺得淚水開始在他的眼鏡下面流了。

「別再往下說了，我的朋友。」皮埃爾說道。

娜塔莎突然覺得他那誠摯、柔和的聲音那麼奇怪。

「好的，我們不說了，我的朋友，我會把一切全告訴他；可現在我只請求您答應我一件事：請您把我當成您的朋友，如果您需要建議、說明或者想要向什麼人傾吐自己心聲的話，請您能夠想到我吧。」他握起她的手，吻了一下。「要是我能夠……我一定會感到無比幸福的……」皮埃爾的內心很慌亂。

「不要對我這樣說，我不配這樣！」娜塔莎大聲說道，想要走出房間，可皮埃爾抓住她的手拉住了她。他知道，自己還有話要對她說。可他說出這話令他自己都感到很驚訝。

「不要這樣，您的日子還長著呢。」他對她說著。

「我的什麼日子？不！對於我來說，我一無所有了。」她羞愧地說。

「一切都結束了嗎？」他重複說著。「如果我不是我自己，而是世界上最聰慧、最美麗、最好的人的話，如果自由是屬於我的，我一定會跪下來向您求愛和求婚的。」

娜塔莎這麼多天來第一次流出了幸福和感激的淚水，她看了看皮埃爾，走出了那個房間。

皮埃爾跟在她後面，幾乎是跑著進了前廳，強忍著哽咽在喉嚨裡的感動和眼睛裡幸福的眼淚，手來不及伸進衣袖就披上自己的皮襖坐到雪橇裡去了。

「現在要去哪兒？」車伕問著。

「去哪兒？」皮埃爾問著自己，「回家吧。」皮埃爾說，即使外面是攝氏零下十度的嚴寒，他卻把自己的熊皮襖敞開，露出了寬廣的胸脯，高興地呼吸著。

天氣晴朗而寒冷。在昏黑污穢的街道上，在黑色的屋頂上是幽暗的星空。只有仰望星空，皮埃爾才會找回心靈的高度。

當他到達阿爾巴特廣場時，皮埃爾的眼前已經是無垠的星空。就在聖潔林蔭大道正上方的星空中，有一顆彗星燦爛地眨著眼，在它的周邊佈滿無數的星辰。

據說，這顆彗星是全部災禍來臨和世界末日的預兆。可對於皮埃爾來說，一顆長尾巴的閃閃發光的明星，並未引起他任何不祥的預感。相反，皮埃爾開心地看著這顆明星。它以一種難以形容的速度，沿著一條拋物線的曲線掠過無際的太空，突然，它像箭一般地射入了泥土，插入黑暗的天空中自己早已選好的地點，停住了不動時就會有力地翹起尾巴，同時發著光，在無數星辰中炫耀著自己熾熱的光芒。

皮埃爾好像覺得，這顆彗星恰好反映了他那振奮起來、被柔情軟化的心靈，以及那種爲新生活而萌發出的生機。

請續看《戰爭與和平》下

經典新版世界名著：4

戰爭與和平(上)【全新譯校】

作者：L・托爾斯泰
譯者：蕭亮
發行人：陳曉林
出版所：風雲時代出版股份有限公司
地址：10576台北市民生東路五段178號7樓之3
電話：(02) 2756-0949
傳真：(02) 2765-3799
執行主編：劉宇青
美術設計：吳宗潔
行銷企劃：林安莉
業務總監：張瑋鳳

初版日期：2019年4月
ISBN：978-986-352-686-5

風雲書網：http://www.eastbooks.com.tw
官方部落格：http://eastbooks.pixnet.net/blog
Facebook：http://www.facebook.com/h7560949
E-mail：h7560949@ms15.hinet.net
劃撥帳號：12043291
戶名：風雲時代出版股份有限公司

風雲發行所：33373桃園市龜山區公西村2鄰復興街304巷96號
電話：(03) 318-1378
傳真：(03) 318-1378
法律顧問：永然法律事務所 李永然律師
北辰著作權事務所 蕭雄淋律師

行政院新聞局局版台業字第3595號 營利事業統一編號22759935

定價：490元

國家圖書館出版品預行編目資料

戰爭與和平 / L・托爾斯泰著；蕭亮譯 -- 臺北市：風雲時代, 2019.03 冊； 公分

ISBN 978-986-352-686-5 (上冊：平裝)

880.57 108000249